KB105560

래 모음집

대우고전총서
Daewoo Classical Library

059

래 모음집

Lais

마리 드 프랑스 | 윤주옥 옮김

아카넷

일러두기

* 본서는 영국도서관(British Library)에 소장된 〈할리 978 필사본(Harley MS. 978)〉을 원본으로 삼았다.

* 부록에 실린 원문은 〈할리 978 필사본〉의 것을 수록한 것이다.

* f.118r~f.160r은 〈할리 978 필사본〉의 쪽 번호를 가리킨다.

* 래를 포함한 짧은 작품명의 경우 「 」로, 긴 작품명의 경우 『 』로 표기하였다.

* 원문에서 텍스트 전사와 구두점 표기는 앨프리드 에월트(Alfred Ewert)의 방식을 수용하였다. 에월트가 정서법 차원에서 단어나 철자를 첨가한 경우 [ ]를 사용하여 주석에 표기하였다.

* 번역문의 주석은 옮긴이가 한 것이고, 원문의 주석은 에월트가 수정하여 전사한 것을 반영한 것이다.

머리말

마리 드 프랑스(Marie de France)라는 시대를 앞서 살았던 뛰어난 작가와 그녀가 쓴 래(lai, 영어로는 레이lay)라는 중세 궁정 문학 장르에 대해서 처음 알게 된 것은 20여 년 전 미국에서 박사 과정에 있을 때였다. 중세 문학 세미나를 수강하게 되었는데 그때 처음으로 "마리 드 프랑스"라는 이름을 들어보았고 그녀가 쓴 여러 편의 래도 읽게 되었다. 래에 대한 첫 느낌은 900여 년 전인 12세기 후반에 쓴 작품들임에도 불구하고 참 '모던'하고 재미있다는 것이었다. 만날 수 없는 연인을 그리워하며 눈물짓고, 진실한 사랑이 왔을 때 목숨을 다해서 지켜내고, 따돌림과 차별을 당해서 괴로워하고, 타인의 성공에 질투하고, 명성을 좇다 소중한 것을 잃는 실수를 하고, 측은한 마음에 자신의 자리를 내어주는 등 작품 속 인물들이 성(城)에 사는 봉건 귀족이나 왕족이라는 점을 제외하면 본질적으로 그들은 21세기를 사는 우리네와 별반 다르지 않아 보였다. 이와 더불어 인간 말을 하는 사슴이나 스스로 목적지를 찾아가는 배, 그리고 뭐든지 이루어주는 요정 여왕 등의 마법 같은 존재들이 만들어내는 신비로운 분위기도 좋았고, 래가 짧고 함축적인 운문이라는 점도 좋았다. 이후에 박사 학위 논문의 한 챕터를 세 번째 래 「르 프렌(Le Fresne)」에 대해서 썼고, 학위를 받고 지금까지 마리와 그녀의 래에 대해서 여섯 편의 논문을 영어와 우리말로 썼으며, 이제 『래 모음집(Lais)』을 우리말로 번역까지 하였으니, 마리와 나는 그냥 스쳐가는 인연은 아닌 듯하다.

몇 년 전부터 나는 마리의 『래 모음집』을 우리말로 출판하기 위해서 국내의 몇몇 출판사의 문을 두드렸다. 하시만 "작품이 신선하고 재미있기는 하지만 작가와 작품에 대한 대중의 인지도가 낮아서 시장성이 없기 때문에 출판하기가 곤란하다" 등의 답변을 들었다. 고전, 그중에서도 마리의 경우처럼 예술적, 학문적 가치가 뛰어남에도 불구하고 아직 국내 독자들에게 대중적으로 알려지지 않은 작가나 작품이 국내에 처음 소개될 때 공통적으로 겪는 안타까운 현실이라 하겠다. 이런 현실을 감안할 때 대우재단이 선뜻 마리의 『래 모음집』을 '대우고전총서'로 번역하고 출판할 수 있는 기회를 주신 것에 대해 말로 다할 수 없이 감사드린다. 대우재단 덕분에 이제 우리나라 독자들도 마침내 마리 드 프랑스라는 시대를 앞서 살았던 뛰어난 작가이자 중세 여성 지식인의 작품을 읽을 수 있는 기회를 갖게 되어 역자이자 학자로서 감개무량하다. 동아시아권에서는 우리나라에서 처음으로 마리의 『래 모음집』이 번역·출판되는 것으로 알고 있다. 모쪼록 이 번역을 통해서 마리와 그녀가 쓴 래 작품들이 국내에 널리 알려지고 읽힐 수 있기를 희망한다.

이 작품을 번역하면서 많은 고마우신 분들이 도움을 받았다. 특히 번역 초고를 읽고 고견을 주신 익명의 심사자분들께 진심 어린 감사의 말씀을 전하고 싶다. 미처 생각하지 못했거나 여력이 없어서 살피지 못했던 부분들을 살펴주어서 훨씬 더 나은 번역이 될 수 있었다. 또한 중세 프랑스어와 라틴어 지명과 인명에 관하여, 그리고 서양 중세 필사본과 문자 문화에 대하여 중세사학자로서 귀한 지식과 경험을 나눠주신 연세대학교 사학과 이혜민 교수님께도 깊이 감사드린다.

정심으로 애를 썼으나 여전히 미흡한 점이 많으리라 생각한다. 모두 역자의 능력이 부족한 탓이니 부디 독자들의 혜량을 구한다.

2022년 겨울
윤주옥

차례

· · · · · · · · · · · · · · · · · · ·

해제

1. 마리 드 프랑스와 『래 모음집』

마리 드 프랑스는 플랜태저넷(Plantagenet) 왕가의 첫 번째 잉글랜드 왕인 헨리 2세(Henry II, 1133~1189)가 다스리던 12세기 후반에 잉글랜드 왕실과 귀족층을 주요 독자층으로 삼고 자신의 모국어인 앵글로·노르만어(Anglo-Norman, 고프랑스어 방언 중 하나)로 작품을 쓴 것으로 추정되는 여성 작가이다.[1] 마리가 쓴 작품들로는 『래 모음집』이외에 『우화집(*Fables*)』과 『성 파트리치오의 연옥(*Espurgatoire Seint Patriz*)』이 전해진다. 마리는 중세 서양에서 자국어로 문학 작품을 쓴 최초의 여성 작가이자, 서양 중세를 대표하는 작가인 조반니 보카치오(Giovanni Boccaccio, 1313~1375)와 제프리 초서(Geoffrey Chaucer, c.1342~1400)보다 200년 전에 이미 "중세 최고의 짧은 이야기 장르"인 래(lai)[2] 장르를 만들어낸 작가

---

1) 윤주옥, 「중세 여성의 문자 생활-영국의 마리 드 프랑스의 브레톤 레이를 중심으로」, 183~210.

2) "래(lai/lais)"라는 프랑스어 단어의 어원과 의미에 대해서는 그간 많은 연구와 가설이 제시되었지만, 하워드 블락(R. Howard Bloch)이 정리하듯이, 결정적으로 밝혀지거나 학자들 사이에 동의가 이루어진 점은 없다. 그 내용을 대

11

로 평가된다.[3]

하지만 이런 화려한 수식어가 무색할 정도로 마리에 대해서 알려진 바는 미미하다. 그녀가 남긴 세 작품과 소수의 문헌들을 통하여 그녀가 어떤 인물이었는지 재구성해볼 수 있을 뿐이다.[4] 마리는 자신이 남긴 세 작품 어디에서도 "마리 드 프랑스"라는 이름으로 자신을 부르지 않는다. 그가 "마리 드 프랑스"로 불리게 된 것은 16세기 후반(1581) 클로드 포셰(Claude Fauchet)가 『프랑스어와 프랑스 시의 기원에 대한 모음집(Recueil de l'origine de la

---

강 살펴보면, 우선 아일랜드 기원설을 들 수 있다. 노래(song)나 노래와 관련된 시 장르를 가리키는 아일랜드어 "laíd"에서 유래했다고 보는 연구자들이 있는데, 이들은 이 단어가 라틴어 "laudis(칭찬)", "lessus(한탄, 비탄)", "leodus/leudus(라틴어 운율)" 등에서 빌려온 것이라고 주장한다. 두 번째는 게르만어 "leodos"에서 유래한 것으로 보는 설인데, 이 게르만어를 라틴어로 옮긴 것이 "lessus"이다. 5세기 게르만 문헌에 따르면 이 단어는 아틸라(Attila)의 텐트에서 어린 소녀들이 부른 노래(chant)를 가리키는 데 쓰였다. 중세 때 프랑스 남부 프로방스 지역에서 활동한 음유시인들인 트루바두르(Troubadours)가 읊은 노래/시를 연구한 리차드 바움(Richard Baum)에 따르면, 고대 프로방스에서 "래"는 기본적으로 새소리, 종소리, 소음 등을 포함한 온갖 종류의 소리와 사람의 말, 대화까지도 포함하는 대단히 광범위한 의미를 갖는 단어였다. 특히 이 단어는 노래(song)나 멜로디가 붙은 시, 그리고 멜로디에 가사를 붙여서 중세식 현악기인 로트(rote/rotte)나 수금(lyre)으로 연주하거나 공연하는 것까지도 포함했던 것으로 보인다(Bloch, 29~30에서 재인용). 마리는 『래 모음집』의 첫 번째 작품 「기주마르」의 결말 부분(883~885행)에서 사람들이 래를 하프나 로트에 맞춰 노래했다고 말한다.

3) Hanning and Ferrante, "Introduction", 1.

4) 여기서부터 마리 드 프랑스의 신원에 대한 내용은 윤주옥, 「서양 중세 문학과 여성 지식인: 12세기 마리 드 프랑스를 중심으로」(2019)의 내용을 수정, 보완한 것이다.

langue et poesie françoise)』에서 그렇게 부른 것에서 기인한다.[5] "마리 드 프랑스"라는 이름은 "프랑스 출신 마리"라는 의미로 이해된다. 이는 마리가 남긴 열두 편의 래 중에서 첫 작품인 「기주마르(Guigemar)」의 짧은 서문에서 자신을 "마리(Marie)"로 부르고, 『우화집』의 「후기(Epilogue)」에서 "내 이름은 마리이고 프랑스에서 왔다(Marie ai num, si sui de France)"[6]라고 밝힌 데서 연유한다. 하지만 그녀가 정말로 프랑스에서 태어나서 잉글랜드로 건너온 것인지, 아니면 자신이 속한 잉글랜드 왕실을 프랑스 노르만 왕가의 일부로 보았기 때문에 이렇게 말한 것인지[7]는 여전히 분명치 않다.

마리의 신원도 불확실하다. 잉글랜드의 레딩 혹은 쉐츠베리 지역의 원장수녀였던 마리부터 헨리 2세의 이복동생이었던 마리 공주, 뮐렁(Meulan) 공작이었던 발레란 2세(Waleran II)의 딸 마리 혹은 헨리 2세의 전임자였던 블루아의 스티븐 왕(King Stephen of Blois)의 딸 마리 공주까지, 학자들은 12세기 중·후반에 마리라는 이름으로 불렸던 다수의 귀족 여성을 마리로 추론한다.[8] 하지만 마리의 불확실한 신원에도 불구하고 그녀가 『래 모음집』과 『우화집』을 각각 헨리 2세로 추정되는 "고귀한 왕(nobles reis)"[9]과 맨드

---

5) Burgess and Busby, "Introduction", 7.
6) 「기주마르」, 3행; *Fables*, "Epilogue", 4행.
7) Finke, 155.
8) Burgess and Busby, "Introduction", 17~18; Finke, 155; Hanning and Ferrante, "Introduction", 7; Whalen, viii~ix.
9) 「총서시」, 43행.

빌의 윌리엄(William of Mandeville)으로 추정되는 에섹스(Essex)의 "윌리엄 백작(cunte Williame)"[10]에게 헌정한 사실은 그녀가 잉글랜드 왕족을 비롯한 최상류층과 가까운 사이였음을 시사한다. 마리가 라틴어에서 프랑스어로 『성 파트리치오의 연옥』을 번역하였고, 영어에서 프랑스어로 『우화집』을 옮겼다는 사실을 통해서 볼 때, 그녀는 모국어인 프랑스어뿐만 아니라 라틴어와 영어에도 능통한 것으로 보인다. 더불어 「기주마르」를 포함한 『래 모음집』 곳곳에서 오비디우스가 쓴 『사랑의 치료법(Remedia Amoris)』과 『변신(Metamorphoses)』의 영향을 받은 흔적이 발견된다. 이 점은 마리가 중세에 라틴어 혹은 자국어로 번역되어 널리 익히던 그리스·고전 문학에도 조예가 있었음을 짐작케 한다. 이런 내용을 종합해볼 때, 마리를 교육을 잘 받아서 문해력이 대단히 높았던 앵글로·노르만 귀족 여성 작가이자 번역가로 보는 게 타당할 것이다. 이는 인구 대부분이 문맹이었고, 특히 여성들이 교육을 받을 수 있는 기회가 극도로 제한되었던 서양 중세의 사회·문화적 상황을 생각할 때 상당히 특별한 경우라 하겠다.

『래 모음집』의 「총서시(Prologue)」와 「기주마르」, 그리고 『우화집』의 「후기」를 통해 드러나는 마리는 작가로서 명예, 책임 그리고 권리를 분명하게 인식하고, 자신이 작가라는 사실을 대단히 자랑스럽게 생각하는 상당히 '모던한' 인물이다. 우선 『래 모음집』의 「총서시」 도입부에서 마리는, 신으로부터 지식과 언변의 능력을 부여

---

10) 「후기」, 9행.

받은 사람은 침묵하거나 자신의 능력을 숨기는 대신에 그 능력을 기꺼이 사용해야 하는데, 자신도 그런 이유에서 예전부터 들어오던 브르타뉴인들의 이야기를 채록하고 밤을 세워가며 운율을 입히는 작업을 통해 『래 모음집』을 탄생시켰노라고 밝힌다.[11] 라틴어로 된 이야기들을 "로망어(romaunz)",[12] 곧 자신의 모국어인 프랑스어로 번역하는 작업은 이미 많은 사람들이 했기 때문에 자신에게 특별한 명성을 가져다주지 않을 것으로 판단해서 하지 않았다고 밝힌다.[13] 「기주마르」의 서문에서 마리는 뛰어난 작가가 명성을 얻게 되면 그것을 시기하고 질투하는 자들이 언제든 생겨나게 마련이며, 자신의 업적을 헐뜯는 그런 "비열한 개 같은 자들(malveis chien coart felun)"의 모략에 자신은 굴할 뜻이 전혀 없다고 거침없이 선언한다.[14] 특히 『래 모음집』 다음에 쓴 것으로 추정되는 『우화집』의 「후기」에서 마리는 작가로서 자신의 이름이 기억되기를 바라는 소망을 반복해서 표현하며 혹시라도 자신이 쓴 작품을 다른 이들, 특히 (남성) 학자들이 표절할 가능성에 대해 우려를 표한다. 마지막으로 마리는 『우화집』은 분명히 자신이 영어에서 프랑스어로 번역하였노라고 강조한다.

　　많은 학자들이 내가 쓴 [이] 작품을

11) 「총서시」, 1~4행; 33~42행.
12) 「총서시」, 30행.
13) 「총서시」, 28~32행.
14) 「기주마르」, 7~18행.

자신들이 썼다고 주장할지도 모르지만,

나는 아무도 그렇게 주장하는 것을 원치 않는다.

[그런 식으로] 잊히는 것은 정말 바보 같은 일이다.

(……)

이 책은 내가

영어에서 프랑스어로 옮겼다.

Put cel estre que clerc plusur

Prendreient sur eus mun labur.

Ne voil que nul sur li le die!

E il fet que fol ki sei ublie!

(……)

M'entremis de cest livre feire

E de l'engleis en romanz treire.[15]

요약하면, 12세기 중·후반에 작품 활동을 한 것으로 추정되는 마리 드 프랑스의 신원은 분명하지 않다. 하지만 그녀가 높은 신분의 잘 배운 여성이라는 점은 반론의 의지가 없어 보인다. 마리가 남긴 세 작품을 통해서 볼 때, 그녀는 작가로서 높은 책임감과 사명 의식을 가지고 있었고, 독자들에게 작품으로 정당하게 평가

---

15) "Epilogue", 5~12행. 『우화집』의 앵글로·노르만어 원문은 해리엇 스피겔 (Harriet Spiegel)의 편찬본을 사용하였다.

받고, 작가로서 오래 기억되기 위해서 부단히 노력했던 인물이었던 것으로 짐작된다.

마리 드 프랑스가 쓴 『래 모음집』에는 「기주마르」, 「에키탕(Equitan)」, 「르 프렌」, 「비스클라브레(Bisclavret)」, 「랑발(Lanval)」, 「두 연인(Les Deus Amanz)」, 「요넥(Yonec)」, 「나이팅게일(Laüstic)」, 「밀롱(Milun)」, 「불행한자(Chaitivel)」, 「인동덩굴(Chevrefoil)」, 「엘리뒥(Eliduc)」으로 구성된 총 열두 편의 래가 전해지며, 56행으로 된 「총서시」가 첫 작품인 「기주마르」 앞에 위치한다. 이들 작품의 개수와 순서는 영국도서관(British Library)에 소장된 〈할리 978 필사본(Harley MS. 978)〉(H 필사본)[16]을 따른 것이다. 마리의 래는 〈할리 978 필사본〉을 포함하여 총 다섯 개의 필사본에 실려 전해지는데, 이 중에서 13세기 중엽에 생산된 〈할리 978 필사본〉이 현존하는 필사본들 중에서 가장 먼저 쓰였고 유일하게 열두 편 모두를 완성된 형태로 담고 있다. 이런 이유로 마리 연구자들은 대부분 〈할리 978 필사본〉을 표준본으로 삼고 있다. 하지만 래 작품들이 다른 필사본에서 다른 순서로 실려 있다는 점은 마리가 〈할리 978 필사본〉에 나오는 순서대로 래를 쓰지 않았을 가능성을 시사한다. 「총서시」가 〈할리 978 필사본〉을 제외한 다른 필사본에서는 발견되지 않는다는 점 역시 염두에 둘 필요가 있다.

---

16) Marie de France. *Lais*. Harley MS 978, f.118r~f.160r. http://www.bl.uk/manuscripts/Viewer.aspx?ref=harley_ms_978_f118r. 영국도서관이 제공하는 이 사이트에서 필사본 전문을 볼 수 있다.

마리가 남긴 세 작품 중에서 『래 모음집』이 제일 먼저 쓰인 것으로 추정된다. 마리가 래를 쓰는 데 영향을 주었거나 마리가 쓴 래로부터 영향을 받은 작품들과의 비교를 통해서, 혹은 마리를 언급하는 동시대 작가가 쓴 문헌[17]을 통해서 볼 때, 마리가 『래 모음집』을 쓴 시기는 1155~1170년 또는 1160~1185(1199)년으로 추정된다. 문자로 된 원전을 분명하게 밝히는 『우화집』이나 『성 파트리치오의 연옥』과 달리 『래 모음집』은 문자화된 원전이 존재하지 않는다. 대신에 마리는 「총서시」를 포함한 여러 래에서, 오래전부터 브르타뉴 사람들 사이에서 입에서 입으로 전해지는 이야기들을 여러 번 들어본 적 있고, 자신은 종종 밤을 새워가며 그 이야기들에 운율을 입혀 시로 기록했는데, 그 결과물이 『래 모음집』이라고 말한다. 마리는 래를 당시 프랑스어 표준 운문 형식인 8음절의 2행 연구(octosyllabic couplet)로 지었는데, 로버트 해닝(Robert Hanning)과 조앤 페란테(Joan Ferrante)는 마리를 고전적 소재가 아닌 전승되는 짧은 이야기를 이 운문 형식으로 쓴 최초의 작가로 평가한다.[18]

---

17) 이런 추정에 사용된 작품들로는 와스(Wace)가 쓴 『브뤼(*Brut*, c.1155)』, 『피라뮈스와 티스베(*Piramus et Tisbé*, c.1155~1160)』, 『아이네이아스(*Éneas*, c.1160)』, 크레티앵 드 트루아(Chrétien de Troyes)가 쓴 『에렉과 에니드(*Erec et Enide*, c.1170)』, 드니 피라뮈스(Denis Piramus)가 쓴 『성인–왕 에드먼드의 생애(*Vie S. Edmund le Rei*, c.1170~1180)』, 아라스의 고티에(Gautier d'Arras)가 쓴 『일과 갈르롱(*Ille et Galeron*, c.1178~1185)』 등이 있다(Hanning and Ferrante, 7~8).

18) Hanning and Ferrante, 10~11.

『래 모음집』을 충분히 이해하고, 또 이 작품이 갖는 문학적 가치를 제대로 평가하기 위해서는 마리가 작품 활동을 한 12세기가 서양 문화사에서 갖는 의의를 먼저 살펴볼 필요가 있다. 서부 유럽에서 12세기는 15세기에 이탈리아에서 일어난 르네상스(Quattrocento)와 구분하여 "12세기 르네상스"[19]로 불릴 만큼 문화사적으로 의미가 큰 시대이다. 이 시기에 서부 유럽을 괴롭히던 이민족들의 침입이 마침내 잦아들면서 흔히 중세의 "암흑기"라 불리는 시대가 끝이 나고 사회·정치적, 문화적, 지적, 예술적인 면을 포함한 많은 영역에서 비약적인 성장이 이루어졌다.[20] 도시가 발달하고 그에 따른 여러 제도가 정비되었으며, 교육 시스템, 특히 이탈리아 볼로냐대학과 프랑스 파리대학 등을 포함한 교육기관에서 교육을 받고 등장한 새로운 지식인 계층이 교회가 아닌 귀족이나 왕족들의 궁정을 중심으로 활동하면서 궁정문화가 발전하는 데 크게 기여했다. 12세기 궁정은 정치적 중심지였을 뿐만 아니라 문화적 중심지이기도 하였기에 대학 교육을 받은 문인들은 궁정에서 자신들의 자국어(vernacular)로 문예적 기량을 발휘하여 명성을 얻을 기회를 잡을 수 있었기 때문이었다.

마리가 『래 모음집』을 쓴 12세기 중후반은 글린 벌지스(Glyn Burgess)와 키스 버스비(Keith Busby)가 요약하듯이, 자국어인 프랑스어를 통한 문예 활동이 전례 없이 뜨겁게 일어난 시기였다.[21] 구

---

19) Haskins, 5; Duby, 1995~1998.
20) 윤주옥, 「중세 서간 작성법과 그 문화적 변용」, 25~26; Hanning and Ferrante, 1.

체적으로 살펴보면, 샤를마뉴(Charlemagne)와 롤랑(Roland)으로 대변되는 영웅들에 대한 서사시인 무훈시(chansons de geste), 테베와 트로이 등 그리스·로마를 주제로 한 로망스(romances of antiquity), 크레티앵 드 트루아(Chrétien de Troyes)가 개척한 것으로 질 일려진 아서 왕 로망스(Arthurian romances), 프랑스 남부 프로방스 지역에서 활동한 음유시인들인 트루바두르(troubadours)와 북부 지역의 음유시인들인 트루베르(trouvères)가 노래한 사랑에 관한 서정시(love lyrics), 연대기(chronicles), 성인전(hagiography), 종교극과 세속극 등이 프랑스어로 쓰인 다음, 서쪽으로는 잉글랜드, 북쪽으로는 독일과 저지대국가와 스칸디나비아, 남쪽으로는 이탈리아 등의 여러 서유럽 국가로 퍼져나갔다. 1066년 노르만 정복으로 프랑스 본토와 잉글랜드 사이에 정치적, 문화적, 인적 교류가 빈번해졌고 잉글랜드의 지배층은 앵글로·노르만어로 불리는 고프랑스어 방언을 사용하였다. 마리의 래는 이런 비옥한 자국어 문화의 토양에서 탄생하였다.

12세기에 귀족들은 힘과 영향력을 과시하는 수단 중 하나로 자신들의 궁정을 정치적인 중심지이자 세련된 문화적, 예술적 중심지로 가꾸게 되는데, 그 결과로 "궁정 문학(courtly literature)"이 발달하게 된다. 래 장르는 서정시, 기사도 로망스(chivalric romances)와 함께 궁정 문학에 속하며, 이 세 장르는 궁정을 배경으로 펼쳐지는 사랑을 중요한 주제로 다룬나는 점에서 공통점이 있다. 궁정

---

21) Burgess and Busby, "Introduction," 19~20.

문학이 그리는 사랑은 일반적으로 사회적 신분이 높은 사람들 간의 사랑이며, 종종 그 사랑은 젊은 부인과 미혼남 사이에 이루어지는 불륜에 해당하는 사랑이다. 또한 그 사랑은 대단히 깊고 세련된 사랑이기는 하지만 문제가 있는 사랑이며, 그 사랑은 대부분 정신적인 사랑에서 끝나지 않고 육체적 결합을 전제로 하는 사랑이다.[22] 일부 학자들은 래 장르를 서정시에서 기사도 로망스로 옮겨가는 "과도기적인 장르(transitional genre)"로 이해한다.[23] 이런 주장이 가진 한계점에도 불구하고, 래를 서정시, 기사도 로망스와 비교하는 작업은 래 장르의 특징을 더 잘 이해할 수 있게 해준다는 장점이 있다.

먼저 래와 서정시를 비교해보면, 두 장르 모두 상대적으로 짧은 기간에 일어나는 강렬한 사랑의 감정을 다룬다는 점에서 공통점이 있다. 또한 서정시에 자주 등장하는 소재나 주제(예를 들어, 나이 많고 질투심 강한 남편과 젊고 아름다운 부인 간의 불행한 결혼)가 래에서도 종종 발견된다.[24] 이런 점에서 래보다 짧은 장르인 서정시에서 제기되는 모티브가 래에서 서사(narrative)로 좀 더 발전된다고 말할 수 있다. 하지만 많은 중세 서정시의 관심이 남성 화자이자 주인공이 느끼는 절망적인 짝사랑(unrequited love)의 감정[25]에 있는 것과 달리 래의 관심은 그보다 훨씬 더 다양하다.

---

22) Burgess and Busby, 24.
23) Burgess and Busby, 26.
24) Burgess and Busby, 25.
25) Burgess and Busby, 26.

다음으로 래를 기사도 로맨스와 비교해보자. 상대적으로 많이 짧기는 하지만, 그럼에도 래에는 분명 완성된 플롯이 존재하고 등장하는 주요 인물들도 모두 신분이 높은 기사와 귀부인이다. 이런 래의 특징은 래를 기사도 로맨스의 축약본처럼 보이게 한다. 하지만 래가 추구하는 비는 많은 짐에서 기사도 로맨스가 주구하는 바와 구별된다. 우선 기사도 로맨스가 대부분 남성 영웅의 일대기를 느리고 자세하게 쫓는 것과는 달리, 래는 남성주인공 또는 여성주인공이 경험하는 특정한 위기에 집중하며 그것이 내러티브의 중심이자 핵심이 된다.[26] 더불어 남성주인공이 하는 경험을 중심으로 내러티브가 진행되는 기사도 로맨스와는 달리 래에서는 여성 인물의 경험과 선택이 남성 인물의 경험과 선택만큼 중요하게 다루어진다.[27] 또한 남성주인공이 파괴된 질서를 회복하고 연인과 함께 사회로 재편입하여 차세대를 형성하는 것이 기사도 로맨스의 궁극적인 목적이라면, 래의 주된 관심은 남성이나 여성 인물들의 개성 혹은 개인적인 욕망에 있으며, 그들이 사회로 재편입하는가 여부는 내러티브의 주된 관심이 아니다.[28] 마리의 「랑발」과 「두 연인」이 예시하듯이, 사회가 개인이나 연인들을 받아들일 준비가 되어 있지 않을 때 그들은 기꺼이 인간 사회를 버리거나 죽음을 받아들인다.

---

26) Burgess and Busby, 26.
27) Hanning and Ferrante, 11.
28) Hanning and Ferrante, 11; Burgess and Busby, 27.

『래 모음집』의 가장 대표적이면서 가장 중요한 주제라고 할 수 있는 사랑을 마리가 어떻게 그리고 있는지 좀 더 자세하게 살펴보자. 임마누엘 미켈(Emanuel J. Mickel),[29] 그리고 벌지스와 버스비[30]가 이미 주목했듯이, 『래 모음집』에서 마리는 사랑을 고통이나 상처와 연결 짓는다. 물론 래에 등장하는 연인들은 사랑이 주는 설렘, 기쁨, 행복도 경험한다. 하지만 첫 번째 래 「기주마르」부터 마지막 래 「엘리튁」까지 사랑을 경험하는 인물들이 공통적으로 고통을 경험한다는 점을 기억할 필요가 있다. 사랑이 고통이라는 이 개념은 마리가 「기주마르」에서 사랑을 "몸 안에 난 상처"[31]로 정의하는 것과 무관하지 않다. 해닝과 페란테가 지적하듯이, 래의 연인들은 대부분 사회적 제약이나 어려움 또는 위협과 위험을 마주해야 하며, 종종 그들은 그런 적대적인 현실 앞에 무력하다.[32] 랑발은 이방인이라는 이유로 자신을 차별하는 동료들과 주군 때문에 괴로워하며, 나이 많고 질투심 많은 남편과 결혼한 젊고 아름다운 여성들, 즉 "말 마리에(mal mariées)"는 탑에 감금된 채 고통 중에 시들어가며, 프렌은 고아라는 신분이 갖는 사회적 제약때문에 오랫동안 함께 한 연인 고롱이 다른 여성과 혼인하는 것을 지켜보아야만 한다. 이처럼 마리가 보여주는 래 속 연인들의 고통은 그들이 처한 상황에 따라 다양하다.

---

29) Mickel, *Marie de France*, 121.
30) Burgess and Busby, 28.
31) 「기주마르」, 483행("plai[e de]denz cors").
32) Hanning and Ferrante, 16.

그렇다면 마리는 왜 사랑을 경험하는 인물들이 겪는 다양한 고통과 상황을 보여주는 것일까? 어쩌면 마리는, 사랑이라는 것이 지극히 개인적인 경험이고 본질적으로 너무 복잡한 감정이기 때문에 어떤 획일적인 기준으로 판단하거나 정해진 모델로 환원할 수 없다는 것을 보여주고 싶었던 것이 아닌가 한다. 같은 이유에서 마리는, 작품 속 인물들이 경험하는 개별적인 사랑을 독자들이 도덕적 잣대로 섣부르게 판단하는 대신에 그 사랑 하나하나가 갖는 특수함을 고려해주기를 바랐던 것일 수도 있다. 이는 『래 모음집』 전체를 통해서 가장 많이 반복되는 주제인 "불륜(adultery)"을 마리가 어떻게 다루는지 생각해볼 때 좀 더 분명하게 드러난다.

『래 모음집』에 실린 총 열두 편의 래 중에서 「르 프렌」, 「랑발」, 「두 연인」, 「불행한 자」를 뺀 나머지 래에는 모두 불륜 관계에 있는 남녀가 등장하는데, 마리는 이 작품들 중 어디에서도 불륜은 나쁘고 결혼은 좋다고 말하거나 그 반대 경우를 옹호하지도 않는다. 불륜 관계에 있는 남녀가 그 관계가 불륜이라는 이유만으로 비극적인 결말을 맞거나 혼인한 남녀가 행복한 결말을 맞는 것도 아니다. "말 마리에" 그룹에 속하는 「기주마르」, 「요넥」, 「밀롱」, 「인동덩굴」 속 미혼인 기사와 귀부인 연인이 나누는 사랑은 명백한 불륜이지만, 마리는 그들의 진지한 사랑을 높게 평가하고 그들이 행복한 결말을 맞도록 허락한다. 하지만 「에키탕」, 「비스클라브레」, 「나이팅게일」 속 불륜 남녀는 모두 벌을 받는 것으로 그려진다. 「에키탕」에서 왕비가 되려는 목적으로 연인인 왕과 모의하여 무고한 남편을 끓는 물에 밀어 넣어 죽이려 했던 아내와 왕은 도리어 자신들이 그런 죽음을 맞게 된다. 「비스클라브레」에서 남편과의 약속을 깨고 자신을 흠모해온 기사를 시켜 남편의 옷을 훔쳐 그를 인간 사회로부터 추방시킨 아내는 코를 물어뜯기고 고향에서 영원히 추방된다. 남편의 친구이자 이웃에 사는 기사와 피상적으로 연애를 즐기던 「나이팅게일」 속 여성은 끝내 사랑을 잃게 된다.

마리는 왜 "말 마리에" 그룹에 속하는 여성들은 긍정적으로 그리는 반면, 두 번째 그룹에 속하는 여성들은 비판적으로 그리는 것일까? 해답은 그들이 어떻게 사랑을 하는가 하는 "사랑의 질"[33]에 있다. 곧 마리는 연인들이 사랑을 어떤 목적을 이루기 위한 수단으로 사용하지 않고 좋은 의도를 가지고 진실되게 최선을 다하는가를 판단 기준으로 삼는 것으로 보인다. 이 기준은 불륜을 다루지 않는 다른 래에 등장하는 연인들에게도 적용된다. 예를 들어 「랑발」의 남자주인공 랑발이 비록 요정 연인과의 약속을 깨는 잘못을 하기는 하지만, 그녀에 대한 그의 사랑이 진실하고 그의 의도가 순수했기에 연인과 재결합할 수 있는 기회가 주어지는 것이다. 때로는 제삼자의 선의로 연인들이 행복한 결말을 맺기도 하는데, 「엘리뒥」 속 연인들이 그런 경우에 해당한다. 기혼자인 엘리뒥은 결국 연인과의 사랑을 이루게 되는데, 그건 엘리뒥의 아내가 정실부인으로서 자신의 지위를 포기하고 수녀가 되는 희생을 기꺼이 감수했기에 가능한 일이었다.

마리의 『래 모음집』에는 신비롭고 마법적이고 초자연적인 요소

---

33) Michel, 121.

들[34]이 자주 등장하는데, 이 또한 래 장르의 특징 중 하나이다. 이는 마리가 「총서시」에서 오래전부터 브르타뉴 사람들, 즉 켈트인들 사이에 구전되어오던 이야기들을 채록했다고 말할 때부터 어느 정도 예견된다. 잘 알려진 바와 같이 켈트 신화나 민담은 신, 반인반신, 요정, 경이로운 동식물들과 사건들로 넘쳐난다. 「기수마르」, 「랑발」, 「요넥」의 주인공은 인간 세계가 아닌 다른 세상을 방문하고 그곳에서 온 존재와 직접적으로 접촉한다. 구체적으로, 기수마르가 쏜 화살을 맞고 쓰러진 뿔 달린 하얀 암사슴은 인간의 언어로 말을 하고 주인공의 미래를 예견한다. 또한 부상 당한 기주마르가 탄 배는 스스로 움직여서 그가 한 번도 만난 적이 없는 연인에게 데려다주며, 나중에 같은 방식으로 연인을 기주마르에게 데려온다. 「랑발」에는 아서 왕과 다른 기사들의 차별로 괴로워하는 랑발을 요정 여왕이 찾아와서 그의 연인이 되어주고 생활고로 힘들어하던 그를 윤택하게 만들어준다. 마리는 한 번도 이 여성을 요정이라고 부르지 않는다. 하지만 랑발에게 일어나는 모든 일을 그녀가 알고 있다는 점, 그녀와 그녀 수행원들의 행색, 그들이 오가는 방식, 랑발에게 집이나 하인과 부를 무한하게 공급한다는 점, 그리고 작품의 마지막에 그녀가 랑발을 낙원으로 알려

---

34) 김준한은 「마리 드 프랑스의 「랑발」 읽기: 요정과 경이의 이해를 중심으로」(2017)에서 여섯 번째 래 「랑발」에 등장하는 요정을 중심으로, 김준현은 「마리 드 프랑스의 단시 읽기(I): 「요넥」과 「비스클라브레」」(2014)에서 두 래에 등장하는 요정 기사(혹은 신비로운 기사)를 중심으로 초자연적이고 마법적인 요소들을 심도 있게 논의한다.

진 전설적인 아발론섬으로 데려가는 점 등은 그녀가 평범한 인간 여인이 아닌 초자연적인 존재라는 점을 확신하게 해준다. 「요넥」의 남자주인공 뮐뒤마렉은 매로 변신하는 기사이자 왕이다. 그가 다스리는 곳은 터널 같은 숲을 통과해야 갈 수 있는 곳이며 그곳은 은으로 만들어진 세상이다. 그 역시 자신의 연인에게 일어나는 모든 일을 알고 있고 미래를 예언한다. 「비스클라브레」의 남자주인공은 인간에서 늑대로 변신할 수 있는 늑대인간(werewolf)으로 그려진다. 물론 전반적으로 「요넥」의 분위기가 「비스클라브레」의 분위기보다 훨씬 더 초자연적이다. 이외에도 20년 동안 편지를 배달하는 백조, 죽은 짝을 약초로 살려 내는 족제비, 혈관과 뼈를 순식간에 회복시킬 수 있는 신비의 물약 등 『래 모음집』에는 동화나 요정 이야기(fairy tales)에 나올 법한 소재들이 풍부하게 목격된다.

『래 모음집』에 나오는 열두 편의 래는 개별적으로 모두 완성된 작품이기 때문에 각 작품을 독립적으로 감상해도 문제될 것이 없다. 그럼에도 J. A. 프레이(J. A. Frey)나 해닝과 페란테[35]를 포함한 많은 마리 드 프랑스 전문가들이 제안하듯이, 인접한 작품들을 두 편씩 혹은 비슷한 주제를 다루는 래들을 그룹으로 묶어서 읽을 경우 개별적으로 읽을 때보다 훨씬 더 깊이 있게 이해할 수 있다는 장점이 있다. 예를 들어 「르 프렌」과 「비스클라브레」는 얼핏 보기에 비슷한 점이 없어 보인다. 「르 프렌」은 태어나자마자 쌍둥이

---

35) Hanning and Ferrante, 2, 11.

라는 이유로 버려져 고아로 자란 여성주인공에 관한 이야기이고, 「비스클라브레」는 아내에게 배신당한 늑대인간 남자주인공이 자신을 배신한 아내에게 복수하는 이야기이기 때문이다. 하지만 좀더 깊이 들어가보면 두 주인공 모두 일종의 경계적 존재로서 불안감을 안고 산다는 유사점이 발견된다. 수녀원장의 조카로서 최상의 교육을 받고 자란 프렌이 영주인 고롱의 사랑을 많이 받기는하지만 그와 혼인할 수 없는 업둥이이기 때문에 언제든지 그로부터 내쳐질 수 있다는 점에서 그러하고, 인간과 늑대 사이를 오가는 비스클라브레는 옷을 잃어버릴 경우 언제든지 인간 사회로부터 추방되어 야생에서 늑대로 살아야 한다는 점에서 그러하다. 두 사람 모두 가족으로부터 버림받아서 일정 기간 본래 신원으로부터 "유배(流配)"되는 삶을 살아야 한다는 점에서도 그러하다.[36] 또한 이들을 버리거나 배신한 가해자들도 본성이 악해서라기보다는 자신들의 안전이 위협받는다는 존재론적인 불안감에서 그런 행동을 한다는 공통점이 있다.[37]

　한편 주제가 비슷한 래를 그룹으로 묶어서 읽을 수도 있다. 예를 들어 열두 편의 래에 나오는 인물들은 각자 그들만의 문제를 경험하는데, 그 문제를 해결하는 단초가 초자연적인 힘으로부터

---

36)　Hanning and Ferrante, 13.

37)　프렌의 어머니와 비스클라브레의 아내가 느끼는 근본적인 불안감에 대해서는 역자가 쓴 논문 "'I am You': Fear and Self-Preservation in Marie de France's *Le Fresne*"(2016)와 "Disgust and the Werewolf's *Wife* in Marie de France's *Bisclavret*"(2020)를 참고하라.

올 수도 있고 문제를 겪는 당사자나 그들이 아는 누군가로부터 나올 수도 있다. 「기주마르」, 「랑발」, 「요넥」이 첫 번째 경우에 해당하고, 「에키탕」, 「두 연인」, 「나이팅게일」이 두 번째 경우에 해당한다. 이 작품들에서 도움이 초자연적인 영역으로부터 올 경우 연인들에게 긍정적으로 작용하지만, 도움이 인간의 지식이나 재간에서 비롯될 경우 대부분 연인들에게 부정적으로 작용한다는 점이 대단히 흥미롭다.[38]

2. 판본에 대하여

앞에서 잠깐 언급했듯이, 마리의 래는 총 다섯 개의 중세 필사본에 수록되어 전해진다. 그중 열두 편의 래와 「총서시」가 모두 수록된 필사본은 13세기 중엽에 제작된 것으로 추정되는 〈할리 978 필사본〉이 유일하다. 1261년에서 1265년 사이에 만든 것으로 보이는 이 필사본에는 『래 모음집』(f.118r~f.160r) 이외에도 마리가 영어에서 프랑스어로 옮겼다고 하는 『우화집』(f.40r~f.67v)이 실려 있고, 그 밖에 서정시, 음악 악보, 의학 문헌 등이 수록되어 있다. 이 필사본을 소장하고 있는 영국도서관은 필사본에 수록된 모든 텍스트를 고화질로 디지털화하여 독자들이 무료로 열람할 수 있도록 서비스를 제공하고 있다.[39] 두 번째로 많은 래들이 수록된

---

38) Hanning and Ferrante, 15.

필사본은 13세기 후반에 만들어져서 프랑스 파리국립도서관에 소장된 〈S 필사본〉(Paris Bibliothéque Nationale, nouv. acq. fr. 1104)이다. 이 필사본에는 「기주마르」, 「랑발」, 「요넥」, 「인동덩굴」, 「두 연인」, 「비스클라브레」, 「밀롱」, 「르 프렌」, 「에키탕」 순서로 된 아홉 편의 래가 실려 있는데, 이들 중 일부 작품은 미완성이다. 또 다른 파리국립도서관 소재 필사본인 〈P 필사본〉(Paris Bibliothéque Nationale, fr. 2168)에는 「요넥」, 「기주마르」, 「랑발」이 실려 있으며, 나머지 두 필사본인 〈C 필사본〉(British Library, Cott. Vesp. B XIV)과 〈Q 필사본〉(Bibliothéque Nationale, fr. 24432)에는 각각 「랑발」과 「요넥」이 실려 있다. 정리해보면 「기주마르」, 「랑발」, 「요넥」만이 두 개 이상의 필사본에 실려 전해지고, 「나이팅게일」, 「불행한 자」, 「엘리뒥」은 오직 〈할리 978 필사본〉에만 전해진다.[40]

　기계로 인쇄된 책과는 달리 중세 필사본은 전문적인 훈련을 받은 필사가가 양피지에 펜 혹은 깃털 펜을 사용하여 손으로 한 자씩 써 내려간 책(codex)이다. 마리를 포함한 현존하는 서양 중세 문학 작품의 대부분은 해당 작가가 직접 글로 써서 남긴 것이 아니라 필사가의 손에 의해 필사되어 전해진다. 서양에서 사용된 구두점의 역사를 연구한 M. B. 파키즈(Parkes)가 말하듯이, 동일한 구두점이 동일한 페이지에 사용되는 인쇄본과 달리, 아직 쉼표, 마침표, 물음표, 콜론 등의 구두점이 정립되지 않았던 중세 필사

---

39) http://www.bl.uk/manuscripts/FullDisplay.aspx?ref=Harley_MS_978.
40) Burgess and Busby, 8; Hanning and Ferrante, 25.

본의 경우 같은 원본을 사용하였더라도 누가 필사했는가에 따라서 구두점이 다르게 표기되는 경우가 허다하다.[41] 더불어 필사하는 사람의 필체와 필사 방식, 그리고 본문에 대한 이해도가 필사하는 텍스트의 정확도에 많은 영향을 미친다. 이런 이유들로 인해 중세 필사본을 전사(轉寫)하고 편집하는 작업은 고문헌학을 연구한 전문가들의 고유한 영역으로 여겨진다. 필사본을 편찬하는 작업은 단순히 해당 언어를 아는 것 이상의 고문헌학자로서의 전문적인 지식과 섬세하고 날카로운 직관과 판단을 요하기 때문이다.

〈할리 978 필사본〉에 실린 열두 편의 래와 「총서시」를 편찬한 연구자들로는 독일의 칼 바른케(Karl Warnke, 1885), 영국의 앨프리드 에월트(Alfred Ewert, 1944), 프랑스의 장 리슈네(Jean Rychner, 1966)가 대표적이다. 영어권 역자들[42]이 에월트의 판본을, 프랑스어권 역자들[43]이 리슈네의 판본을 따르는 것이 관례인 것으로 보이기에 영어권에서 공부한 역자 역시 에월트의 판본을 따른다. 하지만 옥스퍼드대학 프랑스문학 교수였던 에월트의 판본을 따르는 좀 더 근본적인 이유는, 에월트의 판본이 역자가 원문으로 삼은 〈할리 978 필사본〉을 상대적으로 좀 더 존중한다고 판단되기 때문이다.

---

41) Parkes, 70.

42) 그 예로 Hanning and Ferrante(1978), Burgess and Busby(1999), Gilbert (2015) 등이 에월트 판본을 현대 영어로 번역하였다.

43) 그 예로 Jonin(1975), Koble et Séguy(2011) 등이 리슈네 판본을 현대 프랑스어로 번역하였다.

예를 들어 「불행한 자」의 59행을 에월트는 "Li uns de l'autre ne saveit"[44]로 전사한다. 이는 〈할리 978 필사본〉 f.149r에 필사된 그대로 전사한 것이며, 그 의미는 "(한 귀부인을 두고 경쟁하는 네 명의) 기사들이 서로에 대해서 몰랐다"가 된다. 하지만 리슈네는 "ne"를 "le"로 고쳐서 "Li uns de l'autre le saveit"[45]로 전사하는데, 이렇게 "ne"를 "le"로 고쳐 쓰게 되면, "기사들이 (귀부인과 관계를 맺고 있는 다른 기사들의 존재에 대해서) 서로 알았다"는 의미가 된다. 필사본과는 반대의 의미가 되는 것이다. 예를 하나 더 들어보면, 「요넥」의 마지막 부분에 해당하는 544행에는 매-기사(hawk-knight)의 아들 요넥이 아버지의 검으로 부모의 원수이자 친부로 알았던 계부를 죽이는 장면이 나온다. 이 행은 〈할리 978 필사본〉 f.144r에 "Ad dunc vengié le doel sa mere"로 필사되며, 에월트는 아무런 수정 없이 그대로 전사한다.[46] 이 행의 의미는 "아들이 (방금 돌아가신) 어머니의 애통함(고통)을 이렇게 복수했다"가 된다. 하지만 리슈네는 이 행에 쓰인 두 단어 "le doel"을 "lui e"로 바꿔서 "Ad dunc vengié lui e sa mere"[47]로 전사하는데, 이렇게 전사하면 "아들이 그[아버지]와 어머니를 위해 이렇게 복수했다"는 뜻이된다. 리슈네의 이런 선택은, 필사본 원문의 의미가 분명함에도 원문에 사용된 일곱 개의 단어 중에서 두 개의 단어를 교체해서

---

44) Ewert, 117.
45) Rychner, 145.
46) Ewert, 96.
47) Rychner, 119.

원문이 제시하는 의미와 다른 의미를 만들어낸다는 점에서 다소 급진적인 전사라 하겠다. 물론 손으로 쓰는 필사본의 특성상 필사가가 텍스트를 필사하는 과정에서 실수했을 가능성은 항상 열려 있다. 〈할리 978 필사본〉도 결코 예외는 아니다.[48] 하지만 필사본이 가진 이런 잠재적인 오류의 가능성에도 불구하고 필사본을 전사하는 사람은 원문을 최대한 존중하여 꼭 필요한 경우가 아니라면 수정을 최소화해야 한다고 역자는 생각한다. 전반적으로 에월트가 마리의 래를 전사하는 방식이 역자의 이런 믿음과 부합하기 때문에 본서에서는 에월트의 판본을 따르기로 한다.

중세 필사본에 사용되는 구두점은 오늘날 사용하는 구두점과 다른 점이 많다. 〈할리 978 필사본〉에 필사된 『래 모음집』의 경우, 「총서시」가 시작되는 f.118r에서 첫 번째 래 「기주마르」의 262행이 실린 f.120r까지 총 다섯 쪽만 두 행씩 마침표와 콜론[49]이 번갈아 사용되고, 그 이후로는 구두점이 사용되지 않는다. 필사본의 형편이 이렇다 보니 필사본을 전사하고 편집하는 사람이 어떤 구두점을 어떻게 적용하는가에 따라서 같은 원본일지라도 의미가 달라질 수 있다. 마리의 『래 모음집』을 전사하고 편집한 에월트와 리슈

---

48) 「총서시」 첫 행에서부터 필사가의 실수로 추정되는 예가 발견된다(「총서시」 주석 1번 참고). 에월트는 그런 경우에 한하여 필사본을 최소한으로 수정하는데(Ewert, 159~162 참고) 그 구체적인 내용은 본서 부록에 실린 원문의 주석을 참고하라.

49) 첫 다섯 쪽에 사용되는 마침표와 콜론이 엄격한 의미에서 구두점으로 기능하는지는 의문이다. 이 두 부호가 다분히 기계적으로, 즉 문장 구조나 의미와는 상관없이 사용되는 것으로 보이기 때문이다.

네도 구두점 사용에서 차이가 나고, 그 결과 의미도 얼마간 차이가 나는 것이 발견된다. 예를 들면 「엘리뒥」의 시작 부분(24~26행)에는 남성주인공의 이름을 딴 「엘리뒥」이라는 제목 이외에 그의 두 아내의 이름을 딴 또 다른 제목에 대해서 설명하는 부분이 있다. 에월트와 리슈네는 이 부분을 다음과 같이 다르게 전사하고 있다.

	에월트 판본[50]	리슈네 판본[51]
24행	Mes ore est li nuns remüez,	Mes ore est li nuns remuez,
25행	Kar des dames est avenu.	Kar des dames est avenu
26행	L'aventure dunt li lais fu,	L'aventure dunt li lais fu[.][52]
27행	Si cum avient, vus cunterai,	Si cum avint vus cunterai,

두 판본의 가장 큰 차이점은 에월트가 25행 끝에 마침표를 찍은 반면, 리슈네는 그렇지 않다는 점이다. 이렇게 마침표를 다르게 찍은 결과, 에월트의 판본에서 26행이 27행에 나오는 동사 "cunterai"의 직접목적어가 되는 반면, 리슈네 판본에서는 26행이 앞선 25행의 주어가 된다. 그 결과, 네 행을 우리말로 옮겼을 때 두 판본 사이에 다소간 의미 차이가 발생한다. 네 행을 한 줄씩 직역해보면, 에월트의 판본이 "하지만 지금은 제목이 바뀌었어요. /

---

50) Ewert, 127.

51) ychner 156.

52) 리슈네는 26행에서도 마침표를 찍지 않는 것으로 발견된다. 하지만 27~28행과의 관계를 생각할 때 26행에 마침표가 생략된 것으로 보아야 할 것이다.

그 여성들에게 [지금까지 말씀드린 일이] 일어났기 때문이지요. / 래가 다루고 있는 모험을/ 일어난 그대로 여러분들께 들려드릴게요.”로 해석되는 반면, 리슈네 판본은 “하지만 지금은 제목이 바뀌었어요. / 그 여성들에게 일어났기 때문이지요 / 래가 다루는 모험이[.] / 일어난 그대로 여러분들께 들려드릴게요.”로 해석된다.

마침표를 다른 곳에 찍음으로써 의미가 달라지는 좀 더 확연한 예를 「엘리뒥」의 중간 부분에서 찾을 수 있다. 이 부분에는 용병으로 잉글랜드에 머무르는 엘리뒥이 자신의 원래 주군인 브르타뉴 왕으로부터 호출을 받고 길게 독백하는 내용이 나온다. 독백 중에 자신이 왜 고국으로 돌아가야 하는지 이유를 이야기하는 네 행 (595~598행)이 있는데, 아래와 같이 에월트는 597행에 마침표를 찍는 반면, 리슈네는 그렇지 않다.

	에월트 판본[53]	리슈네 판본[54]
595행	Mis sires m'ad par bref mandé	Mis sires m'ad par bref mandé
596행	E par serement conjuré	E par serement conjuré,
597행	E ma femme d[e l']autre part.	E ma femme d[e l']autre part
598행	Or me covient que jeo me gart!	Or me covient que jeo me gart.

에월트 판본의 경우, 597행 끝에 마침표를 찍음으로써 “주군(Mis

---

53) Ewert, 142.
54) Rychner, 173.

sires)"과 "아내(ma femme)"가 그를 부르기 때문에 돌아가야 하는 것으로 마무리되고, 598행은 엘리둑 자신에 해당하는 내용, 즉 이제 자신이 "경계해야(조심해야, gart)" 한다는 의미가 된다. 하지만 597행에 마침표를 찍지 않은 리슈네 판본의 경우, 598행이 아내를 수식하는 일종의 관계사절이 되어 왕의 호출과 함께(595~596행) 다른 한편으로는 그가 이제 아내를 돌봐야 하기 때문에 돌아가야 한다는 의미가 된다. 같은 필사본 원문이지만 마침표를 어디에 두는가에 따라서 이렇게 많이 의미가 달라지는 것이다.

이처럼 중세 필사본에 필사된 작품을 번역하는 경우 구두점을 달리 표기한 판본들 사이에서 다소간 의미 차이가 생기는 것은 자연스러운 현상이며, 이는 번역의 정확도의 문제가 아니라 상이한 판본이 만들어내는 현상이다. 본서에서는 에월트의 전사 방식을 따르기 때문에 에월트의 구두점 역시 기본적으로 수용한다. 하지만 원문의 의미가 달라지지 않는 범위 내에서 일부 구두점이 무시되는 경우가 발생할 수 있음을 미리 밝혀둔다.

3. 번역에 대하여

어떤 언어로 된 어떤 내용의 책을 번역하든지 모든 번역 작업에는 저마다 어려운 점이 있기 마련이다. 마리의『레 모음집』을 우리말로 옮기는 지난 3년간의 작업 역시 녹록치 않았다. 원문이 고프랑스어 방언, 좀 더 구체적으로 12세기 후반 잉글랜드에서 노르만

계 상류층이 사용한 앵글로·노르만어로 되어 있기에 텍스트에 사용된 어휘를 고프랑스어 사전과 앵글로·노르만어 사전에서 찾아 고증해야 했고, 사전에 없거나 사전을 찾아도 의미가 분명하지 않은 경우 2차, 3차 자료를 참고하는 과정을 거쳐야 했다. 이런 과정을 통해 그 의미를 확인하는 과정은 큰 배움의 기회였지만 동시에 높은 집중력과 많은 인내심을 요하는 지난한 작업이었다.

오늘날 래 장르는 서양 중세의 대표적인 세속 문학 장르인 기사도 로망스의 하위 장르 정도로 이해된다. 하지만 장르로서 래는 기사도 로망스 장르와 구별되며, 래 그리고 기사도 로망스와 함께 또 다른 중세 궁정 문학 장르인 서정시와도 구별된다. "lai"의 기존 번역인 "단시(短詩)" 대신 "래"로 번역하는 이유가 여기에 있다. 운문으로 쓰였다는 이유로 "lai"를 '짧은 시'라는 의미의 "단시"로 번역하게 되면 래 장르를 서정시 같은 본격 시 장르와 변별하기 어렵고, 더불어 래가 내러티브 시(narrative poetry)라는 점, 즉 래가 짧기는 하지만 완성된 서사를 포함하는 장르[55]라는 핵심적인 속성도 묻히기 때문이다. 이는 마치 개별 작품이 아닌 서양 중세 문학 장르로서 "romance"를 우리말로 "연애시"가 아닌 "로망스(프랑스어 작품인 경우)"나 "로맨스(영어 작품인 경우)"로 옮기는 경우와 마찬가지이다. 마리의 작품들을 포함하여 프랑스어로 쓰인 "lai"는 "래"로, 영어로 쓰인 "lay"는 "레이"로 옮겼다.

---

55) 이런 의미에서 김준한은 래를 오늘날의 "단편소설"로 간주할 수 있다고 본다 (26, 각주 7).

마리의 래는 각운(脚韻)이 들어간 8음절의 2행 연구로 된 운문이다. 시의 각운을 살리면서 우리말로 옮기는 것은 역자의 능력을 넘어서는 일이었다. 그럼에도 원문이 시라는 점을 고려해서 행을 살려서 시의 느낌이 나도록 번역하려고 최대한 애를 썼고 독자들의 편의를 돕기 위해서 5행마다 번호를 매겼다. 또한 마리와 서양 중세 문학과 문화 그리고 사회 제도에 익숙하지 않은 독자들을 위하여 주석을 풍부하게 달아서 이해를 돕고자 했다. 주석에서 원문을 인용하는 경우 괄호 안에 표기하였다.

마리는 「총서시」와 「기주마르」를 포함한 여러 래에서 "고귀한 왕"과 그의 궁정에 속한 여러 제후들(諸侯)에게 자신이 지은 래 작품들을 직접 들려주는(읽어주는) 상황을 연출한다. 이런 설정은 서양 중세에 널리 행해지던 "공동 독서(communal reading)"라는 읽기 문화, 즉 한 사람이 독자가 되어 글을 소리 내어 읽어주고 나머지 사람들이 청자가 되어 그것을 듣는(혹은 감상하는) 상황을 연상시킨다. 이런 공동 독서는 중세에 개인들 사이에서, 그리고 가정에서뿐만 아니라 수도원과 모임(집회) 등에서 흔하게 일어났다. 서양 중세의 읽기 문화를 연구한 데니스 하워드 그린(D. H. Green)에 따르면, 중세 귀족들은 자아 표현의 목적이나 공동체의 결속력을 다지기 위해서, 그리고 유흥의 목적으로 공동 독서를 즐겼다고 한다. 이런 공동 독서의 경우 여성들은 가족이나 연인과 함께 있는 사적인 공간에서뿐만 아니라 남성들과 함께 있는 공간에서도 적극적인 역할을 한 것으로 보인다. 그런 예가 크레티앵이 쓴 아서 왕 로망스 『사자 기사 이뱅(Yvain ou le Chevalier au Lion)』이나 초서가 쓴

『트로일러스와 크리세이드(*Troilus and Criseyde*)』 등의 문학 작품에서 종종 목격된다.[56] 이처럼 마리가 화자가 되어 왕과 귀족 제후들에게 직접 이야기를 들려주는 상황을 연출하기 때문에 본서에서는 원문의 이런 이야기하는 톤을 살려 옮겼다. 마리의 청중이 왕과 제후들인 점을 고려하여 "~어요", "~습니다" 등의 경어(敬語)체를 사용하였다. 마리가 아무리 상류층 여성이라 할지라도 왕이나 귀족 남성들 앞에서 여성으로서 "~했다" 등의 반말을 하는 것은 그 당시 관습과 문화를 고려했을 때 적절하지 못하다고 판단했기 때문이다. 작품 내에서 인물들 간에 이루어지는 대화의 톤은 그들의 관계나 신분을 고려하여 적절하게 옮겼다.

마리의 원문은 간결하고 응축된 운문인 것에 더하여 주어나 지시사, 접속사 등이 생략되는 경우, 고유명사 대신 인칭대명사를 계속 사용하는 경우, 또는 갑자기 장면이나 상황이 바뀌는 경우가 종종 있어서 문맥이 분명치 않거나 혼란이 발생할 때가 있다. 이런 경우 원문에 함의되거나 문맥상 유추되는 정보를 첨가하고 인칭대명사를 고유명사로 바꿔서 번역하고 행의 순서를 바꿔서 번역하는 등으로 명료함과 가독성을 높이고자 노력했다. 중세 프랑스어 시에서 흔히 목격되듯이, 마리는 자주 비슷한 의미를 갖는 형용사나 동사를 나란히 또는 반복해서 사용하거나 대구를 이루는 구문을 사용하여 의미를 강조하고 리듬감을 만들어내고 운율을 맞춘다(예를 들어 "pruz e vaillanz"; "sages e pruz"; "maz

---

56) Green, *Women Readers*, 15~23; 그린, 『중세의 여성 독자』, 23~35.

e pensis"; "viel e antis"; Vieuz……e auntïen"; "haïst e esloinast"; "pleigneit e suspirot"; "cunte e dit"; "alume e esprent"; "aparceü, / Descovert, trové e veu"; "Mut ……dolent e mut pensis"; "mut cheru e mut amé"; "De haute gent, de grant parage" 등). 이런 경우 원문을 압축하여 의미 위주로 번역하는 대신에 최대한 각 단어의 의미를 살리려 애를 썼다. 예를 들어 마리가 인물을 묘사할 때 가장 흔하게 사용하는 고프랑스어 "pruz[pro]"는 형용사로 쓰일 때 신중한(prudent), 현명한(wise), 노련한(skilled), 적합한/품위 있는(proper), 훌륭한(worthy), 고결한/기품 있는(noble), 용맹한(valiant) 등 정말 다양한 의미를 가지며, 마리의 래에서는 "pruz e vaillanz"나 "sages e pruz"처럼 대부분 다른 형용사와 함께 사용된다. 이런 경우 "pruz"와 함께 쓰인 형용사와 의미가 겹치지 않도록 번역하여 이 단어도 제 몫을 다할 수 있도록 했다.

작품 내에서 마리가 사용하는 고유명사, 특히 앵글로·노르만 인명을 우리말로 어떻게 표기할 것인가를 두고 오랫동안 고민하였다. 현대 프랑스어 발음에서 유추되는 대로 표기할 것인가, 국내 학계에서 표기하는 선례를 따를 것인가, 아니면 국립국어원에서 권장하는 외래어 표기법을 따를 것인가 사이에서 많이 고민한 결과 일종의 절충안을 선택했다. 국내 학계에서 해당 고유명사를 사용한 선례가 여럿 있거나 그 용례에서 응용할 수 있는 경우 그 예를 존중하여 따랐다. 예를 들어 마지막 래인 「엘리뒥」의 제목이자 남자주인공의 이름은 "Eliduc"인데, 이는 국립국어원 외래어 표기법을 따를 경우 "엘리뒤크"로 표기하는 게 맞다. 하지만 국내 학자들이 "엘리뒥"으로 표기한 선례가 여럿 있고, 더불어 마리와 거의 동시대인으로 볼 수 있는 크레티앵이 쓴 아서 왕(King Arthur) 로망스인 『에렉과 에니드』(c.1170)의 남자주인공 "Erec"의 이름이 "에레크"가 아닌 "에렉"으로 널리 통용되는 점에 착안하여 "Eliduc"을 "엘리뒥"으로 표기한다. 같은 기준에서, 엘리뒥의 첫 번째 부인인 "Guildelüec"의 이름도 "길드루에크"가 아닌 "길드루엑"으로 표기한다. 반면 엘리뒥의 두 번째 부인의 이름은 "Gualadun" 혹은 "Guilliadun"인데, 이 이름들을 우리말로 표기한 선례가 있기는 하지만 극히 제한적이라는 점, 그리고 국립국어원에서 "~dun"으로 끝나는 프랑스어 단어를 "~됭"으로 표기하는 용례를 제시한다는 점을 고려하여 "Gualadun"과 "Guilliadun"을 각각 "괄라됭"과 "길리아됭"으로 표기한다. 이런 선택이 다소 임의적으로 보일 수도 있겠지만 원칙을 가지고 선택한 결과임을 밝힌다.

중세 문학 작품에 등장하는 동일 인물을 언어권에 따라 다르게 표기하는 것도 어려운 점이었다. 예를 들어 「랑발」에 등장하는 "Walwain"은 아서 왕의 큰조카인 "Gawain"을 가리킨다. 같은 인물이 영어로 쓰인 로맨스 작품에서는 "가웨인"으로, 프랑스어로 쓰인 로망스에서는 "고뱅(Gauvain)"으로 표기된다. 이 점을 감안하여 본문인 「랑발」을 포함하여 프랑스어로 된 작품에서 그가 언급될 경우 "고뱅"으로, 『아서 왕의 죽음(Le Morte Darthur)』을 포함하여 영어로 된 작품에서 언급할 경우 "가웨인"으로 표기한다. 비슷한 상황이 랑슬로/랜슬롯(Lancelot), 페르스발/퍼시벌(Perceval),

트리스탕/트리스탄(Tristan) 등에서도 발생하며, 이들 경우도 해당 작품 언어권의 기준을 따른다. 이처럼 동일 인물의 이름이 다르게 표기되는 경우 "찾아보기"에 그 이름들을 병기하여 독자들의 이해를 돕고자 했다.

4. 수록 작품 소개

총서시

총 56행으로 이루어진 「총서시」는 영국도서관에 소장된 〈할리 978 필사본〉에서 118쪽 앞면(f.118r)에 위치하며 원래 "총서시"라는 제목은 없다. 하지만 마리 연구자들은 첫 번째 래 「기주마르」 앞에 붙여진 이 56행을 몇몇 작품들 시작 부분에 짧게 붙여진 서시와 구분하여 "총서시(the general prologue)"로 명명한다.[57]

벌지스와 버스비가 논의하듯이(12), 「총서시」의 목적은 몇 가지로 요약할 수 있다. 첫째, 마리가 어떤 이유로 래(lais)를 짓게 되었는지, 그리고 어떤 과정을 통해 래를 썼는지 등을 설명하고 있다는 점에서 자전적인 목적을 갖는다. 둘째, 재능 있는 이들이 가져야 할 태도와 선배 작가들의 글쓰기 습관, 그리고 후배 작가들 혹은 독자들이 고전을 해석하는 방식 등을 논하고 있다는 점에서 문예 비평의 목적을 갖는다. 그리고 마지막 14행은 누구에게 어떤

---

57) Burgess and Busby, 12.

목적으로 헌정하는지를 담고 있다는 점에서 헌사(dedication)의 성격을 갖는다. 「총서시」가 갖는 이러한 목적들을 고려할 때 마리는 「총서시」를 열두 편 래 모두 혹은 그중 상당 부분을 완성한 이후에 쓴 것으로 추정할 수 있다.

기주마르

「기주마르」는 마리가 쓴 열두 편의 래 중에서 〈할리 978 필사본〉에 제일 처음으로(f.118r~f.125r) 수록된 작품이다. 886행에 달하는 「기주마르」는 제일 마지막 래인 「엘리뒥」(1184행) 다음으로 긴 작품이다. 「기주마르」는 이성에 전혀 관심이 없던 기주마르라는 이름의 청년이 운명적인 연인과 사랑에 빠지게 되면서 겪게 되는 고통과 난관을 극복하고 성장하는 이야기이다. 기주마르의 연인은 나이 많고 질투심 강한 남편과 정략 결혼해서 불행한 삶을 사는 여성이라는 점에서 "말 마리에"의 첫 번째 예에 해당한다. 이 래에는 인간 말을 하고 주인공의 미래를 예견하는 사슴, 스스로 목적지를 찾아가는 배 등을 포함한 초자연적인 요소들이 등장한다.

「기주마르」에서 본격적인 이야기는 19행부터 시작되며, 처음 18행은 작품의 서문에 해당한다. 이 서문은 래 작품들에 붙은 서문들 중에서 가장 길다. 서문 3행에서 저자(혹은 화자)는 자신을 "마리(Marie)"라고 소개한다. 「기주마르」의 서문이 특이한 점은 내용상 「기주마르」와 직접적으로 관련이 없어 보이는 주제들을 마리가 언급한다는 점이다. 특히 질투심에 사로잡혀 자신의 명성에 흠집을 내는 경쟁자들을 "비겁하고 사악한 겁쟁이 개(malveis chien coart felun)"(13행)라고 신랄하게 비판하는 것은 마리의 자전적 경험에서 나온 게 아닌가 추측해볼 수 있다. 이는 마리와 동시대 작가인 드니 피라뮈스(Denis Piramus)가 『성인—왕 에드먼드의 생애(*Vie S. Edmund le Rei*)』(c.1170~1180)라는 대단히 교훈적인 시에 붙인 서시에서 마리가 쓴 래를 폄하하는 것을 볼 때 설득력이 있다. 피라뮈스는 마리의 래를 여성들이 좋아할 만한 이야기를 담고 있어서 많은 인기를 누리지만 사실은 허구에 불과하다고 평가절하한다.[58]

에키탕

「에키탕」은 〈할리 978 필사본〉에 두 번째(f.125r~f.126v)로 기록된 래이다. 에키탕이라는 이름을 한 미혼의 왕이 왕실 집사(seneschal)의 아름다운 아내와 밀애(密愛)를 즐기다가 집사를 죽일 계획으로 끓는 목욕물을 준비하게 되지만 엉겁결에 자신이 뛰어들어 죽는다는, 다소 코믹하면서도 비극적인 내용을 담고 있다. 이런 이유에서 마리 연구자들은 이 래가 진지한 사랑 이야기라기보다는 해학적이고 다분히 저속한 면이 강한 중세 장르인 우화(fabliau)나 소극(farce)에 더 가까운 이야기로 평가한다.[59]

---

58) "les vers de lias, / Ke ne snut pas del tut verais", Burgess and Busby, 11 에서 재인용.

59) Bloch, 75; Hanning and Ferrante, 69; Ewert, 168.

르 프렌

총 518행에 달하는 「르 프렌」은 〈할리 978 필사본〉에 세 번째 (f.127v~f.131v)로 수록된 래이다. 작품의 제목이자 여자주인공의 이름인 "프렌(fresne/freisne/fraisne)"은 물푸레나무(ash tree)를 의미하는데, 그녀가 버려진 곳이 물푸레나무 가지였기에 그 나무의 이름을 따서 "프렌"이라 불린다. 이 래는 쌍둥이 딸을 낳은 어머니에 의해 수녀원에 버려져 업둥이(foundling)로 자란 딸 프렌이 끝내는 자신의 원래 신분을 회복한다는 이야기이다. 이 작품은 쌍둥이 출산, 유아(아동) 유기/살해, 식별 증표(identity tokens), 바뀐 신분 등 서양에서 전해지던 오랜 민담이나 중세 로망스에 자주 등장하는 여러 가지 모티브를 차용하고 있다. 이런 이유에서 「르 프렌」을 마리가 모두 지어냈다기보다는, 작품의 끝에 언급되듯이, 그녀가 브르타뉴에서 전해지는 이야기를 채록하고 각색하여 운을 붙인 것이라고 보는 게 더 타당해 보인다.

「르 프렌」의 영향을 받은 작품으로는 13세기 초반에 장 르나르(Jean Renart)가 프랑스어로 쓴 『브르타뉴의 갈르롱 이야기(*Roman de Galeran de Bretagne*)』와 14세기 초반에 이름이 알려지지 않은 작가가 중세 영어로 쓴 『레이 르 프렌(*Laay le Fresne*)』이 전해지고 있다. 특히 두 번째 작품은 주요 플롯이 마리가 쓴 「르 프렌」과 대단히 비슷하다는 점에서 일부 연구자들은 「르 프렌」의 "번역"으로 간주하기도 한다.[60]

---

60) Laskaya and Salisbury, 61.

비스클라브레

「비스클라브레」는 〈할리 978 필사본〉에 네 번째(f.131v~f.133v)
로 필사된 래이다. "비스클라브레(Del Bisclavret)"는 브르타뉴어로
"늑대인간(werewolf)"을 의미하는 일반명사이면서 남자주인공을
지칭하는 고유명사로도 사용된다. 이 작품에서 저자 마리는 중세,
특히 12세기에 많이 유행했던 "낭광증(狼狂症, lycanthrophy)", 즉
늑대로 변하는 인간에 대한 민담을 전한다. 일주일에 삼 일을 늑
대인간으로 사는 영주 비스클라브레는 아내에게 늑대인간인 자신
의 정체성을 밝혔다가 그녀의 사주를 받은 기사에게 옷을 도난당
해 숲에서 한동안 늑대인간으로 지내게 된다. 하지만 주군인 브르
타뉴 왕에게 발견되고 왕의 도움으로 아내에게 복수하고 다시 인
간의 모습을 회복하게 된다.

마리 이전에 늑대인간 민담을 다룬 유명한 저서로는, 기원후
1세기 로마의 저자이자 해군 지휘관이었던 대플리니우스(Pliny
the Elder)가 쓴 『박물지(*Historia naturalis*)』와, 동시기의 로마 작
가 페트로니우스(Petronius)가 쓴 『사티리콘(*Satyricon*)』을 들 수 있
다. 마리의 영향을 받아 쓰인 것으로 추정되는 작품들로는 13세
기 『래 드 멜리옹(*Lai de Melion*)』과 14세기 『여우 이야기(*Roman de
Renart le Contrefait*)』가 있다.[61]

---

61) Hanning and Ferrante, 100~101; Ewert, 172

랑발

「랑발」은 〈할리 978 필사본〉에 다섯 번째(f.133v~f.138v)로 필사된 래이다. 이 작품은 잉글랜드 아서 왕의 궁정에 머무르는 외국 출신 왕자이자 기사인 랑발이 왕과 동료 원탁의 기사들이 가하는 차별과 질투 속에 힘들어하다가 결국 자신을 구해준 요정 연인과 함께 인간 세계를 버리고 요정들의 세계로 알려진 아발론섬(Avalon)으로 떠난다는 이야기이다.

「랑발」은 기사 랑발에 대하여 중세에 쓰인 현존하는 여러 로망스 중에서 가장 오래된 텍스트로 알려져 있다.[62] 고프랑스어로 쓰인 작자 미상의 「그라엘랑(Graëlent)」이라는 래가 「랑발」과 대단히 유사한 내러티브 구조를 보이는데, 이 두 작품은 같은 이야기에서 유래된 것으로 추정된다.[63] 마리의 「랑발」과는 달리 「그라엘랑」은 아서 왕 모티브와 연결점이 없다는 점에서 「그라엘랑」이 「랑발」보다 먼저 쓰인 것으로 추정된다.[64] 「랑발」과 「그라엘랑」의 영향을 받은 대표적인 중세 영어로 쓴 레이(lay)로는 14세기 후반에 토머스 체스터(Thomas Chestre)가 쓴 「라운팔 경(Sir Launfal)」이 있다. 이보다 다소 앞선 작품으로 추정되는 짧은 레이인 「란드발 경(Sir Landevale)」이 체스터가 쓴 「라운팔 경」의 직접적인 원전으로 추정된다.[65]

---

62) Laskaya and Salisbury, 201.
63) 이 두 작품의 유사점과 차이점에 대해서는 김준한의 「마리 드 프랑스의 「랑발」 읽기」를 참고하기 바란다.
64) Ewret, 172.

두 연인

244행으로 이루어진 짧은 래인「두 연인」은 〈할리 978 필사본〉에 여섯 번째(f.138v~f.140r)로 필사된 작품으로서 같은 날 같은 곳에서 죽은 어린 연인들에 대한 이야기이다. 에월트는「두 연인」을 마리가 쓴 열두 편의 래 중에서 지역성이 가장 강한 작품으로 평가한다.[66]

"두 여인(Les Deus Amanz)"이라는 제목은 프랑스 북서부 노르망디에 위치한 작은 도시 피트르(Pîtres)에 위치한 "두 연인의 산(Mont des Deux Amants)"에서 유래한 것으로 보인다. 그곳에는 "두 연인"으로 알려진 오베르뉴(Auvergne) 출신 부부 성인 인유리오수스(Injuriosus)와 스콜라스티카(Scholastica)를 기념하여 12세기 노르만 양식으로 지어진 작은 수도원의 잔재가 오늘날까지 전해진다.[67] 이 "두 연인"에 대한 전설은 노르망디에서 구전된 것으로 보이며, 일부 학자들은 마리가 노르망디에서 직접 이 전설을 채록했다고 주장한다. 하지만 마리가「두 연인」의 시작과 결말 부분에서 말하듯이 두 연인에 대해서 브르타뉴인들이 만든 래를 마리가 듣고 각색하여 운율을 입혔을 가능성도 충분히 있다.

---

65) Laskaya and Salisbury, 201.

66) Ewert, 177.

67) Ewert, 177; Hanning and Ferrante, 133.

요넥

「요넥」은 〈할리 978 필사본〉에 일곱 번째(f.140r~f.144r)로 수록된 레이다. 이 작품의 제목은 「요넥」이지만 이야기의 주된 내용은 요넥의 아버지인 뮐뒤마렉과 그의 이름 없는 연인 간의 비극적인 사랑 이야기이다. 이들의 아들인 요넥은 작품 말미에 잠시 등장해서 친아버지를 죽인 의붓아버지를 죽이고 친아버지의 자리를 물려받아서 왕이 된다. 서문에서 마리는 요넥의 부모가 어떻게 만났고 그가 어떻게 태어났는지를 이야기하겠다는 계획을 밝힌다.

이름 없는 요넥의 어머니는 나이 많고 질투심 강한 남편과 정략결혼해서 불행한 삶을 사는 젊고 아름다운 여성이라는 점에서 "말 마리에" 중 한 명이다. 요넥의 아버지는 평범한 인간이 아니라 새와 인간 두 종(種) 사이에서 모습을 바꿀 수 있는 존재이자, 그가 다스리는 초자연적인 나라의 왕이기도 하다. 이 점에서 늑대와 인간 사이를 오가는 늑대인간 모티브를 다루는 「비스클라브레」처럼 「요넥」은 동물과 인간 사이에 일어나는 변신(變身) 모티브를 다루고 있다고 하겠다.[68] 한편 포스터 데이먼(S. Foster Damon)은 「기주마르」, 「비스클라브레」, 「랑발」과 함께 「요넥」을 "초자연적"이고 "상징적인" 레로 분류한다.[69]

---

68) Ewert, 178; Kinoshita and McCracken, 144; 김준현, 2014.
69) Burgess, 3에서 재인용.

나이팅게일

160행에 이르는 「나이팅게일」은 〈할리 978 필사본〉에 여덟 번째 (f.144r~f.145r)로 수록된 래이며, 열한 번째 래 「인동덩굴」(118행) 다음으로 짧은 작품이다. 「나이팅게일」은 이웃 기사의 아내와 비밀리에 사랑을 나누던 미혼의 기사가 어떻게 사랑을 잃게 되는가에 관한 이야기이다. 이 래가 그리는 두 연인의 사랑이 특이한 점은, 벽을 맞대고 살기 때문에 창문을 통해서 서로 바라보고 말을 하고 선물도 교환할 수 있지만 그 이상의 신체적인 접촉은 허락되지 않는다는 점이다.

이 래와 비슷한 소재를 다룬 여러 이야기들이 전해진다. 보카치오 (Boccaccio)가 『데카메론(*Decameron*)』(IV, 9)에서 같은 소재를 다루고 있으며, 전래되는 또 다른 이야기들 중에는 남편이 새를 죽이자 연인인 기사가 남편을 죽이고 연인과 혼인하는 이야기도 있다.[70]

밀롱

「밀롱」은 〈할리 978 필사본〉에 아홉 번째(f.145r~f.149r)로 수록된 작품이다. 「밀롱」은 이름난 기사인 남자주인공 밀롱과 그의 이름 없는 연인과의 비밀 연애로 시작된다. 혼인도 하지 않은 상태에서 연인이 임신해서 아들을 낳게 되고 밀롱이 용병으로 떠나 있는 동안 연인이 다른 남자와 혼인하게 되면서 내러티브는 새로운 국면을 맞이한다. 남의 아내가 된 연인과 20년 동안 서신을 주고

---

70) Hanning and Ferrnate, 161.

받으면서 관계를 유지하는데, 흥미롭게도 편지를 나르는 메신저가 사람이 아닌 백조이다. 세월이 흘러 뛰어난 기사로 성장한 아들을 몰라본 밀롱은 아들과 마창시합을 했다가 패하게 된다. 하지만 손가락에 낀 그의 반지를 알아보고 자신의 아들임을 확신한다. 작품 끝에는 세 가족이 행복하게 재회한다.

「밀롱」은 마리가 쓴 열두 편의 래 중에서 작품의 공간적 배경과 인물들의 이동 경로가 가장 정확하게 드러나는 작품으로 평가된다.[71] 밀롱과 그의 연인은 남웨일즈 출신이고 그들의 아들은 잉글랜드 북부인 노섬벌랜드에서 성장한다. 이후에 아들과 밀롱은 잉글랜드의 사우샘프턴을 거쳐 프랑스 북부 브르타뉴로 가서 마상시합에 참가하는데, 마리는 이런 궤적들을 상세하게 밝힌다.

불행한 자

「불행한 자」는 〈할리 978 필사본〉에서 열 번째에 기록된 작품으로 네 쪽(f.149r~f.150v)에 걸쳐서 필사되어 있다. 네 명의 기사-연인을 둔 어느 귀부인이 그중 세 명을 한꺼번에 잃고 나머지 생존자도 심하게 부상을 입은 상황을 슬퍼하며 래 한 편을 지었다는 것이 이 작품의 주된 내용이다.

「불행한 자」는 누구의 관점에서 보는가에 따라 제목이 달라진다. "불행한 자"는 네 명의 기사 중에서 유일하게 살아남은 기사가 느끼는 좌절과 슬픔을 표현한다. 즉, 이 제목은 살아남았음에도

---

71) Hanning and Ferrante, 177.

회복할 수 없는 상처로 인해 귀부인의 온전한 사랑을 얻지 못하는 현실을 한탄하면서 차라리 죽는 게 낫다고 느끼는 기사의 참담한 심정을 반영한다고 하겠다. 다른 제목은 "네 가지 슬픔(Les Quatre Dols)"인데, 이 제목은 귀부인의 심정을 반영한다. 뛰어난 네 기사의 사랑을 받았던 그녀가 느꼈던 자부심과 그들을 한꺼번에 잃은 슬픔을 표현하는 것이다. 이처럼 누구의 관점인가에 따라서 작품의 제목이 달라지는 것은 마지막 래인 「엘리뒥」의 제목이 여성 주인공들의 관점에서 볼 경우 「길드루엑과 괄라됭(Guildelüec ha Gualadun)」이 되는 것과 비슷하다.

인동덩굴

〈할리 978 필사본〉에 열한 번째(f.150v~f.151v)로 필사되어 있는 「인동덩굴」은 열두 편의 래 중에서 가장 짧은 작품(118행)이다. 마리는 「인동덩굴」에서 중세 서양에서 큰 인기를 누렸던 트리스탄(Tristan, 프랑스어로는 트리스탕)과 이졸데(Iseult/Isolt/Isolde)의 운명적이고 비극적인 사랑이야기에서 가져온 짧은 에피소드, 즉 길고 고통스런 이별 뒤에 두 연인이 숲에서 잠깐 재회하면서 기뻐하는 순간을 다루며 그 특별한 사건을 기억하기 위해서 트리스탄이 래를 지은 것이라고 작품 말미에 설명한다.

마리는 트리스탄–이졸데 이야기를 아는 독자들이 알아볼 만한 여러 가지 요소들을 포함시키는데, 삼촌 마크 왕이 트리스탄과 이졸데의 사랑에 화를 내고 트리스탄을 콘월에서 추방한 점, 왕의 신하들이 트리스탄을 시기해서 삼촌과 조카 사이를 이간질하는 점, 이졸데의 충성스러운 유모(혹은 시녀) 브랑게인이 항상 이졸데와 동행하면서 그녀를 보필하는 점 등이 그 예이다. 하지만 흥미롭게도 마리는 이 작품에서 트리스탄–이졸데 이야기에서 가장 잘 알려진 사랑의 묘약에 대해서는 언급하지 않는다.

엘리뒥

「엘리뒥」은 『래 모음집』에서 가장 마지막 작품이자 가장 긴 작품(1184행)으로서 〈할리 978 필사본〉에서 f.151v~f.160r에 걸쳐 필사되어 있다. 브르타뉴 출신인 남자주인공 엘리뒥은 고향에 아름답고 지혜로운 아내를 둔 기사이지만 용병으로 잉글랜드에서 복무하던 중 그곳에서 주군으로 모시는 왕의 딸과 사랑에 빠진다. 자신이 기혼자라는 사실을 알리지 않은 채 연인인 공주를 데리고 고향으로 돌아오던 중에 이 사실을 알게 된 그녀가 충격으로 깊은 혼수상태에 빠지게 된다. 결국 아내의 도움으로 공주가 의식을 회복하게 되고 엘리뒥과 공주를 위해 아내가 수녀가 됨으로써 두 연인은 사랑의 결실을 맺게 된다.

"두 명의 아내를 둔 남편"이라는 「엘리뒥」의 중심 주제는 마리 당대에 대단히 대중적인 인기를 누렸던 주제이다. 이와 유사한 주제를 다룬 대표적인 로망스로는 12세기 후반에 아라스의 고티에(Gautier d'Arras)가 쓴 『일과 갈르롱(Ille et Galeron)』이 있다.[72]

---

72) 고티에 이외에 이 주제를 다룬 다른 중세 문학 작품들에 대해서는 김준현, 「마리 드 프랑스의 단시 연구: 「엘리뒥」을 중심으로」, 139~140을 참고하라.

래 모음집

총서시

하느님으로부터 지식[1]과
뛰어난 언변을 선물로 받은 사람은 누구든지
침묵하거나 숨기는 대신
그것을 기꺼이 드러내야 합니다.
5   큰 선행이 널리 알려질 때
그때 그것은 첫 꽃을 피우게 되고요,
많은 칭송을 받을 때
그 꽃은 만개하는 법이지요.
선인들의 관례는,
10   프리스키아누스[2]가 증언하듯이,

---

1) "지식"은 〈할리 978 필사본〉 첫 행 "en science"를 번역한 것이다. 『래 모음집』을 각각 1944년과 1966년에 전사(轉寫)하고 편집한 에월트(159)와 리슈네(193)가 제안하듯이, 첫 행의 문장 구조를 생각할 때 전치사("en") 없이 "escïence"가 목적어로 쓰이는 게 타당한 것으로 보인다. 마리가 원래 그렇게 쓴 것인지, 아니면 필사가가 실수한 것인지 알 수 없다. 다만 마리가 대단히 꼼꼼한 작가라는 점을 감안할 때 후자일 가능성이 더 높아 보인다.

2) 에월트는 이 부분을 두고 "여기서 마리는 프리스키아누스(Precïens, 라틴어로는 Priscianus Caesariensis)가 쓴 『문법 교과서(Institutiones Grammaticae)』의 도입부를 언급하고 있다"라고 말한다(Ewert, 163). 프리스키아누스는 6세기 초에 콘스탄티노플에서 활동한 라틴어 문법가이자 학자이다. 그의 삶에 대해서 알려진 것이 많지 않으나, 그는 문법, 시 그리고 음보(metre)에 대해서 많

오래전에 그들이 쓴 책에서
대단히 모호하게 말을 해서
후대 사람들이
그들의 생각을 공부하고자 할 때
15 그들의 글에 주석을 달고
적절한 해석을 더하게 했지요.[3]
학식이 있는 이들[4]도 그것을 알았고
스스로들 이해했어요.
시간을 더 할애할수록[5]

은 소고와 교재를 쓴 것으로 알려져 있다. 그중에서도 열여덟 권으로 된『문법
교과서』가 가장 유명하며, 이 책은 중세에 라틴어 표준 교과서로 사용되었다
("Priscian, *Institutiones grammaticae*").

3) 원문 9~16행을 어떻게 해석할 것인지, 특히 "gloser la lettre"(15행)와 "sen le
surplus"(16행) 두 구절을 두고 학자들 사이에 의견이 분분하다. 레오 스핏
츠(Leo Spitzer, 100)와 도널드 로버트슨(D. W. Robertson, 248)은 "sen"과
"surplus"가 전통적이고 기독교적인 태도 혹은 교훈(sententia)을 의미한다
고 주장한다. 하지만 토니 헌트(Tony Hunt, 412)와 로버트 스털지스(Robert
Sturges, 249, 348) 등은『래 모음집』에서 마리가 전반적으로 보이는 세속적이
고 문예 중심적인 태도를 지적하면서, 이 두 단어가 어떤 전통적이고 종교적
인 이데올로기를 의미하기보다는 독자가 텍스트에 부여하는 의미를 뜻한다고
주장한다. 역자는「총서시」와「두 연인」을 사랑과 독서라는 주제로 분석한 논문
에서 헌트와 스털지스의 입장을 지지한다(Yoon, "Lettre, Love, and Magic").
"gloser la lettre"라는 구절이 문자로 쓰인 텍스트를 해석하는 의미처럼 들려서
초점이 텍스트에 있는 듯하지만, 좀 더 깊은 의미는 독자가 텍스트에 어떤 의
미를 부여하는가이며, "sen"과 "surplus"는 독자가 텍스트에 더하는 의미로 보
아야 한다는 것이 논문의 주된 논지이다.

4) "philesophe"는 앵글로·노르만어에서 학식이 있는 사람이나 교육을 받은 전
문가 등을 포괄하는 의미이다("philesophe").

20   생각이 더 섬세해져서[6]

장차 범할 수 있는 실수를[7]

더 경계하는 법을 알게 되는 것이지요.

악으로부터 자신을 지키고자 하는 이는 누구든지

열심히 공부하고

25   힘든 일을 시작하는 노력을 해야 합니다.

그렇게 해서 악을 더 멀리하고

큰 슬픔으로부터 자유로울 수 있기 때문이지요.

이런 이유에서 저도

어떤 좋은 이야기를 쓰거나

30   라틴어에서 로망어[8]로 번역하는 일을 생각하기 시작했어요.

하지만 너무도 많은 이들이 이미 그런 작업을 했기 때문에

그런 일은 저에게 명예를 가져다주지 못합니다.

그런 다음 저는 예전에 들어본 적이 있는 래를 생각했어요.

저는 의심 없이 정말 확신했습니다.

---

5) "plus trespasserunt le tens"은 "시간이 흐를수록"이라는 의미로도 해석할 수 있다(Koble and Séguy, 165).

6) "serreient sutil de sens"은 "원문의 뜻을 더 잘 이해하게 된다"는 의미로도 해석할 수 있다(Burgess and Busby, 41; Gilbert, 3).

7) 에월트가 쉼표를 써서 "ert, a trespasser"(원문 22행)로 편집한 것과 달리 리슈네는 쉼표 없이 "ert a trespasser"로 편집한다(2). 또한 리슈네는 "trespasser"를 "잊다/망각하다(oublier)", "소홀히 하다/등한시하다(négliger)"의 의미로 풀이한다(216). 이렇게 편집할 경우, "De ceo k'i ert a trespasser"는 선인들이 원문에서 "(의도적으로) 빠뜨린 것" 또는 "소홀하게 다룬 실수"라는 의미로 옮길 수 있다.

8) 마리의 모국어인 프랑스어를 의미한다.

35   래를 처음 만들어서

전파한 이들이

자신들이 전해 들은 여러 모험[9]을 보존하기 위해서

래를 지었다는 것을 말이지요.

저도 여러 번 이야기로 들려주는 래들을 들어보았기에

40   그것들이 잊히는 것을 원치 않았어요.

그래서 저는 그 래들에 운율을 입혀서 시[10]로 만드느라

종종 밤늦도록 애쓰고는 했습니다.

대단히 용감하시고 정중하시며[11]

모든 기쁨마저 고개를 숙이는

45   그리고 마음에는 온갖 미덕이 뿌리를 내린

고귀한 왕[12]이시여,

---

9) "모험"으로 옮긴 "aventures(영어로는 adventure)"(원문 36행)는 예고 없이, 혹
    은 기대하지 못한 상황에서 그냥 일어나는 사건, 사고, 상황(event, happening,
    what happened) 등을 의미하며("aventure"; "adventure, n."), 마리도 『래 모
    음집』에서 이런 후자의 의미로 이 단어를 많이 사용하고 있다. 해닝과 페란테
    (25~26), 벌지스와 버스비(32)도 "aventure"를 이런 의미로 이해한다. 본서에서
    는 이를 반영하면서 상황에 따라 사건, 모험, 이야기, 상황, 운명 등으로 옮겼다.
    『래 모음집』에서 마리는 주인공들이 예고 없이 발생하는 사건인 "aventure"에
    어떻게 반응하고 대응하는가를 보여주는 방식으로 그들의 성격과 자질을 보여주
    고 평가한다.

10) "ditié"는 앵글로·노르만어를 포함한 여러 고프랑스어 방언에서 주로 시, 노래,
    멜로디 혹은 도덕적 교훈을 담은 이야기 등을 의미한다("ditié," s. 1,; "ditéi").

11) 〈할리 978 필사본〉에는 별다른 표시가 없지만 여기서부터 헌사(dedication)
    가 시작된다. 이 점을 고려하여 번역에서 행간을 띄운다.

12) 마리 연구자들은 대부분 "고귀한 왕(nobles reis)"을 마리가 살았던 12세기 중

제가 폐하께 경의를 표하고자 이 래들을 모아서
운율을 입혀서 이야기하는 일을 하였습니다.
왕이시여, 이 래들을 폐하께 헌정하기로
50   제가 마음으로 생각하고 결정하였나이다.
폐하께서 기쁘게 받아주시면
저에게는 크나큰 기쁨이 될 것이고
저는 영원히 행복할 것입니다.
제가 감히 폐하께 이것을 올린다고
55   부디 저를 주제넘다고 생각지 마옵소서.
그럼, 이제 시작할 터이니 들어주십시오.

후반에 잉글랜드를 다스렸던 헨리 2세를 가리키는 것으로 추정하며, 일부 학
자는 마리가 헨리의 이복 누이였던 쉐츠베리(Shaftesbury) 수녀원의 원장수
녀 마리인 것으로 추정한다. 헨리 2세는 교양 있는 군주로서 앵글로·노르만
시인이었던 와스(Wace)와 생트모르의 브누아(Benoît de Sainte-Maure) 등
과 친분이 많았던 것으로 보인다(Hanning and Ferrante, 6~7; Burges and
Busby, 12; Gilbert, 4; 윤주옥, 「서양 중세 문학과 여성 지식인」, 117).

1
기주마르

좋은 글감을 가지고 좋은 결과를 얻지 못하는 사람은
누구든지 괴롭기 마련이지요.
제후들이시여,[1] 때가 왔을 때[2] 자신이 할 바를 잊지 않는
저 마리의 이야기를 들어주세요.

5   높은 명성을 얻은 사람을
우리는 칭찬해야 합니다.
하지만 뛰어난 능력을 가진
남녀가 있는 곳이면 어디든지
그 행운을 시기하여

10   종종 그들에 대해서 악의적으로 말하고
그 명성에 흠집을 내려는 사람들이 있기 마련이지요.[3]
그런 이들은
비겁하고 사악한 겁쟁이 개와 같아서
음흉하게 사람들을 무는 것이지요.

---

1) 마리는 자신의 이야기를 듣는 청중으로 "제후들(seignurs)"을 상정하고 있다.
2) "en sun tens"(원문 4행)에서 "tens"는 "기회" 혹은 "차례(turn)"로도 옮길 수 있다.
3) 실제로 마리 드 프랑스와 동시대 작가인 드니 피라뮈스는 1180년경에 쓴 자신의 시에서 "마리 부인(Dame Marie)"이 쓴 래가 모두 허구이며, 여자들이나 좋아할 만한 내용이라고 평가절하한다(Burgess and Busby, 11).

15	그렇다 하더라도 저는 그만둘 의향이 없습니다.
	만약 악의적인 비평가나 모략가들[4]이
	제가 이룬 성과에 대해서 공격하고
	나쁘게 말한다면, 그건 그들의 권리인 것이지요.
	제가 아는 진실된 이야기들을,
20	브르타뉴 사람들이 래로 엮은 이야기들을
	지체하지 않고 들려드릴게요.
	서두를 이렇게 시작했으니,
	오래전에
	작은 브리튼[5]에서
25	일어난 모험담[6]을
	쓰인 그대로[7] 들려드릴게요.
	호엘[8] 왕이 브르타뉴를 다스릴 때였는데

---

4) "gangleür"를 "악의적인 비평가(spiteful critic)"(Ewert, 202)로, "losengier"를 "모략가(slanderer)"(Ewert, 205)로 옮겼다.

5) "작은 브리튼(Bretaigne la menur)"은 프랑스 북서부에 위치한 브르타뉴 (Bretagne/Brittany)를 의미한다. 이렇게 불리는 이유는 5~6세기에 브리튼 섬 사람들(Britons)이 이곳으로 이주하여 살았기 때문이며, 그들의 후손들을 "브르타뉴인"이라 부른다. 마지막 래인 「엘리뒥」에서는 철자가 조금 다른 "Brutaine la meinur"(원문 30행)으로 표기된다.

6) 기주마르의 모험 이야기라는 점에서 "un' aventure"를 모험담으로 옮겼다.

7) "Sulunc la lettre e l'escriture"(원문 23행)에 대한 번역이다. 이 구절은 문자로 기록된 원전을 마리가 이용했을 가능성을 제안한다. E. 레비(E. Levi) 같은 일부 연구자들은 실제로 웨일즈 지역 케얼리언(Caerleon)에 위치한 성 아론 수도원에 그런 문서가 존재했다고 주장한다(Ewert, 165에서 재인용).

8) 원문은 "Hoilas"이며 브르타뉴의 왕이었던 "위대한 호엘 1세(Hoel the Great, King of Brittany)"를 가리키는 것으로 보인다. 호엘은 몬머스의 제

평화로울 때도 있었고 전쟁을 할 때도 있었어요.

호엘 왕을 모시는 영주[9]들 중에

30 레옹[10] 주를 다스리는 영주가 있었는데

오리디알[11]이라 불린 그는

왕과는 대단히 가까운 사이였어요.

유능하고 용맹한 기사인 그는

아내와의 사이에 두 자녀를 두었는데

35 아들과 예쁜 딸이었어요.

딸은 노그,

아들은 기주마르[12]라 불렸는데

프리(Geoffrey of Monmouth)가 12세기 초(1136년경)에 쓴 『브리튼 열왕사
(*Historia Regum Britannie*)』에서 아서 왕의 조카이자 충신으로 묘사된다. 그
는 보디시우스 왕(King Boudicius)과 아서의 누이인 안나(Anna) 사이에 난 아
들이기에 아서의 조카가 된다. 브르타뉴의 왕인 그는 삼촌인 아서가 잉글랜드
에서 색슨족, 픽트족, 스코틀랜드인 등을 몰아내는 데 크게 기여하고 유럽을
정벌하는데도 크게 활약한다. 웨일즈어로는 휘웰(Hywel)로 불린다(Geoffrey
of Monmouth, *History*, 212~274, 333).

9) "barun"을 영주(領主)로 옮겼다. 이 단어는 본래 하인, 가신 등을 의미하는 후
기 라틴어 단어 "barō"에서 유래한 것으로 보이며, 중세 봉건 제도하에서 왕
등과 같은 상급자로부터 영지(領地, vassalage) 혹은 봉지(封地, fief)를 하
사받은 대가로 충성과 군사 원조를 맹세하는 영신(領臣, tenant-in-chief)
을 의미했다. 영주들은 비슷한 방식으로 기사들을 자신 아래에 두고 그들에
게 일정한 영지를 제공하고 그 대가로 군사력을 제공받기도 했다("Baron, n"
OED; "Baron," *Brit.*). 본서에서 이 단어는 상황에 맞게 영주, 제후, 귀족, 기
사 등으로 옮겼다.

10) "Liün"은 오늘날 프랑스 브르타뉴 지방 서쪽에 위치한 레옹(Léon)을 가리킨
다(Gilbert, 6).

11) 기주마르의 부친과 누이의 이름은 각각 "Oridials"과 "Noguent"로 철자된다.

왕국에서 기주마르보다 더 잘생긴 청년은 없었어요.
모친은 그를 지극히 사랑하였고

40 부친과도 사이가 아주 좋았어요.
자신의 품에서 떠나도 될 정도로 기주마르가 성장하자
아버지는 그를 왕에게 보내서 왕을 섬기게 했어요.
기주마르는 사려 깊고 용감해서
모든 이에게 사랑을 받았어요.

45 때가 되어
나이가 차고 분별력이 생기자
왕은 기주마르에게 성대하게 기사 작위를 주고[13]
그가 원하는 대로 갑옷[14]을 하사했어요.
기주마르는 왕궁을 떠났습니다.

50 떠나기 전에 가진 많은 것을 선물로 나누어 주었어요.
명성을 찾아서 플랑드르로 갔는데
그곳에는 항상 전투와 전쟁이 벌어졌어요.
이 당시에
로렌느, 부르고뉴,

---

12) 여기에서만 "Guigeimar"로 철자된다. "기주마르"는 레옹 지역 귀족 남자들
에게 쓰인 전통적인 이름으로 추정된다(Ewert, 166). 12세기 말 크레티앵
드 트루아가 쓴 아서 왕 로망스 중 한 편인 『에렉과 에니드』에는 깅가마르
(Guingamar)라는 이름의 기사가 등장하는데, 그는 아발론섬(Isle of Avalon)
의 영주이면서 모르간 르 페(Morgan le Fay, 영어로는 모르간 르 페이)의 연
인이다(61).

13) "adube"를 "기사 작위를 주다(dub a knight)"로 옮겼다("adober").

14) "갑옷"으로 옮긴 "armes"는 "무기(arms)"나 "장비(equipments)"로도 옮길 수
있다.

55   앙주, 가스코뉴를 통틀어서
      기주마르에 견줄 만큼 뛰어난 기사는 없었지요.
      하지만 대자연이 기주마르를 만들 때 큰 실수를 하나 해서
      그는 사랑에 대해서는 도통 관심이 없었어요.
      귀부인이든 아가씨든
60   아무리 지체가 높고 아름답더라도
      기주마르가 원하기만 하면
      기꺼이 그를 사랑하지 않을 여성은 없었는데도 말입니다.
      많은 여성들이 그에게 자주 구애했지만
      기주마르는 그럴 마음이 조금도 없었어요.
65   기주마르에게서
      사랑을 경험하고 싶은 욕구는 조금도 찾아볼 수 없었어요.[15]
      이런 이유로 그의 친구든 낯선 이든
      그를 불행한 사람으로 여겼어요.

---

15) 여성과 사랑으로 표현되는 사적인 영역에 대한 기주마르의 이런 철저한 무관
   심은 기사로서 이룬 성공과 명성으로 대변되는 공적인 영역에 대한 그의 전
   적인 몰입과 큰 대조를 이룬다. 이성과의 사랑을 경험함으로써 자신이 이성
   (理性)이나 물리적인 힘으로 통제할 수 없는 내적인 차원이 있음을 알 수 있
   는 기회를 거부하는 기주마르의 이런 모습은 아직 그가 성적으로, 그리고 심
   리적으로 미성숙하다는 것을 시사한다(Hanning and Ferrante, 55~56). 그
   가 앞으로 겪게 되는 모험은 이런 영역에 대한 경험이며, 이를 통해 그는 성
   장하게 된다. 이런 기주마르의 모습은 초서가 쓴 『트로일러스와 크리세이드』
   의 남자주인공 트로일러스의 모습과 많이 닮았다. 트로일러스 역시 처음에는
   오직 기사이자 전사로서만 자신을 규정하고 이성과의 사랑을 거부하고 사랑
   에 빠진 이들을 비웃는다. 하지만 젊은 미망인 크리세이드를 만나고 사랑에
   빠지면서 자신이 몰랐던, 이성으로는 통제할 수 없는 새로운 차원을 발견하
   게 된다.

명성이 최고조에 달했을 때

70   이 기사[16]는 자신의 나라로 돌아왔어요.

주군인 아버지와

사랑하는 어머니와 누이를 보려고 말입니다.

모두 그를 많이 그리워했어요.

제가 알기로, 그가 가족과 함께 머무른 지

75   한 달이 지났을 때 일입니다.

어느 날 사냥[17]을 하고 싶다는 강한 욕구가 들었어요.

밤이 되자 자신의 기사들과

사냥꾼들, 그리고 몰이꾼들을 불러 모았고

아침이 되자 숲으로 갔어요.

80   사냥이 그에게 큰 즐거움을 주었기 때문이었어요.

모여서 큰 사슴을 쫓으러

사냥개들을 풀어놓았어요.

사냥꾼들은 앞서 달려갔고

기주마르는 뒤에 머물러 있었어요.

85   하인이 활과 사냥칼

그리고 화살통[18]을 들고 따랐어요.

---

16) "ber[barun]"를 "기사"로 옮겼다.

17) "사냥"은 중세 로망스에 종종 등장하는 상징적인 모티브이다. 문명화된 존재이기 때문에 의식적 차원에서 자아가 거부해온 공격적이고 동물적인 무의식적 차원을 사냥을 통해 풀어주고 해소한다는 점에서 사냥은 파괴적이 자기충족적 욕구와 순결에 대한 억압된 욕구를 풀어주는 상징적인 행위로 이해된다 (Hanning and Ferrante, 56). 또한 두 번째 래 「에키탕」이 예시하듯이 사냥은 사랑하는 대상을 정복하는 과정에 비유되기도 한다.

기주마르는 기회만 된다면

숲을 떠나기 전에 활시위를 당겨보고 싶었어요.

그때, 큰 덤불 깊숙한 곳에 있는

90   새끼 딸린 암사슴[19] 한 마리를 보았어요.

---

18) 고프랑스어 "berserez"는 일반적으로 사냥개를 의미하며("berseret"; "berserez", Rychner, 295), 중세에 귀족들이 사냥할 때 하인들이 종종 사냥개를 안고 따랐던 것으로 보인다. 하지만 지금 이 경우와 같이 "berserez"는 사냥꾼들이 활을 담는 화살통(quiver)으로도 쓰인 것으로 보인다(Ewert, 166). 해닝과 페란테(32), 벌지스와 버스비(44)는 "berserez"를 "화살통(quiver)"으로 번역하며, 본 역자 역시 앞에서 활이 언급된 점을 고려하여 "화살통"으로 옮겼다. 반면 나탈리 코블과 미레유 세기(Nathalie Koble et Mireille Séguy, 175), 그리고 피에르 조냉(Pierre Jonin, 5)은 현대 프랑스어 번역본에서 "사냥개(chien de chasse)"로 번역하며, 도로시 길버트(Dorothy Gilbert, 7)는 "사냥개"와 "화살통" 둘 다로 옮겼다.

19) "une bise od un foün"는 새끼 딸린 어미 사슴을 말한다. 이 사슴이 특이한 점은 암사슴임에도 불구하고 수사슴의 상징인 "뿔(perches)"을 달고 있다는 점이다. 사슴이 보여주는 이런 양성성은 여성과 남성이 문화적으로 상징하는 것, 즉 감정과 이성, 충동과 통제를 모두 갖춘 온전한 혹은 균형 잡힌 상태를 상징하며(Hanning and Ferrante, 56), 이는 기주마르가 여성과 사랑을 거부함으로써 거부해온 것이다.

이 사슴이 특별한 또 다른 점은 인간의 말을 하고 주인공에게 저주를 내릴 수 있다는 것이다. 이런 이유로 에월트는 이 사슴의 정체는 요정이며 나중에 기주마르가 마법의 배를 타고 가서 만나고 사랑에 빠지는 연인의 또 다른 모습으로 간주한다(Ewert, 165). 블라도 기주마르가 마법의 배를 타고 가서 운명의 연인을 만나는 곳을 초자연적인 존재가 사는 "이상향(otherworld)"으로 이해한다(Bloch, 45, 48). 이런 해석을 따르면, 「기주마르」는 「랑발」, 「요넥」과 더불어 "요정 단시[래](lai féerique)"로 볼 수 있다(김준한, 23~24).

중세 로망스에 등장하는 흰색 동물은 초자연적인 존재이거나 주인공에게 곧 일어날 모험을 알려주는 표식인 경우가 많다. 『에렉과 에니드』에서 하얀색 수사슴이 등장하고, 익명의 중세 래 「갱가모르(Guingamor)」에서 하얀 야생 수

순백의 사슴은

머리에 수사슴의 가지 진 뿔을 달고 있었어요.

사냥개들이 짓는 소리에 사슴이 뛰어 올랐어요.

기주마르가 활을 당겨 사슴을 향해 쏘았고,

95   화살은 날아가서 사슴의 이마[20]를 때렸어요.

사슴은 바로 쓰러졌지만

화살은 튕겨 나와서

기주마르에게 큰 상처를 입혔어요.

그의 허벅지[21]를 관통해서 말에게 박혔던 것이었어요.

100   말에서 내린 기주마르는

무성한 풀밭 위로 쓰러졌는데

그가 쓰러뜨린 사슴 바로 옆이었어요.

상처 입은 암사슴이

돼지가 등장해서 그런 역할을 한다.

20) 고프랑스어에서 "esclot"는 일반적으로 발굽(hoof)을 의미하며 에월트도 그렇게 풀이한다(Ewert, 199). 하지만 리슈네는 여러 중세 문헌에서 가져온 예를 들면서, 이 단어가 "동물의 이마나 앞머리(front)"를 의미할 가능성이 높다고 주장한다(Rychner, 241). 사슴은 기주마르가 쏜 활을 맞고 그 자리에 쓰려져 곧 죽는다. 따라서 발굽에 활을 맞기보다는 미간이 있는 이마를 맞은 게 더 논리적일 것이다. 본서에서는 이런 이유로 "이마"로 옮겼다(Burgess and Busby, 44; Gilbert, 7; Jonin, 5; Koble et Séguy, 175 참고).

21) 기주마르가 사슴을 맞고 튕겨 나온 화살에 성적 의미가 짙은 "허벅지 (quisse)"에 관통상을 입는 것은 대단히 상징적이다. 기주마르가 이성과의 사랑을 거부하고 자신의 성을 억압한 것을 스스로에게 가한 자해 행위로 볼 수 있게 하는 상징적인 사건이다. 하지만 이 상처로 인해 더 이상 그런 억압을 할 수 없게 되었다는 점과 상처를 낫게 해줄 치료법을 찾아가는 과정이 결국 이성에 대한 사랑을 찾아가는 과정이라는 점을 주목할 필요가 있다.

고통스럽게 신음했어요.

105 그러고는 다음과 같이 말하는 것이었어요.

"아아, 이런! 나는 죽는구나!

당신, 나에게 상처를 입힌 기사 양반,

이것이 당신의 운명이 될 것이오.

어떤 명약도 당신의 상처를 낫게 하지 못할 것이오.

110 어떤 약초 어떤 풀뿌리도

어떤 의사 어떤 약도

당신 허벅지에 난 그 상처를

치유하지 못할 것이오.

당신에 대한 사랑으로 고통을 겪을

115 연인만이 오직 당신을 낫게 할 수 있을 것이오.

이제까지 그 어떤 여인도 겪어보지 못한

괴로움과 비통함을 그녀는 감당해야 할 것이오.

그녀에 대한 사랑 때문에 당신도 그만큼 고통스러울 것이오.

당신들의 사랑은

120 고금의 연인들에게

그리고 앞으로 올 연인들에게도 경이로움이 될 것이오.

평안히 쉬고 싶으니 그만 가시오."[22]

---

22) 죽어가는 암사슴이 기주마르에게 하는 이 예언 혹은 저주, 즉 여성이 아니고서는 그의 허벅지에 난 상처를 치료할 수 없을 것이고, 그 여성은 기주마르의 상처를 낫게 하는 동시에 새로운 상처를 주고 그녀 역시 그를 사랑하는 대가로 괴로워할 것이라는 메시지는, 일차적으로는 기주마르의 미래를 예견한 것이지만, 좀 더 보편적으로는 성을 동반한 사랑이 사랑하는 이를 치유하는 동시

깊은 상처를 입은 기주마르는

이 이야기를 듣고 크게 당황했어요.

125   기주마르는 생각하기 시작했어요.

어디로 가야

상처를 치료받을 수 있을지 말입니다.

그렇게 죽어가고 싶지 않았거든요.

자신이 아는 바와 같이, 그리고 스스로에게 되뇌듯이

130   그는 여인을 만나본 적이 없었어요.

자신의 사랑을 주고 싶고

자신의 고통을 덜어줄 수 있는 그런 여인 말이지요.

기주마르가 시종을 앞으로 불러서 말했어요.

"이보게, 어서 가서

135   내 동료들을 찾아오게.

내가 그들에게 하고 싶은 말이 있네."

시종은 달려가고 기주마르는 거기에 남아서

많이 고통스러워하면서 신음했어요.

웃옷으로 상처를 바짝

140   단단하게 싸맸어요.

그러고는 말에 오른 후 그곳을 떠났어요.

멀리 떠나고 싶어서 조급해했어요.

일행 중에 누군가 와서

자신을 방해하거나 붙드는 것을 원치 않았어요.

145   숲을 가로질러

에 상처를 줄 수 있는 양가적인 힘을 가졌음을 명시하는 것으로 볼 수 있다.

녹음이 짙은 길을 따라가니

평야가 나왔어요.

평야에는 낭떠러지와 산[23]이 있고

그 아래로 개울이 하나 있는데

150 항구를 품은 해협으로 흘러들어 갔어요.

항구에는 배 한 척이 정박해 있는데

기주마르가 보니 돛대가 있고

바다로 나갈 준비가 잘 되어 있었어요.

배 안팎이 뱃밥으로 메워져 있어서

155 선체에서 틈이라고는 찾아볼 수 없었어요.

쐐기와 갑판 난간까지 모두

흑단[24]으로 되어 있지 않은 게 없어서

세상의 어떤 금보다도 더 가치 있어 보였어요.

비단으로 된 돛은

160 펼치니 아름다웠어요.

기주마르는 당황했어요.

그 나라나 그 지방에서

배가 들고 날 수 있는 곳이 있다는 말을

들어본 적이 없었거든요.

---

23) "산"으로 옮긴 "muntaigne"은 "가파른 둑(steep bank)"(Ewert, 207)으로도 번역할 수 있다.

24) "흑단(ebenus)"은 열대 지방에서 나는 대단히 무겁고 조직이 단단한 나무로 중심부는 짙은 갈색이나 검은색을 띤다. 견고하고 단단하고 윤이 잘 나서 고대 인도의 왕들은 이 나무로 홀(sceptre)을 만들었다고 하며, 독(毒)에 길항작용이 있는 것으로 알려져 컵으로도 사용되었다고 한다("ebony").

165   항구로 내려가서

아주 힘들게 배에 올랐어요.

배 안에 지키는 사람이

있을 것으로 예상했지만

아무도 없었고, 아무도 보이지 않았어요.

170   배 중앙에 침대가 하나 놓여 있고

삼나무와 하얀색 상아로 된

침대 다리와 틀은

솔로몬 왕 때의 방식으로

모두 금으로 세공되어 있었어요.

175   침대 위에 펼쳐놓은 누비이불[25]은

비단 천에 금실로 수를 놓은 것이었어요.

다른 침구류의 가치를 어떻게 평가할지 모르겠지만

베개에 대해서만큼은 말씀드릴 수 있어요.

그 베개에 머리를 두고 누운 사람은 누구든지

180   머리가 새지 않는다는 것을 말입니다.

흑담비 털로 만든 덮개는

두 겹의 알렉산드리아산 자주색 비단[26]으로 만든 것이었

어요.[27]

---

25) "누비이불(quilt)"(Ewert 193)로 번역한 "coilte"(원문 176행)는 "깃털이불 (couette)"(Rychner, 297)로도 번역할 수 있다.

26) 여기서 "purpre"는 자주색이나 진홍색을 띠는 비단을 의미하며, 중세에 이런 비단은 주로 왕족이나 황족의 복장에 사용되었다("porpre"). 본서에서는 이 단어가 옷감이 아닌 색깔을 나타내는 경우 자주색으로 옮겼다.

27) 값비싼 보석과 "알렉산드리아산(alexandrin)"으로 대변되는, 동양에서 만들

뱃머리에 놓인

순금으로 된 촛대 두 개에는

185 불이 켜진 두 개의 초가 꽂혀 있는데

둘 중 덜 아름다운 촛대만 해도 아주 값비싸 보였어요.

이 모든 것은 기주마르를 경탄하게 했어요.

상처로 고통스러웠던 그는

침대에 기댄 채 휴식을 취했어요.

190 얼마 지난 후 배에서 나가려고 했지만

그럴 수가 없었어요.

배가 이미 바다 한가운데에 있었고

그를 데리고 빠르게 떠나가고 있었으니까요.[28]

어진 이국적이고 진귀한 비단 천으로 장식된 침대와 침구류는 종종 구약성서 『아가서(Song of Songs)』(3. 9~10)에서 언급되는 솔로몬 왕이 누렸던 화려함과 부에 연결된다. 실제로 마리가 침대와 침구류를 묘사하는 데 사용한 어휘들(pecul, limun, ciprés, blanc ivoire, covertur vols du purple alexandrin)은 『아가서』에서 솔로몬 왕의 침대를 묘사하는 데 사용한 단어와 상당히 비슷하다(Ewert, 166; Hanning and Ferrante, 35).

28) 스스로 움직여서 기주마르를 (요정) 연인에게로 인도하고 다시 그들을 데려오는 마법의 배는 "요정 나라에 간 영웅"으로 부를 수 있는 켈트 신화에 자주 등장하는 모티브를 각색한 것으로 보인다(윤주옥, 『멀린의 삶』에서 "몰겐"과 켈트 신화」, 11~12). 내용을 살펴보면, 아름다운 여자 요정(들)이 인간 영웅을 찾아오거나 유인해서 그를 초인간적인 그녀(들)의 세계로 데리고 가서 체류(혹은 억류)시킨다는 이야기이다. 일부 영웅은 그곳에서 영원히 살기도 하지만 몇몇 영웅은 인간 세상으로 돌아온다. 남자주인공은 섬에 위치한 이 세계를 찾아가기 위해서, 그리고 인간 세계로 돌아오기 위해서 대부분 배를 이용한다. 현존하는 중세 로맨스들 중에서 (요정 연인이 보낸) 마법의 배를 타고 요정 세계로 가는 또 다른 인간 영웅을 다루는 작품으로는 『블루아의 파르토높(Partonope of Blois)』이 있다. 마법 멧돼지를 사냥하던 중에 길을 잃은

부드럽게 부는 순풍에 말이지요.

195   돌아가는 것은 불가능했어요.

그는 몹시 슬프고 어찌할 바를 몰랐어요.

그가 당황해하는 것은 놀라운 게 아니었어요.

상처로 큰 고통을 겪고 있었으니까요.

이제 모험을 감내하는 수밖에 없었어요.

200   기주마르는 신에게 자신을 보살펴달라고

신의 능력으로 자신을 항구로 돌려보내주고

죽음으로부터 자신을 지켜달라고 기도했어요.

그러고는 침대에 누운 채 잠에 빠져들었고

그날 최악의 상황은 지나갔어요.

205   저녁이 되기 전에 기주마르는

파르토놉은 마법의 배를 타고 대단히 아름답지만 아무도 사는 것 같지 않은
도시에 도착한다. 신비로운 성으로 인도되어 보이지 않는 존재들로부터 온갖
산해진미를 대접을 받는데, 알고 보니 그곳은 멜리오르(Melior)라는 눈에 보
이지 않는 아가씨가 다스리는 곳이었다. 파르토놉에게 마법의 배를 보낸 이
도 그녀인 것으로 드러난다(Horstein, 149~151).

바로 앞에서 언급되는 화려한 "솔로몬 왕 침대" 모티브는 "마법의 배" 모티브
와 합쳐져서 성배 모험(the Holy Grail)을 다룬 일부 중세 로맨스에 등장한
다. 대표적으로 13세기 초반에 랑슬로-성배 사이클(Lancelot-Grail cycle)
이라 불리는 프랑스어로 된 로맨스 그룹의 일부로 쓰인 『성배 모험(*Queste
del Saint Graal*, 207~234)』과 15세기 중반에 토머스 말로리 경(Sir Thomas
Malory)이 중세 영어로 쓴 『아서 왕의 죽음』 중에 포함시킨 『성배 이야기(*The
Noble Tale of the Sangrail*)』를 들 수 있다. 이들 로맨스(혹은 로맨스)에서 퍼
시벌(Perceval, 프랑스어로는 페르스발), 갈라하드(Galahad), 보어스(Bors,
프랑스어로는 보르스) 등으로 구성된 성배 기사들이 솔로몬 왕의 명령으로
만들어진 마법의 배 안에서 화려하고 신비한 침대를 발견한다.

상처를 치유받을 곳에 도착했어요.

오래된 도시 아래에 있는

그 왕국의 수도에 해당하는 곳이었어요.

그 지방을 다스리는 영주는

210   나이가 아주 많은 사람으로 부인이 있었어요.

높은 가문 출신에다

고상하고 예의 바르고 아름답고 교양이 있는 부인을 두고

영주는 지나치게 질투했어요.

그의 성미에 어울리는 것이지요.

215   모든 늙은이들은 질투가 많아요.

하나같이 아내가 부정할까 봐[29] 노심초사하지요.

나이가 들면 어쩔 수 없이 고약해지나 봅니다.

부인에 대한 영주 남편의 감시는 장난이 아니었어요.[30]

---

29) "cous"는 다른 남자와 정을 통한 부정한 아내의 남편(cuckold)을 의미한다 (Ewert, 193).

30) "나이가 많고(mult…… velz)," 그리고 "질투심이 많은(Gelus)" 남편에 의해 (탑/성에) 갇혀서 불행한 나날을 보내는 (젊은) 아내들에 대한 이야기는 마리 드 프랑스가 쓴 『래 모음집』에서 반복적으로 목격되는 모티브이다. 마리 연구 자들은 이처럼 불행한 결혼생활을 하는 여인들을 일컬어 "말 마리에"라고 부른다(Burgess and Busby, 28~30; Bloch, 57~67). 「기주마르」뿐만 아니라 「요넥」, 「나이팅게일」, 「밀롱」, 「인동덩굴」 등에 등장하는 여자주인공들은 공통적으로 자신이 선택한 결혼이 아닌 가족이나 집안에 의해 주선된 정략결혼의 희생양으로 그려진다. 부유하지만 나이 많고 질투심 많은 남편은 대부분 후사를 얻기 위한 현실적인 목적에서 집안 좋고 나이 어린 신부와 혼인한 것으로 그려진다. 남편은 자신보다 나이가 한참 어린 아내의 부정을 막기 위해서 탑이나 성안에 감금해서 감시하고 이동을 엄격하게 제한한다. 그 결과 아내는 대단히 불행한 것으로 그려진다. "말 마리에"가 남편이 아닌 젊은 기사를

성의 큰 탑 아래에 있는 정원에는

220 　초록색 대리석으로 된

아주 두껍고 높은,

사방에서 에워싼 담이 있었고

유일한 출입구는

밤낮으로 감시를 받았어요.

225 　반대편에는 바다가 막고 있어서

들어갈 수도 나갈 수도 없었어요.

성에 필요가 생겨서

배를 이용할 경우를 제외하고는 말이지요.

부인을 안전하게 둘 목적으로

230 　남편은 성벽 안에 방을 하나 마련했는데

이 세상에 그만큼 아름다운 방은 없었어요.

출입구에는 경당을 두었고요

방안 벽면은 온통 그림으로 장식했어요.

사랑의 여신 비너스가

235 　아주 잘 그려져 있는데

사랑의 특징들과 본질

만나 나누는 사랑은 엄격하게 말해서 사회나 교회가 인정하지 않는 혼외 관계이다. 하지만 마리는 그녀들에게 남편이 아닌 미혼의 젊은 남성을 만나 사랑할 수 있는 기회를 주고, 또 그 사랑이 부정하다고 판단하지 않음으로써 우회적으로 그녀들의 비참한 삶에 동정심을 표한다. 블락이 지적하듯이, 마리가 그리는 이런 다수의 "말 마리에"의 비참한 결혼생활은 중세 봉건제, 특히 장자상속제하에서 흔하게 이루어지던 귀족들의 결혼 관습의 현실적인 반영이라고 볼 수 있다(Bloch, 59~60).

어떻게 사랑을 흠모하고

어떻게 진심으로 사랑을 섬겨야 하는지 보여주었어요.

사람들에게 사랑을 통제하는 법을 가르치는

240   오비디우스의 책[31]을

여신은 뜨거운 불 속에 던져버리고

이 책을 결코 읽거나

책이 가르치는 것을 따르는

모든 이들을 파문했어요.

245   남편은 바로 이 방에 부인을 가두었어요.

그는 부인을 시중들

아가씨를 한 명 두었는데

귀족 집안 출신에 교육을 잘 받은 이 아가씨는

조카딸로 누이의 딸[32]이었어요.

---

31)   벽화 속 비너스 여신이 불에 던져버리는 책은 사랑(연인)을 통제하는 법을 가르친다는 내용으로 미루어볼 때 로마의 시인 오비디우스가 쓴 『사랑의 치료법』으로 추정된다. 이 책은 오비디우스가 쓴 또 다른 책인 『사랑의 기술(*Ars amatoria*)』과 자매편이다(Hanning and Ferrante, 37; Ewert, 167; "The Loves: Work by Ovid"). 남편이 아내를 가둔 방을 사랑의 여신인 비너스를 포함하여 사랑을 주제로 하는 아름다운 그림들로 왜 장식했을까 하는 질문이 독자로서 생기는 것은 당연하다. 어쩌면 그녀의 남편은 아내가 이 그림들을 보면서 자신을 그렇게 사랑해주기를 기대했을 수도 있다. 하지만 이 벽화는 남편의 그런 바람을 실현시켜주기보다는 앞으로 그의 아내와 기주마르가 하게 될 사랑에 대한 복선으로서의 역할이 더 큰 것으로 보여 진다.

32)   "Sa niece, fille sa sorur"는 남편과 아내 중에서 누구의 조카인지, 누구 누이의 딸인지 명확하지 않다. 하지만 남편이 아내를 감시할 목적으로 옆에 둔 사람이라는 점에서 남편 누이의 딸로 보는 게 합리적일 것이다. "말 마리에"를 그리는 여러 래에서 남편은 아내를 감시하기 위해서 여자 친척을 아내 곁에

250 부인과 조카는 서로를 많이 사랑했어요.
남편이 출타하면 조카가 부인과 머물렀어요.
그가 돌아올 때까지
남자건 여자건 누구도 벽을 넘어 들어오거나
벽을 넘어갈 수 없었어요.

255 머리와 수염이 하얗게 센 나이 많은 사제가
문 열쇠를 지켰어요.
사제는 아랫도리 기능을 상실했어요.[33]
그렇지 않았다면 남편이 그를 신뢰하지 않았겠지요.
사제는 부인을 위해서 미사를 집전하고

260 식사도 가져다주었어요.
기주마르가 도착한 바로 그날 이른 오후에
부인은 정원으로 갔어요.
식사 후에 낮잠을 자고 난 뒤라
조카와 함께

265 기분 전환을 하고 싶었던 것이었어요.
바다 쪽을 내려다보고 있는데
밀물에 배 한 척이 보였어요.

두는 것으로 그려진다. 「요넥」에서 남편은 나이 많은 자신의 누이를 아내 곁에 두며 아내와 그녀를 감시하는 시누이 사이에는 어떤 인간적인 교류도 없다. 하지만 「기주마르」에 등장하는 이 젊은 조카딸은 부인의 감시자라기보다는 그녀의 말동무이자 벗(confidante)에 더 가깝다. 이 조카는 부인과 기주마르가 서로에게 마음을 알리고 연인 관계로 발전하는 데 결정적으로 기여한다.

33) "bas membres…… perduz"를 직역하면 "하체의 부분들을 상실했다"인데, 이는 나이 많은 사제가 남성으로서의 성기능을 상실했다는 의미로 보인다.

배를 조종하는 이가 보이지 않는데도
배는 항구로 항해해 오고 있었어요.

270 부인은 도망치고 싶었어요.
그녀가 두려워하는 게 놀랄 일은 아니었어요.
그녀의 얼굴이 붉게 상기되었어요.
하지만, 총명하고
좀 더 용기가 있는 조카는

275 그녀를 위로하고 안심시켰어요.
두 사람은 배를 향해 최대한 빨리 갔어요.
조카가 망토를 벗고
아름다운 배 안으로 들어갔어요.
잠을 자고 있는 기사를 제외하고

280 살아 있는 이는 아무도 찾을 수 없었어요.
조카는 기사가 너무 창백해 보여서 죽었다고 생각했어요.
그녀는 멈춰선 채 기사를 살펴본 다음
되돌아와서
서둘러 부인을 불렀어요.

285 부인에게 모든 사실을 이야기했고
그녀가 본 죽은 기사에 대해서 많이 슬퍼했어요.
부인이 대답했어요. "오 저런, 거기로 가보자꾸나.
만약 기사가 죽었다면 우리가 묻어주어야지.
신부님도 도와주실 거야.

290 만약 살아 있는 것으로 발견되면 그 사람이 설명하겠지."
두 사람은 더 이상 지체하지 않고 함께 갔어요.
부인이 앞장서고 조카가 뒤를 따랐어요.

배 안에 들어가서

침대 앞에 멈춰섰어요.

295   부인은 기사를 유심히 살펴보았어요.

그의 몸과 잘생긴 용모를 보고 애통해했어요.

기사 때문에 슬프고 괴로웠어요.

그의 젊음이 헛되다고 말했어요.

그런데 기사의 가슴에 손을 얹어보니

300   온기가 느껴지고

갈비뼈 사이에서 심장이 건강하게 뛰고 있었어요.

잠을 자고 있던 기사가

깨어나서 그녀를 보았어요.

기뻐하면서 그녀에게 인사했어요.

305   기주마르는 자신이 해안가에 도착한 것을 잘 알았어요.

당황한 부인은 울먹이면서도

품위를 지키면서 대답했어요.

그러고는 어떻게 해서 그곳에 오게 되었는지

어떤 나라에서 왔는지

310   전쟁으로 추방을 당한 것인지 그에게 물었어요.

기주마르가 대답했어요.

"부인,[34] 그게 아닙니다.

어떻게 된 일인지 진실을 듣고 싶다고 하시면

---

[34] 기주마르는 여러 번 이 여인을 "부인(Dame)"으로 부른다. 결말 부분에서 메리아뒥이 베푼 만찬에서 우연히 그녀를 만나고 서로를 알아본 후에는 사랑하는 이, 또는 연인이라는 의미로 "amic" 또는 "duce creature"로 부른다.

말씀드리지요. 숨김없이 말입니다.

315 저는 브르타뉴에서 왔습니다.

오늘 숲으로 사냥을 나갔다가

하얀 암사슴을 활로 쏘았는데

화살이 튕겨서

제 허벅지에 큰 상처를 입혔어요.

320 상처를 치료하겠다는 희망은 버렸습니다.

그 암사슴이 고통 중에 말했거든요.

여인이 아니고는 어디에서도

제 상처를 치료받을 길이 없을 것이라고

저주하고 맹세하면서 말입니다.

325 그런데 그런 여인을 어디에서 찾아야 할지 모르겠습니다.

제 운명을 듣고

곧바로 숲을 나왔는데

항구에서 배를 발견했습니다.

그런데 배에 오르는 실수를 해버렸습니다.

330 배가 저를 싣고 출발해버렸거든요.

제가 도착한 이곳이 어디인지

이 도시를 어떻게 부르는지 저는 모릅니다.

아름다운 부인, 신의 이름으로 간청하오니

제발 알려주십시오.

335 저는 어디로 가야 할지

이 배를 어떻게 조종해야 할지도 모르겠습니다."

부인이 대답했어요.

"친애하는 기사님, 제가 기꺼이 알려드리지요.

이 도시는 제 남편이 다스리는 곳입니다.

340 근처 지역도 모두 남편이 다스리고요.

그는 지체 높은 집안 출신의 권력자예요.

하지만 나이가 아주 많고

질투심도 엄청나요.

맹세코 말씀드리지만

345 남편은 이 성벽 안에 저를 감금하고 있어요.

출입구라고는 하나뿐인데

늙은 사제가 그 문도 지키고 있어요.

신께서 그를 지옥 불에 태워버리시기를!

저는 밤낮으로 여기에 갇혀 있어요.

350 사제의 허락이 없거나

남편이 저를 부를 때가 아니면

저는 감히 나갈 엄두도 못 냅니다.

이 성안에 제 방과 경당이 있고

이 아가씨가 저와 함께 지냅니다.

355 움직일 수 있으실 때까지

이곳에 머물기 원하신다면

기꺼이 기사님을 재워드리고

기쁜 마음으로 모시도록 할게요."

기주마르는 부인의 이 말을 듣고

360 그녀에게 진심으로 감사를 표하면서

그녀와 함께 머물겠다고 말했어요.

기주마르가 침대에서 일어나자

부인과 조카가 힘들게 그를 부축했어요.

부인은 그를 자신의 방으로 데리고 갔어요.

365 방 안에 칸막이로 마련된

커튼 뒤에 있는

조카의 침대에

기주마르[35]는 누웠어요.

금으로 만든 두 개의 대야[36]에 물을 떠 와서

370 기주마르의 상처와 허벅지를 씻긴 후에

희고 고운 아마포 조각으로

상처에 난 피를 닦은 다음

단단하게 묶어주었어요.

부인과 조카는 그를 극진히 대했어요.

375 저녁 식사가 들어오자

조카는 음식을 따로 떼어놓아서

기주마르가 충분히 먹을 수 있도록 했어요.

그는 잘 먹고 잘 마셨어요.

하지만 이제 사랑이 기주마르를 아프게 찔러서

380 그의 마음은 이미 큰 고통을 겪고 있었어요.

부인이 그에게 준 상처가 너무 깊어서

고국에 대한 생각도 잊어버리고

원래 있던 상처도 더 이상 아프지 않았어요.

---

35) "(귀족) 청년"을 의미하는 "li dameisels"은 기주마르를 의미한다.

36) "대야(bacins)"가 복수형으로 쓰였다. 「랑발」에서 요정 여왕의 시녀들이 두 개의 대야를 들고 등장하는 것으로 묘사되는데, 마리 당대에 상류층 사람들이 손을 씻기 위해서 두 개의 대야를 사용하는 것이 관례였던 것으로 보인다. 그런 점을 고려하여 여기서도 "bacins"를 "두 개의 대야"로 옮겼다.

하지만 그는 새 고통으로 탄식했어요.

385 기주마르는 자신을 돌보는 아가씨[37]에게
　　　잠을 자고 싶다고 말했어요.
　　　기주마르가 그녀를 물러가라 했기에
　　　그녀는 그를 혼자 두고
　　　부인에게로 돌아갔어요.

390 부인 역시
　　　기주마르를 삼킨 것과 같은 불에 사로잡혀서
　　　마음이 뜨겁게 타올랐어요.
　　　홀로 남겨진 기주마르는
　　　침울하고 슬펐어요.

395 무슨 일이 일어나고 있는지 아직 몰랐지만
　　　만약 이 부인이 자신을 치유해주지 않으면
　　　자신이 확실히 죽을 거라는 것은
　　　분명하게 깨달았어요.
　　　기주마르가 말했어요. "아아, 어떻게 하지?

400 그녀에게 가서
　　　나 같이 비참하고 의지할 곳 없는 인간에게
　　　자비를 베풀고 불쌍히 여겨달라고 말해야 하나?
　　　그녀가 내 간청을 거절하고
　　　잘난 체하면서 거만하게 나온다면

405 난 비탄에 빠져 죽을 수밖에 없겠지.
　　　아니면 영원히 이 고통 속에 여위어가겠지."

---

37) "La meschine kil deir servir"는 부인을 시중드는 조카딸을 가리킨다.

그런 다음 기주마르는 한숨을 쉬었는데
얼마 지나지 않아 새로운 생각이 들었어요.
다른 선택이 없기 때문에
410 고통을 참아내야 한다고 자신에게 말했어요.
밤새도록 깨어서
한숨 쉬며 고통스러워했어요.
마음으로는
그녀의 말과 그녀의 모습, 그녀의 반짝이는 두 눈,
415 그리고 감미롭게 자신의 마음을 건드린 그녀의 고운 입매를
계속 떠올렸어요.
낮은 목소리로 그녀의 자비를 구하다
하마터면 그녀를 연인이라고 부를 뻔했어요.
그녀가 어떻게 느끼는지
420 사랑으로 그녀가 얼마나 고통스러워하는지 알았더라면
제 생각으로, 기주마르는 많이 행복했을 거예요.
작은 위로가 되어
그의 낯빛을 창백하게 만드는
고통을 덜어주었겠지요.
425 기주마르가 부인에 대한 사랑으로 고통을 받았다면
그녀 역시 기뻐할 상황은 아니었어요.
다음 날 아침, 날이 밝기도 전에
부인은 일어났어요.
한숨도 자지 못한 것을 한탄했어요.
430 그녀에게 고통을 준 것은 사랑이었어요.
부인과 함께 지내온 조카딸은

그녀의 모습만 보고서도

치료를 위해서

그녀의 방에 머물러온 그 기사를

435 그녀가 사랑한다는 것을 알아차렸어요.

하지만 부인은 기사가 자신을 사랑하는지 아닌지 몰랐어요.

부인은 경당으로 가고

조카는 기사를 찾아갔어요.

그녀가 침대 곁에 앉자,

440 기주마르가 그녀에게 물었어요.

"친구여, 부인은 어디로 가셨소?

어떤 이유로 부인이 이렇게 일찍 일어난 것이오?"

그러고는 조용해지더니 한숨 지었어요.

조카가 그에게 말했어요.

445 "기사님, 기사님은 사랑에 빠진 거예요

그 감정을 너무 오래 숨기지 않도록 주의하세요.

그렇게 하시면

기사님의 사랑은 좋은 곳에 이르게 될 거예요.[38]

우리 부인을 사랑하려는 사람은

450 그분을 높이 평가하셔야 할 거예요.

두 분이 서로에게 충실하시면

그 사랑은 조화로울 거예요.

기사님은 잘 생기셨고 부인은 아름다우시니 말이에요."

---

38) 기주마르가 사랑을 너무 오래 숨기지 않고 부인에게 표현하면 그녀가 사랑을
받아줄 것이라는 의미로 해석할 수 있다.

기주마르가 그녀에게 대답했어요.

455 "나는 너무도 큰 사랑으로 불타고 있어서

만약 도움을 얻지 못한다면

나는 아주 어려운 지경에 이르게 될 것이오.

좋은 친구여, 가르쳐주시오.

이 사랑을 어떻게 해야 할지 말이오."

460 조카는 아주 다정하게

기주마르를 위로하면서

자신이 할 수 있는 한 최선을 다해서

돕겠다고 말했어요.

그녀는 정말 예의 바르고 상냥한 아가씨였어요.

465 미사를 본 부인이 돌아왔어요.

해야 할 일을 잊지 않은 것이었어요.

기사가 무엇을 하는지,

깨어 있는지 자는지 알고 싶었어요.

그녀의 마음이 그에 대한 사랑을 멈추지 않았어요.

470 조카가 그녀를 부르더니

기사에게로 데려갔어요.

이제 그녀는 기사에게 마음껏

자신의 마음을 밝힐 수 있게 된 거였어요.

잘되든 못되든 말이지요.

475 기주마르가 부인에게 인사했고 그녀도 그에게 인사했어요.

두 사람 다 많이 두려워했어요.

기주마르는 부인에게 감히 뭔가를 요구할 수 없었어요.

자신은 그곳에서 이방인이었고,

자신의 감정을 드러냈을 때

480   그녀가 자기를 싫어해서 멀리 보내버릴까 두려웠어요.

하지만 병은 드러내지 않으면

치료하기가 어렵지요.

사랑은 몸 안에 난 상처[39]라서

밖으로 전혀 드러나지 않아요.

485   이 병은 오랫동안 지속되는데

그건 자연에서 오기 때문이지요.

많은 이들이 사랑을 하찮게 여기죠.

상스러운 호색가들[40]이 하는 것처럼 말입니다.

그들은 곳곳에서 바람둥이 짓을 하고

490   자신들의 행동에 대해서 자랑을 늘어놓는데

그건 사랑이 아니라 단지 어리석음이고

사악함이고 색욕에 지나지 않아요.

만약 진실한 사랑을 만나면

그것을 섬기고 사랑하고

495   순종해야 합니다.[41]

---

39) "Amur est plai[e de]denz cors"는 사랑이 마음에 난 상처라서 밖으로 드러나지 않는다는 의미이다.

40) "li valain curteis"를 "상스러운 호색가들"로 옮겼다.

41) "사랑이 상처(Amur est plai[e])"이고, 사랑이 인간의 이성으로는 통제할 수 없는 "자연에서 유래한다(ceo que de nature vient)"라는 마리의 정의는 「기주마르」뿐만 아니라 「에키탕」에서도 언급된다. 여기서 마리는 사랑을 욕정 혹은 색욕과 구분하는데, 그 기준은 진실성 혹은 충실함 여부에 달려 있다. 사랑하는 사람에게 진심을 다해 충실하며 정도를 지키려 하는가, 아니면 사랑을 다른 것을 얻기 위한 도구로 사용하는가에 따라 인물들의 결말이 엇갈린

부인을 깊이 사랑한 기주마르는

빨리 도움을 받든지

아니면 불행하게 살아가야 할 처지였어요.

사랑으로 용기를 얻은 기주마르는

500   부인에게 자신의 마음을 드러냈어요.

그가 말했어요. "부인, 당신으로 인해 저는 죽을 지경입니다.

제 마음은 괴로움으로 가득합니다.

부인이 저를 낫게 해주지 않으시면

저는 결국 죽게 될 것입니다.

505   당신의 사랑을 달라고 간청합니다.

아름다운 이여, 제발 저를 거절하지 말아주십시오."

그의 간청을 잘 들은 그녀는

점잖게 대답했어요.

미소를 지으면서 그에게 말했어요.

510   "기사님,[42] 그 청을 들어주기에는

너무 갑작스러워요.

저는 그런데 익숙치 않아요."

기주마르가 말했어요. "부인, 부디, 자비를 베풀어주세요!

제가 당신께 이렇게 말한다고 화내지 말아주세요.

515   오랫동안 청을 들어주지 않는 것은

다. 기주마르와 그의 연인은 전자, 에키탕과 그의 연인은 후자에 해당한다.

42) 부인은 기주마르를 "Amis"로 부르는데, 이 단어는 친구, 연인 등으로 해석
할 수 있다. 아직 서로에 대한 마음을 확인하지 않은 상태라는 점을 감안하여
"기사님"로 옮겼다.

바람기 있는 여자[43]나 하는 짓입니다.

자신의 가치를 올리기 위해서

자신이 연애의 즐거움에 익숙하다는 것을 숨기기 위해서
그러지요.

하지만 사려 깊고

520 덕이 높고 지혜로운 여성은

자신에게 어울리는 남성을 발견하면

그에게 너무 거만하게 굴어서는 안 됩니다.

대신에 그를 사랑하고 그로부터 사랑의 즐거움을 구해야
합니다.

그렇게 하면 다른 이들이 알거나 듣기 전에

525 그들은 아주 좋은 시간을 갖게 될 것입니다.

아름다운 부인, 이제 이 말디툼은 끝내도록 하지요."

부인은 기사가 진실을 말한다는 것을 알았어요.

지체하지 않고 그에게

자신의 사랑을 허락하자 그가 입맞춤했어요.

530 그 후로 기주마르는 행복했어요.

두 사람은 함께 누워서 담소를 나누다가

종종 입을 맞추고 포옹도 했어요.

다른 이들이 하는 그 외의 것도

---

43) "femme jolive de mestier"(원문 515행)는 "la femme de moeurs légères"
(Jonin, 16), 또는 "unne femme aux moeurs légères"(Koble and Séguy,
209)와 같은 의미로, 이는 (직업적으로) 교태를 부리는 여자, 바람기 있는 행
실이 나쁜 여자 등을 의미한다("mestier 1").

그들이 즐겼기를 바랍니다.

535　제가 알기로 기주마르가 부인이랑 함께한 지

일 년 반 정도 지난 때였습니다.

두 사람의 인생은 즐거움으로 가득했어요.

하지만, 자신의 본분을 잊지 않는 운명의 여신[44]은

잠깐 사이에 바퀴를 돌려서

540　한 사람을 올리는 대신에 다른 사람을 떨어뜨리지요.

두 사람이 곧 발각된 것으로 보아서

그들도 그런 사정이었던 것이지요.

어느 여름 날 아침

부인은 자신의 젊은 연인[45] 옆에 누워 있었어요.

545　그의 입술과 얼굴에 입을 맞추면서

말했어요. "사랑하는 이여,

내 마음이 당신을 잃을 거라고,

---

44) "운명의 여신(Fortune)"이 돌리는 바퀴(Fortune's wheel)는 서양 중세 문학 작품에서 흔하게 쓰이는 은유로서 변덕스러운 운명의 속성을 상징한다. "튀케(Tyche)" 또는 "포투나(Fortuna)"로 불리는 운명의 여신은 고대 그리스·로마의 철학자들과 역사가들에게 중요한 논의의 대상이었다. 5세기 로마의 정치인이자 철학자였던 보에티우스(Anticius Manlius Severinus Boethius, c.480~c.524/6)가 라틴어로 쓴 『철학의 위안(De consolatione Philosophiae)』에서 소개하는 운명의 여신(Fortuna)으로 인해 로마인들의 운명의 개념이 서양 중세에 널리 보급되었다는 것이 정설이다. 『철학의 위안』에서 필로소피 부인(Lady Philosophy)은 운명의 여신(Lady Fortuna)이 사람들에게 친한 척 접근해서 현혹시키고 그들이 안심할 때 매몰차게 버리는 "괴물 같은 여자(monstrous lady)"라고 혹평한다(Boethius, 2.1:13).

45) 젊은 (귀족) 남성을 의미하는 "meschin"는 기주마르를 가리킨다.

우리의 비밀이 알려지고 우리가 발각될 거라고 말해요.

만약 당신이 죽으면 저도 같이 죽고 싶어요.

550 당신은 탈출하면

다른 사랑을 찾겠지만

저는 고통 속에 남겨지겠지요."

기주마르가 말했어요. "사랑하는 이여, 그렇게 말하지 마십시오.

혹시라도 제가 다른 여성을 돌아본다면

555 저는 어떤 기쁨도, 어떤 평화도 얻지 못할 것입니다.

그러니 그런 걱정은 하지 마십시오."

"사랑하는 이여, 그 점에 대하여 저에게 보증해주세요.

입으신 속저고리[46]를 저에게 주시면

옷자락 아래쪽에 매듭을 만들겠어요.

560 어디에 있든지

매듭을 풀어서 그것을 펼치는 법을 아는 여성이면

그녀를 사랑해도 된다고 제가 허락합니다."

기사가 저고리를 주면서 맹세했어요.

그녀가 매듭을 만들었는데

565 가위나 칼이 아니고서는

어떤 여성도 풀 수 없는 방법으로 만들었어요.

그녀가 저고리를 돌려주자

---

46) 원문은 "슈미즈(chemise, 영어로는 shift)"로 중세의 남성들이 맨살 위에 입었던 셔츠나 속저고리 또는 여성이 맨살 위에 입었던 주름 잡힌 긴 원피스형 속옷이다 (Holmes, 163~164). 본서에서는 상황에 맞게 속저고리, 슈미즈 등으로 옮겼다.

기주마르가 그것을 받으면서 조건을 달았어요.

그녀도 허리띠를 이용해서

570 자신에게 비슷한 맹세를 해야 한다고요.

허리띠를 그녀 옆구리

맨살 위에 착용하는데

누구든지 부수거나 자르지 않고

버클을 풀 수 있으면

575 그를 사랑하라고 권했어요.[47]

그녀에게 입을 맞추고 그 이야기는 그만했어요.

바로 그날 두 사람은 발각되었어요.

그녀의 남편이 보낸

악의를 품은 집사가

580 보고 찾아내서 폭로한[48] 것이었어요.

집사가 부인이랑 이야기를 나누려고 했지만

방 안으로 들어갈 수 없었어요.

그는 창문을 통해 두 사람을 발견하고

---

47) 기주마르와 연인이 이별을 예감하면서 교환하는 사랑의 정표(love tokens)는 의미와 유래가 좀 달라 보인다. 우선 기주마르의 저고리 끝에 묶은 "매듭(plait)"은 알렉산더 대왕이 프리기아의 수도 고르디움에서 잘랐다고 하는 고르디우스의 매듭이나, 그리스·로마 시대부터 사랑 매듭 혹은 결혼 매듭으로 더 잘 알려진 헤라클라스의 매듭에서 그 유래를 찾을 수 있을 것이다. 반면 연인이 옆구리에 차는 허리띠 혹은 거들은 중세 문학에서 종종 언급되는 정조대에 가깝다(Ewert, 165; "Gordian knot"; Rogador).

48) 원문은 "aparceü, / Descovert, trové e veu"(원문 577~578행)이다. 이처럼 마리는 네 개의 동사를 연속해서 사용하여 두 사람이 남편이 보낸 집사에게 발각되었다는 사실을 강조한다.

남편에게 가서 알렸어요.

585 이 이야기를 들은 남편은
상상할 수 없을 정도로 괴로워했어요.
믿을 수 있는 신하 세 명을 데리고
곧장 부인 방으로 가서
문짝을 부쉈어요.

590 방 안에서 기주마르를 발견하고는
대로하면서
그를 죽이라고 명령했어요.
자리에서 일어난 기주마르는
두려워하는 기색이 전혀 없었어요.

595 빨래를 말리는 용도로 쓰이는
전나무로 된 굵은 장대가 있었는데
기주마르는 그것을 두 손으로 잡고 공격해오기를 기다렸
어요.
그들 중 누군가는 고통을 당할 일이었어요.
그에게 접근하기도 전에

600 그들 모두를 불구로 만들어버릴 터였어요.
남편이 기주마르를 골똘히 노려보더니
그에게 물었어요.
그가 누구이며 어디에서 왔고
어떻게 거기에 들어왔는지를 말이지요.

605 기주마르는 이렇게 해서 그곳에 오게 되었는지
부인이 자신을 어떻게 받아주었는지
상처 입은 암사슴이 한 예언과

배와 자신이 입은 상처에 대해서
남편에게 모두 이야기했어요.

610 이제 기주마르는 전적으로 남편의 처분 아래에 있었어요.
남편은 기주마르가 한 말을 믿을 수 없지만
혹시라도 그가 한 말이 사실이고
그 배를 찾을 수 있다면
그때는 그를 바다로 돌려보내주겠다고 말했어요.

615 기주마르가 살아남는다면 유감스러울 것이고
그가 익사한다면 더할 나위 없이 기쁘겠다고 말했어요.
남편이 이렇게 장담하고 나서
함께 항구로 내려가서
배를 발견하고는 기주마르를 배에 태웠어요.

620 배는 기주마르를 태우고 그의 고국으로 갔어요.
배는 지체하지 않고 나아갔어요.
기주마르는 한숨을 쉬면서 슬피 울었어요.
가끔 연인 생각에 탄식하면서
전능하신 신께 기도했어요.

625 목숨보다도 더 소중하게 여기는
자신의 연인을 다시 볼 수 없다면
자신의 목숨을 빨리 거두어가고
결코 항구에 닿지 않게 해달라고 말입니다.
그 배를 처음 발견했던

630 바로 그 항구에 도착할 때까지
기주마르는 줄곧 탄식했어요.
고국에 거의 다달았기에

할 수 있는 한 빨리 배에서 내렸어요.

기주마르가 어릴 때부터 돌본 한 청년[49]이

635   어느 기사 뒤에서

군마[50]를 끌고 오고 있었어요.

기주마르가 그 청년을 알아보고 부르자

그가 돌아보았어요.

청년이 주인인 기주마르를 알아보고 말에서 내렸어요.

640   기주마르에게 군마를 건넸고

두 사람은 함께 출발했어요.

모든 친구들이 그를 다시 보게 되어 기뻐했어요.

고국에서 아주 명예로운 대우를 받았지만

기주마르는 항상 슬프고 우울했어요.

645   친구들이 기주마르에게 아내를 얻으라고 했지만

그는 단호하게 거절했어요.

재산 때문이든 사랑 때문이든

그는 결코 아내를 얻으려 하지 않았어요.

만일 여인이 찢지 않고

650   자신의 저고리를 풀지 않는 한 말이지요.

이 소식이 온 브르타뉴로 퍼져나갔어요.

부인들과 아가씨들 중에서

시도해보지 않는 이가 없었건만

아무도 그 매듭을 풀지 못했어요.

---

49) "damisel"은 나이 어린 혹은 젊은 귀족 남성 또는 견습 기사를 의미한다.

50) "destrer"는 중세 기사들이 타던 군마(軍馬)를 의미한다("destrier").

655 자, 이제부터는 기주마르가 그토록 사랑하는

그 부인에 대해서 이야기해볼게요.

그녀의 남편은 한 제후의 충고에 따라

대리석으로 된 탑에

그녀를 가두었어요.

660 낮 동안의 괴로움은 잔혹했고 밤에는 더 심했어요.

그녀가 탑 안에서 겪은

큰 고통과 아픔

번민과 괴로움을

세상의 그 누구도 설명할 수 없을 거예요.

665 제가 알기로, 그녀는 이 년 하고도 더 많은 날을

어떤 기쁨이나 즐거움도 느껴보지 못했어요.

가끔 연인 생각에 한탄했어요.

"기주마르, 기사님, 당신을 본 것은 나에게 불행이었어요.

이렇게 오랫동안 고통을 당하기보다

670 차라리 빨리 죽는 게 낫겠어.

사랑하는 이여, 혹시라도 내가 이곳을 빠져나갈 수 있으면

당신을 데려간 그 바다로 가서

빠져 죽고 싶어요." 그런 다음 몸을 일으켜

넋이 나간 채 문으로 다가갔는데

675 자물쇠가 잠겨 있지 않았어요.

요행히 밖으로 나오는데

아무도 그녀를 방해하지 않았어요.

항구로 내려오니 그 배[51]가

바위에 묶여 있었어요.

680	그녀가 빠져 죽으려 했던 그 바위 말이지요.
	배를 보자 그 안으로 들어갔어요.
	사랑하는 이가 거기서 빠져 죽었다는
	오직 그 생각만 들었어요.
	그러자 두 다리로 서 있을 수가 없었어요.
685	만약 갑판 난간까지 갈 수 있었다면
	그녀는 배 밖으로 몸을 던졌을 거예요.
	괴로움과 고통이 그토록 컸던 거였어요.
	배는 그녀를 싣고 서둘러 떠나서
	브르타뉴에 있는 항구에 도착했어요.
690	항구 아래쪽에 웅장하고 튼튼한 성이 한 채 있었어요.
	그 성의 영주는
	메리아뒥[52])이라 불렸어요.

---

51) "la neif"는 기주마르를 태워 간 배를 의미한다.

52) 에월트는 메리아뒥(Meriadu/Meriaduc/Meriadus)을 켈트식 이름이라고 보고, 그 근거로 19세기 말에 마리의 래를 전사한 칼 바른케(Karl Warnke)가 언급하는 브레톤/웨일즈계 영웅들의 이름에 주목한다. 13세기 초반에 잉글랜드에서 노르만어로 쓰인 아서 왕 로망스인 『두 개의 검을 든 기사(*Chevalier as deus espees*)』에 나오는 주인공 메리아뒤엑(Meriaduec)과, 라틴어로 쓰인 또 다른 13세기 아서 왕 로망스 『웨일즈 왕 메리아독 이야기(*Historia Meriadoci Regis Cambriae*)』에 등장하는 주인공 메리아독(Meriadoc), 브르타뉴를 세운 것으로 알려진 전설상의 영웅 코난 메리아덱(Conan Meriadec)이 그들이다 (Ewert, 169~170). 특히 『두 개의 검을 든 기사』에서 웨일즈 카르디간의 귀부인(the Lady of Cardigan)이 치고 있는 마법의 검은 기주마르가 연인과 나눈 매듭과 허리띠와 유사한 기능을 하는 것으로 보인다. 귀부인이 차고 있는 칼의 띠를 풀 수 있는 사람만이 그녀와 결혼할 수 있다는 점에서 그러하다. 고뱅(가웨인) 경의 시종이었다가 아서 왕에게 기사 작위를 받은 "잘생긴 젊

이웃에 사는 영주와 전쟁 중인 그는

군대를 보내서

695   적을 치려고

아침 일찍 일어났어요.

창가에 서 있는데

배 한 척이 도착하는 게 보였어요.

해변으로 내려가면서

700   시종을 불렀어요.

서둘러 배로 가서

사다리를 타고 올라가보니

배 안에 한 부인이[53] 있는데

요정같이 아름다웠어요.

705   그녀의 망토를 잡고

그녀를 자신의 성으로 데리고 왔어요.

그녀가 너무 아름다웠기에

그녀를 발견한 것이 몹시 기뻤어요.

누가 그녀를 그 배에 실었든지

710   그녀가 지체 높은 집안 출신이라는 것은 잘 알 수 있었어요.

메리아뒥은 그녀에게 사랑을 느꼈어요.

이제까지 어떤 여인에게도 느껴보지 못한 사랑이었어요.

은이"라는 이름의 주인공만이 이 어려운 띠를 풀게 되고, 결말 부분에서 칼
에 새겨진 메리아뒥엑이라는 이름을 보고 자신의 진짜 신분을 알게 된다(*Li
Chevaliers as Deus Espees*).

53) 원문은 "그 부인"이라는 의미의 "la dame"인데, 문맥을 고려하여 "한 부인"으
로 옮겼다.

그에게는 혼인하지 않은 누이가 있었는데

잘 꾸며진 자신의 방으로 누이를 불러서

715 부인을 맡겼어요.

부인은 극진하게 대우를 받았고

화려하게 옷을 입고 치장도 했어요.

하지만 그녀는 항상 수심에 차 있고 우울해했어요.

메리아둑이 종종 그녀와 담소하러 왔어요.

720 온 마음을 다해 그녀를 사랑했던 거였어요.

그녀의 사랑을 달라고 간청했지만 그녀는 무관심했어요.

대신에 허리띠를 보여주면서

부수지 않고 그것을 열 수 있는 사람이 아니면

그 누구도 사랑할 수 없다고 말했어요.

725 그 말을 들은 메리아둑이

화를 내면서 대꾸했어요.

"이 나라에도 당신 같은 사람이 있소.

정말 훌륭한 기사인데

당신과 비슷한 방식으로

730 아내를 맞으려 하지 않소.

윗저고리 오른쪽에 있는 매듭을 핑계로 말이오.

가위나 칼을 쓰지 않고는

그 매듭을 풀 수 없소.

내 생각에 그 매듭을 묶은 이가 당신인 것 같소."

735 그녀는 이 말을 듣고 한숨을 쉬디니

하마터면 기절할 뻔했어요.

메리아둑은 두 팔로 그녀를 붙들고느

그녀 블리오[54]의 레이스를 자르고
허리띠를 열려고 했어요.

740   하지만 그럴 수 없었어요.
그런 다음 그 나라에 있는 모든 기사들에게
시도해보게 했어요.
한동안 이렇게 상황이 흘러갔어요.
메리아뒥이

745   자신의 적에 대항해서
마상시합[55]을 선포할 때까지 말이지요.
자기 곁에 있어줄 기사들을 불러왔고
기주마르도 올 거라는 것을 잘 알았어요.
보상을 약속하면서

750   친구이자 동료로서
이처럼 어려운 때에 자신을 저버리지 말고
와서 도와달라고 기주마르를 불렀던 거지요.
그래서 기주마르는 보급품을 가득 싣고[56]
백 명도 넘는 기사를 거느리고 왔어요.

755   메리아뒥은 자신의 탑에서

---

54) "블리오(bliant/blians)"는 마리 당대 남녀가 입었던 튜닉이다. 남성의 경우
기장이 무릎까지 오고, 여성의 경우 발목까지 내려왔으며 뒤와 옆을 끈으로
묶었고 그 아래에 슈미즈 등을 입었다("bliaut").

55) "마상시합"은 "turneiement"(원문 744행)를 번역한 것이다. 중세 마상시합의
특징에 대해서는 「밀롱」 주석 41번을 참고하라.

56) "est…… richment"은 "화려하게 차려입었다"(Burgess and Busby, 53)는 의
미로도 해석할 수 있다.

기주마르를 큰 예우로 맞이했어요.

그런 다음 자신의 누이를 오게 했어요.

기사 두 명을 그녀에게 보내서

잘 차려입고 앞으로 나오라고,

760 자신이 너무도 사랑하는 그 여인도 데려오라고 명령했어요.

누이는 메리아튁의 명령대로 했어요.

두 여성은 화려하게 차려입고

서로 손을 잡고 방으로 왔어요.

그 여인[57]은 걱정스러워 보이고 안색도 창백했어요.

765 기주마르라는 이름에

그녀는 서 있을 수가 없었어요.

여동생이 그녀를 붙들지 않았다면

바닥으로 거꾸러졌을 거예요.

기주마르가 두 여인을 향해서 몸을 일으켰어요.

770 그 여인을 보고

그녀의 얼굴과 자태를 유심히 관찰하고는

뒤로 약간 주춤하면서 말했어요.

"이 여인은 내가 사랑하는 사람

내 희망, 내 심장, 내 생명,

775 나를 사랑한 아름다운 내 정인이 아닌가?

어디서 왔지? 누가 그녀를 데려왔지?

이런, 바보 같은 생각을 하고 있군!

그녀일 리가 없다는 것을 나는 너무 잘 알고 있으니 말이야.

---

57) "그 여인(La dame)"은 기주마르의 여인을 의미한다.

여인들은 많이들 비슷해 보이지.

780 아무것도 아닌 일에 내 생각이 날뛰었군.

그래도 내 심장을 아프게 하고 한숨 짓게 하는

내 정인이랑 닮았으니

그녀에게 가서 기쁘게 담소를 나눠보고 싶군."

그래서 기주마르는 앞으로 나아가서

785 그녀와 입맞춤한 다음 그녀 옆에 앉았어요.

그녀에게 앉으라고 권한 것을 제외하고는

다른 말은 한 마디도 하지 않았어요.

두 사람을 유심히 지켜보던 메리아뒥은

그들의 태도에 마음이 불편해졌어요.

790 메리아뒥이 웃으면서 기주마르를 불렀어요.

"이보시게, 자네만 좋다면

이 아가씨[58]한테

자네 윗저고리를 풀어 보게 하지 않겠나?

성공하는지 한번 보게 말일세."

795 "예, 그러지요!"라고 기주마르가 대답했어요.

기주마르는 자신의 윗저고리를 책임지고 있는

시종을 불러서

옷을 가져오게 한 다음

---

58) 여기서 메리아뒥은 결혼하지 않은 젊은 아가씨를 가리키는 단어인 "pucele"
을 사용하는데, 이는 메리아뒥의 혼인하지 않은 여동생을 가리킬 때 썼던 단
어 "une serur pucele"(원문 713행)와 같은 단어이다. 이 단어를 통해서 기주
마르의 연인이 "부인(Dame)"임에도 불구하고 나이가 어리다는 점을 짐작할
수 있다.

그녀에게 주었어요.

800   하지만 그녀는 매듭을 풀지 못했어요.

그녀는 그 매듭을 너무 잘 알았어요.

매듭을 너무 풀어보고 싶은 나머지

마음이 심하게 요동쳤어요.

할 수만 있다면, 그럴 용기만 있다면 말이지요.

805   메리아됙은 이 상황을 잘 이해했어요.

그는 극도로 괴로워하면서 말했어요.

"부인,[59] 그것을 풀 수 있는지

시도해보시오!"

이 명령을 들은 그녀는

810   저고리 끝자락을 잡고

쉽게 풀었어요.

기주마르는 깜짝 놀랐어요.

그녀를 잘 알아보기는 했지만

정말 그녀인지 확신할 수 없었어요.

815   그래서 그녀에게 이렇게 말했어요.

"사랑하는 이여,

정말 당신인가요? 진실을 말해주시오!

당신의 몸을,

내가 묶었던 그 허리띠를 볼 수 있게 해주시오!"

820   기주마르가 그녀 옆구리에 손을 얹어서

허리띠를 찾고는 말했어요.

"아름다운 이여, 이렇게 당신을 찾게 되다니

정말 운명인가 보오![60]

누가 당신을 여기로 데려온 거요?"

825 그녀가 이야기했어요.

감옥에 갇혀서 겪었던 아픔과

고통과 슬픔에 대해서

어떤 상황에서

어떻게 탈출했는지

830 바다에 몸을 던지려다 배를 발견하고는

배에 올랐는데, 이곳 항구로 오게 된 이야기며

이 성의 영주가 자신을 붙잡아둔 이야기며

그가 자신을 극진하게 대우했지만

끊임없이 사랑을 요구한 이야기였어요.

835 이제야 그녀는 기쁨을 되찾았어요.

"사랑하는 이여, 당신의 연인인 저를[61] 데려가주세요!"

기주마르가 자리에서 일어나더니 말했어요.

"제후님들, 제 말 좀 들어보십시오!

잃어버렸다고 생각했던

840 제 정인을 여기서 찾았습니다.

---

60) "queile aventure"(원문 822행)은 정말 운이 좋다(Burgess and Busby, 54;
Koble et Séguy, 233)는 의미로도 해석할 수 있다.

61) 기주마르의 연인은 자신을 "vostre drue", 즉 "당신의 연인(your lover)"으로
부른다.

저는 메리아뒄 님께 요청하고 또 간청합니다.

자비를 베풀어 그녀를 저에게 돌려달라고 말입니다.

그러면 당신[62]의 신하로서

이 년, 또는 삼 년을 섬기겠습니다.

845　　백 명 또는 그 이상의 기사들과 함께 말입니다.”

그러자 메리아뒄이 대답했어요.

“기주마르 경, 친애하는 친구여,

자네가 이런 요청을 할 수 있을 정도로

내가 전쟁에서 곤경에 처했거나

850　　어려움을 당하고 있지는 않네.

이 여인을 발견한 사람은 나이니 내가 그녀를 차지하겠네.

자네로부터 그녀를 지킬 것이네.”

이 말을 들은 기주마르는

자신의 부하들에게 즉시 말에 오르라고 명령했어요.

855　　메리아뒄에게 전쟁[63]을 선언하고는 그곳을 떠났어요.

사랑하는 이를 남겨둔 것에 많이 고통스러워했어요.

마상시합에 참가하기 위해서

---

62) “ses hummes liges”는 직역하면 “그의 신하/가신”이 된다. 여기서, 그리고
844행에서도 기주마르는 이처럼 메리아뒄을 계속 3인칭으로(“li”) 지칭한다.
하지만 그 자리에서 자신의 말을 듣고 있는 메리아뒄에게 바로 요청한다는
점에서 2인칭인 “당신”으로 옮겼다.

63) “defie”는 기사가 다른 기사 혹은 주군으로 모시던 이에게 친구나 가신으로서
자신의 신뢰나 믿음, 의무를 철회한다는 것을 의미한다. 그 결과 이제 기주마
르가 배신이나 반역의 오명을 쓰지 않고 메리아뒄을 공격할 수 있게 된 것이
다(“desfier”; Gilbert, 26).

그 마을에 온 모든 기사들을
데리고 가버렸어요.

860 각각의 기사들은 기주마르에게 충성을 맹세하면서
그가 어디로 가든지 함께하겠다고 했어요.
이제 그를 배신하는 자는 치욕을 당할 것이었어요.
그날 밤 그들은
메리아뒥과 전쟁 중인 영주의 성으로 갔어요.

865 영주가 그들을 환대했어요.
기주마르가 와서 자신을 돕게 되어
대단히 기뻐했어요.
이제 전쟁이 끝났다는 것을 영주는 알았어요.
다음 날 아침 일어나서

870 자신들의 숙소에서 장비하고는
시끌벅적하게 마을에서 출발했어요.
기주마르가 선두에 서서 그들을 이끌었어요.
메리아뒥의 성에 도착해서 공격을 개시했지만
그 성은 함락시키기에 너무 견고했어요.

875 기주마르는 마을을 포위하고는
성을 함락시킬 때까지 떠나지 않을 심산이었어요.
친구들과 병력이 크게 불어나서
성 안에 있는 모든 이들이 굶주렸어요.
기주마르는 성을 차지해서 무너뜨린 다음

880 안에 있던 성주[64]를 처형했어요.

---

64) "성주(le seignur)"는 메리아뒥을 가리킨다.

기주마르는 크게 기뻐하며 자신의 연인을 데리고 떠났어요.

이제야 그의 고통이 끝난 것이었어요.

지금까지 들으신 이야기[65]로

「기주마르」라는 래가 만들어졌고요,

885 사람들이 하프와 로트[66]에 맞춰 이 래를 읊기도 하는데

그 선율이 듣기에 아름다워요.

---

65) "cunte[conte]"는 이야기(story, tale)를 의미하며 마리는 기존에 있던 기주마르에 대한 이야기를 바탕으로 래(884행)를 지었다는 점을 밝힌다. 또한 마리는 래에 선율을 입혀 하프나 로트 같은 악기에 맞춰 노래로 부를 수 있다는 점도 덧붙인다(885~886행).

66) 로트는 다섯 개의 줄로 된 하프 같은 중세 현악기로서 치터(Zither)와 대단히 유사했던 것으로 보인다(Brugess and Busby, 127).

에키탕

브르타뉴 지방 사람들, 즉 브르타뉴인들은
대단히 고귀한 사람들[1]이었어요.
오래전에 그들은 용맹함과
교양, 그리고 기품이 동기가 되어
5   자신들이 들었고
많은 사람들에게 일어난 여러 모험에 대해 래를 지었어요.
그래서 그 래들이 기억되고
망각되지 않도록 말이지요. [2]
그 래들 중 한 편을 제가 들었는데
10   잊히면 안 될 듯합니다.
에키탕[3]이라는 대단히 예의 바른[4] 이에 대한 이야기로

---

1) "noble barun"은 "고귀한 귀족들"로도 옮길 수 있다.
2) 서시 격에 해당하는 처음 8행에서 마리는 자신이 쓴 래가 브르타뉴 지역에 살았던 사람들이 지은 래에 근거한다고 밝힌다. 이런 이유에서 마리의 래와 그녀로부터 영향을 받은 다른 중세 래를 "브르타뉴 래(Breton lais)"로 부른다.
3) "Equitan"이라는 단어의 어원과 의미에 대해서는 학자들 사이에 의견이 분분하다. 미켈은 이 단어가 어원상 말을 의미하는 라틴어 단어 "equus"와 유사하고 말을 타는 기술(horsemanship)을 연상시킨다고 주장한다. 전통적으로 문학에서 사랑의 대상을 차지하고 정복하는 과정은 사냥에 비유되고 성행위는 종종 말타기(horse-riding)에 비유된다는 점을 고려할 때, 사냥을 어떤 것보다 즐기고 또 집사의 아내와 나누는 성관계를 탐닉하는 남자주인공의 이름을

그는 낭트인들[5]의 영주이자 재판관이면서 왕이었어요.

에키탕은 자신의 나라에서

많은 존경과 사랑을 받았어요.

15   재미와 연애[6]를 즐기는 그는

그런 이유로 기사도를 잘 지켰어요.

양식 없이 중도를 지키지 않고 연애에 탐닉하는 사람은

자신의 삶을 돌보지 않게 되지요.

그게 사랑의 속성이라서

20   사랑에 빠진 사람은 누구든지 이성을 유지하기가 어려워요.[7]

말을 의미하는 라틴어 단어와 비슷하게 지었다는 점은 적절한 선택이라는 것
이 미켈의 논지이다(Mickel, "Use of Irony", 268). 블락은 이 래가 여러 면에
서 공정(평)함(cquity)에 관한 이야기라고 시적하면서 남자주인공 에키탕의 이
름이 공정(평)함을 의미하는 "equity"와 동의어로 쓰인다고 주장한다(Bloch,
75). 하지만 에키탕이 자신에게 충성을 다하는 집사의 아내와 때와 장소를 가
리지 않고 밀애를 즐기고 그의 아내를 차지하기 위해서 무고한 집사를 죽이려
한다는 점에서 그의 이름이 함의하는 바와 달리 공정하지 못했다는 점은 이 작
품의 주된 아이러니로 볼 수 있다.

4) "mut fu curteis"에서 충성스러운 집사의 아내를 애인으로 삼고 집사를 죽이려
고까지 한 에키탕을 화자(혹은 저자 마리)가 정말 "대단히 예의 바른" 사람으
로 평가하는지는 의문이다. 오히려 반어적으로 썼다고 보는 게 더 타당할 것
이다.

5) "Nauns"는 브르타뉴에 위치한 도시 낭트(Nantes)에 사는 사람들(Ewert, 220)
을 의미하는 것으로 보인다. 한편 이 단어가 난장이들(dwarfs)의 왕국을 가리
키는 단어 "nains"라고 추측하는 학자들(Hanning and Ferrante, 60)도 있다.

6) "재미"로 옮긴 "deduit"는 (성적) 즐기움, 유흥, 재미 등을 의미하고, "연애"로
옮긴 "druerie"는 우정, 애정, 연애, 궁정식 사랑과 함께 사랑의 정표 등을 의
미한다("deduit"& "drüerie"). 이 두 번째 단어는 에키탕과 애인이 사랑을 논하
는 부분에서 여러 번 사용된다.

에키탕에게는 집사[8]가 있었어요.

그는 훌륭하고 용맹하고 충직한 기사로서

주군의 모든 영지를 감독하고

관리하고 법을 집행하는 일을 했어요.[9]

25 　전쟁을 하지 않는 한,

어떤 긴박한 일이 있더라도

왕은 숲이나 물가에서 사냥[10]을 하고

---

7) 마리가 18~19행에 걸쳐서 반복적으로 사용하는 "mesure"는 각각 다른 의
미를 갖는다. 첫 번째는 중도/중용(moderation)의 의미로, 두 번째는 속성
(nature)/이치(reason)의 의미로 사용하면서 말장난을 하는 듯하다("mesure";
Hanning and Ferrante, 60). 사랑을 할 때 이성을 잃기 쉬우므로 사랑을 신중
하게 하지 않으면 삶을 등한시하게 된다는 이 말은 마리가 주인공 에키탕을 두
고 하는 말이면서 동시에 자신의 모든 청자−연인들에게 주는 경고의 메시지라
할 수 있다.

8) "seneschal"은 중세에 왕이나 대영주의 집안 일을 관리하고 감독하는 "집사
(steward, bailiff)"를 의미한다. 다음에 나오는 행들에서 언급되듯이, 왕실 집
사는 영지를 관리 감독하고, 법을 집행하고, 왕실의 대소사를 운영하면서 왕
을 대변하기 때문에 왕실 직책 중 상당히 고위직에 해당한다("seneschal";
Gilbert, 27). 중세 문학에서 가장 잘 알려진 왕실 집사는 아서 왕의 수양 형제
인 케이 경(Sir Kay)이다. 아서가 신검 엑스칼리버를 뽑아서 잉글랜드의 왕이
되자 아서를 키운 수양 아버지 엑터 경(Sir Ector)이 케이를 왕실 집사로 임명
해달라고 간청한 결과였다.

9) 영주이자 왕이며 재판관으로서 에키탕이 수행해야 할 공무의 대부분을 이름
없는 집사가 수행하는 것으로 묘사된다. 에키탕이 집사의 아내와 비밀스러운
연애를 즐기기 시작하면서 왕과 집사가 서로의 역할을 바꿔서 수행한다. 곧 집
사가 왕이자 영주로서 역할을 하고, 왕인 에키탕이 남편으로서 집사의 아내와
사랑을 나누는 것이다.

10) "chacier"(원문 27행)는 숲에서 하는 사냥을, "riveier"(원문 28행)는 물놀이나
물가에서 하는 매사냥을 의미한다(Ewert, 213). 따라서, "sun chacier / ……

즐거움을 찾는 일을 결단코 그만두지 않았어요.[11]

집사가 부인을 얻었는데

30   그녀로 인해 그 나라는 큰 불행을 겪게 됩니다.

집사의 아내는 대단히 아름다운 여인으로

매우 기품이 있고

우아한 몸매와 매력적인 외모를 겸비했어요.

대자연이 그녀를 아주 공들여 빚은 것이었어요.

35   사랑스런 얼굴에 반짝이는 두 눈

예쁜 입과 잘생긴 코를 가진

그녀에 견줄 만한 여인은 그 나라 어디에도 없었어요.

왕도 그녀에 대한 칭찬을 종종 들은 터라

자주 그녀에게 인사를 전하고

40   선물도 보냈어요.

그녀를 보지 않고서도 원했기에

가능한 빨리 그녀와 이야기하게 돼요.

왕은 혼자 즐거움을 얻고자

집사가 살고 있는 고장으로

---

sun riveier"는 숲에서 사냥을 하고 물놀이를 하는 것으로도 번역할 수 있다.

11) 앞에서 화자는 에키탕이 여흥과 연애를 즐기는 것으로 소개하는데, 여흥 중
에서도 "사냥하기(sun chacier)"를 특히 좋아하는 것으로 묘사된다. 미켈은
많은 중세 문학에서 연애할 때 상대방을 정복하는 과정이 사냥에 비유된다는
점을 언급하면서 에키딩이 사냥과 연애를 가장 즐기는 것이 우연이 아니라고
설명한다(Mickel, "Use of Irony," 268). 실제로 에키탕이 하는 생각에서 집
사의 아내에 대한 욕망과 사냥에 대한 욕구가 평행하거나 교차되어 나타나는
경우가 많고 사냥의 끝에 욕망의 대상인 그녀가 위치하는 것으로 목격된다.

45   사냥을 갑니다.

집사의 부인이 머물고 있는 성에

왕은 묵었어요.

사냥을 즐기고[12] 돌아오는 밤이었어요.

이제 집사의 부인과 담소를 나눠보고

50   자신의 마음과 욕망을 드러낼 수 있게 된 것이었어요.

왕이 보기에 그녀는 예의 바르고 신중한 데다

몸매와 얼굴이 아름답고

상냥한 태도에 쾌활했어요.

사랑의 신이 에키탕을 자신의 신하로[13] 만들었어요.

55   그를 향해 화살을 쏘아서

깊은 상처를 입혔어요.

그의 심장을 조준해서 그곳에 화살을 꽂은 것이었어요.[14]

---

12) "sun deduilt"은 앞에 나온 "사냥하기(chacier)"(원문 44행)를 의미한다.

13) "Amurs l'ad mis a sa maisnie"를 번역한 것이다. 마리는 따라오는 행들에서 에키탕이 사랑에 빠진 것을 사랑의 화살을 심장에 맞는 것으로 비유한다. 이는 로마 신화에서 남녀에게 화살을 쏘아서 사랑에 빠지게 만드는 사랑의 신 큐피드를 연상시킨다. 이런 이유에서 "Amurs"를 "사랑의 신"으로 옮겼다.

14) 사랑으로 인해 가슴에 "상처(plaie)"를 입은 이 상황은 마리가 「기주마르」에서 사랑에 대하여 내린 정의를 생각나게 한다. 「기주마르」에서 마리는 첫사랑으로 아파하는 기주마르를 두고 사랑이 몸 안에 난 상처이며, 그 근원이 자연이기 때문에 인간이 어떻게 통제할 수 없다고 한다. 또한 상대방에게 신의를 지키고 충실한지 여부에 따라서 사랑과 욕정을 구분한다. 에키탕이 신하인 집사의 부인을 사랑하게 되면서 가슴에 상처를 입고 통제력을 완전히 상실한 상황은 기주마르의 상황과 많이 닮았다. 하지만 에키탕과 그의 연인의 관계는 마리가 정의하는 사랑보다는 욕정에 더 가까운 것으로 드러난다. 이들의 관계가 불륜이어서가 아니라 두 사람이 충실함을 이야기하면서도 서로의 욕

이제 왕에게 양식이나 신중함이란 소용이 없었어요.

집사 부인에 대한 사랑에 사로잡혀

60   많이 슬프고 우울했어요.

사랑에 완전히 굴복당해서

저항할 수 없었어요.

그날 밤 에키탕은 잠을 잘 수도 쉴 수도 없었어요.

대신에 자신을 나무라고 질책하면서 말했어요.

65   "아아! 도대체 어떤 운명이

나를 이곳으로 이끌었다 말인가?

내가 본 이 부인으로 인해

심장이 아프고

온몸이 떨리는구나!

70   그녀에 대한 사랑을 자제할 수 없다는 것을 알겠어!

그런데, 그녀를 사랑한다면 그건 잘못된 것이 아닌가!

그녀는 내 집사의 부인이니 말이야.

그로부터 내가 바라는 만큼

그를 사랑하고 그에게 신의를 지켜야 하지 않을까?

75   만일 어떻게 해서 그가 알게 된다면

그가 대단히 비통해할 거라는 것을 나는 알지.

하지만 그녀 때문에 내가 몸져눕기라도 한다면

그건 더 안 좋은 일이겠지.

이토록 아름다운 여인이 사랑을 하지 않거나 애인을 두지

망을 채우기 위해서 무고한 사람(집사—남편)을 살해하려고 계획을 세우는 것이 주된 이유이다.

않는다면

80 그건 정말 불행한 일이지!

그녀가 궁정연애를 하지 않는다면[15]

그녀의 기품은 어떻게 되겠는가?

그녀가 사랑해주기만 한다면

훨씬 더 좋아지지 않을 남성은 이 세상에 아무도 없을 거야!

85 설령 집사가 듣게 된다 하더라도

그가 너무 고통스러워해서는 안 되지.

그녀를 혼자서 지킬 수는 없을 테니까.

내가 정말로 기꺼이 그와 짐을 나누어지겠어!"[16]

왕은 이렇게 말하고 나서 한숨을 내쉬었어요.

90 그런 다음 누워서 생각했어요.

얼마 지난 후에 중얼거렸어요.

"왜 이렇게 괴로워하고 두려워하지?

그녀가 나를 애인으로 받아줄지

아직 아무것도 모르지 않은가?

95 하지만 곧 알게 되겠지.

만약 내가 느끼는 것을 그녀도 느낀다면

이 괴로움에서 벗어날 수 있겠지.

맙소사! 날이 밝으려면 아직 한참 멀었는데!

---

15) "n'amast de drüerie"(원문 82행)는 "사랑의 정열이 없다면", "진정한 사랑을 하지 않는다면" 등으로도 번역할 수 있다.

16) 에키탕이 자신과 집사, 집사의 부인을 놓고 펼치는 이런 부도덕한 논리는 화자가 앞에서 한 경고, 즉 사랑에 빠지면 이성이 힘을 쓰지 못하고 양식과 중도를 지키기 어렵기 때문에 삶을 소홀히 하게 된다는 경고의 좋은 예이다.

쉬지도 못하고,

어제 저녁에 누운 이후로 한참이나 지났군."

왕은 날이 밝을 때까지 깨어서

아침이 오기를 고통스럽게 기다렸어요.

자리에서 일어나서 사냥을 나갔지만

곧 돌아와서는

몸이 많이 아프다고 말했어요.

그러고는 자신의 방으로 가서 자리에 누웠어요.

집사는 수심이 가득했어요.

왕이 어떤 질병으로

오한을 느끼는지 알 수 없었으니까요.

그의 아내가 이유였던 것이죠.

즐거움을 얻고 위로를 받고자

왕은 집사의 아내를 오게 해서 자신과 담소를 나누게 했어요.

왕은 자신의 마음을 고백하고

그녀 때문에 자신이 죽을 지경임을 알렸어요.

그녀는 그에게 위안을 줄 수도 있고

그를 죽게 힐 수도 있다고 말했어요.

부인이 왕에게 대답했어요.

"폐하, 생각할 시간이 필요합니다.

처음 있는 일이라

어찌할 바를 모르겠습니다.

폐하는 지체가 높으신 왕이신데

저는 폐하의 사랑이나 애정을

받을 정도의

신분이[17] 못 됩니다.

125 제가 잘 알고 또 확신하건데

일단 폐하께서 원하는 것을 채우시면

곧 저를 버리실 터이고

그러면 저의 처지는 훨씬 더 나빠지겠지요.

제가 폐하를 사랑해서

130 폐하의 요구를 들어드린다 해도

폐하와 저는

동등하게 사랑을 나누지 못할 것입니다.

폐하는 강력한 왕이시고

제 남편은 폐하의 신하이니 말입니다.

135 제 생각으로, 폐하께서는

군주이시기에 사랑을 얻을 권리가 있다고 생각하시는 듯

하지만,

사랑은 서로 동등하지 않으면 의미가 없습니다.

가난하더라도 신실한 사람이 더 낫지요.[18]

그가 지혜와 덕을 겸비하였다면 말입니다.

---

17) "richesce"(원문 122행)는 부를 가진 것으로도 옮길 수 있다.

18) 사랑은 "동등한 위치(egals)"(원문 137행)에서 이루어져야 하고, 진실한 사랑은 "신의(leals)"(원문 138행)가 꼭 필요하다는 부인의 설교는 「기주마르」에서 사랑에 대하여 마리가 내린 정의를 떠올리게 한다. 하지만 이 여성이 입으로는 사랑에 대해서 이상적으로 설교하지만 왕인 에키탕과 정분이 나서 오랫동안 자신의 남편을 속이고, 또 왕비가 되려는 목적에서 죄 없는 남편을 잔인하게 죽이려고까지 한다는 점에서 진실하게 들리지 않는다.

140   그런 사람이 주는 사랑은

신의라고는 전혀 없는 군주나 왕이 주는 사랑보다

훨씬 더 큰 기쁨을 줍니다.

자신의 신분으로는 얻을 수 없는

더 높은 신분의 사람을 사랑하는 이는

145   사소한 것에도 두려워하기 마련입니다.

하지만, 권력자는

아무도 자신의 연인을 빼앗아 가지 않으리라 믿지요.

영주의 특권으로[19] 사랑을 주장하는데도 말입니다.”

에키탕[20]이 대답했어요.

150   “부인, 제발, 그렇게 말하지 마십시오!

그런 사람은 결코 진정으로 예의 바른 게 아니며,

반대로 흥정하는 장사치[21]에 지나지 않습니다.

부나 큰 영지를 이용해서

낮은 신분의 여성을 얻으려 하니 말이지요.

155   만약 슬기롭고

예의 바르고 마음이 고결한 어떤 여인이

사랑을 높게 여기고

진실하기까지 하다면

비록 그녀가 가진 게 망토 하나가 전부일지라도

---

19)   “par seignurie”는 봉건 귀족이나 영주로서 갖는 권위나 지위, 특권을 의미한
다(“seignorie”).

20)   지금까지 에키탕을 “왕(le reis)”으로 부른 것과는 달리 마리는 여기서 그를
“에키탕”으로 부른다.

21)   “bargaine de burgeis”를 직역하면 “장사치의 거래(흥정)”이다.

160 성을 가진 어떤 부유한 영주도

그녀에게 온 마음을 쏟고

충실하고 온전히 그녀를 사랑하지 않을 수 없을 것입니다.

하지만, 사랑함에 변덕스럽고

속임수를 쓰는 자는 누구든지

165 비웃음을 당하고 배신을 당하지요.[22]

우리는 그런 예를 많이 봅니다.

누군가가 자신의 행실로 인해 손해를 보다면

그리 놀랄 일은 아니지요.

사랑하는 부인, 당신께 저를 드립니다.

170 부디 저를 왕으로 여기지 마시고

당신의 가신이자 연인으로 여겨주십시오.

당신께 맹세하고 선언하건대

당신이 원하는 대로 하겠소이다.

그러니 나를 당신 때문에 죽게 내버려두지는 마십시오!

175 당신은 안주인, 나는 하인

당신은 높으신 분, 나는 탄원자가 될 것입니다."[23]

---

22) 변절하는 자는 결국 배신을 당하게 된다는 에키탕의 이 말은 충신인 집사를 배신하고 그의 아내를 정부로 삼고, 결국 그를 죽이려고까지 한다는 점에서 대단히 반어적이고 위선적으로 들린다.

23) 에키탕은 부인과 자신을 각각 "dame"과 "servant"(원문 175행), "orguilluse"와 "preiant"(원문 176행)로 대조를 이루어 지칭한다. 171행에서 에키탕이 자신을 부인의 "가신(vostre hum)"으로 여겨달라고 한다는 점에서 "dame"은 (여성) 주군(suzeraine)으로도 해석할 수 있다. 귀족 남성이 사랑하는 연인을 주군으로, 그런 주군을 섬기는 자신을 하인으로 삼는 설정은 궁정식 사랑(fin'amor)을 노래하는 음유시인들의 시나 로망스에서 흔하게 목격된다. 하지

왕이 자신에게 그렇게 말하면서

자비를 베풀어 달라고 그렇게 간청하자

그녀는 왕에게 사랑을 약속하고

180   자신의 몸을 허락했어요.

반지를 교환하고

서로에게 진실하기로 맹세했어요.

두 사람은 맹세를 잘 지키면서 서로를 깊이 사랑했어요.

결국에는 그 사랑이 그들의 죽음을 초래하게 됩니다.

185   그들의 사랑은 오랫동안 지속되었어요.

아무도 눈치채지 못한 채 말입니다.

두 사람이 만날 시간이 정해지고

함께 이야기를 나누고자 할 때면

왕은 신하들에게

190   혼자서 사혈(瀉血)[24]하겠다고 말했어요.

침실 문을 모두 닫았고

만 에키탕의 경우는 욕망으로 인해 두 사람 모두 파멸에 이른다는 점에서 궁정식 사랑에 대한 예찬이라기보다는 이런 사랑이 가진 잠재적인 위험에 대한 경고에 더 가깝다고 할 수 있다.

24) 고대 그리스인들은 몸 안의 네 가지 체액인 혈액(blood), 점액(phlegm), 황담즙(yellow bile), 흑담즙(black bile) 사이의 균형이 깨질 때 질병이 생기는 것으로 믿었는데, 중세인들은 그리스인들의 이런 생리학을 적극 수용하였다. 체액 사이의 균형을 회복하기 위해서 중세 의사들은 여러 가지 방법을 사용하였고, 그중 하나가 환자의 몸에 상처를 내어 피를 흘리는 사혈(瀉血, bloodletting)이었다. 질병의 종류에 따라서 상처를 내는 부위가 달랐고 때로는 거머리(leeches)를 사용하여 피를 뽑아내기도 했다. 일반적으로 사혈은 외과의사나 이발사 겸 외과의사(barber-surgeon)가 수행했다(Elliott, 12; Barber, 17).

왕이 부르지 않는 한
한 번이라도 침실로 들어올 정도로
그렇게 겁 없는 이는 찾아볼 수 없었어요.

195 그사이에 집사는 법정을 열어서
소송과 탄원을 들었어요.
집사의 아내를 아주 오랫동안 사랑한 왕은
다른 여성을 원치 않았고
혼인할 마음도 없었기에

200 혼인에 대해서 듣고 싶어 하지 않았어요.
신하들이 이것을 아주 못마땅하게 여겼어요.
집사의 아내는 이 상황을
종종 들었기에 많이 슬퍼했어요.
왕을 잃을까 두려웠던 거였어요.

205 왕과 이야기할 수 있게 되었을 때
입맞춤하고 포옹하고 두 팔로 껴안으면서
그에게 기쁨을 표현하고
그와 함께 즐거야 했을 때,
그녀는 오열하면서 몹시 슬퍼했어요.

210 왕이 그녀에게 질문하고 물었어요.
왜 무슨 일로 그러는지 말이지요.
그녀가 대답했어요.
"폐하, 저는 우리 사랑 때문에 우는 것이어요.
우리 사랑이 저에게 큰 슬픔을 줍니다.

215 폐하께서는 왕의 딸을 왕비로 맞으시고
저는 버리시겠지요.

자주 그렇게 말하는 것을 들어서 잘 알고 있습니다.

저는, 아, 저는 어떻게 되는 건가요?

폐하로 인해 저는 이제 죽을 수밖에 없어요.

220   저는 어떤 다른 위로도 모르니까요."

왕이 큰 애정을 담아 말했어요.

"사랑하는 이여, 두려워하지 마시오!

약속하건대, 나는 결코 혼인하지 않을 것이고

다른 여인을 위해 당신을 버리지도 않을 것이오.

225   진심이니 나를 믿으시오.

만약 당신 남편이 죽기라도 한다면

당신을 내 왕비이자 부인으로 삼을 것이오.

내가 그렇게 하는 것을 아무도 막지 못할 것이오."

그녀는 왕에게 고마워하면서

230   많은 감사를 표했어요.

만약 왕이

다른 여인 때문에 자신을 버리지 않겠다고 약속하면

서둘러 자신의 남편을

죽게 할 방안을 강구하겠다고 했어요.

235   왕이 그녀를 기꺼이 도와주면

일을 진행하기가 쉬울 거라 했어요.

왕은 그러겠다고 약속했어요.

어리석든 현명하든 상관없이

그녀가 요구하는 것이 무엇이든

240   그가 할 수 있는 일이면 다 들어줄 참이었어요.

그녀가 말했어요. "폐하, 청하오니

제가 사는 곳에 있는

숲으로 사냥을 오세요.

오셔서 제 남편의 성에 머무르세요.

245 거기서 사혈하시고

사흘째 되는 날에 목욕을 하세요.[25]

남편이 폐하와 함께 사혈한 다음에

목욕도 함께 할 것입니다.

잊지 마시고 남편에게 분명하게 말씀하세요.

250 폐하와 함께해달라고 말이지요.

저는 목욕물을 데워서

두 개의 욕조를 가져올게요.

남편의 목욕물은 펄펄 끓을 정도로 뜨거워서

세상에 있는 그 어떤 사람도

255 데여서 화상을 입을 수밖에 없을 거예요.

거기에 들어가 앉기도 전에 말이지요.

남편이 데여서 죽으면

남편과 폐하의 신하들을 부르세요.

그들에게 남편이

260 목욕하던 중에 어떻게 갑자기 죽었는지 알리세요."

그녀가 원하는 대로 하겠노라고

---

25) 보통 서양 중세인들이 목욕을 자주 하지 않았다고 알려져 있다. 하지만 사실 그들은 로마인들이 전한 목욕 문화의 영향으로 목욕을 많이 즐겼다. 특히 상류층은 사교적인 목적에서 동성 또는 혼성으로 함께 목욕을 즐겼다고 한다 (Gilbert, 33).

왕은 확실하게 약속했어요.
세 달이 채 지나지 않아서
왕은 그곳으로 사냥을 갔어요.
265 치료를 위해 사혈했고
집사도 함께했어요.
사흘째 되는 날 왕이 목욕을 하겠다고 하자
집사가 기쁘게 동의했어요.
왕이 "짐과 함께 목욕하시구려"라고 하자
270 집사가 "기꺼이 그러겠습니다"라고 대답했어요.
집사의 아내가 목욕물을 데워서
욕조 두 개를 들여왔어요.
계획대로 침대 옆에
각자의 욕조를 두었어요.
275 끓는 물을 가져오게 해서
남편이 들어갈 욕조에 부었어요.
훌륭한 사람인 집사는 일어나서
휴식을 취하러 밖으로 나갔어요.
집사의 아내가 말을 하러 오자
280 왕은 그녀를 자신의 곁으로 끌어당겼어요.
두 사람은 집사의 침대에 누워서
즐기면서 장난을 쳤어요.
그들은 함께 누워 있었는데
바로 앞에는 욕조가 있있어요.
285 문 앞을 감시하게 했는데
어린 하녀가 거기에 서 있었어요.

불현듯 집사가 돌아오더니

방문을 세게 두드렸어요.

하녀가 방문을 붙들었지만

290   그가 온 힘으로 문을 밀쳤기에 열릴 수밖에 없었어요.

왕과 자신의 아내가

서로의 품에 안긴 채 누워 있는 것을 발견했어요.

왕은 집사가 다가오는 게 보였어요.

자신이 저지른 부도덕한 짓을 숨기고자

295   두 발을 모으고 욕조 안으로 뛰어들었어요.

벌거벗은 나체로 말이지요.

무엇을 하는지 주의도 전혀 기울이지 못한 채

왕은 욕조 안에서 데인 채 죽었어요.[26)]

왕은 그가 세운 악행에 걸려들었지만

300   집사는 무사했어요.

그는 왕에게 무슨 일이 일어났는지

분명히 알 수 있었어요.

곧장 아내를 붙들어서

머리부터 욕조 속으로 집어넣었어요.

305   이렇게 해서 왕과 집사의 아내 둘 다 죽었어요.

왕이 앞서 죽고 집사의 아내가 뒤를 따랐어요.

지각을 얻고자 하는 사람은 누구든지

이 예를 통해 얻을 수 있을 것입니다.

---

26) 왕이 벌거벗은 채로 목욕물에 데어 죽는 살벌하면서도 코믹한 이 장면은 이 래를 소극(farce)이나 우화(fabliau)로 보게 하는 주된 이유가 된다(Bloch, 75).

다른 이에게 악행을 꾀하는 사람은

310   그 악행이 자신에게 되돌아오게 되는 법이지요.[27]

모든 것은 제가 지금껏 여러분들께 들려드린 그대로 일어났어요.

브르타뉴 사람들이 래를 한 편 지었는데

에키탕에 대해서, 그의 마지막이 어떠했는지[28]

그리고 그가 너무도 사랑한 그 부인에 대해서 말입니다.

---

27) 다른 이에게 해를 가하는 사람은 그 해가 자신에게 돌아온다는 이 교훈은 이어서 나오는 「르 프렌」에서도 반복된다. 이웃에 사는 부인이 아들 쌍둥이를 낳자 그녀가 불륜을 저질렀다고 공개적으로 망신을 준 어느 부인이 나중에 딸 쌍둥이를 낳게 되어 곤경에 처하게 되는데, 이때 그녀가 하는 독백의 주된 메시지(87~88행)가 이 교훈이다.

28) "cum[ent] il fina"는 "그가 어떻게 죽었느지"로도 옮길 수 있다.

3

르 프렌

제가 아는 이야기에 따라
프렌에 대한 래[1]를 들려드릴게요.
오래전에 브르타뉴에
이웃으로 사는 두 명의 기사가 있었어요.
5   두 사람은 유력하고 부유하고
훌륭하고 용감한 기사였어요.
두 사람은 친척으로[2] 같은 지역에서 살다가
각자 배우자를 맞았어요.
부인 중 한 명이 아이를 가졌고

---

1) 주제상으로 볼 때 이 래는 크게 세 부분으로 나눠 생각해볼 수 있다. 처음 부분은 프렌의 어머니가 쌍둥이 아들을 낳은 이웃 사는 귀족 부인을 부정하다고 모략했다가 자신이 쌍둥이 딸을 낳게 되자 아기 중 한 명(프렌)을 버리게 되는 이야기로서 내러티브의 초점은 프렌의 어머니에게 있다. 두 번째 부분은 수녀원에서 수녀원장의 조카로 잘 자랐지만 실질적으로 업둥이(foundling)인 프렌이 고롱이라는 연인의 성에 살게 되지만 아무런 권리가 없는 애인으로서 다른 여성에게 자신의 연인을 내어주어야 하는 위기를 맞게 되는 이야기이다. 마지막 부분은 프렌이 이런 위기를 인내심과 희생으로 잘 이겨내고 아기 때부터 가지고 있던 증표인 비단 강보와 금반지를 통해서 귀족 집안의 딸이라는 본래 신분을 회복하고 연인과 혼인하게 되는 이야기이다.
2) "친척"으로 번역한 "Prochein"은 지리적으로 "가까운(near)"으로도 옮길 수 있다(Ewert, 210; Hanning and Ferrante, 73 참고).

10   해산할 때가 되어
       쌍둥이를 낳았어요.
       그녀의 남편은 뛸 듯이 기뻐했어요.
       남편은 기쁜 나머지
       자신의 친애하는 이웃에게 알렸어요.

15   아내가 아들 쌍둥이를 낳아서
       가족이 불어났다는 이야기였어요.
       아들 중 한 명의 대부(代父)가 되어주고
       그[3]의 이름을 따서 아이의 이름을 지어달라고 했어요.
       전령이 당도했을 때

20   그 부유한 기사는 식사를 하는 중이었어요.
       전령은 상석[4] 앞에서 무릎을 꿇고
       가져온 모든 소식을 기사에게 전했어요.
       영주[5]는 신께 감사를 드린 다음
       전령에게 좋은 말 한 필을 주었어요.

25   기사 옆에 앉아 있던
       그의 부인이 조소했어요.
       그녀는 엉큼하고 거만한 데다
       입이 험하고 질투심도 강했어요.
       부인은 대단히 어리석은 어투로

---

3) 대부가 될 이웃 기사를 의미한다.
4) "deis"는 윗사람이 앉는 자리인 상석(上席)을 의미한다.
5) "영주"로 옮긴 "Li sire"는 이웃 기사이자 "부유한 기사(Li riches hum)"(원문
   19행)를 의미한다.

30   자리에 있는 모든 사람들에게 말했어요.

"하느님께 맹세코, 정말 놀랄 일입니다.

그렇게 훌륭하신 분께서 이런 생각을 하셨다니요.

우리 영주님께

자신의 수치와 망신거리를,

35   자신의 아내가 아들 쌍둥이를 낳았다는 것을 알리다니요.

그분과 부인 두 사람 모두 치욕을 당하게 되었네요.

우리는 뭐가 문제인가를 너무 잘 알지 않나요?

그런 일은 전에도 가능하지 않았고

그런 사건은 일어날 수도 없어요!

40   두 남자와 눕지 않고서는

여자가 한 번의 출산에서

아들 둘을 낳는다는 거 말입니다."[6]

남편이 그녀를 한참 지켜보더니

호되게 나무랐어요.

---

6) 정숙한 부인은 한 임신에서 한 아이를 생산하고, 남편 이외에 다른 남자와 잠자리를 같이한 부정한 부인은 쌍둥이를 낳는다는 다분히 미신적이고 비과학적인 생각(39~41행)은, 앞에서 "우리는 잘 알아요……(Nus savum bien……)"라고 말하는 것으로 미루어볼 때 이 부인이 즉석에서 만들어냈다고 보기 어렵다. 대신 마리가 살던 당대인 중세 중기뿐만 아니라 여러 문화권에서 여러 시대에 걸쳐서 공통적으로 목격되는 다둥이 생산에 대한 가부장적인 사회적 반응을 가리키는 것으로 해석할 수 있다. 특히 서양에서 중세 중기와 후기에 쓰인 여러 문헌에서 다둥이 생산을 여성의 불륜과 연결짓는 현상이 두드러지게 목격된다(Laskaya and Salisbury, 62~63). 이는 여성의 성을 통제하여 부계 중심의 혈통과 장자상속제를 보존하려는 가부장적인 관행을 반영한다고 볼 수 있다.

45   "부인, 그만하시오!
      그렇게 말해선 아니 되오!
      진실은, 이 부인이
      항상 높은 명망을 누렸다는 것이오."
      그 집에 있던 사람들이

50   부인이 한 말을 기억하고
      옮기고 전해서
      모든 브르타뉴 사람들이 알게 되었어요.
      그녀는 많은 미움을 받았고
      나중에 어려운 처지에 놓이게 되어요.

55   그녀의 말을 들은 모든 여성들은
      가난하건 부자건 그녀를 미워했어요.
      그녀의 말을 전달한 진령은
      자신의 영주에게 모든 것을 이야기했어요.
      전령의 말과 이야기를 들은 영주는

60   괴로워하면서 어떻게 해야 할지 몰랐어요.
      그는 자신의 훌륭한 아내를 미워하고
      몹시 의심하면서
      그녀를 심하게 박해했어요.
      그녀가 그런 대우를 받을 만한 일을 하지 않았는데도 말이
      지요.[7]

---

[7] 가부장적이고 부계중심적인 중세 봉건제하에서 가문의 적통을 유지하는데 부
인의 생식력과 정절은 결정적인 역할을 했다. 부인의 명예(honor)가 의심받을
경우 자녀의 적출(嫡出) 여부가 의문시되었기에 부인의 명예는 비단 그녀 자

65	그렇게 이웃을 모함했던 부인이
	그해에 수태했는데
	쌍둥이를 가진 거였어요.
	이로써 그녀의 이웃은 복수를 한 것이지요.
	해산할 때까지 쌍둥이를 품었다가
70	딸 쌍둥이를 낳고는 몹시 비통해했어요.
	극도로 슬퍼하면서
	자신에게 한탄했어요.
	"아아, 어쩐다 말인가!
	난 결코 어떤 명예도 얻지 못할 거야!
75	진실로 수치를 당하게 되었군.
	남편이나 그의 가족들은 모두
	이 일[8]에 대해서 듣게 되면
	내가 결백하다는 것을 믿어주지 않겠지.
	내가 모든 다른 여성들을 비방했을 때
80	내 자신에게 선고를 내린 거였어.
	그런 일은 일어난 적이 없다고,
	우리가 이제까지 한 번도 본 적이 없다고 내가 말하지 않

신만의 문제가 아니라 가문의 존립으로까지 이어지는 대단히 중요한 사안이었다. 하지만 불륜을 저질렀다는 의혹만으로도 남편으로부터 의심을 받고 감시를 당하는 이 귀족 부인의 처지가 예시하듯이, 중세 여성들의 정절은 쉽게 의심받았고 명예는 쉽게 오염되었다(Yoon, *Mothers and Motherhood*, 206).

8) "aventure"를 번역한 것이다. 이 단어는 상황에 따라 사건, 이야기, 상황, 운명 등으로 해석할 수 있다. 이 단어의 좀 더 구체적인 의미에 대해서는 「총서시」 주석 9번을 참고하라.

았던가.

한 여자가 두 남자를 알지 않고서는

쌍둥이를 가질 수 없다고 말이야.

85 이제 내가 쌍둥이를 낳았으니

그 대가를 지불하는 것이군.

남을 비방하고 거짓말하는 자는

자신에게 곧 닥쳐올 것을 결코 알지 못하지.

그런 사람은 자신보다

90 더 많은 찬사를 받아야 하는 사람을 비방하는 법이지.

수치를 당하지 않으려면[9]

쌍둥이 중 한 명을 죽여야 할 텐데.

망신과 수치를 당하면서 사느니

차라리 하느님 앞에서 속죄하는[10] 편이 낫겠지."

95 침실에 함께 있던 여자들이

그녀를 위로하면서 말했어요.

살인은 장난이 아니니

그렇게 하도록 내버려 둘 수 없다고 말이지요.

이 부인에게는 귀족 태생[11]의

---

9) "Pur mei defendre de hunir"는 직역하면 "나를 그런 수치로부터 보호하기 위해서"이다.

10) "amender"(원문 93행)에는 "속죄하다(atone for)"(Ewert, 190)는 의미가 있다.

11) "de franche orine"(원문 100행)를 "귀족 태생의(of noble birth/descent)"로 번역하였다. 고프랑스어 단어 "franche"에는 어디에도 묶이지 않은 자유인 (freeman)이라는 의미도 있지만, 귀족 부인이 그녀를 딸처럼 키웠고 해산하

100	시녀[12]가 한 명 있었어요.
	오랫동안 부인이 그녀를 사랑과 애정으로
	키우고 돌봤어요.
	부인이 우는 것을 본 그녀는
	많이 괴롭고 슬프고
105	몹시 고통스러웠어요.
	그녀가 부인에게 다가가서 위로하면서 말했어요.
	"부인, 소용없으세요.
	울음을 그치시고 지혜롭게 행동하세요.
	쌍둥이 중 한 명을 저에게 주세요.
110	제가 기필코 부인을 그 아이로부터 자유롭게 해드릴게요.
	그러면 부인은 수모를 당하지 않을 것이고
	그 아기를 다시 보는 일도 없을 거예요.
	아기를 어느 수도원까지 안전하게 데리고 가서
	그 앞에 두겠어요.[13]
115	신의 뜻이라면, 훌륭한 어떤 이가 아기를 발견해서
	잘 키울 거예요."[14]

는 그녀 옆에 있었고, 또 이후에 대단히 비밀스럽고 위험한 임무를 맡긴다는 점 등을 고려할 때 "귀족"으로 번역하는 게 타당해 보인다("Franc").

12) "meschine"(원문 99행)은 결혼하지 않은 처녀, 특히 귀족 집안 출신의 젊은 아가씨를 의미하며, 이 경우처럼 그런 집안 출신의 시녀(lady-in waiting)를 의미하기도 한다("meschine").

13) 원문은 버리다(throw), 유기하다(abandon)의 의미를 갖는 동사 "geterai"(원문 113행)이다("geter", Ewert, 202; "jeter").

14) 이름 없는 이 아가씨 덕분에 여자주인공 프렌은 비록 버려지기는 하지만 목숨은 건질 수 있었고 프렌의 어머니도 명예를 보존할 수 있게 된다. 발각될 경우

그녀가 하는 이 말을 들은 부인은

그녀의 생각에 크게 기뻐하면서 약속했어요.

만약 그렇게만 해준다면

120   그녀가 큰 사례를 받게 될 거라고 말이지요.

귀한 신분으로 태어난 아기를

아주 고운 아마포로 싼 다음

바퀴 문양의 수[15]가 놓인 비단 강보를 덮었어요.

이 비단은 부인의 남편이

125   콘스탄티노플[16]에서 가져온 것으로

그렇게 고운 비단은 전에 본 적이 없었어요.

끈 조각으로

아기의 팔에 굵은 반지도 묶었어요.

목숨을 잃을 수도 있는 큰 위험이 따르는 일을 아가씨가 기꺼이 자진해서 하는 이유는, 자신을 잘 키워준 부인의 은혜에 보답하기 위해서라고 화자는 분명히 밝힌다. 작품의 시작 부분에서 화자는 부인이 질투심이 많고 거만하고 입이 거칠다고 미리 선언함으로써 그녀가 자신밖에 모르는 이기적인 귀족 여성인 것처럼 묘사한다. 하지만 작품 여러 부분에서 부인에 대한 화자의 이런 초기 평가와 상충되는 상황 혹은 증거들이 제시된다. 그녀가 다른 집안의 딸을 자신의 딸처럼 정성껏 잘 키웠고, 그 결과 그녀가 부인을 위해서 유아유기라는 대단히 위험하면서도 도덕적으로 지탄 받을 일을 자발적으로 감행하는 것도 그 예 중 하나이다. 해닝과 페란테는 부인이 먼저 아가씨에게 친절과 사랑을 베풀었기 때문에 가능한 일이라고 주장하며, 이 아가씨의 이런 행동은 결말 부분에서 프렌이 연인인 고롱을 위해서 자신을 희생하는 행위에 대한 예표로 볼 수 있다(Hanning and Ferrante, 88~89).

15) "roé"는 바퀴 문양으로 수를 놓은 것을 의미한다(Ewert, 213; Rychner, 314).

16) "콘스탄티노플산(Costentinoble)" 비단은 알렉산드리아산 비단과 함께 이국적이고 값비싼 천을 대표하는 것으로 마리의 여러 래 작품에서 언급된다.

일 온스의[17] 순금 반지로
130   틀에는 붉은 루비[18]가 박혀 있고
테에는 글자가 새겨져 있었어요.
아기가 어디에서 발견되든
그녀가 지체 높은 집안 출신이라는 것을
분명히 알 수 있을 것이었어요.[19]

---

17) 1온스는 28.25그램이고 금 1돈은 3.75그램이다. 따라서 금 1온스는 약 7.67
   돈에 해당하기 때문에 상당히 큰 금반지로 볼 수 있다. 「밀롱」에서도 원치 않
   는 아기를 떠나보낼 때 부모가 착용하던 금반지를 아기와 함께 보낸다. 이 반
   지는 아기가 성장하여 부모를 찾고 자신의 신분을 회복하는 데 결정적인 증
   표로 사용된다. 프렌의 경우 콘스탄티노플산 비단 강보와 금반지가, 밀롱의
   이름 없는 아들의 경우 아들이 끼고 있던 (원래 밀롱의 것이었던) 금반지가
   그 역할을 한다. 마리의 래뿐만 아니라 중세 로망스에는 이처럼 주인공이 증
   표를 이용해서 자신의 신분을 회복하는 이야기들이 많이 전해 진다. 「르 프
   렌」의 끝부분에서 프렌의 어머니는 아기 프렌에게 딸려보낸 반지가 남편이
   청혼할 때 준 반지라는 사실을 밝힌다. 프렌의 어머니를 부정적으로 보는 학
   자들은 남편이 준 반지를 딸과 함께 버렸다고 보지만, 오히려 그녀가 자신이
   가진 것 중에서 가장 의미 있고 귀한 것을 딸에게 줌으로써 딸이 살아남기를
   바라는 간절한 마음을 표현했다고 볼 수도 있다.
18) "jagunce"는 루비 등을 포함하여 붉은색이 도는 보석을 의미한다("jagonce").
19) 신분을 확인할 수 있는 증표 모티브와 함께 "버려진 아이(exposed child)"
   혹은 "유기된 아동(child abandonment)" 모티브는 『다프니스와 클로에
   (*Daphnis and Chloe*)』 같은 고전 그리스 로망스뿐만 아니라 중세 로망스
   에도 종종 등장한다. 귀족 집안에서 태어났지만 어머니의 잘못으로 버려
   진 딸인 프렌에 대한 이야기를 진행시키기 위해 마리가 민담이나 로망스
   등에서 자주 사용되는 이 모티브를 차용한다는 점은 분명하다. 존 보스웰
   (John Boswell)은 중세의 아동 유기를 다룬 자신의 책 『낯선 이들의 친절
   (*The Kindness of Strangers*)』에서 마리의 「르 프렌」과 같은 주제를 다루는 여
   러 중세 로망스가 아동유기라는 "고전적인 모델"을 단순하게 모방했다기보다
   는 어느 정도는 중세에 잉글랜드뿐만 아니라 이탈리아, 프랑스 등지에서 실

135　그 아가씨는 아기를 안고

　　　부인의 침실을 나왔어요.

　　　그날 밤 깜깜해지자

　　　그녀는 마을을 나와서

　　　큰길로 해서

140　숲으로 들어섰어요.

　　　아기와 함께 숲을 통과해서

　　　반대편으로 나온 다음

　　　큰길로 계속 갔어요.

　　　아주 멀리 오른쪽에서

145　개 짓는 소리와 수탉 우는 소리가 들렸어요.

　　　그쪽에서 마을을 찾을 수 있다는 뜻이었어요.

　　　서둘러 개 짓는 소리기 니는 쪽으로

　　　방향을 잡아서

　　　부유하고 아름다운

150　마을에 도착했어요.

　　　그 마을에는 수녀원[20]이 있었는데

제로 자주 일어나던 현실을 반영한다는 견해를 피력한다. 실제로 원하지 않는 아이, 기형아, 혹은 사생아가 교회나 수도(녀)원 문 밖에 몰래 버려지는 일이 중세에 종종 발생했다. 그래서인지 12세기 말에서 13세기 말 사이에 아동 유기와 직·간접적으로 관련된 법이 잉글랜드에서만 열세 차례나 만들어졌다(Boswell, 322, 365).

20) "abeïe"는 수도원장(abbot)이나 수녀원장(abbess) 감독하에 많은 수도사나 수녀들이 공동체를 이루어 사는 규모가 큰 수도원이나 수녀원을 의미한다. 대부분의 경우 자급자족하는 삶을 영위하기 때문에 교회나 성당을 중심으로 여러 채의 건물과 넓은 토지를 소유했다("abbey").

재산이 아주 많고 번창하는 곳이었어요.
제가 알기로 그곳은 수녀들이 사는 곳으로
수녀원장이 그들을 감독했어요.

155 아가씨는 수녀원을 보았어요.
그곳의 탑과 외벽 그리고 종루를 보고는
서둘러 그곳으로 간 다음
정문 앞에서 멈춰 섰어요.
안고 온 아기를 내려놓은 다음

160 아주 공손하게 무릎을 꿇고
기도하기 시작했어요.
"하느님, 당신의 거룩한 이름으로 기도드리오니
그것이 당신의 뜻이라면
이 아기를 죽음으로부터 지켜주소서."

165 기도를 마치고
뒤를 돌아보니
물푸레나무[21]가 한 그루 있었어요.

---

21) "Un freisne"는 영어로는 ash tree, 우리말로는 물푸레나무를 의미한다. 이 나무는 껍질이 회색과 갈색을 띠고 우아하고 키가 것으로 알려져 있다. 다 자란 나무는 키가 35미터에 이르며 종종 여러 그루가 무리를 이루어 돔 모양의 지붕을 이루고 잎이 무성하게 자라기에 많은 새들의 서식처가 되고 훌륭한 햇빛 가리개 역할을 한다. 암수가 딴 몸인 이 나무 종은, 봄에 잎이 나기 전에 암수 그루가 모두 보라색 꽃을 피우고 늦여름부터 시작해서 가을까지 열쇠 모양(keys)으로 생긴 날개 달린 열매를 맺는 것으로 알려져 있다. 따라서 나중에 고롱의 신하들이 물푸레나무가 열매를 맺지 못한다고 하는 말은 사실이 아니다. 물푸레나무는 신화에도 종종 등장한다. 북구 신화에서 물푸레나무는 "생명나무(Tree of Life)"로 불리며, 최초의 인간이 이 나무로부터 온 것으

두툼한 가지들이 여러 갈래로 뻗어 있고
몸통은 네 갈래로 나뉘어 있었어요.

170 햇빛을 가리기 위해서 심어진 듯했어요.
그녀는 두 팔로 아기를 안고
재빨리 나무로 가서
나무 사이에 아기를 위치시키고는 그곳에 내버려두었어요.
진실하신 하느님께 아기를 부탁하면서 말이지요.

175 그녀는 돌아가서
부인에게 자신이 한 일을 모두 이야기했어요.
수녀원에는 문지기가 있었는데
미사를 보기 위해서
밖에서 오는 신도들에게

180 문을 열어주는 일을 맡고 있었어요.
그날 저녁, 그는 일찍 일어나서
초와 등불을 밝히고
종을 울리면서 정문을 열다가
물푸레나무 위에 있는 옷가지를 알아차렸어요.

185 어떤 도둑이 훔쳐서
거기에 숨겨두었다고 생각했어요.

로 이야기된다. 켈트 사제였던 드루이드들도 물푸레나무를 신성한 나무로 여겨서 종종 마법 지팡이를 이 나무로 만들었다고 하며 이 나무를 태워 악귀를 쫓았다고 전해진다. 오늘날 물푸레나무는 종종 "숲의 비너스 여신(Venus of the woods)"이라 불린다("Ash [Fraxinus excelsior]").

다른 것은 눈에 들어오지 않았어요.

최대한 빨리 나무로 가서

옷을 만져보다가 아기를 발견했어요.

190　신께 감사의 기도를 올린 다음

아기를 거기에 내버려두고 싶지 않았기에

아기를 안고 자신의 집으로 갔어요.

집에는 과부가 된 딸이 있었는데

남편은 죽고 아직 요람에 누워 있는

195　젖먹이가 있었어요.

마음씨 착한 문지기는 딸을 불렀어요.

"딸아, 일어나거라! 일어나!

불을 지피고 초를 키거라.

아기를 하나 데리고 왔는데

200　밖에 있는 물푸레나무 안에서 발견했단다.

아이에게 젖을 먹이고

몸을 데워주고 목욕도 시키려무나."

딸은 아버지가 시키는 대로 했어요.

불을 피우고 아기를 받아서

205　몸을 데운 다음 잘 씻기고

젖을 물렸어요.

그녀는 아기 팔에서 반지를 발견했어요.

아기를 싸고 있는 화려하고 아름다운 비단 강보[22] 또한 보

---

22)　"paile"은 자수 등으로 장식한 비단옷이나 싸개, 수의, 베일 등을 의미한다
　　　("paile"). 여기서는 아기 프렌을 쌌던 강보(襁褓)를 의미한다.

앉을 때,

두 사람은 아기가 지체 높은 집안 출신이라는 것을

210 확실히 알 수 있었어요.

이튿날 미사가 끝나고

수녀원장이 성당에서 나올 때

문지기가 그녀에게 가서 말했어요.

자신이 어떻게 아기를 발견하게 되었는지

215 그 사건을 이야기하고 싶었어요.

수녀원장은 문지기에게

아기를 자신 앞에 데려오되

발견했던 그대로 데려오라고 명령했어요.

문지기는 자신의 집으로 가서

220 기꺼이 아기를 데리고 와서

수녀원장에게 보였어요.

수녀원장은 아기를 유심히 살펴본 다음

자신이 그 아기를 키울 것이고

아기는 자신의 조카딸로 받아들여질 거라 말했어요.

225 문지기에게는 어떻게 된 일인지

발설하지 말라고 엄하게 명했어요.

수녀원장이 직접 아기를 세례반으로[23] 데리고 갔어요.

아기가 물푸레나무에서 발견되었기 때문에

"프렌"[24]이라 이름 지었고

---

23) "lever"는 "세례용 성수가 담긴 세례반(洗禮盤)으로 데려가다"는 의미로 쓰였
다(Fwert, 104).

230   사람들도 아기를 프렌이라 불렀어요.
        수녀원장은 프렌을 자신의 조카로 대우했고
        이렇게 프렌은 오랫동안 감춰줬어요.
        프렌은
        수녀원의 담장 안에서 성장했어요.
235   자연이 아름다움을 표현하는
        그런 나이가 되었을 때
        브르타뉴 전역에서 프렌만큼 아름답고
        예의 바른 아가씨는 찾아볼 수 없었어요.
        그녀의 외모와 언변에서
240   고고함과 교양이 드러났어요.
        프렌을 본 사람은 누구든지 그녀를 사랑하지 않는 사람이
        없었고
        입이 마르도록 칭찬하지 않는 사람이 없었어요.
        돌[25] 지역에 한 훌륭한 영주가 있었는데
        이전이나 이후에 그보다 나은 영주는 없었어요.
245   영주의 이름을 말씀드리면요,
        그 지방 사람들은 그를 고롱[26]이라고 불렀어요.

---

24) "프렌"은 물푸레나무를 의미하는 앵글로·노르만어 "Freisne"을 소리 나는 대로 적은 것이다.

25) "돌(Dol)"은 브르타뉴 북쪽 지역에 위치한 도시이다. 1199년에 교황 인노첸시오 3세(Innocent III)가 돌 지역의 대주교좌를 취소한 후에 투르 지역으로 편입시킨 점을 들어 이 래가 그 전에 쓰였다는 주장이 있다(Ewert, 170~171).

26) "고롱"은 "Gurun"을 표기한 것이다.

그는 이 아가씨[27]에 대한 이야기를 전해듣고

그녀를 사랑하게 되었어요.

마상시합에서 돌아오는 길에

250   고롱은 수녀원에 들렀어요.

프렌을 보기를 청하자

수녀원장이 프렌을 만나게 해주었어요.

고롱이 보니 프렌은 아름답고 교양이 있는 데다

영민하고 세련되고 품위가 있었어요.

255   그녀의 사랑을 얻지 못한다면

자신은 정말 불행한 사람일 거라는 생각이 들었어요.

당황해서 어찌할 바를 몰랐어요.

그가 수녀원에 자주 들르면

수녀원장이 알아차리고

260   다시는 프렌을 못 보게 할 수 있었어요.

고롱은 한 가지 묘안을 생각해냈어요.

수녀원이 더 번영할 수 있게 해주는 거였어요.

자신의 영지 중 많은 부분을 수녀원에 기부하면

그 덕분에 수녀원의 재산은 영원히 불어날 거였어요.

265   그는 영주의 권리[28]를 얻어서

그곳에 거주하거나 체류하고 싶었던 거였어요.

수녀원의 구성원이 되기 위해서

---

27) "la pucele"은 프렌을 가리킨다.

28) "retur[retor]"은 "가신의 집을 은신처/도피처로 삼을 수 있는 영주의 권리"를
의미한다(Ewert, 171).

고롱은 재산 중에서 많은 부분을 수녀원에 기부했어요.

하지만 그는 죄 사함이 아닌

270 다른 목적이 있었던 것이었죠.

고롱은 수녀원에 자주 들러서

프렌과 이야기를 나눴어요.

고롱이 계속 간청하고 많은 것을 약속하자

프렌은 그가 원하는 것을 들어주었어요.

275 프렌이 자신을 사랑한다는 확신이 들자

고롱은 그녀에게 어느 날 말했어요.

"아름다운 이여,

이제 당신이 나를 연인으로 받아주었으니

나와 함께 아주 떠납시다.

280 당신이 알아야 할 것은, 내가 생각하기에, 내가 알기로,

만약 당신 이모[29]가 우리 관계를 알게 된다면

많이 낙심하실 거라는 것이오.

당신이 수녀원에서 임신이라도 하게 된다면[30]

그분은 크게 노하실 것이오.

285 당신이 내 말을 믿는다면

나와 함께 갑시다.

---

29) "aunte"는 프렌을 조카로 키워준 수녀원장을 의미하며 고모나 숙모로도 번역이 가능하다. 수녀원이 여성들로 이루어진 여성공동체라는 점을 고려하여 "이모"로 옮겼다.

30) 임신 가능성을 이야기하는 고롱의 말을 통해 두 사람의 사랑이 육체적인 관계까지 포함하는 사랑이라는 점을 알 수 있다. 마리가 래에서 그리는 연인들의 관계는 암묵적으로 모두 이런 육체적인 관계를 포함하는 사랑이다.

결코 당신을 실망시키지 않고
당신을 풍족하게 보살피겠소."
프렌은 고롱을 깊이 사랑했기에
290   그가 원하는 대로 기꺼이 했어요.
프렌은 고롱과 함께 떠났고
그는 그녀를 자신의 성으로 데려갔어요.
프렌은 자신의 강보와 반지도 가져갔는데
나중에 아주 유용하게 쓰일 것이었어요.

295   수녀원장이 프렌에게 그것들을 주면서
그녀가 프렌을 처음 넘겨받았을 때
무슨 일이 있었는지 말해주었어요.
아기가 물푸레나무 위에 놓여 있었는데
처음에 그녀를 보냈던 사람이

300   강보와 반지를 주었을 거라는 이야기였어요.
아기와 함께 받은 다른 것은 없었고
프렌을 자신의 조카로 키웠다고 말했어요.
프렌은 그것들을 상자에 넣어서
정성스럽게 간직했고

305   떠날 때 그 상자도 가지고 갔어요.
버려두거나 잊어버리고 싶지 않았던 거였어요.
프렌을 데리고 간 기사 고롱은
그녀를 무척 아끼고 사랑했어요.
고롱의 신하들과 하인들도 그러했어요.

310   프렌의 고귀한 인품으로 인해
지위가 낮든 높든

그녀를 사랑하지 않거나 아끼고 공경하지 않는 이는 없었
어요.

프렌은 오랫동안 고롱과 함께 살았어요.

고롱에게서 봉토를 받는 가신 기사들[31]이 둘의 관계를 두고

315 그를 심하게 비난할 때까지 말입니다.

신하들은 종종 고롱에게

귀족 집안 여성과 혼인하고

이 여자[32]는 내치라고 요구했어요.

고롱이 후사를 두어서

320 그의 사후에 영지와 유산을 물려줄 수 있으면

자신들은 기쁠 거라고 했어요.

그가 첩 때문에

혼인해서 후사를 두지 않는다면

---

31) "li chevaler fiufé"을 옮긴 것이다. "fiufé[fiev]"는 중세 봉건제에서 영주로부
터 봉토(封土)를 받는 가신(家臣, vassal)을 의미한다.

32) "de cele"은 문맥상 다음에 나오는 "suinant[soignant]"(원문 323행), 즉 첩
(妾, concubine) 혹은 애인(concubine, mistress)을 의미하며, 이 두 단어는
모두 프렌을 가리킨다. 이를 통해 프렌의 현실적인 지위를 알 수 있다. 즉 그
녀가 큰 수녀원에서 수녀원장의 조카로 곱게 잘 자랐고 고롱과 사랑하는 사
이이기는 하지만, 결국 부모를 모르는 근본 없는 업둥이 고아라는 신분이 신
하들의 말을 통해 드러난다. 프렌이 고롱과 부부처럼 "오랫동안(lungement)"
동거했지만 정식으로 혼인한 사이는 아니기 때문에 법적으로 아무런 보호를
받을 수 없고, 그래서 언제든지 버려질 수 있는 대단히 불안정한 신분이라는
점이 명확해진다. 이런 이유에서 프렌을 좋아하는 사람들이 고롱의 결혼으로
인해 그녀가 내쳐질 것을 염려하여 슬퍼하는 것이다. 설령 프렌이 자녀를 낳
는다 하더라도 그녀는 정실부인이 아니기 때문에 법적으로 그녀가 낳은 자녀
는 고롱의 유산과 신분을 물려받을 수 없다.

큰 손실일 거라 했어요.

325 만일 고롱이 자신들이 바라는 대로 하지 않으면
더 이상 그를 주군으로 인정하거나
성심껏 모시지도 않겠다고 했어요.
고롱은 신하들의 뜻에 따라
아내를 얻겠다고 약속했어요.

330 이제 신하들은 고롱의 아내감을 어디에서 얻을지 관심을
가졌어요.
그들은 말했어요. "영주님, 여기서 아주 가까운 곳에
영주님과 격이 맞는 훌륭한 분이 계십니다.
그분한테는 상속녀로 딸이 있는데
그녀를 얻게 되면 넓은 영토를 얻게 될 것입니다.

335 그 아가씨의 이름은 코드르[33]로
이 나라에서 그 아가씨만큼 아름다운 이는 없습니다.
물푸레나무를 버리는 대가로
개암나무를 얻으실 것입니다.
개암나무는 열매를 맺어서 즐거움을 주지만

340 물푸레나무는 아무 열매도 맺지 못합니다.[34]

---

33) "La Codre"는 개암 혹은 헤이즐로 불리는 열매를 맺는 개암나무(hazel tree)
를 의미한다.

34) 고롱의 신하들이 물푸레나무는 열매를 맺지 못하고 개암나무는 열매를 맺는
다고 말하지만 사실은 이 두 나무 모두 열매를 맺는 것으로 알려져 있다. 신
하들은 물푸레나무를 의미하는 "프렌(Freisne)"과 개암나무를 의미하는 "코
드르(Codre)"의 이름에 빗대어 이 둘의 사회적 신분이 얼마나 차이가 나는지
대조하여 보여준다. 즉 높은 귀족 집안의 외동딸이자 상속녀인 코드르는 혼

148

이 아가씨를 얻을까 합니다.

신의 뜻이라면, 영주님을 위해서 그녀를 얻을 수 있을 것
입니다."

혼인이 주선되었고

모든 점에서 합의가 이루어졌어요.

345　아아! 이 훌륭한 사람들이

이 두 아가씨에 대한 이야기,

두 사람이 쌍둥이 자매라는 사실을

모른다는 건 불행입니다!

프렌을 숨겨두고

350　연인 고롱은 다른 여자와 혼인하게 됩니다.

고롱이 다른 여인을 아내로 얻는다는 것을 알게 되었을 때

프렌의 모습은 조금도 달라지지 않았어요.

그녀는 고롱을 잘 섬기고

모든 사람들에게도 예를 다했어요.

355　집 안의 기사들과

시종들, 그리고 어린 하인들까지 모두

프렌을 위해서

프렌을 잃어야 하는 것에 대해서 많이 슬퍼했어요.

인을 통해 남편에게 경제적으로나 사회적으로 많은 이익을 가져다주지만, 고
아인 프렌은 고롱에게 해줄 것이 아무것도 없다는 것을 열매에 빗대어 표현
한 것이다. 프렌이 열매를 맺지 못한다는 신들의 말은 그녀가 고롱과 오랫
동안 부부처럼 지냈음에도 불구하고 자녀를 생산하지 못했다는 사실을 환기
시키는 것으로도 볼 수 있다. 이렇게 해석할 경우 신들의 말은 프렌의 잠재
적인 불임을 암시하는 것으로 해석할 수 있다.

혼례일로 정해진 날

360 고롱은 자신의 친구들을 초대했어요.
그의 가신인
돌의 대주교도 참석했어요.
사람들이 고롱의 배우자 될 여인을 데려왔는데
그녀의 어머니도 함께 왔어요.

365 신부 어머니는 고롱이 아주 많이 사랑한다는
그 아가씨에 대해서 걱정이 많았어요.
그 아가씨가 원한다면 고롱 곁에 있으면서
자신의 딸에게 피해를 줄 수도 있으니까요.
신부 어머니는 그 아가씨를 쫓아내려 했어요.

370 그녀를 괜찮은 사람에게 시집보내라고
사위에게 권할 생각이었어요.
그렇게 해서 그녀를 떼어낼 거라고 혼잣말했어요.
결혼식을 성대하게 올리고
피로연도 크게 치렀어요.

375 침실에 머무른 프렌은
무엇을 보든지
슬프지 않은 듯했고
조금도 화나 보이지 않았어요.
그녀가 친절하고 정중하게

380 신부의 시중을 들었기에
그녀를 지켜보는 사람들은 모두
이를 놀라워했어요.
프렌을 유심히 관찰한 신부 어머니도

마음으로 그녀를 높게 평가하고 좋아했어요.

385   만일 프렌이 어떤 사람인지 알았더라면
      자신의 딸 때문에 그녀에게 해를 입히지도
      그녀에게서 연인[35]을 빼앗지도 않았을 것이라고
      혼자 생각하면서 말했어요.

      그날 밤 프렌은
390   신부가 누울 잠자리를
      준비하러 갔어요.
      망토를 벗은 후에
      시종들을 불러서
      영주가 어떤 식으로 침대가 준비되는 것을 좋아하는지
395   가르쳐주었어요.
      그녀는 그것을 자주 보았던 것이었어요.
      침대를 정돈한 다음
      그 위에 이불[36]을 폈는데
      오래된 드레스 옷감[37]으로 만든 것이었어요.
400   프렌은 이것을 보고
      적절하지 않다는 생각이 들어서

---

35) "sun seignur"을 직역하면 "그녀의 영주(주인/남편)"가 되며 고롱을 가리킨
   다. 고롱은 프렌의 남편이 아닌 연인이라는 점에서 "연인"으로 옮겼다.

36) "covertur"는 침대를 덮는 이불, 덮개, 보 등을 의미한다("covertoir").

37) "dras…… d'un viel bofu"에서 "bofu"는 비단의 일종으로 드레스 등을 만드
   는 데 쓰였다("bofu"). 따라서 이 천으로 만든 이불은 프렌이 가지고 있는 콘
   스탄티노플산 비단 강보보다 훨씬 못하다. 이를 아는 프렌이 자신의 강보를
   고롱과 신부가 덮을 이불로 내어놓는 것이다.

마음이 불편했어요.

상자를 하나 열더니 자신의 강보를 꺼내서

영주가 누울 침대 위에 폈어요.

405 그를 명예롭게 하기 위해서 이렇게 했던 것이었어요.

대주교가 오더니

신혼부부를 위해서 축복하고 십자성호를 그었어요.

그의 임무에 속하는 일이었던 것이지요.[38]

침실이 비게 되자

410 신부의 어머니가 신부를 데리고 왔어요.

신부가 잠자리에 들 준비를 하기 바랐기에

그녀에게 탈의하라고 했어요.

침대를 덮은 비단 천을 보는데

이제까지 그토록 아름다운 천은 본 적이 없었어요.

415 그녀가 숨겼던[39] 딸을 싸서 보낸

그 천을 제외하고는 말이지요.

순간 그 아이가 떠오르면서

심장이 요동쳤어요.

시종 한 명을 불러서 물었어요.

420 "이렇게 훌륭한 비단이 어디서 났는지

한 점 속임도 없이 나에게 말해보게!"

---

38) 사제가 신혼부부를 축복하고 그들이 누울 침대를 축성하는 일은 중세 유럽에서 보편적으로 행해진 관습이었다(Ewert, 171). 12세기 후반 크레티앵이 쓴 『에렉과 에니드』(2023~2024행)와 『클리제(*Cligés*)』(3330~3331행)에서도 (대)주교가 신혼부부의 침대를 축성하는 장면이 그려진다.

39) "cela"(원문 416행)는 "신분/정체성을 숨기다"라는 의미가 있다("celer").

시종이 말했어요. "부인, 말씀드리겠습니다.

프렌 아가씨가 이 천을 가져오셔서

저 이불 위에 피셨습니다.

425   아가씨는 원래 있던 이불이 적절하지 않다고 보셨어요.

저 비단은 프렌 아가씨 것으로 알고 있습니다."

신부 어머니가 프렌을 불렀어요.

프렌이 그녀 앞에 와서

망토를 벗자[40]

430   신부 어머니가 그녀에게 질문했어요.

"아름다운 아가씨,[41] 아무것도 숨기지 말아요!

이 아름다운 비단을 어디서 구했나요?

어디서 온 거지요? 누가 아가씨에게 주었나요?

누가 아가씨에게 주었는지 말해보세요!"

435   프렌이 대답했어요.

"부인, 저를 키워주신 제 이모는

수녀원장이신데, 그분께서 저에게 주시면서

잘 간수하라고 하셨어요.

저를 양육하도록[42] 이모님께 보낸 분이

---

40) 프렌이 망토를 벗는 것은 신분이 낮은 아랫사람으로서 귀족 부인 앞에서 예를 갖추는 행위이다(Ewert, 171; Gilbert, 45).

41) 신부 어머니가 프렌을 "Bele amie"로 부르는 것은 그녀가 원래 프렌에게 가졌던 적개심이나 경계심이 많이 사라졌다는 것을 의미한다. 프렌을 자신의 (버린) 딸이라고 선언할 때도("Tu es ma fille, bele amie!", 원문 450행)도 같은 표현을 쓴다.

42) 동사 "nurir"(원문 440행)는 "키우다, 양육하다"는 뜻이다("norriier"). 프렌은

이 천과 함께 반지도 주셨어요."

"아가씨, 내가 그 반지를 좀 봐도 될까요?"

"네, 부인, 기꺼이 보여드리지요"

프렌이 그렇게 반지를 가지고 오자

그녀는 세심하게 살펴보았어요.

445 자신이 본 비단 천과

그 반지를 너무 잘 알아보았어요.

이 아가씨가 바로 자신의 딸이라는 것을

의심할 여지없이 잘 알았고 확신했어요.

부인은 숨기지 않고 모든 이들이 다 듣도록 말했어요.

450 "애야, 너는 내 딸이란다!"

연민에 북받쳐

뒤로 넘어지더니 혼절했어요.

정신을 차리자

급히 남편을 부르러 보냈고,

455 그는 많이 놀란 채 왔어요.

남편이 방으로 들어오자

그녀는 남편의 발 앞에 쓰러졌어요.

그에게 연신 입을 맞추면서

자신의 잘못을 용서해달라고 빌었어요.

460 남편은 무슨 영문인지 전혀 몰랐어요.

그가 말했어요. "부인, 무슨 말을 하는 것이오?

우리 두 사람 사이에 좋시 않은 일은 없지 않소이까?

자신이 버려졌다고 말하지 않고 수녀원에서 지라도록 보내진 것으로 말한다.

당신이 소망하는 대로 다 용서하리라.

당신이 바라는 바를 말해보구려."

465 "당신이 용서하신다니

말씀드릴게요. 잘 들어주세요.

예전에 제가 너무 악하게도

이웃에 사는 부인에 대해서 어리석게 말한 적이 있지요.

쌍둥이를 낳는 것에 대해서 모략했었지요.

470 그건 저 자신에게 하는 말이 되었어요.

진실을 말씀드리면, 저 자신이 임신을 해서

딸 쌍둥이를 낳자 그중 한 명을 숨겨서

그 아이를 어느 수녀원 앞에 버렸어요.[43]

우리에게 소중한 비단과

475 당신이 처음 사랑을 고백할 때 주셨던

반지와 함께요.

당신한테 더 이상 숨길 수 없어요.

비단 천과 반지를 찾았고

저의 무분별함으로 인해 잃어버렸던

480 우리 딸을 알아보게 되었어요.

진정 이 아가씨가

착하고 지혜롭고 예쁜 우리 딸이에요.

고롱의 사랑을 받았는데

동생[44]이 그와 혼인을 해버렸어요."

---

43) 부인은 여기서 버리다(abandon), 유기하다(cast out), 추방하다(expel) 등의
강한 의미를 갖는 동사 "geter"를 쓰고 있다("jeter).

485   남편이 대답했어요. "이런 기쁜 소식을 알려주다니!
우리 딸을 찾았으니
지금껏 이토록 행복했던 적은 없소!
우리가 더 많은 죄를 짓기 전에
하느님께서 우리에게 큰 기쁨을 주시는구려!

490   딸아, 가까이와 보려무나."
프렌은 이 이야기를 듣고
정말 기뻐했어요.
그녀의 아버지는 더 이상 지체하지 않고
직접 사위를 찾아갔고

495   대주교도 오게 해서
이 상황을 이야기했어요.
모든 것을 알게 된 기사 고롱은
그의 평생 가장 큰 기쁨을 느꼈어요.
대주교가 조언했어요.

500   그날 밤은 상황을 그대로 두고
다음 날 고롱과 코드르를 갈라서게 하고
고롱과 프렌을 혼인시키자고 말입니다.
그러기로 모두 동의했어요.
다음 날, 코드르와의 혼인이 무효가 되자

505   고롱은 사랑하는 프렌과 혼인했는데
프렌의 아버지가 그녀를 고롱에게 주었어요.
프렌을 향하여 많은 사랑을 느낀 아버지는

---

44) " serur"는 "언니"로도 번역할 수 있다.

그녀에게 유산의 절반을 주었어요.

프렌의 아버지와 어머니는 결혼식에

510 그들의 딸[45]과 함께 참석했는데, 그건 적절한 일이었어요.

고향으로 돌아갈 때

딸 코드르를 데리고 갔어요.

나중에 이 아가씨도 자신의 고장에서

대단히 부유하게 혼인했어요.

515 이 이야기가 일어난 그대로

사람들에게 알려졌을 때

프렌에 대한 래가 만들어졌어요.

그 귀부인[46]의 이름을 따서 말입니다.

---

45) "lur fille"는 512행에 한 번 더 언급되는 코드르를 가리킨다.

46) 마지막 행에서 마리는 프렌을 "아가씨(la meschine)"가 아니라 "귀부인(la dame)"으로 부름으로써 프렌이 이제 더 이상 근본 없는 첩이 아닌 귀족 출신의 정실부인임을 나타낸다.

4

비스클라브레

제가 래를 짓고 있기에
비스클라브레도 잊고 싶지 않습니다.
브르타뉴어[1]로 이 래의 이름은 「비스클라브레」[2]인데
노르만인들은 「가루」[3]라고 부릅니다.

5   오래전에 사람들은 들을 수 있었고,
실제로 종종 일어나기도 했어요.
많은 사람들이 늑대인간으로 변해서
숲을 집으로 삼았다는 이야기 말입니다.
늑대인간은 흉포한 짐승이에요.

---

1) 프랑스 북서부 브르타뉴 지역 사람들이 쓰는 언어를 일컫는다. 브르타뉴에 대해서는 「기주마르」 주석 5번을 참고하라.

2) 에월트는 "bisclavret"가 브르타뉴어로 "말하는 늑대"를 의미하는 "bliez lauaret"에서 기원한 것으로 보며(Ewert, 172), 리슈네는 "bisclavret"가 바지 혹은 반바지를 입은 늑대를 의미하는 "bisc lavret"에서 유래란 것으로 추정한다(Rychner, 252). 이외에 "bisclavret"의 어원에 대해서는 해롤드 베일리 (Harold Bailey)의 "*Bisclavret* in Marie de France"와 윌리엄 세이어스(William Sayers)의 "Bisclavret in Marie de France: a reply"를 참고하라.

3) 에월트(Ewert, 172)와 리슈네(Rychner, 252)는 노르만어 "garolf"가 잘못 필사되어 "Garwaf"가 된 것으로 추정하며, 이 단어는 "인간–늑대(man–wolf)"를 의미하는 프랑코니아어(Franconian) "wari[man]–wulf"와 고대 영어 "were–wulf" 등에서 유래한 것으로 보인다.

10   야만성에 사로잡히는 동안
      사람을 먹거나 큰 해를 입히고
      깊은 숲속에 들어가서 머무르며 배회한다고 하지요.
      그런 이야기는 이제 그 정도로 해두고
      늘대인간 비스클라브레[4]에 대해 들려 드리고자 합니다.[5]

15   브르타뉴에 한 제후가 살았는데
      그에 대해서 들은 찬사는 경이로웠어요.
      그는 잘생기고 훌륭한 기사로서
      기품 있게 행동했어요.
      그는 자신의 주군과 가까운 사이였고

20   이웃들도 모두 그를 좋아했어요.
      그의 부인된 여성은 대단히 고상하고
      모습도 아주 아름나웠어요.
      그는 아내를, 아내는 그를 사랑했어요.
      하지만 한 가지가 그녀의 마음을 많이 괴롭혔어요.

25   남편이 일주일 중에서 사흘 내내 사라지는데

---

4) 원문의 2행과 14행 중간에 대문자로 쓰인 "Bisclavret"는 작품의 주인공을 일 컫는 고유명사이고, 원문 3행의 첫 단어 "Bisclavret"는 "늘대인간"을 의미하는 일반명사로 쓰였다. 여기서는 우리말 문맥을 좀 더 분명하게 하기 위해서 "늘 대인간 비스클라브레"로 옮겼다.

5) 1~14행은 이 작품에 대한 서문(prologue)에 해당한다. 서문에서 마리는 "늘 대인간"을 의미하는 브르타뉴어와 노르만어를 짧게 소개한 다음, 기존의 민담 에서 늘대인간이 흉포한 짐승으로 회자되고 있음을 상기시킨다. 서문의 마지 막 두 행에서 마리는 자신이 들려줄 늘대인간 비스클라브레는 기존의 늘대인 간과는 다른 새로운 부류의 늘대인간을 시사한다. 마리의 이러한 시적 의도에 대해서는 Yoon, "Disgust and the Werewolf's Wife"를 참고하라.

그에게 무슨 일이 있는지, 그가 어디로 가는지
그녀는 몰랐어요.
남편의 사람들 중에서도 아는 사람이 없었어요.
어느 날
30 남편이 기쁘고 행복해하면서[6] 집에 돌아왔을 때
아내가 집요하게 물었어요.
"여보, 사랑하는 이여,
제가 감히 그럴 수만 있다면
당신께 꼭 물어보고 싶은 것이 하나 있어요.
35 하지만 당신이 화를 내실까 두려워요.
당신이 화를 내는 것보다 더 두려운 건 없으니까요."
이 말을 들은 남편은 그녀를 자신에게로 끌어당겨
안으면서 입을 맞추고는 말했어요.
"부인, 어서 물어보시오.
40 당신이 질문하는 것에 대해서
만약 내가 아는 게 있다면 말해주지 못할 건 없소."
그녀가 말했어요. "진실로, 이제야 살 것 같아요.
여보, 당신이 저를 떠나 있는 며칠 동안
저는 온갖 두려움에 사로잡혀요.

---

6) 일반적으로 늑대인간은 자신이 인간이면서 늑대, 즉 짐승이라는 사실에 수치
심과 죄의식을 느끼고 괴로워하는 것으로 알려져 있다. 하지만 이 래 어디에
서도 비스클라브레가 늑대인간으로서 그런 수치심과 죄의식을 느끼고 괴로워
한다는 언급은 없다. 이 행이 제시하듯이 오히려 그는 행복한 늑대인간으로
묘사된다. 이 점이 비스클라브레를 다른 늑대인간들과 구별짓는 큰 특징이다
(Yoon, "Disgust and the Werewolf's Wife", 392~393).

45   마음이 너무 고통스럽고

당신을 잃어버릴까 봐 정말 두려워요.

그래서 빨리 위안을 얻지 못하면

당장이라도 죽을 것 같아요.

그러니, 당신이 어디로 가시는지,

50   어디에 계시는지, 어디에 머무시는지 저에게 말씀해주세요.

제 생각에 다른 여인을 사랑하시는 것 같은데요.

만일 그게 사실이라면 잘못하시는 거예요."

그가 말했어요. "부인, 하느님의 이름으로 청하니 나를 불

쌍히 여겨주시오!

당신한테 이야기를 하면 불행이 닥칠 것이오.

55   당신은 나에 대한 사랑을 거둘 것이고,

나 자신도 잃게 될 것이니 말이오."

부인은 남편의 이 말을

농담으로 여기지 않았어요.

남편에게 계속 질문하고

60   열심히 구슬리고 아첨하자

마침내 그는 아무것도 숨기지 않고

자신에게 일어나는 일을 이야기했어요.

"부인, 나는 늑대인간으로 변하오.[7]

---

7) 비스클라브레가 아내에게 자신의 정체를 밝히는 이 부분에서 한 가지 특징적인 점은 자신이 어떤 연유로 늑대인간이 되었는지에 대해서 언급하지 않는다는 점이다. 전통적인 늑대인간은 보통 두 종류로 분류된다. 첫 번째는 "모습변환자(shape-shifter)"로 불리는 부류로서 자발적으로, 그리고 정기적으로 늑대로 변하며, 광기에 사로잡혀 짐승뿐만 아니라 인간도 해하고 먹는 것으로 알

큰 숲으로 가서
65   숲의 가장 깊숙한 곳에 머물면서
      내가 사냥하는 사냥감을 먹소."[8]
      남편이 모든 것을 말하자
      그녀가 계속해서 물었어요.
      옷을 벗는지, 아니면 옷을 입고 있는지 말이에요.
70   그가 대답했어요. "부인, 난 아무것도 걸치지 않소."
      "그럼, 옷을 어디에 두는지 하느님의 이름으로 말씀해주
      세요."
      "그건 말할 수 없소!
      행여 옷을 잃어버린 채로
      발각되면
75   난 영원히 늑대인간으로 살아야 될 것이오.
      옷을 돌려받을 때까지는

려져 있다. 서론에서(9~12행) 마리가 언급하는 늑대인간이 이 첫 번째 종류에
해당한다. 두 번째 부류는 "마법에 걸린(enchanted)" 혹은 "저주받은(cursed)"
늑대인간으로서 늑대로 변해도 이성을 유지하기 때문에 선한 행동을 하고 권
위에 복종하는 것으로 알려져 있다(Bruckner 261; Sayers 78~79; Salisbury
144). 12세기 후반에 웨일즈의 제랄드(Gerlad of Wales)가 쓴 『웨일즈 여행기
(*Journey through Wales*)』에 나오는 늑대인간 부부와 14세기 후반에 영어로
쓰인 로맨스 『팔레르모의 윌리암(*William of Palerne*)』에 등장하는 늑대인간
알폰스가 이 두 번째 유형에 해당한다. 이들은 공통적으로 늑대의 모습을 하고
있지만 인간의 이성을 유지한다는 특징이 있다.

8) "S'i vif de preie e de ravine"에서 고프랑스어 "preie"는 사냥감, "ravine"은 빼앗
    은 노획물을 의미한다("proie" & "ravine"). 따라서 이 행을 좀 더 엄격하게 번역
    하면, "내가 사냥한 짐승을 먹고 다른 짐승들로부터 빼앗은 것을 먹소"가 된다.

어쩔 방도가 없소.

그래서 그곳이 알려지는 것을 원치 않는 것이오."

아내가 대답했어요.

80　　"여보, 저는 이 세상에서 당신을 제일 사랑해요.

그러니 저한테 무엇을 숨기거나

조금이라도 저를 의심하시면 안 돼요.[9]

그건 진실한 사랑으로 보이지 않아요.

제가 잘못한 게 있나요?

85　　제가 무슨 죄를 지었길래 저를 못 믿으시는 건가요?

저에게 말씀해주세요. 바르게 행동하세요."

그녀가 너무 집요하게 괴롭히자

그녀에게 밝힐 수밖에 없었어요.

"부인, 숲 옆에

90　　내가 따라가는 길 근처에

종종 나에게 큰 도움을 주는

오래된 경당이 하나 있소.

그곳에 있는 덤불 아래에

속이 움푹 파진 큰 바위가 있는데

95　　옷을 그 덤불 아래에 숨겨두오.

집으로 돌아올 때까지 말이오."

아내는 이 놀라운 이야기를 듣고

---

9)　비스클라브레의 아내는 이렇게 약속했음에도 불구하고 남편이 늑대로 변했을 때 몰래 옷을 훔쳐서 그가 인간으로 돌아오지 못하게 하고 다른 기사와 재혼하는 행동을 한다.

두려움으로 얼굴이 빨개졌어요.

그 이야기에 공포감을 느낀 것이었어요.

100 어떻게 하면 자신으로부터 남편을 떼어낼 수 있을지
줄곧 고심했어요.

다시는 그와 잠자리를 같이 하고 싶지 않았어요

그 고장에 한 기사[10]가 있었어요.

오랫동안 이 부인을 사랑한 그는

105 그녀에게 계속해서 간청하고 애원하면서

마음을 다 바쳐 그녀를 섬겼지만

그녀는 결코 그를 사랑하지도

그에게 사랑을 약속하지도 않았어요.

그런데 그녀가 그 기사에게 사람을 보내서

110 이렇게 말하면서 자신의 마음을 밝혔어요.

"사랑하는 이여, 기뻐하세요.

당신을 고통스럽게 했던 것을

이제 지체하지 않고 허락하겠어요.

더 이상 당신을 거절하지 않겠어요.

115 제 사랑과 제 자신을 당신께 드리니

저를 당신의 연인으로 삼아주세요.[11]"

---

10) 이 기사는 오랫동안 비스클라브레의 부인을 연모했지만, 다음 행에 나오듯이 그녀는 지금까지 기사의 그런 마음을 받아준 적이 없다. 이는 일부 비평가들의 주장(Bruckner, 267; Holten, 198; Freeman, 294)과는 달리 그녀가 지나친 욕정을 주체하지 못하고 남편 몰래 다른 남자와 정을 통했거나 하지 않았음을 방증한다.

11) 비스클라브레의 아내를 부정적으로 평가하는 비평가들은 그녀가 본질적으로

그 기사는 기쁘게 감사를 표하면서

그녀의 맹세를 받아냈고

그녀도 맹세로 그를 붙들었어요.

120 그러고는 남편이 어떻게 사라지는지

그가 무엇이 되는지 기사에게 말했어요.

또한 기사에게 남편이 숲으로 가는

모든 경로를 가르쳐주면서

남편이 벗어놓은 옷을 가져오라고 보냈어요.

125 이렇게 해서 비스클라브레는 자신의 아내한테

배신을 당하고 곤경에 처하게 돼요.

그가 종종 사라지는 것을 알았기에

사람들은 모두 이번에는

그가 아주 가버렸다고 생각했어요.

130 계속해서 찾아보고 물어보아도

그를 찾을 수 없었어요.

그래서 그를 찾는 것을 그만두었어요.

비스클라브레의 아내는 나중에 재혼을 했는데

인간성에 문제가 있는 사악하고 타락한 여자이기 때문에, 그리고 그녀의 성적 욕망이 과도하기 때문에 남편의 옷을 훔쳐서 사회로부터 추방하고 다른 기사를 남편으로 맞은 것으로 평가한다(Bruckner, 267; Holten, 198). 하지만 남편이 늑대인간이라는 사실을 알고 난 후에 그녀가 하는 여러 행동은 자신의 안전을 걱정한 단순한 "두려움(fear)"이나 "공포심(horror)"에서 나온 행동(Dunton-Downer, 210; Bruckner, 257, 258; Creamer, 265, 266)이라기보다는 좀 더 근본적으로 그녀가 "혐오(disgust)" 감정에 사로잡혔기 때문이라고 볼 수 있다. 이런 해석에 대해서는 Yoon, "Disgust and the Werewolf's Wife"을 참고하라.

자신을 오랫동안 사랑한 그 기사였어요.

135 이렇게 일 년이 지나갔어요.

왕이 그곳으로 사냥을 올 때까지 말입니다.

왕은 숲으로 곧장 갔는데

그곳은 비스클라브레가 있는 곳이었어요.

사냥개들을 풀어놓자

140 그 늑대인간[12]과 맞닥뜨리게 되었어요.

사냥개들과 사냥꾼들은

하루 종일 그를 쫓았어요.

그를 잡아서

물어뜯어 죽이기 직전까지 말이지요.

145 그런데 늑대인간이 왕을 보더니

그에게 달려가서 자비를 간청하는 것이었어요.

왕의 등자(鐙子)를 붙들고

그의 다리와 발에 입을 맞추었어요.

늑대인간을 보고 많이 놀란 왕은

150 일행을 모두 불렀어요.

왕이 말했어요. "제후들이여, 이쪽으로 와서

이 짐승이 짐 앞에서 어떻게 자기를 낮추는지

---

12) "Le Bisclavret"는 숲속에서 늑대인간으로 살고 있는 비스클라브레를 가리킨
다. 마리는 본문에서 비스클라브레를 가리킬 때 계속해서 이 표현을 사용한
다. 정관사 le가 Bisclavret 앞에 사용된 것으로 보아서 이름을 가리키는 고유
명사 "비스클라브레"가 아닌 일반명사 "늑대인간"으로 옮기는 것이 더 적절
해 보인다. 이는 비스클라브레가 왕이나 사냥꾼들에게 "짐승(beste)"으로 보
인다는 점에서도 타당하다.

이 놀라운 광경을 한번 보시오.
인간의 지성을 가진 것이 짐에게 자비를 구하는구려.
155 사냥개들을 뒤로 물러나게 하고
아무도 이 짐승을 때리지 못하게 하시오.
이 짐승은 이성과 지성[13]을 가지고 있으니 말이오.
서두르시오. 갑시다.
이 짐승을 보호해주고자 하니
160 오늘 사냥은 그만할까 하오."
그런 다음 왕은 돌아갔고
늑대인간은 그를 따라갔어요.
그는 왕 바로 옆에 있으면서 그와 떨어지려 하지 않았어요.
왕과 헤어질 마음이 전혀 없었어요.
165 왕은 늑대인간을 자신의 성으로 데리고 갔어요.
이 같은 일을 결코 본 적이 없었기에
왕은 아주 행복하고 흡족해했어요.
왕은 늑대인간을 대단히 신기하게 여기고
그를 아주 소중하게 대우했어요.
170 왕은 모든 부하들에게 명령했어요.
자신을 사랑한다면 늑대인간을 잘 보살피라고 말입니다.
조금도 그에게 해를 가해서는 안 되고
누구도 그를 때려서도 안 되며

---

13) 서양 중세의 인간과 동물을 연구한 조이스 살즈베리(Joyce E. Salisbury)에
따르면, 중세에 이성은 사회적인 행동, 청결함, 복장, 그리고 십생과 함께 인
간(성)을 규정하는 중요한 지표였다(132, 134).

먹이와 물을 잘 주라고 했어요.

175 그들은 기꺼이 늑대인간을 보살폈어요.

늑대인간은 매일 기사들 사이에서,

왕 바로 옆에서 잠을 잤어요.

모든 이들이 그를 좋아했어요.

늑대인간은 대단히 품위 있고 온유해서

180 조금이라도 해가 되는 일은 하지 않으려 했어요.

왕이 어디를 가든

그는 왕으로부터 떨어지려 하지 않았고

항상 왕과 함께 했어요.

늑대인간이 자신을 사랑한다는 것을 왕은 잘 알 수 있었
어요.

185 이후에 어떤 일이 생겼는지 들어보세요.

왕은 어전회의를 열어서

자신으로부터 봉지(封地)를 받은

모든 영주들을 소집했어요.

그 행사를 잘 치르도록 돕고

190 왕을 더 잘 보필하게 할 목적으로 말입니다.

비스클라브레의 아내와 혼인한 그 기사도

화려하게 잘 차려입고

그곳에 왔어요.

그토록 가까운 곳에서 비스클라브레를 만날 줄은

195 그는 알지도 상상하지도 못했어요.

기사가 궁정에 나타나자마자

늑대인간은 그를 알아보고

단숨에 달려가서
이빨로 그를 물고는 자신에게로 끌어당겼어요.
200 왕이 그를 부르면서
막대기로 위협하지 않았다면
기사는 큰 부상을 당했을 거예요.
늑대인간이 그날 두 번이나 기사를 물려고 하자
대부분의 사람들은 몹시 놀랐어요.
205 이제까지 그가 본 누구에게도
그런 행동을 한 적이 없었기 때문이었어요.
궁정에 있던 모든 이들이 말했어요.
이유 없이 그가 그렇게 행동할 리가 없다고,
어떤 식으로든 그 기사가 그에게 해를 끼쳤고
210 그래서 복수하고 싶은 거라고 말입니다.
이번에는 그렇게 마무리되었어요.
어전회의가 끝나서
영주들이 허락을 받고
자신들의 집으로 돌아갈 때까지 말이지요.
215 제가 알기로
늑대인간이 공격했던 그 기사가
가장 먼저 떠났어요.
늑대인간이 그 기사를 미워한 것은 놀랄 일이 아니었어요.
제 생각에는, 그리고 제가 이해하는 바에 따르면
220 그 일이 있고 얼마 지나지 않아서
대단히 신중하고 예의 바른 왕은
늑대인간을 발견한

그 숲으로 갔어요.

늑대인간도 함께 갔어요.

225 그날 저녁 돌아오는 길에

왕은 그 고장에서 묵게 되었어요.

이를 안 비스클라브레의 아내가

우아하게 차려입고

값비싼 선물도 준비해서

230 다음 날 왕을 알현하러 왔어요.

늑대인간이 그녀가 오는 것을 보았을 때

아무도 그를 붙들 수 없었어요.

그는 광기에 사로잡힌 듯 그녀에게 달려갔어요.

자, 그가 얼마나 훌륭하게 복수했는지 들어보세요.

230 그는 그녀의 얼굴에서 코를 물어뜯어버렸어요!

이보다 더 심하게 복수할 수 있을까요?

사방에서 늑대인간을 위협하면서

그를 찢어놓기 일보직전에

한 현명한 이가 왕에게 말했어요.

240 "폐하, 제 이야기를 좀 들어주시지요.

이 짐승은 폐하와 함께 해왔습니다.

저희 중에서

그를 오랫동안 지켜보지 않았거나,

종종 그의 옆에 가지 않은 사람은 한 명도 없습니다.

245 하지만 그는 한 번도 누군가를 건드리거나

해를 끼친 적이 없습니다.

여기 있는 이 부인을 제외하고는 말입니다.

폐하께 대한 충성을 걸고 말씀드리면,

이 늑대인간이 저 부인,

250 그리고 그녀의 남편에게 무슨 원한이 있는 게 분명합니다.

이 부인의 전남편은

폐하께서 많이 아끼셨지만

오랫동안 행방이 묘연한 바로 그 기사입니다.

그가 어떻게 되었는지 아는 이가 없습지요.

255 저 부인을 심문해 보시옵소서!

그러면 이 늑대인간이 왜 그녀를 미워하는지

폐하께 말할 것이옵니다.

그녀가 안다면, 실토하게 만드옵소서!

온갖 놀라운 일이 브르타뉴에서 일어나는 것을

260 보아오지 않았습니까?"

왕은 이 현명한 기사의 조언을 따랐어요.

부인의 현 남편을 감금한 뒤

그녀를 다른 곳에 붙잡아서

큰 고통을 가했어요.

265 고통과 두려움 때문에

그녀는 전 남편에 대해서 모든 것을 말했어요.

어떻게 그를 배신했는지

그의 옷을 훔친 이야기며

그가 그녀에게 해주었던 이야기며

270 그가 어떻게 되고 어디로 가는지

그의 옷을 훔친 뒤에

그가 영지에서 보이지 않은 이야기였어요.

그녀는 이 늑대인간이 비스클라브레[14]라고
전적으로 생각하고 완전히 확신했어요.

275 왕은 남편의 옷을 가져오라고 명령했어요.
그녀가 싫어하든 좋아하든 상관없이
옷을 가져오게 해서
늑대인간에게 주게 했어요.
자신 앞에 옷이 놓였지만

280 늑대인간은 전혀 관심을 보이지 않았어요.
왕에게 처음 간언했던
그 훌륭한 기사가 왕에게 말했어요.
"폐하, 폐하께서는 잘못하고 계십니다.
이 늑대인간은 어떤 경우에도

285 폐하 앞에서 옷을 걸치고
짐승의 모습을 벗지는 않을 것입니다.
폐하께서는 그것이 무엇을 의미하는지 모르십니다.
그건 그에게 실로 큰 수치일 것입니다.
폐하의 침실로 그를 데려가시고

290 옷도 함께 가져가시옵소서.
한참 동안 그를 거기에 내버려주시옵소서.
그가 사람으로 돌아오는지 곧 알게 될 것입니다."
왕은 손수 비스클라브레를 방으로 데리고 가서

---

14) 이전까지 늑대인간을 의미하는 일반명사 "le Bisclavret"로 쓴 것과는 대조적
으로 여기서는 정관사 없이 이름을 나타내는 고유명사 "Bisclavret"(원문 274
행)로 쓰였다.

그를 위해 모든 문을 닫아주었어요.

295 얼마간의 시간이 흐른 후에 왕은 두 명의 영주를 데리고
방으로 돌아왔어요.
세 사람이 모두 방으로 들어가서
왕의 침대에
기사 비스클라브레[15]가 잠들어 있는 것을 발견했어요.

300 왕은 달려가서 그를 껴안았어요.
백 번도 넘게 그를 포옹하고 입을 맞추었어요.
여유가 생기자마자
왕은 비스클라브레에게 모든 영지를 돌려주고,
말로 다 설명할 수 없을 정도로 더 주었어요.

305 왕은 비스클라브레의 아내를 자신의 나라에서 추방하고
그 지방에서도 쫓아냈어요.
지금의 남편이 그녀와 함께 갔는데
그를 위해서 전남편을 배신한 거였어요.
그녀는 후손을 많이 두었는데

310 그들의 외모와 얼굴 때문에
쉽게 알아볼 수 있었어요.
진실을 말씀드리면, 그녀의 가문에서 태어난 많은 여성
들이
코가 없이 태어나서
코가 없는 채로 살았다고 합니다.

---

15) "le chevaler"는 비스클라브레가 짐승(늑대)의 모습에서 사람으로 돌아왔다는
의미이다.

315   지금까지 들으신 이야기는
　　　　진실이니 조금도 의심하지 말아주세요.
　　　　영원히 기억하기 위해서
　　　　비스클라브레에 대한 래가 만들어졌어요.

5
랑발

다른 한 래가 전하는 모험에 대해서

일어난 그대로 들려드릴게요.

브르타뉴어로 랑발이라고 불리는

대단히 훌륭한 기사에 대한 이야기입니다.

5 용맹하고 정중한 아서 왕[1]이

칼라일[2]에 머물고 있을 때였어요.

그 지역을 약탈하던

스코틀랜드인과 픽트인[3]들 때문이었어요.

---

1) 아서 왕은 중세 브리튼의 전설적인 영웅 왕이다. 그는 5세기 중엽에서 6세기 초에 오늘날 덴마크와 독일 북부에서 넘어 온 앵글로·색슨족(Anglo-Saxons)이 브리튼 남동부를 노략질하자 혜성처럼 나타나서 브리튼을 수호한 것으로 알려져 있다. 1136년경에 사제이자 연대기 작가인 몬머스의 제프리는 『브리튼 열왕사』에서 아서를 잉글랜드의 왕이었던 우서펜드라곤(Utherpendragon)과 콘월 공작의 아내 이거나(Ygerna) 사이에서 출생한 외아들로 그린다. 왕비는 귀네비어(Guinevere), 조카로는 가웨인 경(Sir Gawain), 수양 형제로는 케이 경(Sir Kay)이 있다.

2) "칼라일(Kardoel)"(원문 5행)은 오늘날 영국 북부 컴브리아주(Cumbria)의 수도인 칼라일(Carlisle)을 의미한다(Ewert, 173). 아서 왕을 다룬 여러 로맨스에서 아서 왕이 종종 원탁의 기사들과 함께 이곳에서 어전회의를 여는 곳으로 그려진다. 하드리아누스 방벽 아래에 위치한 칼라일은 아서 왕의 여러 궁정 중에서 가장 북쪽에 위치한다. 칼라일 성의 목적은 방벽 너머에 사는 스코틀랜드인들과 픽트인들의 침입으로부터 잉글랜드를 보호하기 위한 것이었다.

그들은 잉글랜드[4] 땅을 침입해서
10   종종 많은 피해를 입히고는 했어요.
       때는 여름으로 성령강림절에[5]
       아서 왕은 칼라일에 머물면서
       많은 선물을

---

3) "Escoz"(원문 7행)와 "Pis"(원문 7행)는 각각 하드리아누스 방벽 너머에 살던 스코틀랜드인들(Scots)과 픽트인들(Picts)을 가리키며 브리튼 북부에 살던 이 원주민들은 브리튼계 켈트인들에 해당한다. 이들은 남쪽에 위치한 잉글랜드를 침입하여 전쟁을 일으키고 약탈했던 것으로 보인다. 『브리튼 열왕사』에서 몬머스의 제프리는 픽트인들과 스코틀랜드인들이 종종 바다 건너 아일랜드인들, 그리고 오늘날 덴마크와 북부 독일에 살던 색슨족과 연합하여 잉글랜드를 침입하는 것으로 그린다.

4) "Loengre(Logres)"는 잉글랜드를 의미하다 『브리튼 열왕사』에서 몬머스의 제프리는 로그리아(Loegria)가 브리튼(Britain)을 세운 것으로 전해지는 전설적인 인물 브루투스(Brutus)의 장남 로크리누스(Locrinus)의 이름을 따서 지어졌다고 말한다(75). 로그리아는 콘월 지역과 함께 런던 관구에 속하며, 북쪽에 위치한 데이러 지역과 올버니, 즉 스코틀랜드 지역과는 험버강으로 나뉘고, 서쪽에 위치한 캄브리아, 즉 웨일즈 지역과는 세번강으로 나뉜다(Geoffrey of Monmouth, *Historia*, 25). 크레티앵은 12세기 후반에 쓴 최초의 성배 탐색(모험) 로망스라 할 수 있는 『페르스발(*Perceval*)』에서 로그르(Logres)는 한때 사람을 잡아먹는 거인들이 사는 곳(land of ogres)이었다고 설명한다(457). 『래 모음집』에서 Logres는 주로 "Loengre"로 쓰이며, 본서에서는 이를 모두 "잉글랜드"로 옮겼다.

5) 그리스어로 '50'번째를 의미하는 "성령강림절(pentecuste/Pentecost)"은 기독교의 주요 축일 중 하나로서 예수가 부활한 사건을 기념하는 부활절에서 50일째 되는 일요일에 해당한다. 이 축일은 예수가 승천한 후에 그의 사도들에게 성령이 내려온 것을 기념하는 날이며, 이때 세례를 받는 사람들이 하얀 옷을 입는 관습에 기인하여 "하얀 일요일(Whitsunday)"이라고도 불린다("Pentecost (Whitsunday)"). 성령강림절은 아서 왕과 관련된 여러 중세 로맨스(로망스)에서 기사들이 모험을 시작하는 시간적 배경으로 사용된다.

178

귀족 제후들,[6]

15   세상에서 어디에도 비길 데 없는
원탁의 기사들[7]에게 주었어요.
왕은 모두에게 아내와 땅을 하사했어요.
그를 섬기는 이들 중에서 한 명을 제외하고 말이지요.
랑발이 그였는데, 왕은 그를 잊었고[8]

20   왕의 측근들 중에서 랑발을 위해 변호해주는 이는 아무도
없었어요.
랑발의 용맹함과 관대함
준수한 용모와 용기 때문에
많은 이들이 그를 시기했어요.
어떤 이들이 랑발을 좋아하는 것처럼 보였지만

25   그에게 불행한 일이라도 생기면

---

6) "cuntes" and "baruns"을 "귀족 제후들"로 옮겼다.

7) "A ceus de la table r[o]ünde"(원문 15행)를 직역하면 "원탁의 그들"이 되며,
이는 원탁의 기사들(Knights of the Round Table)을 의미한다.

8) "ne l'en sovient"은 직역하면 "[아서 왕이] 그[랑발]를 기억하지 않았다"이다.
언뜻 보기에 왕이 랑발을 실수로 잊은 듯하다. 하지만 자신을 섬기는 모든 기
사들 중에서 오직 랑발만 잊었다는 점, 그리고 31행에서 왕이 랑발에게 아무것
도 주지 않았다고 한 번 더 언급되는 점에서, 이는 랑발에 대한 왕의 의도적인
차별이라고 볼 수 있다. 차별에 대한 이유로 화자는 다음에 나오는 여러 행에
서 기사로서 랑발이 너무 뛰어나서 다른 기사들이 그를 시기했다는 점, 그리고
그가 잉글랜드 출신이 아닌 다른 지역 출신의 "이방인(estrange)"(36행)이라는
점을 언급한다. 아서 왕과 원탁의 기사들이 랑발에 대해서 보이는 이런 차별과
부당한 대우는 인간 사회를 대변하는 아서 왕 궁정이 결코 이상적인 곳이 아님
을 시사한다. 이는 또한 작품 끝에서 랑발이 아서 왕 궁정을 버리고 연인과 함
께 아발론으로 떠나는 근거가 된다고 볼 수 있다.

그들은 한 번도 그를 위로해주지 않았어요.

랑발은 높은 가문 출신 왕의 아들이었지만

자신의 유산으로부터 너무 멀리 떨어져 있었어요.[9)]

그는 아서 왕의 궁정에 속했지만

30   자신이 가진 것을 모두 소비했어요.

왕이 그에게 아무것도 주지 않았고

그 역시 왕에게 요구하지 않았기 때문이었어요.

이제 정말 어려워진 랑발은

많이 슬프고 침울했어요.

35   제후님들, 놀라지 마세요.

기댈 곳이 없는 이방인은

어디에 도움을 청해야 할지 모를 때

낯선 땅에서 많이 불행하니까요.

제가 말씀드리는 이 기사는

40   아서 왕을 정말 잘 모셨어요.

어느 날 그는 자신의 말을 타고

---

9) 왕의 아들, 즉 왕자인 랑발이 왜 아서 왕 궁정에 오게 되었고 집단적인 차별에
도 불구하고 그가 왜 계속 머무르는지 마리는 설명하지 않는다. 블락은 랑발
이 소위 "결혼하지 못한 어린 아들들(bacheliers or jeunes)" 그룹에 속하는 것
으로 설명한다. 즉 장자(長子)가 아니기 때문에 아무것도 물려받지 못하고 집
을 떠나서 가난하게 떠돌아다녀야 했던 중세 귀족 집안 아들들의 불행한 현실
을 랑발이 재현한다고 블락은 주장한다(Bloch, 68~69). 이렇게 볼 경우, 랑발
은 「밀롱」의 남자주인공 밀롱과 처지가 많이 닮았다. 하지만 프랑스 왕자인 랜
슬롯(랑슬로) 경(Sir Lancelot)이 그러하듯이, 랑발도 아서 왕과 원탁의 기사들
이 추구하는 높은 기사도 정신을 배우기 위해서 장자임에도 아서 왕을 찾아왔
을 가능성도 배제할 수 없다.

휴식을 취하러 갔어요.

마을 밖으로 나가서

홀로 풀밭에 도착했어요.

45   물이 흐르는 개울가[10]에 이르러 말에서 내렸는데

말이 격렬하게 몸을 떠는 것[11]이었어요.

안장을 풀어서 말이 풀밭 가운데에서 뒹굴도록 내버려둔 채

랑발은 딴 곳으로 갔어요.

망토 자락을 접어서

50   머리 아래에 두고 누웠어요.

경제적 어려움으로 많이 힘든 나머지

그에게 즐거움을 줄 어떤 것도 보고 싶지 않았어요.

그렇게 그곳에 누워서

개울 옆 하류 쪽을 바라보는데

55   아가씨 두 명이 다가오는 게 보였어요.

그렇게 아름다운 아가씨들은 본 적이 없었어요.

그들은 화려하게 차려입었고

끈으로 몸에 딱 붙게 죈

어두운 자주색 비단으로 된 블리오를 입고 있었어요.

---

10) 열두 편의 래 중에서 켈트 신화의 영향이 가장 분명하게 드러난 작품은 「기주마르」와 「랑발」이다. 현존하는 여러 켈트 신화를 보면 물이 흐르는 얕은 개(여)울을 배경으로 아름다운 여자 요정(또는 늙고 추한 할멈(hag) 모습을 바꾼 요정)이 젊은 인간 남성에게 나타나서 사랑을 고백하거나 요정 나라로 초대한다.

11) 켈트 신화에서 근처에 요정 같은 초자연적인 존재가 있을 때 말이 종종 이런 반응을 보이는 것으로 그려진다.

60   얼굴도 정말 예뻤어요.

      나이가 좀 더 많은 아가씨가

      아주 섬세하게 잘 만들어진 황금대야 두 개[12]를 들고 있었
      어요.

      저는 숨김없이 진실을 말씀드리고 있습니다.

      다른 아가씨는 수건을 들고 있었어요.

65   두 아가씨는 곧바로

      기사가 누워 있는 곳으로 왔어요.

      예의범절을 잘 아는 랑발은

      아가씨들을 맞이하려고 일어났어요.

      아가씨들이 랑발에게 먼저 인사를 건네면서

70   그에게 용건을 전했어요.

      "랑발 기사님,

      훌륭하시고 지혜로우시고 아름다우신 저희 아가씨께서

      기사님을 모시고 오라고 저희를 보내셨으니

      저희와 함께 가시지요.

75   아가씨가 계신 곳으로 저희가 안전하게 모시겠습니다.

      보세요, 아가씨의 천막이 가까운 곳에 있습니다."

      랑발은 그들과 함께 갔어요.

      앞에 있는 풀밭에서 풀을 뜯고 있는

      자신의 말은 안중에도 없었어요.

---

12) 손 씻기의 용도로 두 개의 대야("un[s] bacins")를 준비하는 관행은 알렉산더
     대왕과 관련된 로망스 작품들에서 자주 목격된다(Ewert, 174~175). 「기주마
     르」에서도 복수 형태로 쓰인 대야 "bacins"(369행)가 언급된다.

80	아가씨들은 아주 아름답고 잘 지어진 텐트로
	랑발을 데려갔어요.
	세미라미스 여왕[13]이
	아무리 많은 부와
	권력과 지식을 갖추었다 할지라도,
85	제아무리 옥타비아누스 황제[14]라 하더라도,
	그 천막의 오른쪽 자락 하나도 살 수 없을 거였어요.
	천막 꼭대기에 황금 독수리가 놓여 있는데
	그것의 가치를 저는 가늠조차 할 수 없어요.
	천막 벽을 지지하고 있는
90	밧줄과 막대 역시 그러했어요.
	세상의 어떤 왕도 아무리 많은 돈을 준다 해도
	그것들을 살 수 없을 거예요.
	천막 안에는 한 아가씨[15]가 있는데

---

13) "La reïne Semiramis"는 기원전 9세기 아시리아의 전설적인 사무라맛 여왕 (Sammu-ramat)을 그리스식으로 표기한 것이다. 그리스 역사가 디오도로스 시켈로스(Diodorus Siculus)에 따르면, 그녀는 여신에게서 태어났고 빼어난 미모와 용기로 니네베를 세운 니누스(Ninus) 왕의 마음을 사로잡아 그의 왕비가 되었다고 한다. 니누스 사후에 그의 뒤를 이어 오랫동안 아시리아를 통치했고 바빌론을 세우고, 이집트, 인도 등 여러 나라를 정복한 것으로 전해진다("Sammu-ramat").

14) "옥타비아누스 황제(l'emperere Octovien)"는 로마 제국의 초대 황제인 카이사르 아우구스투스(Caesar Augustus, BC 63~AD 14)를 가리키는 것으로 보인다(Ewert, 174). 중세 문헌에서 그는 종종 알렉산더 대왕, 그리고 율리우스 카이사르(Julius Caesar, BC 100~BC 44)와 함께 엄청난 부를 소유한 것으로 언급된다.

15) "pucele"는 결혼하지 않은 귀족 아가씨를 주로 의미하며 앞에 나온 "dameisele"의

여름날에 핀

95   백합이나 새로 핀 장미도

그녀의 미모를 따라갈 수 없었어요.

아가씨는 슈미즈만 입은 채

아름다운 침대 위에 누워 있었는데

이불이 성 한 채 값이었어요.

다른 표현이다. 영어로는 "damsel"에 해당하며, 이들은 중세 영어로 된 로맨스에 종종 등장한다.

랑발을 찾아온 이 아가씨가 인간이 아닌 초자연적인 존재 혹은 요정(fairy/fée)이라는 점은 작품 여러 곳에서 시사된다. 우선 현존하는 여러 켈트 신화에서 얕은 개울을 배경으로 아름다운 요정 아가씨가 인간 영웅을 찾아와서 사랑을 고백하는데, 이 래의 기본적인 설정이 그런 켈트 신화의 모티브와 유사하다. 점을 들 수 있다. 또한 이 아가씨가 자신의 모습을 드러내지 않은 채 랑발이나 다른 인간들을 관찰하고 인간 세상에서 일어나는 일을 모두 안다는 점, 그리고 근원을 알 수 없는 물질적인 부를 랑발에게 무한하게 공급할 수 있다는 점 역시 그녀가 인간이 아닌 초자연적인 존재라는 점을 말해준다. 무엇보다 작품 끝에 아가씨가 랑발을 데려가는 곳이 켈트 신화 속 이상향인 "아발론(Avalun)"(641행)이라는 점은 그녀가 평범한 인간이 아닌 초자연적인 존재라는 점을 확신하게 한다. 마리가 그리고 있는 요정 아가씨의 모습에서 알 수 있듯이, 중세의 요정은 르네상스 시대 이후에 알려진 요정, 즉 손 안에 잡힐 정도로 작은 몸에 날개가 달린 존재가 아니라 외관상 인간과 별반 다르지 않은 것이 특징이다. 또한 인간 세상과 마찬가지로 요정 세계에도 왕, 왕비, 시녀 등으로 이루어진 위계가 있는 것으로 그려진다. 랑발의 연인을 모시는 시녀들이 있고, 그녀가 인간들에게 자신의 모습을 보이기 전에 먼저 시녀들을 보내서 준비하게 한다는 점은 그녀가 요정 세계에서 높은 신분이라는 것을 말해준다. 이런 이유에서 마리 드 프랑스 전문가들은 이 요정 아가씨를 "요정 여왕(fairy queen/lady)"이라 부르면서 이름이 주어지지 않은 아서 왕의 왕비와 대조되는 인물로 평가한다. 마리는 아서 왕의 왕비와 마찬가지로 랑발의 연인을 익명으로 남긴다. 14세기 후반에 토머스 체스터는 영어로 쓴 『라운팔 경』에서 라운팔의 연인을 "트리아모르(Tryamour)"(255행)로 명명한다.

100 그녀의 몸은 아름답고 우아했어요.

자주색의 알렉산드리아산 비단을 씌운

하얀색 족제비 털[16]로 만든 값비싼 망토를

더위 때문에 두르고 있었어요.

옆구리는 모두 드러난 채였고

105 그녀의 얼굴, 목, 가슴은

산사나무 꽃[17]보다 더 하얬어요.

랑발이 앞으로 나아가자

아가씨가 그를 불렀어요.

그가 침대 앞에 앉자 그녀가 말했어요.

110 "랑발 경, 사랑하는 이여,

저는 당신을 위해서 제 나라[18]를 떠나 왔어요.

당신을 찾아 아주 먼 곳에서 온 것이지요.

당신이 용감하고 예의를 지킨다면

어떤 황제나 영주, 왕도 누리지 못한

115 엄청난 기쁨과 부를 누리게 될 것이에요.

제가 당신을 그 누구보다 사랑하기 때문이지요."

랑발은 그녀를 보았고 그녀가 아름답다는 것을 알았어요.

그의 가슴에 불을 붙이고 타오르게 한

---

16) "하얀색 족제비 털(blanc hermine)"(원문 101행)은 북방 족제비의 흰색 겨울 털(ermine)을 가리키며, 그 털은 대단히 귀해서 유럽에서 주로 황제나 왕의 가운을 장식하는 데 사용했다고 한다("ermine").

17) "산사나무(espine)"는 영어로 hawthorn로 불리는 나무로서 하얀색이나 분홍색 꽃이 무리 지어 피는 것으로 알려져 있다("hawthorn").

18) 그녀가 사는 곳("ma tere")은 641행에서 아발론으로 밝혀진다(42번 주석 참고).

사랑의 불꽃이 그를 찔렀어요.

120 랑발은 그녀에게 다정하게 대답했어요.

"사랑스러운 이여, 당신이 괜찮으시다면,

당신이 나를 사랑하기를 원하는,

그런 기쁨을 내가 누릴 수 있다면,

당신이 명령하는 것이라면

125 그것이 어리석은 일이든 지혜로운 일이든

내가 최선을 다하지 않는 일은 없을 것이오.

당신이 하라는 대로 하고

당신을 위해서 다른 모든 이들은 버릴 것이오!

결코 당신을 떠나고 싶지 않소.

130 이것이 내가 가장 원하는 바요."

자신을 그토록 사랑한다는

랑발의 말을 들은 아가씨는

그에게 자신의 사랑과 몸을 허락했었어요.

이제 랑발의 길은 순탄했어요.

135 그런 다음 랑발에게 선물을 주었는데

이제부터 그가 바라는 것은 무엇이든

원하는 대로 가질 수 있게 되었어요.

랑발이 주고 후하게 베풀어도

그녀가 풍족하게 해주었어요.

140 이제 랑발은 아주 부유했어요.

화려하게 쓰면 쓸수록

더 많은 금과 은을 갖게 되었어요.

그녀가 말했어요. "사랑하는 이여, 당신께 경고할 것이 있어요.

당신께 명령하면서 동시에 간청하오니

145 누구에게도 비밀을 말하지 마세요.[19)]

이유를 말씀드릴게요.

만약 우리 사랑이 알려지면

당신은 저를 영원히 잃게 될 거예요.

다시는 저를 볼 수 없을 것이고

150 저를 소유하지도 못할 거예요."

그녀가 명령하는 대로 잘 따르겠다고

랑발이 대답했어요.

랑발은 침대에서 그녀 옆에 누웠어요.

이제 랑발은 잘 살게 되었어요.

155 오후 내내

저녁이 올 때까지 그녀와 함께 머물렀어요.

할 수만 있다면, 연인이 허락만 했다면

더 오래 머물렀을 거예요.

그녀가 말했어요. "사랑하는 이여, 일어나세요!

160 더 이상 머물러서는 안 돼요!

어서 가세요. 저는 여기에 머물 거예요.

그런데, 한 가지만 말씀드릴게요.

---

19) 연인 관계, 신분 혹은 약속을 비밀로 하겠다는 서약을 깬 주인공이 어려움에
처하게 되는 모티브는 서양에서 구전되는 여러 민담에서 목격된다. 랑발 역
시 자신을 동성애자로 몰아가는 왕비를 공격하던 중에 요정 연인에 대하여
발설하게 되면서 그녀와의 약속을 어기게 되고 연인을 더 이상 보지 못하는
벌을 받게 된다.

저와 더불어 이야기하고 싶으실 때
당신이 생각하는 곳이 어디든지
165 그곳이 비난이나 수치를 당하지 않고
남자가 자신의 연인을 만날 수 있는 곳이라면
당신의 바람을 들어주기 위해서
즉시 당신께 가겠어요.
당신을 제외한 누구도 저를 볼 수 없고
170 누구도 저의 목소리를 들을 수 없을 거예요."
이 말을 들었을 때 랑발은 몹시 기뻤어요.
그녀에게 입을 맞추고 자리에서 일어났어요.
랑발을 그 천막으로 데려온 아가씨들이
그에게 화려한 옷을 입혔어요.
175 랑발이 새 옷으로 갈아입자
세상에 그보다 더 잘생긴 젊은이는 없었어요.
그는 바보같지도 상스럽지도 않았어요.
그에게 손 씻을 물과
닦을 수건을 준 다음
180 음식을 내왔어요.
랑발은 연인과 함께 식사를 했는데
거절할 이유가 전혀 없었어요.
랑발은 대단히 융숭하게 대접을 받았고
아주 기쁘게 식사했어요.
185 랑발을 대단히 즐겁게 해준
훌륭한 앙트르메[20]가 있었어요.
그긴 종종 연인에게 입을 맞추고

친밀하게 포옹하는 것이었어요.

저녁 식사 자리에서 일어나자

190 랑발의 말을 데려왔는데

안장이 잘 얹혀 있었어요.

랑발은 그곳에서 극진한 대접을 받았어요.

작별 인사를 하고 말에 오른 다음

마을을 향해 가면서

195 자주 뒤를 돌아보았어요.

큰 두려움에 사로잡힌 채 말입니다.

자신에게 일어난 일을 생각하면

마음에 의심이 일어났어요.

무엇을 믿어야 할지 몰라 혼란스러웠고

200 그것이 진짜라고 전혀 생각되지도 않았어요.

그런데 숙소로 돌아와 보니

자신의 가솔들이 잘 차려입은 것이었어요!

그날 저녁 랑발이 후한 만찬을 베풀었는데

그것이 어떻게 된 일인지 아무도 몰랐어요.

205 그 마을에 사는 기사가

머물 곳이 절실하게 필요하면

랑발은 그를 오게 해서

---

20) 서양 중세 식탁에서 "앙트르메(entremés)"(원문 185행)는 주요리 사이에 나오는 간단한 요리를 의미했다. 중세 후기에 이르면 앙트르메는 저녁 식사에 더해지는 여흥의 의미로 사용되었고 주로 먹을 수 없는 장식이나 연극 공연을 통해 귀족이나 왕족이 권력이나 세력을 드러내는 용도로 사용되었다. 영어의 subtlety(sotelty)에 가깝다("entremet"; "subtlety, n." 4.b).

융숭하게 잘 대접했어요.

랑발은 비싼 선물을 나눠주고

210   죄수들을 풀어주고

떠돌이 시인들에게 좋은 옷을 입히고

큰 명예로운 일들도 했어요.

이방인이건 가까운 사이이건

랑발이 베풀지 않은 사람은 없었어요. [21]

215   랑발은 큰 기쁨과 즐거움을 누렸어요.

낮이든 밤이든

자주 연인을 볼 수 있었고

그녀가 전적으로 그의 뜻에 따랐으니까요.

제가 믿기로, 같은 해

220   세례자 성 요한 축일[22]이 지난 뒤에

약 서른 명의 기사들이

왕비[23]가 머무르는

탑 아래 정원에서

휴식을 취하고 있었어요.

---

21) 랑발의 뛰어난 품성 중 하나가 자신이 가진 것을 다른 이들과 너그럽게 나누는 "관대함(largesce)"(21행)이다. 이는 모든 기사들에게 권장되는 덕목인데, 원탁의 기사들이 랑발을 시기하는 이유 중 하나이기도 하다(23행).

22) "세례자 성 요한 축일(la feste seint Johan)"은 6월 24일이다.

23) 아서 왕의 왕비 이름은 영어로는 귀네비어(Guinevere), 프랑스어로는 궤니에브르(Guenièvre), 웨일즈어로는 구웬휘바(Gwenhwyfar)로 알려져 있다. 어떤 이유에서인지 마리는 이 래에서 단 한 번도 그녀의 이름을 언급하지 않고 "왕비(la reïne)"로만 부른다.

225　　고뱅 경[24]과

　　그의 잘생긴 사촌 이뱅 경[25]도 그들과 함께했어요.

---

24) "Walwain(s)"는 아서 왕의 조카인 가웨인 경을(Sir Gawain)을 의미하며, "고뱅(Gauvain)"은 가웨인(Sir Gawain)을 프랑스식으로 표기한 것이다. "Walwains"는 중세에 네덜란드를 포함한 북해 연안 지역에서 유행한 아서 왕 로망스에서 가웨인 경을 부르던 이름이다. 잉글랜드의 왕 아서의 조카인 가웨인은 원래 잉글랜드가 아니라 스코틀랜드 출신 왕자이다. 구체적으로, 그는 스코틀랜드 동쪽에 위치한 로디언과 북쪽 오크니 제도를 다스리던 롯 왕(King Lot)과 아서의 (이복) 누이인 안나(Anna) 혹은 몰가우스(또는 몰고즈 Morgause) 사이에 난 장자이며, 동생으로는 아그라베인(Agravaine), 거헤리스(Gaheris), 가레스(Gareth)가 있다. 15세기 중엽에 『아서 왕의 죽음』을 집대성한 말로리에 따르면, 가웨인은 이 세 명의 형제 이외에 자신의 어머니와 삼촌 아서 왕 사이에서 근친상간으로 태어난 몰드레드(Mordred)라는 이부동생도 있다.

몬머스의 제프리는 『브리튼 열왕사』에서 가웨인을 주군이자 삼촌인 아서 왕을 도와 무훈을 떨치는 용맹한 기사로 그린다. 비슷하게, 14세기 말에 중세 영어로 쓰인 아름다운 로맨스인 『가웨인 경과 녹색 기사(*Sir Gawain and the Green Knight*)』에서도 가웨인은 삼촌인 아서 왕을 대신해서 위험한 모험을 하는 뛰어난 기사로 그려진다. 이들 예에서 볼 수 있듯이, 중세에 잉글랜드와 네덜란드를 포함한 여러 언어권에서 쓰인 문헌들에서 가웨인은 최고의 기사이자 영웅으로 묘사된다. 하지만 13세기 초에 프랑스어로 쓰인 로망스에서 가웨인은 다소 부정적으로 그려지는데, 이런 경향은 12세기 후반에 『랑슬로(*Lancelot*)』와 『페르스발(*Perceval*)』을 포함한 다섯 편의 아서 왕 로망스를 쓴 크레티앵 드 트루아에서 시작되는 것으로 보인다. 이 두 로망스에서 가웨인은 각 로망스를 이끄는 영웅적인 주동인물에 비해 윤리적으로 문제가 있거나 성격적으로 결함이 있는 인물로 그려진다. 크레티앵이 쓴 로망스와 13세기에 프랑스어로 쓰인 로망스의 영향을 많이 받은 말로리는 『아서 왕의 죽음』에서 가웨인을 양면적인 인물로 그린다. 곧 가웨인은 영웅적인 면도 있지만, 다혈질에 복수심이 강하고 여성편력이 있고 가족의 명예와 안전에 집착하는 한계를 벗어나지 못하는 인물로 묘사된다(Lupack, 445~446; Lacy, 178~179).

25) "이뱅 경(Ywains)"은 가웨인 경의 사촌인 이베인 경(Sir Yvain)을 프랑스식으

예의 바르고 용감해서

모든 이들의 사랑을 받는 고뱅 경이 말했어요.

"경들, 맹세컨대 우리는

230   우리 동료인 랑발 경을 홀대했소.

그는 아주 관대하고 정중하며,

그의 부친은 부유한 왕이오.

그런데 우리는 그를 함께 데려오지 않았소이다."

그들은 발걸음을 돌려

235   랑발의 거처로 돌아가서

간청한 끝에 그를 데려왔어요.

세 명의 시녀를 대동한 왕비가

돌로 조각된 창문에

봄을 기댔어요.

240   왕의 신하들을 보다가

로 표현한 것이다. 이베인은 유리엔즈 왕(King Uriens)과 아서 왕의 또 다른 누이인 모르간 르 페이(Morgan le Fay, 프랑스어로는 모르간 르 페) 사이에서 난 아들이다. 이베인은 이웨인(Iwein), 오웨인(Owain)으로도 불린다. 11세기에 중세 웨일스어로 쓰인 로맨스 모음집인 『마비노기온(*Mabinogion*)』의 마지막 이야기이자 아서 왕 로맨스인 『로나뷔의 꿈(*Dream of Rhonabwy*)』에서 그의 이름은 오웨인(Owain)이며, 크레티앵이 쓴 또 다른 아서 왕 로망스인 『사자 기사 이뱅(*Yvain ou le Chevalier au Lion*)』에서는 이뱅으로 불린다. 이 두 작품에서 오웨인/이뱅 경은 마법의 분수를 지키던 기사를 죽인 후에 죽은 기사의 아내와 결혼하여 분수를 지키는 임무를 떠맡는다. 오웨인/이뱅은 6세기 말에 잉글랜드 북부와 스코틀랜드 남부에 위치했던 레게드(Rheged) 왕국을 다스리던 유리엔 왕(King Urien)의 아들 "오웨인(Owain)"에서 유래한 것으로 학자들은 추정한다(Lupack, 476).

랑발을 알아보고는 그를 살폈어요.

시녀 중 한 명을 불러서

가장 교양 있고 아름다운

아가씨들을 데려오게 했어요.

245 그들은 왕비와 함께

기사들이 있는 정원에서 즐거운 시간을 보낼 예정이었

어요.

서른 명이 넘는 아가씨들을 데리고

왕비는 계단을 내려갔어요.

기사들은 대단히 기뻐하면서

250 왕비 일행을 맞이하러 갔어요.

기사들이 아가씨들의 손을 잡았고

그 모임은 전혀 교양 없지 않았어요.

랑발은 다른 사람들로부터 멀리 떨어져

한쪽으로 물러갔어요.

255 자신의 연인을 안고 싶어서,

입을 맞추고, 포옹하고, 느끼고 싶어서 조바심이 났어요.

자신이 즐거움을 누릴 수 없었기에

다른 이들의 기쁨은 별 관심이 없었어요.

랑발이 혼자 있는 것을 본 왕비는

260 곧장 그에게로 갔어요.

그의 옆에 앉은 다음 말을 걸었고

그녀의 솔직한 마음을 알렸어요.

"랑발 경, 저는 경을 많이 존경하고

아끼고 사랑합니다.

265   경은 제 모든 사랑을 가질 수 있으니

       경이 원하는 바를 말해보세요.

       경에게 제 사랑[26]을 드리지요.

       저로 인해 경은 행복할 거예요!"

       랑발이 말했어요. "왕비님, 저를 내버려 두시지요!

270   저는 왕비님을 사랑할 마음이 없습니다.

       저는 오랫동안 아서 왕을 모셔왔으며

       저의 맹세를 배반하지 않을 것입니다.

       결단코 왕비님이나 왕비님의 사랑을 얻기 위해서

       제 주군을 모독하지 않겠습니다."

275   왕비는 화가 났어요.

       격분해서 랑발을 헐뜯었어요.

       왕비가 말했어요. "랑발 경, 확신하건대

       경은 이런 유의 즐거움을 좋아하지 않아요!

       종종 사람들이 저에게

280   경은 여자를 좋아하지 않는다고 말하더군요.

---

26) 마리는 이처럼 아서 왕의 왕비를 남편이자 주군인 아서가 아닌 다른 남성에게 노골적으로 접근해서 유혹하는 부도덕한 여성으로 그리고 있다. 랑발이 경제적으로 어려울 때는 관심을 보이지 않다가 그가 부유해지자 그에게 접근한다는 점 역시 그녀를 속물적인 여성으로 보게 한다. 랑발이 그녀의 청을 들어주지 않자 앙심을 품고 도리어 랑발이 자신에게 성적으로 접근했다고 그를 고발하는 점 역시 왕비가 도덕적으로 문제가 있는 여성임을 밀해준다. 마리가 「랑발」에서 그리는 이 왕비와, 마리와 거의 동시대 작가인 크레티앵이 『랑슬로』에서 그리는 귀니에브르(Guenièvre)를 볼 때, 12세기 중후반이 되면 아서 왕의 왕비는 남편 몰래 외간 남자와 사랑을 나누는 부도덕한 여성으로 이미지가 굳어진 듯하다.

경은 잘 훈련된 젊은이들을 옆에 두고

그들과 즐기는 거겠지요.

천한 겁쟁이에 믿을 수 없는 악당 같은 이라고![27]

전하께서 당신을 곁에 두고 고통을 당하신 것은

285   엄청난 불행이에요.

장담컨대, 그 때문에 전하는 구원받지 못할 거예요!"

왕비의 말을 들은 랑발은 몹시 불편해져서

머뭇거리지 않고 대꾸했어요.

화가 나서 뭔가를 말했는데

290   나중에 자주 후회하게 됩니다.

그가 말했어요. "왕비님, 말씀하신 그런 일에 대해서

저는 조금도 아는 바가 없습니다.

하지만 제가 사랑하고, 저를 사랑하는 이가 있는데,

그녀는 제가 아는 모든 여인들 중에서

295   가장 높게 평가받아야 할 사람입니다.

한 가지 더 말씀드리지요.

있는 그대로 잘 알아두세요.

제 정인을 섬기는 시녀들 중에서

가장 보잘것없는 아가씨도

300   몸매나 얼굴, 미모

그리고 예의범절과 어짊에서

왕비님보다 훨씬 낫습니다!"

---

27) 왕비는 랑발이 젊은 남자들을 좋아하는 동성애자이기 때문에 아름다운 여성
인 자신을 거부하는 것이라고 단정하고 그를 모욕하는 것이다.

그러자 왕비는 랑발을 남겨둔 채
눈물을 흘리면서 자신의 침실로 갔어요.

305 랑발이 그렇게 자신을 모욕했기에
몹시 슬프고 화가 났던 거였어요.
괴로워하며 침대에 누우면서 말했어요.
그녀가 불평하는 이 사건에 대해서
왕이 공정하게 처리해주지 않는 한

310 절대로 일어나지 않겠다고 말이지요.
왕이 아주 기분 좋은 하루를 보내고
숲에서 돌아왔어요.
왕이 왕비의 침실로 들어왔어요.
왕을 보자 왕비는 큰소리로 불평을 쏟아냈어요.

315 왕의 발아래 엎드려 자비를 외치면서
랑발이 자신의 명예를 더럽혔다고,
랑발이 그녀에게 사랑을 요구했는데
거절하자
자신을 모욕하고 악담했다고 말했어요.[28]

320 랑발이 자신의 연인에 대해서도 자랑을 늘어놓았는데
그녀는 대단히 교양 있고 고상하고 자존심이 강해서
그녀의 시녀,

---

28) 랑발에게 먼저 사랑을 고백하고 유혹하려다 실패하자 잉심을 품고 오히려
피해자인 랑발을 모함하고 음해하는 왕비의 태도는 구약성서 중 『창세기』
(39:7~20)에서 요셉을 유혹하려다 실패하자 오히려 요셉이 자신을 강간하
려 했다고 남편에게 고발해서 요셉을 감옥에 보낸 보디발의 아내(Wife of
Potiphar)를 연상시킨다(*The New American Bible*).

그녀를 시중드는 가장 보잘것없는 아가씨도
왕비인 자신보다 낫다고 말했다 했어요.

325 몹시 화가 난 왕[29]은
맹세하면서 선언했어요.
만일 랑발이 법정에서 스스로를 변호하지 못하면
화형시키든지 목을 매달겠다고 말입니다.
왕은 침실을 나와서

330 영주 세 명을 부른 다음
그들에게 랑발을 데려오게 했어요.
랑발은 큰 슬픔과 고통을 겪고 있었어요.
자신의 거처로 돌아왔을 때
연인을 잃어버렸음을

335 분명하게 깨달았어요.
자신들의 사랑에 대해서 말해버렸으니까요.
수심에 가득 찬 채 괴로워하면서
방 안에 홀로 있었어요.
연인을 거듭해서 불러보았지만

340 아무런 소용이 없었어요.
푸념하고 탄식하다
때때로 혼절하기도 했어요.

---

29) 「랑발」에서 마리가 그리는 아서 왕은 몬머스의 제프리가 『브리튼 열왕사』에서
그리는 전투적이고 영웅적인 기사로서의 아서 왕과는 상당한 거리가 있다.
여기서 아서는 명예와 정의를 중요하게 여기는 왕으로서의 이미지보다는 쉽
게 화를 내는 성격에, 뛰어난 기사를 차별하고 아내에게 휘둘러서 옳고 그름
을 분별 못 하는 문제 있는 왕으로 그려진다.

그런 다음, 자비를 베풀어달라고,

연인인 자신에게 대답해달라고 백 번은 울부짖었어요.

345   랑발은 자신의 심장과 입을 저주했어요.

그가 스스로 목숨을 끊지 않은 게 신기할 따름입니다.

그가 아무리 소리치고 울부짖어도

아무리 몸부림치고 스스로를 고문해도

그녀는 자비를 베풀려 하지도

350   자신을 보는 것을 허락하지도 않았어요.

아아! 랑발은 어떻게 해야 할까요?

왕이 보낸 사람들이 도착해서

지체 없이 법정에 가야 한다는

말을 그에게 전했어요.

355   왕비가 랑발을 고발했기에

왕이 그들을 통하여 랑발을 소환한 것이었어요.

랑발은 큰 슬픔을 안고 그곳으로 갔는데

차라리 그들이 자신을 죽여주었으면 하는 바람이었어요.

랑발이 왕 앞으로 나아갔어요.

360   많이 슬퍼하면서 아무런 말도 하지 않았어요.

그의 태도에서 엄청난 고통이 묻어났어요.

화가 난 왕이 랑발에게 말했어요.

"랑발 경,[30] 자네가 짐에게 아주 몹쓸 짓을 했네!

---

30) 가신이라는 의미의 "vassal"은 랑발을 가리킨다. 이 단어는 중세 봉건제하에
   서 주군으로부터 봉지를 받고 그 대가로 신하로서 의무를 다히기로 충성을
   맹세한 기사를 가리키며("vassal, n. 1.a"), 가신(家臣)이나 봉신(封臣)으로도

짐을 욕보이고 짐에게 수치를 주고

365 왕비를 모욕하는

아주 비열한 짓을 감행했더구먼!

어리석은 자랑도 늘어놓았고!

자네 연인이 너무 고귀해서

그녀의 시녀마저 왕비보다

370 더 아름답고 더 존경받을 만하다고 했다지?"

주군인 자신을 욕보이고

수치를 주었다는 왕의 비난을

랑발은 조목조목 왕이 말한 그대로 부정했어요.

결코 왕비에게 사랑을 구한 적도 없다고 했어요.

375 하지만 자신이 한 말,

자신이 자랑한 사랑은

사실이라고 인정했어요.

그 일로 사랑을 잃었기에 그는 많이 고통스러웠어요.

이 점에 대해서는 법정에서 결정하는 대로

380 따를 것이라고 말했어요.

랑발에게 대로(大怒)한 왕이

모든 가신들을 부르러 보냈어요.

자신이 어떻게 해야 할지 그들이 직접 말해주어서

아무도 그를 비난하지 못하게 하려는 것이었어요.

385 신하들은 좋든 싫든 상관없이

옮길 수 있다. 왕은 랑발을 부를 때 이 단어를 사용함으로써 자신과 랑발이
주군과 가신의 관계임을 분명히 한다.

왕의 명령대로 했어요.

모두 함께 그곳에 모여서

심리를 해서 결정했어요.

랑발이 재판에 출석할 날을 받아야 하는데

390 자신의 재판을 기다렸다가

몸소 재판에 출석하겠다는 서약을

왕에게 해야 한다는 거였어요.

법정 인원도 늘리기로 했어요.

당장은 왕의 가솔들뿐이었거든요.

395 신하들이 왕에게 가서

이렇게 판단한 이유를 설명했어요.

왕이 보증인[31]을 요구했지만

혼자에다 의지할 곳 없는 사람인 랑발은

친척도 친구도 없었어요.

400 고뱅 경이 나서서 보증인이 되겠다고 하자

모든 동료들이 그 뒤를 따랐어요.

왕이 그들에게 말했어요. "그대들이 짐에게 내건 것이 무엇이든,

땅이든 봉지든 각자 맹세한 것에 따라

보증인이 되는 것을 허락하오."

405 맹세가 끝나자 더 이상 할 일은 없었어요.

랑발은 자신의 처소로 돌아갔고

---

31) "plegges"는 보증인 혹은 보증금을 의미하며 왕이 이것을 요구하자 고뱅 경과 동료들이 보증을 서겠다고 맹세하는 것이다("plevi").

기사들이 그와 동행했어요.

그들은 랑발에게 지나친 슬픔을 거두라고

나무라고 훈계했고

410 그토록 어리석은 사랑을 저주하기도 했어요.

그들은 매일 랑발을 보러왔어요.

그가 먹고 마시는지

알고 싶었고

그가 자신을 해하지 않을까 걱정도 되었거든요.

415 정해진 날이 되자

영주들이 소집되었어요.

왕과 왕비도 참석했고

보증인들이 랑발을 데려왔어요.

모두들 랑발로 인해 많이 슬퍼했어요.

420 제가 알기로, 족히 백 명의 영주들은

랑발이 대단히 부당하게 기소되었기에

그들의 능력이 닿는 한

재판 없이 랑발을 풀어주고 싶었어요.

왕은 기소 내용과 변론에 따라서

425 판결하라고 요구했어요.

이제 전적으로 영주들에게 달렸어요.

그들은 심의에 들어갔어요.

다른 나라에서 온 귀족 신분의 기사가

그들 가운데에서 그토록 큰 고초를 당하는 것에

430 몹시 걱정하고 괴로워하면서 말이지요.

많은 이들이 주군인 왕을 만족시키고자

랑발을 파멸시키려 했어요.

그러자 콘월 백작이 이렇게 말했어요.

"우리의 의무를 게을리해서는 결코 안 될 것이오.

435 사람을 울게 만들든 노래하게 만들든

정의가 실현되어야 할 것이오.

폐하께서 자신의 가신을 고발하셨는데

제가 듣기로 여러분은 그를 랑발이라 부르더군요.

그를 중죄로,

440 어떤 사건에 대해서 범죄를 저지른 것으로 기소하셨는데,

그가 자랑한 사랑이

우리 왕비님을 화나게 했다고 하지요.

그런데 폐하를 제외하고 그를 고발한 사람은 아무도 없소.

하여, 제가 믿음을 걸고 여러분들께

445 진실을 말씀드리면,

이 경우는 결코 변론할 필요가 없소.

신하는 언제나 주군을 공경해야 한다는 점을

제외하고는 말이오.

랑발이 맹세로 서약을 하면

450 폐하께서 이 일을 우리에게 맡겨주실 것이오.

만약 그가 증거를 제출하고

그의 연인이 출석해서

왕비님을 노하게 했던

그의 말이 진실임이 드러난다면

455 그는 당연히 사면을 받게 될 것이오.

악의로 왕비님께 그렇게 말한 게 아니니 말이오.

허나, 만약 그가 증거를 댈 수 없다면,

이 점을 그가 알게 해야 할 것이오.

그는 폐하를 섬기는 권리를 상실할 것이고

460 폐하는 그를 추방하셔야 할 것입니다."[32]

그들은 전령들을 보내서

랑발에게 알렸어요.

연인을 오게 해서

그를 변호하고 보호하게 해야 한다고 말이지요.

465 랑발은 그건 가능하지 않다고,

그녀는 자신을 위해서 어떤 도움도 주지 않을 거라고 말했어요.

랑발이 어떤 도움도 받지 못할 거라고 생각하면서

전령들은 재판관들에게로 돌아왔어요.

왕비가 기다리고 있었기에

---

32) 에월트는 프란시스(E. A. Francis)의 논문 "The Trial of Lanval"을 언급하면서 「랑발」에서 마리가 그리고 있는 법정 장면이나 절차가 전반적으로 마리가 살던 12세기 당대의 법률에 기초하고 있다고 평가한다. 왕비의 말을 들은 아서 왕이 화가 나서 랑발을 화형이나 교수형을 시키겠다고 으름장을 놓기는 하지만 실제로 왕은 사건을 공식적으로 재판에 회부한다. 왕의 가솔들로 구성된 약식 법정에서 결정하지 않고 가신들을 모두 참석하게 해서 재판을 열고 사건에 대한 심리를 듣는다. 그런데 이 재판의 가장 큰 문제는, 콘월 백작이 지적하듯이, 왕을 제외하고 랑발을 고발한 사람이 아무도 없다("Nus ne 'apele fors le roi", 443행)는 점이다. 이런 이유에서 백작은 이 사건은 성립할 수 없다고 말한다. 하지만 가신으로서 주군의 명예를 실추시켜서는 안 된다는 윤리적 의무감에서 랑발은 여전히 자유롭지 못하다는 점을 백작은 지적한다.

470 왕이 심하게 그들을 압박했어요.

판결을 내리려는 순간,

아가씨 두 명이 느리게 걷는 잘생긴 말을 타고

다가오는 게 보였어요.

대단히 매력적인 그들은

475 맨살 위에 오직

자주색 호박단 드레스만 걸치고 있었어요.

자리에 있던 이들이 아가씨들을 바라보며 즐거워했어요.

고뱅 경이 세 명의 기사를 데리고

랑발에게 가서 이 일을 말하면서

480 두 아가씨를 가리켰어요.

고뱅 경은 크게 기뻐하면서 랑발에게

그의 연인이 있는지[33] 말해달라고 간청했어요.

하지만 랑발은 그들이 누구인지

그들이 어디서 와서 어디로 가는지 알지 못한다고 말했어요.

485 아가씨들은 계속 말을 탄 채로

앞으로 나아왔어요.

그런 모습으로 아서 왕이 앉아 있는

상석까지 오더니 말에서 내렸어요.

그들은 대단한 미인이었고

---

33) "si c'ert [s]'amie"는 직역하면 "이[저] 사람이 그의 연인인지"가 된다. 그런데 말을 타고 다가오는 아가씨가 두 명이라는 점을 고려하여 "[두 사람 중에] 그의 연인이 있는지"로 옮겼다.

490   말도 예의 바르게 했어요.

"왕이시여, 방을 여럿 준비하셔서

비단 벽걸이로 장식해주시지요.

저희 아가씨[34]께서 말에서 내리시어

폐하와 함께 머무르고자 하세요"

495   왕은 기꺼이 허락하면서

기사 두 명을 불러

아가씨들을 방으로 안내하게 했어요.

아가씨들은 당장은 더 요구하지 않았어요.

왕은 영주들에게

500   판결을 내리고 변론을 하라고 요구했어요.

그들이 너무 오래 지체해서

화가 많이 났다고 말했어요.

그들이 말했어요. "폐하, 심의하겠나이다.

저희가 방금 본 그 숙녀분들로 인해

505   판결이 미뤄졌으나

이제 의결을 속개하겠나이다."

그래서 다들 많이 걱정하면서 모였어요.

소란과 언쟁이 상당했어요.

이런 혼란스러운 틈에

---

34) 여기서, 그리고 536행에서도 랑발의 연인은 "ma dame"으로 지칭된다. "dame"
    은 보통 혼인한 귀부인 또는 지체 높은 집안의 아가씨를 의미한다. 랑발의 연
    인이 결혼하지 않은 처녀나 아가씨를 의미하는 "pucele"(93행, 원문 549행)
    로 언급되는 점을 고려하여 "dame"을 "아가씨"로 옮겼다.

510   잘 채비한 두 명의 아가씨가

수를 놓아 장식한[35] 비단 옷을 입고

스페인산 노새 두 마리를 타고

길을 내려오는 것이 보였어요.

신하들은 이 광경을 보고 크게 기뻐하면서

515   용감하고 대담한 랑발이

이제 무사하게 되었다고 서로에게 말했어요.

이뱅 경이 동료들을 데리고

랑발에게 갔어요.

그가 말했어요. "랑발 경, 기뻐하시오!

520   하느님에 대한 사랑을 걸고 우리에게 말해보시오!

저기 두 아가씨가 오는데

아주 우아한데다 대단한 미인들이오.

경의 연인이 있는 게 틀림없지요?"

랑발이 재빨리 대답했어요.

525   그 아가씨들이 누구인지 알아볼 수 없고

그들을 알지도 사랑하지도 않는다고 말했어요.

그 사이에 아가씨들이 도착해서

왕이 앉은 자리까지 오더니 말에서 내렸어요.

그들의 몸매와 얼굴, 그리고 안색을 두고

530   많은 이들이 칭찬했어요.

---

35) 보통 장식한, 수놓은 등으로 해석되는 "freis"의 뜻으로 에월트(Ewert, 201)는 "프리기아산(Phrygian)"을 제안한다. 프리기아는 오늘날 튀르키예 지방에 있던 고대 왕국으로, 질 좋은 비단 생산지로 유명했다.

이제까지 왕비가 그러했던 것보다

두 사람은 더 훌륭했어요.

품위가 있고 지혜로운, 나이가 좀 더 있는 아가씨가

예의를 갖추어서 말했어요.

535 "왕이시여, 저희 아가씨가 머무를 용도로

저희에게 방을 내주게 하시지요.

아가씨께서 폐하와 말씀을 나누고자 이곳으로 오고 계세요."

왕은 두 아가씨를 그들보다 먼저 온

이들에게 데려가도록 명했어요.

540 그들은 자신들의 노새에 대해서 전혀 마음 쓰지 않았어요.

아가씨들로부터 자유로워지자

왕은 모든 영주들을 부른 다음

판결을 내리라고 명령했어요.

이미 시간이 많이 지체되었고

545 그들을 너무 오랫동안 기다린 터라[36]

왕비가 화가 난 상태였어요.

판결을 내리려던 그때

한 아가씨가 말을 타고

마을로 쑥 들어왔어요.

550 세상에서 그녀보다 아름다운 여인은 없었어요!

---

36) "Que si lunges les *atendeii*"(원문 546행, 이탤릭은 역자 강조)을 번역한 것
인데, 리슈네(89)는 같은 행을 "Que trop lungement *jeünot*(이탤릭은 역자
강조)"로 전사하여 왕비가 오랫동안 식사를 못하여 배고픈 상태("jeünot")이
기 때문에 화가 난 것으로 해석한다. 본서에서는 〈할리 978 필사본〉 f.137v
에 기록된 대로, 그리고 에월트가 전사한 대로 번역하였다.

새하얀 승용마[37)가

우아하고 조심스럽게 그녀를 태우고 왔어요.

목과 머리가 아주 잘생긴 그 말보다

더 잘생긴 동물은 하늘 아래 없었어요.

555   마구 장식도 화려했어요.

세상의 어떤 백작이나 왕도

영토를 처분하거나 저당 잡히지 않고

그런 마구를 살 수 없었어요.

그녀의 옷차림새는 이러했는데,

560   하얀색 튜닉,[38) 그리고

끈을 양옆으로 묶은 슈미즈 사이로

옆구리 살이 드러났어요.

우아한 몸에 낮은 엉덩이

나뭇가지에 내린 눈보다 더 흰 목

565   반짝이는 눈에 맑은 얼굴

아름다운 입에 잘생긴 코

갈색 눈썹에 기품 있는 이마

---

37) 랑발의 연인이 탄 "palefrei(영어로는 palfrey)"는 무장한 기사가 타는 군마
("destrier"/warhorse)나 짐을 나르는 말(pack horse) 등과 구분되는 승용마
혹은 의장마를 의미한다. 주로 신분이 높은 귀족 남녀나 고위 성직자 등이 타
는 작은 안장을 지운 잘생긴 말로 묘사된다("palefroi"; "palfrey"). 중세 문학
작품에 등장하는 말에 대해서는 김준한(35~36)을 참고하기 바란다.

38) 원문은 "chainsil"로 고운 마로 만든 옷을 의미하는데, "슈미즈"가 바로 다음
행에 나오는 것으로 보아 슈미즈 위에 입는 겉옷, 즉 튜닉을 의미한다고 볼
수 있다.

약간 금발에 곱슬거리는 머리카락

금으로 된 실도

570 햇빛을 받은 그녀의 머리카락만큼 빛나지 못했어요.

망토는 짙은 자주색이었는데

그 자락으로 몸을 감싸고 있었어요.

손목 위에는 새매[39]가 앉아 있고

사냥개[40]가 그녀 뒤를 따르고 있었어요.

575 그 마을에서 신분이 낮든 높든

노인이든 아이든

그녀를 바라보는 것을 싫증 내는 이는 없었어요.

지나가는 그녀를 보면서

아무도 그녀의 미모를 두고 농담하지 않았어요.

580 그녀는 느리게 다가왔어요.

그녀를 본 재판관들은

그 광경에 경이로워했어요.

그녀를 본 사람 중에서

진정한 기쁨으로 고양되지 않은 이는 없었어요.

---

39) "새매"는 "espervier[esperver]"를 번역한 것으로, 영어로는 "sparrow-hawk"에 해당한다.

40) "levrer"는 늘씬한 몸에 키가 크고 머리가 작은 그레이하운드 과의 사냥개를 말한다("levrier"). 랑발의 요정 연인 손에 앉은 새매와 그녀를 따르는 큰 키의 사냥개는 그녀가 고귀한 신분이라는 것을 암시한다. 『아서 왕의 죽음』에서 사냥 중에 실수로 랜슬롯 경의 허벅지를 화살로 관통시킨 귀족 여성의 경우가 보여주듯이(Malory, 438), 중세 문학에서 귀족 여성은 종종 매와 사냥개를 데리고 사냥을 하는 것으로 묘사된다. 마리는 랑발의 연인이 사냥을 하던 중에 온 것인지는 언급하지 않는다.

585 랑발을 사랑하는 이들이
그에게 가서
다가오고 있는 아가씨에 대해서,
신께서 원하신다면, 그를 구해줄 그녀에 대해서 말했어요.
"동료 기사여, 여기 오는 이는

590 머리색이 황갈색도 갈색도 아니오!
그녀는 모든 여인들 중에서
세상 최고의 미인이오!"
이 말을 들은 랑발이 머리를 들었어요.
그녀를 잘 알아보고는 한숨을 내쉬었어요.

595 얼굴로 피가 쏠렸어요.
랑발이 재빨리 말했어요.
"맹세코 이 여인이 내 정인이오!
그녀가 나에게 자비를 베풀지 않는다면
당장 누군가 나를 죽인다 해도 상관없소!

600 그녀를 보았기에 난 되었소!"
그녀가 궁정 안으로 들어왔는데
그곳에서 이제껏 그런 미인은 본 적이 없었어요.
그녀가 왕 앞에서 내리자
모든 이들이 잘 볼 수 있었어요.

605 망토가 흘러내리자
더 잘 볼 수 있었어요.
대단히 예의 바른 왕이
그녀를 맞으려 자리에서 일어났고
다른 이들도 모두 그녀에게 경의를 표하며

610	자신들이 그녀를 모시겠다고 인사했어요.
	사람들이 자신을 잘 보게 되고
	자신의 미모를 크게 칭찬하자
	그녀는 이렇게 말했어요.
	더 이상 지체하고 싶지 않았던 것이었어요.
615	"왕이시여, 저는 폐하의 기사들 중 한 명을 사랑합니다.
	여기에 있는 랑발 경입니다.
	그가 했던 말 때문에
	그는 폐하의 법정에 기소되었습니다만,
	저는 그가 조금이라도 해를 입는 것을 원치 않습니다.
620	왕비께서 잘못하셨다는 것을 폐하께서는 아셔야 합니다.
	랑발 경은 왕비께 사랑을 구한 적이 결코 없습니다.
	그가 한 자랑에 대해서는,
	제가 그를 무죄가 될 수 있게 하겠지요.
	그러니 영주들에게 그를 풀어주라 하시지요!"[41]
625	영주들이 정의에 따라 판결하는 대로
	왕은 인정하겠다고 했어요.
	랑발이 아주 성공적으로 자신을 변호했다고

---

[41] 랑발의 연인은 자신의 존재와 미모를 두고 랑발이 진실을 말했다는 것을 증명하고, 랑발이 왕비에게 사랑을 구했다는 말은 왕비가 지어낸 거짓말이라는 점을 모든 이들이 듣는 법정에서 진술함으로써 랑발이 왕비와 왕을 모독한 중죄인이라는 기소 내용을 반박하고 있다. 그녀의 출현과 진술을 들은 신하들이 랑발에게 무죄를 선언함으로써 랑발을 무고(誣告)한 왕비와 그녀 말만 믿고 성급하게 법정을 열어 랑발을 죄인으로 단죄하고자 했던 아서 왕은 공개적으로 망신을 당한 것이다.

생각하지 않는 사람은 한 명도 없었어요.

판결에 따라 랑발은 풀려났고

630 　시중 드는 많은 사람들을 거느린

그 아가씨는 떠났어요.

왕은 그녀를 붙들 수 없었어요.

대연회장 밖에는

짙은 색의 대리석으로 된 큰 돌이 있었는데

635 　무거운 갑옷을 입은 기사들이

왕의 궁정을 떠나려 할 때 올라가는 돌이었어요.

랑발은 거기로 올라가더니

연인이 성문 밖으로 나올 때

그녀가 탄 말 뒤로

640 　단번에 뛰어올랐어요.

그가 그녀와 함께 아발론[42]이라는

---

42) 아발론("Avalun")은 여러 아서 왕 문학에서 지상낙원 같은 곳으로 묘사되는 섬이다. 아서 왕 문학과 아발론을 처음으로 연결 지은 이는 12세기 연대기 작가였던 몬머스의 제프리이다. 제프리는 『브리튼 열왕사』와 『멀린의 삶(*Vita Merlini*)』에서 아발론을 캄란 전투에서 치명상을 입은 아서 왕이 상처를 치유 받기 위해서 실려간 섬으로 그린다. 『멀린의 삶』에서 이곳은 온갖 곡식과 과일이 저절로 자라고 열매 맺으며 거주민들이 무병장수하는 등 여러 면에서 켈트 신화 속 이상향(otherworld)인 "산자들의 땅(the Land of Living, 아일 랜드어로 Tír inna mBeo)" 혹은 "여자들의 땅(the Land of Women, 아일랜 드어로 Tír inna mBan)"(MacCana, 123·~127; Ellis, 1//~178)과 같은 곳으로 묘사된다. 아발론은 "사과가 나는 섬"이라는 의미인데, "Avalon" 단어의 어원을 추적한 탯락(J. S. P. Tatlock)을 포함한 연구자들은 이 단어가 사과를 의미하는 웨일즈어 "afalau" 혹은 사과나무를 의미하는 "afallon"에서 유래한 것으로 추정한다(16). 자신이 쓴 열두 편의 래 중에서 마리가 아발론을 언

대단히 아름다운 섬으로 갔다고
브르타뉴인들이 전하고 있어요.
그곳으로 이 젊은이가 실려 갔다고 말이지요.
645 더 이상 랑발에 대해서 들은 이는 없고,
저 역시 더 이상 전할 이야기가 없습니다.

급한 작품은 아서리아드(Arthuriad)에 해당하는 「랑발」이 유일하다.

6
두 연인

오래전에 노르망디에
많이 알려진 이야기가 하나 있었는데,
서로를 사랑한 두 젊은이[1]가
사랑 때문에 둘 다 죽은 이야기입니다.

5 브르타뉴 사람들이 그들에 대해서 래를 짓고는
「두 연인」이라 불렀어요.
진실을 말씀드리면,
우리가 노르망디라 부르는 네우스트리아[2]에
아주 높고 큰 산이 있는데

10 그곳 정상에 두 젊은이가 누워 있어요.
그 산 근처에서 좀 떨어진 곳에
피트르[3]의 영주이자 왕이

---

1) "deus enfanz"을 번역한 것이다. 사랑 때문에 죽은 연인들을 계속해서 "enfanz/enfant"으로 부르는 것으로 볼 때 이들이 아직 어린 십대 청소년이었던 것으로 추측할 수 있다.

2) "네우스트리아(Neustrie)"(원문 7행)는 메로빙거 왕조 시대(6~8세기)에 동프랑크 왕국인 아우스트라시아(Austrasia)와 구별하여 서프랑크 왕국을 부르는 이름이었다. 이곳은 오늘날 프랑스 북서부에 해당하는 지역으로 대략 뫼즈강 서쪽과 루아르강 북쪽에 해당한다. 11세기에서 12세기에 이르면 네우스트리아는 노르망디와 동의어로 사용된다("Neustria").

심사숙고하여

도시를 세우고

15 피트르인들의 이름을 본떠서

피트르라 불렀어요.

항상 그렇게 불렸고,

그곳에는 아직 마을과 집들이 있어요.

우리도 잘 아는 그곳은

20 피트르 계곡이라 불립니다.

그 왕에게는 예쁜 딸이 있었는데

정말 예절 바른 아가씨였어요.

왕비를 잃고 난 이후로

왕은 이 딸에게서 위로를 얻었어요.

25 이를 두고 많은 사람들이 왕을 나쁘게 말했어요.

왕의 가솔들마저 그를 비난했어요.[4]

---

3) "Pistre"(원문 16행)는 "Pîtres"의 중세식 표현이며, "Pistreins"는 그곳에 사는
사람들을 의미한다. 피트르는 노르망디의 주도인 루앙에서 남쪽으로 5킬로미
터 정도 떨어져 있으며 센강 주변에 위치한다.

4) 〈할리 978 필사본〉과 더불어 「두 연인」이 수록된 또 다른 필사본인 〈S 필사본〉
(해제 참고)에는 딸에 대한 왕의 태도가 좀 더 자세하게 설명되어 있다.

그녀[딸]를 제외하고는 다른 자식이 없었기에 / 왕은 딸을 많이 아끼고 사랑
했어요.
그녀와 기꺼이 혼인하려는 / 부유한 남성들이 그녀에게 구애했어요.
하지만 왕은 딸과 헤어질 수 없었기에 / 딸을 혼인시키고 싶지 않았어요.
왕에게는 다른 위안이 없었기에 / 밤낮으로 딸 곁에 머물렀어요.

Filz ne fille fors lui nauoit / Forment lamoit e chierissoit

사람들이 이렇게 말하는 것을 들은 왕은

많이 슬프고 괴로웠어요.

왕은 아무도 자신의 딸에게 청혼하지

30 못하게 할 방도를

궁리하기 시작했어요.

왕은 가까운 곳에서 먼 곳까지 선포했어요.

자신의 딸과 혼인하기를 원하는 자는 누구든지

한 가지를 진실로 알아야 하는데,

35 칙령이자 운명은

도시 밖에 있는 산꼭대기까지

공주를 두 팔로 안고

De riches hommes fu requise / Qui volentiers leussent prise

Mes li rois ne la uolt donner / Car ne sem pooit consirer

Li rois nauoit austre retor / Pres de li estoit nuit e ior

(Ewert, 178에서 재인용)

왕비[황후]를 잃고 딸에 대해서 강한 집착, 혹은 심지어 근친상간적인 욕망을 갖는 왕[황제] 아버지에 대한 이야기를 다룬 여러 편의 중세 영어 로맨스가 전해지는데, 작자 미상인 『에마레(Emaré)』와 『티로스의 아폴로니우스(Appolonius of Tyre)』, 그리고 초서가 쓴 『캔터베리 이야기(The Canterbury Tales)』 중 「법률가 이야기(The Man of Law's Tale)와 존 가우어(John Gower)가 쓴 『연인의 고백(Confessio Amantis)』 2권 중 콘스탄스(Constance) 이야기(587~1598행)가 대표적이다. 하지만 「두 연인」에 등장하는 왕이 딸에 대해서 근친상간적인 욕망 때문에 딸을 혼인을 시키지 않는지는 분명치 않다. 사람들로부터 비난을 받는 것도 그가 딸에 대해서 부도덕한 마음을 품어서라기보다는 유일한 후계자인 딸을 혼인시켜 영주이자 왕으로서 후사를 잇게 하는 의무를 다하지 않기 때문인 것으로도 볼 수 있다.

쉬지 않고 가야 한다는 것이었어요.

이 소식이 알려지고

40 그 지방으로 퍼져나가자

많은 이들이 시도해보았어요.

하지만 아무도 성공하지 못했어요.

안간힘을 다해서

산 중턱까지 공주를 안고 간 이들도 있었어요.

45 하지만 더 이상 나아가지 못하고

거기서 포기해야 했어요.

아무도 그녀에게 청혼하지 않았기에

공주는 오랫동안 혼인하지 않았어요.

그 나라에 한 청년[5]이 있었어요.

50 어느 백작의 아들로 교양 있고 잘생겼었어요.

그는 명예를 잘 쌓아서

다른 모든 이들보다 높은 평가를 받았어요.

그는 왕의 궁정을 자주 찾고

빈번하게 그곳에 머물게 되면서

55 공주를 사랑하게 되었어요.

여러 번 공주에게 간청했어요.

자신에게 그녀의 사랑을 허락하고

연인으로[6] 자신을 사랑해달라고 말이지요.

---

5) "damisel"은 젊은 귀족 청년이나 견급 기사 혹은 시종을 의미한다("damoisel").

6) "drüerie"는 우정, 애정, (궁정식) 사랑, 사랑의 정표, 사랑하는 이, 연인(beloved, loved one)도 의미한다. 그래서 "par drüerie"는 "애정으로/사랑으로"로도 옮길

그는 용감하고 예의가 발랐으며

60   왕도 그를 아주 높이 평가했기에

공주는 그에게 자신의 사랑을 허락하고

그도 겸손하게 감사를 표했어요.

두 사람은 자주 함께 담소를 나누면서

진실하게[7] 서로를 사랑했고

65   사람들이 알지 못하도록

최선을 다해서 자신들의 사랑을 숨겼어요.

이런 제약이 그들을 많이 힘들게 했어요.

하지만 청년은 너무 성급하게 굴어서 망치기보다

그런 어려움을 참아내는 게

70   낫다고 생각했어요.

그렇지만 그는 공주에 대한 사랑으로 많이 고통스러웠어요.

그러던 어느 날

대단히 지혜롭고 용감하고 잘생긴 이 청년은[8]

연인인 공주에게 가서

75   자신의 고충을 털어놓으면서 말했어요.

수 있다.

7) "lëaument"은 진실하게, 충실하게(loyally)라는 의미이다. 마리는 모든 래에서 사랑에 빠진 남녀 주인공들에게 진정한 사랑의 조건으로 진실함, 충실함을 요구한다. 이 조건을 만족시키지 못할 때 그들은 대부분 불행한 최후를 맞게 된다.

8) 이 청년이 잘생긴 외모만큼 정말로 지혜롭고 용감한지는 의문이다. 오히려 그가 공주와의 비밀 연애에서 오는 고통을 참지 못하고 그녀에게 불평하면서 도망가자고 제안한다는 점에서, 그리고 작품의 클라이맥스에서 물약을 마시기를 거부해서 자신도 죽고 공주도 죽게 된다는 점에서 화자의 이 말은 상당히 반어적으로 들린다.

더 이상 고통을 참을 수 없으니

자신과 함께 도망가자고

괴로워하면서 간청했어요.

그녀의 아버지인 왕에게 딸을 달라고 하면

80 　왕은 딸을 너무도 사랑한 나머지

그녀를 내주지 않으리라는 것을 잘 알았던 거였어요.

그녀를 두 팔에 안고

산꼭대기까지 가지 않는 한 말입니다.

공주가 대답했어요.

85 　"사랑하는 이여, 저는 잘 알아요.

결코 당신이 저를 산 정상까지 안고 갈 수 없다는 것을 말이지요.

당신은 그 징도로 상하지 않아요.

그렇다고 제가 당신과 함께 도망을 가면

제 아버지는 비통하고 화가 나서

90 　여생을 고통 속에서 사실 것입니다.

진정, 저는 아버지를 너무 사랑하고 소중하게 생각하기 때문에

절대로 그분을 화나게 하고 싶지 않아요.

그런 말은 듣고 싶지 않으니

다른 방도를 찾아보세요.

95 　살레르노[9]에 친척[10] 한 분이 계시는데

---

9) "살레르노(Salerne)"는 이탈리아 남서부 캄파니아주에 자리 잡은 도시로서 나폴리 남동쪽에 위치한다. 이곳은 11, 12세기에 유럽에서 최초로 의과대학이

수입이 많은, 대단히 부유한 부인으로

삼십 년 넘게 그곳에 살고 계세요.

그분은 의술을 아주 잘 펼쳐오셨고

치료약에 정통하세요.

100 　그분은 약초와 식물 뿌리에 아주 능하시기 때문에

제가 써 드리는 편지를 가지고

그분께 가서

당신의 상황을 말씀드리면

생각해보시고 보살펴 주실 거예요.

105 　당신에게 연약(煉藥)[11]을 주시고

물약[12]도 주셔서

기운을 돋아주시고

생기면서 유럽뿐만 아니라 아시아, 북아프리카 등지에서도 학생들이 몰려들어 의학의 중심지로 번성했다("Salerno"). 많은 여성들 역시 살레르노에서 의술을 공부하고 의료계에 종사한 것으로 알려져 있다. 학자들 사이에 이견이 있기는 하지만 『트로툴라(*Trotula*)』로 불리는 부인과용 의서를 쓴 것으로 추정되는 12세기의 "살레르노의 트로타(Trota of Salerno)"가 대표적인 살레르노 출신 여성 의사이다(Hanning and Ferrante, 129; Benton, 30~53; Green, "In search of an 'Authentic' women's medicine," 25~54). 살레르노 학파(School of Salerno)에 소속되어 약초의 효능에 정통한 많은 여성들이 그 지역에서 활동했으며, "살레르노의 여성들(mulieres Salernitanae)"이라는 제목하에 여성들이 쓴 많은 처방전들이 오늘날까지 전해진다(Ewert, 178).

10) 　여기서는 "친척(une parente)"으로, 128행에서는 "숙모(또는 이모, 고모) (aunte)"로 언급된다.

11) 　"연약(lettuaries, 煉藥, 영어로는 electuary)"은 가루약에 꿀, 잼, 시럽 등을 섞어 만든 반죽이나 정과 형태의 경구용 약을 의미한다("electuary").

12) 　"beivre(s)"는 마실 수 있는 물약을 의미한다("boivre").

힘도 키워주실 거예요.

이 나라로 돌아오면

110   아버지께 저를 달라고 하세요.

아버지는 당신을 그냥 어린애로 여기시고

그 규칙을 말씀하실 거예요.

두 팔로 저를 안은 채 쉬지 않고

산 정상까지 가지 않으면

115   아무리 애를 쓰더라도

누구에게도 저를 줄 수 없다는 그 규칙말이에요."

청년은 연인[13]의 이 말과

충고를 경청하고는

아주 기뻐하면서 그녀에게 감사를 표했어요.

120   공주에게 작별 인사를 하고는

자신의 고향으로 돌아가서

화려한 옷가지와 돈[14]

타고 갈 멋진 말과 짐을 나를 말을

서둘러 준비했어요.

125   자신과 가장 가까운 이들도

데리고 갔어요.

살레르노에 가서 머물면서

---

13) 마리는 청년의 연인인 공주를 지칭하기 위해서 결혼하지 않은 처녀나 아가씨를 의미하는 "pucele"과 연인, 친구를 의미하는 "amie"를 번갈아 사용한다.

14) "돈"으로 번역한 "deniers"(원문 123행)는 마리 당대에 쓰였던 기본적인 동전이며 영어의 페니(penny)에 해당한다("denier"; Gilbert, 85).

연인의 숙모[15]와 이야기하고

연인이 보낸 편지도 전달했어요.

130 숙모는 편지를 처음부터 끝까지 읽은 다음

청년에 대해서 모든 것을 알 때까지

그를 자신 곁에 두었어요.

약물로 그의 힘을 북돋아주고

대단한 물약도 주었는데

135 아무리 지치고

아무리 고통스럽고, 아무리 무거운 짐을 졌더라도

그 약은 온몸을,

심지어 혈관과 뼈까지 회복시켜주고

모든 힘을 되찾아줄 수 있었어요.

140 그 물약을 마시는 순간 말입니다.

그다음, 청년은 물약을 약병[16]에 담아서

자신의 나라로 돌아왔어요.

기쁘고 행복하게

돌아온 청년은

145 자신의 고향에서 지체하지 않고

왕에게 가서 공주를 달라고 했어요.

자신에게 공주를 내어주면 그녀를 안고

산 정상까지 가겠다고 말했어요.

---

15) "aunte"는 이모나 고모로도 번역할 수 있다.

16) "vessel"(원문 142행)은 작은 약병, 크고 작은 통, 관 등을 포함하는 여러 종류의 용기를 의미한다("vaissel").

왕은 그의 요청을 거절하지 않았지만

150 대단히 어리석은 일로 여겼어요.
그가 나이가 어린 데다
능력 있고 용맹하고 지혜로운 이들이
시도해보았지만
아무도 성공하지 못했던 것이었죠.

155 왕은 날짜를 정하고
신하들과 친구들
그리고 연락이 닿는 모든 이들을 소집했고
아무도 빠지지 못하게 했어요.
공주 때문에

160 그리고 공주를 산 정상까지 안고 가는
모험을 시도할 청년을 보러
사방에서 사람들이 모여들었어요.
공주도 준비했어요.
몸을 가볍게 하기 위해서

165 밥을 줄이고 굶었어요.
연인을 돕고 싶었던 것이었어요.
모든 이들이 참석한 날
제일 먼저 온 청년은
물약을 잊지 않았어요.

170 많은 사람들이 모인
센강 근처 초원으로
왕이 공주를 데리고 왔어요.
슈미즈 이외에 아무것도 입지 않은 공주를

청년은 두 팔로 안았어요.

175 물약을 담은 작은 유리병[17]을

그녀가 가져갈 수 있도록 손에 쥐어 주었어요.

그녀가 자신을 저버리지 않으리라는 것을 잘 알았던 거였
어요.

하지만 애석하게도 그가 중도를[18] 알지 못했기 때문에

물약은 소용에 닿지 못할 터였어요.

180 그는 공주를 안고 전속력으로

산의 중간 지점까지 올랐어요.

---

17) "fiolete"는 작고 긴 유리병(phial)이나 바닥이 넓은 유리병(flask)을 가리킨다
("fiolete").

18) "Mesure"는 행동이나 판단에서 균형이나 정도를 지키고 절제할 줄 아는 중도
(中道, moderation)를 의미한다. 중도는 마리가 모든 래에서 가장 중요하게
생각하는 덕목 중 하나이며 중도를 지키지 못하는 인물들은 대부분 비극적
인 결말을 맞게 된다. 가장 대표적으로 「에키탕」의 남자주인공과 함께 이 래
의 남자주인공인 이름 없는 청년을 들 수 있다. 공주를 산중턱까지 안고 뛰느
라 소진된 체력을 순식간에 회복시켜줄 마법 같은 물약을 가지고 있으면서도
제때 마시기를 거부한 청년은 "mesure"가 없었기 때문에 결국 탈진하여 죽게
되고 그렇게 연인을 잃은 공주도 비탄에 빠져 죽게 된다. "mesure"의 반대가
중도를 지키지 못함을 뜻하는 "demesure[desmesure]"인데, 마리는 "Kar n'
ot en lui point de mesure"(원문 179행)라는 문장에서 de mesure라는 표현
을 사용하여 mesure와 demesure가 동전의 양면 같아서 mesure를 잃으면
언제든 demesure가 될 수 있음을 강조한다.

11세기 무훈시인 『롤랑의 노래(La Chanson de Roland)』에서 주인공 롤랑이
무슬림과의 전투에서 수세에 몰렸을 때 동료 올리비에의 계속되는 요청에도
불구하고 자신의 나팔 올리팡을 불어 원군을 요청하기를 거부하여 많은 사상
자를 냈기 때문에 롤랑은 종종 중용의 덕이 없는 인물로 예시된다(Hanning
and Ferrante, 135; Ewert, 178; The Song of Roland, 1051~1109행).

하지만 연인이 주는 기쁨이 너무 커서

물약을 기억하지 못했어요.

그가 약해지는 것을 느낀 공주가 말했어요.

185 　"사랑하는 이여, 이 물약을 마셔요!

당신이 지친 것을 잘 알 수 있어요.

그러니 힘을 회복하세요!"

청년이 대답했어요.

"아름다운 이여, 아주 힘차게 뛰는 제 심장을 느낄 수 있습니다.

190 　세 걸음을 갈 수 있는 한

한 모금 마실 동안마저도

저는 어떤 경우에도 멈추지 않을 겁니다.

이 군중이 우리에게 소리를 지를 것이고

그 소리가 저를 성가시게 하고

195 　쉽게 방해할 것입니다.

여기에서 멈추고 싶지 않습니다."

삼 분의 이쯤 올랐을 때

그는 쓰러지기 직전이었어요.

공주가 그에게 계속해서

200 　"사랑하는 이여, 물약을 마셔요!"라고 애원했어요.

하지만 그는 그녀의 말을 듣거나 받아들이려 하지 않았어요.

그는 큰 고통 속에 그녀를 안고 나아갔어요.

산꼭대기에 도달했을 때는 고통이 너무 심해서

그 자리에 쓰러졌고 그 뒤로 일어나지 못했어요.

205 가슴속 심장이 터져버린[19] 거였어요.

연인을 본 공주는

그가 기절한 것이라 생각하고

그의 옆에 무릎을 꿇고 앉아

물약을 먹이려 했어요.

210 하지만 그는 그녀와 더불어 말할 수 없었어요.

제가 말씀드리는 대로 그는 그렇게 죽었어요.

공주는 큰소리로 통곡했어요.

그러고는 물약이 든 약병을

쏟다가 던져버렸어요.

215 물약이 그 산에 배어들어서

온 나라와 주변 지역이

많이 비옥해졌어요.

그 물약 덕분에 뿌리를 내린

많은 좋은 약초가 발견되었다고 합니다.

220 이제 공주에 대해서 말씀드릴게요.

연인을 잃었기 때문에

그녀는 그전까지 느껴보지 못한 큰 고통을 느꼈어요.

연인 옆에 눕더니

두 팔로 그를 잡아 끌어안아서

225 계속해서 그의 눈과 입술에 입맞춤했어요.

그토록 착하고 지혜롭고 아름답던 그 아가씨는

연인을 잃은 큰 슬픔으로 심장이 상해서

---

19) "s'en parti"를 주어가 심장인 점을 고려하여 "터지다"로 옮겼다.

거기서 죽었어요.

왕과 기다리던 이들은

230 두 사람이 돌아오지 않자

뒤쫓아 올라와서 이렇게 된 그들을 발견했어요.

왕은 땅에 쓰러져서 실신했어요.

말을 할 수 있게 되자 왕은 크게 슬퍼했고

낯선 이들도 그러했어요.

235 두 연인을 사흘 동안 땅에 그렇게 둔 다음

대리석으로 된 관을 구해서

그들을 그 안에 눕혔어요.

그곳에 있던 사람들의 조언에 따라

그들을 산 정상에 묻었어요.

240 그러고 나서 모두 산을 내려왔어요.

젊은 두 사람에게 일어난 이 사건 때문에

그 산은 "두 연인의 산"이라 불리게 되었어요.

제가 말씀드린 대로 일어났고

브르타뉴 사람들이 그들에 대해서 래를 지었어요.

7

요넥

래를 짓기 시작한 이상

힘들다고 그만두지는 않을 것이며

제가 아는 이야기들을

모두 운율을 입혀 들려드릴 것입니다.

5   제 생각이자 바람은,

지금부터 여러분들께 요넥[1]에 대해서 말씀드리는 것입
니다.

그의 탄생과 그의 부친에 대해서,

어떻게 그의 부친이 처음 그의 모친을 만나게 되었는지 말
이지요.

요넥을 낳은 이는

---

1) 요넥의 이름은 서문에서 "Iwenec"(원문 6행)과 "Yyvenec"(원문 9행)으로 철
자되다가 작품 후반부에서 "Yonec"(원문 330행, 459행, 549행)로 통일된다.
에월트는 브르타뉴어에서 "Iwon"을 약칭으로 쓴 것이 "Yonec"이라고 보며,
이는 "천둥의 신 에수스의 후손(descendant of Esus, the god of thunder)"
이라는 의미를 갖는 고켈트어 "Esugenus"에서 유래한 것으로 보인다(Ewert,
179). 한편 블락은 "Yonec"을 "je tue(I kill)"를 의미하는 고프랑스어 je(jo/
ge)+neco/necare의 합성어로 간주한다(Bloch, 109). 요넥의 이름을 이렇게
해석할 경우 그가 친아버지의 원수인 의붓아버지를 죽일 운명임이 이미 그의
이름에서 암시된다.

10　뮐뒤마렉[2]이라 불렸어요.

　　오래전에 브리튼[3]에

　　부유하고 나이가 아주 많은 이[4]가 살았어요.

　　그는 케어방[5]을 다스렸고,

　　그 지역 영주로 불렸어요.

15　그 도시는 예전에 배들이 지나다니던

　　듀라스강 위쪽에 있었어요.

---

2) 요넥 아버지의 이름은 "Muldumarec"이다. 매-기사인 그를 이 작품의 실제 남자주인공으로 볼 수 있다. 그래서 왜 제목이 「뮐뒤마렉(Muldumarec)」이 아니라 「요넥」인지 의문이 생길 수 있다. 에월트는 작품의 제목을 추적하는 과정을 통해서 예전에는 이 래의 제목이 "Muldumarec"이었을 것으로 추정한다 (Ewert, 179).

3) "케어방(Carwent)"(13행)과 "듀라스강(Duëlas)"(16행)을 각각 웨일즈 남부에 위치한 도시와 강으로 본다면, "Bretain[e]"은 프랑스 북서부에 위치한 브르타뉴라기보다는 오늘날 영국, 즉 브리튼섬을 가리킨다고 볼 수 있다(Ewert, 179). 벌지스와 버스비, 그리고 코블과 세기도 역자처럼 "Bretain[e]"를 브르타뉴가 아니라 각각 "브리튼(Britain)"(86)과 "그레이트 브리튼(Grande-Bretagne)"(409)으로 옮겼다.

4) 마리는 "늙은"이라는 의미의 형용사 "viel"과 "나이 많은"이라는 의미의 형용사 "antis"를 나란히 사용하여 영주의 나이가 아주 많다는 점을 강조한다.

5) 「밀롱」, 「요넥」 등에서 언급되는 "Karlïun"이 웨일즈 남동부 몬머스셔주에 위치하는 케얼리언(Caerleon)을 의미한다는 것을 감안할 때, "Carwent"은 같은 몬머스셔주에 위치한 도시 "케어방"을 가리키는 것으로 보는 게 타당하며, 16행(원문 15행)에 나오는 "듀라스강"은 이 도시를 끼고 흘렀던 강의 옛 이름으로 추정할 수 있다(Ewert, 179). 한편 블락은 늙고 질투심 많은 남편이 다스리는 곳인 "Carwent"이 "어디로부터 잘리다(to be cut off from)" 또는 "모자라다(to lack)"라는 의미를 갖는 라틴어 "careo, carere"에서 유래한 것으로 보고 이 지명이 자식을 낳기에 나이가 너무 많은 영주의 물리적 싱황을 상징한다고 해석한다(Bloch, 53).

이 영주는 많이 연로[6]했는데

큰 유산을 소유했기에

후사를 볼 요량으로 부인을 얻었어요.

20 자신의 뒤를 이어줄 후계자 말입니다.

이 부유한 영주에게 시집온 아가씨는

지체 높은 집안 출신이었어요.

지혜롭고 교양 있고 대단히 아름다웠어요.

영주는 빼어난 미모 때문에 그녀를 많이 사랑했어요.

25 부인이 아름답고 기품 있었기에

영주는 그녀를 감시하기 위해서 온 마음을 쏟았어요.

탑 안에 있는 포석이 깔린 큰 방에

그녀를 감금했어요.

영주에게는 누이가 있었는데

30 나이 많고 남편이 없는 미망인이었어요.

영주는 누이를 자신의 부인과 함께 두고는

부인이 나쁜 길로 빠지지 않게 했어요.

제가 믿건데,

다른 방에 다른 여성들이 있었지만

---

6) 많이 연로한 남편과 그가 다스리는 도시를 흐르는 강 사이에는 공통점이 있어 보인다. 과거에 강은 물이 많아서 배들이 지나갈 수 있었지만("trespas")(원문 16행) 지금은 말라서 그렇게 할 수 없듯이, 남편도 이제 나이가 너무 많아서("mut⋯⋯ trespassez")(17행) 남성으로서의 성기능이 말라버린 것과 같다는 점에서 그러하다. 마리가 의도적으로 trespas/trespassez를 연속해서 사용하여 남편과 강의 이런 공통점을 강조하는 것으로 보인다(Hanning and Ferrante, 153).

35   부인은 결코 그들과 이야기를 나눌 수 없었어요.
       늙은 시누이의 허락 없이는 말이지요.
       이렇게 부인을 칠 년 넘게 가두어두었지만
       둘 사이에는 자식이 없었어요.[7]
       부인은 탑을 나와서
35   가족이나 친구를 볼 수도 없었어요.
       영주가 잠자리를 하러 올 때면
       시종이나 문지기는
       감히 그 앞에서 촛불을 밝히려
       방으로 들어오지도 못했어요.
45   부인은 극심한 슬픔 속에 살았어요.
       슬픔과 한숨, 그리고 눈물로 나날을 보내느라
       아름다움을 잃었어요.
       자신을 돌보지 않는 여성이 그러하듯이 말입니다.
       죽음이 어서 자신을 데려갔으면

---

7) 남편과 칠 년 넘게 부부로 살았음에도 자식이 없던 부인이 매-기사를 만나고 얼마 지나지 않아 임신을 하게 되는 설정은 상징적이다. 이런 설정은 우선 자식이 없는 이유가 남편이 너무 늙었기 때문임을 시사한다. 또한 이런 대조적인 상황을 통해 마리는 나이 많은 남편이 어린 부인을 감금하고 학대하는 결혼 관계가 자연 법칙을 거스르는 것임을 우회적으로 비판한다고 할 수 있다. 이런 시적 정의는 이 작품뿐만 아니라 "말 마리에"를 다루는 다른 래 작품들에도 유효하다. 이름없는 이 여인과 마찬가지로 다른 "말 마리에" 역시 나이 많고 질투심 많고 학대하는 남편과의 사이에 자식이 없다는 공통점이 있다. 마리는 사회적·종교적 관점에서 볼 때 비록 불륜이더라도 "말 마리에"와 그들의 연인이 서로에게 진실하고 신의를 지킬 경우 그들이 역경을 극복하고 행복한 결말을 맞게 해주는 설정을 통하여 그들의 사랑을 긍정한다.

50	좋겠다고 그녀 스스로 바랐어요.
	새들이 노래하는
	어느 사월 초[8]
	아침 일찍 일어난 영주는
	숲으로 갈 채비를 했어요.
55	늙은 누이[9]를 깨워서
	자신이 나간 다음 문을 잠그게 했어요.
	누이는 그가 시키는 대로 했고
	영주는 자신의 사람들을 데리고 떠났어요.
	누이는 시도서[10]를 꺼내서
60	시편을 낭송하고자[11] 했어요.

---

8) 중세 서정시에서 만물이 소생하는 봄은 사랑의 계절로 묘사된다. 봄은 꽃이 만발하고 나이팅게일 새와 노래지빠귀(song-thrushes)가 노래하고 온갖 종류의 동물들이 언덕과 강가에서 짝짓기를 하는 계절로 묘사된다. 14세기 말에 초서가 지은 『캔터베리 이야기』 중 「총서시(The General Prologue)」의 시간적 배경도 이런 사랑의 계절인 봄이다. 이처럼 만물이 소생하는 봄을 배경으로 사랑을 노래하는 중세 서정시를 "reverdie poetry"라고 부른다(Duncan, xx).

9) 마리는 영주의 나이 많은 누이를 가리키기 위해서 "늙은 여자"라는 뜻의 "la vielle"(원문 55행, 59행, 63행)를 계속 사용한다.

10) 영주의 나이 많은 누이가 지니고 다니는 "시도서(psauter, 영어로는 psalter)"는 성경의 시편(the Psalms)을 간추린 기도서로서 12세기부터 16세기까지 많은 부유한 상류층 귀부인들이 애용하였다(윤주옥, 「중세 여성의 문자 생활」, 186~187).

11) 고프랑스어 동사 "verseiller"는 "시편을 노래하다(sing the Psalms)"는 의미 외에 "소리 내어 읽다(read aloud)", "암송(낭송/낭독)하다(recite)"는 의미를 갖는다("verseiller, vi"). 이런 뜻이 함의하는 바는 늙은 시누이가 침묵 속에서 시도서를 묵독(默讀)하는 것이 아니라 소리 내어 낭독(朗讀)한다는 것이다. 서양 중세의 문자 문화를 연구한 학자들에 따르면, 기억에 의존하는 구

울다 잠이 깨서
햇빛을 바라보던 영주의 부인은
늙은 시누이가 방을 나간 것을
알아차렸어요.

65   비탄에 빠져 한숨짓던 그녀는
눈물을 흘리면서 한탄했어요.
"아아, 내가 태어난 것은 큰 불행이야!
내 운명은 너무도 가혹하군!
이 탑에 갇혀서

70   죽기 전까지 결코 나가지 못할 거야!
이 질투심 많은 늙은이는 도대체 무엇이 두려워서
나를 이렇게 큰 감옥에 가두어 두는 것이지?
그는 제정신이 아닌데다 어리석기까지 해서
배신당할 거라 항상 두려워하지.

75   난 성당에 갈 수도
미사를 드릴 수도 없구나.
다른 사람들과 담소를 나누고
그들과 즐거운 시간을 보낼 수 있다면

술 전통이 강했던 중세에는 쓰기뿐만 아니라 읽기도 기억을 보조하는 수단으로 널리 사용되었다. 중세의 읽기, 그중에서도 특히 시도서를 포함한 기도서와 관련된 종교적 읽기는 오늘날 우리가 말하는 형태의 읽기가 아니라 문헌의 제목이나 머리글을 통하여 이미 알고 있는 정보를 기억으로부터 불러내는 일종의 "암기된 읽기(memorized reading)"였다(Green, *Women Readers*, 60~63; 그린, 『중세의 여성 독자』, 83~95; 윤주옥, 「중세 여성의 문자 생활」, 195).

그에게 상냥하게 굴 수도 있을 텐데.
80 설령 내키지 않는다 해도 말이야.
이 질투심 많은 이에게 나를 주어서
그와 혼인시킨
내 부모와
다른 모든 이들은 저주받을 거야.
85 질긴 밧줄을 잡아 끌어당기는 격이군.
그는 결코 죽지 않을 거야.
그가 세례를 받아야 할 때에
지옥의 강에 던져졌을 거야.
그의 힘줄은 단단하고 그의 혈관 역시 튼튼해서
90 살아 있는 피로 꽉 차 있으니 말이야.
옛날에 이 나라에는
불행한 사람들에게 위안을 주는
모험을 찾고는 했다는 말을
나는 종종 들었지.
95 기사들은 그들이 바라는 대로
우아하고 아름다운 아가씨들을 찾았고,
귀부인들은 잘생기고 예의 바르고 능력 있고 용감한
연인들을 찾았었지.
오직 그들[12]만이 연인을 볼 수 있었기에
100 비난받을 일도 없었지.
혹시라도 그런 일이 가능하거나 실제로 일어났다면

---

12) "eles"(원문 100행)는 앞에 나온 "귀부인들(dames)"(97행)을 의미한다.

혹시라도 그런 일이 이제까지 누군가에게 일어났다면
전능하신 하느님,
제 소원을 들어주소서!"

105   이렇게 탄식한 다음에
좁은 창문 틈으로
큰 새 그림자를 보았어요.
하지만 그것이 무엇인지 알지 못했어요.
새가 방안으로 날아들어 왔는데

110   발에는 끈이 묶여 있고
대여섯 번 털갈이를 한 매처럼 보였어요.
새는 부인 앞에 자리를 잡고는
얼마 동안 그렇게 있더니
부인이 유심히 바라보자

115   잘생기고 기품 있는 기사로 변신했어요.[13]
이 광경에 깜짝 놀란 부인은
피가 다 빠져나간 듯 몸을 떨었고
큰 두려움에 머리를 가렸어요.

---

13) 마리가 쓴 열두 편의 래 중에서 남자주인공이 변신하는 작품으로는 「비스클
라브레」와 「요넥」이 있다. 「요넥」에서 뮐뒤마렉이 매로 변신하고, 「비스클라브
레」에서 비스클라브레가 늑대인간으로 변신한다는 점에서 이 두 인물은 모습
변환자(shape-shifters)에 해당한다.
기독교인 여성의 기도에 대한 응답으로 켈트 신화적 색채가 강한 모습변환자
매-기사가 등장한다는 점에서, 그리고 그런 매-기사가 세례받은 기독교인
에게만 허락된 성체를 받아 모신다는 점에서 마리가 기독교와 켈트 신화를
융합하려고 시도한다는 견해(Kinoshita and McCracken, 149)는 설득력이
있나.

대단히 정중한 기사가

120 부인에게 먼저 말을 걸었어요.

그가 말했어요. "부인, 두려워하지 마십시오!

매는 고귀한 새입니다.

비록 당신이 그 비밀을 모르지만

당신이 안전하다는 것을 알고

125 저를 당신의 연인으로 받아주십시오!"

그가 말했어요. "이를 위해 저는 이곳에 왔습니다.

저는 오랫동안 당신을 연모해왔고

마음으로 당신을 간절히 원했습니다.

이제까지 당신이 아닌 다른 여인을 사랑한 적은 없었고

130 앞으로도 그럴 일은 없을 것입니다.

당신이 저를 부를 때까지

당신께 올 수도

저의 나라를 떠날 수도 없었습니다.

이제 진실로 전 당신의 정인이 될 수 있습니다."

135 안심한 부인이

머리를 보이면서 말했어요.

기사에게 대답하기를,

만일 그가 하느님을 믿는다면

그래서 그들의 사랑이 가능하다면

140 그의 연인이 되겠다고 했어요.

기사는 외모가 출중했어요.

이제껏 그녀 인생에서

그토록 잘생긴 기사를 본 적은 없었고

앞으로도 결코 보지 못할 것이었어요.

145 기사가 말했어요. "부인, 잘 말씀하셨습니다.

당신이 저에 대해서 죄의식이나

불신 혹은 의구심을

갖는 것을 결코 원치 않습니다.

우리 조상 아담이

150 쓴 사과를 베어 물어서

우리가 겪게 된 그 큰 슬픔으로부터 우리를 구원해주신

창조주를 저는 진심으로 믿습니다.

그분은 과거에도 현재에도, 그리고 미래에도

죄인들의 생명이자 빛이 되십니다.

155 이에 대해서 제 말을 믿지 못하겠으면

사제[14]를 오세 해서

당신이 병이 났으니

신께서 죄인들을 구원하기 위해서

이 세상에 제정해주신

160 성사[15]를 받고 싶다고 말씀하세요.

---

14) "chapelain"은 궁정이나 귀족 집안에서 운영하는 경당(chapel)에 소속된 "사제(prestre)"(184행)를 의미한다.

15) 가톨릭교회의 7성사(聖事) 중 병자성사(病者聖事)를 의미하는 것으로 보인다: "병자성사는 병자에게 성령의 은총을 받게 해줌으로써 하나의 인간으로서 구원받도록 도와주며, 하느님께 대한 신뢰로써 지탱하게 하고, 악마의 유혹과 죽음의 번민에 대해서 굳세어지게 해주는 것이다. 이로써 병자는 여러 괴로움을 용감하게 참을 수 있을 뿐 아니라 또한 그것들에 대항해서 싸울 수 있게 되는 것이고, 또 영신적 구원에 도움이 될 경우에는 건강도 회복하게 되는 것이다. 이 성사는 또한 필요한 경우에는 죄의 용서와 그리스도교적 참회

제가 당신의 모습을 하고

하느님의 몸[16]을 받아 모시고

제 모든 신앙[17]을 당신을 위해서 고백하겠습니다.

그러면 당신은 결코 저를 의심하지 않을 것입니다."[18]

165　부인은 옳은 말이라고 대답했어요.

기사는 부인 옆에 누웠지만

그녀를 만지거나

안거나 입을 맞추려지 않았어요.

그 다음, 늙은 시누이가 돌아왔고

170　부인이 잠에서 깬 것을 발견했어요.

부인에게 일어날 시간이라고 말하면서

옷을 가져오겠다고 했어요.

부인은 자신이 아프다고,

자신이 죽을 것 같아서 많이 두려우니

175　당장 그녀에게

사제를 오게 하라고 말했어요.

늙은 시누이가 말했어요. "자, 조금만 참아주게!

영주께서 숲으로 가셔서

의 완성도 베풀어주는 것이다."("병자성사")

16)　하느님의 아들인 예수 그리스도의 몸을 상징하는 성체(聖體)를 의미한다.

17)　"creance"은 신앙, 믿음을 뜻하는데, 여기서는 성체를 받아 모시고 하는 신앙 고백, 즉 사도신경(使徒信經)을 의미한다.

18)　고프랑스어로 쓰인 래인 「데지레(Lai del Desiré)」가 예시하듯이, 중세 문학에 등장하는 초자연적인 존재들은 종종 성사(聖事)에 참여하여 자신을 증명하도록 요구받는다(Hertz, Ewert 179에서 재인용; Desiré, 61~73).

나 이외에는 아무도 여기에 들어올 수 없으니 말일세."

180 　부인은 몹시 두려워하면서
　　기절하는 척했어요.
　　이를 지켜보고 겁이 많이 난 시누이가
　　방문을 열어서
　　사제를 부르러 보냈어요.

185 　사제는 성체[19]를 들고
　　최대한 빨리 왔어요.
　　그 기사[20]가 성체를 받아 모시고
　　성배(聖杯)[21]에서 포도주도 마셨어요.
　　사제가 방을 나가자

190 　늙은 누이가 방문을 잠갔어요.
　　부인이 연인 옆에 누웠는데
　　그토록 아름다운 한 쌍을 저는 이제껏 본 적이 없어요.
　　함께 웃고 장난 치고
　　내밀한 이야기도 나눈 후에

195 　자신의 나라로 돌아가고 싶었던 기사가
　　부인에게 작별 인사를 했어요.
　　종종 자신을 보러 와달라고
　　그녀가 그에게 다정하게 청했어요.

---

19) "corpus domini"(원문 186행)는 "주님의 몸"이라는 뜻이며 성체를 의미한다.
20) 매에서 사람으로 변한 기사, 즉 매-기사를 의미한다.
21) 성배("chalice")는 가톨릭교회 미사에서 예수의 피, 즉 성혈을 상징하는 포도
　　주를 담는 성작(聖爵)을 가리킨다.

240

기사가 말했어요. "부인, 당신이 원할 때면
저는 한 시간을 넘기지 않고 올 것입니다.
그렇지만 정도[22]를 잘 지켜서
우리가 낭패를 보지 않도록 해주세요.
이 노파는 우리를 배신할 것이고
밤낮으로 우리를 감시할 것입니다.
그녀가 우리의 사랑을 알아차리면
영주에게 이를 것입니다.
제가 말하는 대로 그렇게 되어
우리가 그렇게 배신을 당하면
전 빠져나갈 수 없을 것이고
죽음을 피하지 못할 것입니다."
그런 다음 기사는 떠났고
연인은 큰 기쁨 속에 남겨졌어요.
다음 날 아침, 부인은 원기왕성하게 일어났고
그 주를 아주 행복하게 보냈어요.
자신의 몸을 아주 잘 돌봐서
미모도 완전히 회복했어요.
이제 그녀는 다른 곳에서 즐거움을 찾기보다
자신의 방에 더 머물고 싶어 했어요.
종종 자신의 연인을 보고
그와 함께 즐기고자 했어요.
남편이 방을 나가는 순간부터

200

205

210

215

220

---

22) "tel mesure"는 과하지 않고 정도를 잘 지킨다는 의미이다.

밤에도 낮에도, 빠르건 늦건

그녀가 원할 때면 언제나 그와 함께했어요.

신께서 그녀에게 오랫동안 기쁨을 주시기를!

225 연인을 자주 보는 데서 느끼는

큰 기쁨 덕분에

그녀의 모습은 완전히 변했어요.

그녀의 남편은 대단히 예리했기에

그녀가 평소와 다르다는 것을

230 마음속으로 알아차렸어요.

그는 자신의 늙은 누이를 의심하면서

어느 날 누이에게

자신의 아내가 단장을 너무 잘해서

많이 놀라운데,

235 이게 어떤 의미인지 물었어요.

부인과 더불어 말할 사람도

연인도 친구도 없기 때문에

늙은 누이는 자신도 모르겠다고 대답했어요.

다만 부인이 예전보다 훨씬 더 기꺼이

240 혼자 있다는 것을

알아차렸다고 했어요.

그러자 남편이 누이에게 대답했어요.

"난 진실로 누이 말을 믿어.

이제 누이가 나를 위해서 뭔가를 해줘야 할 것 같아.

245 아침에 내가 일어나고

누이가 문을 잠그면

누이도 나가는 척하면서

아내를 혼자 누워 있게 내버려둬줘.

비밀 장소에 머물면서

250 지켜보면서 살펴봐줘.

아내를 그토록 기쁘게 하는 것이

도대체 무엇이고 어디서 그것이 오는지 말이야."

이런 계획을 세운 다음 두 사람은 헤어졌어요.

아아! 배신하고 함정에 빠뜨리기 위해서

255 누군가 이렇게 숨어서 기다리고자 한다면

얼마나 큰 곤란을 겪을까요!

제가 듣기로, 삼 일 뒤에

남편은 출타하는 척했어요.

부인에게는

260 왕이 서신을 보내서 자신을 호출했으나

빨리 돌아오겠다고 말했어요.

남편은 방을 나갔고 문은 닫혔어요.

늙은 시누이는 일어나서

커튼 뒤로 가서 숨었어요.

265 거기서 자신이 알고 싶어 하는 것을

잘 듣고 볼 수 있었어요.

부인은 누워 있었어요. 잠이 들지 않은 채

연인을 간절히 바랐던 것이었어요.

그는 지체하지 않고

270 조금도 시간을 넘기지 않고 왔어요.

그들은 말로, 그리고 표정으로

함께 큰 기쁨을 누렸어요.

그런 다음 기사가 가야 했기에

일어날 시간이 될 때까지 말이지요.

275 늙은 시누이는 이 모든 것을 보았고

기사가 어떻게 왔다 가는지 관찰했어요.

인간이었던 그가 나중에 매가 되는 것을 보고

그녀는 몹시 두려워했어요.

멀리 간 게 아니었던

280 남편이 돌아왔을 때

누이는 기사에 대한

진실을 말하고 폭로했어요.

남편은 이 사실에 많이 괴로워하면서

기사를 죽일 계략을

285 서둘러 강구했어요.

큰 쇠꼬챙이들을 만들어서

끝을 날카롭게 했는데

세상의 어떤 면도날도 그보다 더 날카롭지는 않았어요.

준비된 쇠꼬챙이들에

290 사방으로 미늘[23]을 만들어서

그것들을 창문 위에

아주 가깝게 잘 배치했어요.

그곳은 기사가 부인을 만나러 올 때

드나드는 곳이었어요. [24]

---

23) "enfurchiees"는 미늘창처럼 끝이 둘 또는 세 갈래로 갈라졌다는 의미이다.

295	하느님 맙소사! 이 사악한 자가 놓은
	덫[25]을 기사가 알았다면 좋았을 텐데!
	다음 날 아침
	남편은 날이 새기도 전에 일어나서
	사냥하러 가고 싶다고 말했어요.
300	늙은 시누이는 그를 배웅한 다음
	잠을 자러 다시 누웠어요.
	아직 날이 밝지 않았던 거였어요.
	잠이 깬 부인은
	진심으로 사랑하는 연인을 기다렸어요.
305	지금 와도 되고,
	자신과 더불어 느긋하게 있을 수 있다고 말했어요.
	그녀가 호출하자마자
	기사는 조금도 지체하지 않고 왔어요.
	창문으로 날아 들어왔는데
310	앞에 미늘 쇠꼬챙이들이 있었어요.
	쇠꼬챙이 하나가 기사의 몸을 찌르자

---

24) 「요넥」에서 마리는 부인−남편−연인으로 이루어진 삼각관계에서 남편을 사냥
꾼으로, 매("ostur")인 연인을 사냥감으로 설정하고 남편이 연인에게 폭력을
행사하는 것으로 그린다. 마리는 바로 다음에 오는 「나이팅게일」에서도 이와
비슷한 구조를 반복한다. 차이가 있다면 「나이팅게일」에서는 연인을 실제로
죽이는 것이 아니라 연인 혹은 그와의 사랑을 상징하는 나이팅게일 새를 죽
인다는 점이다(Hanning and Ferrante, 15~16).

25) "traïsun"(원문 295행)은 반역, 모반 등을 의미하는데, 남편이 기사를 죽이기
위해서 덫을 놓았다는 점을 고려하여 "덫"으로 옮겼다.

붉은 피가 쏟아졌어요.

치명적인 부상을 입은 것을 알아차린 기사는

쇠꼬챙이에서 몸을 빼서 방 안으로 들어왔어요.

315 　기사는 부인 앞에 있는 침대에 앉았고

이불이 온통 피로 물들었어요.

피와 상처를 본 부인은

극도로 고통스러워했어요.

기사가 말했어요. "내 사랑하는 이여!

320 　당신에 대한 사랑으로 나는 목숨을 잃게 되었군요!

무슨 일이 닥칠 지 당신께 말했었지요?

당신의 외모가 우리를 죽일 거라고 말입니다."

이 말을 들은 부인은 쓰러져 기절해서

한동안 죽은 듯했어요.

325 　기사가 그녀를 부드럽게 위로하면서

괴로워해도 소용없다고 말했어요.

그녀가 자신의 아이를 임신하였고[26]

---

26) 마리는 "말 마리에"를 다룬 여러 편의 래 중에서 「요넥」과 「밀롱」에서만 여성들이 남편이 아닌 연인의 아이를 임신하는 것으로 그린다. 이를 두고 일부 학자들은 핏줄을 중요하게 생각하는 중세 봉건 사회에서 "사생(私生, illegitimacy)"의 주제를 가볍게 다룰 수 없었던 마리가 「요넥」과 「밀롱」에서 예외적으로 혼외 임신을 허락한다고 주장한다(Kinoshita and McCracken, 76). 하지만 마리가 정말 도덕적 지탄을 의식하여 이 두 작품에서만 혼외 임신을 허락한 것인지, 아니면 의도하지는 않았지만 결과적으로 그렇게 된 것인지 알 수 없다. 장자상속제도, 정략결혼 등 자신이 속한 앵글로·노르만 귀족 사회가 따르던 규범과 문화의 잘못된 점을 비판하는 일에서 대단히 거침이 없는 마리(윤주옥, 「서양 중세 문학과 여성 지식인」, 113)가 "사생" 혹은 혼

그 아들이 훌륭하고 용맹하게 자라서

그녀를 위로해줄 거라고 했어요.

330   아들은 요넥이라 부르라고 했어요.

아들이 그녀와 그를 위해 복수할 것이고,

자신의 원수를 죽일 거라 했어요.

상처에서 출혈이 계속되었기에

기사는 더 이상 머무를 수 없었어요.

335   기사는 큰 고통 속에 떠났고

부인은 울부짖으며 그를 따라갔어요.

그녀는 창문을 통해 나갔는데

죽지 않은 게 기적이었어요.

그녀가 창문에서 뛰어내린 높이가

340   스무 피에[27]는 족히 되었으니까요.[28]

그녀는 슈미즈를 빼고는 아무것도 입지 않았어요.

자신이 가는 길 위에

기사의 상처에서 떨어진

피 흔적을 쫓아갔어요.

외 임신이라는 주제만 특별히 조심해서 다루는 것인지는 의문이다.

27) 피에("piez", 원문 339행)는 길이 단위로 1피에는 약 0.32미터, 20피에는 약 6.4미터가 된다.

28) 해닝과 페란테는 연인에 대한 사랑의 힘이 부인으로 하여금 감옥 같은 탑을 벗어나서 자유를 찾고 싶은 의지와 용기를 준 것으로 해석한다(Hanning and Ferrante, 154). 작품의 앞부분에서 마리는 슬픔과 고통으로 미모를 다 잃었던 부인이 사랑이 주는 기쁨으로 미모를 회복했다고 말한다(225~227행). 이런 사랑의 치유(회복) 능력은 「기주마르」에서 남자주인공 기주마르를 통하여 이미 확인된 바 있다.

345   어느 나지막한 산에 이를 때까지

그 길을 가고 또 갔어요.

그 산에는 입구가 하나 있었는데

피로 흥건하게 젖어 있었어요.

하지만 더 앞은 아무것도 볼 수 없었어요.

350   그래서 연인이 그 안으로 들어갔을 거라고

확실히 믿은 그녀는

서둘러 안으로 들어갔어요.

빛 한 점 없었지만

곧게 난 길을 따라 갔어요.

355   산 밖으로 나와서

대단히 아름다운 초원에 이를 때까지 말입니다.

풀이 피로 젖어 있는 것을 본

그녀는 많이 두려웠어요.

핏자국을 따라 초원을 가로질러 가니

360   근처에 도시가 있었어요.

사방이 성벽으로 완전히 둘러싸인 그곳에는

저택과 방, 그리고 탑들 중에서

순은으로 만들어지지 않은 것은 없어 보였고[29]

---

29) 남자주인공 뮐뒤마렉이 매로 변신할 수 있다는 점, 그가 사는 곳에 가기 위해서 빛이 없는 긴 터널 같은 곳을 통과해야 한다는 점, 그가 다스리는 곳에 있는 것들이 모두 순은과 순금으로 만들어졌다는 점, 그리고 성안에 있는 기사들이 잠들어 있다는 점 등을 통해 볼 때 뮐뒤마렉이 속한 곳은 평범한 인간 세상이 아니라 "초자연적인 영역"(Ewert, 179), 좀 더 구체적으로는 켈트 신화에 나오는 신비로운 이상향(Otherworld)과 많이 닮은 것으로 보인다.

큰 건물들도 대단히 화려했어요.

365 마을이 있는 쪽으로는
습지와 숲, 그리고 울타리를 친 땅이 있었고
성의 큰 탑[30]을 향해 있는 다른 쪽에는
굽이쳐 돌아 흐르는 강이 있었어요.
그곳에 배들이 정박해 있는데

370 돛이 삼백 개는 더 되었어요.
그녀는 열려 있는 아래쪽 성문을 통해
마을로 들어갔고
마을을 가로질러 성까지 이어져 있는
생생한 핏자국을 따라 계속 갔어요.

375 그녀에게 말을 건네는 사람은 아무도 없었어요.
남자건 여자건 마주친 사람이 없었던 것이었어요.
포석이 깔린 궁전 입구에 도착해보니
그곳도 피로 물들어 있었어요.
어느 아름다운 방에 들어가서

380 잠들어 있는 한 기사를 발견했어요.
그를 알지 못했기에 계속 나아가서
좀 더 큰 다른 방으로 갔어요.
그곳에는 다른 것은 없고 침대만 하나 있는데
한 기사가 거기서 잠을 자고 있어서

385 그 방도 지나갔어요.
세 번째 방에 들어가서

---

30) "dunjun"은 성의 중심부에 위치한 큰 탑을 의미한다("donjon").

연인의 침대를 발견했어요.

침대 다리는 순금으로 되어 있고

이부자리의 값어치는 어림할 수도 없었어요.

390 밤낮으로 켜져 있는

양초와 가지모양 촛대[31]는

한 도시에 있는 모든 금만큼 가치가 있었어요.

그녀는 기사를 본 순간

그를 알아보고

395 많이 두려워하면서 앞으로 나아갔지만

그만 그 사람 위로 쓰러져 혼절했어요.

그녀를 너무도 사랑하는 기사가 그녀를 받아 안고는

자신의 불운에 대해서 거듭 한탄했어요.

그녀가 정신을 차리자

400 기사는 다정하게 그녀를 위로했어요.

"사랑하는 이여, 하느님의 이름으로 간청하니

떠나시오! 이곳에서 도망가시오!

나는 곧 날이 밝기 전에 죽을 것이고

이곳 사람들은 크게 슬퍼할 터인데,

405 혹시라도 당신이 이곳에서 발견되면

당신은 심한 고초를 치를 것입니다.

당신에 대한 내 사랑 때문에 나를 잃었다는 것을

---

31) "chandelier"(원문 390행)는 가지가 난 촛대(candleholder)를 의미한다. 12, 13세기에 쇠나 청동으로 만든 둥근 모양의 촛대에는 초를 꽂을 수 있는 많은 침들이 있었던 것으로 보인다("chandelier").

내 백성들이 알게 될 것이기 때문이지요.
당신을 생각하면 비통하고 괴롭습니다."

410 그녀가 대답했어요. "사랑하는 이여,
남편에게 고통을 당하느니
당신과 함께 죽는 게 나아요!
돌아가면 남편이 저를 죽일 거예요."
기사가 그녀를 안심시키고는

415 반지를 하나 주었어요.
그 다음 그녀에게 설명해주었어요.
그녀가 그 반지를 끼고 있는 한
그녀의 남편이 이제까지 일어난 일을
결코 기억하지 못할 것이고

420 그녀를 가둬놓지도 않을 거라고 말했어요.
기사는 그녀에게 자신의 검을 주면서 맡겼어요.
그 다음, 어느 누구도 그 검을 소유하게 해서는 안 되고
자신의 아들이 쓸 수 있도록
검을 잘 지키라고 일렀어요.

425 아들이 성장해서
훌륭하고 용맹한 기사가 되면
어느 축제에
남편과 아들을 데리고 가라고 했어요.
한 수도원에 이르게 되면

430 무덤을 하나 볼 텐데
거기서 자신의 죽음에 대해서
자신이 어떻게 불의하게 죽었는지에 대해서 다시 듣게 될

거라 했어요.

그곳에서 아들에게 자신의 검을 주면서

아들이 어떻게 태어났는지, 누가 그의 아버지인지에 대해서

435 이야기를 들려주라고 했어요.

그러면 아들이 어떻게 하는지 보게 될 거라고 했어요.

그녀에게 모든 것을 말해주고 알게 한 다음

기사는 그녀에게 값비싼 블리오[32]를 주면서

입으라고 권했어요.

440 그런 다음 그녀가 자신을 떠나게 했어요.

그녀는 반지와 검을 들고 떠났는데

덕분에 위로가 되었어요.

그녀가 도시에서 나와서

반 리그[33]도 채 가지 않았을 때

445 종소리가 들리고

성에서 통곡하는 소리가 났어요.

큰 슬픔으로

그녀는 네 번이나 혼절했어요.

그녀는 의식이 돌아오자

450 나지막한 산[34]을 향해 갔고

---

32) 기사는 속옷인 슈미즈만 입은 연인을 걱정하여 자신의 겉옷을 걸치게 한다.

33) "liwe"는 중세에 쓰인 거리 단위인 리그(league)를 의미한다. 1리그가 약 4킬로미터이기 때문에 "반 리그(demie liwe)"는 약 2킬로미터가 된다("lieue").

34) 올 때 지나온 "작은 산(hoge)" 345행, 350행을 의미한다.

산 안으로 들어가서 통과한 다음

자신이 사는 곳으로 돌아왔어요.

그녀는 남편 곁에서

많은 날을 같이 했는데,

455 남편은 그녀를 비난하거나

학대하거나 비웃지 않았어요.

그런 다음, 아들이 태어나자 그를 잘 양육하고

잘 보호하고 사랑으로 잘 길렀어요.

아들을 요넥이라 불렀는데

460 그 왕국에서

그만큼 잘 생기고 능력 있고 용감하고

관대하고 아낌없이 베푸는 사람은 없었어요.

나이가 차자

요넥은 기사 작위를 받았어요.

465 이제, 바로 그 해에

무슨 일이 있었는지 들어보세요.

그 나라의 관습에 따라

케얼리언[35]과

많은 다른 도시에서도 기념하는

470 성 아론[36] 축제에

---

35) "Karlion"은 웨일즈 남부 중심지 뉴포트에서 가까운 케얼리언을 의미하는 것으로 보인다. 아서 왕 로맨스를 포함한 여러 중세 로맨스에서 케얼리언은 전략적으로 중요한 지역으로 종종 언급된다(주석 5번 참고).

36) "성 아론(seint Aaron)"(원문 467행)은 성 율리우스(혹은 율리오)(St. Julius)와 함께 웨일즈 남부에 위치한 케얼리언 출신 순교자이며, 디오클레티아누스

남편은 호출을 받아서

자신의 친구들과 함께 가야 했어요.

부인과 아들도

호화롭게 차려입혀서 데려갔어요.

475   이렇게 해서 그들은 그곳으로 갔어요.

하지만 자신들이 어디로 가는지는 몰랐어요.

이 세상에서 그보다 더 아름다울 수 없는

성에 다다를 때까지

함께 간 한 청년이

480   그들을 곧은 길로 인도했어요.

성 안에는 아주 경건한 사람들이 살고 있는

수도원이 있었는데

그들을 축제로 인도하는 그 청년이

수도원에 묵을 곳을 마련했어요.

485   그들은 수도원장의 방에서

대접을 아주 잘 받았어요.

다음 날 아침 미사를 본 후에

출발하려 했어요.

그런데 수도원장이 와서 그들과 더불어 이야기하면서

490   머물러달라고 간청했어요.

그들에게 기숙사와

황제 때 박해를 받아 순교했다. 두 성인을 기리는 성당이 케얼리언에 있었는데, 특히 성 아론 성당은 대주교 좌이면서 웨일즈 관구 소속 교회였다(Ewert, 180).

회의장, 그리고 수도원 식당을 보여주고 싶어 했어요.

정말 잘 묵었기에

남편은 그러기로 했어요.

495 그날 저녁 식사 후에

수도원의 여러 곳을 방문했어요.

회의장 앞으로 가다가

테두리 가운데를 값비싼 금[37]으로 수를 놓아서

꽃문양[38]으로 장식한 비단으로 덮여 있는

500 큰 무덤을 발견했어요.

무덤의 위쪽과 아래쪽, 그리고 양쪽에는

스무 개의 양초가 타고 있었어요.

가지 모양 촛대는 순금으로,

낮 동안 향을 피워

505 무덤에 큰 예를 표하는

향로는 자수정으로 만들어진 것이었어요.

그들은 그 지역에 사는 사람들에게

그것이 누구의 무덤인지

거기에 누워 있는 사람이 누구인지

510 물어보고 질문했어요.

사람들은 울기 시작했고

---

37) "orfreis"(원문 500행)는 천이나 옷 가장자리를 금실로 수를 놓아 처리한 것을
의미한다("orfrois").

38) "palie roé"는 꽃이나 원형으로 장식한 (혹은 원형 안에 꽃문양을 넣은) 비단
을 의미한다("paile" & "roe").

눈물을 흘리면서 이야기했어요.

그는 이 세상에 태어난 기사들 중에서

가장 훌륭한 기사이자,

515 가장 강하고, 가장 맹렬하고,

가장 잘생겼고, 가장 사랑받았던 기사였다고 했어요.

그는 그 나라의 왕이었으며

이제껏 그만큼 고귀한 이는 없었다고 했어요.

케어방에서 궁지에 몰렸던 그는

520 어느 귀부인을 사랑한 대가로 죽임을 당했다고 했어요.

"그 후로 우리는 영주도 없이

그 귀부인으로부터 얻은 아들을

오랫동안 기다려왔습니다.

그분께서 우리에게 이야기하고 명령했던 대로 말입니다."

525 이 이야기를 들은 부인이

큰소리로 자신의 아들을 불렀어요.

그녀가 말했어요. "잘생긴 아들아, 너는

신께서 어떻게 우리를 이곳으로 인도하셨는지 들었구나!

이곳에 누운 이는 이 늙은이가 부당하게 죽인

530 바로 네 아버지란다!

이제 내가 오랫동안 간직해온

네 아버지의 검을 네게 넘겨주고 맡기마."

부인은 모든 이들이 듣도록 아들에게 밝혔어요.

무덤에 누운 이가 그를 낳고, 그가 그의 아들이 된다는 것을

535 어떻게 그의 아버지가 자신을 찾아오고는 했는지

어떻게 그녀의 남편이 그의 아버지에게 덫을 놓았는지[39]
말이지요.
아들에게 진실을 말한 부인은
무덤 위로 넘어져 기절했고
기절한 채로 죽었기에
540 다시는 아무 말도 하지 않았어요.
어머니가 죽은 것을 본 아들은
의붓아버지의 머리를 베었어요.
아버지의 검으로
이렇게 어머니의 애통함을 복수한 것이었어요.
545 일어난 일이
도시 전체에 알려지자
사람들은 정중하게
부인을 무덤에 모셨고
그곳을 떠나기 전에
550 요넥을 자신들의 영주로 모셨어요.
이 이야기를 들은 이들은
시간이 많이 흐른 후에
사랑 때문에 연인들이 겪었던
고통과 슬픔에 대해서 래를 한 편 지었어요.

---

39) 원문은 "trahi"로, 원래는 "배신하다"는 의미이지만 "덫을 놓다"로 옮겼다. 실
제로 늙은 남편은 요넥의 아버지가 되는 매-기사가 드나들던 창가에 날카로
운 쇠꼬챙이로 만든 덫을 설치해서 그에게 치명적인 상처를 입히고 결국에는
죽음에 이르게 했다.

나이팅게일

브르타뉴인들이 래로 지은
어떤 모험에 대해서 들려드릴게요.
제가 알기로 제목이 「라우스틱」[1]인데
브르타뉴[2]에서는 그렇게 부른다고 하며,
5   프랑스어로는 「로시뇰」[3]
올바른 영어로는 「나이팅게일」이 됩니다.
생말로[4] 지역에
한 유명한 마을이 있었어요.

---

1) 나이팅게일(nightgale)을 의미하는 고프랑스어 "laustic"은 브르타뉴어 "éostic"
    에서 유래했으며 "aostic, austic"을 거쳐서 "laüstic"(le + austic)으로 정착한
    것으로 보인다(Burgess, 10).
2) "lur païs"을 직역하면 "그들의 나라"가 되는데, 이는 앞에 나온 브르타뉴인들
    이 사는 나라, 즉 브르타뉴를 의미한다.
3) "rossignol"은 나이팅게일을 의미한다. 마리는 프랑스어로 제목을 말하고 영어
    로 번역된 제목도 제공한다. 마리는 동물이 나오는 또 다른 래인 「비스클라브
    레」에서도 프랑스어와 영어 제목을 함께 제공한다. 이런 시도는 프랑스어와 영
    어를 사용하는 모든 독자들에게 좀 더 정확한 의미를 전달하고자 하는 저자 마
    리의 노력을 나타낸다고 하겠다.
4) "생말로(Seint Mallo)"는 프랑스 북서부인 브르타뉴 지역에 위치한 항구이자
    성벽 도시이다. 영국해협을 접하면서 랑스강 입구에 자리 잡고 있다. 6세기에
    브르타뉴로 도망 온 웨일즈 출신 수사 매크로우(Maclou) 혹은 말로(Malo)의
    이름을 본떠 지어졌다고 한다("Saint Malo").

그곳에 두 기사가 살았는데,

10 　두 사람 모두 성벽으로 둘러싸인 저택을 가지고 있었어요.

두 영주의 선행 덕분에

그 도시는 좋은 평판을 얻었어요.

그중 한 기사가 부인을 얻었는데,

그녀는 현명하고 예의 바르고 우아했으며

15 　관습과 교양에 맞게

아주 품위 있게 행동했어요.

미혼인 다른 기사는

용감하고 기량 또한 대단히 뛰어나서

동료들 사이에서 인정을 받았어요.

20 　그는 명예로운 일을 기쁘게 행하고

많은 마상시합에 참가하고 후하게 쓰고

가진 것을 너그럽게 베풀었어요.

이 기사는 이웃 기사의 부인을 사랑했어요.

기사가 그녀에게 너무 끈질기게 요구하고 간청했기에

25 　또한 그가 훌륭한 점도 아주 많았기에

그녀는 그를 그 무엇보다 사랑했어요.

기사에 대해서 좋은 점을 들었고

그가 자신과 가까운 곳에 살았기 때문이기도 했어요.

두 사람은 신중하게 진심으로 서로를 사랑했어요.

30 　잘 숨기고 보호해서

그들의 사랑이 알려지거나

방해를 받거나 의심받지도 않았어요.

그들이 이렇게 잘 할 수 있었던 것은

사는 곳이 인접했기 때문이었어요.

35 저택이 이웃했고

방5)도, 성의 중심에 있는 큰 탑도 그러했어요.

어두운 색 돌로 만든 높은 담6) 하나를 제외하면

장벽이나 경계선도 없었어요.

부인이 침실

40 창가에 서면

반대편에 있는 연인에게 말할 수 있었고

그도 그녀에게 그럴 수 있었어요.7)

---

5) "sales"는 연회장(홀)으로도 번역할 수 있다.

6) 담(벽)을 사이에 두고 사랑을 나누는 이 연인들의 상황은 피라모스와 티스베 (Pyramus and Thisbe) 전설을 떠오르게 한다. 오비디우스가 쓴 『변신』(iv. 76~79)에 따르면 피라모스와 티스베는 바빌론 도시에서 담을 접한 이웃으로 사는 어린 연인들이었다. 하지만 부모들 사이가 좋지 못한 이유로 두 사람은 벽에 난 작은 틈을 통해 소통하면서 비밀리에 사랑을 키워간다. 초서와 셰익 스피어를 포함한 많은 중세와 르네상스 작가들이 피라모스와 티스베 모티브를 활용하여 작품을 썼다는 것은 잘 알려진 사실이다. 해닝과 페란테는 「나이팅게 일」에서 마리가 피라모스와 티스베 모티브를 비틀고 있다고 주장한다. 원작에 서 어린 남녀의 서로에 대한 사랑이 순수하고 진지하고 애절한 반면, 「나이팅 게일」속 연인들은 불륜 관계에 있는 어른들이고 서로에 대한 사랑도 피상적이 고 자기 탐닉적인 유희에 가까운 "사산된 사랑(stillborn love)"이라는 것이 해 닝과 페란테의 주장이다(Hanning and Ferrante, 15~16, 160).

7) 두 연인 사이에 놓인 벽이 그들을 만나게도 하지만 둘을 갈라놓기도 한다는 점 에서 아이러니하다. 흥미로운 점은 이 작품의 이름 없는 여주인공이 자신을 감 금한 벽을 넘어가려는 시도를 한 번도 하지 않는다는 점이다. 이는 "말 마리 에" 모티브를 다루는 「기주마르」와 「요넥」의 여자주인공들이 연인을 찾아서 자 발적으로 벽(탑)을 나가는 것과는 대조를 이룬다. 또한 이는 여자주인공이 하 는 사랑에 한계가 있음을 시사한다고도 볼 수 있다. 비슷한 맥락에서 로버트

그들은 물건을 던져서

서로 주고받았어요.

45 그들을 불쾌하게 만드는 것은 거의 없었고

두 사람은 많이 행복했어요.

그들이 만나서

온전히 함께 기쁨을 나눌 수 없다는 것을 제외하면 말입니다.

남편이[8] 그 지역에 있을 때면

50 그녀는 심하게 감시를 받았던 것이었어요.

하지만 그들은 지략이 대단해서

밤이든 낮이든

함께 담소를 나눌 수 있었어요.

그들이 창가로 가서

55 거기에서 서로를 바라보는 것을

아무도 막을 수 없었어요.

그들은 오랫동안 서로를 사랑했어요.

숲과 초원이 초록으로 물들고

정원이 꽃으로 만발하는

코트렐(Robert. D. Cottrell)은 "이 이야기의 물리적인 영역이 축소될수록 연인들의 좌절도 커진다"라고 주장한다(502).

8) "Quant cil esteit en la cuntree"(원문 50행)에서 "cil"이 누구인지 분명치 않다. 부인의 남편(Burgess and Busby 94; Hanning and Ferrante, 156)으로 볼 수도 있고 연인(Koble et Séguy, 459; Jonin, 104)으로도 볼 수 있다. 전자의 경우로 해석하면, 남편이 소유욕이나 질투심이 많아서 아내를 심하게 감시한다는 것을 함의하고, 후자로 볼 경우 남편이 이미 아내와 이웃 기사의 관계를 의심한다는 것을 함의한다. 본서에서는 전자의 경우로 보고 "cil"을 "남편"으로 옮겼다.

60   어느 여름이 올 때까지 말입니다.

어린 새들이 꽃봉오리 위에 앉아서

아주 달콤하게 기쁨을 노래했어요.

사랑에 대한 갈망이 있는 사람이라면

그 소리[9]에 마음을 쓰는 게 놀라운 일은 아니지요.

65   그 기사에 대한 진실을 말씀드리면요,

그는 할 수 있는 한 그 노랫소리와

맞은편에 있는 연인에게 주의를 기울였어요.[10]

말과 눈빛으로 말이지요.

달이 빛나는 밤이 되어

70   남편이 잠이 들면

그녀는 종종 남편 옆에서 몸을 일으켜

망토로 몸을 감싸고

---

9) "Ki amur ad a sun talent / N'est merveille s'il i entent"(63~64행)에서 "i"(64
행)를 앞에서 언급되는 새들의 노랫소리로 옮겼다. 또 다른 가능성은 "i"를 "사
랑(amur)"으로 보고, "사랑에 대한 갈망이 있는 사람이라면 당연히 사랑에 마
음을 쓰게 되죠"라고도 번역할 수 있다.

10) 66~67행("Il i entent a sun poeir / E la dame de l'autre part")을 65행에서
말하는 기사의 "진실(veir)"에 대한 내용으로 옮겼다. 64행에서와 마찬가지
로 66행에 나오는 "i"를 새의 노랫소리로 보고 기사가 사랑을 노래하는 새소
리와 자신의 연인에 대해서 열심히 주의를 기울였다는 의미다. 즉 행위의 주
체를 기사로 보고 새소리와 연인을 목적어로 보았다. 또 다른 가능성은 기사
("Il")와 그의 연인("la dame")이 각자 힘이 닿는 데까지 애를 썼다는 의미로
이해하는 것이다(Burgess and Busby, 95). 하지만 이렇게 이해할 경우 화자
가 말하고자 하는 기사의 "진실(veir)"이 무엇인지 불분명해지는 문제가 생긴
다. 또한 앞에서 언급된 새의 아름다운 노랫소리와 사랑을 갈망하는 기사와
의 연결이 없어지게 된다.

연인을 위해 창가로 가고는 했어요.

연인이 자신과 마찬가지로

75 밤의 대부분을 뜬눈으로 보내는 삶을 산다는 것을

그녀가 알았기 때문이었어요.

더 할 수 있는 게 없었기에

서로를 바라보는 것에서 기쁨을 얻었어요.

하지만 그녀가 너무 자주 창가에 서 있고 너무 자주 침대

에서 일어났기 때문에

80 남편이 화를 내면서

반복해서 물었어요.

무슨 이유로 일어나고 어디로 가는지 말이지요.

그녀가 대답했어요.

"여보, 나이팅게일[11]이 노래하는 소리를 들어보지 못한 사

람은

85 이 세상의 기쁨을 모르는 사람이에요.

제가 저기에 서 있는 이유는 그 때문이에요.

밤에 들리는 저 노랫소리는 너무도 감미로워서

저에게 큰 즐거움을 가져다주어요.

저를 너무 기쁘게 해주고 저도 그 노랫소리를 너무 갈망하

기에

90 눈을 붙일 수가 없어요."[12]

---

11) 봄이나 여름밤에 우는 새로 알려진 나이팅게일은 전통적으로 사랑, 그리고
사랑을 노래하는 시와 연결된다(Kinoshita and McCracken, 151).

12) 나이팅게일의 노랫소리가 너무 아름다워서 밤에 잠을 이룰 수 없다는 부인의

그녀가 하는 말을 들은 남편은

분노와 악의에 찬 웃음을 지었어요.

덫으로 나이팅게일을 잡기 위해서

남편은 계획을 세웠어요.

95   남편의 집에 있는 하인들 중에서

덫이나 그물, 또는 올가미를 만들어서

정원 곳곳에 설치하지 않은 이는 없었으며

개암나무나 밤나무에

올가미나 끈끈이 덫[13]을 설치하지 않은 이도 없었어요.

100   나이팅게일을 잡아서 가둘 때까지 말이지요.

나이팅게일이 잡히자

산 채로 영주에게 가져갔어요.

그는 새를 손에 쥐게 되어 몹시 기뻐하면서

부인이 있는 방으로 갔어요.

105   그가 말했어요. "부인, 어디 계시오?

앞으로 나와서 말해보시오!

당신을 뜬눈으로 새게 했던

말은 질투하고 의심하는 남편을 달래기 위해서 그녀가 만들어낸 거짓말이다. 하지만 남편은 하인들을 시켜서 나이팅게일을 잡고 부인 앞에서 새의 목을 비틀어 죽인다. 부인의 말을 듣고 남편이 분노하고 악의에 찬 웃음을 웃는다는 점을 통해 볼 때 남편은 아내가 말한 나이팅게일이 새가 아니라 그녀가 몰래 만나는 연인을 상징한다는 것을 이미 간파한 듯하다.

13) "laz"와 "glu"를 각각 올가미와 끈끈이 덫으로 옮겼다. "laz"는 96행에 나오는 "engin", "reis", "laçun"을 통칭하는 것으로, "glu"는 나뭇가지에 묻혀 새를 잡는 데 쓴 끈끈이 새덫(birdlime)을 의미하는 것으로 보인다.

그 나이팅게일을 덫으로 잡았으니 말이오.

이제부터 당신은 편하게 쉴 수 있을 것이오.

110 다시는 이 새가 당신을 깨우지 않을 터이니 말이오!"

이 말을 들었을 때

부인은 슬프고 괴로웠어요.

남편에게 새를 달라고 간청했지만

그는 새를 악의적으로 죽였어요.

115 너무도 비열하게

두 손으로 새 목을 부러뜨린 다음,

죽은 새를 부인에게 던져서

그녀의 옷[14] 앞쪽, 가슴에서 약간 위쪽이

피로 얼룩졌어요. [15]

120 그러고 나서 남편은 방을 나갔어요.

부인은 죽은 작은 새를 안고

구슬피 울면서

덫과 올가미를 만들어서

새를 잡은 자들을 저주했어요.

125 그녀에게서 큰 기쁨을 뺏어간 자들이었으니까요.

---

14) 원문 "솅즈(chainse)"는 12세기 앵글로·노르만 귀족 여성들이 슈미즈 위에 값비싼 블리오 대용으로 입었던 긴 원피스 형태의 주름진 가운이었다. 주로 흰색의 고운 아마포(linen)로 만들어졌다("Chainse").

15) 부인과 연인인 기사가 사랑을 진중하게 여기지 못하고 쉽게 포기한다는 점에서 독자의 공감을 얻기 어렵다면, 아내 앞에서 잔인하게 새의 목을 비틀어 죽이고 피 묻은 새의 사체를 아내에게 던지는 남편의 행동 역시 도덕석으로 정당화하거나 공감하기 어렵다(Hanning and Ferante, 160).

그녀가 말했어요. "아아! 이런 불행이 나에게 일어나다니!

이제 더 이상 밤에 일어나지도

창가로 가 서 있지도 못하겠구나!

거기서 사랑하는 이를 보고는 했었는데.

130 내가 그를 속인다고 그가 생각할 거라는

그 한 가지는 확실히 알 수 있겠어.

이 일에 대해서 대책을 강구해야 할 것 같아.

그에게 나이팅게일을 보내서

무슨 일이 있었는지 알려야겠어."

135 금실로 수를 놓고 모든 것을 글로 새긴[16]

비단[17] 조각에다

어린 새를 쌌어요.

시종 한 명을 불러서

메시지[18]를 들려서

140 연인에게 보냈어요.

시종은 기사에게 가서

부인을 대신해서 인사한 다음

---

16) "tut escrit"(원문 136행)는 전하고자 하는 모든 메시지를 비단에 문자로 새겼다는 의미이다. 마리는 다른 래에서도 비밀리에 전해야 하는 메시지를 양피지에 새겨 백조를 시켜 전달하거나(「밀롱」) 나뭇가지에 새기는(「인동덩굴」) 이야기를 들려준다.

17) "samit"는 중세 서양 사람들이 입던 무거우면서도 고급스러운 비단 천을 의미한다. 종종 금실이나 은실을 사용하여 사선으로 교차된 줄무늬가 특징인 능직으로 직조되었다("samite n.").

18) 비단에 문자로 새긴 이야기를 의미한다.

그에게 모든 메시지를 말로 전하고[19]

새도 건네주었어요.

145 시종이 모든 것을 말했을 때

그의 말을 주의 깊게 들은 기사는

일이 그렇게 된 것에 괴로워했어요.

하지만 그는 비열하거나 더디게 행동하지 않았어요.

기사는 작은 상자[20]를 만들게 했는데

150 결코 철이나 쇠가 아니라

모두 순금과 훌륭한 보석으로 만들어서

아주 귀하고 값비쌌어요.

뚜껑을 조심스럽게 붙인 다음

새를 그 안에 넣었어요.

155 그런 다음 상자를 봉하고는

항상 그것을 지니고 다녔어요.[21]

---

19) 부인이 연인에게 전령으로 보낸 시종은 그녀의 메시지를 전달하기 전에 구두로 내용을 먼저 전한다. 구술 전통이 강했던 중세에 문자로 된 메시지를 전하는 전령이 이처럼 구두로 내용을 전하는 일은 흔하게 일어났다. 특히 전하는 메시지가 대단히 중요하거나 극비일 경우 도난이나 위조를 우려해서 메시지에서 가장 중요한 부분을 전령에게 구두로 직접 전하게도 했다(Constable, *Letters and Letter-Collections*, 48, 53~55).

20) 155행에 "상자(chasse)"가 나오는 것으로 보아서 여기서 말하는 "vasselet"는 상자 형태의 용기로 보인다.

21) 마리의 「나이팅게일」과 비슷한 소재를 다룬 이야기들이 여러 편 구전되는데, 그중에서 가장 잘 알려진 작품 중 하나가 『올빼미와 나이팅게일(*The Owl and the Nightingale*)』이다. 이 작품은 12세기 말에서 13세기 초(c.1189~1216)에 중세 영어로 쓰인 작자 미상의 시로서 올빼미와 나이팅게일 사이에 일어나는 논쟁을 화자가 엿듣는 다소 코믹한 설정이다. 두 새는 사랑, 결혼, 예절 등 다

이 사건에 대해서 말이 났기에

오랫동안 그것을 숨길 수는 없었어요.

브르타뉴인들이 래를 한 편 지었는데

160   사람들은 그것을 「나이팅게일」이라 불렀어요.

양한 주제에 대해서 언쟁을 벌이지만 그들의 최대 관심사는 둘 중에서 누가 더 뛰어난가 하는 것이다. 올빼미는 나이팅게일이 혼인한 여인들의 부도덕한 욕망을 자극한다고 말하면서 나이팅게일을 덫으로 잡아서 능지처참한 남편에 대한 이야기를 늘어놓는다(1049~1062행). 그러자 나이팅게일은 자신을 그렇게 잔인하게 죽인 대가로 그 남편은 "헨리 왕"에게 가진 모든 것을 빼앗긴 채 추방당했다고 응수한다(1075~1110행)(*The Owl and the Nightingale*, Wessex Parallel WebTexts).

9
밀롱

다채로운 이야기를 하고자 하는 사람은
시작을 다채롭게 해야 하고
이치에 맞는 말을 해서
사람들에게 즐거움을 주어야 합니다.
5 지금부터 「밀롱」이라는 이야기를 시작할 텐데요,
어떤 이유로, 그리고 어떻게 해서
이렇게 불리는 래가 지어졌는지
간략하게 말씀드릴까 합니다.
남웨일즈에서 태어난 밀롱은
10 기사 작위를 받은 날 이후로
그를 말[1]에서 떨어뜨리는
어떤 기사도 만나본 적이 없었어요.
그는 매우 뛰어난 기사로,
고귀하고 대범하고 예의 바르고 용감하기까지 해서
15 아일랜드,
노르웨이, 고트랜드,[2]

---

1) "destrier"(원문 12행)은 군마를 의미한다.
2) "고트랜드(Guhtlande)"는 발트해에 위치한 섬으로 스웨덴의 남동부에 위치한
다. 청동기 시대부터 고트인들은 발트해의 남쪽과 동쪽에 살던 여러 민족들과

잉글랜드와 스코틀랜드[3]에서 대단히 유명했어요.

그는 많은 이들의 부러움을 샀고

용맹함 때문에 많은 사랑을 받았으며

20 많은 왕들도 그를 예우했어요.

밀롱이 사는 지역에 한 귀족이 있었는데

그의 이름을 저는 알지 못합니다.

그 귀족에게는 예쁜 딸이 있었고

그녀는 아주 예의 바른 아가씨였어요.

25 그녀는 밀롱의 이름이 회자되는 것을 듣고는

그를 깊이 연모하게 되었어요.[4]

활발하게 교역했고 이후에는 로마 제국, 비잔틴 제국과 교류했다. 12세기 무렵 그들은 러시아 노브고로드에 그들만의 무역소를 두고 러시아와 서유럽을 잇는 무역로를 독점한 것으로 알려져 있다("Gotland").

3) 잉글랜드는 "Loengrë(Logres)"를 스코틀랜드는 "Albanie(Albany)"을 번역한 것이다. 로그르(Logres)의 어원과 위치, 그리고 중세적 배경에 대해서는 「랑발」 주석 4번을 참고하라.

4) 밀롱을 직접 보지도 않고 다른 사람의 입을 통해서 전해지는 소문만 듣고 아가 씨가 그를 사랑하게 된다는 점이 흥미롭다. 마리의 『래 모음집』에는 이처럼 소문(heresay)으로 전해지는 이야기를 듣고 사랑에 빠지는 주인공들이 있다. 「에 키탕」에서 왕 에키탕, 「르 프렌」에서 프렌의 연인인 고롱, 「나이팅게일」에서 이름 없는 여자주인공, 그리고 「엘리뒥」에서 엘리뒥의 연인이 되는 길리아뒹이 모두 소문으로만 듣고 여인 혹은 기사를 사랑하게 된다. 블락은 소문으로 듣고 사랑하게 되는 이 모티브가 고프랑스어로 된 로망스의 주요한 주제라고 본다(Bloch, 74).

초서도 같은 주제를 다루는데, 『캔터베리 이야기』 중 「법률가 이야기」에서 시리아의 젊은 술탄이 상인들이 전하는 로마 황제의 아름다운 딸 콘스탄스에 대한 말만 듣고 그녀를 사랑하게 되는 이야기를 전한다. 한 번도 본 적 없는 콘스탄스에 대한 감정이 주체할 수 없을 정도로 커지자 술탄은 그녀를 얻기 위해서

그녀는 밀롱에게 전령을 보내서

그가 허락한다면 그를 사랑하겠다고 말했어요.

밀롱은 이 소식에 기뻐하면서

30   아가씨에게 감사를 표했어요.

그녀에게 자신의 사랑을 기꺼이 허락하면서

언제까지나 그녀에게 충실하겠다고 했어요.

그의 대답은 아주 정중했어요.

밀롱은 전령에게 큰 선물을 주면서

35   진실한 우정을 약속했어요.

밀롱이 말했어요. "친구여,

이제 내 연인과 말할 수 있도록 애써주되

우리의 만남을 비밀에 부쳐주게.

내 금반지를 그녀에게 가져다주고

40   나를 위해서 이렇게 말해주게.

그녀가 원할 때 나를 부르러 보내면

내가 자네와 함께 갈 거라고 말일세."

전령은 밀롱에게 작별을 고하고 그를 떠나서

아가씨에게로 돌아왔어요.

45   전령은 아가씨에게 반지를 주면서

자신의 임무를 잘 수행했다고 말했어요.

그렇게 허락된 사랑에

그녀는 몹시 기뻐했어요.

로마 황제와 계약을 맺는데, 황녀를 얻는 대신 자신과 모든 백성이 기독교로
개종한다는 내용이다.

그녀의 침실 가까운 곳에
50 그녀가 휴식을 취하곤 하는 정원이 있었어요.
밀롱과 그녀는 아주 빈번하게
그곳에서 만났어요.
밀롱이 너무 자주 그곳에 가고 그녀를 너무 사랑했기에
그녀가 임신하게 되었어요.
55 자신이 임신했다는 사실을 알게 되었을 때
밀롱을 부르러 보냈고 자신의 신세를 한탄했어요.
무슨 일이 일어났는지 밀롱에게 이야기했어요.
그런 상황에 빠지게 되어
그녀의 명예와 안녕을 잃게 되었다고 말했어요.
60 큰 벌을 받게 될 터인데
칼로 고문을 당하던지
아니면 다른 나라로 팔려 갈 거라고 했어요.[5]
그것은 고대인들의 관습으로
이 당시에도 여전히 지켜졌어요.
65 밀롱은 그녀가 조언하는 대로
따르겠다고 대답했어요.
그녀가 말했어요. "아기가 태어나면
혼인해서 노섬벌랜드[6]에 살고 있는

_____

5) 역사적으로 볼 때 간음이나 불륜을 범한 여성들이 실제로 이런 종류의 처벌을
    받은 것으로 보인다(Schultz, Ewert, 181에서 재인용).
6) "노섬벌랜드(Norhumbre)"(원문 69행)는 잉글랜드의 가장 북쪽에 위치한 주로
    서 북쪽으로는 스코틀랜드, 동쪽으로는 북해, 서쪽으로 컴브리아, 그리고 남쪽
    으로는 더럼과 접한다. 원래 노섬벌랜드는 포스만과 험버강 사이에 있는 곳을

부유하고 덕망 있고 지혜로운 부인인

70   제 자매[7]에게 데려가세요.

그녀에게 글로

그리고 구두로

아이가 그녀 자매[8]의 소생이고

아이로 인해 그녀의 자매가 많은 고통을 겪었다는 것을 알

려주세요.

75   아이가 어떠하건, 딸이든 아들이든

반드시 아이를 잘 키워야 한다는 것도 말씀해주세요.

저는 당신이 주신 반지[9]를 아이의 목에 매달고

편지도 보낼 텐데요,

아이 아버지의 이름과

가리켰고 노섬벌랜드는 "험버강 북쪽 땅"이라는 의미이다. 중세에 노섬벌랜드
는 양모와 가죽 수출로 번영을 누렸고 12세기부터 19세기까지 납, 은, 철 등의
광물 생산지로도 유명했다("Northumbria").

7) "serur"(원문 68행)는 친자매 혹은 혼인하여 생긴 자매로 시누이나 올케를 의
미할 수도 있다.

8) "그녀의 자매(sa serur, 73행)"는 밀롱의 연인 자신을 의미한다.

9) 밀롱−연인−아들로 이어지는 이 반지는 몇 가지를 상징한다고 볼 수 있다. 우
선 이 반지를 통해서 연인이 밀롱의 사랑을 확인하고 그와의 관계를 시작한다
는 점에서 반지는 밀롱과 연인을 연결지어주는 역할을 한다. 이후에 예상치 못
한 임신으로 태어난 아들을 떠나보낼 때 이 반지를 함께 보낸다는 점에서 반지
는 아이가 밀롱의 아들임을 보증해주는 증표로서 기능하며, 때가 되면 이 반지
를 통해 아들과 부모가 재회할 거라는 복선의 역할도 한다. 실제로 작품의 후
반부에 이 반지 덕분에 밀롱이 아들을 알아보게 되며 그 덕분에 세 사람이 재
회하게 되고 행복한 결말을 맞게 된다.

80 　아이 어머니가 겪은 일에 대해서 쓰겠어요.

　　아이가 다 자라서

　　이성적으로 알아들을 수 있는

　　나이가 되면

　　편지와 반지를 아이에게 주어서

85 　아버지를 찾을 수 있을 때까지

　　그것들을 잘 간직하게 하라고 쓰겠어요."

　　때가 되어

　　그녀가 아이를 낳을 때까지

　　그들은 그녀의 계획을 따랐어요.

90 　그녀를 돌보는 한 노파가 있었어요.

　　자신의 모든 상황을 그 노파에게 고백해서

　　노파가 그녀를 잘 숨기고 잘 보호했기에

　　말이나 외모에서

　　그녀의 상황은 전혀 드러나지 않았어요.

95 　아가씨[10]는 잘생긴 아들을 낳았어요.

　　아기 목에다 반지와

　　비단 주머니를 달고

　　아무도 보지 못하도록 그 안에 편지를 넣었어요.[11]

---

10) 밀롱의 연인이 임신을 하고 아이를 출산하지만 나이가 어리고 미혼이라는
　　점을 감안하여 마리는 그녀를 부인(dame)이 아닌 "아가씨(dameisele 또는
　　meschine)"로 부른다.

11) 비단 주머니를 마련한 목적이 아무도 보지 못하도록 편지를 넣기 위한 것으
　　로 추측되기 때문에 "une aumoniere de seie / E pus le brief"(97~98행)를
　　주머니 안에 편지를 넣은 것으로 옮겼다. 반지와 편지를 목에 건 아이의 이미

그런 다음 하얀 아마 천으로 감싼

100 요람에 아기를 뉘었어요.

아기 머리 밑에는

고운 베개를 놓고

아기 위는

가장자리를 담비 털로 두른 이불로 덮었어요.

105 정원에서 기다리고 있던 밀롱에게

노파가 아기를 넘겨주었어요.

밀롱은 아이를 충실하게 데려갈

부하들[12]에게 맡겼어요.

여러 마을을 지나가면서

110 그들은 하루에 일곱 번 쉬면서

아기를 먹이고

도로 재우고 씻겼어요.

유모[13]를 함께 데리고 갈 정도로

지는 이후에 목에다 편지를 달고 밀롱과 연인 사이를 오가는 백조의 이미지와 겹쳐진다. 아들과 백조는 밀롱과 연인을 연결시켜주고 두 사람이 재회하는 데 기여하는 공통점을 갖는다. 아이와 백조가 드러내는 이런 유사성은 마리가 섬세하게 만들어낸 설정으로 볼 수 있다. 이에 대해서는 Yoon, "What the "Cisne" does", 605~606을 참고하라.

12) "gent"(원문 107행)의 의미 중에는 신하, 가신, 부하를 뜻하는 "retinue"가 있다("gent"). "gent"의 이런 의미와 "충실한"이라는 의미를 갖는 "lëaument"을 통해 볼 때 밀롱이 아들을 아무에게 맡기지 않고 신임할 수 있는 자신의 부하들에게 맡긴 것으로 알 수 있다.

13) "Nurice"는 자신이 아닌 다른 사람이 낳은 아이에게 젖을 물리고 돌보는 유모(乳母)를 의미하며 영어로는 wet-nurse에 해당한다. 중세의 상류층 집안

그들은 대단히 충실했어요.

115 부인[14]에게 아기를 넘겨줄 때까지

그들은 곧게 난 길을 따라갔어요.

부인은 기쁘게 아기를 받았어요.

봉인된 편지[15]도 받았어요.

아기가 누구인지 알게 되었을 때

120 부인은 아기를 아주 소중하게 여겼어요.

아기를 데려갔던 이들은

그들의 나라로 돌아갔어요.

밀롱은 명예를 찾아서 용병[16]이 되어

고국을 떠났어요.

의 경우 아이가 태어나면 아이의 어머니가 아닌 유모가 젖을 먹여 키우는 것이 관행이었다. 유모를 고용한 이유, 유모의 자질, 유모에 대한 사회적 평가 등에 대해서는 슐라미쓰 샤하르(Shulamith Shahar)의 *Childhood in the Middle Ages*, 55~76를 참고하라.

14) 아기 엄마의 자매를 의미한다.

15) "인장(seel)"으로 편지를 봉인하는 점을 고려하여 "Le brief…… e le seel"를 "봉인된 편지"로 옮겼다. 밀롱의 연인이자 아기의 엄마가 편지를 인장으로 봉해서 다른 사람이 보지 못하도록 했음을 알 수 있다. 대부분 필사가를 통해 대필하던 서양 중세 문서 관행상 문서의 내용이나 필체만으로 문서가 진본임을 입증하기는 대단히 어려웠다. 그런 이유로 인장은 문서의 진위를 가려내는 대단히 중요한 장치였다. 인장이 훼손되었거나 낯선 인장으로 문서를 봉인했을 경우 문서가 위조되었을 가능성이 높았다. 이런 중세의 문서 문화에 대해서는 Harvey & McGuinness; Hiatt; Constable, "Forged Letters in the Middle Ages"; Yoon "Medieval Documentary Semiotics"를 참고하라.

16) "sudees"(원문 124행)의 의미 중에는 돈을 받고 용병으로 군사력을 제공한다는 의미가 있으며, 용병은 "soudoier"라 부른다("soudee"& "soudoier").

125	밀롱의 연인은 집에 남겨졌는데
	그녀의 아버지가 그녀를
	그 지역 출신의 대단히 부유하고
	높은 권세와 명성을 가진 한 영주에게 시집보내려 했어요.
	이런 상황을 알게 되었을 때
130	그녀는 몹시 비통해하면서
	여러 번 밀롱의 이름을 불렀어요.
	그녀는 아이를 낳은 잘못[17]에 대해서
	몹시 두려워했어요.
	남편 되는 사람이 언제라도 알게 될 것이었어요.
135	그녀가 말했어요. "아아, 어떻게 하지?
	남편을 맞아야만 하나? 어떻게 그를 받아들이지?
	난 더 이상 처녀가 아닌데.
	남은 인생을 하인으로 살게 될 거야.
	일이 이렇게 될 줄 정말 몰랐어.
140	사랑하는 사람과 혼인할 거라고,
	그 일을 우리 두 사람 사이에 비밀로 해서
	다른 이들의 입에 오르내리는 것을 듣지 않아도 될 거라고
	믿었는데.
	사는 것보다 죽는 게 낫겠어!

---

17) 밀롱의 연인이 잘못, 비행, 악행 등의 의미를 갖는 "mesprisun"라는 단어를 썼다는 것은 처녀가 혼전에 남편이 아닌 다른 남자의 아이를 낳았다는 점이 사회적, 윤리적으로 큰 문제가 될 수 있음을 그녀가 인식하고 있음을 나타낸다.

하지만 난 아무런 자유도 없는걸.

145   내 주위에는 나이가 많든 적든
        진실된 사랑을 싫어하고
        남의 고통에서 기쁨을 얻는
        감시자와 시종들이 널렸으니 말이야.
        이제 이렇게 고통을 겪어야 하는구나!

150   아아, 죽을 수도 없구나!"
        혼인해야 할 때가 되자
        남편이 그녀를 자신의 집으로 데려갔어요.[18]
        밀롱은 고국으로 돌아왔어요.
        그는 몹시 침울해하고 애통해했고

155   큰 슬픔을 느끼고 드러냈어요.
        하지만 그토록 사랑하는 사람이
        자신이 사는 지역과 가까운 곳에 있다는 사실에
        위안을 얻었어요.
        밀롱은 계획했어요.

160   그가 자신의 나라로 돌아왔음을

---

18) "sis sires l'en ad amenee"에서 "sis sires"가 누구인지 분명하지 않다. 혼인하게
    된 남편 또는 아가씨의 아버지를 의미할 수 있다. 본서는 "sis sires"를 남편으
    로 보고 "그녀의 남편이 그녀를 [자신의 집으로] 데려갔다"로 옮겼다. 한편 "sis
    sires"를 "그녀의 아버지"로 볼 경우 아버지가 딸을 결혼식이 거행되는 성당의
    제대 앞으로 이끌었다는 의미로 해석할 수 있다(Hanning and Ferrante, 166).
    사랑하지 않는 남편과 정략적으로 혼인해서 불행한 결혼 생활을 하게 되는
    밀롱의 연인 역시 "말 마리에"에 해당한다. 이 모티브의 특징과 사회문화적
    함의에 대해서는 「기주마르」 주석 30번을 참고하라.

어떻게 발각되지 않고

연인에게 전할 수 있을지 말입니다.

편지[19]를 써서 봉했어요.

밀롱이 무척 아끼는 백조 한 마리가 있었는데

165   편지를 백조 목에다 묶은 다음

깃털 속에 감추었어요.

밀롱은 견습기사[20]를 한 명 불러서

자신의 메시지를 맡겼어요.

밀롱이 말했어요. "즉시 가서 옷을 갈아입게.

170   내 정인이 사는 성으로 가줘야겠네.

백조도 함께 데려가게.

---

19) 「밀롱」에서 마리는 밀롱과 연인이 처음 사랑에 빠지고 그 사랑을 유지하는 과
정을 그리면서 말(목소리)과 문자(쓰기)의 주제를 작품의 전면에 부각시킨다.
다수의 마리 드 프랑스 학자들이 주목하듯이, 이 작품에서 마리의 주된 관심
사 중 하나는 "커뮤니케이션"(Hanning and Ferrante, 177)에 있으며, 마리는
이 작품에서 (글)쓰기 혹은 문자의 역할과 의미를 확대하여 보여주는 것으로
보인다(Bloch, 99). 하지만 이들이 주장하듯이 밀롱과 연인의 관계가 오직 문
자(글쓰기)에 의존하거나(Hanning and Ferrante, 179), 문자가 목소리를 대
신할 가능성을 마리가 보여주는 것(Bloch, 99)으로는 볼 수 없다. 「밀롱」에서
커뮤니케이션 매체로서 말과 문자가 갖는 다른 속성에 대한 논의에 대해서는
Yoon, "What the "Cisne" does", 596~597을 참고하라.

20) "견습기사"로 옮긴 앵글로·노르만어 "esquïer"는 기사가 되기 위해서 이미
기사 작위를 받은 사람을 시중드는 좋은 집안 출신의 젊은이를 가리킨다. 견
습기사는 귀족이나 왕족 집안일을 돌보던 일반 시종(侍從)들과는 구별된다.
견습기사가 한 주된 임무 중 하나가 기사의 방패를 들어주는 일이었기 때문
에 그들은 "방패지기(shield-bearer)"로도 불렸다. 이는 이 단어가 "방패"라
는 의미를 갖는 라틴어 "scūtum"에서 유래한 것과 관련이 깊다. 영어로는
"esquire(squire)"에 해당한다("esquier";"escuier2"; "esquire, n.1").

하인을 통하든 하녀를 통하든

내 정인에게 백조가 전해지도록

확실하게 주선해주게나."

175   견습기사는 밀롱의 지시대로 했어요.

그는 백조를 데리고 즉시 떠났어요.

그가 아는 가장 짧은 길을 통해

최대한 빨리 성으로 갔어요.

마을 가운데를 가로질러서

180   성의 정문에 이르렀을 때

문지기를 자신에게로 불렀어요.

그가 말했어요. "이보시오,[21] 내 말 좀 들어보시오.

나는 새를 잡는 일에 몰두하는

그런 직업을 가진 사람이오.

185   케얼리언[22] 밖 들판에서

새그물로[23] 백조 한 마리를 잡았는데

영주 부인의 보호와 후원을 받고자

그분께 백조를 선물로 드리려 하오.

그렇게 해서 이 지역에서 괴롭힘을 당하거나

190   기소되는 것을 피하고자 하오."

---

21) 밀롱이 보낸 견습기사와 문지기가 처음 만나는 시이임을 고려하여 182행과
     192행에 쓰인 "Amis"를 "이보시오"로 옮겼다.

22) "Karliun"은 웨일즈 남부에 위치한 도시 케얼리언을 의미하는 것으로 보인다.
     「요넥」에서는 "Karlïon"(468행)으로 철자된다(「요넥」 주석 5번, 35빈 참고).

23) "laçun"(원문 187행)은 덫으로도 해석할 수 있다.

젊은 문지기[24]가 대답했어요.

"이보시오, 아무도 부인과 더불어 말할 수 없소.

그렇기는 하지만 내 한번 알아보겠소.

당신을 데리고 들어갈 수 있는

195 곳을 찾을 수 있으면

댁이 부인과 이야기할 수 있도록 해주리다."

문지기가 큰 방에 들어가서 보니

큰 탁자에 앉아서

체스[25]를 즐기고 있는 두 명의 기사[26]를 제외하고는

200 아무도 없었어요.

문지기는 얼른 돌아와서

견습기사를 데리고 들어갔기에

그를 알아채거나

저지하는 이는 아무도 없었어요.

205 부인의 방에 이르러 사람을 부르자

한 시녀가 그들에게 문을 열어주었어요.

그들은 부인 앞으로 나아가서

백조를 선물로 바쳤어요.

부인이 시종을 한 명 부른 다음

---

24) 문지기를 의미하는 "bachelers"는 결혼하지 않은 젊은 남성을 가리킨다.

25) "eschies"(원문 200행)는 체스와 같은 중세 보드 게임을 의미한다("eschec").

26) 앞에서 나온 문지기의 말에 따르면 부인은 외부인들과 이야기를 나눌 수 없는 갇혀 사는 상태인 것으로 추정된다. 체스를 두고 있는 두 기사는 부인이 외부인들과 접촉하지 못하도록 감시하고 있는 것으로 보인다.

210 그에게 말했어요.

"이제부터 내 백조를 잘 보살피고

충분히 먹이도록 애를 쓰거라."

백조를 데려온 견습기사가 말했어요.

"부인, 부인을 제외한 어느 누구도 이 백조를 받아서는 안

됩니다.

215 이 백조는 진정 귀하디 귀한 선물입니다.

얼마나 늠름하고 잘생겼는지 한번 보십시오."

부인의 두 손에 백조를 안겨주자

그녀는 백조를 선뜻 받아서

목과 머리를 쓰다듬다가

220 깃털 아래에 있는 편지를 느꼈어요.

피가 몰리고 끓어올랐어요.

연인에게서 왔다는 것을 잘 알 수 있었어요.

견습기사에게 얼마간의 돈을 주면서

물러가라고 명했어요.

225 침실에 아무도 없게 되자

부인은 시녀를 한 명 불렀어요.

편지를 떼어낸 다음

봉인을 뜯었어요.[27)]

편지 제일 윗부분에서 "밀롱"을 발견했어요.

230 연인의 이름을 알아차리고는

<hr>

27) 밀롱이 연인에게 보내는 비밀 편지를 다른 사람이 보지 못하도록 "인장(le
    seel)"으로 봉인했다는 것을 알 수 있다.

눈물을 흘리면서 편지에다 백 번 입을 맞추었어요.

그런 다음에야 더 읽을 수 있었어요.

잠시 후에 편지에 쓰인 것을

밀롱이 지시하고 말하는 것을

235 그가 밤낮으로 겪는

큰 고통과 슬픔에 대해서 읽었어요.

이제 그를 죽일지 낫게 할지는

모두 그녀의 뜻에 달렸다고 했어요.

그와 이야기할 수 있는

240 전략을 찾으면

편지로 알려주고

백조도 그에게 돌려보내라고 했어요.

먼저 백조를 잘 보살핀 다음

사흘 동안 완전히 굶기면서

245 아무것도 먹지 못하게 하라고 했어요.

그런 다음 백조 목에다 편지를 매달고

놓아주면 새는

원래 있던 곳으로 날아갈 거라 했어요.

편지를 다 읽고

250 내용을 모두 이해한 그녀는

백조에게 먹을 것과 마실 것을 많이 주면서

잘 돌보게 했어요.

백조를 한 달 동안 그녀의 방에 두었어요.

그런데 이제 무슨 일이 일어났는지 들어보세요!

255 그녀는 모든 기술과 지략을 써서

잉크와 양피지를 구했어요. [28]

그녀가 원하는 대로 편지를 써서

반지[29]로 편지를 봉인했어요.

백조를 굶긴 다음

260   목에다 편지를 묶고는 날아가게 했어요.

굶주렸던 백조는

먹이가 몹시 먹고 싶었던지

처음에 왔던 곳으로

서둘러 돌아왔어요.

265   새는 밀롱이 사는 마을과 집으로 날아가서

그의 발 앞에 내려앉았어요.

백조를 본 밀롱은 많이 기뻤어요.

행복해하면서 날개를 붙들었어요.

집사를 불러서

270   백조에게 먹이를 주게 했어요.

목에서 편지를 떼어내어

처음부터 끝까지 주의해서 읽었고

연인이 보낸 정표와

인사말을 발견하고는 몹시 행복해했어요.

---

28) 영주 부인임에도 불구하고 그녀가 쓰기 도구인 잉크와 양피지를 어렵게 구했다는 점에서 그녀가 외부와 차단된 채 심한 감시를 받고 있음이 한 번 더 확인된다.

29) "반지(anel)"는 특별한 문양이 새겨진 인장반지(seignet, 영어로는 signet)를 의미하는 것으로 보인다. 서양 중세 귀족이나 왕족은 편지를 접은 부분에 밀랍을 녹인 후 끼고 있던 인장반지의 문양을 찍어서 편지를 봉인하고는 했다.

275   밀롱 없이 그녀는 행복할 수 없으니
        백조를 통해서 같은 방식으로
        그의 모든 뜻을 알려달라고 했어요.
        그는 서둘러 그렇게 할 참이었어요.
        밀롱과 연인은
280   이십 년 동안 이런 삶을 지속했어요.
        백조가 그들의 전령이었고
        다른 중개자는 없었어요.[30]
        백조를 놓아주기 전에
        먼저 굶겼어요.
285   백조가 누구에게 오던지
        당연히 잘 먹였다는 것을 알아주세요.
        두 사람은 여러 번 함께 했어요.

---

30) 연인과 주고받는 편지를 철저하게 비밀로 해야 하는 밀롱이 왜 사람이 아닌
   몸집이 큰 새인 백조를 메신저로 고용했는가에 대한 질문이 생길 수 있는 지
   점이다. 나중에 밀롱은 아들에게 백조를 메신저로 쓴 이유가 아무도 믿을 수
   없었기 때문이라고 설명한다(496~497행). 하지만 밀롱의 이런 설명만으로는
   여전히 왜 고대나 중세 문학에서처럼 비둘기나 새매(sparrow-hawk)가 아니
   라 백조를 메신저로 선택했는지 충분히 납득하기 어렵다. 이 질문과 관련해
   서 콘스탄스 불락-데이비스(Constance Bullock-Davies)는 밀롱이 웨일즈
   출신이라는 점에서 그 이유를 찾는다. 불락-데이비스에 따르면, 중세 중기
   에 웨일즈의 케얼리언 근처에 백조를 번식시키고 사육하는 곳이 있었고 웨일
   즈의 귀족들은 길들인 백조를 집에서 키웠다고 한다(23~25). 케얼리언은 밀
   롱의 연인이 사는 성에서 가까운 곳이기도 하다. 이 내용들을 종합해 보면 웨
   일즈 출신인 밀롱과 연인, 그리고 그녀의 남편은 모두 길들인 백조를 집에서
   키우는 문화에 익숙했기 때문에 부인의 방에 백조가 자주 드나들어도 별다른
   의심을 사지 않았던 것으로 보인다(Yoon, "What the "Cisne" does," 604).

제아무리 제약을 가하고
제아무리 철저하게 감시하더라도
290 　가끔은 기회가 생기는 법이죠.[31]
두 사람의 아들을 키운 그 부인은
조카[32]에게 기사 작위를 받게 했어요.
그가 이모와 함께한 지 오래되어
나이가 찼던 것이었어요.

295 　그는 아주 잘생긴 청년이었어요.
이모는 조카에게 편지와 반지를 주면서
누가 어머니인지 말해주고
아버지에 대한 이야기도 들려주었어요.
그의 아버지는 대단히 뛰어난 기사여서,

300 　너무도 용맹하고 대담하고 맹렬해서
명성이나 용기면에서
그를 능가할 사람은 어디에도 없다고 말했어요.
이 모든 것을 조카에게 말했을 때
그는 주의 깊게 잘 들었어요.

305 　아버지의 탁월함에 기뻐했고
자신이 들은 이야기에 행복해했어요.

---

31) "Nul ne pot estre si destreiz / Ne si tenuz estreitement / Quë il ne truisse
lie sovent"(288~290행)은 지역하면 "어느 누구도 가끔 기회를 발견하지 못
할 정도로 너무 제약을 많이 받거나 너무 심하게 감시를 받지는 않아요"이다.
32) 앞에서 밀롱의 연인이 이 부인의 관계를 자매로 설정했기에 밀롱의 아들은
그녀에게 조카가 되고, 그녀는 이모가 된다. 원문에서는 이들을 대명사로 지
칭하지만 혼란을 방지하기 위해서 대명사를 이모와 조카로 옮겼다.

그는 속으로 생각하면서 말했어요.

"그렇게 유명한 아버지한테

태어났으면서도

310 고향과 고국을 떠나서

더 큰 명예를 쌓지 못한다면

자신을 아주 낮게 평가해야 할 것이야!"

그는 필요한 것을 충분히 챙겨서

하룻밤 이상 지체하지 않고

315 다음 날 작별을 고했어요.

이모는 그에게 많이 조언하면서

행실을 잘하라고 권고했고

여비도 넉넉히 주었어요.

그는 사우샘프턴[33]을 지나서

320 가능한 빨리 바다로 나갔어요.

바르플뢰르[34]에 도착한 다음

---

33) "사우샘프턴(Suhthamptune)"은 잉글랜드 남쪽 햄프셔주에 위치한 도시이
자 영국해협을 통해 유럽으로 건너갈 수 있는 항구이다. 중세에 사우샘프
턴은 잉글랜드의 주요 항구 중 하나로서 내륙 지방에서 생산된 양모와 가
죽을 유럽에 수출하고 프랑스 보르도 지역에서 생산된 포도주를 수입했다.
1066년 노르만 정복 이후 이곳은 잉글랜드에 위치한 노르만 왕들과 플랜태
저넷 왕들에게 영국해협 건너 프랑스에 있는 영토와 이어주는 연결고리였다
("Southampton"). 잉글랜드 북부인 노섬벌랜드에서 성장한 밀롱의 아들이
유럽 대륙으로 건너가기 위해서 남쪽인 사우샘프턴까지 내려온 것이다.

34) "바르플뢰르(Barbefluet)"는 프랑스 북서부 노르망디에 위치한 항구로
서, 중세에 프랑스에서 잉글랜드로 건너갈 때 이용하던 주요 항구 중 하나
였다. 1066년 노르만 정복 때에도 이곳에서 잉글랜드로 출발했다고 한다

곧장 브르타뉴로 갔어요.

그곳에서 그는 마음껏 돈을 쓰고 마상시합에도 참가하면서

부유한 사람들과도 사귀게 되었어요.

325 마창시합에 참가할 때면

그는 언제나 최고로 인정받았어요.[35]

가난한 기사들을 사랑해서

부유한 이들로부터 얻은 것을

그들에게 주고 그들을 곁에 두면서

330 아주 후하게 베풀었어요.

결코 자발적으로는 한곳에 머물지 않았고,

브르타뉴 전 지역을 다니면서

명성을 날리고 용맹을 떨쳤어요.

그는 대단히 예의 바르고 명예롭게 행동할 줄 아는 사람이었어요.

335 그의 탁월함과 명성에 대한

소식이 그의 고국에까지 전해졌어요.

명예를 찾아서 바다를 건너간

그 나라 출신의 한 젊은이가

너무 용맹하고

("Barfleur"). 밀롱이 아들이 기고자 하는 브르타뉴는 노르망디 서쪽에 위치한다. 잉글랜드 남쪽인 사우샘프턴에서 프랑스 북서부 브르타뉴로 최대한 빨리 가기 위해서 밀롱의 아들이 바르플뢰르를 경유한 것으로 보인다.

35) "Unques ne vint en nul estur / Que l'en nel tenist a meillur"(325~326행)는 직역하면 "최고로 인정받지 않고서는 마상시합에 참가하지 않았다"가 된다.

340   너무 탁월하고 너무 관대하기까지 해서

그의 이름을 모르는 이들은 어디서건

그를 "견줄 데 없는 기사"[36]라 불렀어요.

밀롱은 이 청년이 칭송을 받고

그의 좋은 점들이 회자되는 것을 들었어요.

345   밀롱은 많이 슬퍼하면서

이 대단한 기사에 대해서 불평했어요.

자신이 편력할 수 있는 한,

자신이 마상시합에 참여할 수 있고 무기를 들 수 있는 한,

자신의 고국 출신 어느 누구도

350   칭송을 듣거나 명예를 얻어서는 안 되는 것이었어요.

밀롱은 한 가지 계획을 세웠어요.

서둘러 바다를 건너가서

그 기사와 마상시합을 해서

그에게 굴욕감을 주고 그의 명예를 실추시키는 것이었어요.

355   분노로 인해 결투하고 싶어졌어요.

자신이 그 기사를 말에서 떨어뜨릴 수 있으면

그 기사는 결국에는 망신을 당할 것이었어요.

그런 다음, 고국을 떠났지만

어떻게 되었는지 모르는

360   자신의 아들을 찾아볼까 했어요.

연인의 허락을 받고 싶었기에

---

36) "Sanz Per"는 능력 면에서 동등하게 겨룰 만한 사람이 없다는 의미로, 비할
데 없는 자, 타의 추종을 불허하는 자, 천하 제일인자 등으로도 옮길 수 있다.

그녀에게 알렸어요.

마음속에 있는 것을 모두 그녀에게 알렸어요.

편지를 써서 인장으로 봉한 다음

365 제가 믿기로, 백조를 통해서 보냈어요.

이제 그녀가 기대하는 바를 회신해야 했어요.

밀롱의 의도를 알았을 때,

자신들의 아들을 찾아보고

본인의 가치를 알리고자[37)]

370 고국을 떠나고 싶다고 했을 때,

그녀는 고마워하며 감사를 표했고

조금도 그를 방해하고 싶지 않았어요.

그녀의 전언을 받은 밀롱은

화려하게 행장을 챙겼어요.

375 노르망디를 지난 다음

브르타뉴까지 갔어요.

많은 사람들과 사귀었고

열심히 마상시합을 쫓았어요.

---

37) 앞에서 밀롱은 "견줄 데 없는 기사"의 명성에 심한 질투심을 느끼고 그를
낙마시켜 모욕을 주고 싶은 것을 자신이 웨일즈를 떠나려는 첫 번째 이유
(353~357행)로 들었고, 행방을 모르는 아들을 찾아보고자 하는 것을 그다음
이유(358~359행)로 제시했다. 하지만 여기서 그는 연인에게 웨일즈를 떠나
려는 첫 번째 이유로 아들을 찾기 위해서리고 말하고 기사로서의 명예를 높
이려는 바람을 두 번째 이유로 든다. 이것은 얼핏 보기에 사소한 차이인 것
같지만 밀롱이 연인에게 완전하게 솔직하지 않다는 것을 시사한다. 또한 이
십 년이란 세월이 지났음에도 불구하고 아직까지 밀롱에게는 기사로서 누리
는 명성이 사랑이나 가족의 재회보다 더 우선시 된다는 점도 시사한다.

그는 자주 호화롭게 접대하고

380 후하게 베풀었어요.

제가 믿기로, 밀롱은 겨울 내내

그 나라에 머물면서

많은 뛰어난 기사들을 거느렸어요.

마상시합과 전쟁과 싸움이

385 다시 시작되는

부활절[38)]이 올 때까지 말이지요.

몽생미셸[39)]에 다들 모였는데

노르만인들과 브레톤인들이 그곳에 왔고

플랑드르인들과 프랑스인들도 왔어요.

---

38) "부활절(paske)"(원문 384행)은 십자가에 못 박힌 예수가 3일 만에 부활한 사건을 기념하는 기독교의 축일로서, 춘분(3월 21일)이 지나고 만월이 되면서 맞이하는 첫 일요일을 부활절로 지낸다. 부활절을 이르는 프랑스어 "Pâques"는 부활절 축제 8일간을 의미하는 라틴어 "Festa Paschalia"에서 유래했으며, 이는 또 그리스어 "pascha anastasimon"에서 유래한 것으로 보인다. 7세기 잉글랜드 성인인 가경자 베다(Venerable Bede)에 따르면 부활절을 가리키는 영어 단어 "Easter"는 낮과 봄의 떠오르는 빛을 관장하는 게르만 여신 "Estre"에서 유래했다고 한다("예수 부활 대축일"; "Easter").

39) "몽생미셸(Munt Seint Michel, 영어로는 St. Michael's Mount)"은 "성 미카엘의 산"이란 의미이다. 프랑스 북서부 노르망디 해변에서 1킬로미터 정도 떨어진 이 섬은 일 년에 두 번, 하지와 동지에만 완전히 섬이 되고 따른 때에는 육지와 연결되어 있다. 중세에 이곳에 수도원이 있었던 것으로 전해지며 아직까지 그 잔해가 남아 있다("Mont Saint-Michel"). 15세기 중반에 말로리가 지은 『아서 왕의 죽음』을 포함한 중세의 여러 아서 왕 로맨스에서 브르타뉴 왕의 딸을 유괴한 거인을 아서 왕이 몽생미셸에서 무찌르는 것으로 그려진다.

390   하지만 잉글랜드인들은 거의 없었어요.

       뛰어난 기사인

       밀롱은 일찍 그곳에 도착했고

       그 뛰어난 기사[40]에 대해서 물었어요.

       그 기사가 어디에서 왔는지

395   밀롱에게 말해줄 이들은 많았어요.

       모든 이들이 그 기사의 갑옷과 방패로

       그 기사를 가리키자

       밀롱은 그를 유심히 관찰했어요.

       마상시합[41]을 위해 모였고,

---

40) 밀롱의 아들을 의미한다.

41) "turnei[e]menz[tornoiement](영어로는 tournament)"는 "마상시합"으로, "juste(영어로는 jousting)"는 "마창시합"으로 옮겼다. 서양 중세 마상시합은 말을 탄 기사들이 두 팀으로 나눠져서 상대편을 향해 돌격하여 대열을 깨뜨리거나 뒤로 물러나게 하는 일종의 팀 대항전 혹은 단체전 경기이다. 가장 초기 형태의 마상시합은 11세기 말에 군사 훈련으로 시작되었으며 기사들이 대형을 이루어서 말을 타고 전투 연습을 한 것으로 보인다. 마상시합은 화합과 단체 훈련을 강조하면서 동시에 결투에서 진 상대팀의 몸값을 요구하거나 그들의 말을 포획함으로써 경제적인 이윤도 얻을 수 있었다. 마상시합은 종종 먼 거리에서 치러졌기 때문에 관객들이 참석하기에 불편한 경우가 많았다. 이런 이유로 12세기부터 마상시합 전에 마창시합(jousting)을 일종의 비공식적인 식전행사로 개최하고는 했다. 대규모 전투인 마상시합과 달리 마창시합은 말을 탄 두 기사들이 긴 창(lance)을 들고 겨루는 개인 결투로서 빠른 속도로 서로에게 달려가 상대방의 창을 부러뜨리거나 낙마시키는 것을 목적으로 했다. 마창시합은 개별 기사들이 동료 기사들이나 귀족들에게 자신의 기량을 뽐내서 명성을 얻을 수 있는 기회가 되었다(Alan V. Murray, 1~2 참고). 현존하는 여러 아서 왕 관련 중세 로맨스에서 아서 왕은 성령강림절이나 성모승천대축일과 같은 교회의 주요 축일에 기사들을 두 팀으로 나눠서 마상시합

400 마창시합[42]을 원하는 이들은 곧바로 겨룰 수 있었어요.

대열[43]을 조금만 살펴보면

상대를 발견해서

곧 지든지 이기든지 했어요.

밀롱에 대해서 정말 말씀드리고 싶군요.

405 밀롱은 마상시합에서 아주 잘 싸워서

그날 그에 대한 칭송이 자자했어요.

하지만 제가 말씀드리는 그 청년이

모든 다른 기사들을 제치고 인정을 받았어요.

마상시합이든 마창시합이든[44]

410 그와 견줄 만한 기사는 아무도 없었어요.

밀롱은 그 기사가 정말 잘 싸우고

말도 정말 잘 타고 공격도 정말 잘하는 것을 보았어요.

그 기사에게 질투심을 많이 느끼기는 했지만

아주 유쾌하고 즐거웠어요.

415 밀롱은 그 기사와 반대되는 대열에 섰고

두 사람은 마창시합을 했어요.

밀롱이 아주 세게 쳐서

기사의 창 손잡이를 부러뜨리기는 했지만

을 개최하는 것으로 그려진다.

42) 팀 대항 경기인 마상시합 중에도 기사들이 개별적으로 마창시합을 할 수 있었다는 것을 의미한다.

43) 마상시합에서 기사들은 "대열(rens)"을 유지하여 상대편을 공격했다.

44) 원문은 "De turneer ne de juster"(원문 410행)이다. 두 경기의 차이점에 대해서는 주석 41번을 참고하라.

그를 낙마시키지는 못했어요.

420   그 다음, 그 기사가 세게 쳐서
      밀롱을 말에서 떨어뜨렸어요.[45]
      기사는 밀롱의 면갑[46] 아래로
      수염과 흰머리를 보고
      그를 낙마시킨 것을 후회했어요.[47]

425   기사는 말고삐를 잡아서
      밀롱 앞까지 말을 끌고 간 다음 말했어요.
      "기사님, 말에 오르시지요.
      기사님처럼 연세든 분을
      그토록 크게 욕보이게 되어

---

45) 아버지와 아들이 서로를 알아보지 못한 채 결투하는 모티브는 고대부터 다양한 모습으로 전해진다. 11세기 말에서 12세기 중반 사이에 쓴 것으로 추정되는 무훈시 『고르몽과 이장바르(Gormond et Isembart(d))』도 같은 주제를 다루고 있다. 잉글랜드로 추방당한 프랑스 출신의 젊은 기사 이장바르는 자신을 잔인하게 박해한 프랑스 왕이자 삼촌인 루이에게 복수하기 위해서 사라센 왕 고르몽과 동맹을 맺고 조국 프랑스를 침략하여 전쟁을 벌이는데 그 과정에서 아버지인 베르나르를 알아보지 못한 채 그와 싸워서 이긴다(Reid, 265; France, 353). 밀롱과 아들이 서로의 신원을 모른 채 마창시합을 벌여서 아들이 이기는 장면을 두고 에르스트 회프너(Ernst Hoepffner)는 마리가 『고르몽과 이장바르』에서 영감을 얻었다고 주장한다(Ewert, 181에서 재인용).

46) 면갑(面甲, "ventaille", 영어로는 visor)은 중세 기사들이 얼굴을 보호하기 위해서 썼던, 금속으로 만들어진 전투 장비 중 하나다. 면갑은 헬멧에 연결되어 있어서 올리거나 내릴 수 있었다.

47) 아들이 밀롱의 흰머리를 보고 느끼는 이 후회하는 마음, 혹은 연민의 감정이 자칫 부친살해(patricide)로 이어질 수 있었던 비극을 막은 것으로 볼 수 있다(Hanning and Ferrante, 17).

430   제가 많이 슬프고 송구합니다.”
       밀롱은 무척 기뻐하면서 벌떡 일어났어요.
       기사가 자신의 말을 데려다줄 때
       그의 손가락에서 그 반지[48]를 알아보았던 것이었어요.
       밀롱이 기사에게 말을 걸었어요.

435   “이보게, 내 말 좀 들어보게.
       전능하신 하느님에 대한 사랑으로 부탁하니
       자네 부친의 이름이 어떻게 되는지 말해주겠나?
       자네 이름은 무엇인가? 자네 모친은 누군가?
       진실을 알고 싶네.

440   나는 많은 것을 보았고 여러 곳을 편력했네.
       다른 나라에서 열리는
       마상시합과 전투도 찾아다녔지만
       여태까지 다른 기사가 가한 일격으로
       말에서 떨어져본 적은 없었네.

445   그런데 이 마창시합에서 자네가 나를 낙마시켰네.
       그런데도 내가 자네를 좋아하다니 놀랄 일이네!”
       기사가 대답했어요. “그분에 대해서
       제 부친에 대해서 제가 아는 만큼 말씀드리겠습니다.
       제가 알기로 그분은 웨일스 태생이며

450   존함은 밀롱이라 합니다.
       어느 부유한 분의 따님을 사랑하셨고

---

48) “그 반지(l'anel)”는 원래 밀롱의 것이었으나 연인에게 주었다가 강보에 싸인
    아들을 노섬벌랜드로 떠나보낼 때 함께 보냈던 반지를 가리킨다.

비밀리에 저를 낳았다고 합니다.

저는 노섬벌랜드로 보내졌고

그곳에서 자라면서 교육을 받았습니다.

455 　이모님들 중에서 한 분이 저를 양육하셨고요.

이모님은 오랫동안 저를 옆에 두고 보살펴주셨고,

말과 갑옷을 주시면서

저를 이곳으로 보내셨습니다.

이곳에서 오랫동안 머물렀기에

460 　제 바람이자 계획은

서둘러 바다를 건너가서

제 고국으로 돌아가는 것입니다.

제 아버지에 대한 모든 것을 알고 싶고

그분이 어머니를 어떻게 대하셨는지도 알고 싶습니다.

465 　그분께 이 금반지를 보여드리고

증표들[49]에 대해서도 말씀드리면

결코 저를 거부하지 않으시고

저를 많이 사랑하시고 몹시 아껴주실 것입니다.”

기사가 이렇게 말하는 것을 들었을 때

470 　밀롱은 더 이상 듣고만 있을 수 없었어요.

그는 서둘러 앞으로 뛰어가서

기사가 입은 쇠사슬갑옷[50] 자락을 붙잡고는 말했어요.

---

49) “증표(enseignes)”에는 반지를 포함하여 편지, 그리고 이모로부터 들은 이야기 등이 포함되는 것으로 볼 수 있나.

50) “hauberc”은 중세 기사들이 입었던, 쇠사슬을 엮어 만든 긴 갑옷을 의미한다.

"하느님, 당신께서는 저를 회복시켜주셨습니다!"[51]

애야, 진실로, 너는 내 아들이다!

475　　너를 찾아서, 너를 찾아내려고

올해 고국을 떠났단다!"

이 말을 들은 기사는 말에서 내려

자신의 아버지에게 애정을 담아 입맞춤했어요.

두 사람이 행복한 표정을 짓고

480　　또 그렇게 말했기에

그들을 지켜보던 다른 사람들은

기쁘기도 하고 가엾기도 해서 눈물을 흘렸어요.

마상시합이 파하자

밀롱은 그곳을 떠났어요.

485　　아들과 여유롭게 이야기를 하고

아들에게 자신의 바람을 말해주고 싶었어요.

그날 밤 두 사람은 한 숙소에 머물면서

한껏 기뻐하고 즐거워했어요.

많은 기사들도 함께했어요.

490　　밀롱이 아들에게 이야기했어요.

그가 얼마나 아들의 어머니를 사랑하는지

어떻게 그녀의 아버지가 그녀를

그 지역에 사는 영주에게 시집보냈는지

---

51)　"cum sui gariz"는 "이제 제가 다시 온전해졌습니다"(Burgess and Busby, 103),
"제가 새 사람이 되었습니다"(Hanning and Ferrante, 175), "당신께서는 제 목
숨을 돌려주셨습니다"(Koble et Séguy, 505) 등으로도 번역할 수 있다.

이후로도 그가 얼마나 그녀를 사랑했는지
495 그녀 역시 온 마음을 다해 얼마나 그를 사랑했는지
감히 아무도 믿을 수 없었던 그가
어떻게 백조를 전령으로 삼아서
편지를 나르게 했는지에 대해서 말이지요.
아들이 대답했어요. "좋으신 아버지,
500 정녕 제가 아버지와 어머니를 맺어드리겠어요.
제가 어머니의 남편을 죽이고
어머니를 아버지와 혼인시켜 드리겠어요."[52]
그런 다음 그들은 더 이상 말이 없었어요.
다음 날 두 사람은 떠날 준비를 해서
505 친구들에게 작별인사를 하고
그들의 나라로 돌아갔어요.
순풍이 힘차게 불어서
빨리 바다를 건너갔어요.
길을 가던 두 사람은
510 밀롱의 연인에게서 오는
한 젊은이를 만났는데
그는 브르타뉴로 가려 했어요.

---

52) 어머니의 남편을 죽이고 어머니를 아버지와 혼인시켜 주겠다는 아들의 이 선
언을 통해 마리는 밀롱이 지난 이십 년 동안 하지 않은 일이 무엇인지 독자
들에게 환기시켜준다. 아들의 이런 용기와 결단력은 밀롱의 오랜 "미적거림"
(Hanning and Ferrante, 179)과 큰 대조를 이룬다. 밀롱과 연인 두 사람의
사랑이 혼인으로 결실을 맺지 못하고 이십 년 동안 가족이 와해된 상태로 지
내온 가장 큰 책임은 밀롱에게 있다고 볼 수 있다.

밀롱의 연인이 그를 브르타뉴로 보냈는데

이제 수고로움을 덜게 되었어요.

515 봉인된 편지를 건네주고

구두로도 전했어요.

밀롱이 지체하지 않고 돌아와야 한다고,

그녀의 남편이 죽었으니 이제 서두르라고 했어요.[53]

이 소식을 들은 밀롱은

520 굉장히 행복해 보였어요.

아들에게도 알려주면서 말했어요.

그들을 방해하거나 지체하게 하는 것은 아무것도 없었어요.

그녀가 사는 성에 도착할 때까지

그들은 계속 갔어요.

525 대단히 용감하고 기품 있는 아들을 보고

그녀는 몹시 기뻐했어요.

친척을 부르거나

다른 사람들의 조언도 구하지 않고

아들은 두 사람을 맺어주었고,

530 어머니를 아버지와 혼인시켜 주었어요.

그 후로 그들은 밤이든 낮이든

아주 행복하고 다정하게 잘 살았어요.

---

53) 「요넥」에서 아들인 요넥은 어머니의 남편을 죽여서 부모의 원수를 갚지만 이미 부모가 세상을 떠났기 때문에 그들과 가족으로서 재회할 수 없다. 반면 밀롱의 아들은 부모의 원수를 죽이지 않고도 결말에서 세 가족이 행복하게 재회한다. 이 점에서 밀롱이 "반요넥(anti-Yonec)"이라는 해닝과 페란테(Hanning and Ferrante, 180)의 주장은 일리가 있다.

그들의 사랑과 행복에 대해서
옛 사람들이 래를 한 편 지었는데
535 그것을 글로 적은 저는
이 이야기를 들려드리면서 많이 즐거웠습니다.

10
불행한 자

사람들이 이야기하는 것을 들은 적이 있는 한 래에 대해서
저는 기억하기를 원합니다.

무슨 일이 있었는지

그 도시의 이름과

5   그 래가 어디서 생겨났고 제목이 어떻게 되는지 말씀드릴
게요.

사람들은 그 래를 「불행한 자」라고 부르지만

많은 이들이 그것을

「네 가지 슬픔」으로도 부릅니다.

브르타뉴에 위치한 낭트[1]에

10   미모와 교양

그리고 뛰어난 예의범절로

높은 칭송을 받는 어느 귀부인이 살고 있었어요.

그 지역에서

조금이라도 훌륭한 점이 있는 기사라면

15   그녀를 일단 한 번 보고

---

1) "낭트(Nantes)"는 프랑스 북서쪽 루아르강 어귀에 위치한 도시로서 중세에 브르
타뉴의 수도 역할을 했다. 낭트라는 이름은 그곳을 수도로 삼았던 "Namnètes"
라는 갈리아 부족의 이름에서 유래한 것으로 보인다("Nantes").

그녀를 사랑하지 않거나 그녀에게 구애하지 않는 기사는
없었어요.[2]

하지만 그녀는 그들 모두를 사랑할 수는 없었어요.

그렇다고 그들을 죽게 하고[3] 싶지도 않았어요.

한 나라의 모든 귀부인을

20   사랑하고 구해하는 것이

바보한테서 치맛자락을 뺏는 것보다 낫겠지요.[4]

그러면 그가 즉각 공격할 터이니 말입니다.

이 귀부인은 자신의 좋은 뜻에 따라

구애하는 각 기사들에게 호의를 베풀었어요.

---

2) 모든 면에서 이상적이지만 쉽게 접근할 수 없는 귀부인의 사랑을 얻기 위해서
많은 뛰어난 기사들이 경쟁하는 상황은 얼핏 보기에 이 래가 중세 로망스나 서
정시에서 칭송하는 궁정식 사랑을 재생산하는 듯한 인상을 준다. 하지만 이 작
품에서 마리의 궁극적인 목적은 그런 궁정식 사랑의 전통을 풍자하고 그런 사
랑의 이데올로기가 남성 기사뿐만 아니라 여성 귀부인에게도 해로울 수 있다
는 것을 보여주는 데 있다고 볼 수 있다(Hanning and Ferrante, 188).

3) 여기서 마리는 "죽이다(kill)", "뭉개버리다(crush)"라는 의미를 갖는 동사 "tuer"
를 쓰고 있다. 부인이 구애자들의 사랑을 거부하고 상심하게 만들어 그들을 죽
게 할 수 있다는 의미로 보인다.

4) 19~21행은 문장 구조를 볼 때 바보에게서 치맛자락을 빼앗지 않는 게 낫다는
의미로 보인다. 바로 앞에 나오는 문장, 즉 주인공 부인이 자신을 사랑하는
기사들을 모두 받아들일 수는 없지만 그렇다고 죽게 하고 싶지도 않다는 문장
을 고려할 때, 문맥상 "바보(fol)"는 부인을 너무 사랑해서 정신을 못 차리는 기
사(들)로(Burgess and Busby, 105), "치맛지락(sun pan)"은 부인의 치맛자락
으로 볼 수 있다. 정리해보면, 부인을 너무 사랑해서 그녀의 치맛자락이라도
잡고 싶은 바보 같은 기사들로부터 그녀가 그것을 거두지 않는 게 낫다는 의미
이다. 한편 조냉(Jonin, 125)은 "pan"을 넝마 조각이 이닌 "빵(pain)"으로, 코
블과 세기(513)는 "[바보가] 집착하는 것"으로 해석한다.

25	설사 그들의 간청을 들어주고 싶지 않더라도
	그녀는 모욕적으로 말을 해서는 안 되며,
	대신에 존중하고 예의를 다해서
	섬기고 감사해야 하는 것이지요.
	제가 말씀드리고자 하는 이 귀부인은
30	그녀의 아름다움과 훌륭함으로 인해
	많은 구애를 받았고
	밤낮으로 관심을 받았어요.
	브르타뉴에 네 영주가 살았는데
	저는 그들의 이름은 알지 못합니다.
35	그들은 나이가 많지 않았고
	아주 잘생기고
	능력 있고 용감한 데다
	관대하고 교양 있고 후하게 베푸는 기사들이었어요.
	그들은 높은 명성을 누리는
40	그 지역 귀족들이었어요.
	귀부인을 사랑한 이 네 명의 기사는
	무훈을 쌓으려고 애썼어요.
	그녀를 얻고 그녀의 사랑을 쟁취하고자
	각자가 최선을 다했어요.
45	각자가 본인들의 노력으로 그녀에게 구애하기 위해서
	모든 노력을 다했어요.
	자신이 다른 기사들보다 더 성취했다고
	생각하지 않는 기사는 없었어요.
	대단히 신중한 이 귀부인은

50 그들 중에서 누가 사랑받기에 가장 자격이 있는지
알고 찾아내기 위해서
심사숙고했어요.
하지만 그들 모두가 대단히 훌륭했기에
최고를 고르는 일은 가능하지 않았어요.

55 한 사람을 위해서 세 사람을 잃고 싶지 않았던 그녀는
각 기사에게 상냥한 태도를 보이고
사랑의 정표[5]를 주고
메시지를 보냈어요.
기사들은 서로에 대해서 몰랐지만[6]

60 그들을 구별하기는 불가능했어요.[7]
그녀를 잘 섬기고 그녀에게 간청도 하면서
각 기사는 자신이 제일 잘하고 있다고 믿었어요.

---

5) "drueries"를 사랑의 정표로 옮겼다.

6) 다른 기사들이 귀부인과 관계를 맺고 있다는 사실을 서로가 몰랐다는 의미
이다(Ewert, 183). 한편 〈할리 978 필사본〉 f.149r에 "Li uns de l'autre *ne*
saveit"(59행, 이탤릭은 역자 강조)로 필사된 원문을 리슈네는 "Li uns de l'
autre *le* saveit"(145행, 이탤릭은 역자 강조)로 다르게 전사한다. 이처럼 "ne"
를 "le"로 전사하게 되면 "기사들이 서로를 알았다", 즉 귀부인과 관계를 맺고
있는 다른 기사들의 존재에 대해서 서로가 알았다는 의미가 된다.

7) "departir nul nes poeit"에서 동사 "departir"를 "구분하다(distinguish)"로 해
석하면 목적어가 네 명의 기사가 되고, 주어진 행은 기사들이 능력이나 모든
면에서 우열을 가리기가 어렵다는 의미가 된다(Burgess and Busby, 106 참
고). 한편 "departir"를 "떠나다(depart)", "갈라서다(separate)"로 해석할 경우
목적어는 귀부인이 되어 "기사들이 그녀를 떠날 수는 없었다", 혹은 "기사들이
그녀와의 관계를 끊을 수 없었다"로 해석될 수 있다(Hanning and Ferrante,
182; Jonin, 126 참고).

기사들이 모였을 때[8]

각자는 최고가 되기를 원했어요.

65   할 수만 있다면 잘 싸워서

부인을 기쁘게 해주고 싶었던 것이었어요.

네 명 모두 그녀를 자신들의 정인으로 여기고

모두 그녀가 준 사랑의 정표를,

반지, 소매 자락, 깃발을 지녔고

70   각자가 그녀의 이름을 외쳤어요.

그녀는 네 기사 모두를 사랑하고 붙들어두었어요.

어느 해 부활절이 지나고

낭트인들의 도시 앞에서

마상시합이 선포될 때까지 말입니다.

75   네 연인[9]을 만나보기 위해서

다른 나라에서 사람들이 그곳으로 왔어요.

프랑스인, 노르망디인,

플랑드르인, 브라방인,[10]

불로뉴인,[11] 앙주인,[12]

---

8) 마상시합을 하러 모였다는 의미이다.

9) 마리는 네 명을 "기사"라 부르는 대신에 계속해서 "연인(druz, 75행 / dru, 85
행)"으로 부른다.

10) "Breban"은 옛 브라방 공국 사람(Brabançon)을 의미한다. 브라방은 9세기
중엽에 카롤링거 제국이 쇠퇴하면서 생겨난 봉건 공국으로 오늘날 벨기에의
루뱅과 브뤼셀이 그 중심지였다("Brabant").

11) "Buluineis"는 불로뉴 사람들을 의미한다. 불로뉴의 원래 이름은 불로뉴쉬르
메르(Boulogne-sur-Mer)로 프랑스 북부에 위치한 칼레와 노르망디 사이에
위치한 오래된 해안 도시이다. 로마 제국 때에 브리튼과의 주요 교역항이었

80   그리고 가까운 곳에 사는 이들도 왔어요.

그들 모두 기꺼이 그곳에 와서

한동안 머물렀어요.

마상시합 전야[13]에

기사들은 격렬하게 치고받았어요.

85   네 연인은 무장한 채

도시를 나왔어요.

부하 기사들이 그 뒤를 따랐지만

어려운 주된 임무는 네 연인이 맡았어요.

바깥쪽 기사들[14]은

90   깃발[15]과 방패로 이들을 알아보고

그들을 상대할 기사를 보냈는데,

고 중세에는 여러 번 영국의 지배를 받았다("Boulogne"; "Boulogne-sur-Mer").

12) "Angevin"은 앙주(Anjou) 사람들을 의미한다. 앙주는 프랑스 북서부에 위치한 주로서 루와르 강 하류 지역에 해당하며, 서쪽으로는 브르타뉴, 북쪽으로는 멘, 동쪽으로는 뚜렌느, 남쪽으로는 푸아투와 경계를 접했다. 중세에는 앙주 백작의 지배를 받았고 프랑스 왕의 주요 봉지(封地) 중 하나였다("Ánjou"; "Anjou").

13) 마상시합 전에 있었던 일종의 예비 시합(교전)을 의미하는 것으로 보인다(Ménard, Koble et Séguy, 519에서 재인용).

14) 중세 마상시합에서 자주 그러히듯이 팀 대항 경기인 마상시합을 위해서 기사들은 안쪽 팀과 바깥 팀으로 나뉜 것으로 보이며, 네 기사-연인은 안쪽 팀, 그들의 상대편은 바깥쪽 팀인 것으로 보인다.

15) 일반적으로 표식, 상징이라는 이미지로 많이 쓰이는 "enseignes"는 기(旗), 깃발의 의미도 있다.

플랑드르 출신 기사 두 명과 에노 출신[16] 기사 두 명이

말을 달릴 준비를 했어요.

결투하고 싶어 하지 않는 이들은 아무도 없었어요.

95　네 연인은 이들이 자신들을 향해 오는 것을 보았어요.

피할 뜻이 전혀 없었기에

긴 창을 내리고 전속력으로 달려가면서

각자 상대방을 선택했어요.

타격이 너무 격렬했던지

100　밖에서 온 네 기사가 말에서 떨어졌어요.

네 연인은 상대방의 말을 붙들 의향이 없었기에[17]

말들이 주인 없이 가도록 내버려두고

땅에 떨어진 기사들에 대항해서 섰어요.

그들의 기사들[18]이 도우러 왔어요.

105　구조 과정에서 큰 난전[19]이 벌어졌고

---

16) "Henoiers"는 에노(Hainault) 사람들을 의미한다. 에노는 벨기에 남부 왈롱 지방에 위치한 주로서, 프랑스, 플랑드르, 브라방, 나뮈르와 접경한다("에노 주"; "Hainaut Province").

17) 중세 마상시합에서 상대편을 낙마시킨 기사들은 낙마한 기사들이 탔던 말을 붙들어서 경제적 이득을 취하고는 했다(Murray, 1). 더불어 말로리가 쓴 『아서 왕의 죽음』을 비롯한 중세의 기사도 로맨스를 보면, 마상시합에서 이긴 기사는 경기에서 진 기사의 말을 붙들어서 자기 편에 속한 낙마한 기사에게 데려다주는 것이 종종 목격된다.

18) "Lur chevalers"는 네 연인의 상대편, 즉 낙마한 기사들 팀에 속한 기사들로 보인다.

19) "mêlée"를 의미하는 "medlee"를 "난전(亂戰)"으로 옮겼다. "mêlée"는 팀 대항 경기인 마상시합에서 두 편이 뒤섞여 육박전을 치르며 어지럽게 싸우는 것을 말한다("medley, n. and adj."; "mêlée, n."). "mêlée"는 종종 마상시합

검으로 서로를 많이들 타격했어요.

성탑 위에 있던 그 귀부인은

자신의 연인들과 그들의 사람들을 구분할 수 있었어요.[20]

연인들이 훌륭하게 해내고 있었기에

110   그들 중 누구를 가장 높게 평가해야 할지 몰랐어요.

마상시합이 시작되었고[21]

대열이 길어지고 많이 붙어났어요.

그날 성문 앞에서

많은 교전이 있었어요.

115   아주 잘 싸운 네 연인은

저녁이 되어

해산해야 할 때가 되었을 때

모든 영예를 차지했어요.

하지만 그들은 아주 어리석게도 자기 편 사람들로부터

120   멀리 떨어졌고 그에 대한 대가를 지불했어요.[22]

과 동의어로 쓰였다(Murray, 1).

20) "Bien choisi les suens e les lur"에서 "les suens"이 누구를 가리키는지 분명하지 않다. 본서에서와 같이 "les suens"를 귀부인의 네 연인으로, "les lur(theirs)"를 연인들을 도우러 온 그들의 사람들로 해석하면 이 행은 귀부인이 자신의 연인들과 그들의 사람들을 (상대편 기사들로부터) 잘 구분했다는 뜻이 된다(Burgess and Busby, 106; Hanning and Ferrante, 95 참고). 한편 "les lur"를 귀부인의 연인들이 속한 편이 아니라 그들의 반대편으로 볼 경우 이 행은 귀부인이 자신의 편과 상대편을 잘 구분했다는 의미가 된다(Koble et Séguy, 521; Jonin, 128).

21) 전야에 있었던 예비 경기가 끝나고 다음 날 본경기가 시작되었다는 의미이다.

22) 물러나야 할 때임에도 불구하고 귀부인 앞에서 과시하고 싶었던 그들이 무모

그들 중 세 명이 그곳에서 목숨을 잃었고
네 번째 기사는 긴 창이 허벅지 가운데를 관통하여
몸 앞쪽으로 뚫고 나오는
심한 부상[23]을 당했으니까요.

125 측면에서 공격을 당해
네 명 모두 말에서 떨어진 것이었어요.
이들에게 치명상을 입힌 기사들은
절대 고의적으로 그런 게 아니었기에[24]
자신들의 방패를 땅에 내던지고는

130 이들에 대해서 많이 참담해했어요.
소란이 일어나고 비명소리가 터져나왔는데
그토록 비통해하는 소리는 이제까지 들어본 적이 없었어요.
그 도시에서 온 기사들은

하게 위험을 감수했고 그 결과로 죽음과 치명적인 부상을 입게 되었음을 의
미한다.

23) 허벅지를 관통당하는 부상을 입었다는 것은 성적으로 불구가 되었음을 상징
한다고 볼 수 있다. 이런 추정은 기사가 귀부인과 담소만 나눌 뿐 입맞춤이
나 포옹에서 오는 어떤 기쁨도 얻을 수 없다고 불평하는 정황(220~222행)
을 고려할 때 설득력이 있다. 이런 이유로 블락(Bloch, 93)이나 해닝과 페란
테(Hanning and Ferrante, 188)는 네 번째 기사가 입은 상처를 거세(去勢)로
간주한다. 「기주마르」에서 남자주인공 기주마르도 사슴을 맞고 튕겨 나온 화
살에 허벅지를 관통당하는 것으로 그려진다. 하지만 나중에 연인과 일 년 넘
게 사랑을 나누는 것으로 미루어볼 때 그가 허벅지 부상을 당하기는 했지만
성적으로 불구가 된 것은 아닌 것으로 보인다.

24) 상대편 기사들이 세 명의 기사를 죽이고 네 번째 기사에게 치명적인 부상을
입힐 의도가 없었다는 이 말은 기사들이 비극을 겪게된 주된 원인이 그들의
무모한 과시욕이었음을 암시한다.

상대편에 대한 두려움 없이 참가했던 거였어요.

135 그 기사들에 대한 슬픔으로
이천 명이나 되는 기사들이
면갑을 풀고
머리와 수염을 뜯었어요.
그들 사이에는 공통의 슬픔이 있었던 것이었어요.

140 각 기사를 그들의 방패에 눕혀서
그 도시로,
그들을 사랑한 그 귀부인에게로 데려갔어요.
무슨 일이 일어났는지 알자마자
그녀는 혼절한 채 땅바닥에 쓰려졌어요.

145 의식을 되찾자
그녀는 각 기사의 이름을 부르며 애통해했어요.
그녀가 말했어요. "아아, 어떻게 해야 하지?
난 다시는 행복할 수 없을 거야!
난 이 네 명의 기사를 사랑했고

150 각 기사를 그 사람 자체로 원했었지.
그들은 정말 훌륭한 점이 많았고,
나를 그 무엇보다도 사랑해주었지.
그들의 잘생긴 용모와 뛰어난 기량
용맹함과 관대함 때문에

155 내 사랑을 놓고 그들을 경쟁하게 만들었지.
한 사람을 얻기 위해서 모두를 잃고 싶지 않았었지.
그들 중 누구를 위해서 가장 슬퍼해야 할지 모르겠지만
더 이상 슬픔을 숨기거나 가장하고 싶지는 않아.

한 사람은 부상을 당했고 세 사람은 죽었다는 걸 알겠군.

160 　나를 위로해줄 것은 이 세상에 아무것도 없구나!

죽은 이들은 묻어주고

부상 당한 이가 나을 수만 있다면

기꺼이 애를 써서

그에게 좋은 의사를 구해주어야겠어."

165 　부상 당한 기사를 자신의 방으로 데려오게 하고

나머지 기사들[25]을 준비시켰는데,

사랑을 다해서 고귀하고

화려하게 옷을 입혔어요.

그들이 묻힌

170 　아주 부유한 수도원에

큰 봉헌과 함께 상당한 선물을 바쳤어요.

하느님께서 그들에게 자비를 베푸시기를!

귀부인은 노련한 의사들을 불러서

부상 당한 채 그녀의 방에 누워 있는 기사를

175 　그가 회복될 때까지

돌보게 했어요.

그녀는 기사를 자주 보러 갔고

아주 다정하게 그를 위로했어요.

하지만 다른 세 기사들을 애도하고

180 　그들을 생각하며 많이 괴로워했어요.

---

25) "les autres"는 죽은 세 기사들을 의미하며, 장례식을 위해 그들을 준비시켰다
는 뜻이다.

어느 여름날, 식사 후에
귀부인은 기사와 이야기를 나누다가
자신의 큰 슬픔을 기억하고는
머리와 얼굴을 숙인 채
185 깊은 생각에 빠져들었어요.
기사는 그녀를 보았고
그녀가 생각에 잠겨있다는 것을 잘 알 수 있었어요.
기사가 점잖게 그녀에게 말을 걸었어요.
"부인, 괴로워하시는군요.
190 무슨 생각을 하십니까? 저에게 말씀해보시지요.
그만 슬픔을 거두시고
기운을 내세요!"
그녀가 말했어요. "기사님,
기사님의 동료분들을 생각하면서 추억하고 있었어요.
195 저와 같은 신분의 귀부인 중에서
아무리 아름답고 고상하고 지혜롭다고 하더라도
네 기사를 함께 사랑하고
하루에 그들을 다 잃은 이는 결코 없을 거예요.
심하게 다쳐서 거의 죽을 뻔했던
200 당신 한 사람을 제외하고 말이지요.
당신들 모두를 사랑했기에
제 슬픔이 기억되기를 원해요.[26]

---

26) 여기서 귀부인은 래를 지으려는 이유가 연인들이 받은 고통을 기록하는 데
있는 것이 아니라 그들에 대한 자신의 사랑과 그들을 잃은 자신의 고통을 기

당신들 네 사람에[27) 대한 래를 지어서
「네 가지 슬픔」이라고 부르겠어요."

205 그녀의 이야기를 들은
기사가 재빨리 대답했어요.
"부인, 새 래를 지어서
제목을 「불행한 자」라고 하시지요.
왜 그렇게 불러야 하는지

210 그 이유를 설명해드리지요.
다른 세 기사는[28) 얼마 전에 죽었습니다.
그들은 당신을 향한 사랑으로 인해
큰 고통을 겪으며
모든 삶을 소진했지요.

215 그런데, 가까스로 살아남은 저는
많이 혼란스럽고 비참합니다.

억하는 데 있다고 말한다. 달리 말해 그녀는 자신이 쓸 래의 초점이 네 기사의 사랑을 받은 자신에게 있음을 분명히 한다. 잘 알려진 바와 같이, 중세 서정시에서 귀부인을 사랑하는 남성 화자는 얼핏 볼 때 사랑의 대상인 귀부인을 노래하는 듯하지만, 실제로 그의 초점은 자기 자신, 즉 자신이 느끼는 기쁨과 슬픔, 고통, 희망 등에 있다. 이 래의 여성주인공인 귀부인은 그런 전통적인 서정시에서 남성 화자가 하는 역할을 하고 있다는 점에서 마리가 그녀를 통해서 중세 서정시의 전통을 비틀고 있다고 할 수 있다(Hanning and Ferrante, 189).

27) 네 번째 기사가 살아남았음에도 귀부인이 그를 죽은 세 기사와 함께 취급한다는 점("vus quatre")이 흥미롭다. 이는 네 번째 기사가 불평하듯이 그녀의 주된 관심은 살아남은 그가 아니라 죽은 세 명의 기사들에게 있음을 말해준다.

28) "Li autre"는 죽은 세 명의 기사를 의미한다.

세상에서 가장 사랑하는 이가

자주 오고가는 것을 보고

아침과 저녁에 저와 더불어 이야기도 나누지만

220 담소하는 것을 제외하고는

어떤 입맞춤도 어떤 포옹도 없고

어떤 다른 즐거움도 얻을 수 없습니다.

당신으로 인해 저는 그런 백 가지의 고통을 겪고 있습니다.

차라리 죽는 게 나을 것 같습니다!

225 그러므로 그 래는 저를 본으로 하여

「불행한 자」로 불려야 할 것입니다.

그것을 「네 가지 슬픔」으로 부르는 사람은

본명을 바꾸는 것입니다.”

그녀가 말했어요. “진실로 그게 좋겠군요!

230 이제부터 그 래를 「불행한 자」로 부르도록 해요.”

이렇게 해서 시작된 래는

이후에 완성되어 노래로 불렸어요.[29]

그 래를 전한[30] 이들 중에서

어떤 이들은 그것을 「네 가지 슬픔」으로 불렀어요.

235 주제와 맞는다는 점에서

---

29) 영어로 “perform”의 의미를 갖는 고프랑스어 “anunciez”는 시를 읊고, 노래를 부르고, 연극을 상연하는 등이 의미를 모두 포함한다(“anoncier”). 마리가 「기주마르」의 결말 부분(883~885행)에서 사람들이 래를 하프나 로트에 맞춰 노래를 불렀다고 말하는 점을 감안하여 “anunciez”를 “노래를 부르다”로 옮겼다.

30) “porterent”는 음유시인들을 통해서 입에서 입으로 전해지는 것을 의미한다.

두 이름 다 적절하지만

일반적으로는「불행한 자」로 불려요.[31]

이야기는 여기에서 끝이 나고 더는 없습니다.

제가 더 들은 것도 더 아는 것도 없기에

240 여러분께 들려드릴 게 더는 없습니다.

---

31) 마리는 작품의 도입부와 결말 부분에서 이 두 제목을 언급한다. 각각의 제목
에 대하여 자신의 입장을 밝히지 않는 도입부와는 달리, 마리는 결말 부분에
서 제목을 "네 가지 슬픔"이 아니라 "불행한 자"로 하는 게 왜 더 적절한가를
살아남은 네 번째 기사의 입을 통해서 설명한 다음, 화자로서 한 번 더 분명
하게 그 선택의 정당함을 피력한다.

11
인동덩굴

사람들이 「인동덩굴」이라 부르는

래에 대한 진실과

그 래가 무슨 연유로 어떻게[1] 만들어졌는지 들려드리는 것이

제 바람이며, 그럴 수 있어서 많이 기쁩니다.

5   많은 이들이 저에게 이야기와 노래로 들려주었고[2]

저도 글로 적힌 것을 발견한 바 있는 이 래[3]는

---

1) "어떻게"로 옮긴 "dunt"(원문 4행)는 "어디서"(Ewert ,197; Hanning and Ferrante, 190)로도 옮길 수 있다.

2) 고프랑스어 "conter"는 "~에 대해서 이야기하다(relate, recount)"라는 의미를, "dire"는 "말하다"라는 의미 외에 "노래하다(sing)", "암송하다(recite)"라는 의미를 갖는다. 하여 "cunté e dit"를 이야기와 노래로 들려주었다로 옮겼다 ("conter" & "dire").

3) 「인동덩굴」의 원전에 대해서 학자들 사이에서 의견이 분분하다. 에지오 레비(Ezio Levi) 등은 12세기 초반에 구전되는 이야기를 바탕으로 트리스탄(Tristan, 프랑스어로는 트리스탕)에 대한 래가 지어졌을 것이고 음유시인들을 통해 그 래를 알게 된 브리튼(잉글랜드)의 토머스(Thomas of Britain/England)가 앵글로·노르만어로 「트리스탕(Tristan)」이라는 시를 쓰게 되는데, 마리는 토머스 혹은 다른 경로를 통해서 그 래를 알게 되었을 거라고 추정한다. 반면 뤼시엥 폴레(Lucien Foulet) 등은 마리가 원전에 대해서 언급하는 것은 시적 "기법"에 불과하며 실제로는 마리가 모든 내용을 창작한 다음 그것을 트리스탄 이야기와 연결시켰고 그렇게 해서 트리스탄을 래의 작곡가로 보는 전통을 만들어냈다고 주장한다(Ewert, 183에서 재인용).

트리스트람[4]과 그 왕비[5]에 대해서,

너무도 순수한 그들의 사랑으로 인해

그들이 많은 고통을 겪었고

10   결국에는 같은 날 생을 마감했다는 이야기입니다.

마크 왕은 격분했어요.

조카인 트리스트람에게 화가 난 것이었어요.

---

[4] "트리스트람(Tristram)"은 트리스탄, 트리스트란(Tristran), 트리스타노(Tristano), 또는 드리스탄(Drystan)으로도 불린다. 마리가 본문에서 "Tristan"이 아닌 "Tristram"으로 쓰기 때문에 본서에서는 이 작품과 관련해서 "트리스트람"으로 쓴다. 이외에 영어 로맨스나 문헌에서 언급하는 경우 "트리스탄"으로, 프랑스어 로망스나 문헌인 경우 "트리스탕"으로 쓴다. 트리스탄은 중세 로맨스에 등장하는 가장 비극적인 연인 중 한 명으로 평가된다. 트리스탄의 아버지는 리오네즈의 왕인 멜리아더스이고 어머니는 콘월의 왕 마크의 누이인 엘야벨 또는 엘리자베스로 알려져 있다. 트리스탄을 낳다가 어머니가 죽었기 때문에 그의 이름에 "슬픈"이라는 의미를 갖는 프랑스어 "triste"를 포함하게 되었다고 전해진다. 그는 삼촌 마크 왕과 혼인하는 아일랜드의 공주 이졸데(Iseult/Isolt/Isolde)를 배로 데리고 오는 도중에 신랑과 신부를 위해서 마련된 사랑의 묘약을 실수로 그녀와 함께 마시게 된다. 그 결과 두 사람은 운명적인 사랑에 빠지게 된다. 이졸데가 마크 왕과 혼인한 후에도 두 사람은 기회가 생길 때마다 밀회를 나누게 되고 그 사실을 알게 된 마크 왕이 왕비는 받아들이지만 조카 트리스탄은 추방한다(Lupack, 472). 「인동덩굴」은 추방당한 트리스트람이 이졸데를 만나기 위해서 목숨을 걸고 콘월에 다시 돌아와 숲속에 숨어서 그녀를 기다리는 내용을 담고 있다.

[5] "la reïne"은 "콘월(Cornwaille)"(28행, 원문 27행) 왕인 "마크(Li reis Marks)"(11행)의 왕비이자 트리스트람의 연인인 이졸데를 가리킨다. 하지만 마리는 이 작품에서 이졸데라는 그녀의 이름을 언급하는 대신에 "왕비(reïne)" 또는 "연인(amie)"으로 부른다. 일부 학자들은 마리가 이졸데의 이름 대신 "왕비"라는 타이틀을 사용하여 트리스트람에 대한 그녀의 완벽한 사랑이 사회적 신분과 책임을 강조하는 이 세상에서 불가능하다는 점을 암시한다고 주장한다(Hanning and Ferrante, 190).

왕비에 대한 트리스트람의 사랑 때문에
왕은 그를 자신의 나라에서 추방했고
15 트리스트람은 그의 나라,
그가 태어난 남웨일즈로 돌아갔어요.
꼬박 일 년을 고향에 머물렀지만
콘월로 돌아갈 수 없었어요.
하지만 후에 그는
20 죽음과 파멸의 위험을 무릅쓰게 됩니다.
조금도 놀랄 것 없어요.
정말 진실되게 사랑하는 사람은
욕망을 이루지 못할 때
많이 슬프고 괴로운 법이지요.
25 슬퍼하고 침울해하던 트리스트람은
자신의 나라를 떠나서
왕비가 살고 있는
콘월로 곧장 갔어요.
아무도 자신을 보는 것을 원치 않았기에
30 그는 홀로 숲속에 머물다가
머무를 거처가 필요한
저녁때가 되어서야 밖으로 나왔어요.
밤에 농부들, 그리고 가난한 이들과
함께 머물면서 그들에게
35 왕에 대해서, 그의 행적에 대한
소식을 물었어요.
그들은 들은 바를,

왕이 포고령을 내려서[6]

영주들이 틴타겔[7]로 가야 한다고 말해주었어요.

40 왕이 그곳에서 어전회의를 열고 싶어 하기 때문에

모든 이들이 성령강림절[8]에 그곳에 올 것이며,

많은 재미와 즐길 거리가 있을 것이고

왕비도 그곳에 올 거라고 했어요.

이 말을 들은 트리스트람은 정말 기뻤어요.

45 왕비가 그곳으로 가려면

그녀가 지나가는 것을 그가 볼 수밖에 없었어요.

왕이 출발하는 날

트리스트람은 숲으로 갔어요.

그가 알기로

50 행렬이 지나갈 수밖에 없는 길 위에서

한 개암나무 가지 가운데를 자른 다음

그것을 다듬어서 네모지게 만들었어요.

막대기가 준비되자

칼로 자신의 이름[9]을 새겼어요.

---

6) "bani"는 왕 등이 성명이나 포고령을 내려 가신들을 모으는 것을 의미한다 ("banir").

7) "틴타겔(Tintagel)"은 잉글랜드 남서쪽 콘월에 위치한 도시로서 콘월을 다스리던 중세 영주들은 이곳을 전략적 요충지로 여겼다고 한다. 12세기 몬머스의 제프리가 쓴 『브리튼 열왕사』에 따르면 이곳은 아서 왕이 태어난 곳이기도 하다.

8) 기독교의 축일인 "성령강림절(pentecuste)"의 기원과 의미에 대해서는 「랑발」주석 5번을 참고하라.

9) 아나-마리아 발레로(Ana-Mariá Valero) 같은 학자들은 "sun nun"에서 "nun"을 "이름"이 아니라 "메시지"를 의미하는 "nuntium"으로 보고 트리스트람이

55	예전에 이런 방법으로
	그녀가 알아차렸듯이,
	왕비가 주의 깊게 살펴서
	그것을 알아본다면,
	그 막대를 볼 때
60	그것이 연인의 것임을 잘 알 것이었어요.[10]
	이것이 트리스트람이 글로 써서
	왕비에게 알리고 말하고 싶은 요점이에요.
	그는 그녀 없이 살 수 없기에
	그녀를 볼 수 있는 방법을
65	찾고 알아내기 위해서
	오랫동안 그곳에
	머물면서 기다렸다고 했어요.
	그들 두 사람은

개암나무 가지에 쓴 것은 그의 이름이 아니라 63~78행에 오는 내용, 즉 그가 왕비에게 하고 싶은 이야기 전체이고, 왕비가 82행에서 알아본 것도 트리스트람의 이름이 아니라 그가 전하고 싶은 이야기 전체라고 주장한다(Bloch, 105, 331에서 재인용)

10) 목숨을 걸고 콘월로 몰래 숨어든 트리스트람이 왕과 다른 사람들의 이목을 끌지 않고 왕비 이졸데에게만 자신의 존재를 알리기 어떻게 나뭇가지에 자신의 이름을 새겼을지를 두고 비평가들 사이에 의견이 분분하다(Freeman, 871~877; 윤주옥, 「중세 여성의 문자 생활」, 197). 재미있는 가설 중 하나는 트리스트람이 아일랜드와 웨일즈 지역, 즉 켈트 문화권에서 오래전부터 비밀 문자로 전해지던 오감(og(h)am) 문자로 자신의 이름을 썼을 거라는 추정이다(Cagnon, 238~255; Frank, 405~411). 이 가설은 트리스트람이 남웨일즈 출신이고 이졸데가 아일랜드 출신이라는 점을 고려할 때 상당히 설득력이 있다.

개암나무에 몸을 감는

70   인동덩굴과 아주 비슷하다고 했어요.

인동덩굴이 개암나무 몸통 주위를 휘감아서

거기에 잘 붙어 있으면

나무도 덩굴도 함께 오래 살 수 있지만

만약 누군가가 나중에 둘을 떼어놓으려 하면

75   개암나무가 곧 죽어버리고

인동덩굴도 그렇게 된다고 했어요.[11]

"사랑하는 이여, 우리도 그러하오!

나 없이 당신은 살 수 없고, 당신 없이 난 살 수 없기 때문

이오!"[12]

말을 타고 오던 왕비는

80   산비탈을 유심히 바라보다가

---

11) 마리는 트리스탄−이졸데 이야기에서 가장 유명한 사랑의 묘약 모티브를 이
   인동덩굴−개암나무 소재로 대체하여 사랑의 묶는 속성, 즉 모든 방해물과 역
   경에도 불구하고 연인들을 서로에게 끌어당기는 속성을 표현한다고 볼 수 있
   다(Hanning and Ferrante, 194).
   개암나무를 휘감고 있는 인동덩굴을 힘으로 제거하면 덩굴과 나무가 모두 죽
   는다는 이 모티브는 「두 연인」의 결말, 즉 헤어질 수 없는 두 연인이 같은 날
   죽어서 같은 무덤에 함께 묻히는 이야기, 그리고 「기주마르」에서 셔츠에 묶은
   매듭과 같은 상징적 역할을 한다고 볼 수 있다(Bloch, 106~107).

12) "Bele amie, si est de nus / Ne vus sanz mei, ne mei sanz vus"(77~78행)
   에서 마리는 그전까지 삼인칭 대명사로 지칭하던 것과는 달리 이 두 행에서
   일인칭 대명사(nus, mei)를 사용하여 트리스트람이 왕비에게 직접 말을 하는
   것처럼 쓰고 있다. 또한 이 두 행은 마지막 래인 「엘리뒥」의 671행("Vus estes
   ma vie e ma mort")과 함께 잉글랜드/브리튼의 도머스가 쓴 『트리스탕』을 연
   상시킨다(Ewert, 183).

324

그 가지[13]를 보고는 그것이 무엇인지 잘 알아차리고
모든 글자들도 알아보았어요.[14]

자신을 호위하면서
함께 이동 중이던

85   모든 기사들에게 멈추라고 명령했어요.
말에서 내려 쉬어가고 싶다고 했기에
그들은 그녀의 명령에 따랐어요.
왕비는 일행으로부터 멀리 떨어진 다음
그녀의 대단히 충성스러운 시녀인

90   브랑게인[15]을 자신에게로 불렀어요.
길에서 조금 떨어진 숲에서
살아 있는 모든 것 중에서
그녀가 가장 사랑하는 사람을 발견했어요.

---

13) "그 가지(Le bastun)"는 트리스트람이 준비한 개암나무 가지를 의미한다.

14) 트리스트람과 이졸데가 펼치고 있는 "문자 해독 게임"의 승패 여부는 트리스트람이 무엇을 썼는지보다는 독자인 이졸데가 그것을 읽어낼 수 있는지 여부에 달려 있다(윤, 「중세 여성의 문자 생활」, 196~197).

15) "브랑게인(Brenguein)"은 아일랜드 공주인 이졸데의 시녀 또는 유모로 알려져 있다. 그녀는 콘월의 왕 마크와 혼인하기 위해서 아일랜드를 떠나는 이졸데와 동행하는데, 이졸데의 어머니가 딸과 사위가 첫날밤에 마시도록 준비한 사랑의 묘약을 그녀에게 맡긴다. 하지만 배 안에서 목이 마른 트리스탄과 이졸데가 이 묘약을 마시고 사랑에 빠지게 된다. 일부 작품에서 브랑게인은 더 이상 처녀가 아닌 이졸데를 대신해서 마크 왕이 눈치채지 못하게 그와 첫날밤을 치르는 것으로 나온다. 브리튼의 토머스가 쓴 『트리스탕』에서 트리스탕이 결혼하는 "브르타뉴의 이졸데" 혹은 "하얀 손의 이졸데"의 오빠인 카에르댕이 조각상의 전당(Hall of Statues)에서 브랑게인의 조각상을 보고 그녀를 사랑하게 되는 것으로 그려진다(Lupack, 436).

그들은 함께 큰 기쁨을 누렸어요.

95 그는 그녀에게 자유롭게 말하고

그녀도 그에게 원하는 바를 말했어요.

그런 다음 그녀가 설명했어요.

그가 어떻게 왕이랑 화해할 수 있는지,

그를 추방한 것에 대해서

100 왕이 얼마나 후회하고 있는지 말이지요.

고발 때문에 왕은 그렇게 한 것이었어요.

그런 다음 연인을 남겨둔 채 그녀는 떠나갔어요.

하지만 헤어질 때가 왔을 때

두 사람은 울기 시작했어요.

105 트리스트람은 삼촌이 불러줄 때를 기다리며

웨일즈로 돌아갔어요.

연인[16]을 보았을 때

느꼈던 기쁨으로 인해서,

그리고 그녀가 말한 대로[17]

---

16) 마리는 108행에서 왕비를 "그의 연인(s'amie)"으로, 110행에서는 "그 왕비(la reïne)"로 각각 다르게 부른다.

17) "Si cum la reïne l'ot dit"(원문 110행)을 어떻게 해석하는가에 따라서 앞뒤에 나오는 행들의 의미가 달라진다. 본서에서는 트리스트람이 왕비를 만나고 나서 자신들이 나눈 말을 그녀의 뜻에 따라 기록한 것으로 해석했다(Burgess and Busby, 110; Gilbert, 146; Jonin, 136; Koble et Séguy 543 참고). 한편 해닝과 페란테는 트리스트람이 왕비를 만나기 전에 나뭇가지에 그의 이름과 글을 쓴 것이 왕비가 그렇게 하도록 지시했기 때문인 것으로 해석한다(Hanning and Ferrante, 193). 하지만 이렇게 해석하면 "그 말(les paroles)"(원문 111행)이 무엇인지 불분명해지는 문제가 생긴다.

110   그가 기록한 것으로 인해서,

하프를 잘 연주하는 트리스트람은

자신들이 나눈 말을 기억하기 위해서

새로운 래를 한 편 지었어요.[18]

제가 아주 간략하게 그 이름을 말씀드릴게요.

115   영어로는 「염소 이파리」[19]가 되고

프랑스어로는 「인동덩굴」이 돼요.

여기서 여러분들께 들려드린 래에 대해서

저는 진실을 말씀드렸어요.

---

18)   12, 13세기 유럽인들은 트리스탄(탕)을 연인이자 사냥꾼으로 볼 뿐만 아니라 래를 짓는 사람으로 보는 전통이 있었던 것으로 보인다(Bloch, 103).

19)   "Gotelef(goatleaf)"가 중세 영어 용법에서 확인되지 않는 것으로 미루어볼 때, 「인동덩굴」을 최초로 전파시킨 이들이 "Chevrefoil"을 문자 그대로, 즉 chèvre를 "(암)염소(goat)"로, foil(fueil)을 "잎/이파리(leaf)"로 옮긴 것으로 추정된다(Ewert, 184).

12

엘리뒥

브르타뉴 사람들이 전하는 아주 오래된 래[1]에 담긴

이야기와 모든 줄거리에 대해서

제가 아는 대로

제가 이해하는 진실 그대로 들려드리고자 합니다.

5   브르타뉴에 한 기사가 있었어요.

그는 용감하고 예의 바르며 대범하고 열정적이었어요.

제가 믿기로 그의 이름은 엘리뒥[2]이고,

---

1) 『작은 백설 공주(*Little Snow White*)』 또는 『금나무 은나무(*Gold-Tree and Silver-Tree*)』와 같이 오래된 아일랜드계와 스코틀랜드계 켈트 설화에서 「엘리뒥」의 플롯과 상당히 유사한 내용이 목격된다. 따라서 「엘리뒥」이 브르타뉴 사람들이 전하는 아주 오래된 래에서 유래했다는 마리의 이 말은 어느 정도 설득력이 있다. 「엘리뒥」의 또 다른 제목인 "Guildelüec ha Gualadun"에서 "그리고(and)"를 의미하는 켈트어 접속사 "ha"가 쓰이고 있는 사실 또한 이 작품이 브르타뉴에서 전승된 켈트계 래에서 기원했다고 추정해볼 수 있게 한다 (Ewert, 185; "The Bright Star of Ireland: A Snow White Tale"; Jacobs).

2) 작품 내에서 주인공 엘리뒥의 이름은 "Elidus", "Eliducs", "Eliduc" 등으로 다르게 쓰인다. 130행까지는 주로 "Elidus"로 철자되고, 그 이후로는 대부분 "Eliduc"으로 철자된다. "Eliducs"로 철자되는 경우는 47행에서 한 번 발견된다. 에월트는 남자주인공 "엘리뒥"의 이름과 그의 첫 번째 아내인 "길드루엑 (Guildelüec)"의 이름이 켈트어에서 유래한 것으로 추정한다. 게르만어를 프랑스어식으로 쓴 "길리아됭(Guilliadun)" 역시 기원은 켈트어인 것으로 추정된다(Ewert, 185). 한편 블록은 "Eliduc"의 이름을 "다른 곳으로 이끌다(to lead

329

그의 나라에서 그만큼 용맹한 이는 없었어요.

그는 기품 있고 지혜로운 부인과 혼인하였는데

10   그녀는 지체 높은 명문가 출신이었어요.

두 사람은 오랫동안 함께하면서

서로를 진실하게 사랑했어요.

하지만 불운한 일[3]로 인해

그가 용병자리를 찾아[4] 나섰다가

15   그곳에서 어느 아가씨를 사랑하게 되는데

그녀는 왕과 왕비의 딸이었어요.

그 아가씨의 이름은 길리아됭으로

그 왕국에서 그녀만큼 아름다운 아가씨는 없었어요.

고국에 머무르고 있던

20   부인의 이름은 길드루엑[5]이었어요.

이 두 여성의 이름을 따서

래는 『길드루엑과 괄라됭』[6]이라 불려요.

---

elsewhere)"는 의미인 "alio + ducere"로 분석하면서 엘리둭의 이름은 그가
사랑에서 자신과 타인을 잘못 이끌고 있는 것으로 해석한다(Bloch, 109).

3) "guere"는 전쟁이나 전투 외에 어려움, 불행, 불화라는 의미가 있다. 동료들의
시기와 질투로 주군인 브르타뉴 왕이 엘리둭을 불신하고 내친 것(41~46행)을
의미하는 것으로 보인다.

4) 이곳과 다른 곳(110행, 118행 등)에서 쓰이는 "soudees"는 돈을 받고 군사력
을 제공하는 일을 의미하며, 그런 일을 하는 용병을 "soudeür"(246행, 339행,
1074행)라 부른다.

5) 연인인 길리아됭과 아내인 길드루엑의 이름은 각각 "Guilliadun"과 "Guildelüec"
이다.

6) 원문은 "Guildelüec ha Gualadun"인데, 두 여성의 이름 사이에 오는 "ha"는

처음에는 「엘리뒥」이라 불렸지만

이 여성들에게 일어난 일이기에

25 지금은 제목이 바뀌었어요.[7]

래가 다루고 있는 모험을 여러분들께

일어난 그대로 들려드리고

진실을 말씀드릴게요.

엘리뒥에게는 주군[8]이 있었어요.

30 작은 브리튼의[9] 왕인 그는

엘리뒥을 많이 사랑하고 아꼈으며

엘리뒥은 그를 충직하게 모셨어요.

왕이 어디로든 출타해야 할 때면

엘리뒥이 영토를 보호했어요.

35 왕은 엘리뒥의 용맹함 때문에 그를 곁에 두었고[10]

그런 이유로 많은 특혜가 엘리뒥에게 주어졌어요.

켈트식 브르타뉴어로 "그리고/와"(and) 등의 의미를 갖는 접속사이다(Ewert, 185). 작품 제목에 쓰인 "Gualadun"은 17행에서 소개된 "Guilliadun"과는 다르게 철자된다.

7) 작품의 제목이 「엘리뒥」에서 「길드루엑과 괄라뒹」으로 바뀌었다는 화자의 이야기는 여성 인물들의 경험, 특히 엘리뒥의 첫 번째 아내인 길드루엑이 남편의 연인을 경쟁자로 여기는 대신 그녀에게 연민을 느끼고 자신의 자리를 양보하는 관대함에 내러티브의 초점이 맞춰져 있음을 의미한다.

8) "seignur"는 주군이나 영주로 옮길 수 있다. 엘리뒥이 모시는 왕이라는 점에서 "주군"으로 옮겼다.

9) "작은 브리튼(Brutaine la meinur)"은 브르타뉴를 의미한다. 브르타뉴가 이렇게 불리는 이유에 대해서는 「기주마르」주석 5번을 참고하라.

10) "retint"는 "봉건적 체제로 끌어들이다/붙들어두다"는 의미가 있다("retenir").

그는 숲[11]에서 사냥할 수도 있었어요.

하지만 감히 그와 대립하거나

한 번이라도 불평할 정도로

40 대담한 산림감독관[12]은 없었어요.

다른 이들에게도 종종 일어나듯이

엘리뒥의 행운에 대한 사람들의 질투심 때문에

그는 왕과 불화하게 되었고

비방과 비난을 당했는데,

45 왕은 그에게 해명할 기회도 주지 않고[13]

그를 궁정에서 추방했어요.[14]

엘리뒥은 그 이유를 몰랐기에

---

11) 왕이나 왕족이 사슴 등을 사냥하는 왕실 숲을 의미한다. 엘리뒥이 이 숲에서 사냥할 수 있다는 것은 그가 대단한 특혜를 누렸다는 것을 예시한다.

12) 중세의 "산림감독관(forestier)"(원문 38행)은 영주나 귀족의 사유지 내에 있는 산림 지대를 감독하는 일을 했으며 그의 주된 임무 중 하나는 밀렵꾼들이 숲에 있는 사냥감들을 불법으로 포획하는 일을 막는 것이었다("Forester").

13) "areisuna"(원문 46행)는 "~에 대해서 질문하다", "해명을 요구하다", "법정에서 기소하다" 등의 의미를 갖는다("araisoner"). 왕이 엘리뒥에게 설명할 수 있는 공식적인 기회를 주지 않았음을 의미한다.

14) 마리는 「엘리뒥」에서 잉글랜드/브리튼의 토머스가 쓴 「트리스탕」의 내용을 많이 차용하고 있는 것으로 보인다. 남자주인공이 주군으로부터 버림받아 고국을 떠나는 점, 다른 주군을 찾아 모험을 하고 새로운 주군의 딸을 사랑하게 되는 점, 연인과 선물을 교환하는 점, 연인을 생각하며 숲속에 있는 경당 혹은 동굴을 매일 방문하는 점 등, 마리가 「트리스탕」의 주요 줄거리를 빌려왔다는 점은 곳곳에서 발견된다. 하지만 트리스탕이 두 번째 이졸데와 결혼했음에도 불구하고 첫 번째 연인이자 왕비인 이졸데에게 끝까지 충실한 것과는 달리 엘리뒥은 아내에게 충실하겠다고 약속했음에도 새로운 연인을 너 사랑하게 된다는 점에서 두 작품은 큰 차이를 보인다.

여러 번 왕에게 간청했어요.

그를 비방하는 말을 믿지 말고

50 자신이 하는 변호에 귀 기울여주고

그가 왕을 열심히 모셨다는 점을 생각해달라고 했어요.

하지만 왕은 아무런 대답도 하지 않았어요.

왕이 어떤 말도 듣고 싶어 하지 않았기에

엘리뒥은 떠나야 했어요.

55 그는 집으로 갔고

자신의 모든 친구들을 오게 해서

그들에게 자신의 주군인 왕에 대해서

왕이 자신에게 화가 난 것에 대해서 말했어요.

그가 최선을 다해서 왕을 모셨기에

60 진정 왕이 자신에게 악감정을 가져서는 안 된다고 했어요.

촌부가 속담으로 말하기를,

영주가 쟁기질하는 하인을 나무랄 때

그의 사랑은 영지가 아니라고[15] 하지요.

그러니 영주에게는 충성을 바치고

65 좋은 이웃들에게는 사랑을 주는 이가

---

15) "amur de seignur n'est pas fiez"에서 영지(領地)를 나타내는 "fief"는 안정되고 영원한 것을 상징한다(Ewert, 186)고 볼 수 있다. 영주의 사랑이 영지가 아니라는 것은 그의 사랑이 안정되거나 영원한 것이 아니라 언제든지 변할 수 있다는 의미이다. 마리는 엘리뒥과 브르타뉴 왕의 관계를 이 속담에 빗대어 말하면서 엘리뒥이 왕의 호의가 영원할 것으로 믿고 왕에게 충성 이외에 인간적인 사랑까지 바친 것은 현명하지 못한 처사였음을 비유를 들어 비판하는 것이다.

지혜롭고 현명한 것이겠지요.

엘리뒥은 고국에 머무르고 싶지 않고

바다 건너

잉글랜드[16] 왕국에 가서

70 한동안 소일하고[17] 싶다고 말했어요.

자신의 아내는 고향에 두고 갈 터이니

부하들이,

마찬가지로 그의 모든 친구들이

그녀를 충실하게 보살펴달라고 요청했어요.

75 엘리뒥은 이 결심을 굳힌 채[18]

화려하게 채비했어요.

친구들은 그가 그들을 두고 떠나는 것에

많이 슬퍼했어요.

그는 열 명의 기사를 데리고 갔어요.

80 남편이 떠나는 것에

큰 슬픔을 보인 그의 아내는

그가 출발할 때 배웅했어요.

하지만 엘리뒥은 아내에게 충실할 것이라고 말하면서

그녀를 안심시켰어요.

---

16) "Loengre"는 잉글랜드를 가리켰다. 이 단어의 어원과 위치, 그리고 배경에 대해서는 「랑발」 주석 4번을 참고하라.

17) "se deduira"는 "소일(消日)하다", "좋은 시간을 보내다", "여흥을 즐기다"라는 의미다.

18) "A cel cunseil s'est aresterz"(원문 76행)을 직역하면 "[그는] 이 결심에 멈췄다"가 된다.

85   그런 다음 아내를 떠나서
      앞에 놓인 길을 곧장 갔어요.
      바다에 당도해서 건너간 다음
      토트네스[19]에 도착했어요.
      그 지역의 많은 왕들이
90   서로 갈등하면서 전쟁을 치르고 있었어요.
      이 나라에는, 엑서터[20] 가까운 곳에
      대단히 막강한 권력을 가진 왕[21]이 살았는데
      그는 아주 연로했어요.[22]
      그의 소생 중에 아들 후계자는 없었고
95   혼기에 달한 딸이 하나 있었어요.
      그가 딸을 동료 영주[23]에게 주려 하지 않았기에

---

19) "토트네스(Toteneis)"는 잉글랜드 남서쪽 데번셔주에 위치한 항구 도시로,
     바다로 흘러들어가는 다트강 유역에 위치한다. 다음에 언급되는 "엑서터
     (Excestrë)"(91행)에서 남서쪽으로 34킬로미터 정도 떨어져 있다("Totnes";
     "Totnes). 몬머스의 제프리는 『브리튼 열왕사』에서 토트네스는 브리튼을 세
     운 것으로 전해지는 전설적인 인물 브루투스가 처음 도착한 곳으로 이야기한
     다(71).
20) "엑서터(Excestrë)"는 앞에서 언급된 토트네스와 마찬가지로 잉글랜드 남서
     쪽 데번셔주에 위치한 도시로, 영국해협으로 흘러들어가는 엑스강의 하구에
     서 16킬로미터 정도 떨어져 있다("Exeter").
21) 107행에서 그의 신분이 "왕(reis)"인 것으로 드러나기에 "hum"을 "왕"으로 옮
     겼다.
22) 마리는 나이 많은 이라는 의미의 형용사 "Vieuz…… e auntïen"을 함께 써서
     왕이 나이가 아주 많다는 것을 강조한다.
23) "A sun per"(원문 97행)는 지위나 신분에 있어 딸을 둔 아버지-왕과 동등하
     다는 의미이다. 왕으로 번역할 경우 기존의 왕과 혼동할 우려가 있어 "동료

그 영주가 전쟁을 일으켜서

왕의 모든 영토를 황폐하게 만들었어요.

그 영주가 성을 포위했지만

100 성 안에 있는 어느 누구도

감히 성 밖을 나가서 그에 대항하여

마창시합이나 난전을[24] 치를 정도로 대범하지 못했어요.

엘리뒥은 이 이야기를 전해 듣고

앞으로 더 나아가려 하지 않았어요.

105 그 지방에서 전쟁이 벌어지고 있었기에

그곳에 머물기를 원했어요.

최악으로 고통을 당하고

피해를 입고 어려움을 당하고 있는 왕을

능력껏 도와주고

110 용병으로 머물고 싶었어요.

엘리뒥은 왕에게 전령들을 보내고

편지로도 알렸어요.

자신의 조국을 떠나온 그가

왕을 도우러왔으니

115 왕의 뜻을 회신해달라고 했어요.

영주"로 옮겼다.

24) "Estur ne mellee"에서 "Estur"는 말을 탄 두 명의 기사들이 창을 들고 전속
력으로 달려가서 상대방을 말에서 떨어뜨리는 마창시합을 의미하고(Ewert,
200), "mellee(mêlée)"는 마상시합 중에 일어나는 난전(亂戰)을 의미한다. 마
창시합과 난전의 특징에 대해서는 각각 「밀롱」 주석 41번과 「불행한 자」 주석
19번을 참고하라.

만일 왕이 그를 고용하고 싶지 않다면

용병으로 일할 수 있는 곳을 찾아 더 가고자 하니

왕의 영토를 안전하게 지나갈 수 있게 해달라고 했어요.

엘리뒥이 보낸 전령들을 만난 왕은

120   그들을 크게 환대하고 경의를 표했어요.

왕실을 돌보는 대신[25]을 불러서

호위대를 준비시켜

그 기사를 데려오라고

급히 명령했고

125   그들이 머무를 수 있도록

처소를 마련하고

한 달 동안 그들이 쓰고 싶어 하는 만큼

경비를 주라고 했어요.

호위대가 준비되어

130   엘리뒥을 데리러 갔어요.

그는 대단히 명예롭게 영접을 받았고

왕도 그를 크게 환대했어요.

엘리뒥의 거처는 지혜롭고 예의 바른

어느 시민[26]의 집에 마련되었는데

135   그는 벽걸이가 걸린 자신의 아름다운 방을

---

25) "cunestable"은 왕실 업무를 보는 대신(大臣), 집사, 총독, 사령관 등을 의미하는데("conestable"), 여기서는 첫 번째 의미로, 218행에서는 사령관의 의미로 쓰였다.

26) "burgeis"(원문 133행)는 자치구(borough)나 도시 또는 마을의 거주자나 시민 혹은 상인을 의미한다("borjois"; "burgess, n. 1."; Ewert, 192).

손님에게 내주었어요.
엘리뒥은 좋은 대접을 받도록 주의를 기울였고
그 도시에 거하는
빈궁한 기사들을
140   자신의 식사에 초대했어요.
엘리뒥이 자신의 모든 부하들에게 금하기를,
처음 사십 일 동안
어떤 선물이나 돈을 요구할 정도로
대범하게 굴지 말라고 했어요.
145   그들이 머문 지 사흘째 되는 날
도시에 울려퍼지는 소리가 있었으니,
적이 쳐들어와서
나라 전체로 퍼져나가면서
도시를 공격하고
150   성문까지 진입하려 시도하는 것이었어요.
놀란 사람들이 만들어내는
소리를 들은 엘리뒥은
지체하지 않고 무장했고
그의 동료들도 그렇게 했어요.
155   그 도시에는 말을 탈 수 있는
열네 명의 기사들이 있었는데
여러 명이 부상자였고
많은 이들이 죄수였어요.
그들은 엘리뒥이 말에 오르는 것을 보고
160   무장하기 위해서 자신들의 처소로 갔어요.

그들은 호출을 기다리지 않고
엘리뒥과 함께 성 밖으로 나갔어요.
그들이 말했어요. "기사님, 저희도 함께 가겠습니다!
기사님께서 하시는 대로 저희도 하겠습니다!"
165 엘리뒥이 대답했어요. "감사합니다!
여기에 있는 여러분들 중에서
저들을 막을 수 있는
매복 장소나 좁은 통로를 아는 사람이 없습니까?
여기서 저들을 기다린다면
170 분명 저들과 일대일로 싸워야 할 것입니다.
그런데 그건 우리에게 이득이 되지 않을 터이니
누군가 다른 방도를 알면 좋겠습니다."[27]
기사들이 대답했어요. "진실로, 기사님,
이 숲 가까운 곳에 있는 덤불 속에
175 좁은 우마차 길이 나 있는데
그 길로 적들이 돌아갈 것입니다.
전리품을 얻게 되면
그 길로 돌아갈 터인데,
종종 말을 타고 무장하지 않은 채
180 돌아가기 때문에
드러내놓고 자신들을

---

27) 적을 정면으로 상대하지 않고 무장하지 않은 적을 매복한 채 급습하려는 엘
리뒥의 전략은 효과적일지는 몰라도 기사답거나 영웅답지는 못하다(Hanning
and Ferrante, 231).

죽음의 위협에 빠뜨리는 셈이지요.
우리는 아주 쉽게 그들에게 피해를 주고
모욕을 주고 손해를 입힐 수 있을 것입니다."
185 엘리뒥이 그들에게 말했어요. "동지들이여,
여러분께 제 믿음을 걸고 맹세합니다!
잃을 거라고 확신하는
곳으로 때때로 가지 않는 사람은
진정 얻을 것이 별로 없을 것이고
190 큰 명성을 얻지도 못할 것입니다.
여러분은 모두 전하의 신하이니
그분께 변함없는 충성을 다해야 할 것입니다.
제가 어디로 가든지 여러분도 함께 가고
제가 하는 것을 여러분도 하십시오!
195 여러분께 신의를 걸고 맹세합니다!
제가 돕는 한
여러분은 어떤 어려움도 겪지 않을 것이며,
만일 우리가 어떤 것이라도 획득할 수 있다면
적에게 입힌 그 피해가
200 우리에게 큰 명예를 가져다줄 것입니다!"
엘리뒥의 맹세를 받아들인 그들은
그를 숲으로 안내했고
적들이 돌아올 때끼지
그 길[28] 가까운 곳에서 매복했어요.

---

28) "del chemin"(원문 203행)은 앞에서 언급한 "좁은 우마차 길(une estreite

205 엘리뒥은 그들에게 모든 것을 가르쳐주었어요.

적에게 어떻게 돌격하고

어떻게 함성을 질러야 할지

보여주고 설명해주었어요.

적이 좁은 길로 들어서자

210 엘리뒥은 그들을 향해 소리를 질렀고

동료들을 모두 불러

잘 싸우라고 독려했어요.

그들은 힘차게 가격했고

적에게 일말의 자비도 베풀지 않았어요.

215 많이 놀란 적은

금방 대열이 무너지면서 흩어졌어요.

짧은 시간 안에 적을 격파한 것이었어요.

그들의 사령관[29]과

많은 다른 기사들을 붙잡아서

220 시종들에게 맡겼어요.

엘리뒥 편 이십오 명이

적군 삼십 명을 붙잡은 것이었어요.

적의 무기를 즉시 압수하고

많은 전리품을 획득했으며

225 대승을 거두었기에

대단히 기뻐하며 돌아왔어요.

---

charriere)"(175행)을 가리킨다.

29) 여기서 "cunestable"은 군대의 사령관(commander)을 의미한다.

왕은 탑 위에서
부하들에 대해서 많이 걱정하면서
엘리뒥에 대해서 깊이 한탄했어요.
230 왕은 엘리뒥이
자신의 기사들을 배신해서 버린 것이라고
생각하면서 두려워했던 것이었어요.
기사들이 무리 지어 오는데
모두 짐을 가득 짊어진 데다
235 성 밖으로 나갈 때보다
더 많은 이들이 돌아오고 있었어요.
이 때문에 왕은 그들을 알아보지 못하고
의심하고 걱정했어요.
왕은 성문을 잠그도록 명령하고
240 사람들을 성벽 위로 올라오게 해서
활을 쏘고 창과 돌을 던지게 했어요.
하지만 그럴 필요가 없었어요.
그들은 시종 한 명을 미리 보냈는데
그는 전속력으로 말을 달려가서
245 무슨 일이 있었는지 설명하고
그 용병[30]에 대해서
어떻게 그가 적을 패배시켰는지
어떻게 그가 처신했는지 이야기하고
그렇게 뛰어난 기사는 없다고 말했어요.

---

30) "용병(soudeür)"은 엘리뒥을 가리킨다.

250   적의 사령관과
      스물아홉 명[31]의 다른 기사들을 생포하고
      많은 이들을 부상 입히고 많은 이들을 죽였다고도 했어요.
      이 소식을 들은 왕은
      몹시 기뻐했어요.
255   왕은 탑에서 내려와서
      엘리뒥을 만나러 갔어요.
      왕은 엘리뒥의 무훈에 감사를 표했고
      엘리뒥은 왕에게 포로들을 넘겨주었어요.
      엘리뒥은 포획한 무기들을 다른 이들에게 나눠 주고
260   자신을 위해서는 말 세 마리만 가졌는데
      이를 두고 그에 대한 칭찬이 자자했어요.
      엘리뒥은 모든 것을 나누어 주었으며
      자신의 몫까지
      죄수들과 다른 이들에게 주었어요.
265   엘리뒥이 여러분들께 말씀드린 이 위업을 쌓은 다음에
      왕은 그를 무척 사랑하고 아꼈어요.
      왕은 일 년 내내 엘리뒥
      그리고 그와 함께 온 이들을 곁에 두었으며
      그의 충성 서약을 받아들이고
270   그를 영토의 수호자로 삼았어요.
      엘리뒥은 예의 바르고 지혜로웠으며

---

31) 222행에서 언급한 삼십 명의 포로는 적군의 사령관과 일반 기사 스물아홉 명을 포함하는 숫자인 것으로 보인다.

잘생긴데다 용감하고 관대한 기사였어요.

왕의 딸은 그의 이름이 언급되고

그의 장점들이 회자되는 것을 들었어요.

275 그녀는 신뢰하는 시종 한 명을 통해서

엘리뒥에게 부탁하고 간청하고 요구했어요.

와서 그녀와 좋은 시간을 가지면서

담소를 나누고 친분을 쌓자고 말입니다.

그녀가 몹시 놀랍게도

280 엘리뒥은 오지 않았어요.

대신에 그는 답장을 보내서

자신이 자발적으로 와서 그녀와 친분을 쌓겠다고 했어요.

자신의 군마에 오른 엘리뒥은

기사 한 명을 대동하고

285 공주와[32] 이야기하러 갔어요.

그녀의 방으로 들어가기 직전에

시종을 앞서 보냈고

시종이 돌아올 때까지

그는 약간 지체했어요.

290 엘리뒥은 상냥한 눈길과 다정한 표정

그리고 대단히 고상한 태도로

---

32) 마리는 작품 끝에 이르기까지 왕의 딸을 가리키기 위해서 소녀나 아가씨를
의미하는 "pucele"를 자주 사용한다. 본서에서는 문맥을 분명하게 하기 위
해서 많은 경우 이 단어를 "공주" 또는 그녀가 엘리뒥의 연인이 된 이후로는
"[그의] 연인"으로 옮겼다.

아주 품위 있게 말하면서,
몹시 아름다운 아가씨인
길리아됭에게
295 　그녀와 더불어 담소를 나눌 수 있도록
그를 불러준 것에 대해서 감사를 표했어요.
그녀는 엘리뒥의 손을 잡고
침대 위에 앉아서
많은 것에 대해서 이야기했어요.
300 　그녀는 그를 유심히 관찰했어요.
그의 얼굴, 몸, 외모,
어느 것 하나 부족한 게 없다고 자신에게 말하면서
마음속으로 그를 높이 평가했어요.
사랑의 신이 전언을 쏘아 보내서[33]
305 　그녀에게 엘리뒥을 사랑하라고 명령하고
그녀를 창백하게 만들고 한숨 짓게 했어요.
하지만 그녀는 흠으로 여겨질 것을 두려워하여
그에게 말하고 싶지 않았어요.
엘리뒥은 그곳에 한참 머물다가
310 　작별 인사를 하고 갔어요.
공주가 정말 마지못해 허락했지만,

---

33) "Amurs i lance sun message"에서 "lance(lancier)"는 "화살, 창 등의 무기를
쏘다, 던지다"라는 의미의 동사인데, "전언(sun message)"을 쏘아 보내는 주
체가 "Amurs"인 점을 감안하여 "Amurs"를 "사랑의 신"으로 옮겼다(「에키탕」
주석 13번 참고).

그럼에도 그는 그곳을 떠나서

자신의 거처로 돌아갔어요.

엘리듹은 대단히 슬프고 수심이 가득했어요.

315   그 아름다운 아가씨,

자신의 주군인 왕의 딸이

자신에게 너무 다정하게 말을 건네고

한숨도 쉬었기에 혼란스러웠어요.

그 나라에 그토록 오래 머물면서

320   그녀를 자주 보지 못한 것은

몹시 불행한 일이라고 생각했어요.

그는 이렇게 말을 하고 나서 뉘우쳤어요.

아내를 기억하고

아내에 대한 믿음을 지키고

325   충실하게 행동할 것이라고

아내에게 어떻게 장담했는지를 기억해낸 것이었어요.

엘리듹을 본 공주는

그를 자신의 연인으로 삼고 싶어 했어요.

이제까지 누군가를 그토록 좋게 생각해본 적이 없었기에

330   할 수만 있다면 그를 곁에 붙들어두고 싶었어요.

이렇게 밤새도록 깨어 있느라

그녀는 쉬지도 잠을 자지도 못했어요.

다음 날 아침 일어나서

창가로 간 그녀는

335   시종 한 명을 불러서

모든 상황을 털어놓았어요.

그녀가 말했어요. "진실로 상황이 난감하구나!

곤란한 상황에 빠졌어!

내가 새로 온 용병,

340 엘리뒥이라는 그 훌륭한 기사를 사랑하게 되다니!

간밤에 전혀 쉬지도 못했고

눈을 감고 잠을 잘 수도 없었어.

만약 그가 사랑으로 나를 사랑하기를 원하고[34]

자기 자신을 걸고 맹세해준다면

345 난 그가 원하는 것이면 뭐든 할 테야.

그러면 그에게는 아주 좋은 일이 생기겠지.

이 나라의 왕이 될 터이니 말이야.

그는 정말 지혜롭고 예의 바른데

그런 그가 사랑으로 나를 사랑해주지 않는다면

350 난 큰 고통 속에 죽게 될 거야!"

공주가 하고 싶은 말을 다 했을 때

그녀가 부른 시종이

진심에서 우러난 조언을 했는데

이 일로 그를 비난해서는 안 될 것입니다.

355 시종이 말했어요. "공주님, 공주님께서 그분을 사랑하시니

그분에게 사람을 보내서 공주님의 마음을 알리세요.[35]

---

34) "Si par amur me veut amer"는 공주가 엘리뒥을 남자로 사랑하듯이, 그 역시 그녀를 주군의 딸이 아닌 여인으로 사랑하기를 원한다면 이라는 의미로 해석할 수 있다. 마리는 비슷한 표현("m'aime par amur", 349행; "mei par amurs amer", 420행)을 반복적으로 쓰고 있다.

35) "Enveez i, si li mandez"에서 envoiier가 "~를 보내다", "(사람을) 부르러 보내

허리띠나 리본, 혹은 반지를 보내시면

그분이 좋아할 겁니다.

만일 그것을 친절하게 받고

360 보내신 전갈에 기뻐한다면

그분의 사랑을 확신할 수 있겠지요.

이 세상에 어떤 황제도

공주님께서 그를 사랑하겠다고 하시면

많이 기뻐하지 않을 수 없을 것입니다."

365 시종의 조언을 들은

공주가 대답했어요.

"내가 보낸 선물을 가지고

그가 나를 사랑할 의향이 있는지 어떻게 알 수 있을까?

그런 청을 듣고,

370 좋아하건 싫어하건,

누군가가 보낸 선물을

기꺼이 갖지 않는

그런 기사를 난 여태껏 본 적이 없거든.

그가 나를 비웃는다면 정말 괴로울 거야!

375 하지만, 그렇다하더라도, 그의 태도를 보면

그 사람에 대해서 뭔가를 알 수 있겠지.

채비해서 그를 찾아가렴."

다" 등의 의미가 있고, mander가 "~를 알리다", "선언하다", "알게 하다", "소환하다", "~를 데리러 가(오)다"라는 뜻이 있기 때문에, 이 문장은 "사람을 보내서 그[엘리뒥]를 오게 하세요"로도 옮길 수 있다("envoiier"; "mander").

시종이 말했어요. "모든 준비를 다 했습니다."

"그분에게 금반지를 가져가고

380 내 허리띠도 드리겠니?

나를 대신해서 그분께 천 번 인사해주렴."

시종이 출발했는데

공주는 이런 상태여서[36]

하마터면 시종을 도로 부를 뻔했어요.

385 하지만 그를 가게 했고,

그 다음 한탄하기 시작했어요.

"아아! 다른 나라에서 온 남자에게

마음을 사로잡히다니!

난 그가 지체 높은 가문 출신인지 아닌지도 모르는데,

390 그는 곧 떠날 것이고

난 남아서 비통해하겠지.

어리석게도 내 마음을 정해버렸구나!

어제 전까지는 말 한마디 해본 적 없는 사람인데

지금은 사랑을 간청하고 있다니!

395 내 생각에 그는 나를 비난할 거야.

하지만 그가 예의 바른 사람이라면 나에게 고마워하겠지.

이제 주사위는 던져졌어.

만일 그가 내 사랑에 무관심하다면

난 내 자신을 정말 비참하게 여기고

---

36) "en teu manere"는 직역하면 "그런 자세/태도여서"가 된다. 공주가 마음을
정하지 못하고 혼란스러워한다는 의미이다.

400 남은 삶 동안 결코 어떤 기쁨도 느끼지 못할 거야."

공주가 탄식하는 동안

시종은 서둘렀어요.

엘리둑에게 가서

공주가 그에게 보낸

405 인사말을 비밀리에 전했어요.

그에게 반지를 건네고

허리띠도 주었어요.

엘리둑은 시종에게 감사하면서

금반지는 손가락에 끼고

410 허리띠는 허리에 둘렀어요.

그 젊은 시종[37]은 엘리둑에게 더 이상 아무 말도 하지 않았고

엘리둑도 그에게 아무것도 요구하지 않았어요.

다만 시종에게 선물을 주려 했지만

시종은 아무것도 받지 않은 채 떠났어요.

415 시종은 공주에게 돌아왔고

방에서 그녀를 발견했어요.

그녀에게 엘리둑의 인사를 전하고

선물에 대한 그의 감사도 전했어요.

공주가 말했어요. "자, 이제 아무것도 숨기지 말거라!

---

37) "vadlet"는 소년, 청년, 젊은이 등을 의미한다. 이를 통해서 볼 때 공주가 속 내를 털어놓고 심부름을 보낸 시종이 그녀 나이 또래의 청년이라는 것을 알 수 있다.

420 그가 나를 진정으로 사랑하기를[38] 원하느냐?"

시종이 대답했어요. "제 생각에

그 기사님은 경박스럽지 않습니다.

제가 볼 때 그분은 예의 바르고 현명하시며

본인의 마음을 잘 숨길 줄 아는 분입니다.

425 그분께 공주님을 대신해서 인사를 전하고

공주님의 선물도 전해드렸습니다.

공주님께서 주신 허리띠를 매셨는데

옆구리 가운데로 단단히 두르시더군요.

반지도 손가락에 끼셨고요.

430 그래서 저는 더 이상 그분께 아무 말도 안 했고, 그분도 저
에게 그러셨어요."

"그분이 사랑의 정표로 받으신 게 아닌 것이냐?

그게 아니라면 난 농락당한 것이다!"

시종이 대답했어요. "맹세코 그건 잘 모르겠습니다.

하지만 제가 드리려는 말을 들어보세요.

435 만일 그분이 공주님의 행복을 바라지 않는다면

공주님이 주시는 어떤 것도 원하지 않을 것입니다."

공주가 말했어요. "네가 나를 조롱하는구나!

그가 나를 미워하지 않는다는 것은 나도 잘 알고 있어.

내가 어떤 해도 끼치지 않았으니까.

440 내가 그를 너무 많이 사랑한다는 점을 제외한하면 말이야.

---

38) "mei par amurs amer"는 직역하면 "사랑으로 나를 사랑하다"가 된다. 이 표
현의 함의에 대해서는 주석 34번을 참고하라.

그런데도 그가 나를 미워하고자 한다면
그렇다면 그는 죽어 마땅해.
내가 직접 그에게 말할 때까지
너를 통해서건 다른 누구를 통해서건

445 그에 대해서 어떤 것도 묻지 않겠어!
그에 대한 사랑으로 내가 얼마나 힘든지
나 자신이 그에게 밝히겠어!
그런데 나는 그가 계속 머물 것인지 아닌지를 몰라."
시종이 대답했어요.

450 "공주님, 그분이 충성을 다해 폐하를 모시도록
폐하께서 그분을
서약으로 일 년 동안 붙들어두셨기에
그분께 공주님이 원하시는 바를 밝힐
기회는 충분할 것입니다."

455 공주는 엘리뒥이 머물 거라는 말을 듣고
무척 기뻐했어요.
그가 머물게 되어 그녀는 정말 행복했어요.
공주를 본 이후로 엘리뒥이 느낀
고통에 대해서 그녀가 알 리 없었어요.

460 공주를 생각할 때를 제외하고
그는 어떤 기쁨이나 즐거움도 느끼지 못했어요.
자신이 아주 난감한 처지에 있다고 생각했어요.
고국을 떠나기 전에
아내를 제외하고 아무도 사랑하지 않겠다고

465 아내에게 했던 약속 때문이었어요.

이제 그의 마음은 견고한 감옥에 갇힌 듯했어요.

아내에게 충실하고 싶었지만

너무도 아름다운 아가씨인

길리아됭을 사랑하고

470   바라보고 이야기를 나누고

입 맞추고 포옹하고 싶은 마음을

멈출 수 없었어요.

그러나 아내에게 신의를 지켜야 하고,

왕을 모신다는 점에서

475   자신에게 불명예를 가져올 사랑을

결코 공주에게 청할 수 없었어요.

엘리뒥은 큰 고통을 겪었어요.

그는 더 이상 지체하지 않고 말에 오른 다음

동료들을 자신에게로 불렀어요.

480   왕에게 말하기 위해서 성으로 갔고

가능하다면 공주도 보려 했어요.

그녀 때문에 그가 채비한 것이었어요.

식탁에서 일어난 왕은

딸의 방으로 가서

485   바다 저편에서 온 기사와

체스를 두기 시작했어요.

체스판의 맞은편에 있는 그 기사는

공주에게 체스를 가르칠 의무가 있었어요.[39]

---

39) 체스는 종종 사랑놀이로 비유되는데 공주가 낯선 이로부터 체스를 배우고 있

엘리뒥이 앞으로 나아가자
490   왕은 그를 아주 반갑게 맞이하면서
본인 옆에 앉게 했어요.
왕이 공주를 불러서 말했어요.
"애야, 너는
이 기사와 잘 알고 지내면서
495   이 사람에게 큰 경의를 표해야 할 것이야.
오백 명의 기사 중에서 이 사람보다 더 뛰어난 이는 없단
다."
공주는 부왕이
이렇게 명하는 것을 들었을 때
정말 기뻐했어요.
500   그녀는 일어나서 엘리뒥을 불렀어요.
다른 이들로부터 멀리 떨어져 앉은
두 사람은 사랑으로 불타올랐지만,
그녀는 그에게 말할 용기가 없었고
그도 그녀에게 말하기를 두려워했어요.
505   다만 그녀가 보내준
선물에 대해서 감사를 표할 뿐이었어요.
이제까지 그 어떤 것도 그토록 소중하게 여겨본 적이 없다
고 했어요.
공주가 엘리뒥에게 대답했어요.
그가 좋아해서 자신은 대단히 기쁘고,

는 점이 흥미롭다(Hamming and Ferrante, 209).

510 그에게 반지를
　　　허리띠와 함께 보낸 이유는
　　　그가 자신의 마음을 사로잡았기 때문이라고 했어요.
　　　그를 정말 많이 사랑하기에
　　　그를 자신의 남편으로[40] 삼기를 원한다고 했어요.

515 만일 그를 가질 수 없으면
　　　살아 있는 동안 어떤 남성도 원치 않을 것임을
　　　그가 확실히 알라고 했어요.
　　　이제 그의 뜻을 알려달라고 하자
　　　엘리뒥이 말했어요. "공주님, 공주님의 사랑에

520 깊이 감사드리며, 공주님의 사랑은 저에게 큰 기쁨을 줍니다.
　　　공주님께서 저를 그토록 높게 평가해주시니
　　　저는 대단히 기뻐해야 할 것이며,
　　　잊어버리지도 않을 것입니다.
　　　저는 일 년 동안 폐하 곁에 머무를 것입니다.

525 전쟁이 끝날 때까지
　　　어떤 경우에도 떠나지 않겠다는
　　　제 서약을 폐하께 드렸습니다.
　　　그런 다음, 저는 이곳에 더 머물고 싶지 않기에
　　　제 조국으로 돌아갈 것입니다.

530 공주님께서 허락해주신다면 말입니다."
　　　그녀가 대답했어요.
　　　"사랑하는 이여, 당신께 깊이 감사드려요!

---

40) 이 맥락에서 "seignur"는 남편을 의미한다.

당신은 대단히 지혜롭고 예의 바르시니

그전에 저를 어떻게 하시고 싶으실지

535 충분히 결정하실 거예요.

그 무엇보다도 저는 당신을 사랑하고 믿어요."

서로 단단히 맹세한 다음

두 사람은 이 일에 대해서 더 이상 말하지 않았어요.

엘리뒤은 자신의 거처로 돌아왔고

540 잘 행동했기에 대단히 기뻤어요.

자주 연인과 이야기를 나눌 수 있었고,

두 사람은 서로를 많이 사랑했어요.

엘리뒤은 전쟁에서 아주 잘 싸워서

왕과 전쟁을 벌인 적을

545 포로로 붙잡아서

영토 전역에 자유를 가져다주었어요.

그의 용맹함과 지혜

그리고 관대함에 대한 칭찬이 자자했어요.

큰 행운이 그에게 온 것이었어요.

550 이런 일이 일어나는 동안

엘리뒤의 주군 브르타뉴의 왕[41]이 그를 찾아서

세 명의 전령을 나라 밖으로 보냈어요.

왕은 많은 고통을 겪었고 큰 손해를 입었는데

---

41) "ses sires"은 엘리뒤이 본래 섬기던 주군, 즉 브르타뉴 왕을 의미한다. 현재 용
병으로 섬기고 있는 잉글랜드 엑서터 지역의 왕과 구분하기 위해서 "주군 브
르타뉴의 왕"으로 옮겼다.

궁지에 몰려서 상황이 더 악화되고 있었어요.

555 　왕은 모든 성을 잃었고
영토는 모두 황폐해졌어요.

왕은 종종
엘리뒥이 자신을 떠난 일과
간사한 조언을 듣고

560 　엘리뒥을 나쁘게 여겼던 일을 후회했어요.
엘리뒥을 고발하고
비방하고 갈등에 휘말리게 한 배신자들을
왕은 자신의 나라에서 몰아내고
영원히 추방했어요.

565 　상황이 다급했기에 엘리뒥을 부르러 보낸 것이었어요.
왕이 그의 충성 서약을 받을 때
그가 왕에게 했던 약속,
곧 그가 왕을 도우러 오겠다고 했던 약속에 따라서
왕은 그를 소환하고 간곡히 청했어요.

570 　왕이 정말 큰 어려움에 처해 있던 것이었어요.
이 소식을 들은 엘리뒥은
공주를 생각하며 몹시 괴로워했어요.
그는 그녀를 열정적으로 사랑했고
그녀 역시 더할 수 없이 그를 사랑했기 때문이었어요.

575 　하지만 두 사람 사이에는 어떤 어리석음이나
경솔함, 혹은 불명예스러운 일은 없었어요.
사랑으로 함께할 때
그들의 사랑은

구애하고 담소를 나누고
580 좋은 선물을 교환하는 것이 전부였어요.
공주의 뜻이자 바람은
할 수만 있다면 엘리뒥을 온전히 자신의 남자로 만들어서
붙들어 두고 싶었어요.
그에게 아내가 있다는 것을 몰랐던 거였지요.
585 엘리뒥이 말했어요. "아아, 내가 나쁘게 처신했구나!
이 나라에 너무 오랫동안 머물렀어!
이 나라를 보지 않았으면 좋았을 것을!
난 이곳에서 한 아가씨를,
길리아됭이라는 왕의 딸을
590 깊이 사랑하게 되었고 그녀 역시 나를 사랑하게 되었지.
만일 내가 그녀를 떠나야 한다면
우리 둘 중 한 사람은 죽을 것이야.
아니면, 둘 다 죽을 수도 있겠지.[42]
그럼에도 난 가야만 해.
595 내 주군께서 서신을 보내서 나를 부르시고
내가 했던 맹세를 들어 나에게 간청하시는 데다,
다른 한편으로 내 아내 역시 그러하니 말이야.
이제 난 경계해야 해.
더 이상 머물 수 없으니

---

[42] 엘리뒥의 이 말은 바로 앞에 오는 「인동덩굴」에서 트리스트람이 자신과 이졸데 왕비 사이의 사랑을 인동덩굴과 개암나무에 비유한 것을 상기시킨다(68~76행).

600 떠날 수밖에 없군.
     사랑하는 이와 혼인하려 하면
     기독교가 허락하지 않겠지.
     모든 면에서 상황이 좋지 않군.
     아아, 이별하는 건 정말 힘들구나!
605 하지만 이에 대해서 누구라도 욕한다면,
     나는 언제나 그녀를 바르게 대할 것이며
     그녀가 원하는 대로 할 것이고
     그녀가 조언하는 대로 행동할 것이야.
     그녀의 아버지인 왕은 평화를 누리고 있고
610 아무도 왕에 대항하여 전쟁을 일으키리라 생각되지 않아.
     그러니 내 주군의 어려운 상황을 생각하여
     이 나라에서 왕과 함께하기로
     정해 놓은 기한이 다 차기 전에
     떠나게 해달라고 허락을 구할 것이야.
615 가서 공주에게도 말하겠어.
     내 모든 상황을 알리면
     그녀는 자신이 원하는 바를 말할 터이고
     난 능력껏 그것을 따르겠어."
     엘리뒥은 더 이상 지체하지 않고
620 왕에게 작별인사를 하러 갔어요.
     자신에게 일어난 일을 왕에게 이야기하고
     그를 소환하기 위해서
     자신의 주군이 고통 중에 그에게 보낸
     서신도 보여주고 읽어주었어요.

625 엘리듹을 소환하는 서신을 들은 왕은
　　그가 머물지 않을 것임을 알고
　　크게 슬퍼하고 걱정했어요.
　　왕의 소유 중에서 많은 부분을 그에게 제안했고
　　유산의 삼 분의 일과

630 보물을 그에게 넘겨주려 했어요.
　　자신을 머물게 하려고 왕이 너무도 많은 것을 하려 했기에
　　엘리듹은 그 일로 항상 왕을 높게 칭송했어요.
　　엘리듹이 말했어요. "맹세코, 이번에는
　　저의 주군께서 고통 중에 계시고

635 그토록 먼 곳에서 저를 부르셨으니
　　저는 그분을 도우러 갈 것입니다.
　　하여 저는 도저히 머물 수 없습니다.
　　만일 폐하께서 제 도움이 필요하시면
　　기사들로 이루어진 큰 지원군을 이끌고

640 기꺼이 폐하께로 돌아오겠습니다."
　　이 말에 왕은 엘리듹에게 감사를 표하고
　　떠나도 좋다고 기꺼이 허락했어요.
　　금과 은, 개와 말
　　아름답고 질 좋은 비단 옷 등

645 왕은 왕실의 모든 재산을
　　엘리듹이 마음대로 사용할 수 있도록 했어요.
　　엘리듹은 적당하게 취한 다음
　　왕이 허락해준다면
　　아주 기쁜 마음으로 공주에게 가서 담소하고 싶다고

650	정중하게 말했어요.
	왕은 "얼마든지 그러시게!"라고 대답했어요.
	왕은 시동을 먼저 보내서
	엘리뒥을 위해 방문을 열어주게 했어요.
	엘리뒥은 가서 공주와 이야기를 나누었어요.
655	엘리뒥을 본 공주는 그를 자신에게로 부르면서
	육천 번이나 환영했어요.
	엘리뒥은 자신의 상황에 대해서 그녀의 조언을 구하고
	그의 여행에 대해서도 간략하게 알렸어요.
	그녀에게 모든 것을 말하거나
660	그녀의 허락을 받거나 구하기도 전에
	그녀는 슬픔으로 혼절했고
	혈색을 모두 잃었어요.
	기절하는 그녀를 본
	엘리뒥은 탄식하기 시작했어요.
665	그녀의 입술에 자주 입맞춤하고
	큰 애정을 담은 눈물을 흘렸어요.
	그녀가 의식을 회복할 때까지
	그녀를 두 팔로 껴안았어요.
	엘리뒥이 말했어요. "아아! 사랑하는 이여,
670	내가 말할 수 있게 조금만 허락해주오.
	당신은 내 삶이자 죽음이고[43]

---

[43] "Vus estes ma vie e ma mort"는 브리튼/잉글랜드의 토머스가 앵글로·노르만어로 쓴 『트리스탕』의 구절, "La bele raïne, s'amie,/En cui est sa mort e

나의 모든 위안은 당신으로부터 오오.

우리 두 사람이 한 맹세가 있기에

당신의 조언을 구한 것이오.

675 나는 부득이하게 내 조국으로 가야 하기에

당신 아버지의 허락을 구했소.

하지만 당신이 원하는 대로 하리다.

내게 무슨 일이 닥치든 말이오."

그녀가 말했어요. "당신이 머물고자 하지 않으시니

680 저를 함께 데려가주세요!

그렇지 않으면 저는 스스로 목숨을 끊을 것이고

결코 다시는 기쁨이나 즐거움을 얻지 않을 거예요!"

자신은 그녀를 진심으로 많이 사랑한다고

엘리뒥이 다정하게 대답했어요.

685 "아름다운 이여, 진실로 난

정해진 기간까지

당신 아버지께 맹세로 묶여 있으니

내가 당신을 데려간다면

나에 대한 그분의 믿음을 저버리는 게 될 것이오.

690 진심으로 당신께 맹세하고 약속하오.

만일 내가 떠나는 것을 허락해주고

내가 돌아오기 원하는 날짜를

생각해 보고 정해준다면

내가 건강하게 살아 있는 한

---

sa vie"(1061~1062)를 연상시킨다.

695 　세상 그 어떤 것도 내가 돌아오는 것을 막지 못할 것이오.
　　내 목숨은 온전히 당신 손에 달렸으니 말이오.”
　　그녀는 엘리뒥을 너무도 사랑했기에
　　그가 돌아와서 자신을 데려 갈
　　기한과 날짜를 정했어요.
700 　헤어질 때 두 사람은 많이 슬퍼하면서
　　금반지를 교환하고
　　서로에게 애정 어린 입맞춤도 했어요.
　　바다로 간 엘리뒥은
　　순풍이 불어 빠르게 바다를 건넜어요.
705 　엘리뒥이 돌아오자
　　그의 주군은 아주 기뻐하고 행복해했어요.
　　친구들과 친지들
　　다른 이들도 모두 그러했는데
　　아름답고 지혜롭고 고상한
710 　그의 아내가 누구보다도 그러했어요.
　　하지만 그를 사로잡은 사랑 때문에
　　엘리뒥은 항상 침울했어요.
　　어떤 것을 보더라도
　　기쁨이나 정다운 태도를 보이지 않았고
715 　연인을 볼 때까지
　　전혀 기뻐할 수 없었어요.
　　대단히 비밀스럽게 행동하는 그를 두고
　　그의 아내는 마음속으로 한탄했어요.
　　남편이 왜 그러는지를 몰랐기에

720 그녀 혼자 애통해했어요.
때로는 그에게 묻기도 했어요.
그가 고국을 떠나 있는 동안
자신의 행실이 바르지 못했거나 나쁜 짓을 했다는 이야기를
누군가로부터 듣기라도 했는지 말입니다.

725 그가 원한다면, 그의 사람들 앞에서
기꺼이 자신을 변호하겠다고 했어요.
엘리뒥이 말했어요. "부인, 결코 당신이
어떤 잘못이나 부정을 저질렀다고 나무라는 게 아니오.
다만, 내가 머물렀던 나라의

730 왕에게 약속하고 맹세하기를,
그분이 나를 많이 필요로 하기에
그분께 돌아가겠다고 했소이다.
내 주군인 폐하께서 평화를 얻으시면
난 일주일 이상 머물 수 없을 것이오.

735 돌아갈 수 있을 때까지
난 큰 고통을 견뎌야 할 것이오.
진정 그곳으로 돌아갈 때까지
어떤 것을 보더라도 기쁨을 얻지 못할 것이오.
내가 한 약속을 깨뜨리고 싶지 않기 때문이오."

740 이 말에 아내는 그를 내버려두었어요.
엘리뒥은 자신의 주군과 함께하였고
왕을 많이 도와주고 큰 역할을 했어요.
왕은 엘리뒥의 조언에 따라 행동하면서

모든 영토를 보호했어요.

745 하지만 공주가 정한

기한이 다가오자

엘리뒥은 평화를 얻고자 애를 써서

모든 적들을 왕과 화해시켰어요.

그런 다음 떠날 채비를 했고

750 데려가고 싶은 사람들도 준비시켰어요.

그가 많이 사랑하는 두 조카와

엘리뒥의 계획을 알고 있고

그의 메시지를 전달한

가령 중 한 명[44]

755 그리고 자신의 견습기사들[45]만 데리고 갔어요.

다른 사람들은 원치 않았던 것이었어요.

엘리뒥은 모든 일을 비밀로 하기 위해서

이들에게 약속하고 맹세하게 했어요.

더 이상 기다리지 않고 바다로 갔고

760 서둘러 바다를 건너서 반대편에 닿았어요.

그를 너무도 바라고 있는

그 나라에 도착했어요.

대단히 신중한 엘리뒥은

---

44) "chamberlenc"은 지체 높은 집안의 일을 관리하고 살피는 사람인 "가령(家令)"으로 옮겼다. 나중에 잉글랜드에 도착한 엘리뒥은 이 가령을 공주에게 보내서 그녀를 약속 장소로 데려오게 한다.

45) 「밀롱」에서와 마찬가지로 "esquïers"을 "견습기사"로 옮겼다(「밀롱」주석 20번 참고).

누가 그를 보거나

765 발견하거나 알아보는 것을 원치 않았기에
항구에서 먼 곳에 숙소를 잡았어요.
자신의 가령을 준비시킨 다음
연인에게 보내서
자신이 왔으며

770 약속을 잘 지켰음을 알렸어요.
그날 밤 깜깜해지면
그녀는 도시를 떠나야 했어요.
가령이 그녀와 함께 할 것이고
엘리뒥이 그녀를 맞이하러 갈 거였어요.

775 옷을 모두 갈아입은 가령은
도보로 아주 침착하게 걸어서
공주가 있는 도시까지
곧장 갔어요.
묻고 찾은 덕분에

780 공주의 방 안에 들어갔어요.
공주에게 인사말을 하고
그녀의 연인이 돌아왔다고 전했어요.
몹시 슬프고 낙심하던 그녀는
그 소식을 듣고

785 조용히 기쁨의 눈물을 흘리면서
가령에게 여러 번 입맞춤했어요.
날이 어두워지면 자신과 함께 가야 한다고
가령이 공주에게 말했어요.

이렇게 온종일 지내면서

790 자신들의 경로를 계획했어요.

밤이 되어 완전히 어두워지자

그 젊은 가령[46]과 공주는

마을을 떠났는데,

단지 두 사람뿐이었어요.

795 공주는 누군가 자신을 볼까 많이 두려워했어요.

금으로 곱게 수를 놓은

비단 옷에

짧은 망토를 동여매고 있었어요.

성문에서 활로 쏘면 닿을 정도의 거리에

800 울타리로 둘러싸인 멋진 사냥터[47] 안에 숲이 있었어요.

거기 말뚝 울타리 아래에

공주를 데리러 온 연인 엘리뒥이 그들을 기다리고 있었어요.

가령이 그곳으로 공주를 안내하자

엘리뒥이 말에서 내린 다음 그녀에게 입맞춤했어요.

805 두 사람은 재회하게 되어 몹시 기뻤어요.

말에 그녀를 태우고

자신도 올라탄 엘리뒥은 말고삐를 잡고

---

46) 청년이나 사내아이를 의미하는 "dameisel"(원문 793행)이 쓰인 것으로 볼 때 엘리뒥이 공주에게 보낸 가령이 젊다는 것을 알 수 있다.

47) "parc"는 공원이라는 의미 이외에 귀족들이 사냥터로 사용하기 위해서 울타리 등으로 담을 두른 숲이나 황야를 의미한다("parc").

그녀와 함께 서둘러 출발했어요.

토트네스에 있는 항구로 가서

810 곧장 배 안으로 들어갔어요.

자신의 부하들과 연인 길리아뎅을 제외하고

다른 이들은 아무도 없었어요.

순풍에다 산들바람까지 불고

날씨도 아주 맑았어요.

815 하지만 그들이 막 도착하려 할 때

바다에 폭풍이 일고

그들 앞으로 바람이 일더니

항구로부터 멀리 그들을 데려갔어요.

돛의 활대는 부러져 조각나고

820 돛은 전부 찢어졌어요.

그들은 열렬히 하느님과

성 니콜라우스[48]와 성 클레멘스[49]를 불렀고

---

48) 성 니콜라오, 성 니콜라스, 성 니콜라로도 불리는 "성 니콜라우스(Seint Nicholas)"는 오늘날 튀르키예 남서부 지역에 해당하는 항구 도시 파타라에서 태어났으며 막대한 재산을 물려받았음에도 가난한 이들을 더 많이 돕기 위해서 사제가 되었다고 전해진다. 생전에 그는 소외되고 불행한 이들을 많이 도와주었다고 하며 생후에는 그의 전구(轉求)로 많은 기적이 일어났다고 한다. 이런 이유로 성 니콜라우스는 어린이와 누명 쓴 죄수, 폭풍우에 갇힌 뱃사람, 항해사, 어부, 여행자들의 수호성인으로 공경받는다("성 니콜라오").

49) 로마인이었던 "성 클레멘스(Seint Clement)"는 사도 교부 중 한 명으로 인정받고 있으며 "로마의 클레멘스"로도 불린다. 가톨릭교회 전승에 따르면 그는 사도 베드로에게 직접 안수를 받았다고 한다. 91년경 교황 성 아나클레투스를 승계해 제4대 교황이 되었으나 트라야누스 황제가 가한 박해 때 크림반도

성모 마리아에게도

자신들을 도와주고

825 죽음으로부터 구해주고

항구에 닿을 수 있도록 그분의 아드님께 전구(轉求)해달라

고 간구했어요.

배는 어떤 때는 뒤로, 또 다른 때는 앞으로,

이렇게 해안을 따라 표류하다가

거의 난파될 지경에 이르렀어요.

830 그러자 선원 중 한 명이 큰소리로

외쳤어요. "우리가 무슨 짓을 하고 있는 것입니까?

영주님, 영주님께서는 이 배 안에

우리를 파멸시킬 분이랑 함께 계십니다.

결코 우리는 육지에 닿지 못할 것입니다![50]

835 영주님께서는 이미 진실한 부인이 계신데도

다른 여인을 데리고 오셔서

하느님과 신앙

정의와 믿음을 거스르고 계십니다.

로 귀양을 갔고 이후에 사형선고를 받고 목에 닻을 매단 채 흑해로 던져져 순
교한 것으로 전해진다("클레멘스 1세").

[50] 선원의 이 말은 죄인을 배에 태우면 그 배에 재앙이 닥친다는 오래된 속설(俗
說)을 반영한다. 이 속설을 다룬 많은 예들이 여러 문헌으로 전해지는데, 구
약성서의 요나 이야기, 그리스 극작가인 에우리피데스(Euripides)가 쓴 비극
『엘렉트라(Electra)』, 18세기 독일 시인 크리스토프 마르틴 빌란트(Christoph
Martin Wieland)가 쓴 서사시 『오베론(Oberon)』, 스코틀랜드 민요 『보니 애
니(Bonnie Annie)』와 『브라운 로빈의 고백(Brown Robyn's Confession)』 등
이 있다(Ewert, 187).

저 여인을 바다에 내던지게 허락해주십시오.

840   그러면 우리는 곧 육지에 닿을 수 있을 것입니다."

선원의 이 말을 들은 엘리뒥은

성이 나서 거의 실성할 지경이었어요.

엘리뒥이 말했어요. "개자식,[51] 비겁하고

더러운 배신자, 더 이상 지껄이지 말라!

845   만약 내 연인을 그렇게 하면

너는 그 일로 값비싼 대가를 지불해야 할 것이야!"

엘리뒥은 두 팔로 공주를 안고

바다가 주는 괴로움[52]으로,

그리고 사랑하는 이가 그의 나라에

850   다른 여인을 부인으로 두고 있다는 선언을 듣고

괴로워하는 그녀를

할 수 있는 한 최선을 다해서 위로했어요.

그녀는 앞으로[53] 쓰러져 기절했는데

혈색을 잃어 몹시 창백했어요.

855   그녀는 기절한 상태로 있으면서

깨어나거나 숨도 쉬지 않았어요.

---

51) "fiz a putain"을 직역하면 "창녀의 자식(son of a whore)"이 된다.

52) 공주가 겪는 "바다가 주는 괴로움", 즉 뱃멀미의 원문 "mal…… en mer"(원 문 850행)의 발음은 사랑의 괴로움인 "mal amer"를 연상시킨다(Hanning and Ferrante, 219). 실제로 이 장면에서 공주는 뱃멀미가 주는 괴로움과 부인이 있 는 남자를 사랑하는 데서 오는 괴로움 때문에 극심한 고통을 겪고 있다.

53) "Desur sun vis"에서 "sun"을 공주가 아닌 엘리뒥으로 볼 경우 그녀가 엘리 뒥의 얼굴 방향으로 쓰러졌다는 의미가 된다.

그녀를 자신과 함께 데려온 엘리뒥[54]은

진실로 그녀가 죽었다고 믿었기에

큰 슬픔으로 괴로워했어요. 자리에서 일어난 그는

860　그 선원에게로 재빨리 가더니

노를 들어 그를 쳐서

때려눕힌 다음

그의 발을 잡아 배 밖으로 던져버렸어요.

그러자 파도가 그의 몸을 실어가버렸어요.

865　선원을 바다로 던져버린 엘리뒥은

배의 키를 조종하러 갔어요.

그가 배를 잘 조종하고 방향을 잘 유지해서

배는 항구에 도착했고 육지에 닿았어요.

그들이 항구에 도착하자

870　엘리뒥은 다리를[55] 내리고 닻을 던졌어요.

연인은 여전히 혼절한 상태였고

죽은 거나 다름없어 보였어요.

엘리뒥은 격렬한 슬픔을 느꼈고

마음 같아서는 거기서 그녀와 함께 죽고 싶었어요.

---

54)　본서에서는 "Cil ki ensemble od lui l'en porte"를 엘리뒥이 잉글랜드에서
　　공주를 자신의 나라인 브르타뉴로 데려왔다는 것으로 옮겼다(Burgess and
　　Busby, 122; Hanning and Ferrante, 219 참고). 한편 이 문장은 847행에서
　　언급한 내용, 즉 쓰러진 공주를 엘리뒥이 두 팔로 안은 상황을 가리킬 수도
　　있다(Jonin, 159; Koble et Séguy, 611 참고).

55)　"pont"는 배에서 부두에 닿을 수 있도록 만든 다리(landing bridge)를 의미한
　　다(Ewert, 210).

875 동료들 각자에게
연인을 어디로 데려갈지
조언을 달라고 요구했어요.
축성된 묘지에
대단히 영예롭고 성대하게
880 그녀를 묻기 전까지
그녀를 떠날 수 없었던 것이었어요.
그녀가 왕의 딸이니 그럴 권리가 있다고 본 거였지요.
그들은 아주 난처해하면서
어떤 조언도 해주지 못했기에
885 엘리뒥은 그녀를 어디로 데려갈 수 있을지
생각하기 시작했어요.
바다에서 가까운 자신의 집은
저녁식사 무렵이면 도착할 수 있었어요.
집 주위에는 숲이 있고
890 그 둘레가 삼십 리그[56]인데,
한 성스러운 은자(隱者)가
경당을 지키면서
사십 년째 그곳에 살고 있었어요.
엘리뒥은 종종 그 은자와 더불어 담소했기에
895 연인을 그에게 데려가서
그녀를 그곳 경당에 묻고자 했어요.
수도원을 지를 수 있을 정도로

---

56) "30리그"(trente liwes)는 약 120킬로미터에 해당한다.

충분한 땅을 주고

수사나 수녀들

900 　또는 참사회원들로 된 수도원을 세워서

그들이 연인을 위해 항상 기도하게 할 요량이었어요.

하느님께서 그녀에게 큰 자비를 베푸시기를!

엘리뒥은 자신의 말을 데려오게 하고

부하들도 모두 말에 오르라고 명령했어요.

905 　그들로부터 자신을 배신하지 않겠다는

서약을 받았어요.

자신이 탄 말[57] 앞쪽에 연인을 안고서

함께 데리고 갔어요.

그들은 곧게 뻗은 길을 계속 달려서

910 　숲 안으로 들어갔어요.

경당에 도착해서

사람을 부르고 문을 두드렸지만

대답하는 이도,

문을 열어주는 이도 찾을 수 없었어요.

915 　엘리뒥은 부하 중 한 명을 안으로 뚫고 들어가게 해서

자물쇠를 풀고 문을 열게 했어요.

팔 일 전에

성인 같았던, 무결(無缺)했던 그 은자가 생을 마감한 것이

었어요.

---

57) 여기서 엘리뒥이 연인을 데려가기 위해서 탄 말은 군마가 아니라 귀족 남녀
　가 타는 "승용마(palefrei)"이다.

엘리뒥은 새롭게 만들어진 무덤을 발견하고는

920　몹시 슬퍼하고 난감해했어요.
엘리뒥이 연인을 묻을 수 있도록
동료들이 묘를 파고자 했지만
엘리뒥은 그들을 중단시키고[58]
말했어요. "결코 그럴 수는 없소!

925　먼저 나는 이 나라에 사는 현자들에게
수도원이나 교회로 쓸
장소를 어떻게 명예롭게 할 수 있는지
조언을 구할 것이오.
내 연인을 제대 앞에 눕히고

930　그녀를 하느님께 맡깁시다."
엘리뒥은 공주의 옷을 가져오게 해서
그것으로 그녀를 눕힐 침상을 즉시 만들었어요.
그 위에 그녀를 눕히고
그녀가 죽은 것으로 간주하고 내버려두려 했어요.

935　하지만 떠날 때가 되자
괴로워서 죽을 것만 같았어요.
그녀의 눈과 얼굴에 입을 맞추면서
말했어요. "아름다운 이여, 진실로
내가 결코 다시 무기를 들거나,

940　이 삶을 살거나 견디는 것을 하느님께서 기뻐하지 않으시

---

58) "ariere traire"(원문 922행)는 "중단시키다", "철수시키다", "떠니디"라는 의
미이다("traire"; Ewert, 216).

기를 바라오!

아름다운 정인이여, 당신이 나를 본 것은 불행이었소!

달콤한 내 사랑이여, 당신이 나를 따라온 것은 불행이었소!

당신이 나에게 진심으로 주었던

그 충실하고 고귀한 사랑이 아니었다면

945 당신은 이미 왕비가 되었을 것이오.

내 마음은 당신으로 인해 몹시 비통하오!

당신을 땅에 묻는 날

난 수도자가 될 것이고

당신의 무덤 위에 매일

950 내 슬픔이 울려 퍼지게 할 것이오!"

그 다음 연인을 남겨둔 채

경당의 문을 잠갔어요.

엘리뒥은 집으로

전령을 보내서

955 자신이 도착했지만

많이 피곤하고 지쳤다고 아내에게 알리게 했어요.

이 소식을 듣고 아내는 많이 행복해했어요.

남편을 맞을 준비를 해서

그를 잘 맞이했어요.

960 하지만 그녀를 기다리는 건 기쁨이 아니었어요.

남편이 그녀에게 상냥한 태도를 보이거나

다정하게 말을 건네지도 않았으니까요.

감히 아무도 그에게 말을 붙이지 못했어요.

엘리뒥은 이틀 동안 집에 있더니

965 아침 일찍 미사를 보고
혼자서 출발했어요.
숲속에 있는 경당,
연인이 누워 있는 그곳으로 갔어요.
그녀는 기절한 상태로 있었고
970 의식을 회복하지도 숨을 쉬지도 않았어요.
그가 볼 때 경이로운 점은
그녀의 안색이 밝고 볼그레해 보였고
약간 창백한 것을 제외하면
그녀가 전혀 혈색을 잃지 않았다는 거였어요.
975 엘리뒥은 고통스럽게 슬피 울면서
그녀의 영혼을 위해 기도했고
기도가 끝나자
집으로 돌아갔어요.
어느 날 엘리뒥이 성당을 나설 때
980 그의 아내가 시종 한 명에게
많은 것을 약속하면서 그를 감시하게 했어요.
멀리서 영주를 뒤따라가면서
영주가 어느 방향으로 길을 드는지 알아내면
시종에게 말과 무기를 주겠다고 했어요.
985 시종은 그녀가 시키는 대로 했어요.
엘리뒥이 알아채지 못하게
그를 쫓아 숲 안으로 들어갔어요.
그가 어떻게 경당으로 들어가는지
잘 관찰하고 지켜보았으며

990	그가 내는 탄식의 소리도 들었어요.
	엘리뒥이 밖으로 나오기 전에
	시종은 부인에게 돌아갔어요.
	시종은 자신이 들은 모든 것,
	은자(隱者)의 집에서 엘리뒥이 했던
995	탄식과 불평, 그리고 그의 울음에 대해서 부인에게 이야기
	했어요.
	이 말에 마음이 크게 동요된
	부인이 말했어요. "당장 가서
	은자의 집을 샅샅이 찾아보세!
	내가 알기로 그이는 출타하실 거라네.
1000	폐하와 이야기를 나누러 궁정에 가실 걸세.
	얼마 전에 돌아가신 그 은자를
	그이가 많이 좋아한 것은 알고 있네.
	하지만 진정 그 은자를 위해서 그이가 그렇게 행동했다고,
	그분을 위해서 그토록 슬퍼했다고는 생각지 않네."
1005	이 일에 대해서 그녀는 그렇게 결론 지었어요.
	바로 그날 오후
	엘리뒥이 왕을 알현하러 갔어요.
	그의 아내는 시종을 데리고 나섰고
	시종이 그녀를 은자의 집으로 안내했어요.
1010	경당 안으로 들어간 그녀는
	그 아가씨[59]가 갓 피어난 장미와 같이

---

59) "la pucele"은 엘리뒥의 연인인 공주를 의미한다.

침상에 누워 있는 것을 보았어요.

부인은 이불을 걷어서

그녀의 몹시 가녀린 몸과

1015 긴 팔과 하얀 손

그리고 가늘고 길고 매끈한 손가락을 보았어요.

그녀는 이제야 진실을,

남편이 슬픔을 보였던 이유를 알게 되었어요.

그녀는 시종을 앞으로 불러서

1020 이 놀라운 광경을 보여주었어요.

그녀가 말했어요. "미모가 보석을 닮은

이 여인[60]이 보이는가?

이 여인은 그이의 연인으로,

이 여인 때문에 그이가 그토록 슬퍼한 것이라네!

1025 이토록 아름다운 여인이 죽어서 그런 것이니

진정 놀랄 일은 아니지.

이 여인에 대한 연민과 사랑 때문에

나는 결코 다시는 기뻐할 수 없을 것이네!"

그녀는 울기 시작했고

1030 그 아가씨를 애도했어요.

그녀가 앉아서 울고 있는 침상 앞으로

---

60) 여기서 엘리뒥의 부인은 공주를 가리켜 여자(성)나, 여인, 부인을 의미하는 "femme"를 쓰고 있다. 이는 화자가 공주를 가리킬 때 주로 "아가씨"나 "처녀"를 의미하는 "pucele", "dameisele" 또는 "meschine"를 쓰는 것과는 차이가 있다.

제대 밑에서 나타난

족제비[61] 한 마리가 재빨리 달아났어요.

족제비가 누워 있는 이의 몸 위[62]를 지나가자

1035 시종이 족제비를 쳤어요.

막대기로 족제비를 죽여서

바닥 한가운데에 던졌어요.

얼마 지나지 않아서

첫 번째 족제비의 짝[63]이 달려나와서

1040 암컷 족제비가[64] 누워 있는 곳을 보았어요.

수컷은 암컷의 머리 주위로 가더니

발로 여러 번 암컷을 건드렸어요.

암컷을 일으켜 세울 수 없자

수컷은 슬퍼하는 모습을 보이더니

1045 경당을 나가서

숲으로 약초를 찾으러 갔어요.

이빨로 새빨간

---

61) 중세에 "족제비(musteile)"(원문 1032행)는 마법적인 속성을 가진 동물로 알려져 있었다. 그런 이유로 콘월 지역에서는 족제비를 "요정(fairies)"으로 불렀다고 전해진다(Ewert, 187). 이 작품에서 짝이 죽은 것을 발견하고 슬픔을 표현하거나, 죽은 짝을 살리기 위해서 숲에서 약초를 구해오는 족제비 역시 평범한 동물로는 보이지 않는다.

62) "sur le cors"(원문 1035행)는 의식 없이 누워 있는 공주의 몸을 의미한다.

63) "cumpaine"(1039행, 1051행)를 "짝"으로 옮겼다.

64) 마리는 첫 번째 족제비를 암컷("ele", 1040행; "la", 1042행, 1043행)으로 지칭한다. 두 번째 족제비가 첫 번째 족제비의 "짝(cumpaine)"인 점을 고려하여 두 번째 족제비("li")(1041행)를 "수컷"으로 번역했다.

꽃 한 송이를 꺾어서

서둘러 돌아왔어요.

1050   시종이 죽인

짝의 입 안에

꽃을 놓자

짝이 즉시 되살아났어요.[65]

부인은 이것을 알아차리고

1055   시종에게 소리쳤어요. "저 족제비[66]를 붙잡게!

이보게, 막대기를 던져서 저 족제비가 달아나지 못하게

하게!"

시종이 막대기를 던져서 족제비를 치자

족제비가 물고 있던 꽃을 떨어뜨렸어요.

부인은 일어나서 꽃을 주운 다음

1060   재빨리 돌아와서

그 아름다운 꽃을

공주의 입 안에 넣었어요.

잠시 후

공주가 깨어나더니 숨을 쉬었어요.

1065   그 다음 말을 하면서 눈을 떴어요.

---

65) 약초가 죽은 자를 살릴 수 있다는 믿음은 동양뿐만 아니라 고대 서양에서도
      널리 퍼져 있었던 것으로 보인다. 약초로 자신의 짝을 살리는 이 족제비 이야
      기와 유사한 이야기들이 고대부터 많이 전승되는데, 일부 서구 문화권에서는
      족제비가 아닌 뱀이 그런 역할을 하는 것으로 그려진다(Ewert, 187).

66) 물고 있던 꽃을 떨어뜨린다는 점에서(1058행) "la"는 되살아난 첫 번째 (암컷)
      족제비를 가리킨다.

그녀가 말했어요. "맙소사! 오랫동안 잠을 잤구나!"

공주가 말하는 것을 들은 부인은

하느님께 감사하기 시작했어요.

부인이 공주에게 그녀가 누구인지 묻자

1070 공주가 대답했어요.

"부인, 저는 잉글랜드[67]에서 태어났고

저는 그곳 왕의 딸이에요.

저는 한 기사를,

엘리뒥이라는 뛰어난 용병을 많이 사랑했고

1075 그가 저를 여기로 데려왔어요.

그는 저를 속이는 죄를 지었는데,

혼인한 부인이 있다는 사실을 저에게 말하지도,

결코 어떤 징후도 보이지 않았어요.[68]

그 사람의 부인에 대해서 말하는 것을 듣고

1080 저는 큰 슬픔으로 혼절했어요.

그는 비열하게도 의지가지없는 저를

낯선 땅에 버리고 배신했어요.

저는 어떻게 생각해야 할지 모르겠어요.

남자를 믿는 건 정말 어리석은 짓이에요!"[69]

---

67) "로그르(Logres)"는 잉글랜드를 가리킨다.

68) 엘리뒥이 자신을 속였다는 공주의 이 말은, 기혼자인 엘리뒥이 그녀에게 사랑이라는 미명하에 한 모든 행동이 윤리적으로 잘못되었다는 점을 분명히 하는 것이다. 엘리뒥은 연인인 공주뿐만 아니라 공주의 아버지인 왕과 자신의 부인도 속였다는 점에서 윤리적으로 문제가 있다.

69) "Mut est fole quë humme credit"에서 "humme"를 사람으로 번역하여 "사

1085 부인이 그녀에게 대답했어요. "아름다운 아가씨,

세상에 살아 있는 것 중에서 어떤 것도

그분에게 기쁨을 줄 수 없어요.

이것이 진실이라는 점을 아가씨께 말씀드릴 수 있어요.

그분은 당신이 죽었다고 믿고

1090 이루 말할 수 없을 정도로 절망하셨어요.

그분은 매일 당신을 보러오셨지만,

의식이 없는 당신을 보신 것으로 추측이 되어요.

진실로, 저는 그분의 아내이기에

그분을 생각하면 가슴이 무척 아픕니다!

1095 그분이 슬픔을 보이셨기에

그분이 어디로 가시는지 알고 싶어서

그분을 뒤따라와서 이렇게 당신을 발견하게 된 것이에요.

당신이 살아나서 전 정말 기뻐요.

당신을 저와 함께 데리고 가서

1100 당신을 연인에게 돌려주겠어요.

그분을 완전히 자유롭게 해주고[70]

저는 수녀가 되도록 하겠어요."

부인은 공주를 잘 달래서

그녀를 함께 데리고 갔어요.

1105 부인은 시종을 준비시켜서

람을 믿는 것은 정말 어리석은 짓이에요"로도 옮길 수 있다.

70) 여기서 엘리뒥의 아내는 자신이 수녀가 되어 남편을 자유롭게 해줌으로써 남
편이 사랑하는 사람과 문제없이 재혼할 수 있게 해주겠다는 뜻을 밝힌다.

남편을 찾으러 보냈어요.

시종은 그를 찾을 때까지 나아갔어요.

시종은 엘리뒥에게 예의를 갖춰 인사한 다음

무슨 일이 있었는지 이야기했어요.

1110 엘리뒥은 일행을 기다리지도 않은 채

말에 올랐고

밤이 되어 집에 돌아왔어요.

연인이 살아난 것을 보고

아내에게 상냥하게 감사를 표했어요.

1115 엘리뒥은 이제껏 그토록 행복한 적이 없을 정도로

대단히 행복했어요.

그는 공주에게 자주 입맞춤했고

공주 역시 그에게 아주 다정하게 입맞춤했어요.

함께한 두 사람은 큰 행복을 느꼈어요.

1120 두 사람의 모습을 본 부인이

남편에게 말을 꺼냈어요.

수녀가 되어 하느님을 섬기고 싶으니

그녀가 그를 떠날 수 있도록

그의 허락을 구하고 청했어요.

1125 그녀가 수도원을 지을 수 있도록

그의 땅 중에서 일부를 달라고 하고,

그가 그토록 사랑하는 이와 혼인하라고 했어요.

두 명의 배우자를 두는 것은

윤리적이지도 정당하지도 않으며

1130 종교도 허락하지 않을 것이라고 했어요.

엘리뒥은 아내가 원하는 바를 들어주고
그녀가 떠나는 것을 기꺼이 허락했어요.
그녀가 원하는 대로 다 들어주고
그녀에게 땅도 주었어요.

1135 성에서 가까운 숲속에
은자의 경당이 있는 곳에
아내는 자신의 교회를 세우고
그녀가 살 거처도 짓게 했어요.
그녀는 그곳에 넓은 땅과 많은 재산을 바치고

1140 필요로 하는 모든 것을 마련했어요.
모든 것이 잘 준비되자
서른 명의 다른 수녀들과 함께
그녀는 수녀가 되었고
자신의 생활 규칙과 수도회의 규칙을 정했어요.

1145 엘리뒥은 연인과 혼인했어요.
그녀와 혼인하는 날
대단히 영예롭고 성대하게
연회를 개최했어요.
두 사람은 많은 날을 함께했고

1150 그들 사이의 사랑은 흠 없이 완벽했어요.
그들은 하느님께 귀의할 때까지
자선을 많이 베풀고 선행도 많이 했어요.
엘리뒥은 많이 계획하고 심사숙고한 뒤에
성에서 가까운 반대편[71]에

1155 교회를 짓게 했고

땅의 대부분과

모든 금과 은을 그곳에 기부했어요.

수도원의 규칙을 유지하고 거처를 관리하기 위해서

자신의 부하들과

1160 신심이 좋은 다른 사람들을 그곳에 자리 잡게 했어요.

모든 것이 준비되자

그는 더 이상 지체하지 않고

전능하신 하느님을 섬기기 위해서

그들과 함께 자신을 바쳐서 수도자가 되었어요.

1165 그토록 사랑하는 부인은

첫 번째 부인과 함께 살게 했어요.

길드루엑은 길리아됭[72]을 자매처럼 받아들여서

그녀에게 큰 존경을 표하고

하느님을 섬기도록 격려하고

1170 수도회의 규칙을 가르쳐주었어요.

두 여성은 하느님께서 자신들이 사랑하는 이[73]에게

큰 자비를 베풀어주시도록 기도했고

그도 그녀들을 위해서 기도했어요.

그녀들이 어떻게 지내는지

1175 그녀들 각자가 스스로를 어떻게 위로하는지 알고자

---

71) 엘리둑의 첫 번째 부인이 세운 수도원에서 반대편이라는 의미로 보인다.

72) "El la receut……"에서 주어 "El"은 첫 번째 부인인 길드루엑으로, 목적어 "la"는 두 번째 부인인 길리아됭으로 옮겼다.

73) "그들이 사랑하는 이(lur ami)"는 엘리둑을 가리킨다.

엘리뒥은 전령을 보냈어요.

선한 믿음으로 하느님을 사랑하기 위해서

그들 각자가 스스로 많이 애썼고

참된 신이신 하느님의 자비로

1180 그들의 마지막은 참으로 훌륭했어요.

이 세 사람의 이야기로

옛적의 예의 바른 브르타뉴 사람들이

래를 지어서 기념하고자 했으니

사람들은 그것을 잊어서는 안 될 것입니다.

래 모음집 원문

PROLOGUE

f.118r   Ki Deus ad duné en science[1]

        E de parler bon' eloquence

        Ne s'en deit taisir ne celer,

        Ainz se deit volunters mustrer.

5   Quant uns granz biens est mult oïz,

        Dunc a primes est il fluriz,

        E quant loëz est de plusurs,

        Dunc ad espandues ses flurs.

        Custume fu as ancïens,

10   Ceo tesmoine[2] Precïens,

        Es livres ke jadis feseient

        Assez oscurement diseient

        Pur ceus ki a venir esteient

        E ki aprendre les deveient,

15   K'i puessent[3] gloser la lettre

        E de lur sen le surplus mettre.

        Li philesophe le saveient

        E par eus memes entendeient,

---

1)   escïence

2)   tes[ti]moine

3)   peüssent

Cum plus trespasserunt le tens,

20 Plus[4] serreient sutil de sens

E plus se savreient garder

De ceo k'i ert, a trespasser.

Ki de vice se volt defendre

Estudïer deit e entendre

25 E grevos' ovre comencier:

Par se[5] puet plus esloignier

E de grant dolur delivrer.

Pur ceo comencerai[6] a penser

De aukune bone estoire faire

30 E de latin en romaunz traire;

Mais ne me fust guaires de pris:

I tant[7] se[8] sunt altres[9] entremis.

Des lais pensai k'oï aveie;

Ne dutai pas, bien le saveie,

35 Ke pur remambrance les firent

Des avetures k'il oïrent

Cil ki primes les comencierent

E ki avant les enveierent.

Plusurs en ai oï conter,

---

4) E plus

5) Par [ceo] se

6) començai

7) Itant

8) s'en

9) altre

40   Ne[10] voil laisser në oblïer;

        Rimez en ai e fait ditié,

        Soventes fiez en ai veillié.

        En le honor[11] de vus, nobles reis,

        Ki tant estes pruz e curteis,

45   A ki tute joie se encline,

        E en ki quoer tuz biens racine,

        M'entremis des lais assembler,

        Par rime faire e recconter.

        En mun quoer pensoe e diseie,

50   Sire, ke[12] vos presentereie;

        Si vos les plaist a receveir,

        Mult me ferez grant joie aveir,

        A tuz jurz mais en serrai lie.

        Ne me tenez a surquidie

55   Si vos os faire icest present.

        Ore oëz le comencement!

---

10) Ne[s]

11) l'honur

12) ke[s]

I

GUIGEMAR

f.118r	Ki de bone mateire traite,
	Mult li peise si bien n'est faite.
	Oëz, seignurs, ke dit Marie,
	Ki en sun tens pas ne s'oblie.
5	Celui deivent la gent loër
	Ki en bien fait de sei parler.
	Mais quant il i ad[1] en un païs
	Hummë u femme de grant pris,
f.118v	Cil ki de sun bien unt envie
10	Sovent en dïent vileinie;
	Sun pris li volent abeisser:
	Pur ceo comencent le mestier
	Del malveis chien coart felun,
	Ki mort la gent par traïsun.
15	Nel voil mie pur ceo leissier,
	Si gangleür u losengier
	Le me volent a mal turner;
	Ceo est lur dreit de mesparler.
	Les contes ke jo sai verrais,
20	Dunt li Bretun unt fait les lais,

---

1) il ad

393

Vos conterai assez briefment.
El chief de cest comencement,
Sulunc la lettre e l'escriture,
Vos mosterai un' aventure
25 Ki en Bretaigne la menur
Avint al tens ancïenur.
En cel tens tint Hoilas la tere,
Sovent en peis, sovent en guere.
Li reis aveit un sun barun
30 Ki esteit sire de Lïun;
Oridials esteit apelez,
De sun seignur fu mult privez.
Chivaliers ert pruz e vaillanz;
De sa moillier out deus enfanz,
35 Un fiz e une fille bele.
Noguent ot nun la damaisele;
Guigeimar noment le dancel,
El rëaulme nen out plus bel;
A merveille l'amot sa mere
40 E mult esteit bien de sun pere;
Quant il le pout partir de sei,
Si l'enveat servir un rei.
Li vadlet fu sages e pruz,
Mult se faseit amer de tuz.
45 Quant fu venu termcs e tens
Kë il aveit eage e sens,
Li reis le adube richement,
Armes li dunez[2] a sun talent.

Guigemar se part de la curt;

50 Mult i dona ainz k'il s'en turt.

En Flaundres vait pur sun pris quere:

La out tuz jurz estrif e guerre.

En Lorreine në en Burguine

Në en Angoue[3] në en Gascuine

55 A cel tens ne pout hom truver

Si bon chevalier ne sun per.

De tant i out mespris nature

Kë unc de nul' amur n'out cure.

Suz ciel n'out dame ne pucele

60 Ki tant par fust noble ne bele,

Së il de amer la requeïst,

Ke volentiers nel retenist.

Plusurs le requistrent suvent,

Mais il n'aveit de ceo talent;

65 Nuls ne se pout aparceveir

Kë il volsist amur aveir.

Pur ceo le tienent a peri

E li estrange e si ami.

En la flur de sun meillur pris

70 S'en vait li ber en sun païs

f.119r Veer sun pere e sun seignur,

Sa bone mere e sa sorur,

Ki mult l'aveient desiré.

---

2) dune

3) Angou

Ensemble od eus ad sujurné,

75   Ceo m'est avis, un meis entier.

Talent li prist d'aler chacier:

La nuit somunt ses chevaliers,

Ses veneürs e ses berniers;

E al[4] matin vait en la forest,

80   Kar cel deduit forment li plest.

A un grant cerf sunt aruté,

E li chien furent descuplé:

Li veneür curent devaunt;

Li damaisels se vait targaunt.

85   Sun arc li portë un vallez,

Sun ansac e sun berserez.

Traire voleit, si mes eüst,

Ainz ke d'iluec se remeüst.

En l'espeise d'un grant buissun

90   Vit une bise od un foün;

Tute fu blaunche cele beste,

Perches de cerf out en la teste;

Sur le bai del brachet sailli.

Il tent sun arc, si trait a li,

95   En l'esclot la feri devaunt;

Ele chaï demeintenaunt.

La seete resorti[5] ariere,

Guigemar fiert en tel maniere

---

4) Al

5) resort

En la quisse deske al cheval,

100 Ke tut l'estuet descendre aval;

Ariere chiet sur l'erbe drue

Delez la bise ke out ferue.

La bise, ke nafree esteit,

Anguissuse esteit[6], si se plaineit;

105 Aprés parla en itel guise:

'Oï, lase! jo sui ocise!

E tu, vassal, ki m'as nafree,

Tel seit la tue destinee:

Jamais n'aies tu medcine[7]!

110 Ne par herbe ne par racine

Ne par mire ne par pociun

N'avras tu jamés garisun

De la plaie ke as en la quiisse[8],

De s[9] ke cele te guarisse

115 Ki suffera pur tue amur

Issi grant peine e tel dolur

Ke unkes femme taunt ne suffri;

E tu refras[10] taunt pur Ii,

Dunt tut cil s'esmerveillerunt

120 Ki aiment e amé avrunt

_____

6) ert

7) med[e]cine

8) quisse

9) s[i]

10) ref[e]ras

U ki pois amerunt aprés.

Va t'en de ci! Lais m'aver pes!'

Guigemar fu forment blescié;

De ceo k'il out[11] est esmaiez.

125   Començat sei a purpenser

En quel[12] tere purrat aler

Pur sa plaie faire guarir;

Kar ne se volt laissier murir.

Il set assez e bien le dit

130   Ke unke femme nule ne vit

A ki il turnast[13] s'amur

Ne ki le[14] guaresist de dolur.

Sun vallet apelat avaunt;

'Amis,' fait il, 'va tost poignaunt!

135/f.119v   Fai mes compaignuns returner;

Kar jo voldrai od eus parler.'

Cil point avaunt, e il remaint;

Mult anguissusement se pleint.

De sa chemise estreitement

140   Sa plaie bende fermement.

Puis est muntez, d'iluec s'en part;

Ke esloignez sest[15] mult li est tart:

---

11) ot

12) quele

13) [a]turnast

14) kil

15) seit

Ne volt ke nul des suens i vienge,

Ki le[16] desturbast ne ki le[17] retienge.

145 Le travers del bois est alez

Un unt[18] chemin ki l'ad menez

Fors a la laundë; en la plaigne

Vit la faleise e la muntaigne

De une ewe ke desuz cureit;

150 Braz fu de mer, hafne i aveit.

El hafne out une sule nef,

Dunt Guigemar choisi le tref;

Mult esteit bien apparillee.

Defors e dedenz fu peiee:

155 Nuls hum n'i pout trover jointure;

N'i out cheville ne closture

Ki ne fust tute d'ebenus;

Suz ciel n'at oi[19] ki vaille plus.

La veille fu tute de seie,

160 Mult est bele ki la depleie.

Li chivaliers fu mult pensis:

En la cuntree n'el païs

N'out unkes mes oï parler

Ke nefs i pussent ariver.

165 Avaunt alat si descendi[20] jus;

---

16) Kil

17) kil

18) vert; "unt" 위에 "uert"가 첨가됨

19) or

A graunt anguisse munta sus.

Dedenz quida hummes truver

Ki la nef deüssent garder;

N'i aveit nul, ne nul ne vit.

170   En mi la nef trovat un lit

Dunt li pecun[21] e li limun

Furent a l'ovre Salemun,

Tailliez a or, tut a triffure,

De ciprés e de blanc ivoure;

175   D'un drap de seie a or teissu

Est la coilte ki desus fu.

Les altres dras ne sai preisier;

Mes tant vos di[22] de l'oreillier:

Ki sus eüst sun chief tenu

180   Jamais le peil n'avreit chanu;

Le covertur tut sabelin

Vols fu du purpre alexandrin.

Deus chandelabres de fin or--

Le pire valeit un tresor--

185   El chief de la nef furent mis;

Desus out deus cirges espris.

De ceo s'esteit il esmerueilliez.[23]

Il s'est sur le lit apuiez;

---

20) alat, descendi

21) pecul

22) dirrai

23) merveilliez

Reposé s'est, a sa[24] plaie dolt.

190 Puis est levez, aler s'en volt;

Il ne pout mie returner:

La nef est ja en halte mer,

Od lui s'en vat delivrement;

Bon orét eurent[25] e süef vent,

195 N'i ad mais nient de sun repaire;

Mult est dolent, ne seit ke faire.

N'est merveille së il s'esmaie,

Kar grant dolur out en sa plaie;

f.120r Suffrir li estut l'aventure.

200 A Deu prie k'en prenge cure,

K'a sun poeir l'ameint a port

E si le[26] defende de la mort.

El lit se colcha, si s'en dort;

Hui ad trespassé le plus fort:

205 Ainz le vespré ariverat

La ou sa guarisun avrat,

Desuz une antive cité,

Ki esteit chief de cel regné.

Li sires ki la mainteneit

210 Mult fu velz humme e femme aveit,

Une dame de haut parage,

Franche, curteise, bele e sage;

---

24) s'est sa

25) out

26) E sil

Gelus esteit a desmesure;

Kar ceo purportoit sa nature.

215 Ke tut li veil seient gelus--

Mult hiet chascun kë il seit cous--

Tels de[27)] eage le trespas.

Il nel[28)] la guardat mie a gas.

En un vergier suz le dongun,

220 La out un clos tut envirun;

De vert marbre fu li muralz,

Mult par esteit espés e halz;

N'i out fors une sule entree,

Cele fu noit e jur guardee.

225 De l'altre part fu clos de mer;

Nuls ne pout eissir në entrer,

Si ceo ne fust od un batel,

Se busuin eüst al chastel.

Li sire out fait dedenz le mur,

230 Pur mettre i sa femme a seür,

Chaumbre; suz ciel n'en out plus bele.

A l'entree fu la chapele.

La chaumbre ert peinte tut entur:

Venus, de[29)] deuesse d'amur,

235 Fu tresbien en[30)] la peinture,

---

27) Tels [est] de

28) ne

29) la

30) tresbien [mise] en

Les traiz mustrez e la nature
Cument hom deit amur tenir
E lëalment e bien servir;
Le livre Ovide, ou il enseine
240 Coment chascun s'amur estreine,
En un fu ardant les[31] gettout
E tuz iceus escumengout
Ki ja mais cel livre lirreient
Ne sun enseignement nient fereient[32].
245 La fu la dame enclose e mise.
Une pucele a sun servise
Li aveit sis sires bailliez[33],
Ki mult ert franche e enseigniez[34],
Sa niece, fille sa sorur.
250 Entre les deus out grant amur;
Od li esteit quant il errout,
De ci la kë il reparout,
Hume ne femme n'i venist,
Ne fors de cel murail ne issist.
255 Uns vielz prestres blancs e floriz
Guardout la clef de cel postiz;
Les plus bas membres out perduz:
Autrement ne fust il pas[35] creüz;

---

31) le
32) enseignement fereient
33) bailliee
34) enseigniee

Le servise Deu li diseit

260   E a sun mangier la serveit.

Cel jur meïsme ainz relevee

Fu la dame el vergier alee;

f.120v   Dormie aveit aprés mangier,

Si s'est alee esbanïer,

265   Ensemblë od li la meschine.

Gardent aval vers la marine;

La neif virent al flot muntant,

Quë el hafne veneit siglant;

Ne veient rien que la cunduie.

270   La dame uoleit[36] turner en fuie:

Si ele ad poür n'est merveille;

Tute en fu sa face vermeille.

Mes la meschine, que fu sage

E plus hardie de curage,

275   La recunforte e aseüre.

Cele part vunt grant aleüre.

Sun mantel ost[37] la pucele,

Entre en la neif, que mult fu bele.

Ne trovat nule rien vivant

280   For sul le chevaler dormant;

Pale le vit, mort le quida;

Arestuz ele[38], si esgarda.

_____

35) fust pas

36) volt

37) ost[e]

404

Ariere vait la dameisele,

Hastivement la dame apele,

285 Tute la verité li dit,

Mult pleint le mort quë ele vit.

Respunt la dame: 'v alums[39]!

S'il est mort, nus l'enfuïrums;

Nostre prestre nus aidera.

290 Si vif le truis, il parlera.'

Ensemble vunt, ne targent mes,

La dame avant e ele aprés.

Quant ele est en la neif entree,

Devant le lit est arestee;

295 Le chevaler ad esgardé

Mut pleint sun cors e sa beuté;

Pur lui esteit triste e dolente,

E dit que mar fu sa juvente.

Desuz[40] le piz li met sa maine[41];

300 Chaut le senti e le quor seine[42],

Que suz les costez li bateit.

Le chevaler, que se dormeit,

S'est esveillez, si l'ad veüe;

Mut en fu Iez, si la salue:

---

38) Arestut sei
39) ·····dame: 'Or i alums
40) Desur
41) main
42) sein

305	Bien seit k'il est venu a rive.
	La dame, plurante e pensive,
	Li respundi mut bonement,
	Demande Ii cumfaitement
	Il est venuz e de queile[43] tere,
310	S[44] il est eisselez pur guere.
	'Dame,' fet il, 'ceo n'i ad mie;
	Mes si vus plest que jeo vus die
	La verité, vus cunterai;
	Nïent ne vus en celerai.
315	De Bretaine la menur fui.
	En bois alai chacier jeo ui;
	Une blanche bise feri,
	E la saete resorti,
	En la quisse m'ad si nafré,
320	Jamés ne quid estre sané.
	La bise se pleint e parlat,
	Mut me maudist e jurat[45]
	Que ja n'eüs[46] guarisun
	Si par une meschine nun;
325	Ne sai u ele seit trovee.
	Quant jeo oï la destinee,
f.121r	Hastivement del bois eissi.

---

43) queil

44) S[i]

45) e [si] jurat

46) n'eüs[se]

406

En un hafne cest[47] nef vi[48];

Dedenz entrai, si fis folie;

330 Od mei s'en est la neif ravie.

Ne sai u jeo sui arivez,

Coment ad nun ceste citez.

Bele dame, pur Deu vus pri,

Cunseillez mei, vostre merci!

335 Kar jeo ne sai queil part aler,

Ne la neif ne puis governer.'

El li respunt: 'Bel sire chiers,

Cunseil vus dirai volenters:

Ceste cité est mun seignur

340 E la cuntre[49] tut entur;

Riches hum est de haut parage,

Mes mut par est de grant eage;

Anguissusement est gelus.

Par cele fei ke jeo dei vus,

345 Dedenz cest clos m'ad enseree.

N'i ad fors une sule entree;

Un viels prestre la porte garde:

348 Ceo doins[50] Deus que mal feu l'arde!

Ici sui nuit e jur enclose;

350 Ja nule fiez nen ierc si ose

---

47) cest[e]

48) nef i ui

49) cuntre[e]

50) doins[e]

Que j'en ise s'il nel comande,

Si mis sires ne me demande.

Ci ai une[51] chambre e une[52] chapele,

Ensemble od mei ceste pucele.

355 Si vus[53] plest a demurer

Tant que pussez[54] errer,

Volenters vus sojurnerum

E de queor[55] vus servirum.'

Quant il ad la parole oïe,

360 Ducement la dame mercie:

Od li sujurnerat, ceo dit.

En estant cest[56] drecié el lit;

Celes li aïent a peine;

La dame en sa chambre le meine.

365 Desur le lit a la meschine,

Triers un dossal que pur cortine

Fu en la chambre apareillez,

La est li dameisels cuchez.

E[57] bacins de or [ewe] aporterent.

370 Sa plaie e sa quisse laverent,

---

51) ma

52) ma

53) vus [i]

54) que [vus meuz] pussez

55) de [bon] queor

56) s'est

57) E[n]

De[58] un bel drap de cheisil blanc

Li osterent entur le sanc;

Pus l'unt estreitement bendé.

Mut le tienent en grant chierté.

375 Quant lur manger al vespré vient,

La pucele tant en retient

Dunt li chevalier out asez;

Bien est peüz e abevrez.

Mes amur l'ot feru al vif;

380 Ja ert sis quors en grant estrif,

Kar la dame l'ad si nafré,

Tut ad sun païs ublïé.

De sa plaie nul mal ne sent;

Mut suspira[59] anguisusement.

385 La meschine kil deit servir

Prie qu'ele laist[60] dormir.

Cele s'en part, si l'ad laissié,

Puis k'il li ad duné cungé;

Devant sa dame en est alee,

390 Quë aukes esteit reschaufee

f.121v Del feu dunt Guigemar se sent

Que sun queor alume e esprent.

Li chevaler fu remis suls;

Pensif esteit e anguissus;

---

58) A

59) suspire

60) [le] laist

395　Ne seit uncore que ceo deit,

Mes nepurquant bien s'aparceit

Si par la dame n'est gariz,

De la mort est seürs e fiz.

'Allas!' fet il, 'quei[61] ferai?

400　Irai a li, si li dirai

Quë ele eit merci e pité

De cest cheitif descunseillé.

S'ele refuse ma prïere

E tant seit orgoilluse e fiere,

405　Dunc m'estuet a[62] doel murir

E de cest mal tuz jurs languir.'

Lors suspirat; en poi de tens

Li est venu novel purpens,

E dit que suffrir li estoet;

410　Kar si[63] fait kil[64] mes[65] ne poet.

Tute la nuit ad si veillé

E suspiré e travaillé;

En sun queor alot recordant

Les paroles e le semblant,

415　Les oilz vairs e la bele buche,

Dunt la dolur al quor li tuche.

---

61) quel le

62) [il] a

63) [is]si

64) ki

65) me[u]s

Entre ses denz merci li crie;

Pur poi ne l'apelet s'amie.

S'il seüst quei ele senteit

420 E cum l'amur le[66] destreineit,

Mut en fust liez, mun escïent;

Un poi de rasuagement

Li tolist auques la dolur

Dunt il ot pal[67] la colur.

425 Si il ad mal pur li amer,

El ne s'en peot nïent loër.

Par matinest[68] einz l'ajurnee

Esteit la dame sus levee;

Veillé aveit, de ceo se pleint;

430 Ceo fet amur que la destreint.

La meschine, quë od li fu,

Ad le semblant aparceü

De sa dame, quë ele amout

Le chevaler que sojurnout

435 En la chambre pur guarisun;

Mes el ne seit s'il eime u nun.

La dame est entree el muster,

E cele vait al chevaler;

Asise se est devant le lit;

440 E il l'apele, si li dit:

---

66) la

67) pal[e]

68) matinet

'Amie, u est ma dame alee?

Pur quei est el si tost levee?'

Atant se tut, si suspira.

La meschine l'areisuna.

445   'Sire,' fet ele, 'vus amez;

Gardez que trop ne vus celez!

Amer poëz en iteu guise

Que bien ert vostre amur assise.

Ki ma dame vodreit amer

450   Mut devreit bien de li penser;

Cest' amur sereit covenable,

Si vus amdui feussez estable.

Vus estes bels e ele est bele.'

Il respundi a la pucele:

455/f.122r   'Jeo sui de tel amur espris,

Bien me purrat venir a pis,

Si jeo n'ai sucurs e aïe.

Cunseillez me, ma duce amie!

Que ferai jeo de cest' amur?'

460   La meschine par grant duçur

Le chevaler ad conforté

E de s'aïe aseüré,

De tuz les biens[69] que ele pout fere:

Mut ert curteise e deboneire.

465   Quant la dame ad la messe oïe,

---

[69] riens

Ariere vait, pas ne se ublie;
Saveir voleit quei cil feseit,
Si il veilleit u dormeit[70],
Pur ki amur sis quors ne fine.

470   Avant l'apelat la meschine,
Al chevaler la feit venir:
Bien li purrat tut a leisir
Mustrer e dire sun curage,
Tur[71] li a pru u a damage.

475   Il la salue e ele lui;
En grant effrei erent amdui.
Sil ne l'osot nïent requere;
Pur ceo qu'il ert d'estrange tere,
Aveit poür, si ele[72] li mustrat[73],

480   Que ele l'en haïst e ses loinat[74],
Mes ki ne mustre sa flerté[75]
A peine en peot aver santé:
Amur est plai denz[76] cors,
E si ne piert nïent defors.

485   Ceo est un mal que lunges tient,

---

70)   [il] dormeit
71)   Tur[t]
72)   s'il
73)   mustra[s]t
74)   e esloina[s]t,
75)   s'enferté
76)   plai[e de]denz

Pur ceo que de nature vient;

Plusurs le tienent a gabeis,

Si cume li vilain curteis,

Ki lo liuent[77] par tut le mund,

490   Puis se avantent de ceo que funt;

N'est pas amur, einz est folie

E mauveisté e lecherie.

Ki un en peot leal trover,

Mut le deit servir e amer

495   Estre[78] a sun comandement.

Guigemar en noit[79] durement:

U il avrat hastif sucurs,

U li esteot vivre a reburs.

Amur li dune hardement:

500   Il li descovre sun talent.

'Dame,' fet il, 'jeo meorc pur vus;

Mis quors en est mut anguissus;

Si ne[80] me volez guarir,

Dunc m'estuet en[81] fin murir.

505   Jo vus requeor de drüerie;

Bele, ne me escundïez mie!'

Quant ele l'at bien entendu,

---

77) Ki jolivent

78) [E] estre

79) Guigemar eimoit

80) [vus] ne

81) [il] en

Avenaument ad respundu;

Tut en riant li dit: 'Amis,

510 Cest cunseil sereit trop hastis,

De otrïer vus ceste prïere:

Jeo ne sui mie acustumere.'

'Dame,' fet il, 'pur Deu, merci!

Ne vus ennoit si jol vus di!

515 Perme laliue del[82] mestier

Se deit lungeme[83] faire preier

Pur sei cherier[84], que cil ne quit

Quë ele eit usee[85] cel deduit;

f.122v Mes la dame de bon purpens,

520 Ki en sei eit valur ne sens,

S'ele treve hume de[86] sa manere,

Ne se ferat vers lui trop fiere;

Ainz l'amerat, si en[87] avrat joie;

Ainz que nul le sachet u oie,

525 Avrunt il mut de lur pruz fait.

Bele dame, finum cest plait!'

La dame entent que veirs li dit,

E li otreie sanz nul respit[88]

---

82) Femme jolive de

83) lunc tens

84) cherir

85) usé

86) a

87) si'n

L'amur de li, e il la baise.

530   Desore est Guigemar a aise.

Ensemble gisent e parolent

E sovent baisent e acolent;

Bien lur covienge del surplus,

De ceo que li autre unt en us!

535   Ceo m'est avis, an e demi

Fui[89] Guigemar ensemble od li.

Mut fu delituse la vie;

Mes fortune, lu[90] se oblie,

Sa ioie[91] turnë en poi de hure,

540   L'un met desuz, l'autre desure;

Issi est de ceus venu[92],

Kar tost furent aparceü.

Al tens d'esté par un matin

Just la dame lez le meschin;

545   La buche li baise e le vis,

Puis si li dit: 'Beus duz amis,

Mis quors me dit que jeo vus perc:

Seü serum e descovert.

Si vus murrez, jeo voil murir;

550   E si vus en poëz partir,

---

88) sanz respit

89) Fu

90) ki ne

91) roe

92) [a]venu

Vus recoverez autre amur,

E jeo remeindrai en dolur.'

'Dame' fet il, 'nel dites mes!

Ja n'eie jeo joie ne pes,

555   Quant vers nul' autre avrai retur!

N'aiez de ceo nule poür!'

'Amis, de ceo me aseürez!

Vostre chemise me livrez!

El pan desuz ferai un plait;

560   Cungé vus doins, u ke ceo seit,

De amer cele kil desferat

E ki despleer le savrat.'

Ele[93] li baile, si l'aseüre;

Le plet i fet en teu mesure:

565   Nule femme nel desfereit,

Si force u cutel n'i meteit.

La chemise li dune e rent;

Il la receit par tel couenent[94]

Que el le face seür de li

570   Par une ceinture autresi,

Dunt a sa char nue se ceint,

Par mi le flanc aukes estreint;

Ki la bucle purrat ovrir

Sanz depescer e sanz partir,

575   Il li prie que celui aint.

---

93) Il

94) covent

Il la baisë, ataunt remaint.

Cel jur furent aparceü,

Descovert, trové veü

D'un chamberlenc mal veisïé

580   Que si sires li out[95] enveié;

A la dame voleit parler,

Ne pout dedenz la chambre entrer;

f.123r   Par une fenestre les vit;

Veit a sun seignur, si lui dit.

585   Quant li sires l'ad entendu,

Unques mes tant dolent ne fu.

De ses priveiz demanda treis,

A la chambre vait demaneis;

Il en ad fet l'us depescer,

590   Dedenz trovat le chevaler.

Pur le[96] grant ire quë il a

A ocire le cumaunda.

Guigemar est en piez levez,

Ne s'est de nïent esfreez.

595   Une grosse perche de sap,

U suleient pendre li drap,

Prist en ses mains e sis atent;

Il en ferat aukun dolent:

Ainz kë il de eus seit aprimez,

600   Les avrat il tut maaimez.

---

95) l'out

96) la

Le sire l'ad mut esgardé,

Enquis Ii ad e demandé

Kë il esteit e dunt fu nez

E coment il est[97] la einz entrez.

605 Cil li cunte cum il i vient

E cum la dame le retient;

Tant[98] li dist la destinee

De la bise ke fu nafree

E de la neif e de sa plaie;

610 Ore est del tut en sa manaie.

Il li respunt que pas nel creit

E s'issi fust cum il diseit,

Si il peüst la neif trover,

Il le metreit giers en la mer:

615 S'il guaresist, ceo li pesast,

E bel li fust si i1 neiast.

Quant il l'ad bien aseüré,

El hafne sunt ensemble alé;

La barge trevent, enz l'unt mis;

620 Od lui s'en vet en sun païs.

La neif erre, pas ne demure.

Li chevaler suspire e plure,

La dame regretout sovent

E prie Deu omnipotent

625 Qu'il li dunast hastive mort

---

97) coment est

98) Tute

E que jamés ne vienge a port,

S'il ne repeot aver s'amie,

K'il desirat plus que sa vie.

Tant lad[99] cele dolur tenue

630   Que la neif est a port venue

U ele fu primes trovee:

Asez iert pres de sa cuntree.

Al plus tost k'il pout s'en issi.

Un damisel qu'il ot nurri

635   Errot aprés un chevaler;

En sa mein menot un destrer.

Il le conut, sil[100] l'apelat,

E li vallez se reguardat:

Sun seignur veit, a pié descent,

640   Le cheval li met en present;

Od lui s'en veit; joius en sunt

Tut si ami ki trové l'unt.

Mut fu preisez en sun païs,

Mes tuz jurs ert maz e pensis.

645   Femme voleient qu'il preisist,

Mes il del tut les escundist:

f.123v   Ja ne prendra femme a nul jur,

Ne pur aveir ne pur amur,

S'ele ne peüst despleier

650   Sa chemise sanz depescer;

---

99) ad

100) si

Par Breitaine veit la novele;
Il n'i ad dame ne pucele
Ki n'i alast pur asaier:
Unc ne la purent despleier.
655 De la dame vus voil mustrer,
Que Guigemar pot tant amer.
Par le cunseil d'un sun barun
Ses sires l'ad mis' en prisun
En une tur de marbre bis.
660 Le jur ad mal e la nuit pis:
Nul humme el mund ne purreit dire
Sa grant peine ne le martire
Ne l'anguisse ne la dolur
Que la dame suffri[101] en la tur.
665 Deus anz i fu e plus, ceo quit;
Unc n'oït joie ne deduit.
Sovent regrete sun ami:
'Guigemar, sire, mar vus vi!
Meuz voil hastivement murir
670 Que lungement cest mal suffrir.
Amis, si jeo puis eschaper,
La u vus fustes mis en mer
Me mettrai[102]!' Dunc lieve sus;
Tut esbaïe vient a l'hus,
675 Ne treve cleif ne sereüre;

---

101) seofre
102) neierai

Fors s'en eissi par aventure.

Unques nul ne la turba[103];

Al hafne vient, la neif trova:

Atachie fu al rochier

680 U ele se voleit neier.

Quant el la vit, enz est entree;

Mes de une chose[104] s'est purpensee

Que ilec fu sis amis neez;

Ne[105] pout ester sur ses pcz.

685 Se desqu'al port[106] peüst venir,

El se laissast defors chaïr:

Asez seofre travail e peine.

La neif s'en vet, que tost l'en meine.

En Bretaine est venu' al port,

690 Suz un chastel vaillant e fort.

Li sires[107] a ki le chastel fu

Aveit a nun Meriadu;

Il guerrot[108] un sun veisin;

Pur ceo fu levé par matin,

695 Sa gent voleit fors enveier

Pur sun enemi damager.

---

103) [des]turba

104) rien

105) [Dunc] ne

106) bort

107) sire

108) guerr[ei]ot

A une fenestre se sestot[109]

E vit la neif v ele[110] arivot.

Il descendi par un degré,

700   Sun chamberlein ad apelé;

Hastivement a la neif vunt,

Par l'eschele muntent amunt;

Dedenz unt unne[111] dame trovee,

Ke de beuté resemble fee.

705   Il la saisist par le mantel,

Od lui l'en meine en sun chastel.

Mut fu liez de la troveüre,

Kar bele esteit a demesure;

Ki que l'eüst mis' en la barge,

710   Bien seit que ele est[112] de grant parage.

f.124r   A li turnat[113] tel amur,

Unques a femme n'ot greinur.

Il out une serur pucele

En sa chambre, que mut fu bele;

715   La dame li ad comandee.

Bien fu servie e honuree,

Richement la ueste[114] e aturne;

---

109) fenestre s'estot

110) neif ki

111) la

112) esteit

113) [a]turnat

114) vest

Mes tuz jurs ert pensive e murne.

Il veit sovent a li parler,

720 Kar de bon quor la peot amer.

Il la requert; ele n'ad cure,

Ainz li mustre de la ceinture:

Jamés humme ne li[115] amera,

Si celui nun kil auera[116]

725 Sanz depescer. Quant il l'entent,

Si li respunt par maltalent:

'Autresi ad en cest païs

Un chevaler de mut grant pris;

De femme prendre en iteu guise

730 Se defent par une chemise

Dunt li destre pan est pleiez;

Il ne peot estre depeceiz[117],

Que force u cutel n'i meteit[118].

Vus feïstes, jeo quit, cel pleit.'

735 Quant el l'oï, si suspira;

Par[119] un petit ne se pasma.

Il la receit entre ses braz;

De sun bliant tresche[120] les laz:

---

115) nen
116) ki l'uverra
117) deslïez
118) met[r]eit
119) Pur
120) trenche

La ceinture voleit ovrir,
740 Mes poeit[121] a chief venir.
Puis n'ot el païs chevaler
Quë il ne feïst essaier.
Issi remist bien lungement
De ci que a un turneiement,
745 Que Meriadus afia
Cuntre celui que il guerreia.
Chevalers manda e retient;
Bien seit que Guigemar i vient.
Il li manda par guerdun[122],
750 Si cum ami e cumpainun,
Que a cel busuin ne li failist
En[123] s'aïe a lui venist.
Alez i est mut richement,
Chevalers ameine[124] plus de cent.
755 Meriadus dedenz sa tur
Le herbergat a grant honur.
Encuntre lui sa serur mande,
Par deus chevalers 1i commande
Que se aturne e viengë avant,
760 La dame meint qu'il eime tant.
Cele ad fait sun commandement,

---

121) [n'en] poeit
122) guer[e]dun
123) [E] en
124) meine

Vestues furent richement,

Main a main vienent en la sale;

La dame fu pensive e pale.

765   Ele oï Guigemar nomer;

Ne pout desur ses pez ester;

Si cele ne l'eüst tenue,

Ele fust a tere chaüe.

Li chevalers cuntre eus leva;

770   La dame vit e esgarda

E sun semblant e sa manere;

Un petit[125] se traist ariere.

'Est ceo,' fet il, 'ma duce amie,

M'esperaunce, mun quor, ma vie,

775/f.124v   Mabele dame ke me ama?

Dunc[126] vient ele? Ki l'amena?

Ore ai pensé grant[127] folie:

Bien sai que ceo n'est ele mie;

Femmes se resemblent asez;

780   Pur nïent changent[128] mis pensez.

Mes pur cele que ele resemble,

Pur ki mi quors suspire e tremble,

A li parlerai volenters.'

Dunc vet avant li chevalers;

---

125) petit[et]

126) Dunt

127) [mult] grant

128) change

785	Il la baisat, lez lui l'asist;
	Unques nul autre mot ne dist,
	Fors tant que seer la rovat.
	Meriadus les esguardat;
	Mut li pesat de cel semblant.
790	Guigemar apele en riant.
	'Sire,' fet il, 'si vus pleseit,
	Ceste pucele essaiereit
	Vostre chemise a despleier,
	Si ele peot riens espleiter.'
795	Il li respunt: 'E jeo l'otrei.'
	Un chamberlenc apele a sei,
	Que la chemise ot a garder;
	Il li comande aporter[129].
	A la pucele fu baillie,
800	Mes ne l'ad despleïe[130].
	La dame conut bien le pleit;
	Mut est sis quors en grant destreit,
	Kar volenters essaiast[131],
	S'ele peüst u ele osast.
805	Bien se aparceit Meriadus;
	Dolent en fu, il ne pot plus.
	'Dame,' fait il, 'kar assaiez
	Si desfere le purïez!'

---

129) [a] aporter
130) [mie] despleïe
131) [s'i] essaiast

Quant ele ot le comandement,

810 Le pan de la chemise prent,

Legerement le despleiat.

Li chevaler s'esmerveillat;

Bien la conut, mes nequedent

Nel poeit creire fermement.

815 A li parlat en teu mesure:

'Amie, duce creature,

Estes vus ceo, dites mei veir!

Lessez mei vostre cors veeir,

La ceinture dunt jeo vus ceins!'

820 A ses costez li met ses meins,

Si ad trovee la ceinture.

'Bele,' fet il, 'queile aventure

Que jo vus ai issi trovee!

Ki vus ad ci[132] amenee?'

825 Ele li cunte la dolur,

Les peines granz e la tristur

De la prisun u ele fu,

E coment li est avenu:

Coment ele eschapa[133];

830 Neer se volt, la neif trova[134],

Dedeinz entra[135], a cel port vient;

---

132) [i]ci

133) [s'en] eschapa

134) 〈할리 978 필사본〉에서 829~830행이 827~828행 앞에 위치한다.

135) entrai

E li chevalers la retient;

Gardee l'ad a grant honur,

Mes tuz jurs la requist de amur.

835   Ore est sa joie revenue:

'Amis, menez en vostre drue!'

Guigemar s'est en piez levez.

'Seignurs,' fet il, 'ore escutez!

f.125r   Une m'amie ai cunie[136]

840   Que jeo quidoue aver perdue.

Meriaduc requer e pri

Rende la mei, sue merci!

Ses hummes liges devendrai,

Deus anz u treis li servirai,

845   Od cent chevalers u od plus.'

Dunc respundi Meriadus.

'Guigemar,' fet il, 'beus amis,

Jeo ne sui mie si suspris

Ne si destrei[137] pur nule guere

850   Que de ceo me deiez requere.

Jeo la trovai, si la tendrai

E cuntre vus la defendrai.'

Quant il l'oï, hastivement

Comanda a munter sa gent;

855   D'ileoc se part, celui defie;

Mut li peise qu'il lait s'amie.

---

136)   cuneüe

137)   destrei[z]

En la vile n'out chevaler,

Que fust alé pur turneier,

Ke Guigemar ne meint od sei.

860 Chescun li afie sa fei:

Od lui irunt queil part k'il aut,

Mult est huniz quë or li faut.

La nuit sunt al chastel venu,

Si guereient[138] Meriadu.

865 Li sires les ad herbergez,

Que mut en fu joius e lez

De Guigemar e de s'aïe:

Bien seit que la guere est finie.

El demain par matin leverent,

870 Par les ostelz se cunreierent.

De la ville eissent a grant bruit;

Guigemar primes les cunduit.

Al chastel vienent, si l'asaillent;

Mes fort esteit, apreuf[139] faillent.

875 Guigemar ad la vile assise;

N'en turnerat, si sera prise.

Tanz li crurent amis e genz

Que tuz les affamat dedenz.

Le chastel ad destruit e pris

880 E le seignur dedenz ocis.

A grant joie s'amie en meinc;

138) Ki guerreiot

139) au prendre

Ore ad trespassee sa peine.

De cest cunte ke oï avez

884   Fu Guigemar le lai trovez,

Quë hum fait en harpe e en rote:

Bonë est a oïr la note.

II

EQUITAN

Mut unt esté noble barun

Cil de Bretaine, li Bretun.

Jadis suleient par prüesce,

Par curteisie e par noblesce

5   Les[1] aventures que oïëent,

Ki a plusur gent aveneient,

Fere les lais pur remembrance,

Que nes[2] meïst en ublïance.

V ent[3] firent, ceo oi cunter,

10   Ki nai[4] fet mie a ublïer,

D'Equitan que mut fu curteis,

Sire de Nauns, jostis' e reis.

Equitan fu mut de grant pris

E mut amez en sun païs;

15   Deduit amout e drüerie:

Pur ceo amot[5] chevalerie.

---

1) Des

2) Que [hum] nes

3) Un en

4) ne

5) maintint

433

f.125v   Cil met[6] lur vie en nucure[7]

Que d'amur n'unt sen e mesure;

Tels est la mesure de amer

20   Que nul n'i deit reisun garder.

Equitan ot un seneschal,

Bon chevaler, pruz e leal;

Tute sa tere li gardoit

E meinteneit e justisoit.

25   Ja, se pur ostïer ne fust,

Pur nul busuin ki li creüst

Li reis ne laissast sun chacier,

Sun deduire, sun riveier.

Femme espuse ot li seneschals,

30   Dunt puis vient el païs grant[8] mal[9].

La dame ert bele durement

E de mut hon affeitement,

Gent cors out e bele faiture;

En li former muat[10] nature:

35   Les oilz out veirs e bel le vis,

Bele buche, neis ben asis.

El rëaume nout[11] sa per.

---

6) met[ent]

7) nu[n]cure

8) granz

9) mal[s]

10) uvrat

11) n'aveit

Li reis l'oï sovent loër.

Soventefez la salua,

40 De ses aveirs li enveia;

Sanz veüe la coveita,

E cum ainz pot a li parla.

Priveement esbanïer

En la cuntree ala chacier.

45 La u li scneschal maneit,

El chastel u la dame esteit,

Herberjat[12] li reis la nuit,

Quant repeirout de sun deduit.

Asez poeit a li parler,

50 Sun curage e sun bien mustrer.

Mut la trova curteise e sage,

Bele de cors e de visage,

De bel semblant e enveisie;

Amurs l'ad mis a sa maisnie.

55 Une sete[13] ad vers lui traite,

Que mut grant plaie li ad faite,

El quor li ad lancie e mise;

N'i ad mestier sens ne cointise;

Pur la dame l'ad si suspris,

60 Tut en est murnes e pensis.

Or l'i estut del tut entendre,

Ne se purrat nïent defendre:

---

12) [Se] herberjat

13) s[e]ete

La nuit ne dort ne respose,[14)]

Mes sei meïsmes blasme e chose.

65   'Allas,' fet il, 'queil destinee

M'amenat en ceste cuntree?

Pur ceste dame que ai veüe

M'est un' anguisse al quor ferue

Que tut le cors me fet trembler.

70   Jeo quit que mei l'estuet amer;

E si jo l'aim, jeo ferai mal:

Ceo est la femme al seneschal.

Garder li dei amur e fei,

Si cume[15)] jeo voil k'il face a mei.

75   Si par nul engin le saveit,

Bien sai que mut l'en pesereit.

Mes nepurquant pis iert asez

Que pur li seië afoleez[16)].

Si bele dame tant mar fust,

80   S'ele n'amast u dru ust[17)]!

f.126r   Que devendreit sa curteisie,

S'ele n'amast de drüerie?

Suz ciel n'ad humme, s'ele amast,

Ki damur[18)] n'en amendast.

---

14) ne [ne] respose

15) cum

16) afolez

17) eüst

18) durement

85   Li seneschal, si l'ot cunter,
       Ne l'en deit mie trop peser;
       Sul ne la peot il nient tenir:
       Certes jeo voil od li partir.'
       Quant ceo ot dit, si suspira;
90   Enprés se jut e si pensa.
       Aprés parlat e dist: 'De quei
       Sui en estrif e en effrei?
       Uncor ne sai ne n'ai seü
       S'ele fereit de mei sun dreu[19];
95   Mes jeo savrai hastivement.
       S'ele sentist ceo ke jeo sent,
       Jeo perdrei[20] ceste dolur.
       E Deus! tant ad de ci que al jur!
       Jeo ne puis ja repos aveir:
100   Mut ad ke jeo cuchai eirseir.'
       Li reis veilla tant que jur fu;
       A grant peinë ad atendu.
       Il est levez, si vet chacier;
       Mes tost se mist el repeirer
105   E dit que mut est deshaitiez.
       El chambre[21] vet, si s'est cuchiez.
       Dolent en est li senescaus:
       Il ne seit pas queils est li maus

---

19) dru
20) perdrei[e]
21) Es chambres

De quei li reis sent les friçuns;

110   Sa femme en est dreit' acheisuns.

Pur sei deduire e cunforter

La fist venir a li parler.

Sun curage li descovri,

Saver li fet qu'il meort pur li;

115   Del tut li peot faire confort

E bien li peot doner a[22] mort.

Si de[23] la dame li ad dit,

'De ceo m'estuet aveir respit:

A ceste primere feiee

120   Ne sei[24] jeo mie cunseillee.

Vus estes rei de grant noblesce;

Ne sui mie de teu richesce

Que mei deiez[25] arester

De drüerie ne vus de[26] amer.

125   S'avïez fait vostre talent,

Jeo sai de veir, ne dut nïent,

Tost me auerez[27] entrelaissie[28],

Jeo sereie mut empeiree.

---

22) [l]a

23) 'Sire,'

24) sui

25) Que [a] mei [vus] deiez

26) ne de

27) avrïez

28) entrelaissie[e]

Së si[29] fust que vus amasse

130   E vostre requeste otreiasse,

Ne sereit pas üel partie

Entre nus deus la drüerie.

Pur ceo quë estes rei puissaunz

E mi sire est de vus tenaunz,

135   Quedereiez[30], a mun espeir,

Le danger de l'amur aveir.

Amur n'est pruz se n'est egals.

Meuz vaut un povre[31] hum lëals,

Si en sei ad sen e valur,

140   Greinur[32] joie est de s'amur

Quë il n'est de prince u de rei,

Quant il n'ad lëauté en sei.

Si aukun aimez[33] plus hatement[34]

Que sa[35] richesce nen apent,

145/f.126v   Cil se dut[36] de tute rien.

Li riches hum requid[37] bien

Que nuls ne li toille s'amie

---

29) [is]si

30) Quidereiez

31) povre[s]

32) [E] greinur

33) S'aukuns aime

34) ha[u]tement

35) [a] sa

36) dut[e]

37) requid[e]

Qu'il volt amer par seignurie.'

Equitan li respunt aprés:

150 'Dame, merci! Nel dites mes!

Cil ne sunt mie del tut[38] curteis,

Ainz est bargaine de burgeis

Que pur aveir ne pur grant fieu

Mettent lur peine en malveis liu.

155 Suz ciel n'ad dame, s'ele est sage,

Curteise e franche de curage,

Pur quei d'amer se tienge chiere,

Que el ne seit mie novelere,

S'el n'eüst fors sul sun mantel,

160 Que uns riches princes de chastel

Ne se deüst pur li pener

E lëalment e bien amer.

Cil ki de amur sunt novlier[39]

E ki se aturnent de trichier,

165 Il sunt gabé e deceü;

E de[40] plusurs l'avum nus veü.

N'est pas merveille se cil pert

Ki par s'ovreine le desert.

Ma chiere dame, a vus m'otrei[41]!

170 Ne me tenez pas[42] pur rei,

---

38) mie fin

39) nov[e]lier

40) De

41) mustrei

Mes pur vostre hum e vostre ami!

Seürement vus jur e di

Que jeo ferai vostre pleisir.

Ne me laissez pur vus murir!

175 Vus seiez dame e jeo servant,

Vus orguilluse e jeo preiant!'

Tant ad li reis parlé od li

E tant li ad crïé merci

Que de s'amur l'aseüra,

180 E el sun cors li otria.

Par lur anels s'entresaisirent,

Lur fiaunce[43] s'entreplevirent.

Bien les tiendrent, mut s'entr'amerent;

Puis en mururent e finerent.

185 Lung tens durrat lur drüerie,

Que ne fu pas de gent oïe.

As termes de lur assembler,

Quant ensemble durent parler,

Li reis feseit dire a sa gent

190 Que seignez iert priveement.

Les us des chambres furent clos;

Ne troveissez humme si os,

Si li rei pur lui n'enveiast,

Ja une feiz dedenz entrast.

195 Li seneschal la curt teneit,

---

42) tenez mie

43) fiaunce[s]

Les plaiz e les clamurs oieit.

Li reis l'ama mut lungement,

Que d'autre femme n'ot talent:

Il ne voleit nule espuser,

200   Ja n'en rovast oïr parler.

La gent le tindrent mut a mal,

Tant que la femme al seneschal

L'oï suvent; mut li pesa,

E de lui perdre se duta.

205   Quant ele pout a lui parler

E el li duit joie mener,

Baisier, estreindre e acoler

E ensemblë od lui jüer,

f.127r   Forment plurt[44] e grant deol fist.

210   Li reis demanda e enquist

Que deveit[45] e que ceo fu.

La dame li ad respundu:

'Sire, jo plur pur nostre amur,

Que mei revert a grant dolur:

215   Femme prendrez, fille a un rei,

Si[46] vus partirez de mei;

Sovent l'oi dire e bien le sai.

E jeo, lasse! que devendrai?

Pur vus m'estuet aver la mort;

---

44) plura

45) [ceo] deveit

46) [E] si

220   Car jeo ne sai autre cunfort.'

Li reis li dit par grant amur:

'Bele amie, n'eiez poür!

Certes, ja femme ne prendrai

Ne pur autre vus[47] larrai.

225   Sacez de veir e si creez:

Si vostre sire fust finez,

Reïne e dame vus fereie;

Ja pur humme[48] nel lerreie.'

La dame l'en ad mercïé

230   E dit que mut li sot bon gre,

E si de ceo l'aseürast

Que pur autre ne la lessast,

Hastivement purchacereit

A sun seignur que mort sereit;

235   Legier sereit a purchacier,

Pur ceo k'il li vousist aidier.

Il li respunt que si ferat:

Ja cele rien ne li dirrat

Quë il ne face a sun poeir,

240   Turt a folie u a saveir.

'Sire,' fet ele, 'si vus plest,

Venez chacer en la forest,

En la cuntree u jeo sujur;

Dedenz le chastel mun seignur

---

47) [ne] vus

48) [nul] humme

245 Sujurnez; si serez seignez,

   E al terz jur si vus baignez.

   Mis sires[49] od vus se baignera[50]

   E od uus se dignera[51];

   Dites li bien, nel lessez mie,

250 Quë il vus tienge cumpainie!

   E jeo ferai les bains temprer

   E les deus cuves aporter,

   Sun bain si chaut e si buillant,

   Suz ciel n'en ad humme vivant

255 Ne fust escaudez e malmis,

   Einz que dedenz fust[52] asis.

   Quant mort serat e escaudez,

   Vos hummes e les soens mandez;

   Si lur mustrez cumfaitement

260 Est mort al bain sudeinement.'

   Li reis li ad tut graanté

   Qu'il en ferat sa volenté.

   Ne demurat mie treis meis

   Que el païs vet chacier li reis.

265 Seiner se fet cuntre sun mal,

   Ensemble od lui sun senescal.

   Al terz jur dist k'il baignereit;

---

49) sire

50) seignera

51) E avuec vus se baignera

52) [se] fust

Li senescal mut le voleit.

'Vus baignerez,' dist il, 'od mei.'

270 Li senescal dit: 'Jo l'otrei.'

La dame fet les bains temprer

E les deus cuves aporter;

f.127v Devant le lit tut a devise

Ad chescune de[53] cuves mise.

275 L'ewe buillante[54] feit aporter,

U li senescal dut[55] entrer.

Li produm esteit sus levez:

Pur deduire fu fors alez.

La dame vient parler al rei,

280 E il la mist dejuste sei;

Sur le lit al seignur cucherent

E deduistrent e enveiserent.

Ileoc unt ensemble geü,

Pur la cuve que devant feu[56].

285 L'us firent tenir e garder;

Une meschine i deust[57] ester.

Li senescal hastif revint,

A l'hus buta, cele la[58] tint;

---

53) de[s]

54) buillant

55) deust

56) fu

57) dut

58) le

Icil le fiert par tel haïr[59],

290   Par force li estut ovrir.

Le rei e sa femme ad trovez

U il gisent entreacolez[60].

Li reis garda, sil vit venir.

Pensa[61] sa vileinie covrir

295   Dedenz la cuve saut joinz pez,

E il fu nuz e despuillez;

Unques garde ne s'en dona.

Ileoc murut escauda[62];

Sur lui est le mal revertiz,

300   E il[63] est sauf e gariz.

Le senescal ad bien veü

Coment del rei est avenu.

Sa femme prent demeintenant,

El bain la met le chief avant.

305   Issi mururent ambdui[64],

Li reis avant, e ele od lui.

Ki bien vodreit reisun entendre,

Ici purreit ensample prendre:

Tel purcace le mal d'autrui

---

59) aïr

60) entr'acolez

61) Pur

62) [e] escauda

63) E cil en

64) amb[e]dui

310   Dunt le mals revert[65] sur lui.

Issi avient cum dit vus ai.

Li Bretun en firent un lai,

D'Equitan, cum[66] il fina

E la dame que tant l'ama.

---

65) [tut] revert

66) cum[ent]

III

LE FRESNE

Le lai del Freisne vus dirai
Sulunc le cunte que jeo sai.
En Bretaine jadis aueient[1]
Dui chevaler, veisin esteient;
5   Riches hummes[2] furent e manant
E chevalers pruz e vaillant.
Prochein furent, de une cuntree;
Chescun femme aveit espusee.
L'une des dames enceinta;
10 Al terme que ele delivra,
A cele feiz ot deus enfanz.
Sis sires est liez e joianz;
Pur la joie quë il en a
A sun bon veisin le manda
15 Que sa femme ad deus fiz eüz,
De tanz enfanz esteit creüz;
L'un li tramettra a lever,
De sun nun le face nomer.
Li riches hum sist al manger;

---

1) maneient
2) Riche humme

20	Atant es vus le messager!
	Devant le deis se agenoila,
	Tut sun message li cunta.
f.128r	Li sires[3] en ad Deu mercïë;
	Un bel cheval li ad doné.
25	La femme al chevaler surist--
	Kar deiuste li[4] al manger sist--
	Kar ele ert feinte e orguilluse
	E mesdisante e envïuse.
	Ele parlat mut folement
30	E dist, oant tute sa gent:
	'Si meit[5] Deus, jo m'esmerveil
	U cest produm prist cest conseil
	Que il ad mandé a mun seignur
	Sa huntë e sa deshonur,
35	Que sa femme ad eü deus fiz.
	E il e ele en sunt huniz.
	Nus savum bien qu'il i afiert:
	Unques ne fu ne ja nen iert
	Ne n'avendrat cel' aventure
40	Que a une sule porteüre
	Quë une femme deus fiz eit
	Si deus hummes ne li unt feit.'
	Si sires laueit[6] mut esgardee,

---

3) sire

4) Ki juste lui

5) Si m'aït

Mut durement l'en ad blamee.
45 'Dame,' fet il, 'lessez ester!
Ne devez mie issi parler!
Verité est que ceste dame
Ad mut esté de bone fame.'
La gent quë en la meisun erent
50 Cele parole recorderent.
Asez fu dite e coneüe,
Par tute Bretaine fu seüe[7]:
Mut en fu la dame haïe,
Pois en dut estre maubailie·
55 Tutes les femmes ki l'oïrent,
Povres e riches, l'en haïrent:
Cil que le message ot porté
A sun seignur ad tut cunté.
Quant il l'oï dire e retraire
60 Dolent en fu, ne sot quei faire;
La prode femmë en haï
E durement la mescreï,
E mut la teneit en destreit
Sanz ceo que ele nel deserveit.
65 La dame que si mesparla
En l'an meïsmes enceinta
De deus enfanz est enceintie;
Ore est sa veisine vengie.

_____

6) l'a

7) Bretaine seüe

Desque a sun terme les porta;

70 Deus filles ot; mut li pesa,

Mut durement en est dolente.

A sei meïsmes se desmente.

'Lasse!' fet ele, 'quei ferai?

Jamés pris në honur n'avrai!

75 Hunie sui, c'est veritez.

Mis sire e tut si parentez,

Certes, jamés ne me crerrunt,

Desque ceste aventure sauerunt[8];

Kar jeo meïsmes me jugai:

80 De tutes femmes mesparlai.

Dunc dis[9] jeo quë unc ne fu

Ne nus ne l'avïum veü

Que femme deus enfanz eüst,

Si deus humes ne coneüst?

85 Or en ai deus, ceo m'est avis,

Sur mei en est turné le pis.

f.128v Ki sur autrui mesdit e ment

Ne seit mie qu'a l'oil li pent;

De tel hum[10] peot l'um parler

90 Que meuz de lui fet a loër.

Pur mei defendre de hunir,

Un des enfanz m'estuet murdrir:

———————————

8) orrunt

9) [ne] dis

10) hum[me]

452

Meuz le voil vers Deu amender

Que mei hunir e vergunder.'

95 Ces[11] quë en la chambre esteient

La cunfortent[12] e diseient

Que eles nel suffreient[13] pas:

De hummë ocire n'est pas gas.

La dame aveit une meschine,

100 Que mut esteit de franche orine;

Lung tens l'ot gardee e nurie

E mut amee e mut cherie.

Cele oï sa dame plurer,

Durement pleindre e doluser;

105 Anguissusement li pesa.

Ele vient, si la cunforta

'Dame,' fet ele, 'ne vaut rien.

Lessez cest dol, si ferez bien!

L'un des enfanz me baillez ça!

110 Jeo vus en deliverai ja,

Si que hunie ne serez

Ne ke jamés ne la verrez:

A un mustier la geterai,

Tut sein e sauf le porterai;

115 Aucun produm la trovera;

---

11) Ce[le]s

12) cunfort[ou)ent

13) suff[e]reient

Si Deu plest, nurir la fra[14].'

La dame oï quei cele dist;

Grant joie en out, si li promist

Si cele[15] service li feseit,

120 Bon guerdun[16] de li avreit.

En une chine[17] de mut bon chesil

Envolupent l'enfant gentil

E desus une[18] paile roé--

Ses sires l'i ot aporté

125 De Costentinoble, u il fu;

Unques si bon nerent[19] veü.

A une pice de sun laz

Un gros anel li lie al braz.

De fin or i aveit un' unce;

130 En chescun turn[20] out une jagunce;

La verge entur esteit lettree:

La u la meschine ert trovee,

Bien sachent tuit vereiement

Que ele est nee de bone gent.

135 La dameisele prist l'enfant,

---

14) f[e]ra

15) cel

16) guer[e]dun

17) En un chief

18) un

19) n'orent

20) El chestun

De la chambre s'en ist atant.

La nuit, quant tut fu aseri,

Fors de la vile s'en eissi;

En un grant chemin est entré,

140   Ki en la forest l'ad mené.

Parmie la forest[21] sa veie tint,

Od tut l'enfant utrë en vint;

Unques del grant chemin ne eissi.

Bien loinz sur destre aveit oï

145   Chiens abaier e coks chanter:

Iloc purrat vile trover.

Cele part vet a grant espleit

E[22] la noise des chiens oieit.

En une vile rihe e bele

150   Est entree la dameisele.

f.129r   En la vile out une abeïe,

Durement richë e garnie;

Mun escïent noneins i ot

E abbeesse kis guardot.

155   La meschine vit le muster,

Les turs e les[23] murs e le clocher;

Hastivement est la venue,

Devant l'us est arestee.[24]

---

21) Par mi le bois

22) U

23) turs, les

24) areste[ü]e

L'enfant mist jus que ele aporta,

160   Mut humblement se agenuila.

Ele comence s'oreisun.

'Deus,' fait ele, 'par tun seint nun,

Si ceo[25] te vient a pleisir,

Cest enfant garde de perir.'

165   Quant la prïerë out finee,

Ariere se[26] est regardee.

Un freisne vit lé e branchu

E mut espés e bien ramu;

En quatre fois esteit rame[27];

170   Pur umbre fere i fu planté.

Entre ses braz ad pris l'enfant,

De si que al freisne vient corant;

Desuz[28] le mist, puis le lessa;

A Deu le veir le comanda.

175   La dameisele ariere vait,

Sa dame cunte qu'ele ad fait.

En l'abbeïe ot un porter,

Ovrir suleit l'us del muster

Defors par unt la gent veneient

180   Que le servise deu[29] oïr voleient.

---

25)   Sire, si

26)   [sei] se

27)   fors esteit quarré

28)   Desus

29)   servise

Icel[30] nuit par tens leva,

Chandeille e lampes aluma,

Les seins sona e l'us ovri.

Sur le freisne les dras choisi;

185   Quidat ke aukun les eüst pris

En larecin e ileoc mis;

D'autre chose n'ot il regard.

Plus tost qu'il pot vint cele part,

Taste, si ad l'enfant trové.

190   Il en ad Deu mut mercïé,

E puis l'ad pris, si nel laist[31];

A sun ostel ariere vait.

Une fille ot que vedve esteit;

Si sires fu[32] mort, enfant aveit

195   Petit en berz e aleitant.

Li produm l'apelat avant.

'Fille,' fet il, 'levez, levez!

Fu e chaundelë alumez!

Un enfaunt ai ci aporté,

200   La fors el freisne l'ai trové.

De vostre leit le alaitez[33],

Eschaufez lë e sil baignez!'

Cele ad fet sun comandement:

---

30) Icel[e]

31) ne l'i lait

32) sire ert

33) [m']alaitez

Le feu alum' e l'enfant prent,

205   Eschaufé l'ad e bien baigné;

Pus l'ad de sun leit aleité.

Entur sun braz treve l'anel;

Le paile virent riche e bel.

Bien surent cil tut a sçïent

210   Que ele est nee de haute gent.

El demain aprés le servise,

Quant l'abbeesse eist de l'eglise,

Li portiers vet a li parler;

L'aventure li veut cunter

215/f.129v   De l'enfant cum il le trovat.

L'abbeesse le comaundat

Que devaunt li seit aporté

Tut issi cum il fu trové.

A sa meisun vet li portiers,

220   L'enfant aporte volenters,

Si l'ad a la dame mustré.

E el l'ad forment esgardé

E dit que nurir le fera

E pur sa niece la tendra.

225   Al porter ad bien defendu

Que il ne die cument il fu.

Ele meïsmes l'ad levee.

Pur ceo que al freisne fu trovcc,

La³⁴⁾ Freisne li mistrent a nun,

230   E Le Freisne l'apelet hum.

La dame la tient pur sa niece.

Issi fu celee grant piece:

Dedenz le clos de l'abbeïe

Fu la dameisele nurie.

235   Quant vient[35] en tel eé

Que nature furme beuté,

En Bretaine ne fu si bele

Ne tant curteise dameisele:

Franche esteit e de bone escole

240   En[36] semblant e en parole;

Nul ne la vist que ne l'amast

E a merveille la preisast.

A Dol aveit un bon seignur;

Unc puis në einz n'i ot meillur.

245   Ici vus numerai sun nun:

El païs l'apelent Gurun.

De la pucele oï parler;

Si la cumença a amer.

A un turneiement ala;

250   Par l'abbeïe se returna[37],

La dameisele ad demandee;

L'abeesse li ad mustree.

Mut la vit bele e enseignee,

Sage, curteise e afeitee.

---

34) Le

35) [ele] vient

36) [E] en

37) l'abbeïe returna

255   Si il n[38]) ad l'amur de li,

       Mut se tendrat a maubailli.

       Esguarez est, ne seit coment;

       Kar si il repeirout sovent,

       L'abeesse se aparcevreit,

260   Jamés des oilz ne la vereit.

       De une chose se purpensa:

       L'abeïe crestre vodra;

       De sa tere tant i dura

       Dunt a tuz jurs l'amendera;

265   Kar il vout[39]) aveir retur

       E le repaire e le serur[40]).

       Pur aver lur fraternité

       La ad grantment del soen doné;

       Mes il ad autrë acheisun

270   Que de receivre le pardun,

       Soventefeiz i repeira,

       A la dameisele parla;

       Tant li pria, tant li premist

       Que ele otria ceo kë il quist.

275   Quant a seür fu de s'amur,

       Si la mist a reisun un jur.

       'Bele,' fet il, 'ore est issi

       Ke de mei avez fet ami.

---

38) n[en]

39) il [i] vout

40) sejur

Venez vus ent del tut od mei!

280   Saver poëz, jol qui e crei,

Si vostre aunte s'aparceveit,

Mut durement li pesereit,

S'entur li feussez enceintez[41];

Durement sereit curuciez[42].

285   Si mun cunseil crere volez,

Ensemble od mei vus en vendrez.

Certes, jamés ne vus faudrai,

Kar richement[43] vus cunseillerai.'

Cele que durement l'amot

290   Bien otriat ceo que li plot:

Ensemble od lui en est alee;

A sun chastel l'en ad menee.

Sun paile porte e sun anel;

De ceo li pout estre mut bel.

295   La abeesse[44] li ot rendu,

E dist coment il est[45] avenu,

Quant primes li fu enveiee:

Suz[46] le freisne fu cuchee;

Le paile e l'anel le[47] bailla

---

41) enceintiee

42) curuciee

43) Richement

44) L'abeesse

45) coment est

46) Desus

300	Cil que primes li enveia;
	Plus de aveir ne receut od li;
	Come sa niece la nuri.
	La meschine ben l'esgardat,
	En un cofre les afermat.
305	Le cofre fist od sei porter,
	Nel volt lesser në ublïer.
	Li chevaler ki l'amena
	Mut la cheri e mut l'ama,
	E tut si humme e si servant.
310	N'i out un sul, petit ne grant,
	Pur sa franchise ne l'amast
	E ne cherist e honurast.
	Lungement ot od lui esté,
	Tant que li chevaler fiufé
315	A mut grant mal li aturnerent:
	Soventefeiz a lui parlerent
	Que une gentile[48] femme espusast
	E de cele se delivrast;
	Lié sereit[49] s'il eüst heir,
320	Quë aprés lui puïst aveir
	Sa terë e sun heritage;
	Trop i avreit[50] grant damage.

---

47) li
48) gentil
49) serei[en]t
50) avrei[en]t

Si il laissast pur sa suinant
Que de espuse n'eüst enfant;

325 Jamés pur seinur nel tendrunt
Ne volenters nel servirunt,
Si il ne fait lur volenté.
Le chevalers ad graanté
Que en lur cunseil femme prendra;

330 Ore esgardent u ceo sera.
'Sire,' funt il, 'ci pres de nus
Ad un produm parle od nus[51];
Une fille ad, quë est suen heir:
Mut poëz tere od li aveir.

335 La Codre ad nun la damesele;
En cest[52] païs ne ad si bele.
Pur le Freisne, que vus larrez,
En eschange le Codre avez[53].
En la Codre ad noiz e deduiz;

340 Freisne ne portë unke fruiz.
La pucele purchacerums;
Si Deu plest, si la vus durums.'
Cel mariage unt purchacié
E de tutes parz otrïé.

345 Allas! cum est avenu[54]

---

51) produm, per est a vus
52) [tut] cest
53) av[r]ez
54) [mes]avenu

Que li ne[55] unt seü

L'aventure des dameiseles,

Quë esteient serur[56] gemeles!

f.130v Le Freisne cele fu celee;

350 Sis amis ad l'autre espusee.

Quant ele sot kë il la prist,

Unques peiur semblant ne fist:

Sun seignur sert mut bonement

E honure tute sa gent.

355 Le[57] chevaler de la meisun

E li vadlet e li garçun

Merveillus dol enmenerent[58]

De ceo ke perdre la deveient.

Al jur des noces qu'il unt pris,

360 Sis sires maunde ses amis;

E l'erceveke[59] i esteit,

Cil de Dol, que de lui teneit.

S'espuse li unt amenee.

Sa merë est od li alee;

365 De la meschine aveit poür,

Vers ki sis sires[60] ot tel amur,

---

55) [prudume] ne

56) serur[s]   .

57) Li

58) dol pur li feseient

59) l'erceveke[s]

60) sire

Quë a sa fille mal tenist

Vers sun seignur, s'ele poïst;

De sa meisun la getera,

370 A sun gendre cunseilera

Quë a un produm la marit;

Si s'en deliverat, ceo quit.

Les noces tindrent richement;

Mut i out esbanïement.

375 La dameisele es chambres fu;

Unques de quanke ele ad veü

Ne fist semblant que li pesast

Ne tant que ele se curuçast;

Entra[61] la dame bonement,

380 Serveit mut afeitement[62].

A grant merveile le teneient

Cil e celes ki la veeient.

Sa mere l'ad mut esgardee,

En sun qor preisie e amee.

385 Pensat e dist si ele le seüst[63]

La maniere kë[64] ele fust,

Ja pur sa fille ne perdist,

Ne sun seignur ne li tolist.

La noit, al lit aparailler,

---

61) Entur

62) afeit[i]ement

63) dist s'ele seüst

64) [e] kë

390	U l'espuse deveit cucher,
	La damisele i est alee;
	De sun mauntel est desfublee.
	Les chamberleins i apela,
	La maniere lur enseigna
395	Cument si sires le voleit,
	Kar meintefeiz veü l'aveit.
	Quant le lit fu[65] apresté,
	Un covertur unt sus jeté.
	Li dras esteit d'un viel bofu;
400	La dameisele l'ad veü;
	N'ert mie bons, ceo li sembla;
	En sun curage li pesa.
	Un cofre ovri, sun paile prist,
	Sur le lit sun seignur le mist.
405	Pur lui honurer le feseit;
	Kar l'erceveke[66] i esteit
	Pur eus beneistre e enseiner;
	Kar c'afereit a sun mestier.
	Quant la chambre fu delivree,
410	La dame ad sa fille amenee.
	E ele[67] la volt fere cuchier,
	Si la cumande a despoilier.
	La[68] paile esgarde sur le lit,

---

65) orent

66) l'erceveke[s]

67) Ele

Quë unke mes si bon ne vit

415 Fors sul celui que ele dona

Od sa fille ke ele cela.

Idunc li remembra de li,

Tut li curages li fremi;

f.131r Le chamberlenc apele a sei.

420 'Di mei,' fait ele, 'par ta fei,

U fu cest bon paile trovez?'

'Dame,' fait il, 'vus le savrez:

La dameisele l'aporta,

Sur le covertur le geta,

425 Kar ne li sembla mie bons;

Jeo qui que le pailë est soens.'

La dame l'aveit apelee,

Ele[69] est devant li alee;

De sun mauntel se desfubla,

430 E la mere l'areisuna:

'Bele amie, nel me celez!

U fu cist bons pailes trovez?

Dunt vus vient il? Kil vus dona?

Kar me dites kil vus bailla!'

435 La meschine li respundi:

'Dame, m'aunte, ke me nuri,

L'abeesse, kil me bailla,

A garder le me comanda;

_____

68) Le

69) [E] ele

Cest e un anel me baillerent

440   Cil ki a nurir me enveierent.'

'Bele, pois jeo veer l'anel?'

'Oïl, dame, ceo m'est bel[70].'

L'anel li ad dunc aporté,

E ele l'ad mut esgardé;

445   El l'ad tresbien reconeü

E le paile ke ele ad veü.

Ne dute mes, bien seit e creit

Que ele memes sa fille esteit;

Oiant tuz, dist, ne ceil[71] mie:

450   'Tu es ma fille, bele amie!'

De la pité kë ele en a

Ariere cheit, si se pauma.

E quant del[72] paumeisun leva,

Pur sun seignur tost enveia;

455   E il vient[73] tut effreez.

Quant il est en chambrë entrez,

La dame li cheï as piez,

Estreitement l[74] ad baisiez,

Pardun li quert de sun mesfait.

460   Il ne feseit nïent del plait.

---

70) [mut] bel
71) ceil[e]
72) de
73) [i] vient
74) l[i]

'Dame,' fet il, 'quei dites vus?

Il n'ad si bien nun entre nus.

Quanke vus plest seit pardoné!

Dites mei vostre volunté!'

465   'Sire, quant pardoné l'avez,

Jel vus dirai; si m'escutez!

Jadis par ma grant vileinie

De ma veisine dis folie;

De ses deus enfanz mesparlai:

470   Vers mei meïsmes errai[75].

Verité est que j'enceintai,

Deus filles oi, l'une celai;

A un muster la fis geter

E nostre paile od li porter

475   E l'anel que vus me donastes

Quant vus primes od mei parlastes.

Ne vus peot mie estre celé:

Le drap e l'anel ai trové.

Nostre fille ai ici[76] coneüe,

480   Que par ma folie oi perdue;

E ja est ceo la dameisele

Que tant est pruz e sage e bele,

Ke li chevaler ad amee

Ki sa serur ad espusee.'

485   Li sires dit: 'De ceo sui ieo liez[77];

---

75) [mes]errai

76) ci

Unques mes ne fu[78] si haitiez;

Quant nostre fille avum trovee,

Grant joie nus ad Deu donee,

f.131v   Ainz que li pechez fust dublez.

490   Fille,' fet il, 'avant venez!'

La meschine mut s'esjoï

De l'aventure ke ele oï.

Sun pere ne volt plus atendre;

Il meïsmes vet pur sun gendre,

495   E l'erceveke i amena,

Cele aventure li cunta.

Li chevaler, quant il le sot,

Unques si grant joie nen ot.

L'erceveke[79] ad cunseilié

500   Quë issi seit la noit laissié;

El demain les departira,

Lui e cele qu'ele[80] espusa.

Issi l'unt fet e graanté.

El demain furent desevré;

505   Aprés ad s'amie espusee,

E li peres li ad donee,

Que mut ot vers li bon curage;

Par mie[81] li part sun heritage.

---

77) sui liez

78) fu[i]

79) erceveke[s]

80) qu'il

470

Il e la mere as noces furent

510   Od lur fille, si cum il durent.

Quant en lur païs s'en alerent,

La Coudre lur fille menerent;

Mut richement en lur cuntree

Fu puis la meschine donee.

515   Quant l'aventure fu seüe

Coment ele esteit avenue,

Le lai de la[82] Freisne en unt trové:

Pur la dame l'unt si numé.

---

81)   mi

82)   del

BISCLAVRET

f.131v   Quant de lais faire m'entremet,

        Ne voil ublïer Bisclavret:

        Bisclavret ad nun en bretan,

        Garwaf l'apelent li Norman.

5   Jadis le poeit hume oïr

        E sovent suleit avenir,

        Humes plusurs garual devindrent

        E es boscages meisun tindrent.

        Garualf, c[1] est beste salvage:

10   Tant cum il est en cele rage,

        Hummes devure, grant mal fait,

        Es granz forest[2] converse e vait.

        Cest afere les ore ester;

        Del Bisclavret voil[3] cunter,

15   En Bretaine maneit un ber,

        Merveille l'ai oï loër;

        Beaus chevalers e bons esteit

        E noblement se cunteneit.

---

1) c[eo]

2) forez

3) [vus] voil

De sun seinur esteit privez

20   E de tuz ses veisins amez.

Femme ot espuse mut vailant

E que mut feseit beu semblant.

Il amot li e ele lui;

Mes d'une chose ert grant ennui,

25   Que en la semeine le deperdeit[4]

Treis jurs entiers, que el ne saveit

U deveneit në u alout,

Ne nul des soens nïent n'en sout.

Une feiz esteit repeirez

30   A sa meisun joius e liez;

Demandé li ad e enquis.

'Sire,' fait el, 'beau duz amis,

Une chose vus demandasse

Mut volenters, si jeo osasse;

35   Mes jeo creim tant vostre curuz,

Que nule rien tant ne redut.'

Quant il l'oï, si l'acola,

Vers li[5] la traist, si la beisa.

'Dame,' fait il, 'demandez[6]!

40   Ja cele chose ne me direz[7],

f.132r   Si jo la sai, ne la vus die.'

---

4) perdeit

5) lui

6) [or] demandez

7) ne querrez

'Par fei,' fet ele, 'ore sui garie!

Sire, jeo sui en tel effrei

Les juts quant vus partez de mei,

45 El leuer[8] en ai mut grant dolur

E de vus perdre tel poür.

Si jeo n'en ai hastif cunfort,

Bien tost en puis aver la mort.

Kar me dites u vus alez,

50 U vus estes, u uus conversez[9]!

Mun escïent que vus amez,

E si si est, vus meserrez.'

'Dame,' fet il, 'pur Deu, merci!

Mal m'en vendra, si jol vus di,

55 Kar de m'amur vus partirai

E mei meïsmes en perdirai[10].'

Quant la dame l'ad entendu,

Ne l'ad neent en gab tenu.

Suventefeiz li demanda;

60 Tant le blandi e losenga

Que s'aventure li cunta;

Nule chose ne li cela.

'Dame, jeo devienc bisclavret:

En cele grant forest me met,

65 Al plus espés de la gaudine,

_____

8) quor

9) u conversez

10) perdrai

S'i vif de preie e de ravine.'

Quant il li aveit tut cunté,

Enquis li ad e demaundé

S'il se despuille u vet vestu.

70 'Dame,' fet il, 'jeo vois tut nu.'

'Di mei, pur Deu, u sunt voz dras.'

'Dame, ceo ne dirai jeo pas;

Kar si leo les[11] eüsse perduz

E de ceo feusse aparceüz,

75 Bisclavret sereie a tuz jurs;

Jamés n'avreie mes sucurs,

De si k'il me fussent rendu.

Pur ceo ne voil k'il seit seü.'

'Sire,' la dame li tespunt,

80 'Jeo vus eim plus que tut le mund:

Nel me devez nïent celer,

Ne de[12] nule rien duter;

Ne semblereit pas amisté.

Qu'ai jeo forfait? Put queil peché

85 Me dutez vus de nule rien?

Dites mei[13], si ferez bien!'

Tant l'anguissa, tant le suzprist,

Ne pout el faire, si li dist.

'Dame,' fet il, 'de lee[14] cel bois,

---

11) Kar si jes

12) Ne [mei] de

13) [le] mei

90   Lez le chemin par unt jeo vois,
     Une vielz chapele i esteit,
     Ke meintefeiz grant bien me feit:
     La est la piere cruose e lee
     Suz un buissun, dedenz cavee;
95   Mes dras i met suz le buissun,
     Tant que jeo revinc[15] a meisun.'
     La dame oï cele merveille,
     De poür fu tute vermeille;
     De l'aventure se esfrea.
100 E[16] maint endreit se purpensa
     Cum ele s'en puïst partir;
     Ne voleit mes lez lui gisir.
     Un chevaler de la cuntree,
     Que lungement l'aveit amee
105 E mut preié' e mut requise
     E mut duné en sun servise--
     Ele ne l'aveit unc amé
     Ne de s'amut aseüré--
     Celui manda par sun message,
110 Si li descovri sun curage.
f.132v 'Amis,' fet ele, 'seez leéz!
     Ceo dunt vus estes travaillez
     Vus otri jeo sanz nul respit:

---

14) delez

15) revi[e]nc

16) E[n]

Ja n'i avrez nul cuntredit;

115 M'amur e mun cors vus otrei.

Vostre drue fetes de mei!'

Cil l'en mercie bonement

E la fiance de li prent;

E el le met par serement.

120 Puis li cunta cumfaitement

Ses sires[17] ala e k'il devint;

Tute la veie kë il tint

Vers la forest l[18] enseigna;

Pur sa despuille l'enveia.

125 Issi fu Bisclavret trahiz

E par sa femme maubailiz.

Pur ceo que hum le perdeit sovent

Quidouent tuz communalment

Que dunc s'en fust del tut alez.

130 Asez fu quis e demandez,

Mes n'en porent mie trover;

Si lur estuit lesser ester.

La dame ad cil dunc espusee,

Que lungement aveit amee.

135 Issi remist un an entier,

Tant que li reis ala chacier;

A la forest ala tut dreit,

La u li Bisclavret esteit.

---

17) sire
18) l[i]

478

Quant li chiens furent descuplé,
140 Le Bisclavret unt encuntré;
A lui cururent tutejur
E li chien e li veneür,
Tant que pur poi ne l'eurent pris
E tut deciré e maumis,
145 De si qu'il ad le rei choisi;
Vers lui curut quere merci.
Il l'aveit pris par sun estrié,
La jambe li baise e le pié.
Li reis le vit, grant poür ad;
150 Ses cumpainuns tuz apelad.
'Seignurs,' fet il, 'avant venez!
Ceste merveillë esgardez,
Cum ceste beste se humille!
Ele ad sen de hume, merci crie.
155 Chacez mei tuz ces chiens arere,
Si gardez quë hum ne la fiere!
Ceste beste ad entente e sen.
Espleitez vus! Alum nus en!
A la beste durrai ma pes;
160 Kar jeo ne chacerai hui mes.'
Li reis s'en est turné atant.
Le Bisclavtet li vet siwant;
Mut se tint pres, n'en vout partir,
Il n'ad cute de lui guerpir.
165 Li reis l'en meine en sun chastel;
Mut en fu liez, mut li est bel,

Kar unke mes tel n'ot veü;

A grant merveille l'ot tenu

E mut le tient a grant chierté.

170   A tuz les suens ad comaundé

Que sut s'amur le gardent bien

E li ne mesfacent de rien,

Ne par nul de eus ne seit feruz;

Bien seit abevreiz e puiz[19].

175   Cil le garderent volenters;

Tuz jurs entre les chevalers

E pres del rei se alout cuchier.

N'i ad celui que ne l'ad chier;

Tant esteit franc e deboneire,

180   Unques ne volt a rien mesfeire.

f.133r   U ke li reis deüst erret,

Il n'out cure de desevrer;

Ensemble od lui tuz jurs alout:

Bien s'aparceit quë il l'amout.

185   Oëz aprés cument avint.

A une curt ke li rei tint

Tuz les baruns aveit mandez,

Ceus ki furent de lui chacez[20],

Pur aider sa feste a tenir

190   E lui plus beal faire servir.

Li chevaler i est alez,

---

19) peüz

20) chasez

Richement e bien aturnez,
Ki la femme Bisclavret ot.
Il ne saveit ne ne quidot
195   Que il le deüst trover si pres,
Si tost cum il vint al paleis
E le Bisclavret le aparceut,
De plain esleis vers lui curut;
As denz le prist, vers lui le trait.
200   Ja li eüst mut grant leid fait,
Ne fust li reis ki l'apela,
De une verge le manaça.
Deus feiz le vout mordrë al jur.
Mut s'esmerveillent li plusur;
205   Kar unkes tel semblant ne fist
Vers nul hume kë il veïst.
Ceo dïent tut par la meisun
Ke il nel fet mie sanz reisun:
Mesfait li ad, coment que seit;
210   Kar volenters se vengereit.
A cele feiz remist issi,
Tant que la feste departi
E li barun unt pris cungé;
A lur meisun sunt repeiré.
215   Alez s'en est li chevaliers,
Mien escïent tut as premers,
Que le Bisclavret asailli;
N'est merveille s'il le haï.
Ne fu puis gueres lungement,

220	Ceo m'est avis, si cum j'entent,
	Que a la forest ala li reis,
	Que tant fu sages e curteis
	U li Bisclavret fu trovez;
	E il i est od lui alez.
225	La nuit quant il s'en repeira,
	En la cuntree herberga.
	La femme le bisclavret[21] le sot;
	Avenantment se appareilot.
	Al demain vait al rei parler,
230	Riche present li fait porter.
	Quant Bisclavret la veit venir,
	Nul hum nel poeit retenir;
	Vers li curut cum enragiez.
	Oiez cum il est bien vengiez!
235	Le neis li esracha del vis.
	Quei li peüst il faire pis?
	De tutes parz l'unt manacié;
	Ja l'eüssent tut depescié,
	Quant un sages hum dist al rei:
240	'Sire,' fet il, 'entent a mei!
	Ceste beste ad esté od vus;
	N'i ad ore celui de nus
	Que ne l'eit veü lungement
	E pres de lui alé sovent;

---

21) femme Bisclavret

245	Unke mes humme ne tucha
	Ne felunie ne mustra,
	Fors a la dame que ici vei.
	Par cele fei ke jeo vus dei,
	Aukun curuz ad il vers li,
250	E vers sun seignur autresi.
f.133v	Ceo est la femme al chevaler
	Que taunt par suliez aveir chier,
	Que lung tens ad esté perduz,
	Ne seümes u'est[22] devenuz.
255	Kar metez la dame en destreit,
	S'aucune chose vus direit,
	Pur quei ceste beste la heit;
	Fetes li dire s'el le seit!
	Meinte merveille avum veü
260	Quë en Bretaigne est avenu.'
	Li reis ad sun cunseil creü:
	Le chevaler ad retenu;
	De l'autre part ad la[23] dame ad prise
	E en mut grant destresce mise.
265	Tant par destresce e par poür
	Tut li cunta de sun seignur:
	Coment ele l'aveit trahi
	E sa despoille li toli,
	L'aventure qu'il li cunta,

---

22) qu'est
23) part la

270 E quei devint e u ala;

   Puis que ses dras li ot toluz,

   Ne fud en sun païs veüz;

   Tresbien quidat e bien creeit

   Que la beste Bisclavret seit.

275 Le reis demande la despoille;

   U bel li seit u pas nel voille,

   Ariere la fet aporter,

   Al Bisclavret la fist doner.

   Quant il les urent[24] devant lui mise,

280 Ne se prist garde en nule guise.

   Li produm le rei apela,

   Cil ki primes le cunseilla:

   'Sire, ne fetes mie bien:

   Cist nel fereit pur nule rien,

285 Que devant vus ses dras reveste

   Ne muet[25] la semblance de beste.

   Ne savez mie que ceo munte:

   Mut durement en ad grant hunte.

   En tes chambres le fai mener

290 E la despoille od lui porter;

   Une grant piece l'i laissums.

   S'il devient hum, bien le verums.'

   Li reis meïsmes le mena

   E tuz les hus sur lui ferma.

---

24) il l'urent

25) mut

295	Al chief de piece i est alez,
	Deus baruns ad od lui menez;
	En la chambrë entrent tut trei.
	Sur le demeine lit al rei
	Troua il[26] dormant le chevaler.
300	Li reis le curut enbracier,
	Plus de cent feiz l'acole e baise.
	Si tost cum il pot aver aise,
	Tute sa tere li rendi;
	Plus li duna ke jeo ne di.
305	La femme ad del païs ostee
	E chacie hors de[27] la cuntree.
	Cil s'en alat ensemble od li,
	Pur ki sun seignur ot trahi.
	Enfanz en ad asés eüz,
310	Puis unt esté bien cuneüz
	Del[28] semblant e del visage:
	Plusurs femmes[29] del lignage,
	C'est verité, senz nes sunt neies[30]
	E souient[31] esnasees.
315	L'aventure ke avez oïe

---

26) Truevent
27) chacie de
28) [E] del
29) [des] femmes
30) nees
31) E si viveient

Veraie fu, n'en dutez mie.
De Bisclavret fu fet li lais
Pur remembrance a tutdis mais.

V

LANVAL

f.133v	L'aventure d'un autre lai,
	Cum ele avient, vus cunterai:
f.134r	Fait fu d'un mut gentil vassal;
	En bretans l'apelent Lanval.

5   A Kardoel surjurnot li reis,
       Artur, li pruz e li curteis,
       Pur les Escoz e pur les Pis,
       Que destruient[1] le païs:
       En la tere de Loengre entroënt
10   E mut suvent la damagoënt.
       A la pentecuste en esté
       I aveit li reis sujurné.
       Asez i duna riches duns:
       E as cundtes e as baruns,
15   A ceus de la table rründe[2]--
       N'ot tant de teus en tut le munde--
       Femmes e tere departi,
       Par tut, fors un ki l'ot servi:
       Ceo fu Lanval, ne l'en sovient,

---

1) destrui[ei]ent

2) r[o]ünde

20   Ne nul de³⁾ soens bien ne li tient,

         Pur sa valur, pur sa largesce,

         Pur sa beauté, pur sa prüesce

         L'envioënt tut li plusur;

         Tel li mustra semblant d'amur,

25   S'al chevaler mesavenist,

         Ja une feiz ne l'en pleinsist.

         Fiz a rei fu de haut parage,

         Mes luin ert de sun heritage.

         De la meisne⁴⁾ le rei fu.

30   Tut sun aveir ad despendu;

         Kar li reis rien ne li dona,

         Ne Lanval rien ne⁵⁾ li demanda.

         Ore est Lanval mut entrepris,

         Mut est dolent e mut pensis.

35   Seignurs, ne vus esmerveillez:

         Hume estrange descunseillez.

         Mut est dolent en autre tere,

         Quant il ne seit u sucurs quere.

         Le chevaler dunt jeo vus di,

40   Que tant aveit le rei servi,

         Un jur munta sur sun destrer,

         Si s'est alez esbaneer.

         Fors de la vilë est eissuz,

---

3) de[s]

4) meisne[e]

5) Lanval ne

Tut sul est en un pre venuz;
45 Sur une ewe curaunt descent;
Mes sis cheval tremble forment:
Il le descengle, si s'en vait,
En mi le pre vuiltrer le lait.
Le pan de sun mantel plia,
50 Desuz sun chief puis le cucha.
Mut est pensis pur sa mesaise,
Il ne veit chose ke li plaise.
La u il gist en teu maniere,
Garda aval lez la riviere,
55 Vit[6] venir deus dameiseles,
Unc n'en ot veü[7] plus beles.
Vestues ierent richement,
Laciez[8] mut estreitement
En deus blians de purpre bis;
60 Mut par ayeient bel le vis.
L'eisnee portout un[9] bacins,
Doré furent, bien fez e fins;
Le veir vus en dirai sanz faile.
L'autre portout une tuaile.
65 Eles s'en sunt alees dreit
La u li chevaler giseit.

―――――――――

6) [Si] vit
7) veü[es]
8) Laciees
9) un[s]

Lanval, que mut fu enseigniez,
Cuntre eles s'en levad en piez.
Celes l'unt primes salué,
70 Lur message li unt cunté:
'Sire Lanval, ma dameisele,
Que tant est pruz e sage e bele,
f.134v Ele nus enueit[10] pur vus;
Kar i venez ensemble od nus!
75 Sauvement vus i cundurums.
Veez, pres est li paveilluns!'
Li chevalers od eles vait;
De sun cheval ne tient nul plait,
Que devant lui peist[11] al pre.
80 Treskë al tref l'unt amené,
Que mut fu beaus e bien asis.
La reïne Semiramis,
Quant ele ot unkes plus aveir
E plus pussaunce e plus saveir,
85 Ne l'emperere Octovïen
N'esligasent le destre pan.
Un aigle d'or ot desus mis;
De cel ne sai dire le pris,
Ne des cordes ne des peissuns
90 Que del tref tienent les giruns;
Suz cicl n'ad rei ki[12] esligast

---

10) enveie
11) pesseit

490

Pur nul aver k'il i donast.

Dedenz cel tref fu la pucele:

Flur de lis rose[13] nuvele,

95   Quant ele pert al tens d'esté,

Trespassot ele de beauté,

Ele jut sur un lit mut bel--

Li drap valeient un chastel--

En sa chemise senglement.

100   Mut ot le cors bien fait e gent;

Un cher mantel de blanc hermine,

Covert de purpre alexandrine,

Ot pur le chaut sur li geté;

Tut ot descovert le costé,

105   Le vis, le col e la peitrine;

Plus ert blanche que flur d'espine.

Le chevaler avant ala,

E la pucele l'apela.

Il s'est devant le lit asis.

110   'Lanval,' fet ele, 'beus amis,

Pur vus vienc jeo fors de ma tere;

De luinz vus sui venu[14] quere.

Se vus estes pruz e curteis,

Emperere ne quens ne reis

115   N'ot unkes tant joie ne bien;

---

12) ki[s]

13) lis [e] rose

14) venu[e]

Kar jo vus aim sur tute rien.'

Il l'esgarda, si la vit bele;

Amurs le puint de l'estencele,

Que sun quor alume e esprent.

120   Il li respunt avenantment.

'Bele,' fet il, 'si vus pleiseit

E cele joie me aveneit

Que vus me vousissez amer,

Ja nosirïez[15] rien comander

125   Que jeo ne face a mien poeir,

Turt a folie u a saveir.

Jeo frai[16] voz comandemenz,

Pur vus guerpira tutes genz.

Jamés ne queor de vus partir:

130   Ceo est la rien que plus desir.'

Quant la meschine loï[17] parler

Celui que tant la peot amer,

S'amur e sun cors li otreie:

Ore est Lanval en dreite veie!

135   Un dun li ad duné aprés:

Ja cele rien ne vudra mes

Quë il nen ait a sun talent;

Doinst e despende largement,

Ele li troverat asez.

---

15) Ne savrïez

16) f[e]rai

17) oï

140   Mut est Lanval bien herbergez:

         Cum plus despendra richement,

         Plus[18] avrat or e argent.

f.135r   'Ami,' fet ele, 'or vus chasti,

         Si vus comant e si vus pri,

145   Ne vus descovrez a nul humme!

         De ceo vus dirai ja la summe:

         A tuz jurs m'avrïez perdue,

         Se ceste amur esteit seüe;

         Jamés ne me purriez veeir

150   Ne de mun cors seisine aveir.'

         Il li respunt que bien tendra

         Ceo que ele li comaundera.

         Delez li s'est al lit cuchiez:

         Ore est Lanval bien herbergez.

155   Ensemble od li la relevee

         Demurat tresque al[19] vespree,

         E plus i fust, së il poïst

         E s'amie lui cunsentist.

         'Amis,' fet ele, 'levez sus!

160   Vus n'i poëz demurer plus.

         Alez vus en, jeo remeindrai;

         Mes un[20] chose vus dirai:

         Quant vus vodrez od mei parler,

---

18)   [E] plus

19)   a la

20)   un[e]

Ja ne savrez cel liu penser,

165 U nuls puïst aver s'amie

   Sanz reproece, sanz vileinie,

   Que jeo ne vus seie en present

   A fere tut vostre talent;

   Nul hum fors vus ne me verra

170 Ne ma parole nen orra.'

   Quant il l'oï, mut en fu liez,

   Il la baisa, puis s'est dresciez,

   Celes quë al tref l'amenerent

   De riches dras le cunreerent;

175 Quant il fu vestu de nuvel,

   Suz ciel nen ot plus bel dancel;

   N'estei mie fous ne vileins.

   L'ewe li donent a ses meins

   E la tuaille a suer[21];

180 Puis li portent[22] a manger.

   Od s'amie prist le super:

   Ne feseit mie a refuser.

   Mut fu servi curteisement,

   E il a grant joie le prent.

185 Un entremés i ot plener,

   Que mut pleiseit al chevalier:

   Kas s'amie baisout sovent

   E acolot estreitement.

---

21) [en]suer

22) [a]portent

Quant del manger furent levé,

190   Sun cheval li unt amené:

Bien li unt[23] la sele mise;

Mut ad trové riche servise.

Il prent cungé, si est muntez;

Vers la cité s'en est alez.

195   Suvent esgarde ariere sei;

Mut est Lanval en grant esfrei;,

De s'aventure vait pensaunt

E en sun curage dotaunt[24];

Esbaïz est, ne seit que creir[25],

200   Il ne la quide mie a veir[26].

Il est a sun ostel venuz;

Ses humme[27] treve bien vestuz.

Icele nuit bon ostel tient;

Mes nul ne sot dunt ceo li vient.

205   N'ot en la vile chevalier

Ki de surjur ait grant mestier,

Quë il ne face a lui venir

E richement e bien servir.

Lanval donout les riches duns,

210   Lanval aquitout les prisuns,

---

23) ourent

24) dotaunt

25) creir[e]

26) veir[e]

27) humme[s]

Lanval vesteit les jugleürs,
Lanval feseit les granz honurs:
f.135v N'i ot estrange ne privé
A ki Lanval nen ust[28] doné.
215 Mut ot Lanval joie e deduit:
U seit par jur u seit par nuit,
S'amie peot veer sovent,
Tut est a sun comandement.
Ceo m'est avis, meïsmes l'an,
220 Aprés la feste seint Johan,
D'ici qu'a trente chevalier
S'erent alé esbanïer
En un vergier desuz la tur
U la reïne ert a surjur;
225 Ensemble od eus Walwains[29]
E sis cusins, li beaus Ywains.
E dist Walwains, li francs, li pruz,
Que tant se fist amer de tuz:
'Par Deu, seignurs, nus feimes mal
230 De nostre cumpainun Lanval,
Que tant est larges e curteis,
E sis peres est riches reis,
Que od nus ne l'avum amené.'
Atant se sunt[30] ariere turné;

---

28) n'eüst
29) [esteit] Walwains
30) Atant sunt

496

235   A sun ostel reuient[31] ariere,

        Lanval ameinent par preere.

        A une fenestre entaillie.

        S'esteit la reïne apuïe;

        Treis dames ot ensemble od li.

240   La maisni Lanval[32] choisi;

        Lanval choisi[33] e esgarda.

        Une des dames apela;

        Par li manda ses dameiseles,

        Les plus quointes les[34] plus beles:

245   Od li s'irrunt esbainïer

        La u cil sunt[35] al vergler.

        Trente en menat od li e plus;

        Par les degrez descendent jus.

        Les chevalers encuntre vunt,

250   Que pur eles grant joïë unt,

        Il les unt prises par les mains;

        Cil par les mains ni ert[36] pas vilains.

        Lanval s'en vait a une part,

        Mut luin des autres; ceo li est[37] tart

---

31) revunt

32) La maisnie le rei

33) conut

34) [e] les

35) erent

36) Cil parlemenz n'ert

37) l'est

255   Que s'amie puïst tenir,

        Baiser, acoler e sentir;

        L'autrui joie prise petit,

        Si il nad[38] le suen delit.

        Quant la reïne sul le veit,

260   Al chevaler en va tut dreit;

        Lunc lui s'asist, si l'apela,

        Tut sun curage li mustra:

        'Lanval, mut vus ai honuré

        E mut cheri e mut amé.

265   Tute m'amur poëz aveir;

        Kar me dites vostre voleir!

        Ma drüerie vus otrei;

        Mut devez estre lié de mei.'

        'Dame,' fet il, 'lessez m'ester!

270   Jeo n'ai cure de vus amer.

        Lungement ai servile le rei;

        Ne li voil pas mentir ma fei.

        Ja pur vus ne pur vostre amur

        Ne mesfrai[39] a mun seignur.'

275   La reïne s'en curuça,

        Irie fu, si mesparla.

        'Lanval,' fet ele, 'bien le quit,

        Vuz n'amez gueres cel delit;

        Asez le m'ad hum dit sovent

---

38) nen ad

39) mesf[e]rai

280	Que des femmez n'avez talent,
	Vallez avez bien afeitiez,
	Ensemble od eus vus deduiez.
f.136r	Vileins cuarz, mauveis failliz,
	Mut est mi sires maubailliz
285	Que pres de lui vus ad suffert;
	Mun escïent que Deus en pert!'
	Quant il l'oï , mut fu dolent;
	Del respundre ne fu pas lent.
	Teu chose dist par maltalent
290	Dunt il se repenti sovent.
	'Dame,' dist il,'de cel mestier
	Ne me sai jeo nïent aidier;
	Mes jo aim, si[40] sui amis
	Cele ke deit aver le pris
295	Sur tutes celes que jeo sai.
	E une chose vus dirai,
	Bien le sachez a descovert:
	Une de celes ke la sert,
	Tute la plus povre meschine,
300	Vaut meuz de vus, dame reïne,
	De cors, de vis e de beauté,
	D'enseignement e de bunté.'
	La reïne s'en parte[41] atant,
	En sa chambrë en vait plurant.

_____

40) [e] si
41) part

305   Mut fu dolente e curuciee

         De ceo k'il out avilee[42].

         En sun lit malade cucha;

         Jamés, ceo dit, ne levera,

         Si li reis ne l'en feseit dreit

310   De ceo dunt ele se pleindreit[43].

         Li reis fu del bois repeiriez,

         Mut out le jur esté haitiez.

         As chambres la reïne entra.

         Quant el le vit, si se clamma;

315   As piez li chiet, merci crie[44]

         E dit que Lanval l'ad hunie:

         De drüerie la requist;

         Pur ceo que ele l'en escundist,

         Mut laidi[45] e avila;

320   De tele amie se vanta,

         Que tant iert cuinte e noble e fiere

         Que meuz valut sa chamberere,

         La plus povre que tant serveit,

         Que la reïne ne feseit.

325   Li reis s'en curuçat forment,

         Juré en ad sun serement:

         S'il ne s'en peot en curt defendre,

---

42)   [l']out [si] avilee

43)   pleindreit

44)   merci [li] crie

45)   [la] laidi

Il le ferat arder u pendre.

Fors de la chambre eissi li reis,

330 De ses baruns apelat treis;

Il les enueit[46] pur Lanval,

Quë asez ad dolur e mal.

A sun chastel[47] fu revenuz;

Il s'est[48] bien aparceüz

335 Qu'il aveit perdue s'amie:

Descovert ot la drüerie.

En une chambre fu tut suls,

Pensis esteit e anguissus;

S'amie apele mut sovent,

340 Mes ceo ne li valut neent.

Il se pleigneit e suspirot,

D'ures en autres se pasmot;

Puis li crie cent feiz merci

Que ele parlot[49] a sun ami.

345 Sun quor e sa buche maudit;

C'est merveille k'il ne s'ocit.

Il ne seit tant crïer ne braire

Ne debatre ne sei detraire

Que ele en veulle merci aveir

350 Sul tant que la puisse veeir.

---

46) enveie

47) ostel

48) s'est[eit]

49) parolt

Oi las, cument se cuntendra?

Cil ke li reis ci enveia,

f.136v Il sunt venu, si li unt dit

Que a la curt voise sanz respit:

355 Li reis l'aveit par eus mandé,

La reïne l'out encusé.

Lanval i vait od sun grant doel;

Il l'eüssent ocis a lur[50] veoil.

Il est devant le rei venu;

360 Mut fu dolent, taisanz e mu,

De grant dolur mustre semblant.

Li reis li dit par maltalant:

'Vassal, vus me avez mut mesfait!

Trop començastes vilein plait

365 De mei hunir e aviler

E la reïne lendengier.

Vanté vus estes de folie:

Trop par est noble vostre amie,

Quant plus est bele sa meschine

370 E plus uaillante[51] que la reïne.'

Lanval defent la deshonur

E la hunte de sun seignur

De mot en mot, si cum il dist,

Que la reïne ne requist;

375 Mes de ceo dunt il ot parlé

---

50) ocis sun

51) vaillanz

Reconut il la verité,

De l'amur dunt il se vanta;

Dolent en est, perdue l'a.

De ceo lur dit qu'il en ferat

380   Quanque la curt esgarderat.

Li reis fu mut vers lui irez;

Tuz ses hummes ad enveiez

Pur dire dreit qu'il en deit faire,

Que ne li puis][52] a mal retraire.

385   Cil unt sun commandement fait,

U eus seit bel, u eus seit lait

Comunement i sunt alé

E unt jugé e esgardé

Que Lanval deit aveir un jur;

390   Mes plegges truisse a sun seignur

Qu'il atendra sun jugement

E revendra en sun present:

Si serat la curt esforcie[53],

Kar n'i ot dunc fors la maisne[54].

395   Al rei revienent li barun,

Si li mustrent[55] la reisun.

Li reis ad plegges demandé.

Lanval fu sul e esgaré,

---

52)   Que [hum] ne li puis[se]

53)   esforcie[e]

54)   maisne[e]

55)   mustr[er]ent

N'i aveit parent në ami.

400 Walwain i vait, ki l'a plevi,

E tuit si cumpainun aprés.

Li reis lur dit: 'E jol vus les

Sur quanke vus tenez de mei,

Teres e fieus, chescun par sei.'

405 Quant plevi fu, dunc n[56) ot el.

Alez s'en est a sun ostel.

Li chevaler l'unt conveé;

Mut l'unt blasmé e chastïé

K'il ne face si grant dolur,

410 E maudïent si fol' amur.

Chescun jur l'aloënt veer,

Pur ceo k'il voleient saveir

U il beüst, u il mangast;

Mut dotouent k'il s'afolast,

415 Al jur que cil orent numé

Li barun furent asemblé.

Li reis e la reïne i fu,

E li plegge unt Lanval rendu.

Mut furent tuz pur lui dolent:

420 Jeo quid k'il en i ot teus cent

Ki feïssent tut lur poeir

Pur lui sanz ple1t delivre aveir;

f.137r   Il iert retté a mut grant tort.

_____ ____

56)   n'[i]

504

Li reis demande le recort

425   Sulunc le cleim e les respuns:

Ore est trestut sur les baruns.

Il sunt al jugement alé,

Mut sunt pensifs e esgaré

Del franc humme d'autre païs

430   Quë entre eus ert si entrepris.

Encumbrer le veulent plusur

Pur la volenté sun seignur.

Ceo dist li quoens de Cornwaille:

'Ja endreit nuls[57] n'i avra faille;

435   Kar ki que en plurt e ki que en chant,

Le dreit estuet aler avant.

Li reis parla vers sun vassal,

Que jeo vus oi numer Lanval;

De felunie le retta

440   E d'un mesfait l'acheisuna,

D'un'amur dunt il se vanta,

E ma dame s'en curuça.

Nuls ne l'apele fors le rei:

Par cele fei ke jeo vus dei,

445   Ki bien en veut dire le veir,

Ja n'i deüst respuns aveir,

Si pur cco nun que a sun seignur

Deit bien[58] par tut fairë honur.[59]

---

57)   nus

58)   hum

Un serement l'engagera,

450   E li reis le nus pardura.

E s'il peot aver sun guarant

E s'amie venist avant

E ceo fust veir k'il en deïst,

Dunt la reïne se marist,

455   De ceo avra il bien merci,

Quant pur vilté nel dist de li.

E s'il ne peot garant aveir,

Ceo li devum faire saveir:

Tut sun servise perde[60] del rei,

460   E sil deit cungeer de sei.'

Al chevaler unt enveé,

Si li unt dit e nuntïe

Que s'amie face venir

Pur lui tencer e garentir.

465   Il lur dit quë il ne poeit:

Ja pur li sucurs nen avreit.

Cil s'en reuait[61] as jugeürs,

Ki n'i atendent nul sucurs.

Li reis les hastot durement

470   Pur la reïne kis atent.

Quant il deveient departir,

---

59) 〈할리 978 필사본〉에서는 443~448행이 440행에 이어서 나오고, 448행 다음에 442행, 441행 순서로 나온다.

60) pert

61) revunt

506

Deus puceles virent venir

Sur deus beaus palefreiz amblaz.

Mut par esteient avenanz;

475 De cendal purpre sunt vestues

Tut senglement a lur char nues.

Cil les esgardouent[62] volenters.

Walwain, od lui treis chevalers,

Vait a Lanval, si li cunta,

480 Les deus puceles li mustra.

Mut fu haitié, forment li prie

Qu'il li deïst si c'ert amie[63].

Il lur ad dit ne seit ki sunt

Ne dunt vienent ne u eles vunt.

485 Celes sunt alees avant

Tut a cheval; par tel semblant

Descendirent devant le deis,

La u seeit Artur li reis.

Eles furent de grant beuté,

490 Si unt curteisement parlé:

'Reis, fai tes chambres delivrer

E de pailes encurtiner,

f.137v U ma dame puïst descendre:

Si ensemble[64] od vus veut ostel prendre.'

495 Il lur otria mut volenters[65],

---

62) esgardent

63) [s]'amie

64) Ensemble

Si appela deus chevalers:

As chambres les menerent sus.

A cele feiz ne distrent plus.

Li reis demande a ses baruns

500   Le jugement e les respuns

E dit que mut l'unt curucié

De ceo que tant l'unt delaié

'Sire,' funt il, 'nus departimes.

Pur les dames que nus veïmes

505   Ni auerat[66] nul esgart fait.

Or recumencerum le plait.'

Dunc assemblerent tut pensif;

Asez i ot noise e estrif.

Quant il ierent en cel esfrei,

510   Deus puceles de gent cunrei--

Vestues de deus pailes freis,

Chevauchent deus muls espanneis--

Virent venir la rue aval.

Grant joie en eurent li vassal;

515   Entre eus dïent que ore est gariz

Lanval li pruz e li hardiz.

Yweins i est a lui alez,

Ses cumpainuns i ad menez.

'Sire,' fet il, 'rehaitiez vus!

520   Pur amur Deu, parlez od nus!

---

65) volenters

66) Nus n'i avum

Ici vienent deus dameiseles

Mut acemees e mut beles:

C'est vostre amie vereiment!'

Lanval respunt hastivement

525   E dit qu'il pas nes avuot

Ne il nes cunut ne nes amot.

Atant furent celes venues,

Devant le rei sunt descendues,

Mut les loërent li plusur

530   De cors, de vis e de colur;

N'i ad cele meuz ne vausist

Que unkes la reïne ne fist.

L'aisnee fu curteise e sage,

Avenantment dist sun message:

535   'Reis, kar nus fai chambres baillier

A oés ma dame herbergier;

Ele vient ici[67] a tei parler.'

Il les cumandë a mener

Od les autres quë ainceis uiendrent[68].

540   Unkes des muls nul plai[69] ne tindrent.

Quant il fu d'eles delivrez,

Puis ad tuz ses baruns mandez

Que le jugement seit renduz:

Trop ad le jur esté tenuz;

---

67) ci

68) vindrent

69) plai[t]

545   La reïne s'en curuceit,

         Que si lunges les atendeit.

         Ja departissent a itant,

         Quant par la vile vient errant

         Tut a cheval une pucele,

550   En tut le secle n'ot plus bele.

         Un blanc palefrei chevachot,

         Que bel e süef la portot:

         Mut ot bien fet e col e teste,

         Suz ciel nen ot plus bele beste.

555   Riche atur ot al palefrei:

         Suz ciel nen ad quens[70] ne rei

         Ki tut peüst[71] eslegier

         Sanz tere vendre u engagier.

         Ele iert vestue en itel guise:

560   De chainsil blanc e de chemise,

         Que tuz les costez li pareient,

         Que de deus parz laciez esteient.

f.138r   Le cors ot gent, basse la hanche,

         Le col plus blanc que neif sur branche,

565   Les oilz ot vairs e blanc le vis,

         Bele buche, neis bien asis,

         Les surcilz bruns e bel le frunt

         E le chef cresp e aukes blunt;

         Fil d'or ne gette tel luur

---

70) cunte

71) tut [le] peüst

570   Cum sun cheual[72] cuntre le jur.

Sis manteus fu de purpre bis;

Les pans en ot entur li mis.

Un espervier sur sun poin tient,

E un levrer aprés li vient.

575   Il n'ot al burc petit ne grant

Ne li veillard ne li enfant

Que ne l'alassent esgarder.

Si cum il la veent errer,

De sa beaué n'iert mie gas.

580   Ele veneit meins que le pas.

Li jugeür, que la veeient,

A merveille[73] le teneient;

Il n'ot un sul ki l'esgardast

De dreite joie ne seschaufast[74].

585   Cil ki le chevaler amoënt

A lui ueneient[75], si li cuntouent

De la pucele ki veneit,

Si Deu plest, que le[76] delivereit:

'Sire cumpain, ci en vient une,

590   Mes el n'est pas fave ne brune;

Ceo st[77] la plus bele del mund,

---

72)   si chevel

73)   [grant] merveille

74)   n'eschaufast

75)   vienent

76)   quel

De tutes celes kë i sunt.'

Lanval l'oï, sun chief dresça;

Bien la cunut, si suspira.

595 Li sanc li est munté al vis;

De parler fu aukes hastifs.

'Par fei,' fet il, 'ceo est m'amie!

Or m'en est gueres ki m'ocie,

Si ele n'ad merci de mei;

600 Kar gariz sui, quant jeo la vei.'

La damë entra al palais;

Unques si bele n'i vient mais.

Devant le rei est descendue

Si que de tuz iert bien veüe[78].

605 Sun mantel ad laissié chaeir,

Que meuz la puïssent veer.

Li reis, que mut fu enseigniez,

Il s'est encuntre li dresciez,

E tuit li autre l'enurerent,

610 De li servir se presenterent.

Quant il l'orent bien esgardee

E sa beauté forment loëe,

Ele parla en teu mesure,

Kar de demurer nen ot cure:

615 'Reis, j'ai amé un tuen vassal:

Veez le ici[79] ceo est Lanval!

---

77) [e]st

78) veüe

Acheisuné fu en ta curt--

Ne vuil mie que a mal li turt-

De ceo qu'il dist; ceo sachez tu

620 Que la reïne ad tort eü:

Unques nul jur ne la requist.

De la vantance kë il fist,

Si par me peot estre aquitez,

Par voz baruns seit delivrez!'

625 Ceo qu'il en jugerunt par dreit

Li reis otrie ke issi seit.

N'i ad un sul que n'ait jugié

Que Lanval ad tut desrainié.

Delivrez est par lur esgart,

630 E la pucele s'en depart.

Ne la peot li reis retenir;

Asez gent ot a li servir.

f.138v Fors de la sale aveient mis

Un grant perrun de marbre bis,

635 U li pesant humme muntoënt,

Que de la curt le rei uenoent[80]:

Lanval esteit munté desus.

Quant la pucele ist fors a l'us,

Sur le palefrei detriers li

640 De plain eslais Lanval sailli.

Od li s'en vait en Avalun,

<hr>

79) cil

80) aloënt

Ceo nus recuntent li Bretun,

En un isle que mut est beaus;

La fu ravi li dameiseaus.

645 Nul hum n'en oï plus parler,

Ne jeo n'en sai avant cunter.

VI

LES DEUS AMANZ

f.138v   Jadis avint en Normendie

Une aventure mut oïe

De deus amanz que sentreamerent[1];

Par amur ambedeus finerent.

5   Un lai en firent li Bretun:

De Deus Amanz recuilt le nun.

Verité est kë en Neustrie,

Que nus apelum Normendie,

Ad un haut munt merveilles grant:

10   La sus gisent li dui enfant.

Pres de cel munt a une part

Par grant cunseil e par esgart

Une cité fist faire uns reis

Quë esteit sire de Pistreis;

15   Des Pistreins la fist numer[2]

E Pistre la fist apeler.

Tuz jurs ad puis duré li nuns;

Uncore i ad vile e maisuns.

Nus savum bien de la contree,

---

1) deus enfanz que s'entr'amerent

2) [il] numer

20	Li vals de Pistrë est nomee.
	Li reis ot une fille bele
	Mut[3] curteise dameisele.
	Cunfortez fu par la meschine,
	Puis que perdue ot la reïne.
25	Plusurs a mal li aturnerent,
	Li suen meisne[4] le blamerent.
	Quant il oï que hum en parla,
	Mut fu dolent, mut li pesa;
	Cumença sei a purpenser
30	Cument s'en purrat delivrer
	Que nul sa fille ne quesist.
	Luinz[5] e pres manda e dist:
	Ki sa fille vodreit aveir,
	Une chose seüst de veir:
35	Sortit esteit e destiné,
	Desur le munt fors la cité
	Entre ses braz la portereit.
	Si que ne se reposereit.
	Quant la nuvelë est seüe
40	E par tut la[6] cuntree seue[7],
	Asez plusurs s'i asuerent[8],

---

3) [E] mut
4) meïsme
5) [E] luinz
6) par la
7) espandue

Que nule rien n'i espleiterent.

Teus que[9] tant s'esforçouent

Quë en mi le munt la portoënt;

45 Ne poeient avant aler,

Iloec lur[10] laissier ester.

Lung tens remist cele a doner,

Que nul ne la volt demander.

Al païs ot un damisel,

50 Fiz a un cunte, gent e bel;

De bien faire pur aveir pris

Sur tuz autres s'est entremis.

En la curt le rei conversot,

Asez sovent i surjurnot;

55 La[11] fillë al rei ama,

E meintefeiz l'areisuna

f.139r Que ele s'amur li otriast

E par drüerie l'amast.

Pur ceo ke pruz sui[12] e curteis

60 E que mut le presot li reis,

[Li otria sa drüerie,

E cil humblement l'en mercie.][13]

---

8) asaierent

9) Teus [i ot] que

10) l'esteut

11) [E] la

12) fu

13) 61~62행은 〈할리 978 필사본〉에는 없는 부분으로, 에월트(76)와 리슈네(95)

Ensemble parlerent sovent

E sentreamerent[14] lëaument

65   E celereient[15] a lur poeir,

Que hum nes puïst aparceveir.

La suffrance mut lur greva;

Mes li vallez se purpensa

Que meuz en volt les maus suffrir

70   Que trop haster e dunc faillir.

Mut fu pur li amer destreiz.

Puis avient si que a une feiz.

Que a s'amie vient li damiseus[16],

Que tant est sages, pruz e beus;

75   Sa pleinte li mustrat e dist:

Anguissusement li requist

Que s'en alast ensemble od lui,

Ne poeit mes suffrir l'enui;

S'a sun pere la demandot,

80   Il saveit bien que tant l'amot

Que pas ne li vodreit doner,

Si il ne la puïst porter

Entre ses braz en sum le munt.

La damisele li respunt:

85   'Amis,' fait ele, 'jeo sai bien,

는 〈S 필사본〉에 기초하여 이 부분을 첨가한다.

14) s'entr'amerent

15) celerent

16) danzeus

Ne me[17] porterïez pur rien:

N'estes mie si vertuus.

Si jo m'en vois ensemble od vus,

Mis peres[18] avreit e doel e ire,

90   Ne vivreit mie sanz martire,

Certes, tant l'eim e si l'ai chier,

Jeo nel vodreie curucier.

Autre cunseil vus estuet prendre,

Kar cest ne voil jeo pas entendre.

95   En Salerne ai une parente,

Riche femme, mut ad grant rente;

Plus de trente anz i ad esté.

L'art de phisike ad tant usé

Que mut est saives de mescines:

100   Tant cunust herbes e racines,

Si vus a li volez aler

E mes lettres od vus porter

E mustrer li vostre aventure,

Ele en prendra cunseil e cure;

105   Teus lettuaires vus durat

E teus beivres vus baillerat

Que tut vus recunforterunt

E bone vertu vus durrunt.

Quant en cest païs revendrez

110   A mun pere me requerez;

---

17)   m'i

18)   pere

Il vus en tendrat pur enfant,

Si vus dirat le cuvenant

Que a nul humme ne me durrat,

Ja cele peine n'i mettrat,

115   S'al munt ne me peüst porter

Entre ses braz sanz resposer.'

Li vallez oï la novele

E le cunseil a la pucele;

Mut en fu liez, si l'en mercie;

120   Cungé demandë a s'amie,

En sa cuntree en est alez.

Hastivement s'est aturnez

De riche[19] dras e de diuers[20],

De palefreiz e de sumers;

125   De ses hummes les plus privez

Ad li danzeus od sei menez.

A Salerne vait surjurner,

A l'aunte s'amie uet parler[21].

f.139v   De sa part li dunat un brief.

130   Quant el l'ot lit de chief en chief,

Ensemble od li l'a retenu

Tant que sun estre ad tant[22] seü.

Par mescines l'ad esforcié,

---

19) riche[s]

20) deniers

21) s'amie parler

22) tut

Un tel beivre li ad chargié[23],
135   Ja ne serat tant travaillez.

Ne si ateint ne si chargiez,

Ne li resfreschist tut le cors,

Neïs les vaines ne les os,

E qu'il nen ait tele[24] vertu,
140   Si tost cum il en avra[25] beü.

Puis le remeine en sun païs.

Le beivre ad en un vessel mis.

Li damiseus, joius e liez,

Quant ariere fu repeiriez,
145   Ne surjurnat pas en la tere.

Al rei alat sa fille quere,

Qu'il li donast, il la prendreit,

En sum le munt la portereit.

Li reis ne l'en escundist mie;
150   Mes mut le tint a grant folie,

Pur ceo qu'il iert de jeofne eage:

Tant produm[26] vaillant e sage

Unt asaié icel afaire

Ki n'en purent a nul chef traire.
155   Terme li ad numé e pris,

Ses humme[27] mande e ses amis

---

23)   baillié

24)   tute

25)   il l'avra

26)   produm[e]

E tuz ceus k'il poeit aveir:

N'en i laissa nul remaneir.

Pur sa fille pur[28] le vallet,

160   Ki en aventure se met

De li porter en sum le munt,

De tutes parz venuz i sunt.

La dameisele s'aturna:

Mut se destreint e mut[29] jeüna

165   E a[30] manger pur alegier,

Que od[31] sun ami voleit aler[32].

Al jur quant tuz furent venu,

Li damisels primer i fu;

Sun beivre n'i ublia mie.

170   Devers Seigne en la praerie

En la grant gent tut asemblee

Li reis ad sa fille menee.

N'ot drap vestu fors la chemise;

Entre ses braz l'aveit cil prise.

175   La fiolete od tut sun beivre--

Bien seit que el nel vout pas deceivre--

En sa mein porter[33] li baille;

---

27) humme[s]

28) fille [e] pur

29) destreint, mut

30) A sun

31) a

32) aidier

Mes jo creim que poi li[34] vaille,

Kar n'ot en lui point de mesure.

180 Od li s'en veit grant aleüre,

Le munt munta de si qu'en mi.

Pur la joie qu'il ot de li

De sun beivre ne li membra.

Ele senti qu'il alaissa[35].

185 'Amis,' fet ele, 'kar bevez!

Jeo sai bien que vus lassez[36]:

Si recuvrez vostre vertu!'

Li damisel ad respundu:x

'Bele, jo sent tut fort mun quer:

190 Ne m'arestereie a nul fuer

Si lungement que jeo beüsse,

Pur quei treis pas aler peüsse.

Ceste gen nus escrireent[37],

De lur noise m'esturdireient;

195 Tost me purreient desturber.

Jo ne voil pas ci arester.'

Quant les deus parz fu munté sus,

Pur un petit qu'il ne chiet jus.

f.140r Sovent li prie la meschine:

---

33) mein [a] porter

34) poi [ne] li

35) alassa

36) [a]lassez

37) escrïereient

200	'Ami, bevez vostre mescine!'
	Ja ne la volt oïr ne creire;
	A grant anguisse od tut l[38] eire.
	Sur le munt vint, tant se greva,
	Ileoc cheï, puis ne leva;
205	Li quors del ventre s'en parti.
	La pucele vit sun ami,
	Quida k'il fust en paumeisuns;
	Lez lui se met en genuilluns,
	Sun beivre li voleit doner;
210	Mes il ne pout od li parler.
	Issi murut cum jeo vus di.
	Ele le pleint a mut haut cri;
	Puis ad geté e espaundu
	Li veissel u le beivre fu.
215	Li muns en fu bien arusez,
	Mut en ad esté amendez
	Tut le païs e la cuntree:
	Meinte bone herbe i unt trovee,
	Ki del beivrë orent racine.
220	Or vus dirai de la meschine:
	Puis que sun ami ot perdu,
	Unkes si dolente ne fu;
	Lez lui se cuchë e estent,
	Entre ses braz l'estreint e prent,

---

38) l[i]

225   Suvent li baisë oilz e buche;

        Li dols de lui al quor la tuche.

        Ilec murut la dameisele,

        Que tant ert pruz e sage e bele.

        Li reis e cil lur[39] atendeient,

230   Quant unt veü qu'il ne veneient,

        Vunt aprés eus, sis unt trovez.

        Li reis chiet a tere paumez.

        Quant pot parler, grant dol demeine,

        Kar[40] si firent la gent foreine.

235   Treis jurs les unt tenu sur tere.

        Sarcu de marbre firent quere,

        Les deus enfanz unt mis dedenz.

        Par le cunseil de cele genz

        Sur[41] le munt les enfuïrent,

240   E puis atant se departirent.

        Pur l'aventure des enfaunz

        Ad nun li munz des Deus Amanz.

        Issi avint cum dit vus ai;

        Li Bretun en fuent un lai.

---

39)   kis

40)   E

41)   [De]sur

YONEC

f.140r   Puis que des lais ai comencé,
Ja n'iert par mun travail laissé:
Les aventures que j'en sai
Tut par rime les cunterai.

5   En pris[1] ai e en talent
Que d'Iwenec vus die avant,
Dunt il fu nez, e de sun pere
Cum il avint[2] primes a sa mere;
Cil ki engendra Yuuenec

10   Aveit a nun Muldumarec.
En Bretain[3] maneit jadis
Un riches hum viel e antis;
De Carwent fu avouez
E del païs sire clamez.

15   La cité siet sur Düelas;
Jadis i ot de nes trespensez[4].
Mut fu trespassez en eage.

---

1) pensé

2) vint

3) Bretain[e]

4) trespas.

Pur ceo k'il ot bon heritage,

Femme prist pur enfanz aveir,

20   Quë aprés lui fuissent si heir.

De haute gent fu la pucele,

Sage, curteise e forment bele,

Quë al riche hume fu donee.

Pur sa beauté l'ad mut amee.

25/f.140v   De ceo kë ele ert bele e gente,

En li garder mist tute[5] s'entente:

Dedenz sa tur l'ad enserreie[6]

En une grant chambre pavee.

Il ot une sue serur,

30   Veillë e vedve, sanz seignur;

Ensemble od la dame l'ad mise

Pur li tenir meuz en justise.

Autres femmes i ot, ceo crei,

En un' autre chambre par sei;

35   Mes ja la dame n'i parlast,

Si la vielle ne comandast.

Issi la tient plus de set anz--

Unques entre eus n'eurent enfanz--

Ne fors de cele tur ne eissi

40   Ne pur parent ne pur ami.

Quant li sires se ala cuchier,

N'i ot chamberlenc ne huisser

---

5) mut

6) enserree

528

Ki en la chambre osast entrer
Ne devant lui cirge alumer.

45 Mut ert la dame en grant tristur;
Od lermes, od suspir e plur
Sa beuté pert en teu mesure
Cume cele que n'en ad cure.
De sei meïsme meuz vousist

50 Que mort hastive la preisist.
Ceo fu al meis de avril entrant,
Quant cil oisel meinent lur chant.
Li sires fu matin levez;
De aler en bois s'est aturnez.

55 La viellë ad fet lever sus
E aprés lui fermer les hus.
Cele ad fet sun comandement.
Li sires s'en vet od sa gent.
La vielle portot sun psauter,

60 U ele voleit verseiller.
La dame a[7] plur e asueil[8]
Choisi la clarté del soleil.
De la vielle est aparceüe
Que de la chambre esteit eissue.

65 Mut se pleineit e suspirot
E en plurant se dementot.
'Lasse,' fait ele, 'mar fui nee!

---

7) en
8) e en esveil

Mut est dure ma destinee!

En ceste tur sui en prisun,

70   Ja n'en istrai si par mort nun.

Cist viel gelus, de quei se crient,

Quë en si grant prisun me tient

Mut par est fous e esbaïz,

Il crient tuz jurs estre trahiz.

75   Jeo ne puis al muster venir

Ne le servise Deu oïr.

Si jo puïsse od gent parler

E en deduit od eus aler,

Jo li mustrasse beu semblant,

80   Tut n'en eüsse jeo talant.

Malëeit seient tut mi[9] parent

E li autre communalment

Ki a cest glut[10] me donerent

E de[11] sun cors me marïerent!

85   A forte corde trai e tir!

Il ne purrat jamés murir.

Quant il deust[12] estre baptiziez,

Si fu al flum d'enfern plungiez:

Dur sunt li nerf, dures les veines,

90   Que de vif sanc sunt tutes pleines.

———————————

9)   seient mi

10) gelus

11) a

12) dut

Mut ai sovent oï cunter

Que l'em suleit jadis trover

Aventures en cest païs,

Ki rechatouent les pensis:

95/f.141r   Chevalers trovoënt puceles

A lur talent gentes e beles,

E dames truvoënt amanz

Beaus e curteis, e[13] vaillanz,

Si que blamez[14] n'en esteient,

100   Ne nul fors eus[15] nes veeient,

Si ceo peot estrë e ceo fu,

Si unc a nul est avenu,

Deu, ki de tut ad poësté,

Il en face ma volenté!'

105   Quant ele ot faite pleinte issi,

L'umbre d'un grant oisel choisi

Par mi une estreite fenestre.

Ele ne seit quei ceo pout estre.

En la chambre volant entra;

110   Gez ot as piez, ostur sembla,

De cinc mues fu u de sis.

Il s'est devant la dame asis.

Quant il i ot un poi esté

E ele l'ot bien esgardé,

---

13)   [pruz] e

14)   blamees

15)   eles

115   Chevaler bel e gent devint.

La dame a merveille le tint;

Li sens[16] li remut e fremi,

Grant poür ot, sun chief covri.

Mut fu curteis li chevalers:

120   Il la[17] areisunat primers.

'Dame,' fet il, 'n'eiez poür!

Gentil oisel ad en ostur;

Si li segrei sunt[18] oscur,

Gardez ke seiez a seür,

125   Si fetes de mei vostre ami!

Pur coe[19],' fet il, 'vienc jeo ci[20].

Jeo vus ai lungement amé

E en mun quor mut desiré;

Unques femme fors vus n'amai

130   Ne jamés autre ne amerai.

Mes ne poeie a vus venir

Ne fors de mun paleis[21] eissir,

Si vus ne me eüssez requis.

Or puis bien estre vostre amis!'

135   La dame sa[22] raseüra,

---

16)   sans

17)   l'en

18)   [vus] sunt

19)   ceo

20)   [i]ci

21)   païs

Sun chief descovri, si parla;

Le chevaler ad respundu

E dit quil[23] en ferat sun dru,

S'en Deu creïst e issi fust

140   Que lur amur estre peüst.

Kar mut esteit de grant beauté:

Unkes nul jur de sun eé

Si beals chevaler ne esgarda

Ne jamés si bel ne verra.

145   'Dame,' dit il, 'vus dites bien.

Ne vodreie pur nule rien

Que de rnei i ait acheisun,

Mescreauncë u suspesçun,

Jeo crei mut bien al Creatur,

150   Que nus geta de la tristur,

U Adam nus mist, nostre pere,

Par le mors de la pumme amere;

Il est e ert e fu tuz jurs

Vie e lumere as pecheürs.

155   Si vus de ceo ne me creez,

Vostre chapelain demandez;

Dites ke mal vus ad susprise,

Si volez aver le servise

Que Deus ad el mund establi,

160   Dunt li pecheür sunt gari;

---

22) se

23) qu'ele

Le semblant[24] de vus prendrai,

Le cors deu[25] recevrai,

Ma creance vus dirai tute;

James[26] de ceo ne seez en dute!'

165/f.141v   El li respunt que bien ad dit.

Delez li s'est cuché al lit;

Mes il ne vout a li tucher

De[27] acoler ne de baiser.

Atant la veille est repeirie;

170   La dame trovat esveillie,

Dist li que tens est de lever;

Ses dras li voleit aporter.

La dame dist que ele est malade,

Del chapelain prenge[28] garde,

175   Sil face tost a li venir,

Kar grant poür ad de murir.

La veille dist uus sufferez[29]

Mis sires est al bois alez;

Nul n'enterra ça enz fors mei.'

180   Mut fu la dame en grant esfrei;

Semblant fist que ele se pasma.

---

24) La semblance

25) [Damne]deu

26) Ja

27) [Ne] de

28) [se] prenge

29) dist: 'Or vus suffrez!

Cele le vit, mut s'esmaia.

L'us de la chambre ad defermé,

Si ad le prestre demandé;

185 E cil i vint cum plus tost pot,

E corpus[30] domini aportot.

Li chevaler l'ad retenu[31],

Le[32] vin del chalice beü,

Li chapeleins s'en est alez,

190 E la vielle ad les us fermez.

La dame gist lez sun ami:

Unke si bel cuple ne vi.

Quant unt asez ris e jüé

E de lur priveté parlé,

195 Li chevaler ad cungé pris;

Raler s'en volt en sun païs.

Ele le prie ducement

Quë il la reveie sovent.

'Dame,' fet il, 'quant vus plerra,

200 Ja l'ure ne trespassera.

Mes tele mesure esgardez

Que nus ne seium encumbrez:

Ceste vielle nus traïra,

Nuit[33] e jur nus gaitera.

---

30) Corpus

31) receü

32) E le

33) [E] nuit

205	Ele parcevra nostre amur,
	Sil cuntera a sun seignur.
	Si ceo avint[34] cum jeo vus di,
	Nus[35] serum issi trahi,
	Nen en[36] puis mie departir,
210	Que mei nen estuce murir.'
	Li chevalers atant s'en veit,
	A grant joie s'amie leit.
	Al demain lieve tute seine;
	Mut fu haitie la semeine.
215	Sun cors tient[37] a grant chierté,
	Tute recovre sa beauté.
	Or li plest plus a surjurner
	Que en nul autre deduit aler.
	Sun ami volt suvent veer
220	E de lui sun delit aveir
	Desque sis sires depart[38],
	E nuit e jur e tost e tart,
	Ele l'ad tut a sun pleisir.
	Or li duinst Deus lunges joïr!
225	Pur la grant joie u ele fu,
	Que ot suvent pur veer sun dru,

---

34) avi[e]nt
35) [E] nus
36) Ne m'en
37) teneit
38) [s'en] depart

536

Esteit tut sis semblanz changez.

Sis sires[39] esteit mut veizez[40]:

En sun curage se aparceit

230   Que autrement est k'i[41] ne suleit;

Mescreance ad vers sa serur.

Il la met a reisun un jur

E dit que mut grant[42] merveille

Que la dame si se appareille;

235/f.142r   Demande li que ceo deveit.

La vielle dit que el ne saveit--

Kar nul ne pot parler od li,

Në ele n'ot dru në ami--

Fors tant que sule remaneit

240   Plus volenters que el ne suleit;

De ceo s'esteit aparceüe.

Dunc l'ad li sires respundue:

'Par fei,' fet il, 'ceo qui jeo bien!

Or vus estuet fere une rien:

245   Al matin, quant jeo erc levez

E vus avrez les hus fermez,

Fetes semblant de fors eissir,

Si la lessez sule gisir;

En un segrei liu vus esteiez[43],

---

39) sire

40) veiz[i]ez

41) k'i[l]

42) [a] grant

250	E si veez e esgardez
	Quei ceo peot estre e dunt ço vient
	Ki en sa[44] grant joie tient[45].'
	De cel cunseil sunt departi.
	Allas! cum ierent malbailli
255	Cil ki l'un veut si agaitier
	Pur eus traïr e enginner!
	Tiers jur aprés, ceo oi cunter,
	Fet li sires semblant de errer;
	A sa femme ad dit e cunté
260	Que li reis ad[46] par briefs mandé;
	Mes hastivement revendra.
	De la chambre ist e l'us ferma.
	Dunc s'esteit la vielle levee,
	Triers une cortine est alee;
265	Bien purrat oïr e veer
	Ceo que ele cuveite a saver.
	La dame jut; pas ne dormi,
	Kar mut desire sun ami.
	Venuz i est, pas ne demure,
270	Ne trespasse terme në hure.
	Ensemble funt joie mut grant,
	E par parole e par semblant,

---

43) estez

44) si

45) [la] tient

46) [l]'ad

De si ke tens fu de lever;

Kar dunc li estuveit aler.

275 Cele le vit, si l'esgarda,

Coment il vient e il ala;

De ceo ot ele grant poür

Que hume le vit e pus ostur.

Quant li sires fu repeirez,

280 Que gueres n'esteit esluignez,

Cele li ad dit e mustré

Del chevalier la verité;

E il en est forment pensifs.

Des engins faire fu hastifs

285 A ocire le chevalier.

Broches de fer fist furchier[47]

E acerer le chief devant:

Suz ciel n'ad rasur plus trenchant.

Quant il les ot apparailliez[48]

290 E de tutes parz enfurchiez[49],

Sur la fenestre les ad mises,

Bien serreies e bien asises,

Par unt le chevaler passot,

Quant a la dame repeirot.

295 Deus! qu'il ne sout la traïsun

Quë aparaillot le felun.

_____

47) [granz] forgier

48) apparaillíees

49) enfurchíees

Al demain en la matinee

Li sires lieve ainz l'ajurnee

E dit qu'il vot aler chacier.

300   La vielle le vait cunveer,

Puis se recuche pur dormir,

Kar ne poeit le jur choisir.

La dame veille, si atent

Celui que ele eime lëalment,

305/f.142v   E dit que or purreit bien venir

E estre od li tut a leisir.

Si tost cum el l'ad demandé,

N'i ad puis gueres demuré:

En la fenestre vient volant,

310   Mes les broches furent devant;

L'une le fiert par mi le cors,

Li sanc vermeil en eissi fors.

Quant il se sot de mort nafré,

Desferré tut enz est entré;

315   Devant la dame al lit descent,

Que tut li drap furent sanglent.

Ele veit le sanc e la plaie,

Mut anguissusement s'esmaie.

Il li ad dit: 'Ma duce amie,

320   Pur vostre amur perc jeo la vie;

Bien le vus dis qu'en avendreit:

Vostre semblant nus ocireit.'

Quant el l'oï, dunc chiet pasmee;

Tute fu morte une loëe.

325	Il la cunforte ducement
	E dit que dols n'i vaut nïent;
	De lui est enceinte d'enfant,
	Un fiz avra pruz e vaillant:
	Icil recunforterat[50];
330	Yonec numer le frat[51],
	Il vengerat lui[52] e li,
	Il oscirat sun enemi.
	Il ne peot dunc demurer mes,
	Kar sa plaie seignot adés.
335	A grant dolur s'en est partiz.
	Ele le siut a mut grant criz.
	Par une fenestre s'en ist;
	C'est merveille kil[53] ne s'ocist,
	Kar bien aveit vint piez de haut
340	Iloec u ele prist le saut.
	Ele esteit nue en sa chemise.
	A la trace del sanc s'est mise,
	Que del chevaler curot[54]
	Sur le chemin u ele alot.
345	Icel sentir[55] errat e tient,

---

50) Icil [la] recunforterat
51) f[e]rat
52) [e] lui
53) k'el
54) [de]curot
55) senti[e]r

De s[56] que a une hoge vient.

En cele hoge ot une entree,

De cel sanc fu tute arusee;

Ne pot nïent avant aler[57].

350   Dunc quidot ele bien saver

Que sis amis entré i seit;

Dedenz se met en grant espleit.

El n'i trovat nule clarté.

Tant ad le dreit chemin erré

355   Que fors de la hoge issue[58]

E en un mut bel pre venue;

[Del sanc trova l'erbe muilliee,

Dunc s'est ele mut esmaiee;][59]

La trace en siut par mi le pre.

360   Asez pres ot une cité;

De mur fu close tut entur;

N'i ot mesun, sale ne tur,

Que ne parust tute d'argent;

Mut sunt riche li mandement.

365   Devers le burc sunt li mareis

E les forez e les difeis.

De l'autre part vers le dunjun

---

56) s[i]

57) veer

58) [est] issue

59) 357~358행은 〈할리 978 필사본〉에 없는 부분으로 에윌트(91)와 리슈네(113) 는 〈S 필사본〉과 〈Q 필사본〉에 기초하여 이 부분을 첨가한다.

	Curt une ewe tut envirun;
	Ileoc arivoënt les nefs,
370	Plus i aveit de treis cent tres.
	La porte aval fu desfermee;
	La dame est en la vile entree
	Tuz jurs aprés le sanc novel
	Par mi le burc deske al chastel.
375	Unkes nul a li ne parla;
	Humme ne femme n'i trova.
f.143r	Al paleis vient al paviment,
	Del sanc treve[60] tut sanglent.
	En une bele chambre entra;
380	Un chevaler dormant trova,
	Nel cunut pas, si vet avant
	En un'autre chambre plus grant;
	Un lit trevë e nïent plus,
	Vn chevaler i treue[61] desus.
385	Ele s'en est utre passee;
	En la terz[62] chambre est entree,
	Le lit sun ami ad trové.
	Li puecon[63] sunt de or esmeré;
	Ne sai mie les dras preisier;
390	Les cirgës ne les chandeliers[64],

---

60) [le] treve
61) Un chevaler i dormant
62) tierce
63) pecul

Que nuit e jur sunt alumé,

Valent tut l'or d'une cité.

Si tost cum ele l'ad veü,

Le chevaler ad cuneü.

395   Avant alat tut esfrëe[65],

Par desus lui cheï pasmee.

Cil la receit que forment l'aime,

Malauenturus[66] sovent se claime.

Quant de pasmer fu trespassee,

400   Il l'ad ducement cunfortee:

'Bele amie, pur Deu, merci!

Alez vus en! Fuiez d'ici!

Sempres murai devant le jur;

Ci einz avrat si grant dolur,

405   Si vus esteiez[67] trovee,

Mut en serïez turmentee:

Bien iert entre ma gent seü

Que me unt par vostre amur perdu.

Pur vus sui dolent e pensis.'

410   La dame li ad dit: 'Amis,

Meuz voil ensemble od vus murir

Que od mun seignur peine suffrir,

S'a lui revois, il me ocira.'

---

64)   Li cirgë e li chandelier

65)   esfrëe[e]

66)   Maleürus

67)   [i] esteiez

Li chevalier l'aseüra.

415 Un anelet li ad baillé,

Si li ad dit e enseigné:

Ja, tant cum el le gardera,

A sun seignur n'en membera

De nule rien que fete seit,

420 Ne ne l'en tendrat en destreit.

Lespee[68] li cumande e rent,

Puis la cunjurë e defent

Que ja nul hum n'en seit saisiz,

Mes bien la gart a oés sun fiz.

425 Quant il serat creüz e grant

E chevalier pruz e vaillant,

A une feste u ele irra,

Sun seignur e lui amerra.

En une abbeïe vendrunt;

430 Par une tumbe k'il verrunt

Orrunt renoveler sa mort

E cum il fu ocis a tort.

Ileoc li baillerat s'espeie.

L'aventure li seit cuntee

435 Cum il fu nez, ki le engendra;

Asez verrunt k'il en fera.

Quant tut li ad dit e mustré,

Un chier bliant li ad doné,

---

68) S'espee

Si li cumandë a vestir;

440   Puis l'ad fete de lui partir.

Ele s'en vet, l'anel en porte

E l'espee ki la cunforte.

A l'eissue de la cité

N'ot pas demie liwe erré,

445   Quant ele oï les seins suner

E le doel al chastel mener;

f.143v   De la dolur që ele en ad

Quatre feiz[69] se pasmad.

E quant de paumesuns revient,

450   Vers la hoge sa veie tient;

Dedenz entra, si est passee,

Si s'en reveit en sa cuntree.

Ensemblement od sun seignur

Aprés demurat[70] meint jur,

455   Que de cel fet ne la retta

Ne ne mesdist ne ne garda[71].

Lur fiz fu nez e bien nuriz

E bien gardez e bien cheriz.

Yonec le firent numer;

460   El nun ni osa humme[72] trover

Pruz fu e beaus e e[73] vaillant

---

69) fïees

70) [i] demurat

71) gaba

72) El regne ne pot hom

E larges e bien despendant.

Quant il fu venuz en eez,

A chevaler l'unt dubez[74].

465 A l'an meïsmes que ceo fu,

Oëz cum[75] est avenu!

A la feste seint Aaron,

C'on selebrot a Karlïon

E en plusurs autres citez,

470 Li sires[76] aveit esté mandez

Qu'il i alast od ses amis

A la custume del païs;

Sa femme e sun fiz i amenast[77]

E richement s'aparaillast.

475 Issi avint, alez i sunt;

Mes il ne seivent u il vunt.

Ensemble od eus ot un meschin,

Kis ad mené le dreit chemin,

Tant qu'il viendrent a un chastel;

480 En tut le mund[78] n'ot plus bel.

Une abbeïe i ot dedenz

De mut religïuses genz.

---

73) Si bel, si pruz e si

74) [a]dubez

75) cum[ent]

76) sire

77) menast

78) siecle

Li uallaz[79] les i herla[80],

Quë a la feste les mena.

485 En la chambre que fu l'abbé

Bien sunt servi e honuré.

A demain vunt la messe oïr;

Puis s'en voleient departir.

Li abes vet od eus parler,

490 Mut les prie de surjurner;

Si lur mustrat[81] sun dortur,

Sun chapitre, sun refeitur,

E cum il sunt herbergiez[82].

Li sires lur ad otrïez.

495 Le jur quant il unt[83] digné,

As officines sunt alé.

Al chapitre vindrent avant;

Une tumbe troverent grant

Covert[84] de une[85] paile roé,

500 De un chier orfreis par mi bendé.

Al chief, as piez e as costez

Aveit vint cirges alumez.

---

79) vallez

80) herberga

81) must[er]rat

82) [bien] herbergiez

83) orent

84) Covert[e]

85) un

De or fin erent li chandelier,

E de argent[86] li encensier,

505 Dunt il encensouent le jur

Cele tumbe pur grant honur.

Il unt demandé e enquis

Icels ki erent del païs

De la tumbe ki ele esteit,

510 E queil hum fu ki la giseit.

Cil comencerent a plurer

E en plurant a recunter

Que c'iert le meudre chevalier

E le plus fort e le plus fier,

515 Le plus beaus le[87] plus amez

Que jamés seit el secle nez.

f.144r De ceste tere ot esté reis;

Unques ne fu nul si curteis.

A Carwent fu entrepris,

520 Pur l'amur de une dame ocis.

'Unques puis n'eümes seignur;

Ainz avum atendu meint jur

Un fiz que en la dame engendra,

Si cum il dist e cumanda.'

525 Quant la dame oï la novele,

A haute voiz sun fiz apele.

'Beaus fiz,' fet ele, 'avez oï

---

86) D'ametiste

87) beaus [e] le

Cum Deus nus ad mené ici!

C'est vostre pere que ici gist,

530 Que cist villarz a tort ocist.

Or vus comant e rent s'espee:

Jeo l'ai asez lung tens gardee.'

Oianz tuz, li ad coneü

Que l'engendrat e sis fiz fu,

535 Cum il suleit venir a li

E cum si sires le trahi;

La verité li ad cuntee.

Sur la tumbe cheï pasmee,

En la paumeisun devia;

540 Unc puis a humme ne parla.

Quant sis fiz veit que el morte fu,

Sun parastre ad le chief tolu;

De l'espeie que fu sun pere

Ad dunc vengié le doel sa mere.

545 Puis ke si fu dunc avenu

E par la cité fu sceü,

A grant honur la dame unt prise

E al sarcu posee e mise.

Lur seignur firent de Yonec,

550 Ainz që il partissent d'ilec.

Cil que ceste aventure oïrent

Lunc tens aprés un lai en firent.

De la pité, de la dolur

Que cil suffrirent pur amur.

VIII
LAÜSTIC

f.144r   Une aventure vus dirai,

Dunt li Bretun firent un lai;

Laüstic ad nun, ceo m'est avis[1].

Si l'apelent en lur païs;

5   Ceo est reisun[2] en franceis

E nihtegale en dreit engleis.

Vn[3] Seint Mallo en la cuntree

Ot une vile renumee.

Deus ehevalers ilec manëent

10   E deus forez[4] maisuns aveient[5].

Pur la bunté des deus baruns

Fu de la vile bons li nuns.

Li uns aveit femme espusee,

Sage, curteise mut[6] acemee;

15   A merveille se teneit chiere

---

1) vis

2) russignol

3) En

4) forz

5) [i] aveient

6) e

Sulunc l'usage e la manere.

Li autres fu un bachelers

Bien coneü entre ses pers

De prüesce, de grant valur.

20   E volenters feseit honur:

Mut turnëot e despendeit

E bien donot ceo qu'il aveit.

La femme sun veisin ama;

Tant la requist, tant la preia

25   E tant par ot en lui grant bien

Que ele l'ama sur tute rien,

Tant pur le blen quë ele oï,

Tant pur ceo qu'il iert pres de li.

Sagement e bien sentreamerent[7];

30   Mut se covrirent e esgarderent[8]

Qu'il ne feussent aparceüz

Ne desturbez ne mescreüz.

f.144v   E eus le poeient bien fere,

Kar pres esteient lur repere,

35   Preceines furent lur maisuns

E lur sales e lur dunguns;

N'i aveit bare ne devise

Fors un haut mur de piere bise.

Des chambres u la dame jut,

40   Quant a la fenestre s'estut,

---

7) s'entr'amerent

8) garderent

Poeit parler a sun ami
De l'autre part, e il a li,
E lur aveirs entrechangier
E par geter e par lancier.
45 N'unt gueres rien que lur despleise,
Mut esteient amdui a eise,
Fors tant k'il ne poënt venir
Del tut ensemble a lur pleisir;
Kar la dame ert estreite⁹⁾ gardee,
50 Quant cil esteit en la cuntree.
Mes de tant aveient retur,
U fust par nuit u fust par jur,
Que ensemble poeient parler;
Nul nes poeit de ceo garder
55 Que a la fenestre n'i venissent
E iloec s'entreveïssent¹⁰⁾.
Lungement se sunt entreame¹¹⁾,
Tant que ceo vient a un esté,
Que bruil e pre sunt reuerali¹²⁾
60 E li vergier ierent fluri.
Cil oiselet par grant duçur
Mainent lur joie en sum la flur.
Ki amur ad a sun talent,

---

9) estreit
10) [ne] s'entreveïssent
11) entr'amé
12) reverdi

N'est merveille s'il i entent.

65 Del chevaler vus dirai veir:

Il i entent a sun poeir,

E la dame de l'autre part

E de parler e de regart.

Les nuiz, quant la lune luseit

70 E ses sires cuché esteit,

Dejuste lui sovent levot

E de sun mantel se afublot.

A la fenestre ester veneit

Pur sun ami qu'el i saveit

75 Que autreteu vie demenot,

Le[13] plus de la nuit veillot.

Delit aveient al veer,

Quant plus ne poeient aver.

Tant i estut, tant i leva

80 Que ses sires s'en curuça

E meintefeiz li demanda

Pur quei levot e u ala.

'Sire,' la dame li respunt,

'Il nen ad joië en cest mund,

85 Ki nen ot[14] le laüstic chanter.

Pur ceo me vois ici ester.

Tant ducement le[15] oi la nuit

---

13) [Que] le

14) n'ot

15) l'i

Que mut me semble grant deduit;

Tant me delit' e tant le voil

90 Que jeo ne puis dormir de l'oil.'

Quant li sires ot que ele dist,

De ire e maltalent[16] en rist.

De une chose se purpensa:

Que le[17] laüstic enginnera.

95 Il n'ot vallet en sa meisun

Ne face engin, reis u larcun[18],

Puis les mettent par le vergier;

N'i ot codre ne chastainier

U il ne mettent laz u glu,

100 Tant que prise[19] l'unt e retenu.

Quant le laüstic eurent pris,

Al seignur fu rendu tut vis.

f.145r Mut en fu liez quant il le tient;

As chambres la[20] dame vient.

105 'Dame,' fet il, 'u cstes vus?

Venez avant! Parlez a nus!

J'ai le laüstic englué,

Pur quei vus avez tant veillé.

Desor poëz gisir en peis:

---

16) e [de] maltalent

17) Le

18) laçun

19) pris

20) chambres [a] la

110   Il ne vus esveillerat meis.'

Quant la dame l'ad entendu,

Dolente e cureçuse fu.

A sun seignur l'ad demandé,

E il l'ocist par engresté;

115   Le col li rumpt a ses deus meins--

De ceo fist il que trop vileins--

Sur la dame le cors geta,

Se que sun chainse ensanglanta

Un poi desur le piz devant.

120   De la chambre s'en ist atant.

La dame prent le cors petit;

Durement plure e si maudit

Tuz ceus[21] ki le laüstic traïrent

E les engins e les laçuns[22] firent;

125   Kar mut li unt toleit grant hait.

'Lasse,' fet ele, 'mal m'estait!

Ne purrai mes la nuit lever

Ne aler a la fenestre ester,

U jeo suleie[23] mun ami veer.

130   Une chose sai jeo de veir:

Il quidra[24] ke jeo me feigne;

De ceo m'estuet que cunseil preigne.

---

21) Ceus

22) e laçuns

23) suil

24) quid[e]ra

Le laüstic li trametrai,

L'aventure li manderai.'

135 En une piece de samit,

A or brusdé e tut escrit,

Ad l'oiselet envolupé.

Un sun vatlet ad apelé,

Sun message li ad chargié,

140 A sun ami l'ad enveié.

Cil est al chevalier venuz;

De part sa dame li dist[25] saluz,

Tut sun message li cunta,

E le[26] laüstic li presenta.

145 Quant tut li ad dit e mustré

E il l'aveit bien escuté,

De l'aventure esteit dolenz;

Mes ne fu pas vileins ne lenz.

Un vasselet ad fet forgeér;

150 Unques n'i ot fer në acer:

Tut fu de or fin od bones pieres,

Mut precïuses e mut cheres;

Covercle i ot tresbien asis.

Le laüstic ad dedenz mis;

155 Puis fist la chasse enseeler,

Tuz jurs l'ad fet od lui porter.

Cele aventure fu cuntee,

---

25) dame dist

26) Le

Ne pot estre lunges celee.
Un lai en firent li Bretun:
160   Le Laüstic lapelent[27] hum.

---

27) l'apelë

IX

MILUN

f.145r   Ki divers cunte veut traitier,

Diversement deit comencier

E parler si rainablement

K'il seit pleisibles a la gent.

5   Ici comencerai Milun

E musterai par brief sermun

Pur quei e coment fu trovez

Li lais kë ci[1] est numez.

Milun fu de Suhtwales nez.

10   Puis le jur k'il fu adubez

Ne trova un sul chevalier

Ki l'abatist de sun destrier.

f. 145v   Mut par esteit bons chevaliers

Francs hardiz[2], curteis e fiers,

15   Mut[3] fu coneüz en Irlande,

En Norweïe e en Guhtlande;

En Loengrë e en Albanie

Eurent plusurs de lui envie:

---

1)   issi

2)   Francs [e] hardiz,

3)   Amez

Pur sa prüesce iert mut amez
20   E de muz princes honurez.
       En sa cuntree ot un barun,
       Mes jeo ne sai numer sun nun;
       Il aveit une fille bele,
       Mut curteise dameisele.
25   Ele ot oï Milun nomer;
       Mut le cumençat a amer.
       Par sun message li manda
       Que, si li plust[4], el l'amera.
       Milun fu liez de la novele,
30   Si en[5] merciat la dameisele;
       Volenters otriat l'amur,
       N'en partirat jamés nul jur.
       Asez li fait curteis respuns;
       Al message dona granz duns
35   E grant amistié premet[6].
       'Amis.' fet il, 'ore entremet
       Que a m'amie puisse parler
       E de nostre cunseil celer.
       Mun anel de or li porterez
40   E de meie part li direz:
       Quant li plerra, si vien pur mei,
       E jeo irai ensemble od tei.'

       ─────────────

4) plest
5) Si'n
6) amistié [li] premet

560

Cil prent cungé, si[7] le lait,

A sa dameisele revait.

45   L'anel li dune, si li dist

Que bien ad fet ceo kë il quist.

Mut fu la dameisele lie[8]

De l'amur issi otrïe[9].

Delez la chambre en un vergier,

50   U ele alout esbanïer,

La justouent lur parlement

Milun e ele bien suvent.

Tant i vint Milun, tant l'ama

Que la dameisele enceinta.

55   Quant aparceit que ele est enceinte,

Milun manda, si fist sa pleinte.

Dist li cum[10] est avenu:

Sun pere[11] e sun bien ad perdu,

Quant de tel fet s'est entremise;

60   De li ert fait[12] grant justise:

A gleive serat turmentee,

Vendue[13] en autre cuntree;

---

7) atant

8) lie[e]

9) otrïe[e]

10) cum[ent]

11) S'onur

12) fait[e]

13) [U] vendue

Ceo fu custume as ancïens,

Issi teneient en cel tens.

65   Milun respunt quei[14] il fera

Ceo quë ele cunseillera.

'Quant l'enfant,' fait elë, 'ert nez,

A ma serur le porterez,

Quë en Norhumbre est marïee,

70   Riche dame, pruz e enseignee[15];

Si li mandercz par escrit

E par paroles e par dit

Que c'est l'enfant sa[16] serur,

Si en ad sufferte[17] meinte dolur;

75   Ore gart k'il seit bien nuriz,

Queil ke ço seit, u fille u fiz.

Vostre anel al col li pendrai,

E un brief li enveierai:

Escrit i ert le nun sun pere

80   E l'aventure de sa mere.

Quant il serat grant e creüz

E en tel eage venuz

f.146r   Quë il sache reisun entendre,

Le brief e l'anel li deit rendre;

85   Si li cumant tant a garder

---

14) quë

15) senee

16) l'enfant [a] sa

17) Si'n ad suffert

Que sun pere puisse trover.'

A sun cunseil se sunt tenu,

Tant que li termes est venu

Que la dameisele enfanta.

90 Une vielle, ki la garda,

A ki tut sun estre geï,

Tant la cela, tant la covri,

Unques n'en fu aparcevance

En parole në en semblance.

95 La meschine ot un fiz mut bel.

Al col li pendirent l'anel

E une aumoniere de seie,

E pus le brief, que nul nel veie.

Puis le cuchent en un bercel,

100 Envolupé d'un blanc lincel;

Desuz la testë a l'enfant

Mistrent un oreiller vaillant

E desus lui un covertur

Urié de martre tut entur.

105 La vielle l'ad Milun baillié;

Cil at tendu[18] al vergier.

Il le cumaunda a teu gent

Ki l'i porterent lëaument.

Par ses[19] viles u il errouent

110 Set feiz le jur resposoënt[20];

---

18) Cil [l]'at [a]tendu

19) les

L'enfant feseient aleitier,

Cucher de nuvel e baignier:

Nurice menoënt od eus,

Itant furent il[21] lëaus.

115 Tant unt le dreit chemin erré

Que a la dame l'unt comandé.

El le receut, si l'en fu bel.

Le brief li baille e le sel[22].

Quant ele le sot[23] ki il esteit,

120 A merveille le cheriseit.

Cil ki l'enfant eurent porté

En lur païs sunt returné.

Milun eissi fors de sa tere

En sudes[24] pur sun pris quere.

125 S'amie remist a meisun;

Sis peres li duna barun,

Un mut riche humme del païs,

Mut esforcible e de grant pris.

Quant ele sot cele aventure,

130 Mut est dolente a demesure

E suvent regrette Milun.

Mut[25] dute la mesprisun

---

20) jur [se] resposoënt

21) [ic]il

22) brief receut e le seel

23) ele sot

24) sude[e]s

De ceo que ele ot enfant[26];

Il le savra demeintenant.

135 'Lasse,' fet ele, 'quei ferai?

Avrai seignur? Cum le perdrai[27]?

Ja ne sui jeo mie pucele;

A tuz jurs mes serai ancele.

Jeo ne soi pas que fust issi,

140 Ainz quidoue aveir mun ami;

Entre nus celisum l'afaire,

Ja ne l'oïsse aillurs retraire.

Meuz me vendreit murir que vivre;

Mes jeo ne sui mie delivre,

145 Ainz ai asez sur mei gardeins

Veuz e jeofnes, mes chamberleins,

Que tuz jurz heent bone amur

E se delitent en tristur.

Or m'estuvrat issi suffrir,

150 Lasse, quant jeo ne puis murir.'

Al terme ke ele fu donee,

Sis sires l'en ad amenee.

f.146v Milun revient en sun païs.

Mut fu dolent e mut pensis,

155 Grant doel fist, e[28] demena;

---

25) [Kar] mut

26) ot [eü] enfant

27) prendrai

28) grant doel

Mes de ceo se recunforta

Que pres esteit de sa cuntree

Cele k'il tant aveit amee.

Milun se prist a purpenser

160 Coment il li purrat mander,

Si qu'il ne seit aparceüz,

Qu'il est al païs venuz[29].

Ses lettres fist, sis seela.

Un cisne aveit k'il mut ama,

165 Le brief li ad al col lïé

E dedenz la plume muscié.

Un suen esquïer apela,

Sun message li encharga.

'Va tost,' fet il, 'change tes dras!

170 Al chastel m'amie en irras,

Mun cisne porteras od tei;

Garde quë en prengez cunrei,

U par servant u par meschine,

Que presenté li seit le cisne.'

175 Cil ad fet sun comandement,

Atant s'en vet, le cigne prent;

Tut le dreit chemin quë il sot

Al chastel vient, si cum il pot;

Par mi la vile est trespassez,

180 A la mestre porte est alez;

---

29) [re]venuz

Le portier apelat a sei.

'Amis,' fet ele[30], 'entent a mei!

Jeo sui un hum de tel mester,

De oiseus prendre me sai aider.

185   Vne huchie de suz[31] Karlïun

Pris un cisnë od mun laçun;

Pur force e pur meintenement

La dame en voil fere present,

Que jeo ne seie desturbez,

190   E[32] cest païs achaisunez.'

Li bachelers li respundi:

'Amis, nul ne parole od li;

Mes nepurec j'irai saveir:

Si jeo poeie liu veeir

195   Que jeo te puïsse mener,

Jeo te fereie a li parler.'

A la sale vient li portiers,

N'i trova fors deus chevalers;

Sur une grant table seïëent,

200   Od uns granz eschiés[33] se deduïëent.

Hastivement returne arere.

Celui ameine en teu manere

Que de nul ni fu[34] sceüz,

---

30) il

31) En un pre desuz

32) E[n]

33) uns eschiés

Desturbez në aparceüz.

205 A la chambre vient, si apele;

L'us lur ovri une pucele.

Cil sunt devant la dame alé,

Si unt le cigne presenté.

Ele apelat un suen vallet;

210 Puis si li dit: 'Or t'entremet

Que mis cignes seit bien gardez

E kë il eit viande asez'

'Dame,' fet il ki l'aporta,

'Ja nul fors vus nel recevra;

215 E ja est ceo present rëaus:

Veez cum il est bons e beaus!'

Entre ses mains li baille e rent.

El le receit mut bonement;

Le col le[35] manie e le chief,

220 Desuz la plume sent le brief.

Le sanc li remut e fremi:

Bien sot qu'il vient de sun ami.

f.147r Celui ad fet del suen doner,

Si l'en cumandë a aler.

225 Quant la chambre fu delivree,

Une meschine ad apelee.

Le brief aveient deslïé;

Ele en ad le seel debrusé[36].

---

34) nului ne fu

35) li

Al primer chief trovat 'Milun.'

230   De sun ami cunut le nun;

Cent feiz le baisë en plurant,

Ainz que ele puïst dire[37] avant.

Al chief de piece veit l'escrit,

Ceo k'il ot cumandé e dit,

235   Les granz peines e la dolur

Que Milun seofre nuit e jur.

Ore est del tut en sun pleisir

De lui ocire u de garir.

S'ele seüst engin trover

240   Cum il peüst a li parler,

Par ses lettres li remandast

E le cisne li renveast.

Primes le face bien garder,

Puis si l[38] laist tant jeüner

245   Treis jurs, quë il ne seit peüz;

Le brief li seit al col penduz;

Laist l'en aler: il volera

La u il primes conversa.

Quant ele ot tut l'escrit veü

250   E ceo que ele i ot entendu,

Le cigne fet bien surjurner

E forment pestre e abevrer;

---

36) brusé

37) lire

38) l[e]

Dedenz sa chambre un meis le tint.

Mes ore oëz cum l'en avint!

255 Tant quist par art e par engin

Kë ele ot enke e parchemin;

Un brief escrit tel cum li plot,

Od un anel l'enseelot.

Le cigne ot laissié jeüner;

260 Al col li pent, sil laist aler.

Li oiseus esteit fameillus

E de viande coveitus:

Hastivement est revenuz

La dunt il primes fu venuz;

265 A la vile e en la meisun

Descent devant les piez Milun.

Quant il le vit, mut en fu liez;

Par les eles le prent haitiez.

Il apela un despensier,

270 Si li fet doner a mangier.

Del col li ad le brief osté;

De chief en chief l'ad esgardé,

Les enseignes qu'il i trova,

E des saluz se reheita:

275 'Ne pot sanz lui nul bien aveir;

Or li remeint[39] tut sun voleir

Par le cigne sifaitement!'

---

39) remant

Si ferat il hastivement.

Vint anz menerent cele vie

280 Milun entre lui e s'amie.

Del cigne firent messager,

N'i aveient autre enparler,

E sil feseient jeüner

Ainz qu'il le lessassent aler;

285 Cil a ki li oiseus veneit,

Ceo sachez, quë il le peisseit.

Ensemble viendrent plusurs feiz.

Nul ne pot estre si destreiz

Ne si tenuz estreitement

290 Quë il ne truisse liu sovent.

La dame que sun fiz nurri--

Tant ot esté ensemble od li

f.147v Quant il[40] esteit venuz en eé-

A chevalier l'ad adubé.

295 Mut i aveit gent dameisel.

Le brief li rendi e l'anel;

Puis li ad dit ki est sa mere

E l'aventure de sun pere,

E cum il est bon chevaliers,

300 Tant pruz, si hardi e si fiers,

N'ot en la tere nul meillur

De sun pris ne de sa valur.

---

40) Qu'il

Quant la dame li ot mustré

E il l'aveit bien escuté,

305 Del bien sun pere s'esjoï;

Liez fu de ceo k'il ot oï.

A sei meïsmes pense e dit:

'Mut se deit hum preiser petit,

Quant il issi fu engendrez

310 E sun pere est si alosez,

S'il ne se met en greinur pris

Fors de la tere e del païs.'

Asez aveit sun estuveir;

Il ne demure fors le seir,

315 Al demain ad pris cungié[41].

La dame l'ad mut chastïé

E de bien fere amonesté;

Asez li ad aveir doné.

A Suhthamptune vait passer;

320 Cum il ainz pot, se mist en mer.

A Barbefluet est arivez;

Dreit en Brutainë est alez.

La despendi e turneia,

As riches hummes s'acuinta,

325 Unques ne vint en nul estur

Que l'en nel tenist a meillur.

Les povres chevalers amot:

---

41) pris [sun] cungié

Ceo que des riches gaainot
Lur donout e sis reteneit,
330 E mut largement despendeit.
Unques, sun voil, ne surjurna:
De tutes les teres de la
Porta le pris e la valur;
Mut fu curteis, mut sot honur.
335 De sa bunté e de sun pris
Veit la novele en sun païs
Quë un damisels de la tere,
Ki passa mer pur pris[42] quere,
Puis ad tant fet par sa prüesce,
340 Par sa bunté, par sa largesce,
Que cil ki nel seivent numer
L'apelent[43] par tut Sanz Per.
Milun oï celui loër
E les biens de lui recunter.
345 Mut ert dolent, mut se pleigneit
Del chevaler que tant valeit,
Pur[44], tant cum il peüst errer
Ne turneier ne armes porter,
Ne deüst nul del païs nez
350 Estre preisez në alosez.
De une chose se purpensa:

_____

42) [sun] pris
43) L'apel[ou]ent
44) Que

Hastivement mer passera,

Si justera al chevalier

Pur lui leidier e empeirer;

355   Par ire se vodra cumbatre,

S'il le pout del cheval abatre:

Dunc serat il en fin honiz.

Aprés irra quere sun fiz

Que fors del païs est eissuz,

360   Mes ne saveit u ert[45) devenuz.

A s'amie le fet saveir,

Cungé voleit de li aveir;

f.148r   Tut sun curage li manda,

Brief e seel li envea

365   Par le cigne, mun escïent:

Or li remandast sun talent.

Quant ele oï sa volenté,

Mercie l'en, si li sot gre,

Quant pur lur fiz trover e quere

370   Voleit eissir fors de la tere

Pur[46) le bien de lui mustrer;

Nel voleit mie desturber.

Milun oï le mandement;

Il s'aparaille richement.

375   En Normendië est passez,

Puis est dcsque Brutaine alez.

_____

45)   qu'ert

46)   [E] pur

Mut s'aquointa a plusurs genz,
Mut cercha les turneiemenz;
Riches osteus teneit sovent
380 E si dunot curteisement.
Tut un yver, ceo m'est avis,
Conversa Milun al païs.
Plusurs bons chevalers retient,
De s[47] que pres la paske vient,
385 K'il recumencent les turneiz
E les gueres e les dereiz.
Al Munt Seint Michel s'asemblerent,
Normein e Bretun i alerent
E li Flamenc e li Franceis;
390 Mes n'i ot gueres de[48] Engleis.
Milun i est alé primers,
Que mut esteit bons chevalers.
Le bon chevaler demanda;
Asez i ot ki li cunta
395 De queil part il esteit venuz.
A ses armes, a ses escuz
Tut l'eurent a Milun mustré;
E il l'aveit bien esgardé.
Li turneimenz[49] s'asembla.
400 Ki juste quist, tost la trova;

───────────────

47) s[i]
48) de[s]
49) turnei[e]menz

Ki aukes volt les rens cerchier,

Tost pout perdrë u gaaignier

E encuntrer un cumpainun.

Tant vus voil dire de Milun:

405 Mut le fist bien en cel estur

E mut i fu preisez le jur.

Mes li vallez dunt jeo vus di

Sur tuz les autres ot le cri;

Ne se[50] pot nul acumpainier[51]

410 De turneer ne de juster.

Milun le vit si cuntenir,

Si bien puindrë e si ferir;

Par mi tut ceo k'il l'enviot,

Mut li fu bel e mut li plot.

415 Al renc se met encuntre lui,

Ensemble justerent amdui.

Milun le fiert si durement,

L'anste depiece vereiment;

Mes il ne[52] l'aveit mie abatu.

420 Ja laueit lui si feru[53]

Que jus del cheval l'abati.

Desuz la ventaille choisi

La barbe e les chevoz chanuz;

---

50) s'i

51) acumparer

52) Mes ne

53) Cil raveit si Milun feru

Mut li pesa k'il fu cheüz.

425 Par la reisne le cheval prent,
Devant lui le tient en present;
Puis li ad dit: 'Sire, muntez!
Mut sui dolent e trespensez
Que nul humme de vostre eage
430 Deureit[54] faire tel utrage.'
Milun saut sus, mut li fu bel:
Al dei celui cunuit l'anel,

f.148v Quant il li rendi sun cheval.
Il areisune le vassal.

435 'Amis,' fet il, 'a mei entent!
Pur amur Deu omnipotent,
Di mei cument ad nun tun pere!
Cum as tu nun? Ki est ta mere?
Saveir en voil la verité.
440 Mut ai veü, mut ai erré,
Mut ai cerche[55] autres teres
Par turneiemenz e par gueres:
Unques pur coup de chevalier
Ne chaï mes de mun destrier.
445 Tu m'as abatu al juster:
A merveille te puis amer.'
Cil li respunt: 'Jol vus dirai
De mun pere, tant cum ieo en[56] sai.

---

54) Deüsse
55) cerchiees

Jeo quid k'il est de Gales nez

450   E si est Milun apelez.

Fillë a un riche humme ama,

Celeement me[57] engendra:

En Norhumbre fu[58] enveez,

La fu[59] nurri e enseignez;

455   Une meie aunte me nurri.

Tant me garda ensemble od li,

Chevals e armes me dona,

En ceste tere m'envea.

Ci ai lungement conversé.

460   En talent ai e en pensé:

Hastivement mer passerai,

En ma cuntreie m'en irrai;

Saver voil l'estre mun[60] pere,

Cum il se cuntient vers ma mere.

465   Tel anel d'or li musterai

E teus enseignes li dirai:

Ja ne me vodra reneer,

Ainz m'amerat e tendrat chier.'

Quant Milun l'ot issi parler,

470   Il ne poeit plus escuter;

---

56) jeo'n

57) m'i

58) fu[i]

59) fu[i]

60) [de] mun

Avant sailli hastivement,

Par le pan del hauberc le prent.

'E Deu!' fait il, 'cum sui gariz!

Par fei, amis, tu es mi fiz.

475 Pur tei trover e pur tei quere

Eissi uan fors de ma tere.'

Quant cil l'oï, a pié descent,

Sun peire baisa ducement.

Bel semblant entrë eus feseient

480 E iteus paroles diseient

Que li autres kis esgardouent

De joie e de pité plurouent.

Quant li turneimenz[61] depart,

Milun s'en vet, mut li est tart

485 Que a sun fiz parot a leisir

E qu'il li die sun pleisir.

En un ostel furent la nuit;

Asez eurent joie e deduit,

Les[62] chevalers eurent plenté.

490 Milun ad a sun fiz cunté

De sa mere cum il l'ama

E cum sis peres la duna

Vn[63] barun de sa cuntre[64],

---

61) turnei[e]menz

62) De

63) A un

64) cuntre[e]

E cument il l'ad puis amee,

495   E ele lui de bon curage,

E cum del cigne fist message,

Ses lettres lui feseit porter,

Ne se osot en nul liu[65] fïer.

Le fiz respunt: 'Par fei, bel pere.

500   Assemblerai vus e ma mere;

Sun seignur que ele ad ocirai

E espuser la vus ferai.'

f.149r   Cele parole dunc lesserent

E al demain s'apareillerent.

505   Cungé pernent de lur amis,

Si s'en revunt en lur païs.

Mer passerent hastivement,

Bon oré eurent e suef[66] vent.

Si cum il eirent le chemin,

510   Si encuntrerent un meschin:

De l'amie Milun veneit,

En Bretaigne passer voleit;

Ele l'i aveit enveié.

Ore ad sun travail acurcié.

515   Un brief li baille enseelé;

Par parole li ad cunté

Que s'en venist, ne demurast;

Morz est sis sircs[67], or s'en hastast!

---

65) en nului

66) fort

Quant Milun oï la novele,
520 A merveille li sembla bele;
A sun fiz ad mustré e dit.
N'i ot essuigne ne respit;
Tant eirent quë il sunt venu
Al chastel u la dame fu.
525 Mut par fu liez[68] de sun beau fiz[69],
Que tant esteit pruz e gentiz.
Unc ne demanderent parent:
Sanz cunseil de tut' autre gent
Lur fiz amdeus les assembla,
530 La mere a sun pere dona.
En grant bien e en duçur[70]
Vesquirent puis e nuit e jur.
De lur amur e de lur bien
Firent un lai li auncïen;
535 E jeo que le ai mis en escrit
Al recunter mut me delit.

_____

67) sire
68) lie
69) sun fiz
70) [grant] duçur

X

CHAITIVEL

f.149r Talent me prist de remembrer
Un lai dunt jo oï parler.
L'aventure vus en dirai
E la cité vus numerai
5 U il fu nez e cum il ot[1] nun.
Le Chaitivel l'apelet hum,
E si ad[2] plusurs de ceus
Ki l'apelent Les Quatre Deuls.
En Bretaine a Nantes maneit
10 Une dame que mut valeit
De beauté e d'enseignement
E de tut bon affeitement.
N'ot en la tere chevalier
Quë aukes feïst a preisier,
15 Pur ceo que une feiz la veïst,
Que ne l'amast e requeïst.
El nes pot mie tuz amer
Ne ele nes vot mie tüer.
Tutes les dames de une tere

---

1) cum ot
2) si [i] ad

20	Vendreit meuz[3] d'amer requere
	Quë un fol de sun pan tolir;
	Kar cil le volt[4] an eire ferir.
	La dame fait a celui gre
	De suz la bone volunté;
25	Purquant, s'ele nes veolt oïr,
	Nes deit de paroles leidir,
	Mes enurer e tenir chier,
	A gre servir e mercïer.
	La dame dunt jo voil cunter,
30	Que tant fu requise de amer
	Pur sa beauté, pur sa valur,
	S'en entremistrent nuit e jur.
	En Bretaine ot quatre baruns,
	Mes jeo ne sai numer lur nuns;
35	Il n'aveient gueres de eé,
	Mes mut erent de grant beauté[5]
f.149v	E chevalers pruz e vaillanz,
	Larges, curteis e despendanz;
	Mut esteient[6] de grant pris
40	E gentiz hummes del païs.
	Icil quatres la dame amoënt
	E de bien fere se penoënt:

---

3) Vendreit [il] meuz

4) cil volt

5) 〈할리 978 필사본〉에는 35행과 36행의 순서가 바뀌어 필사되었다.

6) [par] esteient

Pur li e pur s'amur aveir

I meteit chescun sun poeir.

45 Chescun par sei la requereit

E tute sa peine i meteit;

N'i ot celui ki ne quidast

Que meuz d'autre n'i espleitast.

La dame fu de mut grant prisens[7]:

50 En respit mist e en purpens

Pur saver e pur demander

Li queils sereit meuz a amer.

Tant furent tuz de grant valur,

Ne pot eslire le meillur.

55 Ne volt les treis perdre pur l'un:

Bel semblant fait[8] a chescun,

Ses drüeries lur donout,

Ses messages lur enveiout:

Li uns de l'autre ne saveit;

60 Mes departir nul nes poeit;

Par bel servir e par preier

Quidot chescun meuz espleiter.

A l'assembler des chevaliers

Voleit chescun estre primers

65 De bien fere, si il peüst,

Pur ceo que a la dame pleüst.

Tuz la teneient pur amie,

---

7) sens

8) feseit

Tuz portouent sa drüerie,

Anel u mance u gumfanun,

70   E chescun escriot sun nun.

Tuz quatre les ama e tient,

Tant que aprés une paske vient,

Que devant Nantes la cité

Ot un turneiement crïé.

75   Pur aquointer les quatre druz,

I sunt d'autre païs venuz:

E li Franceis e li Norman

E li Flemenc e li Breban,

Li Buluineis, li Angevin

80   Cil[9] ki pres furent veisin;

Tuz i sunt volenters alé.

Lunc tens aveient surjurné.

Al uespres[10] del turneiement

S'entreferirent durement.

85   Li quatre dru furent armé

E eisserent de la cité;

Lur chevaliers viendrent aprés,

Mes sur eus quatre fu le fes.

Cil defors les unt coneüz

90   As enseignes e as escuz.

Cuntrë enveient chevaliers,

Deus Flamens e deus Henoiers,

---

9) [E] cil

10) vespré

Apareillez cume de puindre;
N'i ad celui ne voille juindre.
95 Cil les virent vers eus venir,
N'aveient talent de fuïr.
Lance baissie tut a[11] espelun,
Choisi chescun sun cumpainun.
Par tel haïr[12] s'entreferirent
100 Que li quatre defors cheïrent.
Il n'eurent cure des destriers,
Ainz les laisserent estraiers;
Sur les abatuz se resturent;
Lur chevalers les succururent.
105 A la rescusse ot grant medlee,
Meint coup i ot feru d'espee.
f.150r La dame fu sur une tur,
Bien choisi les suens e les lur;
Ses druz i vit mut bien aidier:
110 Ne seit queil[13] deit plus preisier.
Li turneimenz[14] cumença,
Li reng crurent, mut espessa.
Devant la porte meintefeiz
Fu le jur mellé le turneiz.
115 Si quatre dru bien feseient[15],

---

11) baissie, a
12) aïr
13) seit [le] queil
14) turnei[e]menz

Si ke de tuz le pris aveient,

Tant ke ceo vient a l'avesprer

Quë il deveient desevrer.

Trop folement s'abaundonerent

120   Luinz de lur gent, sil cumpererent;

Kar li treis furent[16] ocis

E li quart nafrez e malmis

Par mi la quisse e einz al cors

Si que la lance parut de fors[17].

125   A traverse furent perduz[18]

E tuz quatre furent cheüz.

Cil ki a mort les unt nafrez

Lur escuz unt es chans getez:

Mut esteient pur eus dolent,

130   Nel firent pas a escïent.

La noise levat e le cri,

Unques tel doel ne fu oï,

Cil de la cité i alerent,

Unques les autres ne duterent;

135   Pur la dolur des chevaliers

I aveit iteus deus milliers

Ki lur ventaille deslacierent,

Chevoiz e barbes detraherent;

---

15) bien [le] feseient

16) treis [i] furent

17) parut fors

18) feruz

Entre eus esteit li doels communs.

140 Sur sun escu fu mis chescuns;

En la cité les unt porté

A la dame kis ot amé.

Desque ele sot cele aventure,

Paumee chiet a tere dure.

145 Quant ele vient de paumeisun,

Chescun regrette par sun nun.

'Lasse,' fet ele, 'quei ferai?

Jamés haitie ne serai!

Ces quatre chevalers amoue

150 E chescun par sei cuveitoue;

Mut par aveit en eus granz biens;

Il m'amoënt sur tute riens.

Pur lur beauté, pur lur prüesce,

Pur lur valur, pur lur largesce

155 Les fis d'amer mei[19] entendre;

Nes voil tuz perdre pur l'un prendre.

Ne sai le queil jeo dei plus pleindre;

Mes ne puis[20] covrir ne feindre.

L'un vei nafré, li treis sunt mort;

160 N'ai rien el mund ki me confort.

Les morz ferai ensevelir,

E si li nafrez poeit[21] garir,

---

19) d'amer [a] mei

20) ne [m'en] puis

21) poet

Volenters m'en entremetrai

E bons mires li baillerai.'

165 En ses chambres le fet porter;

Puis fist les autres cunreer,

A grant amur e noblement

Les aturnat e richement.

En une mut riche abeïe

170 Fist grant offrendre e grant partie,

La u il furent enfuï:

Deus lur face bone merci!

Sages mires aveit mandez,

Sis ad al chevalier livrez,

175 Ki en sa chambre jut nafrez,

Tant que a garisun est turnez.

f. 150v Ele l'alot veer sovent

E cunfortout mut bonement;

Mes les autres treis regretot

180 E grant dolur pur eus menot.

Un jur d'este aprés manger

Parlot la dame al chevaler;

De sun grant doel li remembrot:

Sun chief vis[22] en baissot;

185 Forment comencet a pener[23].

E il la prist a regarder,

Bien aparceit que ele pensot.

---

22) chief [e sun] vis

23) pen[s]er

Avenaument l'areisunot:

'Dame, vus estes en esfrei!

190   Quei pensez vus? Dites le mei!

Lessez vostre dolur ester!

Bien vus devrez[24] conforter.'

'Amis,' fet ele, 'jeo pensoue

E voz cumpainuns remembroue.

195   Jamés dame de mun parage--

Tant[25] n'iert bele, pruz ne sage--

Teus quatre ensemble namerai[26]

N[27] en un jur si nes perdrai[28],

Fors vus tut sul ki nafrez fustes,

200   Grant poür de mort en eüstes.

Pur ceo que tant vus ai amez,

Voil que mis doels seit remembrez:

De vus quatre ferai un lai,

E Quatre Dols vus numerai.'

205   Li chevalers li respundi

Hastivement, quant il l'oï:

'Dame, fetes le lai novel,

Si l'apelez Le Chaitivel!

E jeo vus voil mustrer reisun

---

24) devr[i]ez

25) [Ja] tant

26) n'amera

27) N[ë]

28) perdra

210	Quë il deit issi aver nun:
	Li autre sunt pieça finé
	E tut le seclë unt usé,
	La grant peint[29] k'il en suffreient
	De l'amur qu'il vers vus aveient;
215	Mes jo ki sui eschapé vif,
	Tut esgaré e tut cheitif,
	Ceo que al secle puis plus amer
	Vei sovent venir e aler,
	Parler od mei matin e seir,
220	Si n'en puis nule joie aveir
	Ne de baisier ne d'acoler
	Ne d'autre bien fors de parler.
	Teus cent maus me fetes suffrir,
	Meuz me vaudreit la mort tenir:
225	Pur c'ert li lais de mei nomez,
	Le Chaitivel iert apelez.
	Ki Quatre Dols le numera
	Sun propre nun li changera.'
	'Par fei,' fet ele, 'ceo m'est bel:
230	Or l'apelum Le Chaitivel.'
	Issi fu li lais comenciez
	E puis parfaiz e anunciez.
	Icil kil porterent avant,
	Quatre Dols l'apelent alquant;

---

29) peine

235 Chescun des nuns bien i afiert,

   Kar la matire le requiert;

   Le Chaitivel ad nun en us.

   Ici finist, n'i[30] ad plus;

   Plus n'en oï, ne plus n'en sai,

240 Ne plus ne vus ne[31] cunterai.

---

30) finist, [il] n'i

31) en

CHEVREFOIL

f.150v	Asez me plest e bien le voil
	Del lai que hum nume Chevrefoil
	Que la verité vus en cunt
	Pur[1] quei il fu fet e dunt.
5	Plusurs le me unt cunté e dit
	E jeo l'ai trové en escrit
f.151r	De Tristram e de la reïne,
	De lur amur que tant fu fine,
	Dunt il eurent meinte dolur,
10	Puis en mururent en un jur.
	Li reis Markes[2] esteit curucié,
	Vers Tristram sun nevuz irié;
	De sa tere le cungea
	Pur la reïne qu'il ama.
15	En sa cuntree en est alez;
	En Suhtwales, u il fu nez,
	Un an demurat tut entier,
	Ne pot ariere repeirier;
	Mes puis se mist en abandun

---

1) [E] pur
2) Marks

20   De mort e de destructïun.

        Ne vus esmerveilliez neent:

        Kar ki eime mut lëalment,

        Mut est dolenz e trespensez,

        Quant il nen ad ses volentez.

25   Tristram est dolent e trespensis[3]:

        Pur ceo se met de sun païs.

        En Cornwaille vait tut dreit,

        La u la reïne maneit.

        En la forest tut sul se mist,

30   Ne voleit pas que hum le veïst;

        En la vespree s'en eisseit,

        Quant tens de herberger esteit;

        Od païsanz, od povre gent

        Perneit la nuit herbergement.

35   Les noveles lur enquereit

        Del rei cum il se cunteneit.

        Ceo li dïent qu'il unt oï

        Que li barun erent bani,

        A Tintagel deivent venir,

40   Li reis i veolt sa curt tenir,

        A pentecuste i serunt tuit;

        Mut i avra joie e deduit,

        E la reïne i sera.

        Tristram l'oï, mut se haita:

_____

3) pensis

45 Ele ne purrat mie aler

K'il ne la veie trespasser.

Le jur que li rei fu meüz,

E Tristram est al bois venuz

Sur le chemin quë il saveit

50 Que la reine[4] passer deveit,

Une codre trencha par mi,

Tute quarreie la fendi.

Quant il ad paré le bastun,

De sun cutel escrit sun nun.

55 De[5] la reïne s'aparceit,

Que mut grant gardë en perncit--

Autre feiz li fu avenu

Que si l'aveit aparceü-

De sun ami bien conustra

60 Le bastun quant ele le verra.

Ceo fu la summe de l'escrit

Qu'il li aveit mandé edit:

Que lunges ot ilec esté

E atendu e surjurné

65 Pur atendre[6] e pur saver

Coment il la peüst veer,

Kar ne pot nent vivre sanz li;

D'euls deus fu il autresi[7]

---

4) rute

5) Se

6) espïer

Cume del chevrefoil esteit

70 Ki a la codre se perneit:

Quant il est si[8] laciez e pris

E tut entur le fust s'est mis,

Ensemble poeient[9] bien durer;

Mes ki puis les volt desevrer,

75 Li codres muert hastivement

E li chevrefoil ensemblement[10].

f.151v 'Bele amie, si est de nus:

Ne vus sanz mei, ne mei sanz vus!'

La reïne vait chevachant;

80 Ele esgardat tut un pendant,

Le bastun vit, bien l'aparceut,

Tutes les lettres i conut.

Les chevalers que la menoënt,

Quë ensemblë od li erroënt,

85 Cumanda tuz arester[11]:

Descendre vot e resposer.

Cil unt fait sun commandement.

Ele s'en vet luinz de sa gent;

Sa meschine apelat a sei,

90 Brenguein, que mu fu[12] de bone fei.

---

7) il [tut] autresi

8) il s'i est

9) poënt

10) ensement

11) tuz [a] arester

Del chemin un poi s'esluina;

Dedenz le bois celui trova

Que plus l'amot que rien vivant.

Entre eus meinent joie grant[13].

95 A li parlat tut a leisir,

E ele li dit sun pleisir;

Puis li mustre cumfaitement

Del rei avrat acordement,

E que mut li aveit pesé

100 De ceo qu'il ot[14] si cungïé;

Par encusement l'aveit fait.

Atant s'en part, sun ami lait;

Mes quant ceo vient al desevrer,

Dunc comencent[15] a plurer.

105 Tristram a Wales s'en rala,

Tant que sis uncles le manda.

Pur la joie qu'il ot eüe

De s'amie qu'il ot veüe

E pur ceo k'il aveit escrit,

110 Si cum la reïne l'ot dit,

Pur les paroles remembrer,

Tristram, ki bien saveit harper,

En aveit fet un nuvel lai;

---

12) que fu

13) joie [mut] grant

14) qu'il [l]'ot

15) comenc[er]ent

Asez breuement[16] le numerai:

115   Gotelef l'apelent en engleis,

Chevrefoil le nument en Franceis[17].

Dit vus en ai la verité

Del lai que j'ai ici cunté.

---

16) briefment

17) nument Franceis

XII
ELIDUC

De un mut ancïen lai bretun
Le cunte e tute la reisun
Vus dirai, si cum jeo entent
La verité, mun escïent.

5   En Bretaine ot un chevalier
Pruz e curteis, hardi e fier;
Elidus ot nun, ceo m'est vis,
N'ot si vaillant hume al païs.
Femme ot espuse, noble e sage,

10   De haute gent, de grant parage.
Ensemble furent lungement,
Mut sentreamerent[1] lëaument;
Mes puis avient par une guere
Qüe il alat soudees quere:

15   Iloc ama une meschine,
Fille ert a rei e a reïne.
Guilliadun ot nun la pucele,
El rëaume nen ot plus bele.
La femme resteit apelee

20   Guildelüec en sa cuntree.

---

1) s'entr'amerent

D'eles deus ad li lai a nun
Guildelüec ha Gualadun.
Elidus fu primes nomez,
Mes ore est li nuns remüez,
25   Kar des dames est avenu.
L'aventure dunt li lais fu,
Si cum avient, vus cunterai,
La verité vus en dirrai.
f.152r   Elidus aveit un seignur,
30   Reis de Brutaine la meinur,
Que mut l'amot e cherisseit,
E il lëaument le serveit.
U que li reis deüst errer,
Il aveit la tere a garder;
35   Pur sa prüesce le retint.
Pur tant de meuz mut li avint:
Par les forez poeit chacier;
N'i ot si hardi forestier
Ki cuntredire le[2] osast
40   Ne ja une feiz en grusçast.
Pur l'envie del bien de lui,
Si cum avient sovent d'autrui,
Esteit a sun seignur medlez
Empeirez[3] e encusez,
45   Que de la curt le cungea

---

2) li
3) [E] empeirez

Sanz ceo qu'il ne l'areisuna.

Eliducs ne saveit pur quei.

Soventefeiz requist le rei

Qu'il escundist de lui preïst

50   E que losenge ne creïst,

Mut l'aveit volenters servi;

Mes li rei pa ne[4] li respundi.

Quant il nel volt de rien oïr,

Si l'en covient idunc partir.

55   A sa mesun en est alez,

Si ad tuz ses amis mandez;

Del rei sun seignur lur mustra

E de l'ire que vers lui a;

Mut li servi a sun poeir,

60   Ja ne deüst maugré aveir.

Li vileins dit par reprover,

Quant tencë a sun charïer,

Que amur de seignur n'est pas fieuz[5].

Sil est sages e vedzïez

65   Ki lëauté tient a sun[6] seignur,

Envers ses bons veisins amur.

Ne volt al païs arester,

Ainz passera, ceo dit, la mer,

Al rëaume de Loengre ira,

---

4) rei ne

5) fiez

6) tient sun

70	E une[7] piece se deduira;
	Sa femme en la tere larra,
	A ses hummes cumandera
	Qüe il la gardoent[8] lëaument
	E tuit si ami easement.
75	A cel cunseil s'est arestez
	Si s'est richement aturnez.
	Mut furent dolent si ami
	Pur ceo ke de eus se departi.
	Dis chevalers od sei mena
80	E sa femme le cunvea;
	Forment demeine grant dolor
	Al departir sun[9] seignur;
	Mes il l'aseürat de sei
	Qu'il li porterat bone fei.
85	De lui se departi atant,
	Il tient sun chemin tut avant;
	A la mer vient, si est passez,
	En Toteneis est arivez.
	Plusurs reis ot[10] en la tere,
90	Entre eus eurent estrif e guere.
	Vers Excestrë en cel païs
	Maneit un hum mut poëstis,

---

7) Une
8) gardent
9) [de] sun
10) [i] ot

Vieuz hum e auntïen esteit.

Kar heir[11] madle nen aveit;

95   Une fille ot a marïer.

Pur ceo k'il ne la volt doner

A sun pere sil[12] guerriot,

Tute sa tere si gastot.

f.152v   En un chastel l'aveit enclos;

100   Naueit[13] el chastel hume si os

Ki cuntre lui osast eissir

Estur ne mellee tenir.

Elidus en oï parler;

Ne voleit mes avant aler,

105   Quant iloc ad guere trovee;

Remaner volt en la cuntree.

Li reis ki plus esteit grevez

E damagiez e encumbrez

Vodrat aider a sun poeir

110   E en soudees remaneir.

Ses messages i enveia

E par ses lettres li manda

Que de sun païs iert eissuz

E en s'aïe esteit venuz;

115   Mes li mandast[14] sun pleisir,

---

11) Karnel heir

12) per, cil le

13) N'ot

14) [re]mandast

E s'il nel voleit retenir,

Cunduit li donast par sa tere;

Quant[15] ireit soudees quere.

Quant li reis vit les messagers,

120   Mut les ama e ot[16] chers;

Sun cunestable ad apelez

E hastivement comandez

Que cunduit li appareillast

Ke[17] le barun amenast,

125   Si face osteus appareiller

U il puïssent herberger,

Tant lur face livrer e rendre

Cum il vodrunt le meis despendre.

Li cunduit fu appareillez

130   E pur Eliduc enveiez.

E a[18] grant honur receüz[19],

Mut par fu bien al rei venuz.

Sun ostel fu chiés un burgeis,

Que mut fu sagë e curteis;

135   Sa bele chambre encurtinee

Li ad li ostes delivree.

Eliduc se fist bien servir;

---

15) Avant

16) [mut] ot

17) [E] ke

18) A

19) fu receüz

A sun manger feseit venir
Les chevalers mesaeisez
140 Qüe al burc erent herbergez.
A tuz ses hummes defendi
Que n'i eüst nul si hardi
Que des quarante jurs primers
Preïst livreisun ne deners.
145 Al terz jur qu'il ot surjurné
Li criz leva en la cité
Que lur enemi sunt venu
E par la cuntree espandu;
Ja vodrunt la vile asaillir
150 E de si ke as portes venir,
Eliduc ad la noise oïe
De la gent ki est esturdie.
Il s'est armé, plus n'i atent,
E si cumpainuns ensement.
155 Quatorze chevalers muntant
Ot en la vile surjurnant--
Plusurs en i aveit nafrez
E des prisuns i ot asez--
Cil virent Eliduc munter;
160 Par les osteus se vunt armer,
Fors de la porte od lui eissirent,
Que sumunse n'i atendirent.
'Sir,' funt il, 'od vus irum
E ceo que vus ferez ferum!'
165 Il lur respunt: 'Vostre merci!

Avreit i nul de vus ici

Ki maupas u destreit seüst,

U l'um encumbrer les peüst?

f.153r Si nus ici les atendums,

170 Peot cel estre, nus justerums;

Mes ceo n'ateint a nul espleit,

Ki autre cunseil en saveit[20].'

Cil li dïent: 'Sire, par fei,

Pres de cel bois en cel ristei

175 La ad une estreite charriere,

Par unt il repeirent ariere;

Quant il avrunt fet lur eschec,

Si returnerunt par ilec;

Desarmez sur lur palefrez

180 S'en revunt soventefez[21]

Si se mettent en aventure

Cume de murir a dreiture.'

Bien tost les purreit damagier

E eus laidier e empeirier.

185 Elidus lur ad dit: 'Amis,

La meie fei vus en plevis:

Ki en tel liu ne va suvent

U il quide perdre a scïent,

Ja gueres ne gaainera

190 Në en grant pris ne muntera.

---

20) sav[r]eit

21) [il] soventefez

Vus estes tuz hummes le rei,

Si li devez porter grant fei.

Venez od mei la u j'irai,

Si fetes ceo que jeo ferai!

195   Jo vus asseür lëaument,

Ja n'i avrez encumbrement,

Pur tant cume jo puis aidier,

Si nus poüm rien gaainier,

Ceo nus iert turné a grant pris

200   De damagier noz enemis.'

Icil unt pris la seürté,

Cil unt[22] de si que al bois mené;

Pres del chemin sunt enbuschié,

Tant que cil se sunt repeirié.

205   Elidus lur ad tut demustre[23]

E enseignié e devisé

De queil manere a eus puindrunt

E cum il les escrïerunt.

Quant al destreit furent uenuz[24],

210   Elidus les ad escrïez.

Tuz apela ses cumpainuns,

De bien faire les ad sumuns.

Il i fierent[25] durement

---

22) Si l'unt

23) mustré

24) entrez

25) ferirent

Nes[26] esparnierent nïent.

215   Cil esteient tut esbaï,

Tost furent rumpu[27] e departi,

En poi de hure furent vencu.

Lur cunestable unt retenu

E tant des autres chevaliers--

220   Tuit en chargent lur esquïers-

Vint e cinc furent cil de ça,

Trente en pristrent de ceus de la.

Del herneis pristrent a grant espleit[28],

Merveillus gaain i unt feit.

225   Ariere s'en vunt[29] tut lié:

Mut aveient bien espleitié.

Li reis esteit sur une tur,

De ses hummes ad grant poür;

De Eliduc forment se pleigneit,

230   Kar il quidout e cremeit[30]

Qüe il eit mis en abandun

Ses chevaliers par traïsun

Cil s'en vienent tut aruté

Tut[31] chargié e tut trussé.

---

26) [Ne] nes

27) rut

28) a espleit

29) [re]vunt

30) [si] cremeit

31) [E] tut

235	Mut furent plus al revenir
	Qu'il n'esteient al fors eissir:
	Par ceo les descunut li reis,
	Si fu en dute e en suspeis.
f.153v	Les portes cumanda[32] a fermer
240	E les genz sur les murs munter
	Pur traire a eus e pur lancier;
	Mes n'en[33] avrunt nul mester,
	Cil eurent enveié avant
	Un esquïer esperunant,
245	Que l'aventure lur mustra
	E del soudeür li cunta,
	Cum il ot ceus de la vencuz
	E cum il s'esteit cuntenuz;
	Unques tel chevalier ne fu;
250	Lur cunestable ad retenu
	E vint e noef des autres pris
	E muz nafrez e muz ocis.
	Li reis, quant la novele oï,
	A merveille s'en esjoï.
255	Jus de la tur est descenduz
	E encuntre Eliduc venuz.
	De sun bienfait le mercia,
	E il les prisuns li livra.
	As autres depart le herneis,

---

32) cumande

33) [il] n'en

260 A sun eos ne retient que treis
  Cheualers[34] ke li erent loé;
  Tut ad departi e duné,
  La sue part communement,
  As prisuns e a l'autre gent.

265 Aprés cel fet que jeo vus di,
  Mut l'amat li reis e cheri.
  Un an entier l'ad retenu
  E ceus ki sunt od lui venu,
  La fiance de lui en prist;

270 De sa tere gardein en fist.
  Eliduc fu curteis e sage,
  Beau chevaler pruz[35] e large.
  La fille le[36] rei l'oï numer
  E les biens de lui recunter.

275 Par un suen chamberlenc privé
  L'ad requis, prïé e mandé
  Que a li venist esbanïer
  E parler e bien acuinter;
  Mut durement s'esmerveillot

280 Qüe il a li ne repeirot.
  Eliduc respunt qu'il irrat,
  Volenters s'i acuinterat.
  Il est munté sur sun destrier,

---

34) Chevals
35) [e] pruz
36) al

Od lui mena un chevalier;

285 A la pucele veit parler.

Quant en la chambre deust[37] entrer,

Le chamberlenc enveit avant.

Cil s'alat aukes entargant,

De ci que cil revient ariere.

290 Od duz semblant, od simple chere,

Od mut noble cuntenement

Parla mut afeitement[38]

E merciat la dameisele,

Guilliadun, que mut fu bele,

295 De ceo que li plot a mander

Qüe il venist a li parler.

Cele l'aveit par la mein pris,

Desur un lit erent asis;

De plusurs choses unt parlé.

300 Icele l'ad mut esgardé,

Sun vis, sun cors e sun semblant·

Dit en lui n'at mesavenant

Forment le prise en sun curage.

Amurs i lance sun message,

305 Que la somunt de lui amer;

Palir la fist e suspirer,

Mes nel volt mettrë a reisun,

Qu'il ne li turt a mesprisun.

---

37) dut

38) afeit[i]ement

f.154r   Une grant piece i demura;

310   Puis prist cungé, si s'en ala;

Él li duna mut a enviz,

Mes nepurquant s'en est partiz,

A sun ostel s'en est alez.

Tut est murnes e trespensez,

315   Pur la belë est en esfrei,

La fille sun seignur le rei,

Que tant ducement l'apela,

E de ceo ke ele suspira.

Mut par se tient a entrepris

320   Que tant ad esté al païs,

Que ne l'ad veüe sovent.

Quant ceo ot dit, si se repent:

De sa femme li remembra

E cum il li esseura[39].

325   Que bone fei li portereit

E lëaument se cuntendreit.

La pucele ki l'ot veü

Vodra de lui fere sun dru.

Unques mes tant nul ne preisa;

330   Si ele peot, sil retendra.

Tute la nuit veillat issi,

Ne resposa ne ne dormi.

Al demain est matin levee,

---

39)   asseüra

A une fenestre est ale[40];

335 Sun chamberlenc ad apelee[41],

Tut sun estre li ad mustré[42].

'Par fei' fet ele, 'mal m'esteit!

Jo sui cheï' en mal epleit[43]:

Jeo aim le novel soudeer,

340 Eliduc, li bon chevaler.

Unques anuit nen oï repos

Ne pur dormir les oilz ne clos.

Si par amur me veut amer

E de sun cors asseürer,

345 Jeo ferai trestut sun pleisir,

Si l'en peot grant bien avenir:

De ceste tere serat reis.

Tant par est sages e curteis,

Que, s'il ne m'aime par amur,

350 Murir m'estuet a grant dolur.'

Quant ele ot dit ceo ke li plot,

Li chamberlenc que ele apelot

Li ad duné cunseil leal;

Ne li deit hum turner a mal.

355 'Dame,' fet il, 'quant vus l'amez,

Enveez i, si li mandez;

---

40) ale[e]

41) apelé

42) 〈할리 978 필사본〉에서는 335행, 336행, 334행 순서로 위치한다.

43) mauvés pleit

Ceinturë u laz u anel

Enveiez li, si li ert bel.

Sil[44] le receit bonement

360   E joius seit del mandement,

Seür[45] seez de s'amur!

Il n'ad suz ciel empereür,

Si vus amer le volïez,

Que mut n'en deüst estre liez.'

365   La dameisele respundi,

Quant le cunseil oi de li[46]:

'Coment savrai par mun present

S'il ad de mei amer talent.

Jeo ne vi unques chevalier

370   Ki se feïst de ceo preier,

Si il amast u il haïst,

Que volenters ne retenist

Cel present ke hum li enveast.

Mut harreie k'il me gabast.

375   Mes nepurquant pur le semblant

Peot l'um conustre li alquant.

Aturnez vus e si alez!'

'Jeo sui,' fet il, 'tut aturnez.'

f.154v   'Un anel de or li porterez

380   E ma ceinture li durez!

---

44) Si il

45) Seür[e]

46) de lui oï

616

Mil feiz le me salüerez.'

Li chamberlenc s'en est turnez.

Ele remeint en tel manere,

Pur poi ne l'apelet arere;

385   E nekedent le lait aler,

Si se cumence a dementer:

'Lasse, cum est mis quors suspris

Pur un humme de autre païs!

Ne sai s'il est de haute gent,

390   Si s'en irat hastivement;

Jeo remeindrai cume dolente,

Folement ai mise m'entente.

Unques mes ne parlai fors ier,

E or le faz de amer preier.

395   Jeo quid kë il me blamera;

S'il est curteis, gre me savra;

Ore est del tut en aventure.

E si il n'ad de m'amur cure,

Mut me tendrai maubaillie[47];

400   Jamés n'avrai joie en ma vie.'

Tant cum ele se dementa,

Li chamberlenc mut se hasta.

A Eliduc esteit venuz,

A cunseil li ad dit saluz

405   Que la pucele li mandot,

_____

47) [a] maubaillie

E l'anelet li presentot,

La ceinture li ad donee;

Li chevalier l'ad mercïee.

L'anelet d'or mist en sun dei,

410 La ceinture ceint entur sei;

Ne li vadlet plus ne li dist,

Në il nïent ne li requist

Fors tant que de[48] suen li offri.

Cil n'en prist rien, si est parti;

415 A sa dameisele reva,

Dedenz sa chambre la trova;

De part celui la salua

E del present la mercia.

'Diva!' fet el, 'nel me celer!

420 Veut il mei par amurs amer?'

Il li respunt: 'Ceo m'est avis:

Li chamberlenc[49] n'est pas jolis;

Jeo le[50] tienc a curteis e a sage,

Que bien seit celer sun curage.

425 De vostre part le saluai

E voz aveirs li presentai.

De vostre ceinture se ceint,

Par mi les flancs bien s'en estreint.

E l'anelet mist en sun dei.

---

48) de[l]

49) chevalier

50) Jeol

430	Ne li dis plus në il a mei.'
	'Nel receut il pur drüerie?
	Peot cel estre, jeo sui traïe.'
	Cil li ad dit: 'Par fei, ne sai.
	Ore oëz ceo ke jeo dirai:
435	S'il ne vus vosist mut grant bien,
	Il ne vosist del vostre rien.'
	'Tu paroles,' fet ele, 'en gas!
	Jeo sai bien qu'il ne me heit pas.
	Unc ne li forfis de nïent,
440	Fors tant que jeo l'aim durement;
	E si pur tant me veut haïr,
	Dunc est il digne de murir.
	Jamés par tei ne par autrui,
	De si que jeo paroge a lui,
445	Ne li vodrai rien demander;
	Kieo[51] meïsmes li voil mustrer
	Cum l'amur de lui me destreint.
	Mes jeo ne sai si il remeint.'
f.155r	Li chamberlenc ad respundu:
450	'Dame, li reis l'ad retenu
	Desque a un an par serement
	Qu'il li servirat lëaument.
	Asez purrez aver leisir
	De mustrer lui vostre pleisir.'

---

51) Jeo

455   Quant ele oï qu'il remaneit,

        Mut durement s'en esjoieit;

        Mut esteit lee del sujur.

        Ne saveit nent de la dolur

        U il esteit, puis que il la vit:

460   Unques n'ot joie ne delit,

        Fors tant cum il pensa de li.

        Mut se teneit a maubailli;

        Kar a sa femme aveit premis,

        Ainz qu'il turnast de sun païs,

465   Qüe il nauereit[52] si li nun.

        Ore est sis quors en grant prisun.

        Sa lëauté voleit garder;

        Mes ne s'en peot nïent uiter[53]

        Qüe il nen eimt la dameisele,

470   Guilliadun, que tant fu bele,

        De li veer e de parler

        E de baiser e de acoler;

        Mes ja ne li querra amur

        Ke li turt[54] a deshonur,

475   Tant pur sa femme garder fei,

        Tant cum il[55] est od le rei.

        En grant peine fu Elidus.

---

52) n'amereit

53) oster

54) [a]turt

55) Tant pur ceo qu'il

Il est munté, ne targe plus;

Ses cumpainuns apele sei[56].

480 Al chastel vet parler al rei;

La pucele verra s'il peot:

C'est l'acheisun put quei s'esmeot.

Li reis est del manger levez,

As chambres sa fille est entrez.

485 As eschés cumence a jüer

A un chevaler de utre mer;

De l'autre part de l'escheker

Deveit sa fillë enseigner.

Elidus est alez avant;

490 Le reis li fist mut bel semblant,

Dejuste lui seer le fist.

Sa fille apele, si li dist:

'Dameisele, a cest chevaler

Vus devrïez ben aquinter

495 E fere lui mut grant honur;

Entre cinc cenz nen ad meillur.'

Quant la meschine ot escuté

Ceo que sis sires[57] ot cumandé,

Mut en fu lee la pucele.

500 Drescie s'est, celui apele.

Luinz des autres se sunt asis;

Amdui erent de amur espris.

---

56) [a] sei

57) sire

El ne l'osot areisuner,

E il dutë a li parler,

505 Fors tant kë il la mercia

Del present que el li enveia:

Unques mes n'ot aveir si chier.

Ele respunt al chevalier

Que de ceo li esteit mut bel,

510 E pur ceo li enveat[58] l'anel

E la ceinturë autresi,

Que de sun cors l'aveit seisi;

Ele l'amat de tel amur,

De lui volt faire sun seignur;

515 E s'ele ne peot lui aveir,

Une chose sace de veir:

Jamés n'avra humme vivant.

Or li redie sun talant!

f.155v 'Dame,' fet il, 'grant gre vus sai

520 De vostre amur, grant joie en ai;

Quant[59] vus tant me avez preisié,

Durement en dei estre lié;

Ne remeindrat pas endreit mei.

Un an sui remis od le rei;

525 La fiancë ad de mei prise,

N'en partirai en nule guise

De si que sa guere ait finee.

---

58) l'enveat

59) [E] quant

Puis m'en irai en ma cuntree;
Kar ne voil mie remaneir,
530 Si cungé puis de vus aveir.'
La pucele li respundi:
'Amis, la vostre grant merci!
Tant estes sages e curteis,
Bien avrez purveü ainceis
535 Quei vus vodriez fere de mei.
Sur tute rien vus aim e crei.'
Bien s'esteent aseüré;
A cele feiz n'unt plus parlé.
A sun ostel Eliduc vet;
540 Mut est joius, mut ad bien fet:
Sovent peot parler od s'amie,
Grant est entre eus la drüerie.
Tant s'est de la guere entremis
Qu'il aveit retenu e pris
545 Celui ki le rei guerreia,
E tute la tere aquita.
Mut fu preisez par sa prüesce,
Par sun sen e par sa largesce;
Mut li esteit bien avenu.
550 Dedenz le terme ke ceo fu,
Ses sires l'ot enveé quere
Treis messages fors de la tere:
Mut ert grevez e damagiez
E encumbrez e damagiez[60];
555 Tuz ses chasteus alot perdant

E tute sa tere guastant.

Mut s'esteit sovent repentiz

Qüe il de lui esteit partiz;

Mal cunseil en ot[61] eü

560 E malement l'aveit veü.

Les traïturs ki l'encuserent

E empeirerent e medlerent

Aveit jeté fors del païs

E en eissil a tuz jurs mis.

565 Par sun grant busuin le mandot

E sumuneit e conjurot

Par l'aliance qu'il li fist,

Quant il l'umage de lui prist,

Que s'en venist pur lui aider;

570 Kar mut en aveit grant mester.

Eliduc oï la novele.

Mut li pesa pur la pucele;

Kar anguissusement l'amot

E ele lui ke plus ne pot.

575 Mes n'ot entre eus nule folie,

Jolifte[62] ne vileinie:

De douneer e de parler

E de lur beaus aveirs doner

Esteit tute la drüerie

---

60) empeiriez

61) aveit

62) Joliveté

580	Par amur en lur cumpainie.
	Ceo fu s'entente e sun espeir:
	El le quidot del tut aveir
	E retenir, s'ele peüst;
	Ne saveit pas que femme eüst,
585	'Allas!' fet il, 'mal ai erré!
	Trop ai en cest païs esté!
	Mar vi unkes ceste cuntree!
	Une meschine i ai amee,
f.156r	Guilliadun, la fille al rei,
590	Mut durement e ele mei.
	Quant si de li m'estuet partir,
	Un de nus estuet[63] murir
	U ambedeus, estre ceo peot.
	E nepurquant aler m'esteot;
595	Mis sires m'ad par bref mandé
	E par serement conjuré
	E ma femme d'autre[64] part.
	Or me covient que jeo me gart!
	Jeo ne puis mie remaneir,
600	Ainz m'en irai par estuveir.
	S'a m'amie esteie espusez,
	Nel suffreit[65] crestïentez.
	De tutes parz va malement;

---

63) [deus] estuet

64) d[e l]'autre

65) suff[e]reit

Deu, tant est dur le departement[66]!

605 Mes ki k'il turt a mesprisun,

Vers li ferai tuz jurs raisun;

Tute sa volenté ferai

E par sun cunseil errai.[67]

Li reis, sis sires[68] ad bone peis,

610 Ne qui que nul le guerreit meis.

Pur la[69] busuin de mun seignur

Querrai cungé devant le jur

Que mes termes esteit asis

Kë od lui sereie al païs.

615 A la pucele irai parler

E tut mun afere mustrer;

Ele me dirat sun voler,

E jol ferai a mun poër.'

Li chevaler n'ad plus targié,

620 Al rei veit prendre le cungié.

L'aventure li cunte e dit,

Le brief li ad mustré e lit

Que sis sires li enveia,

Que par destresce le manda.

625 Li reis oï le mandement

E qu'il ne remeindra nïent;

---

66) partement

67) err[er]ai

68) sire

69) le

Mut est dolent e trespensez.

Del suen li ad offert asez,

La terce part de s'herité

630   E sun tresur abaundoné;

Pur remaneir tant li fera

Dunt a tuz jurs le loëra.

'Par Deu,' fet il, 'a ceste feiz,

Puis que mis sires est destreiz

635   E il m'ad mandé de si loin,

Jo m'en irai pur sun busoin;

Ne remeindrai en nule guise.

S'avez mester de mun servise,

A vus revendrai volenters

640   Od grant esforz de chevalers.'

De ceo l'ad li reis mercïé

E bonement cungé doné.

Tuz les aveirs de sa meisun

Li met li reis en baundun,[70]

645   Or e argent, chiens e chevaus

Dras[71] de seie bons e beaus.

Il en prist mesurablement;

Puis li ad dit avenantment

Que a sa fille parler ireit

650   Mut volenters, si lui pleseit.

Li reis respunt: 'Ceo m'est mut bel.'

---

70) [a]baundun

71) [E] dras

Avant enveit un dameisel

Que l'us de la chambrë ovri.

Elidus vet parler od li.

655 Quant el le vit, si l'apela

E sis mil feiz le salua.

De sun afere cunseil prent,

Sun eire li mustre breuement[72].

f.156v Ainz qu'il li eüst tut mustré

660 Ne cungé pris ne demandé,

Se pauma ele de dolur

E perdi tute sa culur.

Quant Eliduc la veit paumer,

Si se cumence a desmenter;

665 La buche li baise sovent

E si plure mut tendrement;

Entre ses braz la prist e tient,

Tant que de paumeisuns revient.

'Par Deu,' fet il, 'ma duce amie,

670 Sufrez un poi ke jo vus die:

Vus estes ma vie e ma mort,

En vus est tut[73] mun confort!

Pur ceo preng jeo cunseil de vus

Que fiancë ad entre nus.

675 Pur busuin vois en mun païs;

A vostre pere ai cungé pris.

---

72) briefment

73) [tres]tut

Mes jeo frei[74] vostre pleisir,

Que ke me deivë avenir.'

'Od vus,' fet ele, 'me amenez,

680   Puis que remaneir ne volez!

U si ceo nun, jeo me ocirai;

Jamés joie ne bien ne avrai.'

Eliduc respunt par duçur

Que mut l'amot de bon' amur:

685   'Bele, jeo sui par serement

A vostre pere veirement--

Si jeo vus en menoe od mei,

Jeo li mentireie ma fei--

De si ki al[75] terme ki fu mis.

690   Lëaument vus jur e plevis:

Si cungé me volez doner

E respit mettre e jur nomer,

Si vus volez que jeo revienge,

N'est rien al mund que me retienge,

695   Pur ceo que seie vise e seins;

Ma vie est tute entre voz meins.'

Celë oi[76] de lui grant amur;

Terme li dune e nume jur

De venir e pur li mener.

700   Grant doel firent al desevrer,

Lur anels d'or s'entrechangerent
E ducement s'entrebaiserent.
Il est desque a la mer alez;
Bon ot le vent, tost est passez.

705 Quant Eliduc est repeirez,
Sis sires est joius e liez
E si ami e si parent
E li autre communement,
E sa bone femme sur tuz,

710 Que mut est bele, sage e pruz.
Mes il esteit tuz jurs pensis
Pur l'amur dunt il ert suspris:
Unques pur rien qüe il veïst
Joie ne bel semblant ne fist,

715 Ne jamés joie nen avra
De si que s'amie verra.
Mut se cuntient sutivement.
Sa femme en ot le queor dolent,
Ne sot mie quei ceo deveit;

720 A sei meïsmes se pleigneit.
Ele lui demandot suvent
S'il ot oï de nule gent
Que ele eüst mesfet u mespris,
Tant cum il fu hors del païs;

725 Volenters s'en esdrescera
Devant sa gent, quant li plarra.
'Dame,' fet il, 'nent nevus ret
De mesprisun ne de mesfet.

f.157r	Mes al païs u j'ai esté
730	Ai al rei plevi e juré
	Que jeo dei a lui repeirer;
	Kar de mei ad grant[77] mester.
	Si li rei mis sires[78] aveit peis,
	Ne remeindreie oit jurs aprés.
735	Grant travail m'estuvra suffrir,
	Ainz que jeo puisse revenir.
	Ja, de si que revenu seie,
	N'avrai joie de rien que veie;
	Kar ne voil ma fei trespasser.'
740	Atant le lest la dame ester.
	Eliduc od sun seignur fu;
	Mut li ad aidé e valu:
	Par le cunseil de lui errot
	E tute la tere gardot.
745	Mes quant li termes apreça
	Que la pucele li numa,
	De pais fere s'est entremis;
	Tuz acorda ses enemis.
	Puis s'est appareillé de errer
750	E queile[79] gent il vodra mener.
	Deus ses nevuz qu'il mut ama
	E un suen chamberlenc mena--

---

77) [il] grant

78) sire

79) queil

Cil ot de lur cunseil esté

E le message aveit porté-

755 E ses esquïers sulement;

Il nen ot cure d'autre gent.

A ceus fist plevir e jurer

De tut sun afaire celer.

En mer se mist, plus n'i atent;

760 Utre furent hastivement.

En la cuntree esteit[80] arivez,

U il esteit plus desirez.

Eliduc fu mut veizïez:

Luin des hafnes s'est herbergez;

765 Ne voleit mie estre veüz

Ne trovez ne recuneüz.

Sun chamberlenc appareilla

E a s'amie l'enveia,

Si li manda que venuz fu,

770 Bien ad sun cumand[81] tenu;

La nuit, quant tut fu avespre,

Sen eissi[82] de la cité;

Li chamberlenc od li ira,

E il encuntre li sera.

775 Cil aveit tuz changié ses dras;

A pié s'en vet trestut le pas,

---

80) est

81) cuvenant

82) El s'en istra

A la cité ala tut dreit,

U la fille le rei esteit.

Tant aveit purchacié e quis

780 Que dedenz la chambre s'est mis.

A la pucele dist saluz

E que sis amis esteit[83] venuz.

Quant ele ad la novele oïe,

Tute murnë e esbaïe,

785 De joie plure tendrement

E celui ad baisé suvent.

Il li ad dit que a lvesprer[84]

L'en estuvrat od lui aler.

Tut le jur ot[85] issi esté

790 E lur eire bien devisé.

La nuit, quant tut fu aseri,

De la vile s'en sunt parti

Li dameisel e ele od lui,

E ne furent mais il[86] dui.

795 Grant poür ad ke hum ne la veie.

Vestue fu de un drap de seie,

Menuement a or brosdé,

E un curt mantel afublé.

f.157v Luinz de la porte al trait de un arc

_____

83) est

84) l'[a]vesprer

85) unt

86) [que] il

800 La ot un bois clos de un bel parc;

Suz le paliz les atendeit

Sis amis, ki pur li veneit.

Li chamberlenc la l'amena,

E il descent, si la baisa.

805 Grant joie firent[87] a l'assembler.

Sur un cheval la fist munter,

E il munta, sa reisne prent;

Od li s'en vet hastivement.

Al hafne vient a Toteneis,

810 En la nef entrent demaneis;

N'i ot humme si les suens nun

E s'amie Guilliadun.

Bon vent eurent e bon oré

E tut le tens aseüré.

815 Mes quant il durent ariver,

Une turmente eurent en mer,

E un vent devant eus leva

Que luin del hafne les geta;

Lur verge brusa e fendi

820 E tut lur sigle desrumpi.

Deu recleiment devotement,

Seint Nicholas e Seint Clement

E ma dame Seinte Marie

Que vers sun fu lur querge aïe,

---

87) funt

634

825	Ke il les garisse de perir
	E al hafne puissent venir.
	Un' hure ariere, un'autre avant,
	Issi acosteant[88] costeant;
	Mut esteient pres de turment.
830	Un des deciples[89] hautement
	S'est escrïez: 'Quei faimes nus?
	Sire, ça einz avez od vus
	Cele par ki nus perissums.
	Jamés a tere ne vendrums!
835	Femme leale espuse avez
	E sur celë autre en menez
	Cuntre Deu e encuntre[90] la lei,
	Cuntre dreiture e cuntre fei.
	Lessez la nus geter en mer,
840	Si poüm sempres ariver.'
	Elidus oï quei cil dist,
	A poi dire[91] ne mesprist.
	'Fiz a putain,' fet il, 'mauveis,
	Fel traïtre, nel dire mei!
845	Si m'amie peüst[92] laissier,
	Jeol vus eüsse vendu mut cher[93].'

---

88) alouent
89) escipres
90) cuntre
91) Pur poi que d'ire
92) leüst

Mes entre ses braz la teneit

E cunfortout ceo qu'il poeit

Del mal que ele ot[94] en mer

850   E de ceo que ele oï numer

Que femme espuse ot sis amis

Autre ke li en sun païs.

Desur sun vis cheï paumee,

Tute pale, desculuree.

855   En la paumeisun demurra,

Que el ne revient ne suspira.

Cil ki ensemble od lui l'en porte

Quidot pur veir ke ele fust morte.

Mut fet grant doel; sus est levez,

860   Vers l'esciprë est tost alez,

De l'avirun si l'ad feru

K'il l'abati tut estendu.

Par le pié l'en ad jeté fors;

Les undes en portent le cors.

865   Puis qu'il l'ot lancié en la mer,

A l'estiere vait governer.

Tant guverna la neif e tint,

Le hafne prist, a tere vint.

f.158r   Quant il furent bien arivé,

870   Le pont mist jus, ancre ad geté.

Encor jut ele en paumeisun

---

93) vendu cher

94) aveit

636

Ne n'ot semblant si de mort nun.

Eliduc feseit mut grant doel;

Iloc fust mort od li, sun voil.

875 A ses cumpainuns demanda.

Queil cunseil chescun li dura

U la pucele portera;

Kar de li ne partira[95],

Si serat enfuïe e mise

880 Od grant honur, od bel servise

En cimiterie beneeit:

Fille ert a rei, si en[96] aveit dreit.

Cil en furent tut esgaré,

Ne li aveient rien loé.

885 Elidus prist a purpenser

Quel part il la purrat porter.

Sis recez fu pres de la mer,

Estre i peüst a sun deigner[97].

Une forest aveit entur,

890 Trente liwes ot de lungur.

Un seinz hermites i maneit

E une chapele i aveit;

Quarante anz i aveit esté.

Meintefeiz ot od lui parlé;

895 A lui, ceo dist, la portera,

---

95) [se] partira

96) si'n

97) digner

En sa chapele l'enfuira;

De sa tere tant i durra,

Une abeïe i fundera,

Si mettra[98] cuvent de moignes

900   U de nuneins u de chanoignes,

Que tuz jurs prïerunt pur li;

Ke deus[99] li face bone merci!

Ses chevals ad fait amener,

Sis cumande tuz a munter.

905   Mes la fiaunce prent d'iceus

Qüe il n'iert descuvert pur eus.

Devant lui sur sun palefrei

S'amie porte ensemble od sei.

Le dreit chemin ad tant erré

910   Qu'il esteient al bois entré.

A la chapele sont venu,

Apelé i unt e batu:

N'i troverent kis respundist

Ne ki la porte lur ovrist.

915   Un des suens fist utre passer

La porte ovrir e desfermer.

Oit jurs esteit devant finiz

Li seinz hermites, li parfiz;

La tumbe novele trova.

920   Mut fu dolenz, mut s'esmaia.

---

98) [i] mettra

99) Deus

Cil voleient la fosse faire--

Mes il les fist ariere traire--

U il deüst mettre s'amie.

Il lur ad dit: 'Ceo n'i ad mie;

925   Ainz en avrai mun cunseil pris

A la sage gent del païs

Cum purrai le liu eshaucier

U de abbeïe u de mustier.

Devant l'auter la cucherum

930   E a Deu la cumanderum.'

Il ad fet aporter ses dras,

Un lit li funt ignelepas;

La meschine desus courirent[100]

E cum pur morte la laissierent.

935   Mes quant ceo vient al departir,

Dunc quida il de doel murir.

Les oilz li baisë e la face.

'Bele,' fet il, 'ja Deu ne place

f.158v   Que jamés puisse armes porter

940   Ne al secle vivre ne durer!

Bele amie, mar me veïstes!

Duce chere, mar me siwistes!

Bele, ja fuissiez vus reïne,

Ne fust l'amur leale e fine

945   Dunt vus m'amastes lëaument.

---

100) cuchierent

Mut ai pur vus mun quor dolent.

Le jur que jeo vus enfuirai

Ordre de moigne recevrai;

Sur vostre tumbe chescun jur:

950   Ferai refreindre ma dolur.'

Atant s'en part de la pucele,

Si ferme l'us de la chapele.

A sun ostel ad enveé

Sun message, li[101] ad cunté

955   A sa femme qüe il veneit,

Mes las e travaillé esteit.

Quant el l'oï, mut en fu lie,

Cuntre lui s'est apareillie;

Sun seignur receit bonement.

960   Mes poi de joie l'en atent,

Kar unques bel semblant ne fist

Ne bone parole ne dist.

Nul ne l'osa mettre a reisun.

Deus jurs esteit en la meisun;

965   La messe oeit bien par matin,

Puis se meteit sus[102] al chemin.

Al bois alot a la chapele

La u giseit la dameisele.

En la paumeisun la trovot:

970   Ne reveneit ne suspirot.

---

101) ki

102) su[l]s

De ceo li semblot grant merveille

K'il la veeit blanche e vermeille;

Unkes la colur ne perdi

Fors un petit que ele enpali.

975 Mut anguissusement plurot

E pur l'alme de li preiot.

Quant aveit fete sa prïere,

A sa meisun alot ariere.

Un jur a l'eissir del muster

980 Le aveit sa femme fet gaiter

Un suen vadlet; mut li premist:

De luinz alast e si veïst

Quel part sis sires turnereit;

Chevals e armes li durreit.

985 Cil ad sun comandement fait.

Al bois se met, aprés lui vait,

Si qu'il ne l'ad aparceü.

Bien ad esgardé e veü

Cument en la chapele entra;

990 Le dol oï qu'il demena.

Ainz que Eliduc s'en seit eissuz,

Est a sa dame revenuz.

Tut li cunta qüe il oï,

La dolur, la noise e le cri

995 Cum fet sis sires[103] en l'ermitage.

_____

103) sire

Ele en mua tut sun curage.

La dame dit: 'Sempres irums,

Tut l'ermitage cerchirums.

Mis sires dit ceo quide[104] errer:

1000   A la curt vet al rei parler.

Li hermites fu mort pieça

Jeo sai asez qüe il l'ama,

Mes ja pur lui ceo ne fereit,

Ne tel dolur ne demerreit.'

1005   A cele feiz le lait issi.

Cel jur memes aprés midi

Vait Eliduc parler al rei.

Ele prent le vadlet od sei;

f.159r   A l'ermitage l'ad mene[105].

1010   Quant en la chapele est entre[106]

E vit le lit a la pucele,

Que resemblot rose nuvele,

Del covertur lad[107] descovri

E vit le cors tant eschevi,

1015   Les braz lungs blanches[108] les meins

E les deiz greilles, lungs e pleins,

Or seit ele la verité,

---

104) deit, ceo quit,

105) mene[e]

106) entre[e]

107) la

108) lungs [e] blanches

Pur quei sis sires[109) ad duel mené.

Le vadlet avant apelat

1020 E la merveille li mustrat.

'Veiz tu,' fet ele, 'ceste femme,

Que de beuté resemble gemme?

Ceo est l'amie mun seignur,

Pur quei il meine tele[110) dolur.

1025 Par fei, jeo ne me merveil mie,

Quant si bele femme est perie.

Tant par pité, tant par amur,

Jamés n'avrai joie nul jur.'

Ele cumencet a plurer

1030 E la meschine regreter.

Devant le lit s'asist plurant.

Une musteile vint curant,

De suz l'auter esteit eissue,

E le vadlet l'aveit ferue

1035 Pur ceo que sur le cors passa;

De un bastun qu'il tint la tua.

En mi l'eire l'aveit getee.

Ne demura ke une loëe,

Quant sa cumpaine i acurrut,

1040 Si vit la place u ele jut;

Entur la teste li ala

E del pié suvent la marcha,

---

109) sire

110) tel

Quant ne la pot fere lever,
Semblant feseit de doel mener.
1045 De la chapele esteit eissue,
As herbes est al bois venue;
Od ses denz ad prise une flur,
Tute de vermeille colur;
Hastivement reveit ariere;
1050 Dedenz la buche en teu manere
A sa cumpaine l'aveit mise,
Que li vadlez aveit ocise,
E memes lure[111] fu revescue.
La dame l'ad aparceüe;
1055 Al vadlet crie: 'Retien la!
Getez, franc humme, mar se ira!'
E il geta, si la feri,
Que la floret[112] li cheï.
La dame lieve, si la prent;
1060 Ariere va hastivement.
Dedenz la buche a la pucele
Meteit la flur que tant fu bele.
Un petitet i demurra,
Cele revint e suspira;
1065 Aprés parla, les oilz ovri.
'Deu,' fet ele, 'tant ai dormi!'
Quant la dame l'oï parler,

111) En es l'ure
112) floret[e]

Deu cumençat a mercïer.

Demande li ki ele esteit,

1070 E la meschine li diseit:

'Dame, jo sui de Logres nee,

Fille a un rei de la cuntree.

Mut ai amé un chevalier,

Eliduc le bon soudeer;

1075 Ensemble od lui m'en amena.

Peché ad fet k'il m'enginna:

Femme ot espuse; nel me dist

Në unques semblant ne m'en fist.

f.159v Quant de sa femme oï parler,

1080 De duel kë oi m'estuet paumer.

Vileinement descunseillee

M'ad en autre tere laissee;

Trahi[113] m'ad, ne sai quei deit.

Mut est fole qüe humme creit.'

1085 'Bele,' la dame li respunt,

'N'ad rien vivant en tut le munt

Que joie li feïst aveir;

Ceo vus peot hum dire pur veir.

Il quide ke vus seez morte,

1090 A merveille se descunforte.

Chescun jur vus ad regardee;

Bien quid qu'il vus trova pasmee.

---

113) Trahi[e]

Jo sui sa spuse vereiment,

Mut ai pur lui mun quor dolent;

1095   Pur la dolur qüe il menot

Saveir voleie u il alot:

Aprés lui vienc, si vus trovai.

Que vive estes grant joie en ai;

Ensemble od mei vus en merrai

1100   E a vostre ami vus rendrai.

Del tut le voil quite clamer,

E si ferai mun chef veler.'

Tant l'ad la dame confortee

Que ensemble od li l'en ad menee.

1105   Sun vallet ad appareillé

E pur sun seignur enveié.

Tant errat cil qu'il le trova;

Avenantment le salua,

L'aventure li dit e cunte.

1110   Sur un cheval Eliduc munte,

Unc n'i atendi cumpainun.

La nuit revint a sa meisun.

Quant vive ad trovee s'amie,

Ducement sa femme mercie.

1115   Mut par est Eliduc haitiez,

Unques nul jur ne fu si liez;

La pucele baise suvent

E ele lui mut ducement;

Ensemble funt joie mut grant.

1120   Quant la dame vit lur semblant:.

646

Sun seignur ad a reisun mis;

Cungé li ad rové e quis

Que ele puisse de lui partir,

Nunein volt estre, Deu servir;

1125 De sa tere li doint partie,

U ele face une abeïe;

Cele prenge qu'il eime tant,

Kar n'est pas bien në avenant

De deus espuses meintenir,

1130 Ne la lei nel deit cunsentir.

Eliduc li ad otrïé

E bonement cungé doné:

Tute sa volunté fera

E de sa tere li durra.

1135 Pres del chastel einz el boscage

A la chapele a l'hermitage

La ad fet fere sun muster

Ses[114] meisuns edifïer;

Grant tere i met e grant aveir:

1140 Bien i avrat sun estuveir.

Quant tut ad fet bien aturner,

La dame i fet sun chief veler,

Trente nuneins ensemble od li;

Sa vie e s'ordrë establi.

1145 Eliduc samie ad[115] prise;

---

114) [E] ses

115) Eliduc ad s'amie

A grant honur, od bel servise

En fu la feste demenee

Le jur qu'il l'aveit espusee.

f.160r Ensemble vesquirent meint jur,

1150 Mut ot entre eus parfit' amur.

Granz aumoines e granz biens firent,

Tant qüe a Deu se cunvertirent.

Pres del chastel de l'autre part

Par grant cunseil e par esgart

1155 Une eglise fist Elidus,

De sa terë i mist le plus

E tut sun or e sun argent.

Hummes i mist e autre gent

De mut bone religïun

1160 Pur tenir l'ordre e la meisun.

Quant tut aveit appareillé,

Nen ad puis gueres targé[116]:

Ensemble od eus se dune e rent

Pur servir Deu omnipotent.

1165 Ensemble od sa femme premere

Mist sa femme que tant ot chere.

El la receut cume[117] sa serur

E mut li porta grant honur;

De Deu servir l'amonesta

1170 E sun ordre li enseigna.

---

116) [a]targé

117) cum

Deu priouent pur lur ami

Qu'il li feïst bone merci;

E il pur eles repreiot,

Ses messages lur enveiot

1175   Pur saveir cument lur esteit,

E cum[118] chescune se cunforteit.

Mut se pena chescun pur sei

De Deu amer par bone fei

E mut fuent[119] bele fin,

1180   La merci Deu, le veir devin.

De l'aventure de ces treis

Li auntïen Bretun curteis

Firent le lai pur remembrer,

Que hum nel deüst pas oblïer.

---

118) Cum

119) [par] firent

참고문헌

일차 자료

앵글로 · 노르만(고프랑스어) 필사본 및 편찬본

Les Lais de Marie de France. Edited by Jean Rychner. Libraire Honoré Champion, 1978 & 1983.

Marie de France: Fables. Edited and Translated by Harriet Spiegel. U of Toronto P, 1994(Anglo-Norman & Modern English Bilingual Edition).

Marie de France: Lais. Edited by Alfred Ewert. Basil Blackwell & Oxford, 1944 & 1976.

Marie de France. Lais. Harley MS 978, f.118r~f.160r http://www.bl.uk/manuscripts/Viewer.aspx?ref=harley_ms_978_f118r.

현대 영어 및 현대 프랑스어 번역본

Lais Bretons(XIIe-XIIIe Siècles): Marie de France et Ses Contemporains. Édition bilingue établie, traduite, présentée et annotée par Nathalie Koble et Mireille Séguy, Champion Classiques, 2011.

Les Lais de Marie de France. Traduits de L'Ancien Français par Pierre Jonin. Champion, 1975.

Marie de France: Fables. Edited and translated by Harriet Spiegel. U. of Toronto P, 1994(Anglo-Norman & Modern English Bilingual Edition).

Marie de France Poetry. Edited and Translated by Dorothy Gilbert. W.W. NORTON, 2015.

The Lais of Marie de France. Edited and translated by Robert Hanning and Joan Ferrante. A Labyrinth Book, 1978.

The Lais of Marie de France. Translated with an Introduction by Glyn S. Burgess and Keith Busby. Penguin Books, 1999.

이차 자료

김준한. 「마리 드 프랑스의 「랑발」 읽기: 요정과 경이의 이해를 중심으로」, 『프랑스문화연구』 34집, 2017, 23~52쪽.

김준현. 「마리 드 프랑스의 단시 연구: 「엘리뒥」을 중심으로」, 『코기토』 94호, 2021, 137~171쪽.

김준현. 「마리 드 프랑스의 단시 읽기(I): 「요넥」과 「비스클라브레」의 '변신'을 중심으로」, 『외국문학』 54호, 2014, 9~32쪽.

윤주옥. 「서양 중세 문학과 여성 지식인: 12세기 마리 드 프랑스를 중심으로」, 『중세근세영문학』 29권 2호, 2019, 113~147쪽.

윤주옥. 「『멀린의 삶』에서 "몰겐"과 켈트 신화」, 『중세근세영문학』 28권 1호, 2018, 1~26쪽.

윤주옥. 「중세 서간 작성법과 그 문화적 변용: 중세 영어 텍스트를 중심으로」, 『서양중세사연구』 37호, 2016, 25~63쪽.

윤주옥. 「중세 여성의 문자 생활-영국의 마리 드 프랑스의 브레톤 레이를 중심으로」, 『외국문학』 48호, 2012, 183~210쪽.

Anglo-Norman Dictionary Online. Aberystwyth University Arts and Humanities Research Council. Available from https://anglo-norman.net/.

Bailey, Harold. "Bisclavret in Marie de France." *Cambridge Medieval*

Celtic Studies, vol. 1, 1981, pp. 95−97.

Barber, Nicola. *Medieval Medicine*. Raintree, 2013.

Benton, John F. "Trotula, Women's Problems, and the Professionalization of Medicine in the Middle Ages." *Bulletin of the History of Medicine*, vol. 59, 1985, pp. 30−53.

Bloch, R. Howard. *The Anonymous Marie de France*. U. of Chicago P, 2003.

Boethius. *The Consolation of Philosophy*. Translated with an introduction and notes by P. G. Walsh, Oxford UP, 1999.

Boswell, John. *The Kindness of Strangers: The Abandonment of Children in Western Europe from Late Antiquity to the Renaissance*. Vintage Books, 1990.

Britannica Online. Available from https://www.britannica.com/.

Bruckner, Matilda Tomaryn. "Of Men and Beasts in Bisclavret." *Romanic Review*, vol. 82, no. 3, 1991, pp. 251−269.

Bullock−Davies, Constance. "The Love−Messenger in Milun." *Nottingham Medieval Studies*, vol.16, 1972, pp. 20−27.

Burgess, Glyn S. *The Lais of Marie de France: Text and Context*. U. of Georgia P, 1987.

Burgess, Glyn S. and Keith Busby. "Introduction." *The Lais of Marie de France*. Translated with an introduction by Glyn S. Burgess and Keith Busby, Penguin Books, 1999, pp. 7−36.

Cagnon, Maurice. "Chievrefoil and the Ogamic Tradition." *Romania*, vol. 91, 1970, pp. 238−255.

Chaucer, Geoffrey. *Troilus and Criseyde. The Riverside Chaucer*, 3rd ed., edited by Larry D. Benson, Houghton Mifflin Co, 1987, pp. 471−587.

_____. The Man of Law's Tale. *The Canterbury Tales. The Riverside*

Chaucer, 3rd ed., edited by Larry D. Benson, Houghton Mifflin Co, 1987, pp. 87-104.

Chestre, Thomas. *Sir Launfal. The Middle English Breton Lays.* Edited by Anne Laskaya and Eve Salisbury. TEAMS Middle English Texts Series. Western Michigan U, 1995, pp. 201-262. 61-64.

Chrétien de Troyes. *Arthurian Romances.* Translated with an introduction and Notes by William W. Kibler(*Erec and Enide* translated by Carleton W. Carroll), Penguin Books, 1991 & 2004.

Constable, Giles. "Forged Letters in the Middle Ages." *Fälschugen im Mittelalter*, vol. 16, 1986, pp. 1-34.

_____. *Letters and Letter-Collections.* Brepols, 1976.

Cottrell, Robert D. " 'Le Lai du Laüstic': From Physicality to Spirituality." *Philological Quarterly*, vol. 47, 1968, pp. 499-508.

Creamer, Paul. "Woman-Hating in Marie de France's *Bisclavret*." *Romanic Review*, vol. 93, no. 3, 2002, pp. 259-274.

Cross, Tom P. and Clark Harris Slover, edited. *Ancient Irish Tales.* Barnes & Noble Books, 1936.

Desiré. *Twenty-Four Lays from the French Middle Ages.* Translated by Glyn S. Burgess and Leslie Brook. Liverpool UP, 2016, pp. 61-73.

Duby, George. *Women of the Twelfth Century.* Translated by Jean Birrell, U of Chicago P,1995-1998. 3 vols.

Duncan, Thomas G. *Medieval English Lyrics 1200-1200.* Penguin Books, 1995.

Dunton-Downer, Leslie. "Wolf Man." *Becoming Male in the Middle Ages*, edited by Jeffrey Jerome Cohen and Bonnie Wheeler, Garland Publishing, 2000, pp. 203-218.

Ellis, Peter. *Dictionary of Celtic Mythology.* Oxford UP, 1994.

Elliott, Lynne. *Medieval Medicine and the Plague.* Crabtree Publishing

Company, 2006.

Finke, Laurie A. *Women's Writing in English: Medieval England*. Longman, 1999.

France, Peter, edited. *The New Oxford Companion to Literature in French*. Clarendon Press, 1995.

Frank, Grace. "Marie de France and the Tristram Legend." *PMLA*, vol. 63, 1948, pp. 405−411.

Freeman, Michelle A. "Dual Natures and Subverted Glosses: Marie de France's 'Bisclavret.'" *Romance Notes*, vol. 25, no. 3, 1985, pp. 288−301.

_____. "Marie de France's Poetics of Silence: The Implications for a Feminine Translatio." *PMLA*, vol. 99, 1984, pp. 871−77.

Geoffrey of Monmouth. *Historia Regum Britanniae(The History of the Kings of Britain)*. Translated with an introduction by Lewis Thorpe, Penguins Books, 1966.

_____. *The Life of Merlin*. Translated by Basil Clarke(1973). Available from www.maryjones.us/ctexts/merlini.html.

Gower, John. *The English Works of John Gower*. Edited by G. C. Macaulay. 2 vols. Oxford UP, 1900.

Green, D. H. "In search of an "Authentic" women's medicine: the strange fates of Trota of Salerno and Hildegard of Bingen." *Dynamis*, vol. 1999, pp. 25−54.

_____. *Women Readers in the Middle Ages*. Cambridge UP, 2007. 이혜민 역, 『중세의 여성 독자』, 연세대학교 대학출판문화원, 2017.

Guingamor. Guingamor, Lanval, Tyolet, Bisclaveret; four lais rendered into English prose from the French of Marie de France and others. Edited by Jessie L. Weston and illustrated by Caroline Watts, London D. Nutt, 1900, pp. 1−26.

Hanning Robert and Joan Ferrante. Introduction. *The Lais of Marie de France*, edited and translated by Robert Hanning and Joan Ferrante, A Labyrinth Book, 1978, pp. 1–27.

Harvey, P. D. A., and Andrew McGuinness. *A Guide to British Medieval Seals*. U of Toronto P, 1996.

Haskins, Charles Homer. *The Renaissance of the Twelfth Century*. Meridian Books, 1957.

Hiatt, Alfred. *The Making of Medieval Forgeries: False Documents in Fifteen-Century England*. The British Library & U of Toronto P, 2004.

Hindley, Alan, Frederick W. Langley, and Brian J. Levy. *Old French-English Dictionary*. Cambridge UP, 2000.

Holten, Kathryn I. "Metamorphosis and Language in the Lay of Bisclavret." *Maréchal*, pp. 193–211.

Holmes, Urban Ticknor. *Daily Living in the Twelfth Century*. U of Wisconsin P, 1962.

Hornstein, Lillian Herlands. "10. Miscellaneous Romances." *A Manual of the Writings in Middle English 1050-1500*, edited by J. Burke Severs, The Connecticut Academy of Arts and Sciences, 1967, pp. 144–172.

Hunt, Tony. "Glossing Marie de France." *Romanische Forschungen*, vol. 86, 1974, pp. 376–418.

Jacobs, Joseph. "Gold–Tree and Silver–Tree." *Celtic Fairy Tales*(1892). Available from https://www.sacred–texts.com/neu/celt/cft/cft14.htm.

Jorgensen, Jean. "The Lycanthropy Metaphor in Marie de France's Bisclavret." *Selecta: Journal of the Pacific Northwest Council on Foreign Languages*, vol. 15, 1994, pp. 24–30.

Kinoshita, Sharon and Peggy McCracken. *Marie de France: A Critical*

Companion(Gallica vo. 24). D. S. Brewer, 2012

Lacy, Norris J., edited. *The New Arthurian Encyclopedia*. Garland Publishing, INC, 1996.

Laskaya, Anne and Eve Salisbury, edited. *The Middle English Breton Lays*. TEAMS Middle English Texts Series. Western Michigan U, 1995.

Li Chevaliers as Deus Espees. Available from https://mellenpress.com/book/Li-Chevaliers-as-Deus-Espees/6698/.

Lupack, Alan. *The Oxford Guide to Arthurian Literature and Legend*. Oxford UP, 2005.

MacCana, Proinsis. *Celtic Mythology*. Hamlyn, 1970.

Malory, Thomas, Sir. *Le Morete Darthur: The Winchester Manuscript*. Edited and abridged with an introduction and notes by Helen Cooper. Oxford UP, 1998.

Mertes, Kate. *The English Noble Household 1250-1600: Good Governance and Politic Rule*. Basil Blackwell, 1988.

Mickel, Emanuel. "A Reconsideration of the Lais of Marie de France." *Speculum*, vol. 46, no. 1, 1971, pp. 39-65.

_____. *Marie de France*. Twayne P, 1974.

_____. "Marie de France's Use of Irony as a Stylistic and Narrative Device." *Studies in Philology*, vol. 71, no. 3, 1974, pp. 265-290.

Murray, Alan V. "Introduction: From Mass Combat to Field of Cloth of Gold." *The Medieval Tournament as Spectacle: Tourneys, Jousts, and Pas d'Armes, 1100-1600*, edited by Alan V. Murray and Karen Watts. The Boydell Press, 2020, pp. 1-6.

Otten, Clarlotte F., edited. *A Lycanthropy Reader: Werewolves in Western Culture*. Syracuse UP, 1986.

Ovid. *Metamorphoses*. Translated by A. D. Melville. Oxford UP, 2008.

Oxford English Dictionary Online. 3rd ed. Available from https://www.

oed.com/.

Parkes, M. B. *Pause and Effect: An Introduction to the History of Punctuation in the West*. Ashgate, 1992.

Reid, Joyce M. H., edited. *The Concise Oxford Dictionary of French Literature*. Clarendon Press, 1976.

Rhonabwy's Dream. *The Mabinogion*. Translated with an introduction and Notes by Sioned Davies, Oxford UP, 2007, pp. 214−226.

Rogador, Christine. "Hercules Knot: History and Meaning." *Greek: Mythology Symbols*. Available from https://symbolsarchive.com/hercules−knot−history−meaning.

Rothschild, Judith Rice. "Marie de France and the Folktale Narrative Devices of the Marchen and her Lais." *Maréchal*, pp. 138−147.

Salisbury, Joyce E. *The Beast Within: Animals in the Middle Ages*. Routledge, 2010.

Sayers, William. "Bisclavret in Marie de France: a reply." *Cambridge Medieval Celtic Studies*, vol.4, 1982, pp. 77−82.

Shahar, Shulamith. *Childhood in the Middle Ages*. Translated by Chaya Galai. Routledge, 1990 & 1992.

Sir Gawain and the Green Knight. Translated with an introduction by Brian Stone. Penguin Books, 1974.

Spitzer, Leo. "The Prologue to the Lais of Marie de France and Medieval Poetics." *Modern Philology*, vol. 41, 1943−1944, pp. 96−102.

Sturges, Robert. "Texts and Readers in Marie de France's Lais." *Romanic Review*, vol. 71, 1980, pp. 244−264.

Tatlock, J. S. P. "Geoffrey and King Arthur in 'Normannicus Draco'." *Modern Philology*, vol. 31, no. 1, 1933, pp. 1−18.

"The Bright Star of Ireland: A Snow White Tale." *Writing in Margins*. Available from https://writinginmargins.weebly.com/home/the−

bright-star-of-ireland-a-snow-white-tale.

"The Loves: Work by Ovid." *Britannica*. Available from https://www.britannica.com/topic/The-Loves.

The New American Bible. Benziger, 1970.

The Owl and the Nightingale. British Library Works. Available from https://www.bl.uk/works/the-owl-and-the-nightingale.

_____. Wessex Parallel WebTexts. Available from http://wpwt.soton.ac.uk/trans/owl/owltrans.htm#1000.

The Quest of the Holy Grail. Translated with an introduction by P. M. Matarasso. Penguin Books, 1969 & 2005.

The Song of Roland. Translated with an introduction and notes by Glyn Burgess. Penguin Books, 1990.

Whalen, Logan E. "The Prologues and the Epilogues of Marie de France." *A Companion to Marie de France*, edited by Logan Whalen, Brill, 2011, pp. 1-30.

Yoon, Ju Ok. "Disgust and the Werewolf's Wife in Marie de France's *Bisclavret*." *Journal of Medieval and Early Modern English Studies*, vol. 30, no. 3, 2020, pp. 387-404.

_____. "'I am You': Fear and Self-Preservation in Marie de France's Le Fresne." 『유럽사회문화』 16호, 2016, pp. 137-154.

_____. "Lettre, Love, and Magic in Marie de France's Les Deus Amanz." *English Language and Literature*, vol. 58, no. 3, 2012, pp. 427-446.

_____. "Medieval Documentary Semiotics and Forged Letters in the Late Middle English Emaré." *English Studies*, vol. 100, no. 4, 2019, pp. 371-386.

_____. *Mothers and Motherhood in the Middle English Romances*. University of Massachusetts-Amherst, Unpublished Doctoral Dissertation, 2008.

_____. "What the 'Cisne' does in Marie de France's *Milun*: On the Signification of Voice and Letters." 『세계문학비교연구』 42호, 2013, pp. 595-614.

용어 목록[1]

"병자 성사." 미사/기도서. 천주교 서울대교구 굿뉴스. https://maria. catholic.or.kr/mi_pr/sacrament/sacrament.asp?key=6.

"브라반트 공국." 위키피디아. https://ko.wikipedia.org/wiki/%EB%B8%8C %EB%9D%BC%EB%B0%98%ED%8A%B8_%EA%B3%B5%EA%B5%AD.

"성 니콜라오." 성인. 천주교 서울대교구 굿뉴스. hhttps://maria.catholic. or.kr/sa_ho/list/view.asp?menugubun=saint&today=&today_tmp=& ctxtCommand=&ctxtLogOn=&ctxtSexcode=&ctxtChukday=&ctxtGala day=&Orggubun=101&ctxtHigh=&ctxtLow=&ctxtChecked=Checked &oldrow=&curpage=6&ctxtOrder=name1%2Cgaladaym%2Cgaladayd &ctxtOrderType=&ctxtSaintId=205&ctxtSCode=&ctxtSearchNm=&ctx tChukmm=&ctxtChukdd=&ctxtPosition=&ctxtCity=&PSIZE=20.

"에노주." 위키피디아. https://ko.wikipedia.org/wiki/%EC%97%90%EB%85 %B8%EC%A3%BC.

---

1) 어휘, 인명, 지명 등을 설명하기 위해서 주석에서 인용한 언어 사전이나 백과 사전 표제어 목록이다. 분량이 많은 점을 감안하여 단행본, 논문 등의 일반 참 고문헌과 구별하여 여기서 따로 정리한다.

　a) 인쇄본 사전인 *Old French-English Dictionary*는 Hindley, Langley, and Levy로 상호 참조한다.

　b) 영어 온라인 (백과) 사전들의 제목은 다음과 같이 괄호 안에 주어진 대로 축약 한다. *Oxford English Dictionary(OED)*, *Anglo-Norman Dictionary(AND)*, *Britannica(Brit)*, *Wikipedia(Wiki)*.

"예수 부활 대축일." 가톨릭사전. 천주교 서울대교구 굿뉴스. https://maria.
catholic.or.kr/dictionary/term/term_view.asp?ctxtIdNum=2499&key
word=%EB%B6%80%ED%99%9C%EC%A0%88&gubun=01.

"클레멘스 1세." 성인. 천주교 서울대교구 굿뉴스 .https://maria.catholic.
or.kr/sa_ho/list/view.asp?menugubun=saint&Orggubun=101&ctxtSa
intId=2573.

"Abbey." *Brit.* Available from https://www.britannica.com/topic/abbey.

"Adober." Hindley, Langley, and Levy.

"Adventure, n." *OED.* Available from https://www-oed-com-ssl.access.
yonsei.ac.kr:8443/view/Entry/2923?rskey=8zHEqu&result=1&isAdva
nced=false#eid.

"Anjou." *Wiki.* Available from https://en.wikipedia.org/wiki/Anjou.

"Ánjou." *Brit.* Available from https://www.britannica.com/place/Anjou.

"Anoncier." Hindley, Langley, and Levy.

"Araisoner." Hindley, Langley, and Levy.

"Ash [Fraxinus excelsior]." Woodland Trust. Available from https://www.
woodlandtrust.org.uk/trees-woods-and-wildlife/british-trees/
a-z-of-british-trees/ash/.

"Aventure." *AND.* Available fromhttp://www.anglo-norman.net/gate/
index.shtml?session=FFMA22657T1603379445.

"Banir." Hindley, Langley, and Levy.

"Barfleur." *Wiki.* Available from https://en.wikipedia.org/wiki/Barfleur.

"Baron." *OED.* Available fromhttps://www-oed-com-ssl.access.yonsei.
ac.kr:8443/view/Entry/15662?redirectedFrom=baron#eid

_____. *Brit.* Available from https://www.britannica.com/topic/baron.

"Berseret." Hindley, Langley, and Levy.

"Blanc." Hindley, Langley, and Levy.

"Bliaut." Hindley, Langley, and Levy.

"Bofu." Hindley, Langley, and Levy.

"Boivre." Hindley, Langley, and Levy.

"Borjois." Hindley, Langley, and Levy.

"Boulogne." *Brit*. Available from https://www.britannica.com/place/
Boulogne.

"Boulogne-sur-Mer." *Wiki*. Available from https://en.wikipedia.org/
wiki/Boulogne-sur-Mer.

"Brabant." *Brit*. Available from https://www.britannica.com/place/
Brabant.

"Burgess, n. 1." *OED*. Available from https://www-oed-com-ssl.
access.yonsei.ac.kr:8443/view/Entry/24929?rskey=6gONhE&result=
1&isAdvanced=false#eid.

"Chandelier." *Brit*. Available from https://www.britannica.com/
technology/chandelier.

"Celer." Hindley, Langley, and Levy.

"Chainse." *Encyclopedia of Medieval Dress and Textiles*. Available from
https://referenceworks.brillonline.com/entries/encyclopedia-of-
medieval-dress-and-textiles/chainse-SIM_000926.

"Chainsil." Hindley, Langley, and Levy.

"Chemise." Hindley, Langley, and Levy.

"Conestable." Hindley, Langley, and Levy.

"Conter." Hindley, Langley, and Levy.

"Covertoir." Hindley, Langley, and Levy.

"Damoisel." Hindley, Langley, and Levy.

"Deduit." Hindley, Langley, and Levy.

"Denier." Hindley, Langley, and Levy.

"Desfier." Hindley, Langley, and Levy.

"Destrier." Hindley, Langley, and Levy.

"Dire." Hindley, Langley, and Levy.

"Ditéi." Hindley, Langley, and Levy.

"Ditié, s.1." *AND*. Available fromhttp://www.anglo-norman.net/gate/
index.shtml?session=FFMA22657T1603379445.

"Donjon." Hindley, Langley, and Levy.

"Druerie." Hindley, Langley, and Levy.

"Easter." *New Advent*. Edited by Kevin Knight. Available from https://
www.newadvent.org/cathen/05224d.htm.

"Ebony." *Brit*. Available from https://www.britannica.com/topic/ebony-
wood.

"Electuary." *OED*. Available fromhttps://www-oed-com-ssl.access.
yonsei.ac.kr:8443/view/Entry/60326?redirectedFrom=electuary#eid.

"Entremet." *Wiki*. Available from https://en.wikipedia.org/wiki/
Entremets.

"Envoiier." Hindley, Langley, and Levy.

"Ermine." *Brit*. Available from https://www.britannica.com/animal/
ermine-mammal.

"Eschec." Hindley, Langley, and Levy.

"Escuier 2." Hindley, Langley, and Levy.

"Esquier." *AND*. Available from https://anglo-norman.net/entry/esquier.

"Esquire, n.1." *OED*. Available from https://www-oed-com-ssl.access.
yonsei.ac.kr:8443/view/Entry/64453#eid5252378.

"Eurasian sparrowhawk." *Wiki*. Available from https://en.wikipedia.org/
wiki/Eurasian_sparrowhawk.

"Exeter." *Brit*. Available from https://www.britannica.com/place/Exeter-
England.

"Fiolete." Hindley, Langley, and Levy.

"Forester." *Medieval Occupations*. Available from https://hkcarms.tripod.

com/oc8.html.

"Franc." Hindley, Langley, and Levy.

"Gent." Hindley, Langley, and Levy.

"Gordian knot." *Brit*. Available from https://www.britannica.com/topic/
Gordian-knot.

"Gotland." *Brit*. Available from https://www.britannica.com/place/
Gotland.

"Guerre." Hindley, Langley, and Levy.

"Hainaut Province." *Wiki*. Available from https://en.wikipedia.org/wiki/
Hainaut_Province.

"Hawthorn." *Brit*. Available from https://www.britannica.com/plant/
hawthorn.

"Jagonce." Hindley, Langley, and Levy.

"Jeter." Hindley, Langley, and Levy.

"Jousting." *Wiki*. Available from https://en.wikipedia.org/wiki/Jousting.

"Lancier." Hindley, Langley, and Levy.

"Levrier." Hindley, Langley, and Levy.

"Lieue." Hindley, Langley, and Levy.

"Mander." Hindley, Langley, and Levy.

"Medley, n. and adj." *OED*. Available from https://www-oed-com-ssl.
access.yonsei.ac.kr:8443/view/Entry/115785#eid37564193.

"Mêlée, n." *OED*. Available from https://www-oed-com-ssl.access.
yonsei.ac.kr:8443/view/Entry/116086?redirectedFrom=melee#eid.

"Mesprendre." Hindley, Langley, and Levy.

"Mestier1." Hindley, Langley, and Levy.

"Mesure." Hindley, Langley, and Levy.

"Mont Saint-Michel." A World Heritage Site Filming in France Television
Production Services. Excelman Productions. Available from https://

www.excelman.com/en/galerie/europe/mont-saint-michel/mont-saint-michel.html.

"Nantes." *Brit.* Available from https://www.britannica.com/place/Nantes.

"Neustria." *Brit.* Available from https://www.britannica.com/place/Neustria.

"Norriier." Hindley, Langley, and Levy.

"Northumbria." *Brit.* Available from https://www.britannica.com/place/Northumberland-county-England.

"Orfrois." Hindley, Langley, and Levy.

"Paile." Hindley, Langley, and Levy.

"Palefroi." Hindley, Langley, and Levy.

"Palfrey." *OED.* Available from https://www-oed-com-ssl.access.yonsei.ac.kr:8443/view/Entry/136309?redirectedFrom=palfrey#eid.

"Parc." Hindley, Langley, and Levy.

"Pentecost(Whitsunday)." *New Advent.* Edited by Kevin Knight. Available from https://www.newadvent.org/cathen/15614b.htm.

"Philesophe." *AND.* Available from www.anglo-norman.net/gate/index.shtml?session=FFMA22657T1603379445.

"Picts." *Wiki.* Available from https://en.wikipedia.org/wiki/Picts.

"Plevi." Hindley, Langley, and Levy.

"Porpre." *AND.* Available from www.anglo-norman.net/gate/index.shtml?session=FFMA22657T1603379445.

"Priscian, Institutiones grammaticae." British Library Collection Items. Available from https://www.bl.uk/collection-items/priscian-institutiones-grammaticae.

"Proie." Hindley, Langley, and Levy.

"Ravine." Hindley, Langley, and Levy.

"Retenir." Hindley, Langley, and Levy.

"River Exe." *Wiki*. Available from https://en.wikipedia.org/wiki/River_Exe.

"Roe." Hindley, Langley, and Levy.

"Saint Malo." *Brit*. Available from https://www.britannica.com/place/Saint-Malo.

"Sale." Hindley, Langley, and Levy.

"Salerno. *Brit*. Available from https://www.britannica.com/place/Salerno-Italy.

"Samite n." *OED*. Available from https://www-oed-com-ssl.access.yonsei.ac.kr:8443/view/Entry/170388?redirectedFrom=samite#eid; "Samite," https://en.wikipedia.org/wiki/Samite.

"Sammu-ramat." *Brit*. Available from https://www.britannica.com/topic/Sammu-ramat.

"Seignorie." Hindley, Langley, and Levy.

"Seneschal." Hindley, Langley, and Levy.

"Soudee." Hindley, Langley, and Levy.

"Soudoier." Hindley, Langley, and Levy.

"Southampton." *Brit*. Available from https://www.britannica.com/place/Southampton-England.

"Subtlety, n. 4.b." *OED*. Available from https://www-oed-com-ssl.access.yonsei.ac.kr:8443/view/Entry/193191?redirectedFrom=sotelty#eid.

"Totnes." *Brit*. Available from https://www.britannica.com/place/Totnes.

_____. *Wiki*. Available from https://en.wikipedia.org/wiki/Totnes.

"Traire." Hindley, Langley, and Levy.

"Trota of Salerno." *Wiki*. Available from https://en.wikipedia.org/wiki/Trota_of_Salerno.

"Vaissel." Hindley, Langley, and Levy.

"Vassal, n.1.a." *OED*. Available from https://www-oed-com-ssl.access.yonsei.ac.kr:8443/view/Entry/221667?rskey=7DljVl&result=1&isAdvanced=false#eid.

"Verseiller, vi." Hindley, Langley, and Levy.

찾아보기

* 동일 인물이나 용어가 언어권에 따라 다르게 발음되거나 표기될 경우 함께 표기하였다.

674

작품 찾아보기

윤주옥

연세대학교 인문학연구원 전문연구원. 서강대학교 영문학과를 졸업하고 동대학원에서 석사학위를, 미국 매사추세츠 주립대학에서 중세영문학으로 박사학위를 받았다. 연세대학교 HK연구교수와 서강대학교 대우교수를 지냈다. 마리 드 프랑스와 아서 왕 문학을 포함한 중세문학과 중세 문자문화가 주된 연구 분야이다. 주요 저역서로 『서양의 문자 문명과 매체』(2020, 공저), 『세계의 언어 사전』(2016, 공저), 『커뮤니케이션의 편향』(2016, 역서), *The Little Prince*(2015, 영어 역서), 『문자를 다시 생각하다』(2013, 역서, 2014년 세종도서) 등이 있다. 주요 논문으로는 "Disgust and the Werewolf's Wife in Marie de France's *Bisclavret*"(2020), "Medieval Documentary Semiotics and Forged Letters in the Late Middle English *Emaré*"(2019), 「서양 중세 문학과 여성 지식인: 12세기 마리 드 프랑스를 중심으로」(2019) 외 다수가 있다.

래 모음집

···

대우고전총서 059

1판 1쇄 찍음 | 2022년 12월 30일
1판 1쇄 펴냄 | 2023년 1월 27일

지은이 | 마리 드 프랑스
옮긴이 | 윤주옥
펴낸이 | 김정호

펴낸곳 | 아카넷
출판등록 | 2000년 1월 24일(제406-2000-000012호)
주소 | 10881 경기도 파주시 회동길 445-3
전화 | 031-955-9510(편집) · 031-955-9514(주문)
팩스 | 031-955-9519
www.acanet.co.kr

ⓒ 윤주옥, 2023

Printed in Paju, Korea

ISBN 978-89-5733-838-4 94860
ISBN 978-89-89103-56-1 (세트)

이 책은 대우재단의 지원을 받아 연구 및 출간되었습니다.